UMA HISTÓRIA
DA JUSTIÇA

UMA HISTÓRIA DA JUSTIÇA

Do pluralismo dos foros ao dualismo moderno entre consciência e direito

Paolo Prodi

Tradução
KARINA JANNINI

Martins Fontes
São Paulo 2005

Esta obra foi publicada originalmente em italiano com o título
UNA STORIA DELLA GIUSTIZIA por Il Mulino, Bolonha.
Copyright © 2000 by Società editrice Il Mulino, Bologna.
Copyright © 2004, Livraria Martins Fontes Editora Ltda.,
São Paulo, para a presente edição.

1ª edição
fevereiro de 2005

Tradução
KARINA JANNINI

Revisão técnica
Denise Agostinetti
Acompanhamento editorial
Luzia Aparecida dos Santos
Revisões gráficas
Sandra Garcia Cortes
Maria Luiza Favret
Dinarte Zorzanelli da Silva
Produção gráfica
Geraldo Alves
Paginação/Fotolitos
Studio 3 Desenvolvimento Editorial

Dados Internacionais de Catalogação na Publicação (CIP)
(Câmara Brasileira do Livro, SP, Brasil)

Prodi, Paolo
  Uma história da justiça : do pluralismo dos foros ao dualismo moderno entre consciência e direito / Paolo Prodi ; tradução Karina Jannini. – São Paulo : Martins Fontes, 2005. – (Coleção justiça e direito)

  Título original: Una storia della giustizia : dal pluralismo dei fori al moderno dualismo tra coscienza e diritto.
  Bibliografia.
  ISBN 85-336-2080-2

  1. Direito – História 2. Justiça I. Título. II. Série.

04-7731   CDU-340.114 (091)

Índices para catálogo sistemático:
1. Justiça : Direito : História   340.114 (091)

Todos os direitos desta edição para o Brasil reservados à
Livraria Martins Fontes Editora Ltda.
Rua Conselheiro Ramalho, 330 01325-000 São Paulo SP Brasil
Tel. (11) 3241.3677 Fax (11) 3101.1042
e-mail: info@martinsfontes.com.br http://www.martinsfontes.com.br

Sumário

Prefácio 1

I. **Justiça dos homens, justiça de Deus** 15
   1. Jerusalém e Atenas 15
   2. Da sinagoga à igreja 20
   3. A Igreja das origens e Roma 24
   4. Práxis penitencial e jurisdição na Igreja dos primeiros séculos 29
   5. No império cristão do Oriente: a justiça do Estado é a justiça de Deus 33
   6. As origens do dualismo do foro no Ocidente . 37
   7. Os livros penitenciais 47
   8. Abelardo e o nascimento da ética cristã 52

II. **A justiça da Igreja** 57
   1. A revolução papal 57
   2. O nascimento do direito canônico como ordenamento 63
   3. A definição da penitência como sacramento .. 70
   4. O "De poenitentia" em Graciano e nos decretistas 76
   5. A obrigação da confissão anual "proprio sacerdoti" 79
   6. As primeiras "Summae confessorum" 88
   7. A inquisição e o pecado oculto 94
   8. A excomunhão, os "pecados reservados" e o desenvolvimento da Penitenciaria 101

III. *Utrumque ius in utroque foro* 111
   1. O pluralismo dos ordenamentos 111
   2. Direito natural e direito romano 117
   3. O problema do direito comum 128
   4. Direitos universais e direitos particulares ... 133
   5. *Utrumque ius in utroque foro* 136
   6. O nascimento do direito penal público 140
   7. As "differentiae inter ius canonicum et civile" 145
   8. As diferenças entre o direito canônico e a teologia: *ius fori* e *ius poli* 150
   9. A lei como problema 155

IV. O conflito entre lei e consciência 165
   1. A ascensão da lei positiva 165
   2. O soberano pontífice: legislador e juiz 173
   3. A justiça do príncipe 180
   4. Os novos universos normativos 188
   5. A ruptura entre consciência e direito positivo: Jean Gerson 193
   6. A norma moral entre direito divino e direito positivo 200
   7. Obrigatoriedade em consciência da lei positiva? 207
   8. Lei penal e lei moral 217
   9. Medo e confissão, pecado e delito às vésperas da Reforma 227

V. A solução evangélico-reformada 235
   1. Confessionalização e nascimento das Igrejas territoriais 235
   2. O cristianismo radical 240
   3. Dois reinos e três foros: a Igreja evangélica entre movimento e instituição 249
   4. A cidade, nova Jerusalém 254
   5. Do direito canônico ao "Ius ecclesiasticum protestantium" 261
   6. As "Kirchenordnungen" ou ordenanças eclesiásticas 266

7. O foro interno e a confissão privada 272
8. A penitência pública e a excomunhão 280
9. Pecado e delito 287

VI. **A solução católico-tridentina** 291
1. O concílio de Trento e o moderno 291
2. O concílio de Trento e o direito canônico ... 298
3. O declínio do direito canônico 302
4. O foro penitencial: a confissão tridentina ... 307
5. O foro episcopal 313
6. A confissão e os casos reservados 323
7. Os tribunais da cúria romana 334
8. Entre "Regimen reipublicae christianae" e poder indireto 341
9. Paolo Sarpi 351

VII. **A norma: o direito da moral** 355
1. A juridicização da consciência 355
2. O nascimento da teologia moral 362
3. Os tratados "de iustitia et iure" 370
4. Do direito natural ao jusnaturalismo 376
5. A ética protestante 382
6. A ética laica 388
7. Hugo Grócio 393
8. Leis da consciência *versus* leis positivas 397
9. O "caso" Pascal 406
10. A norma moral católica 412
11. Da norma evangélica à lei moral de Kant ... 419

VIII. **A norma: a moral do direito** 429
1. A sacralização do direito 429
2. Força e direito: onipotência e soberania 433
3. Ciência e onisciência do Estado 444
4. Pecado e delito 452
5. Direitos subjetivos e constituições 461
6. Às origens do garantismo penal 470
7. As duas faces do novo direito penal 473
8. Direito e moral na era das constituições e dos códigos 480

9. A moral cristã 491
10. Pecado e delito na era das codificações 496

IX. Reflexões atuais: a norma com uma dimensão. 503
1. Apenas uma história 503
2. Os elementos conceituais: norma moral e norma jurídica 504
3. Do pluralismo dos ordenamentos ao dualismo moderno 511
4. Norma moral e Igrejas: o diagnóstico de Dietrich Bonhoeffer 516
5. Direito canônico: pecado e delito 520
6. Uma ética sem Igreja? 526
7. A norma com uma dimensão 531

Índice onomástico 537

Moisés falou ao povo, dizendo: "Obedecerás à voz do Senhor teu Deus, observando os seus mandamentos e os seus decretos, escritos neste livro da lei; e te converterás ao Senhor teu Deus com todo o coração e com toda a alma. Este mandamento que hoje te ordeno não está muito acima de ti, nem muito longe de ti. Não está no céu, para que digas: Quem subirá por nós ao céu para trazê-lo até nós e fazer com que o ouçamos, de modo que possamos cumpri-lo? Não está além do mar, para que digas: Quem atravessará por nós o mar para trazê-lo até nós e fazer com que o ouçamos, de modo que possamos cumpri-lo? Ao contrário, esta palavra está muito próxima de ti, está na tua boca e no teu coração, para que tu a coloques em prática."

Deuteronômio 30, 10-14

Sim, não foi Zeus a me proclamar este mandamento; nem estas são leis impostas aos homens pela Justiça, que compartilha sua morada com os deuses do abismo; também não acredito que as tuas ordens (ó, Creonte) tenham uma força tal, a ponto de fazer com que um mortal possa violar os estatutos não escritos e infalíveis dos deuses: estes, de fato, não vivem desde ontem ou desde hoje, mas têm uma vida eterna e ninguém conhece onde e quando tiveram origem. Não posso, por medo de qualquer presunção humana, ser acusada diante do tribunal dos deuses de tê-los violado. Sei muito bem que devo morrer...

Sófocles, *Antígona*, vv. 450 ss.

Prefácio

Diante de uma temática tão enorme e vasta, é necessário explicitar, com toda clareza possível, para que não me tomem imediatamente por louco, o objeto específico da pesquisa e da reflexão, as hipóteses de partida, o método que pretendo seguir e o objetivo que desejo alcançar. Acredito que o título possa fornecer, em termos talvez um pouco impetuosos, mas claros, o sentido da direção que tenciono tomar com relação à obra mais conhecida e discutida da última metade do século na reflexão sobre o direito, A Theory of Justice, de John Rawls[1]. Não cabe às minhas capacidades nem às minhas intenções fornecer uma teoria da justiça, mas apenas tentar uma reflexão histórica sobre o modo como a justiça foi vivida e pensada no nosso mundo ocidental, sobre uma "tradição" que faz parte do nosso patrimônio de civilização e que agora, talvez, esteja se apagando, não obstante todas as brilhantes invenções teoréticas. Sendo assim, minha abordagem é exclusivamente histórica e não pretende fornecer nenhuma chave interpretativa, mas apenas expor problemas. Com efeito, o historiador não fornece soluções, mas pode ajudar a entender como as coisas ocorreram no passado e como elas condicionam, muitas vezes de modo inconsciente, o nosso presente e, portanto, também ajudam a evitar diagnósticos incorretos ou ilusórios,

---

1. J. Rawls, *A Theory of Justice*, Cambridge, Mass., 1971, trad. it. *Una teoria della giustizia*, Milão, 1986. [Trad. bras. *Uma teoria da justiça*, São Paulo, Martins Fontes, 2.ª ed., 2002.]

com os conseqüentes erros na prescrição das terapias. Se já não me considero capaz de elaborar uma teoria da justiça, também não tenho a pretensão de achar que sou capaz de elaborar, em algumas centenas de páginas, uma história da justiça: permito-me apenas ter a ambição de fornecer alguns elementos ou fragmentos dessa tradição, que parecem um tanto negligenciados no pensamento atual.

O ponto de partida foi a reflexão – a respeito da qual voltarei nas últimas páginas – sobre a crise atual do direito: no momento em que o direito positivo tende a reduzir a normas toda a vida social, permeando todos os aspectos da vida humana que, até nosso tempo, eram baseados em diversos planos de normas, acaba por ossificar a própria sociedade e por se autodestruir, pois priva a sociedade daquele respiro necessário para a sua sobrevivência. Segundo a intuição de Jacques Ellul, estamos assistindo ao suicídio do direito nos dias do seu maior triunfo[2]. Desse modo, o pon-

---

2. J. Ellul, "Recherches sur le Droit et l'Evangile", in *Cristianesimo, secolarizzazione e diritto moderno*, organizado por L. Lombardi Vallauri e G. Dilcher, 2 vol., Baden-Baden e Milão, 1981, I, pp. 125-6: "Le droit est indispensable pour la vie de la société, mais le refuge *absolu* dans le droit est mortel par la négation de la chaleur, de la souplesse, de la fluctuation des relations humaines, qui sont indispensables pour qu'un corps social puisse *vivre* (et non pas seulement *fonctionner*)... Il faut bien prendre conscience que dès ce moment le droit n'est plus destiné à établir la justice, mais à affirmer la victoire de l'un sur l'autre. En refusant la souplesse des relations humaines qui pouvait se traduire par l'équité, on a organisé un mécanisme de relations juridiques qui n'aboutit en rien à la justice. Les Romains disaient: Summum jus, summa injuria: Un excès de droit et de revendications juridiques aboutit à une situation où finalement le droit devient inexistant." ["O direito é indispensável para a vida da sociedade, mas refugiar-se *totalmente* no direito é a pior solução, pois nega-se o calor, a flexibilidade, a flutuação das relações humanas, que são indispensáveis para que um corpo social possa *viver* (e não apenas *funcionar*)... É preciso que se tenha consciência de que, a partir desse momento, o direito não se destina mais a estabelecer a justiça, mas a afirmar a vitória de um sobre o outro. Ao se recusar a flexibilidade das relações humanas, que poderia ser traduzida pela eqüidade, organiza-se um mecanismo de relações jurídicas que de modo algum conduz à justiça. Os romanos diziam: Summum jus, summa injuria: um excesso de direito e de reivindicações jurídicas conduz a uma situação em que o direito acaba se tornando inexistente." (N. da T.: As traduções das notas foram feitas a partir do texto citado pelo autor.)]

to de partida também é constituído pelas últimas páginas do volume precedente, *Il sacramento del potere*[3]. O que me havia estimulado a fazer tal pesquisa era a convicção de que as raízes da crise atual da democracia devem ser procuradas mais na ausência daquele fundamento do pacto político, que havia possibilitado ao longo dos séculos o crescimento do estado de direito, liberal e democrático, que constitui a experiência única do Ocidente no âmbito da história da civilização, do que no funcionamento das regras, em particular das normas constitucionais: um equilíbrio dinâmico entre a relação sagrada do juramento e a secularização do pacto político, fruto do dualismo entre poder espiritual e poder temporal, amadurecido no quadro do cristianismo ocidental. É esse equilíbrio que permitiu a construção das modernas identidades coletivas da pátria e da nação, conciliando-as com o desenvolvimento dos direitos do homem. Seria muito simples se pudéssemos considerar o estado de direito como uma conquista definitiva a ser defendida apenas em relação a ataques externos, como puderam parecer no nosso século – numa historiografia sem muita originalidade – os regimes totalitários. Na realidade, o mal está sempre dentro de nós, e mesmo nos regimes democráticos mais avançados a ameaça provém, de certo modo, de dentro, da tendência a sacralizar a política, perdendo de vista aquele dualismo entre a esfera do poder e a esfera do sagrado (pensemos nos atuais movimentos fundamentalistas de todos os tipos), que constituem a base da nossa vida coletiva. Sendo assim, eu concluía escrevendo que "a democracia e o estado de direito de que nos vangloriamos não são a conquista estável e definitiva dos últimos dois séculos, mas o ponto de chegada, sempre provisório e incerto, de um caminho bem mais longo: aos novos povos, temos de saber transmitir (e deles temos de exigir) não apenas o respeito às técnicas e aos mecanismos do sistema democrático,

---

3. P. Prodi, *Il sacramento del potere. Il giuramento politico nella storia costituzionale dell'Occidente*, Bolonha, 1992 (trad. al. *Das Sakrament der Herrschaft. Der politische Eid in der Verfassungsgeschichte des Okzidents*, Berlim, 1997).

mas, em primeiro lugar, o espírito do dualismo, o *humus* que gerou esses mecanismos e essas técnicas".

Nos últimos anos, essa minha reflexão estendeu-se ao plano dos ordenamentos jurídicos. Hoje, no processo tumultuoso de globalização em curso, não sabemos sequer onde certos crimes foram consumados: está faltando o princípio, fundamental no ordenamento dos últimos séculos, da territorialidade da norma. As novas temáticas relativas ao ambiente e à bioética (basta aludir às manipulações genéticas) não parecem minimamente controláveis no esquema tradicional, elaborado na era das codificações. Em vez disso, o Estado reagiu exasperando a produção das normas jurídicas: desse modo, o direito positivo desenvolveu duas características totalmente anormais em relação à tradição jurídica do Ocidente, a penetrabilidade e a auto-referencialidade. Com a primeira, invadiu cada vez mais espaços que anteriormente eram subtraídos à norma positiva: da vida sentimental ao esporte, da saúde à educação, imensos setores da vida cotidiana que, em certa época, eram regulados por normas não jurídico-positivas, mas de tipo ético ou consuetudinário, entram no campo do direito positivo e são submetidos à magistratura ordinária, que aplica artigos e alíneas. Pensemos nos casos levados ao tribunal que envolvem relacionamentos sexuais entre parceiros, relações entre docentes e alunos, entre pais e filhos, entre médicos e pacientes, ao resultado de competições esportivas etc.: todos fenômenos impensáveis até poucos anos atrás. Desse modo, a auto-referencialidade levou à ilusão de resolver todo problema e todo conflito mediante a norma positiva e a jurisdição ordinária: atinge-se, assim, a imobilização da sociedade numa jaula, numa rede de malhas cada vez mais densas, causa não última também da falência do *welfare state*. É possível a sobrevivência do nosso sistema sem aquele pluralismo de ordenamentos e de normas que caracterizou sua gênese? No plano dos ordenamentos, o ideal ocidental da justiça, que hoje está desaparecendo, foi o fruto de um percurso muito mais longo do que aquele realizado a partir do iluminismo e das codificações, e baseia-se na presença simultânea de um duplo plano de normas: o plano do direito positivo, da norma escrita, e aquele das normas que dividiram a vida dos que nos precederam nos últimos milênios e que regularam a vida cotidiana da nossa sociedade no seu respiro mais interno, *éthos*, *mos*, costume, ética, moral ou como se quiser chamá-los. A relação entre esse duplo plano de normas constituiu o respiro – do interior da vida à objetivação necessária das instituições – de toda a civilização jurídica ocidental, respiro esse que falta quando a sociedade é reduzida a uma norma de dimensão única.

Sendo assim, para explicar a crise do direito como ordenamento, não basta um discurso sobre a codificação ou sobre as constituições dos últimos dois séculos: é necessário retroceder a um período histórico mais distante. A ilusão dos iluministas e dos teóricos do estado de direito foi a de acreditar que haviam resolvido as tensões e as imperfeições dos séculos precedentes, que caracterizavam a fase de gestação do mundo moderno, num sistema de garantias estáveis e, de certo modo, definitivas, nas quais direito e ética coincidem substancialmente, e a modelação do homem moderno, com os seus direitos subjetivos, é o fruto maduro de um novo Éden. Talvez a reflexão sobre os trabalhos dos séculos de gestação possa nos ajudar a atingir uma visão mais concreta na relação entre o aspecto sempre demoníaco do poder e o esforço contínuo de resgate por parte do homem. Na minha opinião, a pesquisa sobre a concepção da justiça e das liberdades fundamentais, bem como aquela sobre a democracia, não pode ser conduzida ao plano abstrato das doutrinas, mas deve ser reconduzida também ao plano da experiência histórica concreta, no nosso caso, da encarnação dualística própria do cristianismo ocidental.

Como elemento simbólico de ligação entre a pesquisa precedente sobre o pacto político e a presente, eu gostaria de me apropriar de uma frase pronunciada por um conselheiro anônimo da República Florentina, em 31 de julho de 1431: *Deus est Respublica, et qui gubernat Rempublicam gubernat*

Deum. Item Deus est iustitia, et qui facit iustitiam facit Deum[4].

No volume anterior, tentei comentar a primeira parte dessa frase (quem governa a república governa Deus); agora, na presente pesquisa, tento comentar a segunda: Deus é justiça, e quem faz a justiça constrói Deus. Não pretendo falar de Deus, transcendente ou imanente, e com isso roubar o ofício dos teólogos e dos filósofos, mas sim tentar entender o que teria significado para o homem ocidental "fazer Deus" fazendo a justiça.

É oportuno, portanto, fornecer alguns esclarecimentos breves, relativos às problemáticas históricas consideradas e ao método seguido. O arco da pesquisa, muito presunçoso, mas a respeito do qual estou convencido de poder dar apenas algumas idéias, estende-se desde as origens medievais até hoje; no entanto, tem seu centro de gravidade entre os séculos XV e XVII, quando se forma, na nossa opinião, o sistema de ordenamentos que permite passar para a fase da codificação e da constitucionalização: eis a importância do subtítulo "do pluralismo dos foros ao dualismo moderno entre consciência e direito", que pretende sintetizar a trajetória histórica a ser seguida. Naturalmente, são necessárias algumas retroações, a partir das raízes hebraico-clássicas, e algumas reflexões sobre o período contemporâneo, pelas quais sinto a necessidade de me desculpar particularmente com os especialistas.

De modo geral, porém, declaro sem nenhum pudor estar cada vez mais satisfeito com a minha qualificação de historiador geral ou genérico: parece-me que já chegamos ao ponto, tantas vezes prenunciado pelos doutos, em que a especialização torna a pesquisa obtusa e inútil, pelo menos no setor das chamadas ciências humanas. Digo isso não apenas para predispor uma linha de defesa contra ataques que podem, provavelmente com razão, destruir grande parte de cada afirmação que aqui se apresenta, mas também, em sen-

---

4. Frase colocada em epígrafe por R. Trexler no cap. II do seu volume *Public Life in Renaissance Florence*, Nova York, 1980.

tido positivo, para caracterizar o modo como me movi não apenas no longo período, mas também numa crista muito complexa entre a história do pensamento teológico e jurídico e a história concreta das instituições e dos fenômenos. Como não posso presumir competências especializadas em setores tão diversos e com metodologias de pesquisa tão complexas, utilizo, na maioria dos casos, elementos produzidos por outras pessoas: a novidade dos resultados da pesquisa – ou o valor agregado, se quisermos empregar uma terminologia econômica – deriva do uso de materiais diversos, que geralmente não são colocados em relação entre si. Tenho a presunção de acreditar que tantos colegas muito mais doutos e eruditos não viram certos problemas porque eram historiadores apenas da Igreja ou do direito canônico, ou da história constitucional do século XIX. Espero que meu percurso alternativo possa servir ao menos para provocar alguma curiosidade para um olhar que ultrapasse os recintos.

Este não é um discurso genérico de método sobre a interdisciplinaridade (expressão que considero equívoca, se não danosa). O próprio núcleo dessa pesquisa encontra-se sobre uma crista, no ponto de interseção de múltiplas histórias particulares, e não pode ser compreendido se não nos aproximarmos por diversas vertentes: no centro da minha atenção estão os *judicialia* ou, melhor dizendo, o *foro* como local físico ou simbólico em que a justiça como juízo sobre o comportamento humano é concretamente exercida. Remetendo a um quadro geral já estabelecido sobre as várias acepções e declinações do vocábulo *foro* no tempo e nos diversos contextos semânticos e institucionais[5], basta-me dizer aqui que, no sentido mais genérico, do modo como pene-

---

5. B. Fries, *Forum in der Rechtssprache*, Munique, 1963. Para a raiz etimológica do verbo latino em desuso "for, fari, fatus sum" = falar, no sentido de "ius dicere", portanto, como local em que se proclama o direito, ver E. Benveniste, *Il vocabolario delle istituzioni indoeuropee*, vol. II: *Potere, diritto, religione*, Turim, 1976, pp. 382-3.

trou nas raízes da nossa civilização ocidental por meio das *Etymologiae* de Isidoro de Sevilha, tal vocábulo é definido da seguinte forma: "Forus est exercendarum litium locus... Constat autem forus causa, lege et iudicio". Traduzido para a metodologia desta pesquisa, o foro é aquele local físico ou ideal em que as controvérsias entre os homens, as causas ("causa vocatur a *casu*", acrescenta Isidoro)[6], são concretamente definidas em relação à lei e ao poder. Quanto ao problema da lei, do *nómos*, no quadro da cultura jurídica ocidental, já foram desenvolvidas inúmeras pesquisas aprofundadas a respeito e, por fim, encontra-se disponível a síntese muito clara de Donald R. Kelley[7], à qual remetemos para ilustrar o principal cenário em que se desenvolve o nosso tema. Já se tentou falar a respeito do poder e do pacto político em outra ocasião, e o discurso inerente à história constitucional obviamente está por trás de cada página da presente pesquisa, embora deva permanecer na penumbra. Mas agora parece mais interessante concentrar a atenção no foro, inclusive para subverter as ilustrações abstratas que, uma vez conduzidas no plano da história das idéias ou das doutrinas e saltando de um pensador a outro, podem servir para simplificações importantes. Disso resulta o interesse pelo foro, pelo lugar onde a lei e o poder se encontram com a realidade cotidiana dos homens. Um forte estímulo inicial para uma exploração nessa direção partiu, nos últimos anos, dos novos estudos da antropologia jurídica: é necessário não apenas alargar o campo visual da pesquisa, partindo das instituições formais, destinadas à administração da justiça, para o infrajudiciário e para os poderes de fato difundidos na sociedade, mas também tentar penetrar no mundo vivo da justiça como juízo social sobre os comportamentos, marcado por conse-

---

6. Livro XVIII, cap. 15 (*Patrologia Latina*, organizado por J. P. Migne, Paris, 1844 ss., vol. 82, col. 650).
7. D. R. Kelley, *The Human Measure. Social Thought in the Western Legal Tradition*, Cambridge, Mass., 1990, trad. it. *Storia del pensiero giuridico occidentale*, Bolonha, 1996.

qüências concretas, e ver, portanto, o recurso aos tribunais de certo modo como um estado de exceção num universo judiciário cotidiano muito mais complexo. No que concerne ao percurso específico da nossa civilização cristã ocidental, encontramo-nos, nesse quadro, diante de um desdobramento concreto da jurisdição entre um foro externo, cujo intérprete é o juiz, e um foro interno, administrado normalmente pelo confessor, não como simples perdão dos pecados, mas como exercício efetivo de um juízo, de um poder sobre o homem: o nosso mundo atual da justiça e da culpa, mesmo tendo sido secularizado com o desenvolvimento do monopólio estatal do direito e com as descobertas da psicanálise, não é compreensível se não se levar essa dialética histórica em consideração[8].

Na nova evolução das tensões, nas quais se desenvolve o sistema constitucional do Ocidente entre a Idade Média e a Idade Moderna, o foro representa uma espécie de fronteira móvel, um ponto limítrofe que se desloca continuamente, onde o poder se materializa em decisões ou sentenças e se torna realidade concreta: creio que a primeira precondição para iniciar uma pesquisa desse tipo seja desfazer-se do estereótipo da identificação entre o foro e o lugar físico do tribunal. Em geral, a nossa historiografia tradicional enxerga quase unicamente, sob a pressão das controvérsias seculares entre Estado e Igreja, uma fronteira quase imóvel entre o "foro secular" e o "foro eclesiástico". Ao consultarmos a literatura jurídica e teológica da Idade Média e da Idade Moderna, deparamos com uma complexidade terminológica bem maior: *forum Dei, forum Poli, forum Ecclesiae, forum sacramentale, forum sacrum, forum cordis, forum coeleste, forum internum, forum spirituale, forum animae, forum poenitentiae, forum secretum, forum publicum, forum ecclesiasticum, forum iudiciale, forum fori, forum externum, forum contentiosum, forum saeculare, forum politicum* etc. São todos termos que, em par-

---

8. P. Legendre, *Les enfants du texte. Étude sur la fonction parentale des États (Leçons VI)*, Paris, 1992, pp. 370-96.

te, se contrapõem e, em parte, se sobrepõem de modo complexo: o elemento comum é o de tornar concreta uma norma (divina, natural ou humana) num caso concreto mediante um poder de coerção. Sendo assim, o problema é tentar ver como se move esse deslocamento do poder para além das próprias ambigüidades dos juristas, que sempre tendem, obviamente, a defender o sistema a que estão ligados.

Para tentar compreender esse fenômeno, creio que sejam indispensáveis duas condições de método: *a*) não fechar-se, como já dito, numa única história (do direito canônico, da teologia, das doutrinas políticas etc.); *b*) seguir esse limite, essa fronteira móvel, que se desloca ao longo dos séculos e dos países.

Seguindo, portanto, essa fronteira móvel e multiforme do foro, encontramo-nos diante da relação entre a norma como imperativo, positivo ou negativo, e a sanção, como coação ou como pena, enquanto ato coativo voltado ao restabelecimento da justiça. Não nos cabe aqui discutir esse problema – não obstante outras reflexões possam ser acrescentadas nas páginas finais –, mas é preciso evitar, desde o início, estabelecer ingenuamente a fronteira entre a esfera do direito e a esfera da moral no fato de o direito ser caracterizado pela possibilidade de colocar em ação um sistema coativo, enquanto a moral, não. Hans Kelsen, em sua fase mais madura e particularmente nos ensaios escritos após a experiência nazista e a chegada à América[9], já lançava uma advertência – mesmo defendendo a "doutrina pura do direito"

---

9. H. Kelsen, *L'anima e il diritto* (1936), *La metamorfosi dell'idea di giustizia* (1949), *L'idea di giustizia nelle Sacre Scritture* (1953), ensaios hoje recolhidos em: *L'anima del diritto. Figure arcaiche della giustizia e concezione scientifica del mondo*, organizado por A. Carrino, Roma, 1989, pp. 90-140; mas ver também as reelaborações posteriores da síntese geral *Dottrina pura del diritto*, atualmente em nova edição italiana, Turim, 1990, organização e introdução de M. G. Losano (cap. II: "Diritto e morale"), pp. 73-85. Quanto à evolução total do pensamento de Kelsen, remeto simplesmente à introdução de M. G. Losano à tradução italiana de *Teoria generale delle norme*, Turim, 1985, a respeito da qual me referirei nas reflexões conclusivas.

contra as teorias jusnaturalistas – em relação a uma visão superficialmente positivista, esclarecendo que o costume e a moral, assim como o direito, também exercem um poder próprio e concreto de coerção, ainda que este não se exprima com multas ou anos de prisão, mas com sanções fundadas na perda do papel social ou na ameaça de penas imateriais, não visíveis, mas não menos eficazes se estas fizerem parte de uma crença difundida e partilhada, como a punição ou a felicidade eternas. Por essa razão, na história concreta da civilização cristã ocidental, a questão central para entender esse intervalo, que permitiu o nascimento do estado de direito e do ideal liberal, é a distinção progressiva entre o conceito de pecado como desobediência à lei moral e o conceito de infração como desobediência à lei positiva. Justamente para entender essa evolução, parece necessário percorrer novamente esse arco tão amplo, que parte da afirmação, na Europa, do dualismo entre o poder político e aquele religioso, em particular do desenvolvimento da Igreja como instituição autocéfala, da reforma gregoriana e da luta pelas investiduras (a partir da "revolução papal", como foi definida por Harold J. Berman numa obra que continua sendo fundamental inclusive para a compreensão desta trajetória de pesquisa[10]) até as primeiras codificações dos séculos XVIII e XIX.

É necessário esclarecer que, embora a questão central seja representada pela relação entre *pecado* e *infração*, o problema não se limita ao direito penal: conforme nos ensinam os especialistas, não apenas porque a separação e a autonomia do direito penal no contexto do pensamento e da práxis jurídica constituem um fato relativamente recente, mas porque o problema que nos interessa é o triângulo homem-lei-poder em todas as suas formas e em todas as suas manifestações, ainda que a matéria penal seja obviamente aquela em que a questão é mais descoberta e aguda.

---

10. H. J. Berman, *Law and Revolution. The Formation of Western Legal Tradition*, Cambridge, Mass., 1983 (atualmente em trad. it. resumida, *Diritto e rivoluzione. Le origini della tradizione giuridica occidentale*, Bolonha, 1998).

Ao final deste prefácio, ainda são necessários alguns esclarecimentos mais concretos e externos, talvez óbvios, mas sempre importantes. Numa pesquisa desse tipo, as lacunas e as sombras são sempre muito maiores do que os pequenos territórios que conseguimos explorar: a única esperança pode ser a de que as lacunas não sejam tais a ponto de anular o trabalho na sua utilidade passageira de uma sondagem explorativa inicial, caso essas mesmas lacunas possam ser preenchidas pelas pesquisas posteriores e, portanto, os resultados possam ser superados e modificados. Dada a amplitude do tema, as referências bibliográficas limitaram-se a algumas indicações do caminho percorrido através das disciplinas e à identificação das alusões precisas às fontes e à literatura: a extensão das citações a obras e ensaios que, embora úteis e utilizados, não são diretamente mencionados no texto, teria conduzido a uma sobrecarga excessiva do volume. O leitor especializado entenderá que, por trás de uma citação, estão contidas e subentendidas muitas outras que não puderam ser explicitadas por falta de espaço: nas notas encontrará apenas as indicações de algumas extremidades dos fios bibliográficos que mais tarde terá de desenovelar sozinho e que podem ser encontradas a partir do fio que se indicou nas notas. Procurou-se evitar discussões com muitos autores citados, mesmo quando essas discussões talvez tivessem sido oportunas para divergências interpretativas, pois isso teria levado a desvios dispersivos. Deixamos ao leitor não especializado o encargo de encontrar, mediante o uso dos dicionários, das enciclopédias e dos manuais correntes nos vários setores envolvidos (história do direito, história constitucional e institucional, história da Igreja e das instituições eclesiásticas, história do pensamento teológico e político), a informação geral de base sobre os termos que empregaremos e sobre os problemas que serão tratados pouco a pouco no nosso discurso.

Ao final de uma pesquisa, a declaração de reconhecimento pelas dívidas contraídas a curto e a longo prazo é sempre insuficiente com respeito a quanto se recebeu e ex-

PREFÁCIO   13

clui, talvez, as relações e contribuições mais incisivas e profundas. Em todo caso, a curto prazo devo manifestar minha gratidão à Universidade de Bolonha, que me autorizou a dedicar o ano de 1998-1999 unicamente ao trabalho científico, e ao Historisches Kolleg de Munique, que me acolheu uma segunda vez como *fellow* (com a ajuda da Alexander von Humboldt-Stiftung), permitindo-me utilizar o excepcional patrimônio bibliográfico da capital da Baviera de modo totalmente privilegiado. A longo prazo, o pensamento vai sobretudo para o Instituto histórico ítalo-germânico em Trento: os vinte e cinco anos passados desde a sua fundação até 1997 constituíram uma aventura intelectual e humana que me enriqueceu dia após dia na relação com centenas de amigos e colegas alemães e italianos. A eles e, em particular, aos meus aliados nessa tarefa, dedico este volume. *Es war schön.*

Capítulo I
Justiça dos homens, justiça de Deus

1. Jerusalém e Atenas

O encontro ou embate entre a Bíblia e a sabedoria grega parece, mesmo para um discurso sobre os ordenamentos jurídicos, um ponto de partida inevitável que define, ao longo de todos os séculos, a história das instituições ocidentais. Por essa razão, tomo emprestado o título da presente seção do célebre ensaio de Leo Strauss, que se conclui da seguinte maneira: "Reconhecer essas duas raízes diferentes significa, antes de mais nada, realizar uma observação desconcertante. Todavia, num certo sentido, também é uma fonte de tranqüilidade e de conforto. A vida da civilização ocidental em si é uma existência entre dois códigos, é uma tensão fundamental. Não existe, portanto, nenhuma razão imanente à civilização ocidental, à sua constituição de base, pela qual ela deveria extinguir-se. Mas esse pensamento reconfortante justifica-se apenas se vivermos essa vida, se vivermos esse conflito."[1] Creio que se possa afirmar que não se trata apenas de uma tensão entre o pensar filosófico e o pensar teológico, mas da presença simultânea de princípios que fundaram a dinâmica da nossa sociedade justamente no seu dualismo e na sua interação contínua ao longo dos séculos. Trata-se de indicar, desde o início, que não pretendemos seguir Strauss no restabelecimento do direito natural e que não nos encon-

---

1. L. Strauss, *Gerusalemme e Atene. Studi sul pensiero politico dell'Occidente*, trad. it. com introd. de R. Esposito, Turim, 1998, p. 84.

tramos diante de uma enésima tentativa de síntese, à maneira de Jacques Maritain, em busca dos fundamentos metafísicos ou teológicos de um direito natural em que apoiar os alicerces perenes para resolver a crise do direito. Queremos partir da simples constatação de que a nossa história mais profunda, do Ocidente medieval e moderno, consiste no confronto entre a religião da Bíblia e a filosofia dos gregos não de modo abstrato, mas na tensão entre dois ordenamentos diferentes: no plano específico do ordenamento jurídico, não tanto o problema de uma lei natural-divina na qual fundar o direito, mas a convicção de que a relação com a norma não é totalizante, e sim a expressão de uma tensão ineliminável entre o indivíduo, o homem concreto e a lei, como emanação do poder que se interpõe. Conforme já escrito, no terreno indistinto entre a vida e o direito, o núcleo originário que permite a captura da vida no direito não está na lei ou na sanção, mas na "culpa" como processo de inclusão/exclusão: e é esse o lugar da soberania, do poder[2]. O problema do foro é, de certo modo, o problema do local de reconhecimento da culpa, da interface entre a esfera da vida e a esfera da norma: um tribunal que se teme ou um tribunal que se invoca quando se sofre ou sente uma situação de culpa.

Na raiz do mundo conceitual indo-europeu, encontramos o conceito de "ordem" como noção fundamental contemporaneamente do universo religioso, físico, moral e jurídico: é a ordem que regula a relação entre os homens como entre os astros[3]. Deixemos de lado, portanto, os grandes temas da formulação da doutrina da lei natural e do direito natural nos grandes pensadores da Grécia antiga: deles tomemos apenas a idéia de que a ordem política deve coincidir com a ordem natural; somente mais tarde, com o estoicismo, será colocado o problema filosófico da lei, vinculado à consciência e à moral[4]. No mundo grego, é assente a identidade

---

2. G. Agamben, *Homo sacer. Il potere sovrano e la nuda vita*, Turim, 1995, I, pp. 31-5.
3. E. Benveniste, *Il vocabolario*, cit., II, pp. 357-62.
4. L. Strauss, *Gerusalemme ed Atene*, cit., pp. 306-18.

do cosmo com o mundo do poder: a sede da justiça, como na passagem de Sófocles mencionada em epígrafe, está nos ínferos, junto à morada dos deuses, mas fora do alcance dos homens: na terra não existe um dualismo no qual se possa pôr em discussão a ordem sem incorrer na morte. Mesmo quando a democracia se desenvolve na pólis, o bem coincide com a cidade de modo objetivo, como demonstram o ensinamento e a morte de Sócrates. Embora possa ser unilateral a concepção tradicional de uma cultura grega destituída do princípio de subjetividade, na qual permanecem alheios os conceitos de consciência, pecado e culpa, resta o fato de que a concepção ética dominante tende a identificar a *syneidesis*, a *cum-scientia* ou consciência com a ordem objetiva das coisas, pelo menos até a época helenística[5]. Quando isso não ocorre, como na tragédia de Antígona, não existe uma possibilidade de recomposição: a morte é o único resultado possível dos eventos. No *Górgia*, de Platão, o discurso sobre a pena coincide com a libertação do mal: o castigo serve e aquele que não o recebe é mais infeliz do que aquele que o recebe. Do mesmo modo como as artes que dizem respeito ao corpo, à ginástica e à medicina, na política, a arte da alma, "o correspondente da ginástica é a arte da legislação, e o correspondente da medicina é a justiça"[6]. Em Aristóteles, dá-se um passo adiante ao se introduzir o conceito de équo, de *epieikhia*, como articulação entre a lei, que por sua natureza é universal, e o caso concreto: uma adaptação que corrige eventuais erros das leis que, por sua vez, conservam sua função universal e podem apenas variar, como as medidas de comprimento e peso, de um lugar para outro[7]. A partir disso, abre-se uma grande perspectiva, que dominará toda a história do Ocidente sobre a justiça como virtude: mas não é este o filão que pretendemos seguir. Bas-

---

5 A. Cancrini, *Syneidesis. Il tema semantico della "con-scientia" nella Grecia antica*, Roma, 1970.
6. Platão, *Tutti gli scritti*, organizado por G. Reale, p. 878.
7. Aristóteles, *Etica Nicomachea* (livro V, c. 14), organizado por M. Zanatta, Milão, 1986, pp. 376-81.

ta-nos aqui dizer que, não obstante tal fato, não temos no pensamento grego nenhuma visão dualística, nenhuma alternativa objetiva entre as normas da ética e as normas do direito: será preciso um longo caminho, que ainda hoje se manifesta na complexidade do léxico jurídico, no diferente uso e na sobreposição nas várias línguas entre as palavras direito (*directum*), justiça (*ius, iustum*) e lei (*lex*)[8].

No mundo hebraico, para além dos acontecimentos muito diferenciados nas diversas etapas da construção do Estado, introduz-se um ponto de grande novidade em relação à teopolítica do antigo Egito e dos outros reinos médio-orientais, nos quais a própria divindade se identificava com o poder. Pela primeira vez, em Israel, a justiça é subtraída ao poder e recolocada na esfera do sagrado: com a idéia do Pacto, da Aliança, que o envolve em primeira pessoa, Iahvé torna-se diretamente o garante da justiça na esfera social e política. Enquanto o faraó incorpora a justiça na esfera sociopolítica, submetida à sua soberania, em Israel, ao contrário, a justiça é subtraída à esfera política para ser transposta para a esfera teológica em dependência direta de Deus: a soberania e o sagrado separam-se, tornando possível não apenas a resistência diante dos abusos do poder – de um poder que pode ser cruel –, mas também a busca de um lugar terreno da justiça, diferente das próprias instâncias do poder[9]. Contrariamente ao que se costuma pensar, a afirmação da santidade e da transcendência de Deus não conduz a uma sacralização do direito, mas a uma dialética entre a ordem de Iavhé e a ordem natural do mundo: é a presença de Deus que dessacraliza as instituições "e reduz o direito ao seu valor (insubstituível e utilíssimo) relativo e pragmático"[10]. Abre-se, portanto, a possibilidade de um foro, de uma sede de administração da justiça, que não se identifica com o Es-

---

8. E. Benveniste, *Il vocabolario*, cit., II, pp. 382-3.
9. J. Assmann, *Politische Theologie zwischen Ägypten und Israel*, Munique, 1992.
10. J. Ellul, "Loi et Sacré, Droit et Divin. De la loi sacrée au droit divin", in *Le Sacré. Études et Recherches*, organizado por E. Castelli, Paris, 1974, p. 188.

tado e que, às vezes, também pode coagular num anti-Estado: a ira e o amor de Deus encontram, como expressão não de exceção, mas, de certo modo, institucionalizada para a administração da justiça, o espaço profético, a voz e a recepção dos profetas, aos quais a consciência individual tem acesso direto. Naturalmente, essa síntese grosseira deveria ser definida nos tempos e modos da complexa construção estatal hebraica, mas parece que não se pode colocar em discussão o caráter de novidade derivado da experiência da história de Israel. O homem possui uma sede alternativa em relação às sedes do poder político, para des-culpar-se ou in-culpar.

Essa inovação tem como conseqüência a primeira separação do conceito de *pecado*, como culpa no que concerne a Deus, do conceito de *infração* como violação da lei positiva. Enquanto no mundo grego o significado de *amartía* ainda é indistinto, mesmo em Aristóteles, como "erro" que se coloca contra as leis do cosmo e da política, no mundo hebraico a violação da lei é definida como infração, e a tradição rabínica desenvolverá de modo extremo essa referência à lei escrita. O mundo se divide em duas esferas separadas, o sagrado e o profano, o puro e o impuro, o permitido e o proibido, ao longo de uma linha fronteiriça traçada pela lei: a profecia e a espera pelo messias abrem esse círculo em direção ao futuro[11]. Ao lado dessa linha, delineia-se o conceito de pecado como culpa, como infidelidade a Deus e ao Pacto, cuja expiação só pode ser encontrada no espaço profético em que a justiça do homem é medida com a justiça de Deus. Dois são os instrumentos, os caminhos para a salvação, como recordará Cristo na parábola sobre a morte do rico epulão, mandando dizer a Abraão que os hebreus, para se salvarem, possuem a lei e os profetas (Lucas 16, 29-31). Trata-se de uma distinção ainda potencial, sufocada pelo le-

---

11. G. Agamben, "Il Messia e il sovrano. Il problema della legge in W. Benjamin", in *Anima e paura. Studi in onore di M. Ranchetti*, Macerata, 1998, pp. 11-22.

galismo que vê em toda transgressão da lei o pecado e neste tende a absorver todo erro ou toda infração, com extensão progressiva desde as primeiras faltas rituais até os mais complexos mandamentos éticos[12]. Nesse plano se aguçará o conflito entre o ensinamento dos fariseus e dos mestres da Torá e o novo radicalismo cristão, mas foi a herança de Israel que iniciou, em todo o desenvolvimento da civilização ocidental, uma divaricação, na qual a vontade e a consciência do indivíduo são determinantes.

Conclusão: na antiga pólis, a comunidade se coloca diante do indivíduo como um todo do qual ele sabe que é apenas uma parte, destinada a desaparecer; o caminho da salvação iniciado por Israel abre a estrada para o nascimento do indivíduo ocidental; o problema da culpa e da justificação, da penitência, de um *forum Dei* separado da justiça humana é um elemento de sustentação do dualismo, que permite o crescimento do indivíduo.

2. Da sinagoga à igreja

Com a mensagem cristã, o lugar da justificação se institucionaliza: não permanece o espaço indeterminado da profecia, mas torna-se a *ecclesia*, assembléia, o lugar por sua natureza alternativo ao poder político. Trata-se de dar ao "Quae sunt Caesaris Caesari, quae sunt Dei Deo" uma leitura muito mais ampla do que aquela vulgarizada no antagonismo entre Estado e Igreja dos últimos séculos. Para simplificar o discurso, parto de uma página de Franz Rosenzweig, que esteve na base de toda essa reflexão. Que se me permita, então, a longa citação:

> O mundo, que para o hebreu é repleto de fluidos que passam "deste" para o mundo "futuro" e vice-versa, para o

---

12. M. Weber, *Sociologia della religione*, introd. de P. Rossi, 2 vol., Milão, 1982, II, pp. 363-777.

cristão se articula no grande ordenamento duplo de Estado e Igreja. Do mundo pagão foi dito, não sem razão, que não conhecia nem o primeiro, nem a segunda. Para os seus cidadãos, a *pólis* era Estado e Igreja ao mesmo tempo, ainda sem nenhuma contraposição. No mundo cristão, Estado e Igreja se dividiram desde o início. Desde então, a história do mundo cristão vem sendo realizada na conservação dessa separação. E não o fato de apenas a Igreja ser cristã e o Estado não. O "Dai a César o que é de César" ao longo dos séculos não pesou menos do que a segunda metade do ditado evangélico. Com efeito, de César provinha o direito a que os povos se inclinam. E na difusão universal do direito sobre a terra realiza-se a obra da onipotência divina, a criação... O outro caminho passa pela Igreja. Esta também se encontra no mundo. Sendo assim, não pode deixar de entrar em conflito com o Estado. Não pode renunciar a constituir-se num ordenamento jurídico...[13]

Deixando de lado o discurso mais genérico e subjacente sobre a juridicidade do ordenamento da Igreja desde os seus primórdios, resta o fato de que os últimos estudos sobre as origens do direito canônico também sublinharam a relação direta com a Torá e com a exegese rabínica dos primeiros preceitos normativos da comunidade cristã, mesmo na interpretação diversa e nos caminhos divergentes[14]. Nesse quadro, o problema da jurisdição concreta sobre o pecado deve ser colocado como falta para com Deus e para com os outros homens, enquanto separada desde o início da jurisdição política sobre a infração, sobre a desobediência à lei. O espaço indeterminado da profecia se institucionaliza na assembléia. O sentido da redenção está no perdão ao pecado como rebelião do homem a Deus, no restabelecimento da ordem comprometida pela queda de Adão. Cristo – e os discípulos delegados por ele – tem o poder de perdoar os pe-

---

13. F. Rosenzweig, *La stella della redenzione*, ed. it. organizada por G. Bonola, Casale Monferrato, 1985, pp. 375-6.
14. L. Buisson, "Die Entstehung des Kirchenrechtes", in *Zeitschrift der Savigny-Stiftung für Rechtsgeschichte. Kan. Abt.*, 52 (1966), pp. 1-175.

cados; mas não apenas isso: a assembléia também tem o poder de dirimir as controvérsias internas entre os membros. Trata-se de dois planos diferentes mas interligados, inclusive nos mesmos textos, e a confusão entre eles, no esforço de defender o poder ministerial da Igreja, dominou a historiografia eclesiástica até os nossos dias: na enorme quantidade das publicações sobre o tema prevaleceu, pelo menos até poucos anos atrás, a tendência a demonstrar a origem neotestamentária do sacramento da penitência, a sua instituição por parte de Jesus Cristo como poder das "chaves" (*tibi dabo claves regni coelorum*), que diz respeito tanto ao foro interno da consciência quanto ao foro externo das ações humanas[15]. Na realidade, na referência contínua ao pecado, à misericórdia e ao perdão que invade todos os escritos neotestamentários, é dado à assembléia dos discípulos o poder de interpretar e concretizar o perdão divino com a constituição de um foro que se torna alternativo à justiça humana: "Se teu irmão cometeu uma falta contra ti, vai e corrige-o entre ti e ele apenas; se te ouvir, terás conquistado teu irmão; mas se não te ouvir, faze-te acompanhar por uma pessoa ou duas, para que, com a palavra de duas ou três testemunhas, fique tudo confirmado; e se recusar a ouvi-las, conta-o à comunidade dos fiéis; se depois não ouvir nem a comunidade, que seja para ti como um pagão ou um publicano" (Mateus 18, 15-17). Tal é a denominação técnica da *denunciatio evangelica*, que muitos séculos depois foi assumida como base no desenvolvimento do direito processual canônico e sobre o qual retornaremos mais adiante[16]. Nesse ponto nos interessa apenas ressaltar que não se trata da presença de um sistema duplo de normas dentro da comunidade cristã neotestamentária (por um lado, a relação com Deus e,

---

15. Para uma coletânea de textos e uma introdução geral ao problema, ver H. Karpp, *La penitenza. Fonti sull'origine della penitenza nella Chiesa antica*, ed. it. organizada por D. Devoti, Turim, 1975.
16. P. Bellini, "*Denunciatio evangelica*" e "*denunciatio judicialis privata*". *Un capitolo di storia disciplinare della Chiesa*, Milão, 1986.

por outro, as relações interpessoais; por um lado, as normas éticas e, por outro, as jurídicas), mas da constituição de uma estrutura alternativa em relação à justiça política, como testemunham os versículos de Mateus imediatamente posteriores àqueles mencionados acima: "Asseguro-vos que tudo aquilo que tereis proibido sobre a terra será proibido também no céu; e tudo aquilo que permitireis sobre a terra será permitido também no céu" (Mateus 18, 18-19). A especificidade da Igreja com respeito às seitas foi a de não construir uma comunidade fechada de iniciados, de perfeitos, mas uma comunidade aberta, baseada unicamente no vínculo batismal: a constituição de um foro para a administração da justiça e para estabelecer quem fica dentro e quem fica fora da comunidade torna-se, portanto, uma necessidade e constituirá também nos séculos posteriores um ponto discriminador em relação às mais diferentes heresias.

Na impossibilidade de aprofundar os aspectos mais propriamente eclesiológicos, limito-me a indicar que a constituição desse foro compõe a inovação que o cristianismo transplanta para a raiz messiânica e jurídica (a possibilidade de encontrar uma composição das controvérsias num grupo parental, num confronto sem o juiz) do hebraísmo[17]. A recapitulação simbólica de tudo isso está no processo e na condenação de Cristo, processo político que implica o problema da corruptibilidade intrínseca e ineliminável do poder – pelo apelo ao povo –, inclusive na sua justificação democrática atual[18]: a isso pode-se contrapor a absolvição de Cristo dada ao ladrão, condenado com toda razão pela justiça humana e crucificado com ele: "Asseguro-te que hoje estarás comigo no paraíso" (Lucas 23, 43).

---

17. A continuidade entre a tradição rabínica e aquela da Igreja antiga é destacada por H. Jaeger, "La preuve judiciaire d'après la tradition rabbinique et patristique", in *La preuve, I: Antiquité*, Bruxelas, 1964, pp. 415-594 (Récueils de la société Jean Bodin, XVI).

18. A esse respeito, ver o profundo ensaio de G. Zagrebelsky, *Il "Crucifige!" e la democrazia*, Turim, 1995.

3. A Igreja das origens e Roma

Há algum tempo, superou-se a visão de uma contraposição entre o cristianismo e as instituições romanas, como se para os primeiros três séculos não tivesse existido nenhuma osmose, mas unicamente uma contraposição marcada pelas perseguições e destinada a modificar-se apenas com o reconhecimento da religião cristã e com a idade constantiniana: na realidade, o cristianismo nutre-se e dá seus primeiros passos num terreno que é o do ordenamento romano, e o próprio ordenamento do império absorve fermentos que, na época helenística, circulam dentro do mundo mediterrâneo[19]. É bastante conhecido o processo organizativo das instituições eclesiásticas, particularmente das dioceses, sobre as bases das estruturas administrativas do império romano, mas o fenômeno não é apenas externo e envolve toda a estrutura interna da Igreja na linguagem, nas expressões lingüísticas e litúrgicas, nas idéias: é sobretudo o pensamento estóico – de Cícero a Sêneca – sobre a ética, sobre a *virtus* e sobre a *fides* como pressupostos da juridicidade que marcou desde o início o pensamento cristão[20]. O envolvimento mais importante parece ser o que levou ao nascimento da concepção do direito natural, alheio à primeira tradição jurídica romana[21], e ao primeiro desenvolvimento de uma filosofia do direito ligada sobretudo à experiência estóica, de Cícero a Sêneca, e que mais tarde confluirá na definição de Gaio

---

19. Para uma última visão de conjunto, ver J. Gaudemet, *La formation du droit séculier et du droit de l'Eglise aux IVe et Ve siècles*, Paris, 1979; G. Guyon, "Recherches sur les origines des institutions chrétiennes I^e-IIIe siècle", in *Religion, société et politique. Mélanges en hommage à J. Ellul*, Paris, 1983, pp. 41-60. Para a visão tradicional: "Diritto romano e diritto canonico" (atos de um colóquio, com introdução de G. Lombardi), in *Apollinaris, 51* (1978). Duas coletâneas recentes de ensaios: *Cristianesimo e istituzioni politiche. Da Augusto a Costantino* e *Da Costantino a Giustiniano*, organizado por E. Dal Covolo e R. Uglione, Roma, 1995 e 1997.
20. L. Buisson, *Die Entstehung des Kirchenrechtes*, cit., pp. 102-29.
21. J. J. Bachofen, *Diritto e storia. Scritti sul matriarcato, l'antichità e l'Ottocento*, organizado por M. Ghelardi e A. Cesana, Pádua, 1990, pp. 44-62.

(sobre a diferença entre o *ius civile* próprio de cada povo, o *ius gentium* como direito comum a todos os povos com base na razão) e na célebre tripartição de Ulpiano em direito natural, direito das gentes e direito civil, que depois constituirá a base do *Corpus iuris civilis* e de todo o caminho do direito ocidental: "Ius naturale est, quod natura omnia animalia docuit..."[22] É nesse quadro em particular que se desenvolve entre os Padres da Igreja, desde o segundo século, a doutrina relativa a Cristo como sumo legislador e a relativa à existência de uma lei divina coincidente com a lei natural[23]. Isso não podia deixar de ter conseqüências no plano do problema do foro: não é apenas em sentido negativo (a falta da crença na iminência do fim do mundo, da parúsia), não são apenas as dificuldades em determinar cada membro como pertencente à comunidade, mas é uma nova visão do mundo que se afirma. A ordem cósmica e natural não coincide mais automaticamente com a ordem política e dá-se início ao problema de uma tensão que diz respeito não somente à relação política, mas também ao ordenamento judiciário, à administração da justiça. O apelo a uma justiça superior às leis escritas não permanece abstrato, mas começa a se concretizar numa série de princípios: a pessoa humana, a propriedade, a *fides* etc.[24] Isso leva, portanto, a um processo de juridicização das normas de comportamento da comunidade cristã e a um processo de fundação ética do direito nunca antes conhecido. Ainda antes de ocorrer no desenvolvimento da prática penitencial, isso se verifica no pensamento dos Padres da Igreja dos primeiros séculos: para-

---

22. R. Weigand, *Die Naturrechtslehre der Legisten und Dekretisten von Irnerius bis Accursius und von Gratian bis Johannes Tetonicus*, Munique, 1967, pp. 8-17. Para um olhar de síntese sobre o desenvolvimento do pensamento jurídico em Roma, ver M. Ducos, *Roma e il diritto*, trad. it. Bolonha, 1998, pp. 113-27.

23. U. Kuehneweg, *Das neue Gesetz. Christus als Gesetzgeber und Gesetz. Studien zu den Anfängen christlicher Naturrechtslehre im 2. Jahrhundert*, Marburgo, 1993.

24. F. Schulz, *Geschichte der römischen Rechtswissenschaft*, Weimar, 1961, pp. 158-62.

lelamente à reivindicação da superioridade da nova moral cristã em relação ao direito romano emerge, particularmente no Ocidente (e essa divaricação inicial acarretará conseqüências), uma utilização da linguagem jurídica a serviço da teologia, dos conceitos religiosos e sobretudo da eclesiologia, seja em função das regras de fé, seja em função das regras litúrgicas e de disciplina[25]. Conforme escreveu Jean Gaudemet na conclusão de uma de suas grandes obras: "O direito romano permite à comunidade cristã organizar-se em sociedade. Esse serviço continuará durante séculos. Num certo sentido, ele fará da Igreja católica a mais autêntica herdeira do império romano."[26] Pode-se desenvolver essa visão em branco ou em preto, mas não me parece possível refutá-la: nas últimas décadas (sem querer abandonar o terreno histórico, convém liberar-se de cenários enganosos), pensou-se com muita freqüência e superficialmente em poder reformar a Igreja libertando-se de um invólucro constantiniano, sem refletir sobre essa osmose mais interna.

No entanto, desse transplante nascem também novidades substanciais no plano do pensamento teológico. De Tertuliano a Cipriano, a Lattanzio, a Ambrósio e Santo Agostinho emerge pouco a pouco um *ius coeli*, que se contrapõe ao *ius fori*. Em Tertuliano, o uso do termo *sacramentum* (tomado do próprio juramento militar) é particularmente significativo somado à transposição para a linguagem religiosa dos termos de milícia, ordem (para a definição do corpo sacerdotal), autoridade, disciplina, ofício etc. Em Cipriano, encontramos o bispo indicado como "iudex a Deo datus" em nítida comparação com o juiz civil como delegado do imperador[27]. Em Agostinho, o tema é explicitado muito concretamente num texto que percorrerá toda a Idade Média até ser inseri-

---
25. J. Gaudemet, *Le droit romain dans la littérature chrétienne occidentale du IIIe au Ve siècle*, Milão, 1978 (Ius Romanum Medii Aevi I, I, 3, b); id., *La formation du droit séculier*, cit.
26. J. Gaudemet, *La formation du droit séculier*, cit., p. 230.
27. H. Jaeger, *La preuve judiciaire*, cit., p. 506.

do no *Decretum* de Graciano: a Igreja de Cartago estaria autorizada – injustamente, mas segundo a lei – a não restituir a herança ao doador que tivesse tido filhos inesperados após sua doação ("in potestate habebat non reddere; sed iure fori non iure poli"[28]). Não se trata da contraposição entre uma esfera ética, reservada ao plano religioso interior, e uma esfera jurídica externa, mas da contraposição de dois direitos, conforme o próprio Agostinho diz em outra passagem, condenando o concubinato (o direito de família é naturalmente um dos setores em que o conflito é mais evidente): "faciunt hoc multi viri iure fori, non iure coeli, non iustitia iubente sed libidine dominante"[29].

Particularmente freqüente é a transposição do vocabulário extraído do direito penal romano para a doutrina do pecado e da penitência pública: os termos *crimen* e *delictum* pouco a pouco se sobrepõem entre si na passagem da época clássica para a justiniana e tendem a absorver o de *peccatum* com uma sobreposição – seja na linguagem teológica, seja na jurídica – que, se não chega a se tornar uma equivalência, acaba caracterizando, como veremos, todos os séculos da Alta Idade Média[30]. Já desde os primeiros séculos, emerge o conceito de "pecado mortal", muito semelhante aos *delicta capitalia* ou *capitalia crimina* do direito romano, e os mesmos cânones disciplinares são impregnados de conceitos jurídi-

---

28. Augustinus, "Sermo n. 355" (*Patrologia Latina*, 39, col. 1572); B. Fries, *Forum*, cit., p. 151.

29. J. Gaudemet, *Le droit romain...*, cit., p. 150 (do *Sermo* 289).

30. A antítese entre pena privada por um ato ilícito, punido pelo direito civil (*delictum*), e pena pública por um ato ilícito, punido pelo direito público (*crimen*), deixa de existir quando o direito penal público absorve quase completamente o direito penal privado, como ocorre na época justiniana, em que todas as culpas adquirem uma importância pública e os dois termos se tornam, portanto, equivalentes (E. Albertario, *"Delictum" e "crimen" nel diritto romano classico e nella legislazione giustinianea*, Milão, 1924, pp. 73-4). Uma discussão (cujo resultado não compartilho, mas que mereceria ser retomada) em M. Roberti, "'Delictum' e 'peccatum' nelle fonti romane e cristiane (contributo allo studio dell'influenza del cristianesimo sul diritto romano)", in *Studi di storia e dirittto in onore di C. Calisse*, I, Milão, 1939, pp. 161-76.

cos romanos[31]. Em Agostinho encontramos, posteriormente, a distinção, destinada a ser retomada inúmeras vezes na Idade Média e a confluir no *Decretum* de Graciano, entre o pecado que todos estão sujeitos a cometer devido à fragilidade humana, e os pecados graves ou crimes como o homicídio, o furto, a fraude, o sacrilégio e outras faltas semelhantes: "Crimen est grave peccatum accusatione et damnatione dignissimum."[32]

O próprio processo da penitência pública sofre a influência, na investigação preliminar, na confissão dos pecadores e na *purgatio* prescrita, de algumas formas do processo penal romano que evolui nesse período entre o plano do direito privado (no qual se configuram delitos como o furto, o dano e a ofensa) e o plano do direito público, que aos poucos se torna predominante, transformando potencialmente todos os delitos em delitos contra o Estado[33]. As leis civis, como direito próprio de cada povo – especificamente do romano –, são provisórias e mutáveis e podem ser injustas quando se encontram em contradição con o *ius humanitatis* ou *ius fraternitatis*, em que se concretiza a lei divina dentro da comunidade cristã. A Bíblia constitui a fonte primeira – do decálogo aos

---

31. R. Staats, "Kanon und Kapitaldelikte. Zwei Grundbegriffe im Gesetzesverständnis westlicher Patristik", in *Das Gesetz in Spätantike und frühem Mittelalter*, organizado por W. Sellert, Göttingen, 1992, pp. 28-46; na conclusão do ensaio, o autor menciona a expressão contida na *lex Ribuaria* (século VII): "Ecclesia vivit lege Romana."

32. *Corpus iuris canonici*, organizado por Ae. Friedberg, Leipzig, 1879, I, col. 281 (c. 1, dist. 91). Toda a passagem (extraída do *Tractatus in Johannis evangelium*, XLI, c. 10) refere-se à ordenação dos clérigos; os candidatos não podem ser homens sem pecado, mas devem ser isentos de crimes: "Apostolus Paulus, quando elegit ordinandos vel presbyteros vel diaconos, et quicumque ordinandus est ad praeposituram ecclesiae non ait: 'Si quis sine peccato est' (hoc enim si diceret, omnis homo reprobaretur et nullus ordinaretur) sed ait: 'Si quis sine crimine est': sicut est homicidium, furtum, fraus, sacrilegium et cetera huiusmodi. Crimen autem est grave peccatum, accusatione et damnatione dignissimum."

33. B. Biondi, *Il diritto romano*, Bolonha, 1957, cap. XV (Delitti e pene), pp. 541-78.

mandamentos evangélicos – no universo jurídico. Não se coloca em discussão a ordem estabelecida e não se autoriza a revolta, mas abre-se a possibilidade e a realidade de um conflito em que os *iura fori* devem ceder diante dos *iura coeli*: colocam-se as premissas para um dualismo institucional.

4. Práxis penitencial e jurisdição na Igreja dos primeiros séculos

Nesse processo de juridicização da Igreja, já evidente no segundo século, desenvolve-se o primeiro direito disciplinar da Igreja como elaboração dos poderes recebidos de Cristo, poderes não exercidos de modo carismático, mas por ofício e de maneira claramente hierarquizada, pelos bispos enquanto detentores do poder das chaves[34]. Trata-se de uma elaboração ainda indeterminada, na qual muito pouco se sabe sobre o perdão das faltas, dos pecados pessoais sem relevância pública, pecados cujo perdão é confiado à relação pessoal do fiel com Deus e à exomologese, ou seja, à confissão pública dos pecados feita no início da celebração eucarística, rito que perdurou no tempo até hoje com a recitação do *confiteor* no início da missa. Mesmo a reflexão que se desenvolveu após o concílio Vaticano II sobre a relação entre o foro sacramental da Igreja e o foro judiciário pa-

---

34. Num plano eclesiológico geral: H. von Campenhausen, *Kirchliches Amt und geistliche Vollmacht in den ersten drei Jahrhunderten*, Tübingen, 1953 (sobretudo o cap. IX: "Der Kampf an die Busse in Abendland"); K. Rahner, *Frühe Bussgeschichte in Einzeluntersuchungen* (vol. XI dos *Schriften zur Theologie*), Zurique, 1973; "La tradition apostolique régulatrice de la communauté ecclésiale aux premiers siècles" (seleção de relatórios num congresso), in *L'année canonique*, 23 (1979), pp. 1-202. No plano jurídico, sobre as origens do primeiro direito canônico: O. Heggelbacher, *Geschichte des frühchristlichen Kirchenrechts bis zum Konzil von Nizäa 325*, Freiburgo, 1974. (Para a discussão sobre o problema secular do nascimento do direito canônico, ver a resenha de P. Mikat, "Zu Bedingungen des frühchristlichen Kirchenrechts", in *Zeitschrift der Savigny-Stiftung für Rechtsgeschichte. Kan. Abt.*, 69 (1978), pp. 309-20.)

rece não ter esclarecido totalmente esse problema. A fim de recuperar o valor interior do ato sacramental (colocando em segundo plano os aspectos jurídicos), tende-se, na minha opinião, a subestimar o problema central naqueles séculos, isto é, o problema de se pertencer à comunidade eclesiástica no contexto da separação da sociedade civil e das perseguições[35]. O que distingue a penitência cristã, desde as suas origens, dos processos de purificação e de confissão difundidos nas religiões primitivas, ainda que naturalmente deles permaneçam vestígios até os nossos dias[36], é a relevância jurídica do processo penitencial. Naturalmente, a problemáti-

---

35. J. Bernhard, "Excommunication et pénitence-sacrement aux premiers siècles de l'Eglise", in *Revue de droit canonique*, 15 (1965), pp. 265-330, e 16 (1966), pp. 41-70. Ao tema global da penitência foi dedicado um fascículo inteiro (n. 7) do vol. 11 (1975) da revista *Concilium*, com dois ensaios importantes de C. Vogel, entre outros, "Penitenza e scomunica nella chiesa antica e durante l'alto medioevo", pp. 21-35, e de Ch. Munier, "Disciplina penitenziale e diritto penale eccclesiale", pp. 36-48. Num plano mais divulgativo: *Pratiques de la confession. Dès pères du désert à Vatican II. Quinze études d'histoire*, Paris, 1983. Uma recente síntese encontra-se em K. J. Klär, *Das kirchliche Bussinstitut von den Anfängen bis zum Konzil von Trient*, Frankfurt a. M., 1991. Se me for lícito referir uma experiência pessoal, penso ter começado a compreender o problema quando, no longínquo ano de 1973, durante a celebração da missa numa igreja em Trento, expoentes do movimento de 1968 pediram a expulsão da eucaristia do reitor da Universidade (eu), porque este havia se oposto às reivindicações do próprio movimento em relação ao acesso gratuito ao refeitório universitário: o problema foi discutido após a homilia e decidiu-se que o reitor podia permanecer na celebração da eucaristia.

36. Ver a clássica obra de R. Pettazzoni, *La confessione dei peccati*, 3 vol., Bolonha, 1929-1936, I, p. 53: "O pecado é, portanto, concebido como algo que possui uma consistência substancial; em outros termos, é o mal sentido como experiência dolorosa e objetivado na noção de uma força-substância que o produz... está em jogo não o momento subjetivo do ato pecaminoso, ou seja, a vontade do sujeito, mas sim o momento objetivo, quer dizer, a realidade do fato realizado – da ação cometida –, realidade que é concebida justamente como mal porque experimentada nos seus efeitos dolorosos. ... o pecado é ação geradora de mal... enquanto ação perturbadora de uma ordem divina." Para uma síntese geral da história do sacramento cristão da penitência (além dos verbetes das enciclopédias, onde se pode encontrar toda a bibliografia especializada), ver B. Poschmann, *Busse und letzte Ölung*, Freiburg i. B., 1951 (trad. francesa: *Pénitence et onction des malades*, Paris, 1966).

ca diz respeito, em primeiro lugar, aos *lapsi*, ou seja, àqueles que renegaram – muitas vezes sob a ameaça de perseguições ou pelas lisonjas do poder – o fato de pertencerem à comunidade cristã, em seguida se estende gradualmente até compreender os comportamentos públicos diferentes da doutrina e da moral cristã. Num segundo momento, com efeito, a heresia torna-se o pecado público por excelência: o delito contra a fé torna-se cada vez mais um problema de vínculo que implica a exclusão temporária ou definitiva da comunidade, ou seja, a excomunhão[37]. Indubitavelmente, existem nos primeiros séculos dois níveis distintos, aquele inserido na celebração eucarística como ato de purificação individual e aquele público, mas não é correto pensar num desenvolvimento interno da práxis penitencial, que apenas mais tarde se reveste de uma forma jurídica, uma vez cristianizado o império. Por certo não podemos aqui repercorrer o caminho da estratificação dos primeiros cânones disciplinares desde a *Didaché*, desde o século II, até as primeiras coleções de deliberações conciliares e de textos papais[38]. Mas já no século III, com base em algumas formulações iniciais, como a *Didascalia apostolorum* (por volta do ano de 230), o processo penitencial toma forma com o duplo objetivo de restabelecer a justiça e de converter o pecador público: nasce o primeiro foro dependente do bispo, a *audientia episcopalis*[39]. Em tempos posteriores, ao tribunal episcopal serão delegadas causas por parte do poder político imperial também fora do terreno

---

37. R. Maceratini, *Ricerche sullo status giuridico dell'eretico nel diritto romano-cristiano e nel diritto canonico classico (da Graziano a Uguccione)*, Pádua, 1994, pp. 31-50 (inclusive para referências à literatura precedente).

38. Para uma observação de conjunto: J. Gaudemet, *Les sources du droit de l'Eglise en Occident du IIe au VIIe siècle*, Paris, 1985.

39. G. Vismara, "La giurisdizione ecclesiastica nelle più antiche collezioni canoniche", in *Estudios de historia del derecho europeo. Homenaje al p. G. Martínez Díez*, Madri, 1994, vol. I, pp. 357-65; id., "La giurisdizione dei vescovi nel mondo antico", in *La giustizia nell'alto medioevo (secoli V-VII)*, Spoleto, 1995, pp. 225-52 (com referência também às obras anteriores e conhecidas do próprio Vismara).

disciplinar interno da Igreja, mas isso não deve ser visto como o ponto de partida da jurisdição episcopal: o importante é compreender que o núcleo originário encontra-se na composição dos litígios e das controvérsias entre os cristãos ou entre os indivíduos e a comunidade para evitar, segundo as indicações de São Paulo, o recurso a um foro externo à própria comunidade. A partir disso, a práxis penitencial é iniciada como conjunto das prescrições e dos processos necessários para a reconciliação e a reinserção do culpado na comunidade.

A negligência de tal fato, por objetivos apologéticos ou por um fechamento disciplinar, teve conseqüências muito importantes na historiografia sobre a penitência-instituição. Não podia haver nas origens da Igreja uma distinção como a que nascerá muitos séculos depois entre uma esfera do direito penal e a esfera da penitência, entre a excomunhão com exclusão da comunidade e a absolvição do pecado. O esforço nesses primeiros séculos foi apenas o de distinguir as faltas de relevância pública, que colocam em jogo o vínculo do membro à comunidade (denominadas de modo bastante indiferenciado como pecado, crime, delito), para medir sua gravidade em função do processo de reinserção e reabilitação. A discussão mais relevante nesse período baseia-se na possibilidade de reaplicar o processo penitencial, ou seja, de saber se seria possível reaplicar o processo penitencial para um penitente que reincidiu em falta pública. Em Tertuliano, que pretende transferir as categorias do direito romano para a teologia do pecado, a ruptura com a Igreja e com a adesão à heresia montanista ocorre justamente nesse ponto: para ele, a profissão batismal representa um juramento, um compromisso de não pecar mais, que não pode ser rompido com faltas graves como a idolatria, o homicídio e o adultério, pois estas implicam a exclusão da comunidade[40]. Somente a partir dos séculos V-VI, a "segunda tábua" a que o cristão pode

---

40. Tertullien, *La pénitence*, introd. de Ch. Munier, Paris, 1984.

se agarrar para salvar-se ("secunda post baptismum tabula"; a primeira é sempre o batismo, que cancela todos os pecados anteriores) tornar-se-á, de certo modo, uma jangada permanente, que acompanhará toda a vida do cristão comum: abre-se o caminho para a penitência privada, que primeiro é reservada aos doentes graves em perigo de vida e depois é difundida também na práxis cotidiana e reiterada em todos os casos de reincidência no pecado, com a imposição de uma penitência medicinal.

Seja como for, todo esse quadro é destinado a mudar radicalmente com o conflito entre paganismo e cristianismo que, no século IV, abre cenários completamente diferentes para o Oriente e o Ocidente: no Ocidente, a Igreja substitui pouco a pouco o Estado romano moribundo e constitui cada vez mais o instrumento cultural para o ingresso das populações bárbaras na romanidade também como vínculo e identidade coletiva; no Oriente, ao contrário, a Igreja acaba se identificando com o império cristão no Estado de Constantinopla[41]. Estamos diante de uma bifurcação entre Oriente e Ocidente, que, embora muitos séculos mais tarde receba a definição formal de um cisma, já implica um caminho totalmente diferente na relação entre a comunidade cristã e o poder. Isso não podia deixar de ter profundas repercussões também no plano do foro.

5. No império cristão do Oriente: a justiça do Estado é a justiça de Deus

Deixemos de lado, naturalmente, toda veleidade de definir o problema mais geral do cristianismo como religião de Estado no império bizantino[42]. Talvez não haja um fenômeno

---

41. A. Momigliano, introdução a *Il conflitto tra paganesimo e cristianesimo nel secolo IV*, ensaios organizados por A. Momigliano, Turim, 1968.
42. Para uma visão de síntese, ver P. Brown, *Potere e cristianesimo nella tarda antichità*, trad. it. Roma – Bari, 1995.

mais estudado do que o cesaripapismo bizantino: no Oriente não se pode formar nenhum direito eclesiástico em sentido autônomo porque é o Estado que governa a Igreja com a sua lei e a sua administração, e o próprio pensamento dos Padres da Igreja oriental se move nessa mesma direção; para São João Crisóstomo, a autoridade da Igreja deve ser submetida ao poder do Estado: na literatura jurídica oriental não encontramos nem mesmo a expressão "direito canônico"[43].

Naturalmente, seria necessário definir essa evolução no tempo e no espaço: nem tudo se realiza com o édito de Teodósio I, que no ano de 380, em Tessalonica, impõe "a todos os povos do império a observância da fé do apóstolo Pedro", e o caminho não ficará livre de abrandamentos e reações também no plano legislativo, mas o processo será incessante. Estudos recentes começaram a iluminar o caminho percorrido por volta da metade do século V, desde a promulgação, em 438, do *Codex Theodosianum*, que propunha como objetivo do Estado a defesa da religião cristã, até a legislação que impõe os decretos dos concílios de Éfeso e da Calcedônia e organiza a repressão da heresia e da dissensão herética[44]. Inicia-se, assim, um século que conduzirá à inserção como primeiro artigo do *Codex* de Justiniano – quase como norma constitucional suprema – do "De Summa Trinitate et fide catholica et ut nemo de ea publice contendere audeat" com o famoso comando: "Hanc autem legem sequentes Christianorum catholicorum nomen iubemus amplecti, reliquos vero dementes vesanosque iudicantes haeretici dogmatis infamiam sustinere, divina primum vindicta, post etiam motus nostri, quem ex caelesti arbitrio sumpserimus, ultione plectendos."[45] A única coisa a acrescentar é talvez o fato de os estudos das décadas mais recentes terem apresentado

---

43. S. N. Troianos, "Das Gesetz in der griechischen Patristik", in *Das Gesetz in Spätantike*, cit., pp. 47-62.
44. E. Dovere, *"Ius principale" e "Catholica lex". Dal Teodosiano agli editti su Calcedonia*, Nápoles, 1995.
45. *Corpus iuris civilis*, 3 vol., Berlim, 1872-1895, II: *Codex Iustinianus*, organizado por P. Krueger, p. 6 (I, 1, 1).

uma tendência a redimensionar em demasia a visão do *Corpus iuris civilis* de Justiniano como solução para a construção de um sistema jurídico que, partindo da base do direito romano clássico, com um processo de reformulação do antigo ordenamento, chega ao "direito romano cristão", à grande codificação justiniana como a sua maior e mais coerente manifestação[46]. Essa era uma visão que inseria um módulo apologético na tradição humanística dos últimos séculos, que, por sua vez, tendia a apresentar no direito romano, visto como um sistema orgânico e coerente (na verdade, essa organicidade e essa coerência são apenas o resultado da operação científica realizada séculos mais tarde pelos juristas medievais), a base do direito moderno, visão que corresponde mais a uma lenda do que a outra coisa[47]. Na verdade, temos uma ruptura evidente com a cristianização do império e o conflito do século IV, inclusive no plano jurídico. No Oriente, a Igreja é englobada no império, tornando-se religião oficial, e o imperador é legislador em nome de Deus e de Jesus Cristo; a crescente regulamentação jurídica da vida da Igreja também passa a fazer parte da legislação estatal[48]. Por outro lado, toda a elaboração relativa ao direito natural deve ser reconduzida à monoliticidade de um ordenamento, que tem seu ápice no imperador como garante dessa identidade entre a lei humana e a divina.

O que se aprofundou muito nas últimas décadas (e que é particularmente importante para o nosso tema) é o problema do exercício da jurisdição, do foro, nessa situação que poderíamos denominar, usando um termo atual, fundamentalismo radical. Justamente viu-se que, numa situação como essa, o problema central torna-se o do vínculo, não o da

---

46. B. Biondi, *Il diritto romano cristiano*, 3 vol., Milão, 1952-1954. Ver a respeito: G. Crifò, "Romanizzazione e cristianizzazione. Certezze e dubbi in tema di rapporto tra *cristiani* e istituzioni", in *I cristiani e l'impero nel IV secolo*, organizado por G. Bonamente e A. Nestori, Macerata, 1988, pp. 75-106.

47. Ver G. Barone-Adesi, *L'età della "lex Dei"*, Nápoles, 1992.

48. G. Crifò, "La Chiesa e l'Impero nella storia del diritto da Costantino a Giustiniano", in *Cristianesimo e istituzioni politiche*, cit., pp. 171-202.

culpa: o herege é aquele que é estranho ou se torna estranho em relação ao corpo social, e a heresia passa, portanto, a ser o *crimen publicum* por excelência, o mais grave delito contra o Estado-Igreja[49]. Não estamos diante de um simples problema de cidadania: a alternativa é entre o bem e o mal, entre a luz da razão e do poder e a anomalia da loucura e do demônio: as afirmações de direito positivo e os preceitos éticos e eclesiásticos coincidem de modo absoluto, e *furiosus*, ou endemoniado, seguidor de satanás, é aquele que se opõe a uma legislação coercitiva que combate não simplesmente um delito ou um crime, mas o mal[50]. O que podemos acrescentar como observação particular nesses grandes panoramas jurídicos é que, uma vez afirmada a identificação do bem com o ordenamento imperial, uma vez que toda a esfera ético-religiosa conflui no direito e a justiça do império coincide com a justiça de Deus, passa a faltar um certo espaço para o desenvolvimento da instituição da penitência como foro, como manifestação jurisdicional da vida da Igreja: no Oriente, teremos, dos séculos posteriores até hoje, a redução da penitência a um âmbito estreitamente interno, de auxílio no caminho da ascese e da perfeição, de direção espiritual, uma esfera circunscrita, na maioria dos casos, ao ambiente monástico e que se refere ao religioso como versado nas coisas do espírito: ainda no século XIX, a característica da espiritualidade ortodoxa permanece marcada por essa divaricação, como se pode entrever na presença do *stariez* nas obras de Tolstoi ou de Dostoiévski[51]. Não será sem significado o fato

---

49. R. Maceratini, *Ricerche sullo status giuridico*, cit., pp. 51-108.

50. F. Zuccotti, *"Furor haereticorum". Studi sul trattamento della follia e sulla persecuzione della eterodossia religiosa nella legislazione del tardo impero romano*, Milão, 1992.

51. Para algumas sugestões, ver os ensaios contidos nos volumes: *Incontro fra canoni d'Oriente e d'Occidente*, organizado por R. Coppola, Bari, 1994 (sobretudo o ensaio de J. H. Erickson, "The Value of the Church Disciplinary Rule with Respect to Salvation in the Oriental Tradition", pp. 223-44); *Diritto e religione da Roma a Costantinopoli a Mosca*, organizado por M. P. Baccari, Roma, 1994.

de que também no Ocidente o ponto máximo de aproximação dessa visão da confissão, de aprofundamento da penitência como direção espiritual se dará na época das Igrejas e dos Estados confessionais da Idade Moderna, quando o sistema tende a aproximar-se também na Europa do monismo cesaripapista bizantino. Mas veremos isso mais adiante: o que importa observar é que o Ocidente encaminhou-se então, na passagem entre o tardo império e o mundo medieval, por uma estrada totalmente diferente, fazendo da penitência um foro distinto.

6. As origens do dualismo do foro no Ocidente

Também nesse caso, a história da bifurcação ocidental no plano do poder e das instituições é um assunto bem conhecido. O que nos interessa é tentar compreender quais as conseqüências desse processo durante a administração da justiça. Assim como em todos os manuais de história da Igreja a célebre definição do papa Gelásio sobre a relação entre a *potestas* dos imperadores e a *auctoritas* dos pontífices romanos nos faz lembrar a primeira teorização do dualismo dos poderes, típico do Ocidente, no papa Gregório, o Grande, com suas cartas e seu grande tratado *Moralia in Job*, é possível ver o fundador ou primeiro teorizador do dualismo no plano da jurisdição[52]. Certamente não se pretende negar a situação de confusão entre o plano espiritual e o temporal em que ele se encontra, agindo no quadro político institucional do império romano cristão, mas ele busca resolver o

---

52. G. Arnaldi, "Gregorio Magno e la giustizia", in *La giustizia nell'alto medioevo (secoli V-VIII)*, cit., pp. 57-102 (mas todas as atas dessa XLII Semana de estudos do Centro de Spoleto, de abril de 1994, bem como as da semana posterior, XLIV (1996), dedicada ao mesmo tema para os séculos seguintes, *La giustizia nell'alto medioevo (secoli IX-XI)*, Spoleto, 1997, devem ser consideradas como pano de fundo para esses parágrafos). Também remeto a esses ensaios no que se refere à literatura precedente.

problema da rivalidade, que havia se desenvolvido na realidade cotidiana, no plano teológico, distinguindo o plano do juízo espiritual daquele temporal, o juízo de Deus daquele dos homens. Já a idéia de comentar o livro de Jó constitui uma escolha bastante precisa: Jó não se opõe à ordem do cosmo e do poder, pela qual é tão dolorosamente atingido, mas busca sua explicação no fato de que nos misteriosos planos de Deus para a história da salvação, as duas ordens, a da justiça temporal e a da justiça celeste, não coincidem, ao contrário, contrastam profundamente devido ao mistério do mal que entrou no mundo com o pecado original e que não pode ser eliminado nem mesmo do interior da Igreja. Gregório nunca fala da confissão privada (feita a um bispo ou a um sacerdote), costume que, por certo, já tinha começado a apresentar alguma difusão na Igreja do seu tempo: esse silêncio é bastante eloqüente e implica, na minha opinião, que ela é implicitamente deixada a uma esfera espiritual que nada tem a ver com o plano jurídico. Do conjunto dos seus escritos, parece-me possível deduzir que, para Gregório, a lei e o direito são aqueles do império: a Igreja, porém, não pode deixar de se interessar pelas faltas públicas, mas sem pretender substituir a justiça de Deus ou a dos homens. Aguardando o juízo universal, o advento de Deus enquanto verdadeiro juiz, a Igreja busca conduzir os homens (como uma aurora que preanuncia o dia, mas que não é o dia) das trevas do pecado para a luz da justiça: mas nesta vida a justiça divina e aquela humana não podem coincidir; ao contrário, muitas vezes encontram-se em caminhos opostos[53]. Na situação

---

53. Gregorius Magnus, *Moralia in Job* (Corpus Christianorum, Series Latina, 43), Turnholti, 1979. Por exemplo, na abertura do livro V (p. 218): "Cum valde occulta sint divina iudicia, cur in hac vita nonnumquam bonis male sit, malis bene, tunc occultiora sunt cum et bonis hic bene est et malis male. Nam cum bonis male est, malis bene, hoc fortasse deprehenditur quia et boni, si qua deliquerunt, hic recipiunt ut ab aeterna plenius damnatione liberentur; et mali bona quae pro hac vita faciunt, hic inveniunt ut ad sola in posterum tormenta pertrahantur..."

histórica concreta, a humanidade, unida na fé, é dividida em diversas regiões com costumes e línguas diferentes[54], e a Igreja (que Gregório vê refletida na imagem de Jó) deve julgar todas as faltas, seja em pensamento ou em obras, enquanto a justiça secular detém-se nas ações externas, para auxiliar o homem a antecipar as penas inevitáveis no futuro juízo divino[55]. Não existe ninguém imune ao pecado, ainda que tenha resistido às tentações e não tenha aderido aos pensamentos perversos[56]; com efeito, o pecado também pode ser

---

54. Ibidem, livro V, n. 50 (p. 320): "Quasi distinctae in mundo regiones sunt ecclesiae gentium quae in una fide positae, morum linguarumque diversitate dividuntur."

55. Ibidem, livro XI, n. 57 (p. 618): "Et quamvis inter iniquitatem et peccatum nihil distare perhibeat Joannes apostolus qui ait: iniquitas peccatum est, ipso tamen usu loquendi plus iniquitas quam peccatum sonat et omnis se homo libere peccatorem fatetur, iniquum vero nonnumquam erubescit. Inter scelera vero et delicta hoc distat quod scelus etiam pondus peccati transit; delictum vero pondus peccati non transit quia et cum offerri sacrificium per legem iubetur, nimirum praecipitur sicut pro peccato, ita etiam pro delicto. Et nonnumquam scelus in opere est, delictum vero plerumque in sola cogitatione. Unde et per psalmistam dicitur: Delicta quis intelliget? Quia videlicet peccata operis tanto citius cognoscuntur, quanto exterius videntur; peccata cogitationis eo ad intelligendum difficilia sunt, quo invisibiliter perpetrantur. Quisque igitur aeternitatis desiderio anxius apparere venturo iudici desideret mundus, tanto se subtilius nunc examinat, quanto nimium cogitat, ut tunc terrori illius liber assistat, et ostendi sibi exorat ubi displicet, ut hoc in se per paenitentiam puniat seque hic diiudicans iniudicabilis fiat." A diferença entre *crimen* e *delictum* – já presente em Agostinho: ambos os termos referidos às culpas graves externas – é que *crimen* significa uma ação de desobediência ativa à lei, enquanto *delictum* (de *de-linquere*) significa a omissão da obediência a um comando, distinção que assim será transmitida nos séculos posteriores até a completa assimilação entre os dois termos no direito canônico clássico (Petrus Lombardus, *Sententiae*, dist. II, c. 42: "indifferenter tamen et peccatum nomine delicti, et delictum nomine peccati"). Uma pesquisa conduzida com o instrumento informático sobre a correlação dos termos pecado-crime-delito na *Patrologia Latina* nos permite ter toda a certeza dessas afirmações, ainda que não possamos produzir aqui seus resultados analíticos.

56. Ibidem, livro XVII, n. 11 (p. 891): "Sed sciendum est quod sunt peccata quae a iustis vitari possunt, et sunt nonnulla quae etiam a iustis vitari non possunt. Cuius enum cor in hac corruptibili carne consistens in sinistra cogi-

cometido na intenção, no coração, e não apenas nas ações externas[57]: nem todo pecado é um crime, porém, todo crime é pecado[58].

Com base na teologia de Santo Agostinho, no prestígio do papado, no vazio do poder temporal e na doutrina moral de Gregório, penso que se possa dizer que surge um direito de Deus como pedagogia para os povos da nova Europa nascente. Contrariamente ao que se costuma crer, não há sobreposição de um direito sacro-eclesiástico a um direito secular, mas o flanqueamento de um direito de Deus, fundado na Escritura, ao novo direito romano bárbaro que emerge[59]. A justiça humana é fruto do pecado e não possui intrinsecamente a capacidade de transformar a realidade, mas apenas aquela de equilibrar a violência com a violência, de restabelecer um equilíbrio dos direitos dos indivíduos e dos grupos com atos de restituição, de compensação ou de punição equivalentes. O plano da justiça de Deus é outro e, em

---

tatione non labitur, vel si usque ad consensus foveam non mergatur? Et tamen haec ipsa prava cogitare peccatum est. Sed dum cogitationi resistitur, a confusione sua animus liberatur. Mens ergo iustorum etsi libera est a perverso opere, aliquando tamen corruet in perversa cogitatione."

57. Ibidem, livro IV, n. 49 (p. 193): "Quattuor quippe modis peccatum perpetratur in corde, quattuor consummatur in opere. In corde namque suggestione, delectatione, consensu et defensionis audacia perpetretur... Eisdem quattuor modis peccatum consummatur in opere. Prius namque latens culpa agitur; postmodum vero ante oculos hominum sine confusione reatus aperitur; dehinc in consuetudinem ducitur; ad extremum quoque vel falsae spei seductionibus, vel obstinatione miserae desperationis enutritur." Ibidem, livro X, n. 26 (p. 555): "Omne peccatum aut sola cogitatione committitur, aut cogitatione simul et opere perpetratur. Iniquitas ergo in manu est culpa in opere: iniustitia vero in tabernaculo iniquitas in mente. Mens quippe nostra tabernaculum non incongrue vocatur, in qua apud nosmetipsos abscondimur, cum foris in opere non videmur."

58. Ibidem, livro XXI, n. 19 (p. 1079): "Hoc inter peccatum distat et crimen quod omne crimen peccatum est, non tamen omne peccatum crimen. Et in hac vita multi sine crimine, nullus vero vivere sine peccatis valet."

59. Para um nítido quadro geral, ver C. Petit e J. Vallejo, "La categoria giuridica nella cultura europea del Medioevo", in *Storia d'Europa, III: Il Medioevo. Secoli V-XV*, organizado por G. Ortalli, Turim, 1994, pp. 721-60.

substância, não tem nada a ver com este, não pretende substituí-lo. Existem certamente pontos de contato em que as duas ordens se tocam: o exercício por parte dos bispos de funções jurisdicionais delegadas ou assumidas de fato na administração da justiça temporal, com base na antiga *audientia episcopalis*, destina-se a crescer enormemente nesse período de carência de poder e de incerteza[60]; o direito dos clérigos como direito particular do *ordo* sacerdotal, enquanto parte da disciplina eclesiástica, é imediatamente submetido ao juízo dos bispos (mas isso também não deve ser interpretado segundo a nossa mentalidade como um sistema de privilégios e de imunidade: de certo modo, é um dos tantos direitos particulares, embora mais tutelado do que outros, com base no princípio geral da personalização da norma com respeito aos vários corpos sociais). Naturalmente, um ponto de interseção fundamental é aquele da sacralização do poder régio, que encontra a sua máxima expressão na Espanha visigótica, mas que percorre todos os reinos romano-bárbaros: o delito contra o soberano, contra o poder, o crime de lesa-majestade ("crimen lesae maiestatis") permanece um delito misto, que atinge ambos os foros e merece tanto a danação eterna quanto a mais atroz condenação humana, porque implica uma ruptura da *fides*[61]. Paradoxalmente, escreve Isidoro de Sevilha, o temor do pecado e da condenação eterna é mais importante para os príncipes do que para os súditos, pois estes últimos podem ser refreados pelos juízes e pelas leis terrenas, enquanto os príncipes podem temer somente as penas do inferno[62]. Mas mesmo na partilha da es-

---

60. W. Hartmann, "Der Bischof als Richter nach den Kirchenrechtlichen Quellen des 4. Bis 7. Jahrhunderts", in *La giustizia nell'alto medioevo (secoli V-VIII)*, cit., pp. 805-40.
61. C. Petit, "'Iustitia y iudicium' en el reyno de Toledo. Un estudio de teología iurídica visigota", in *La giustizia nell'alto medioevo (secoli V-VIII)*, cit., pp. 843-932.
62. Isidorus Hispalensis, "Sententiarum libri" (*Patrologia Latina*, 83, col. 721): "Difficile est principem regredi ad melius, si vitiis fuerit implicatus. Populi enim peccantes iudicem metuunt, et a malo suo legibus coercuntur. Reges

fera do crime-delito, como esfera de certo modo externa ao pecado, as duas jurisdições permanecem separadas: são as legislações de muitos povos romano-bárbaros que introduzem no próprio direito penal mundano as normas do decálogo. Por um lado, a jurisdição secular é aplicada no esforço de garantir que os próprios indivíduos possam agir para obter satisfação pelas ofensas sofridas através de instrumentos legais, desde o direito de vingança privada (*faida*), da vingança legal até as mais diversas recomposições e penas pecuniárias, como a indenização que o assassino devia pagar à família do morto (*guidrigildo*) – um reequilíbrio nas relações humanas comprometidas: não existe uma justiça superior, descida das alturas, e o Estado limita-se, de certo modo, a regular o processo da vingança e a "tarifar" essas composições[63]. Por outro lado, a instituição eclesiástica tenta regular do mesmo modo a relação do homem com Deus na terra, sem substituir o juízo de Deus, mas intervindo na parte visível do pecado, de maneira que o homem chegue ao verdadeiro e único juízo com uma contabilidade diferente, interior, em que o pecado seja compensado pelos atos de penitência, pelas orações, pelos jejuns e pelas esmolas ou ações consideradas equivalentes, impostas pela Igreja. Creio que seja nessa direção que se move um dos grandes doutores da Igreja dessa Alta Idade Média européia, São Beda: a penitência não anula a infração, mas, enquanto confessar ao juiz leva à pena, confessar-se com Deus leva ao perdão[64].

---

autem, nisi solo Dei timore metuque gehennae coerceantur, libere in praeceps proruunt, et per abrutum licentiae in omne facinus vitiorum labentur."
63. A. Pertile, *Storia del diritto italiano dalla caduta dell'impero romano alla codificazione*, Turim, 1883-1898 (reimpr. Bolonha, 1966), V: *Storia del diritto penale*, pp. 29-39.
64. Beda, "Homiliae subdititiae" (*Patrologia Latina*, vol. 94, col. 511): "Poenitentia, inquam, est quae sub uno actu officia diversa completitur. Hinc enim publicat confitentem, hinc reatum non denegat unde crimen excusat. Hinc obiicit propria peccata peccanti, inde indulgentiam exhibet confitenti. O magnificum bonitatis divinae thesaurum! O singulare clementissimi Iudicis institutum! Cum apud saeculi iudicem confessus statim dirigitur ad poenam, apud Dominum confitens mox pergit ad veniam..."

Substancialmente, gostaria de salientar que uma compreensão mais profunda do direito da Alta Idade Média é possível se partirmos não da idéia de uma barbarização confusa, em que direito sagrado e direito profano se subjuguem reciprocamente, mas da idéia de duas esferas jurídicas que se mantenham distintas, não obstante a confusão nas mesmas pessoas e, muitas vezes, nas mesmas instituições. Por essa razão, considero fascinante a tese apresentada recentemente sobre a existência de um primeiro ou verdadeiro direito comum europeu na Alta Idade Média, com o desenvolvimento das legislações dos povos bárbaros, direito esse que é suprimido no continente após a virada do milênio, mas que permanece na Inglaterra, deixando vestígios profundos na *common law*[65]. Os princípios ou regras comuns desse ordenamento aberto consistem nos vínculos de fidelidade públicos e privados, na capacidade criadora de direito do juramento, na consideração da lei não abstrata, mas referida sempre à realidade social, na busca por restituir o equilíbrio em cada caso concreto em que se considera que o direito tenha sido violado: com base nesses princípios, nasce a nova ciência do direito nos tribunais e nas escolas episcopais, não de modo antagônico a um direito laico, mas num sistema em que os cânones se tornam, de certo modo, inspiradores da contabilidade da justiça terrena.

No que concerne especificamente ao problema que nos interessa de modo mais direto, a relação entre os dois foros, parece-me que essa elaboração nos permite entender – muito mais do que a vulgata romanística tradicional – a especificidade dos dois direitos na união cotidiana das cortes julgadoras, a distinção entre os dois planos. Naturalmente, a pesquisa deveria ser muito diferenciada segundo os lugares e as épocas: pouco a pouco, ao longo dos séculos da Alta

---

65. M. Lupoi, *Alle radici del mondo giuridico europeo. Saggio storico-comparativo*, Roma, 1994 (ver, sobretudo, as conclusões nas pp. 543-51). Para outros aspectos, ver meu texto *Il sacramento del potere*, cit., cap. II: Il "sacramentum iuris" nell'alto medioevo.

Idade Média, cresce o impulso em direção à osmose entre o plano religioso e o plano secular, particularmente na era carolíngea, quando a referência à formação de um império cristão do Ocidente é mais forte. No plano teórico, afirma-se, com Raban Maur, a maior gravidade de um pecado público em relação a um pecado oculto, pois o pecador público não se limita a agir mal, mas ensina a transgressão[66]. A preocupação que parece tornar-se dominante nos séculos IX e X é, portanto, a de distinguir entre o pecado secreto ou oculto e o pecado público: não é a distinção entre o foro interno e o externo o que interessa, mas a relevância social do pecado (eis também a razão da particular interpretação, anormal à nossa compreensão, para os pecados sexuais e para a moral familiar). Hincmar de Reims destaca com veemência que as leis mundanas ou civis possuem cursos e funções diferentes das leis eclesiásticas e que a intervenção pública da Igreja, com seus processos formais, deve ser bastante distinta da confissão dos pecados ao sacerdote; todo homem pode recorrer às leis seculares, mas o cristão deve estar consciente (visto que estas deveriam ser inspiradas no cristianismo, mas na verdade muitas vezes não o são) de que no juízo final, diante de Deus, não deverá responder segundo as leis sálicas, romanas ou longobardas, que o fazem responder nesta terra, mas segundo as leis divinas e apostólicas: a referência ao juízo final de Deus confirma, portanto, a consciência de uma distinção mesmo na aspiração a uma homogeneização dos dois planos[67]; a penitência é um ato apenas interior da

---

66. Rabanus Maurus, "De vitiis et virtutibus" (*Patrologia Latina*, 112, col. 1397): "Maior est culpa manifeste quam occulte peccare, dupliciter enim reus est, quia per se delinquit, quod et aget et docet... Peccatum enim perpetrare crimen est, peccatum enim praedicare clamor est."

67. Hincmarus Rhemensis, *De divortio Lotharii et Teutbergae, Monumenta Germaniae Historica, Concilia*, IV, suppl. 1, pp. 139-45: "Si autem et lege civili iusta et sancta ac dominico praecepto concordante propter fornicationis peccatum, quod humanae fragilitatis solet subripere, coniuges fuerint separati, episcopalis curae quesierint medicinale consilium... Quoniam ecclesiae medici spirituales videlicet Domini sacerdotes, de secrete sibi confessis peccatorum medicinalia atque salubria possunt dare consilia. Iudicio autem ecclesias-

mente, diretamente vinculado à participação da eucaristia e visando ao juízo de Deus, não ao dos homens[68]: os dois planos são bem distintos, mesmo na aspiração a uma harmonia conjunta.

Mesmo a difusão da prática do ordálio e do juízo de Deus, que se difunde em todo o Ocidente nesses séculos como invocação a Deus para que manifeste a inocência ou a culpabilidade do suspeito, não significa, na minha opinião, a confusão dos dois planos, da justiça de Deus e da justiça dos homens, num mundo mágico-litúrgico comum, como vulgarmente se considera, mas, ao contrário, confirma a sua separação. Submete-se o acusado à prova do ferro em brasa ou da água gelada (ou a outras inúmeras formas de prova previstas pelos costumes locais) e recorre-se ao combate judiciário quer para os casos delituosos (do homicídio ao adultério), quer para as disputas por direitos pessoais (pela paternidade ou outros) e reais apenas quando faltam provas de fato ou testemunhos dirimentes[69]. Sendo assim, trata-se, de certo modo, de uma articulação, como também é o

---

tico, id est separatione a communione ecclesiae, vel a gradu, sive consortio coniugali, neminem rationabiliter possunt secernere, nisi de criminibus aut publice sponte confessum, aut aperte convictum... Et habet modum et ordinem suum confessio vel convinctio in ecclesiasticis gradibus, quae hic ponenda non ducitur; et habet modum ac ordinem suum publica confessio vel convinctio saecularium hominum, quo publice debeant iudicari... Defendant se quantum volunt qui eiusmodi sunt, sive per leges, si illae sunt, mundanas, sive per consuetudines humanas. Tamen si christiani sunt, sciant se in die iudicii nec Romanis, nec Salicis, nec Gundobarsis, sed divinis et apostolicis legibus iudicandos. Quamquam in regno christiano etiam ipsas leges publicas oporteat esse christianas, convenientes videlicet et consonantes christianitati."

68. Hinkmar von Reims, *De cavendis vitiis et virtutibus exercendis*, organizado por D. Nachtmann, Munique, 1977, p. 264: "Quae actio poenitentiae tunc erit perfecta et deo acceptabilis, si ascenderit homo adversum se tribunal mentis suae et constituerit se ante faciem suam, ne hoc ei postea fiat, sicut comminatur deus peccatori. Atque ita constituto in corde iudicio adsit accusatrix cogitatio, testis conscientia, carnifex timor. Deinde sanguis animae confitentis, per lacrimas profluat, postremo ab ipsa mente talis sententia proferatur, ut se indignum homo iudicet partecipatione corporis et sanguinis domini..."

69. R. Bartlett, *Trial by Fire and Water. The Medieval Judicial Ordeal*, Oxford, 1986.

caso do juramento, para manter a separação entre a justiça parcial e relativa dos homens e a superior e imperscrutável justiça de Deus: não é de admirar que o pensamento teológico da primeira escolástica criticará o ordálio, aceito tranqüilamente nas coleções canônicas até o século XI, quando construirá o edifício da estrutura sacramental e da justiça da Igreja no século XIII, até chegar à sua condenação, pronunciada no concílio Lateranense IV, de 1215, contemporaneamente à promulgação do preceito da confissão anual[70]. A justiça da Igreja tenderá a conciliar e a englobar a justiça humana e a justiça divina: essa é a razão pela qual o juízo de Deus, o ordálio e o duelo judiciário são superados e condenados.

Não obstante tudo, no Ocidente é conservada uma separação entre a esfera da justiça secular e a esfera da justiça eclesiástica e – dentro da Igreja – entre a justiça eclesiástica e o perdão dos pecados, mas não temos uma nítida distinção entre o foro interior da consciência e o foro exterior. O que foi dito talvez ajude também a entender melhor o significado das coletâneas que recebem o nome de livros penitenciais e que representam a disciplina da Igreja na Alta Idade Média até o nascimento das grandes coleções canônicas, o nascimento do direito da Igreja, para tentar superar a antiga controvérsia sobre seu significado: elas contêm prescrições de penas por infrações das normas ou penitências para o perdão dos pecados?[71]

---

70. Ibidem, p. 81: "God'verdict was heard in confession and absolution, supervised by the priest, alone with the sinner in the church, not in the secular publicity of the courts. One form of priestly power, the management of the ordeal, would have to be sacrificed to another form, the authority of the confessional" ["O veredicto de Deus foi ouvido em confissão e na absolvição, foi supervisionado pelo pároco, a sós com o pecador na igreja, e não perante o público dos tribunais. Uma das formas de poder paroquial, a administração do ordálio, teria de ser sacrificada em prol de outra forma, a autoridade do confessionário"]. Para uma visão geral, ainda são úteis os ensaios de J. Ph. Lévy, L'évolution de la preuve des origines à nos jours, e de J. Gaudemet, "Les ordalies au moyen âge", in La preuve, cit., II, pp. 9-70 e 99-135. Cf. P. Prodi, Il sacramento del potere, cit., p. 80.

71. R. Kottje, "'Busse oder Strafe?'. Zur 'iustitia' in den 'Libri paenitentiales'", in La giustizia nell'alto medioevo (secoli V-VII), cit., pp. 443-68.

7. Os livros penitenciais

O antigo interesse pelas coletâneas de cânones penitenciais por parte da historiografia erudita, da história da penitência[72], aliou-se, nos últimos anos, a um interesse muito vivaz por essas coletâneas de normas disciplinares como fontes para a história social, das mentalidades coletivas e do costume[73]. Trata-se de coletâneas cujas origens se situam por volta da metade do século VII, em ambiente monástico irlandês, e que se difundem no continente nos dois séculos seguintes, criadas para dar orientações e pontos de referência sobre os pecados e as relativas penitências aos sacerdotes, àqueles que tinham de administrar a penitência, tanto pública quanto privada: fala-se justamente nesse período de uma penitência "tarifada", devido ao esforço que nessas coletâneas (cuja autoridade depende do autor ou do ambiente de que emanam) é realizado a fim de regular, de modo relativamente homogêneo nas várias regiões da cristandade, a relação entre o pecado e a respectiva penitência (orações, jejuns e outras penas corporais, peregrinações, obras de misericórdia). Dando por assimilados os grandes panoramas

---

72. C. Vogel e A. J. Frantzen, *Les "libri paenitentiales"*, Turnhout, 1985. Do mesmo Vogel há outros ensaios importantes sobre a penitência na Alta Idade Média, alguns dos quais reunidos na coletânea póstuma *En rémission des péchés. Recherches sur les systèmes pénitentiels dans l'Église latine*, Londres, 1984. Mas deve-se ver também J. Gaudemet, *Les sources du droit canonique VIIe-XXe siècle. Repères canoniques. Sources occidentales*, Paris, 1993. A pesquisa mais recente e aprofundada sobre livros penitenciais, válida como possível modelo para outras regiões da cristandade, é a de F. Bezler, *Les pénitentiels espagnols. Contribution à l'étude de la civilisation de l'Espagne chrétienne du haut moyen âge*, Münster, 1994. Edições antigas de livros penitenciais, ainda úteis e aos quais recorri para um contato direto com os textos são: F. W. H. Wasserschleben, *Die Bussordnungen der abendländischen Kirche*, Halle, 1851 (reimpr. Graz, 1958); H. J. Schmitz, I: *Die Bussbücher und Bussdisziplin der Kirche*, Mainz, 1883; II: *Die Bussbücher und das kanonischen Bussverfahren*, Düsseldorf, 1898 (reimpr. Graz, 1958).

73. M. G. Muzzarelli, *Una componente della mentalità occidentale: i penitenziali nell'alto medio evo*, Bolonha, 1980; Ead., *Penitenze nel medioevo. Uomini e modelli al confronto*, Bolonha, 1994; *A pane e acqua. Peccatti e penitenze nel medioevo. Il penitenziale di Burcardo di Worms*, organizado por G. Picasso, G. Piana e G. Motta, Novara, 1986.

relativos de penitenciais, devemos tentar verificar, com base no estado atual dos estudos, sua relevância quanto ao problema do foro. Como ponto de partida, parece-me útil esclarecer que se deve falar de um direito "tarifado" para todo o direito da Idade Média, secular e eclesiástico, e não somente para os penitenciais. O esforço é o de sempre: encontrar equivalências entre os crimes e delitos, de um lado, e as penas e penitências relativas, de outro. No entanto, como já se mencionou, num plano de contabilidade diferente, o de Deus e o dos homens: deve-se, de certo modo, prestar contas separadamente a Deus e aos homens. Nos penitenciais, tenta-se fixar essa contabilidade com Deus: tantos dias ou anos de jejum ou outras penitências para cada tipo de pecado, com instruções para o interrogatório por parte do confessor e a elaboração de uma casuística minuciosa. Embora as alusões sejam poucas, parece-me fácil compreender claramente que se distingue o plano espiritual do temporal: "De capitalibus primum criminibus, quae etiam legis animadversione plectuntur, sanciendum est", diz-se no penitencial de São Colombano para diferenciar os crimes-pecados que também são punidos pela lei secular, ou *iudicium humanum*, ou *iudicium regis* (de modos totalmente diversos das normas penitenciais), daqueles que são submetidos apenas à penitência canônica[74]. A punição de crimes como o homicídio, o furto, o incêndio, o dano a pessoas, animais e coisas é deixada às vítimas, aos indivíduos ou aos grupos interessados e ao particular ordenamento jurídico temporal que os protege: a Igreja intervém com a autoridade reconhecida nos penitenciais apenas no que se refere ao pecado – seja aquele puramente pessoal, seja o social – como lesivo de uma ordem divino-eclesiástica global. Em substância, parece-me possível perceber nesses textos um dualismo, mas não uma concorrência entre diversos ordenamentos: a tentativa de considerar o direito penitencial como um sistema, como

---

74. H. J. Schmitz, *Die Bussbücher*, cit., I, p. 596. Expressões semelhantes ou que aludem à punição obrigatória por parte das autoridades seculares estão em outros penitenciais.

um ordenamento, no esforço de demonstrar que sempre existiu um direito canônico, parece-me totalmente fora de propósito em termos históricos porque tende a antecipar uma mudança importante que ocorrerá somente nos séculos XI-XII. Nas primeiras coleções disciplinares, dentro das quais se colocam os livros penitenciais, na época anterior ainda não existe, como já foi dito, direito no estado puro, mas um concentrado de disposições e indicações que atingem toda a vida da Igreja, da liturgia aos sacramentos, da organização beneficial aos modelos hagiográficos[75]. Nesse período, trata-se, portanto, de dois foros diferentes entre si, mas não concorrentes. Todo homem é responsável por seus atos, por seu pensamento e por sua omissão perante cada um desses foros. A disciplina eclesiástica não tende a substituir a secular, embora na Alta Idade Média o vínculo entre a jurisdição secular e o exercício da penitência eclesiástica pareça estreito na luta contra o crime e no processo geral de civilização dos costumes bárbaros[76]. Certo é que, com o passar dos séculos e com a consolidação das igrejas locais, sobretudo com a legislação sinodal da época carolíngia, introduzem-se normas cada vez mais detalhadas sobre os pecados públicos, que os bispos tendem a investigar com o instrumento das visitas pastorais e com o recurso às testemunhas sinodais: esses pecados públicos são denunciados solenemente e os pecadores são submetidos a cerimônias penitenciais solenes, sobretudo nas liturgias da semana santa na preparação da eucaristia pascal, ou então são perseguidos pelos tribunais eclesiásticos[77]. Além das penitências previstas para todos os

---

75. H. Fuhrmann, *Einfluss und Verbreitung der pseudoisidorischen Fälschungen von ihrem Auftauchen bis in die neuere Zeit*, 3 vol., Stuttgart, 1972-1974, I, pp. 53-8.

76. T. P. Oakley, "The Cooperation of Mediaeval Penance and Secular Law", in *Speculum* (outubro de 1932), pp. 515-24.

77. F. Kerff, "Libri paenitentiales und kirchliche Strafgerichtsbarkeit bis zum Decretum Gratiani", in *Zeitschrift der Savigny-Stiftung für Rechtsgeschichte. Kan. Abt.*, 75 (1989), pp. 23-57; W. Hartmann, "Probleme des geistlichen Gerichts im 10. Und 11. Jahrhundert: Bischöfe und Synoden als Richter in ostfränkisch-deutschen Reich", in *La giustizia nell'alto medioevo (secoli IX-XII)*, cit.

homens pecadores, existem também condenações de tipo disciplinar ou penal (o exílio, a degradação, a reclusão em monastério) para os clérigos que são subtraídos à justiça secular ou para os delitos que dizem respeito aos clérigos: mas, nesse caso, trata-se justamente da inserção de leis paralelas àquelas que regulam a vida de todos os corpos sociais (e o clero é um desses corpos) num regime de direito que é sempre pessoal, ligado ao *status* das pessoas (não territorial)[78]. Freqüentemente, o bispo é também senhor territorial, e isso conduz à necessidade de distinguir ainda mais entre os seus atos de administração da justiça: o bispo Burcardo de Worms antecipa ao seu *Decretum* (obra composta nas primeiras décadas do segundo milênio e que representa o último grande fruto dessa literatura disciplinar-penitencial), mantendo-a totalmente distinta, uma *Lex familiae* por ele promulgada como senhor feudal, com normas totalmente seculares de penas e de processo penal[79]. Um caso realmente particular é o da excomunhão. Esta ainda deve ser considerada como uma penitência, com a exclusão temporária da eucaristia e dos sacramentos, mas estende-se até a exclusão total e a maldição do anátema: justamente nesses séculos ela adquire, pelas conseqüências que vem a ter no plano social com a concreta exclusão do consórcio civil, o peso de uma pena. Na realidade, a definição formal da excomunhão e a sua clara distinção da penitência se dará somente, como se verá, no século XII: nesses séculos da Alta Idade Média, o foro sacramental e o jurisdicional eclesiástico ainda não são distintos; o dualismo é vivido de modo global entre uma esfera religioso-eclesiástica e uma esfera secular[80]. Mas justamente no livro do seu *Decretum*, dedicado à excomunhão, o bispo Burcardo insiste que pecar contra Deus é totalmente

---

78. Ver R. Kottje, *Busse oder Strafe?*, cit.
79. Burchardus von Worms, *Decretorum libri XX...*, reimpressão da edição de Colônia, de 1548, organizada por G. Fransen e T. Kölzer, Aalen, 1992.
80. F. Russo, "Pénitence et excommunication. Études historiques sur les rapports entre la théologie et le droit canon dans le domain pénitentiel du IXe au XIIIe siècle", in *Recherches de science religieuse*, 33 (1946), pp. 259-79 e 431-61.

diferente de pecar contra os homens[81] e afirma a necessidade de administrar os sacramentos ao condenado à morte, que sobe arrependido ao patíbulo: Deus não pode julgar duas vezes a mesma pessoa[82].

Em substância, creio que as conclusões já apresentadas por Pierre Legendre possam ser partilhadas: a difusão da confissão privada e a penitência tarifada transformam a administração da penitência, organizando-a não mais como uma liturgia, mas num estilo jurídico, como um processo em que o confessor é o juiz que aplica não leis gerais, mas normas específicas e precisas para cada caso analogamente ao que ocorre nos tribunais seculares; sendo assim, na Alta Idade Média, nasce a jurisdição do foro interno. Certamente, o sistema dos penitenciais entra em crise no século XI devido aos abusos que nele se introduziram com a difusão do costume das comutações das penitências em sanções diversas, mais leves e muitas vezes de tipo apenas pecuniário: mesmo a hierarquia eclesiástica, como a secular, tenta transformar a administração da justiça em vantagem pecuniária. Mas sobretudo a penitência tarifada dos livros penitenciais não terá mais condições de dar uma resposta nem ao desenvolvimento do pensamento teológico, que exige uma distinção mais nítida entre a esfera interior do pecado e a esfera do crime social, nem à Igreja, que, exigindo um esclarecimento sobre a fidelidade e o vínculo, encaminha-se pela estrada da constituição de um direito não mais apenas paralelo, mas concorrente com o secular. É sobretudo o nascimento da nova consciência do indivíduo que exige a separação da justiça de Deus da justiça dos homens. No entanto,

---

81. Burchardus von Worms, *Decretorum libri XX*, cit., f. 147 v (livro XI, cap. 15): "Quod aliud sit peccare in Deum, aliud in hominem."
82. Ibidem, f. 153 (livro XI, cap. 762 "De illis qui in patibulis suspenduntur"): "Quibus respondemus: si omnibus peccatis suis puram confessionem agentibus et digne poenitentibus communio in fine secundum canonicum iussum danda est, cur canones eis qui pro peccatis suis poenam extremam persolvunt et confitentur, vel confiteri desiderant? Scriptum est enim: 'Non iudicat Deus bis in id ipsum.'"

muitos dos elementos desenvolvidos nesse período passarão certamente para o novo direito da Igreja.

8. Abelardo e o nascimento da ética cristã

Por que insiro a referência a Pedro Abelardo aqui, como conclusão deste capítulo introdutório, e não na abertura do novo capítulo, em que se falará da virada dos séculos XI-XII? De fato, em geral – e com razão –, ele é apresentado como um homem à frente do seu tempo, um dos máximos inovadores na história do pensamento cristão, capaz de compreender e antecipar intelectualmente os fermentos mais vivos do seu tempo, o homem que abre uma nova época, não o que a fecha. No que concerne aos nossos problemas, a sua *Ethica*[83] representa certamente o máximo do novo: diante do crescimento tumultuoso da sociedade européia, com o desenvolvimento das cidades e do comércio, diante do aumento da violência e da corrupção num corpo social que não se encontra mais enjaulado pelas paliçadas fixas e imóveis dos grupos e das castas, ele compreende que o sistema de compensação tarifária dos crimes e dos pecados é totalmente impotente e busca separar o conceito de infração, de desobediência à lei secular, do conceito de pecado e reintroduzir a relação do homem com Deus dentro de um discurso teológico. Desse modo, o problema do comportamento moral é reconduzido ao tema do consenso, da intenção, da consciência pessoal. Nesse sentido, ele se coloca totalmente fora da lógica da penitência tarifada e dos livros penitenciais e anuncia os novos tempos. Mas sua tentativa não é a de construir um novo direito, mas a de unir o sistema das penitências externas com a nova avaliação subjetiva e interna da culpa, de encontrar uma solução entre a responsabilidade interior e o dano provocado à sociedade pela falta cometida:

---

83. Peter Abelard, *Ethics*, organizado por D. E. Luscombe, Oxford, 1971 (retomamos a bela introdução de Luscombe como ponto de partida).

nesse sentido, como se fez notar com razão, ele permanece na linha dos livros penitenciais, vistos como instrumento para exercer o controle social e para ajudar o homem a purgar-se e a disciplinar-se[84]. No quadro da doutrina de São Paulo sobre o pecado original, a história é dividida em épocas bem distintas: antes da queda de Adão (*sub lege naturali*), depois do pecado, da proclamação da lei mosaica (*sub lege*) e da encarnação (*sub gratia*): o homem arruinado pode salvar-se reconciliando-se com Deus por meio de Cristo, mas a ordem primitiva não pode ser recomposta, e o plano de Deus, ou seja, sua justiça, permanece incomensuravelmente distante da justiça dos homens[85]. A meu ver, o ponto mais importante é que Abelardo, ao permanecer na tradição dos Padres da Igreja ocidental, quer manter a distinção entre a justiça de Deus e a justiça dos homens, sejam estes titulares de poderes civis e seculares ou eclesiásticos, apelando para o livre-arbítrio do homem e construindo, portanto, a sua doutrina da ética autônoma em relação ao universo do direito objetivo[86].

No centro do seu interesse está, portanto, a teoria da intenção e a definição do pecado como consenso ao mal e ofensa a Deus. Mas a penitência imposta não deve ser relacionada à gravidade da culpa, e sim ao efeito concreto, medicinal da própria penitência: a penitência ou pena da justiça dos homens não pode ser decidida como castigo

---

84. L. Mauro, "Tra Publica damna e communis utilitas. L'aspetto sociale della morale di Abelardo e i 'Libri paenitentiales'", in *Medioevo. Rivista di storia della filosofia medievale*, 13 (1987), pp. 103-22.

85. H. Dickerhof, "Wandlungen im Rechtsdenken der Salierzeit am Beispiel der 'lex naturalis' und des 'ius gentium'", in *Die Salier und das Reich*, III, organizado por S. Weinfurter, Sigmaringen, 1991, pp. 447-76.

86. Ibidem, p. 476 (cit. a partir do comentário de Abelardo sobre a Epístola de São Paulo aos romanos): "Et hoc quidem est examen verae iustitiae, ubi cuncta quae fiunt secundum intentionem pensantur magis quam secundum operum qualitatem. Quae quidem opera Iudaei magis quam intentionem attendebant, cum nunc Christiani naturali suscitate iustitia non tam attendant quae fiunt quam quo animo fiunt."

para o pecado cometido, mas apenas como um instrumento para tornar os homens mais cautos no futuro; somente Deus pode julgar o pecado em si[87]. Quanto à confissão de modo específico, Abelardo introduz algumas reflexões que futuramente terão muita importância na determinação dos três elementos de reconciliação do pecador com Deus: a penitência (no sentido interior como *dolor animi*), a confissão e a *satisfactio* (ou reparação medicinal). A confissão dos próprios pecados torna-se, de certo modo, uma penitência, e a própria penitência é definida de maneira mais clara como *satisfactio*, englobando também as prescrições relativas à restituição daquilo que foi tirado indevidamente com as usuras, os embustes e a exploração dos pobres e, em geral, a reparação do dano infligido ao próximo. Mas, sobretudo nas últimas páginas da sua *Ethica*, Abelardo ataca diretamente o poder da Igreja de julgar o foro interno do modo como vinha sendo configurado historicamente. Colocando-se a questão "Utrum generaliter ad omnes pertineat prelatos solvere et ligare", ele responde que os bispos não são sucessores dos apóstolos em sentido amplo e automático, pois, mesmo possuindo a potestade episcopal, muitas vezes não apresentam qualidades de discernimento e de santidade próprias dos apóstolos; sendo assim, as palavras de Cristo sobre o poder de ligar e desatar* não podem ser estendidas automaticamente a todos os prelados: apenas um bispo irrepreensível pode julgar, apenas "si talis fuerit, non iniuste ligabit super terram et neque sine iudicio solvet"[88]. É incon-

---

87. Abelard, *Ethics*, cit., pp. 38-40 (referindo-se ao exemplo da penitência infligida a uma mulher): "Non pro culpa quam commiserit, sed ut ipsa deinceps vel ceterae feminae in talibus providendis cautiores reddantur..." Às vezes o juiz chega a ser obrigado por lei a punir pessoas inocentes: "Non enim homines de occultis, sed de manifestis iudicant, nec tam culpae reatum quam operis pensant effectum. Deus verso solus qui non tam quae fiunt, quam quo animo fiunt adtendit, veraciter in intentione nostra reatum pensat et vero iudicio culpam examinat."
* Cf. Evangelho de São Mateus 16, 19. [N. da T.]
88. Ibidem, p. 116.

cebível que um homem possa, a seu bel-prazer, tornar réus os inocentes ou vice-versa e que, portanto, o poder de desatar ou de ligar não tenha limites: "nam iniusta vincula disrumpit iustitia" e é Deus que não exclui da graça aquele que foi excomungado injustamente[89]. Pretender a extensão a todos os bispos do poder concedido por Cristo aos apóstolos – desse modo Abelardo conclui o primeiro e único livro da *Ethica*, composto por ele – significa não levar em consideração o fato de que, quando Cristo assim falou, antes da ressurreição, entre os apóstolos havia o traidor Judas e o incrédulo Tomás: dá-se início ao problema[90].

No concílio de Sens (1140), a doutrina de Abelardo é condenada numa fórmula extremada, extraída arbitrariamente das suas obras por seu grande adversário, Bernardo de Claraval: a afirmação de que Cristo concedeu o poder de desatar e ligar aos apóstolos, mas não aos seus sucessores, julgada herética, certamente não é pertinente ao pensamento problemático e também incerto expresso por ele. De todo modo, a chave da condenação está na percepção correta de que Abelardo fundava, com o seu pensamento, uma ética cristã sobre a lei divina-natural, e não sobre a lei positiva, e rejeitava a emergente legislação papal sobre as consciências, capaz de transformar o bem em mal e o mal em bem, o pecado em não-pecado e vice-versa[91]. A Igreja romana e papal

---

89. Ibidem, pp. 118 e 122: "Set hec anathematis vincula Deus disrumpit, quia hanc pastoris sentenciam irritam facit, ut non eum excludat a gratia quem ille separavit ab ecclesia."

90. Ibidem, p. 126: "Siquis tamen secundum suprapositam expositionem omnibus episcopis eque ut apostolis hanc gratiam concessam esse contendat, non invidemus tante gratie in omnes pariter dilatate, nec contenciose resistimus eis qui se plenitudine potestatis equari volunt apostolis. Sufficit mihi in omnibus que scribo opinionem meam magis exponere quam diffinicionis veritatis promittere."

91. Abelardus, "Dialogus inter philosophum, iudaeum et christianum" (*Patrologia Latina*, 178, col. 1656): "Romani quoque pontifices vel synodales conventus, quotidie condunt decreta, vel dispensationes aliquas indulgent, quibus licita prius iam illicita, vel e converso fieri autumatis, quasi in eorum po-

que está saindo da reforma gregoriana e da luta pelas investiduras não consegue ver na nova ética de Abelardo nada além de um perigo mortal. Sua proposta permanecerá como um rio subterrâneo dentro do pensamento cristão, mas terá o curso interrompido diante de si na doutrina e na práxis eclesiástica oficial. Para Abelardo, a reinserção do tema do pecado no interior da teologia, da relação do homem com Deus, comporta um recuo da autoridade da Igreja, que passa a ser limitada aos aspectos de disciplina externa dos comportamentos: de todo modo, na realidade penitencial, ele rejeita a união do poder de jurisdição com o poder sacramental da ordem, união que constituirá, por sua vez, a base para a institucionalização da confissão dos pecados como sacramento por parte da Igreja na época posterior[92].

---

testate Deus posuerit vel permissionibus, ut bona vel mala esse faciant, quae prius non erant et legi nostrae possit eorum auctoritas praeiudicare..." Para o conceito de lei em Abelardo, ver P. Bellini, *Respublica sub Deo. Il primato del sacro nella esperienza giuridica della Europa preumanistica*, Florença, 1981, p. 41.

92. Para a complexa elaboração da doutrina sobre a penitência do século XII, ver: P. Anciaux, *La théologie du sacrement de pénitence au XIIe siècle*, Louvain – Gembloux, 1949; R. Blomme, *La doctrine du péché dans les écoles théologiques de la première moitié du XIIe siècle*, Louvain, 1958. Essas doutas obras, demasiadamente preocupadas em reconstruir a teologia da penitência a partir de seu interior, parecem, porém, ter subestimado o significado eversivo do pensamento de Abelardo, visto quase apenas como um precursor um pouco extremista da doutrina, que somente mais tarde chegaria a uma formulação madura do sacramento.

Capítulo II
A justiça da Igreja

1. A revolução papal

Não é intenção de quem escreve reabrir discussões ainda acaloradas – pelo menos nos discursos dos historiadores – a respeito da contenda iniciada no século XI pelos *Libelli de lite*, entre o papa e o imperador, pela supremacia dentro daquele amálgama político-religioso que havia se formado nos séculos da Alta Idade Média e que começava então a ser denominado *christianitas* ou *respublica christiana*. No que se refere ao plano institucional, o dualismo que havia caracterizado a mensagem evangélica "Dai a Deus o que é de Deus e a César o que é de César" parece concretizar-se claramente após tantos séculos na dialética entre o poder espiritual e o poder temporal, entre sacerdócio e reino, entre Estado e Igreja. A luta empreendida por Gregório VII para libertar a Igreja do sufocante abraço do sistema feudal, em que o poder espiritual e o poder temporal estavam envolvidos em todos os níveis, desde aquele imperial até os mínimos aspectos da vida cotidiana, e para conquistar em prol da ação da Igreja um espaço institucional autônomo representa uma das páginas mais controversas e interessantes da história do Ocidente, do mesmo modo como o outro aspecto, ou seja, a configuração da Igreja romana como instituição soberana com ordenamento jurídico autônomo. Milhares e milhares de páginas foram escritas sobre essa temática e, a meu ver, nada de realmente novo pode ser dito a respeito[1]. Para nós

---

1. Podem-se encontrar amplas resenhas bibliográficas na coletânea de ensaios de G. Fornasari, *Medioevo riformato del sec. XI. Pier Damiani e Gregorio VII*, Nápoles, 1996.

interessa apenas tentar compreender como tudo isso se reflete no plano do foro, da definição da culpa e da sua punição, com o nascimento do sacramento da confissão como tribunal paralelo. No entanto, é necessário traçar antes algumas coordenadas: não para discutir os grandes problemas da história do papado e do império, da Igreja e do Estado, mas para definir, ainda que de modo grosseiro, a nossa posição de partida.

O título desta seção deriva da obra de Harold J. Berman, recentemente traduzida para o italiano, que coloca a "revolução papal", a reforma iniciada por Gregório VII no século XI e levada adiante com a luta pelas investiduras, na base do dinamismo constitucional que caracteriza toda a vida do Ocidente até hoje; ela representa a primeira das grandes revoluções que marcaram de forma inteiramente nova a civilização ocidental em relação a todas aquelas que a precederam sobre a face da terra: a Igreja modela-se como sociedade soberana e centralmente organizada, fornecendo uma espécie de protótipo daquilo que será o Estado moderno, mas ela não assume o monopólio sacro do poder na cristandade; as tensões dialéticas, de competição e de cooperação, que emergem em nível político, jurídico e cultural com as cidades, com as novas monarquias, nas universidades, determinam aquele *humus* em que nasce a dinâmica do moderno, o espírito liberal e laico da nossa civilização[2]. Mesmo a história do direito no Ocidente não é compreensível se não se associar ao estudo dos elementos jurídicos manifestos também o estudo das raízes mais profundas e invisíveis nas crenças das pessoas: "Sem o medo do Purgatório e a esperança no Juízo Universal, a tradição jurídica ocidental não existiria."[3]

Partilho substancialmente dessa interpretação e das conclusões de Berman, porém destaco, talvez com mais veemência, que entre a segunda metade do século XI e o início do século XIV – o período que desejamos tratar neste capítulo – encontramo-nos realmente diante de uma tentativa

---

2. H. J. Berman, *Diritto e rivoluzione*, cit.
3. Ibidem, p. 581.

de construção teocrática, cujo fracasso é o único responsável pelo surgimento daquela tensão e daquela dialética que dão início ao processo de dessacralização e ao desenvolvimento das liberdades constitucionais: o elemento de novidade consiste menos nas idéias contrapostas dos dois blocos (que na minha opinião muitas vezes possuem o significado instrumental de uma cobertura ideológica) do que na própria contraposição, que contém *in nuce* a derrota, seja de toda hipótese teocrática, seja de toda hipótese cesaripapista: é no conflito que o ditado evangélico sobre a separação dos poderes – como elemento sempre vivo dentro da cristandade, não obstante todas as contradições – pode encarnar-se no plano das instituições. Trata-se de um processo de longa duração, cujas várias fases, do *Dictatus papae* de Gregório VII, em que o pontífice reivindica para si as prerrogativas do antigo Império Romano, até a formulação da bula *Unam sanctam* de Bonifácio VIII, em que se afirma a última grande exigência de submissão de toda criatura humana ao papado, não devem ser sobrepostas. No entanto, é sempre um processo que manifesta sua coerência até o final, até seu fracasso com a transferência do papado para Avignon e com o cisma. Sendo assim, não se podem subestimar nem as várias fases desse desenvolvimento (a posição de Gregório VII certamente não é a mesma de Inocêncio IV ou de Bonifácio VIII), nem as tendências realmente divergentes, que se manifestaram em nível teórico: na direção da solução monístico-teocrática (que tende à afirmação da *potestas absoluta* do papa dentro da Igreja e do seu poder direto também nos casos temporais) ou na direção da solução dualística, que respeita a autonomia das realidades político-temporais. Nos últimos cinqüenta anos, tem-se uma enorme literatura sobre esses problemas, exemplificados na teoria das duas espadas (uma em posse da Igreja – a espiritural – e a outra, temporal, exercida pelo poder secular, de modo delegado por parte da Igreja ou autônomo, com as mais variadas nuances)[4]. Mas o

---

4. A partir da coletânea *Sacerdozio e regno da Gregorio VII a Bonifacio VIII*, Roma, 1954 (com ensaios de A. M. Stickler, M. Maccarrone, G. Ladner e outros).

que nos interessa aqui é retomar, de modo muito simples e como ponto de partida dessas reflexões, a afirmação inquestionável, partilhada por todos e teorizada por Inocêncio III na célebre decretal *Novit*, de que o pontífice, mesmo não querendo ou não podendo usar diretamente o poder temporal fora dos seus Estados, pode intervir nas coisas seculares *ratione peccati*. Não é uma afirmação abstrata ou limitada a uma atividade de supervisão da grande política (a deposição dos imperadores ou dos soberanos e senhores iníquos), mas comporta a construção de um sistema de justiça alternativo e paralelo àquele secular, conjugando o foro interno, o foro da consciência, com o tribunal da Igreja, o *forum Dei* com o *forum Ecclesiae*. Já Bernardo de Claraval tinha genialmente indicado ao papa Eugênio III o caminho que a Igreja reformada deveria percorrer: o poder da Igreja, o poder das chaves, não está nas riquezas, no domínio político direto – no qual, segundo Bernardo, o movimento de reforma parece atolar-se após algumas décadas do seu início –, mas *in criminibus*, na possibilidade de julgar as ações dos homens[5].

Não se trata de um salto repentino, mas de um caminho que tem seu início no pensamento e na obra de Gregório VII. Enquanto em Gregório, o Grande, como se viu, a justiça de Deus ainda se insere numa esfera moral envolvida na misteriosa relação de Deus com o homem, na história do pe-

---

5. Bernardus Claravallensis, *De consideratione*, livro I, 6, 7: "Ergo in criminibus, non in possessionibus potestas vestra, propter illa quidem et non propter has accepistis claves regni coelorum, praevaricatores exclusuri, non possessores. Ut sciatis, ait, quia filius hominis habet potestatem in terra dimittendi peccata, etc. Quaenam tibi maior videtur et dignitas et potestas, dimittendi peccata an praedia dividendi? Sed non est comparatio. Habent haec infima et terrena iudices suos, reges et principes terrae. Quid fines alienos invaditis? Quid falcem vestram in alienam messem extenditis?..." (*Opera*, I, Milano, 1984, p. 772). A frase de Bernardo é citada também por Remigio de Girolami (*Contra falsos Ecclesiae professores*, organizado por F. Tamburini, Roma, 1981, p. 48) em algumas páginas que representam (ao final dessa evolução, entre o fim do século XIII e os primórdios do século XIV) talvez o mais esclarecedor tratado sobre o poder indireto da Igreja como jurisdição sobre o pecado.

cado de Adão e da salvação, para Gregório VII, a justiça de Deus torna-se "norma", ou melhor, a norma absoluta de referência para todo comportamento humano que se encarna historicamente na Igreja romana como instituição histórica[6]. É nesse contexto ideal, em estreita conexão com o pensamento e a ação de Gregório VII, que se abre a época das grandes seleções das coleções canônicas, de 1070 a 1140, época que culminará com a elaboração do *Decretum* de Graciano[7]: é a construção gradual do edifício que leva o papa a ser não apenas o garante do direito, mas o juiz supremo e onipresente (diretamente ou por meio dos seus delegados) da cristandade, não de modo abstrato, mas como aquele que adapta o direito divino às situações contingentes da existência não apenas através do poder de promulgar novas leis, mas também pelo monopólio da interpretação e o uso da dispensa[8].

A partir desse ponto de vista, do exercício da justiça, parecem-me superadas as antigas discussões sobre a Igreja e a cristandade, sobre a identidade entre ambas ou suas respectivas autonomias, sobre o monismo papal ou o dualismo como doutrina predominante. Parece-me possível aceitar a tese, apresentada nos últimos tempos, de uma estrutura jurídica que deriva de Deus de modo orgânico, a "respublica sub Deo": nela, todas as autoridades eclesiásticas e secula-

---

6. O. Capitani, "Gregorio VII e la giustizia", in *La giustizia nell'alto medioevo (secoli IX-XI)*, cit., pp. 385-421.

7. P. Fournier e G. Le Bras, *Histoire des collections canoniques en Occident depuis les Fausses décrétales jusqu'au Décret de Grattien*, 2 vol., Paris, 1931-1932 (ver sobretudo o ensaio de G. Le Bras sobre a relação entre teologia e direito canônico no século XI, vol. II, pp. 314-61); H. Fuhrmann, "Das Reformpapstum und die Rechtswissenschaft", in *Investiturstreit und Reichsverfassung*, organizado por J. Fleckenstein, Sigmaringen, 1973, pp. 175-203; J. Gaudemet, *Les sources du droit canonique, VIIe-XXe siècles. Repères canoniques. Sources occidentales*, Paris, 1993 (onde se pode encontrar a bibliografia precedente, inclusive os inúmeros ensaios do próprio Gaudemet).

8. P. Landau, "Die kirchliche Justizgewährung im Zeitalter der Reform in den Rechtssammlungen", in *La giustizia nell'alto medioevo (sec. IX-XI)*, cit., pp. 427-50.

res, mesmo as concorrentes e rivais no seu exercício, são reconduzidas a uma derivação comum; as leis são enquadradas numa hierarquia que tem em seu vértice a lei natural-divina; o foro externo deve tender o máximo possível a coincidir com o foro interno, com a conseqüente juridicização da esfera ética[9].

Nesse clima espiritual, as mesmas condenações penais dos tribunais seculares assumem uma valência religiosa, e a condenação dos crimes (do homicídio ao incesto, à desobediência e à heresia) com a morte ou outras penas corporais é invocada como dever moral das autoridades seculares para com os inocentes prejudicados pelos atos criminosos e como instrumento para a redenção do pecado dos condenados. O condenado, escreve Pedro Damião, é salvo com o suplício da pena eterna do inferno, e é uma falsa misericórdia a que leva o príncipe a perdoar: entre os sacerdotes e os juízes existe apenas uma divisão de tarefas para o bem comum da cristandade e do próprio réu[10]. E mais: na sua coleção de cânones, elaborada por volta dos anos 80 do século XI, Anselmo de Lucca, um dos mais fiéis seguidores de Gregório VII, afirma o poder de coação material da Igreja até a condenação à morte e à guerra por motivos espirituais: contra os hereges e os cismáticos e também contra outros pecadores

---

9. P. Bellini, *Respublica sub Deo*, cit.
10. Petrus Damiani, "De officio principis in coercitione improborum" (*Patrologia Latina*, 145, col. 820 e 827): "Non omnia membra Ecclesiae uno funguntur officio. Aliud nempe sacerdoti, aliud competit iudici. Ille siquidem visceribus debet pietatis affluere, et in maternae misericordiae gremio sub exuberantibus doctrinae semper uberibus filios confovere. Istius autem officium est, ut reos puniat, et ex eorum manibus eripiat innocentes... Absolvitur ergo peccatum per poenam mortis; nec superest aliquid, quod pro hoc crimine iudicii dies, et poena aeterni ignis inveniat. Ubi quis accepit peccatum, et habet illud secum, nec aliquo supplicio poenaque diluitur, transit etiam cum eo post mortem, et quia temporalia hic non persolvit, expendet aeterna supplicia. Vides ergo quanto gravius sit accipere peccatum quam morte mulctari? Hic enim mors pro vindicia datur et apud iustum iudicem non iudicabitur bis in idipsum. Ubi autem non est solutum vindicta peccatum, manet aeternis ignibus extinguendum."

particularmente graves, que minam a sociedade cristã, a Igreja tem o direito-dever de proceder com qualquer expediente: "quod ecclesia persecutionem possit facere"; a Igreja dispõe, portanto, de dois tipos de poder coativo, o espiritual e o material, a serem usados conforme as circunstâncias; o problema pode existir apenas no caso em que o uso da força for delegado ao poder secular ou exercido diretamente[11].

2. O nascimento do direito canônico como ordenamento

Antes de examinar a construção do tribunal da consciência, é necessário antecipar algumas referências ao nascimento e ao desenvolvimento do direito canônico entre os séculos IX e XII: o ponto de mudança é, naturalmente, a compilação do *Decretum* de Graciano em Bolonha, por volta de 1140. Estamos falando do nascimento do direito canônico como "ordenamento", como sistema jurídico orgânico e auto-referente para superar a discussão já secular, surgida a partir das teses de Rudolph Sohm, sobre as origens do direito canônico e que questionava se ele nasceu apenas com a reforma gregoriana e se contrasta com a própria natureza da Igreja e os costumes dos primeiros séculos[12]. Ao se tratar do direito canônico como ordenamento, fica claro a princípio que não se nega a presença de um direito canônico, de uma atividade normativa da Igreja nos séculos anteriores desde as origens: no entanto, ele realmente adquire os caracteres de organicidade e de auto-referencialidade (não apenas

---

11. A. M. Stickler, "Il potere coattivo materiale della Chiesa nella Riforma gregoriana secondo Anselmo da Lucca", in *Studi Gregoriani*, 2 (1947), pp. 235-85. O modelo é aquele de uma Igreja inspirada na Israel do Antigo Testamento: "Quod Moyses nihil crudele fecit quando praecepto Domini quosdam trucidavit..."; os apóstolos não haviam pedido aos príncipes seculares a ação coativa em favor da Igreja, mas apenas porque tal pedido, naqueles tempos, não teria sido possível.

12. Quanto a esse problema e ao quadro geral, ver C. Fantappiè, *Introduzione storica al diritto canonico*, Bolonha, 1999.

aqueles de ciência jurídica autônoma) somente a partir da revolução papal gregoriana. Isso me pareceu muito bem esclarecido num apontamento enviado por Gérard Fransen, poucos meses antes de morrer, a Domenico Maffei, com o título: "Réflexion sur *Ius canonicum* (après 1150) ou *Iura canonum* (avant 1150)"[13]. O direito romano torna-se o principal instrumento para a fundação do novo poder pontifício e para fazer da Igreja a autêntica herdeira do Império Romano[14].

Já se ilustrou com clareza a relação orgânica entre a obra de Graciano e o movimento reformador da Igreja: não uma relação vaga, mas precisa, com o partido reformador, que elegeu para seu líder Aimerico, chanceler da cúria romana desde 1123 e ligado à escola bolonhesa[15]. O resultado obtido por Graciano, que distingue sua obra de todas as compilações anteriores (embora formalmente não seja inovador como coletânea e justaposição de milhares de autoridades, de passagens normativas de concílios, papas, padres da Igreja etc.), é a construção de um sistema orgânico na contraposição dialética de normas divergentes por meio da inserção dos seus *dicta*, "concordantia discordantium canonum"[16]. Mas, para além dessa função, que faz dele o primeiro cientista do direito canônico, seu principal mérito é o de ter formado, a partir de todo esse material, um corpo de leis paralelo àquele redescoberto e estudado havia pouco na escola bolonhesa do *Corpus iuris civilis* do antigo impé-

---

13. D. Maffei, "Ricordo di Gérard Fransen (1915-1995)", in *Zeitschrift der Savigny-Stiftung für Rechtsgeschichte. Kan. Abt.*, 82 (1996), pp. 470-4 (o apontamento é de 2 de junho de 1994).

14. Ver o ensaio prévio, que deu lugar a inúmeras pesquisas, de G. Le Bras, "Le droit romain au service de la domination pontificale", in *Revue historique de droit français et étranger*, 27 (1949), pp. 377-98.

15. S. Chodorov, *Christian Political Theory and Church Politics in the Mid-Twelfth Century. The Ecclesiology of Gratian's Decretum*, Berkeley – Los Angeles, 1972 (remetemos a essa obra para o quadro geral dos estudos sobre Graciano).

16. A referência só pode ser feita ao clássico ensaio de S. Kuttner, de 1956: *Harmony from Dissonance. An Interpretation of Medieval Canon Law*, hoje em *The History of Ideas and Doctrines of Canon Law in the Middle Ages*, Londres, 1980.

rio romano-cristão: embora os textos de direito romano inseridos na sua coleção sejam relativamente poucos, Graciano engloba o direito romano na sua totalidade enquanto conforme à lei de Deus e às normas da Igreja e lança os alicerces para a edificação do direito romano-canônico comum, que os juristas dos séculos posteriores se esforçarão para elaborar[17]. Sua obra se coloca, como dito persuasivamente, na linha do papado, que combate o ensino e o estudo do direito romano, porém em função de uma assimilação deste ao direito da Igreja, não para condená-lo[18]. Sem levar em conta a contribuição do direito romano, como se verá também mais especificamente ao se tratar da penitência, sua obra seria incompreensível. Isso deve ser ressaltado porque desde o início buscou-se apagar esses vestígios para afirmar a autonomia do novo direito da Igreja e para combater o novo direito civil, ressuscitado a serviço do imperador e das novas cidades, com a proibição aos clérigos de estudarem o direito civil. Na realidade, o direito canônico nasce revestido de direito romano ou, melhor dizendo, tendo o direito romano como esqueleto, nos seus princípios, na sua lógica interna, nas soluções relativas aos grandes temas; é o direito romano-cristão do Oriente que é feito justamente pela Roma pontifícia junto com as insígnias e as prerrogativas da autoridade imperial reivindicadas pelo papado gregoriano e ao poder coativo já teorizado por Anselmo de Lucca[19]. O fato de que grande parte das referências ao direito romano contidas no *Decretum* não é originalmente de Graciano, mas in-

---

17. Ch. Munier, "Droit canonique et droit romain d'après Gratien et les décrétistes", in *Études d'histoire du droit canon dédiées à G. Le Bras*, Paris, 1965, II, pp. 943-54.

18. Cf. R. Somerville, "Pope Innocent II and the Study of Roman Law", in *Papacy, Councils and Canon Law in the 11th-12th Centuries*, Londres, 1990 (Variorum n. XIII).

19. P. Legendre, *La pénétration du droit romain dans le droit canonique classique de Gratien à Innocent IV (1140-1254)*, Paris, 1964 (tese discutida em 1957); G. Le Bras, *Droit romain et droit canon au XIIIe siècle*, Roma, 1967 (Accademia Nazionale dei Lincei, ano 364).

terpolações posteriores da escola, não desmerece em nada essas argumentações, ao contrário, confirma-as: à medida que a coletânea de Graciano se afirma no ensino e na práxis, sente-se a necessidade de fundá-la também explícita e diretamente no direito romano. Mais tarde, essa obra é continuada pelos primeiros glosadores, pelos decretistas e depois desenvolvida pelos decretalistas: enquanto o *Decretum* de Graciano recita a parte que o digesto ocupava no corpo do direito justiniano, as decretais dos papas se sobrepõem imitativa e quase visivelmente às leis *novellae* dos antigos imperadores bizantinos e tendem a assumir o monopólio da nova criação de direito positivo[20].

Não podemos discutir aqui o problema, já elucidado por centenas de ensaios, relativo ao direito natural e à hierarquia das leis, doutrina que, do alto das primeiras vinte distinções do *Decretum*, domina todo o panorama jurídico medieval e deriva do pensamento jurídico romano-cristão do tardo império com a mediação de Isidoro de Sevilha[21]. A estrutura do restante é muito simples: no vértice encontra-se o direito natural-divino, cujo intérprete na terra só pode ser o próprio vicário de Deus; abaixo deste, o direito positivo emitido pelos pontífices como direito comum a toda cristandade; num nível mais baixo, as constituições dos antigos imperadores e, por fim, as novas leis ou estatutos particulares ou práticas dos corpos eclesiásticos e civis. O direito positivo e a prática se aplicam e devem ser respeitados quando não contrastam com o direito natural e divino e quando os direitos superiores não têm condições, devido à sua generalidade necessária, de governar a realidade da vida cotidiana e concreta; a legislação positiva secular deve ceder, em caso de conflito, diante da legislação canônica. Naturalmente, as variantes do

---

20. Para o exemplo mais significativo, o de Sinibaldo Fieschi, que se tornou papa depois da formação romanística em Bolonha, ver A. Melloni, *Innocenzo IV. La concezione e l'esperienza della cristianità come "regimen unius personae"*, Gênova, 1990.

21. Ver, sobretudo, a esplêndida antologia de textos (comentados) de R. Weigand, *Die Naturrechtslehre der Legisten und Dekretisten*, cit.

pensamento teológico e canonístico em torno desse núcleo são muitas, mas parece-nos que o que já foi dito é suficiente. Ao tratar da ambigüidade do termo *utrumque ius*, usado no início para identificar os especialistas em direito canônico e em direito civil, Pierre Legendre lembrou que ainda no século XVII ensinava-se que o direito romano era o canônico ou civil para indicar a raiz cultural comum na diversidade do objeto: essa é a realidade dos séculos intermediários[22]. Mas voltaremos mais adiante a tratar do problema do *utrumque ius*. Neste momento, é suficiente ter indicado o estreito entrelaçamento entre o direito canônico e o romano-bizantino na formação do novo direito da Igreja como direito sobre as almas e de ter esclarecido que não se pode simplesmente contrapor o direito canônico e o civil; no Ocidente, nascem dois ordenamentos universais paralelos, radicados no antigo direito romano: o canônico, administrado pelo papado, e o civil, ao qual recorrem os príncipes seculares, em concorrência entre si.

O problema central na passagem do delineamento teórico dos ordenamentos para a realidade concreta do foro é o do poder, e isso me parece bem compreendido pelo próprio Graciano ao final do seu primeiro tratado sobre a hierarquia das leis. No *dictum* que antecede o c. 1 da XX *Distinctio*, ele escreve: "Uma coisa é concluir as causas, outra é expor diligentemente as sagradas escrituras. Para definir os negócios, é necessária não apenas a ciência, mas também a *potestas*..."[23] Quando se trata de absolver ou de punir, a ciên-

---

22. P. Legendre, "Le droit romain, modèle et langage. De la signification de l'Utrumque Ius", in *Études d'histoire du droit canonique dédiées à G. Le Bras*, cit., vol. II, pp. 913-30.
23. Gratianus, *Decretum*, organizado por Ae. Friedberg, vol. I, col. 65: "Sed aliud est causis terminum imponere, aliud scripturas sacras diligenter exponere. Negotiis diffiniendis non solum est necessaria scientia, sed etiam potestas... Cum ergo quelibet negotia finem accipiant vel in absolutione innocentium, vel in condemnatione delinquentium, absolutio vero vel condempnatio non scientiam tantum, sed etiam potestatem presidentium desiderant: apparet, quod divinarum scripturarum tractatores, etsi scientia Ponti-

cia das escrituras ou teológica passa para segundo plano não tanto em relação à ciência jurídica – como reconhece implicitamente o próprio canonista –, mas em relação ao poder (essa me parece a possível tradução do termo *potestas* nesse caso), do qual apenas a jurisdição como *ius-dicere* pode derivar. Por essa razão, o problema da administração da justiça, da jurisdição e do foro permanece dominante no pensamento dos canonistas. Não se trata de um conceito amplo e onicompreensivo de jurisdição, que compreenda também o poder de legiferar e de administrar, conceito esse que apenas mais tarde penetrou no direito canônico pós-tridentino e nele permaneceu de modo anômalo em relação ao direito secular até os nossos dias[24]: enquanto em Graciano o poder de ordem e o poder de jurisdição ainda se encontram reunidos numa única *potestas* (que é aquela do sacerdócio, ao longo de uma clara linha hierárquica, que vai do simples sacerdote ao bispo, ao papa), após algumas décadas, no final do século XII (quando os legados pontífices que não são ordenados sacerdotes recebem o poder de excomungar e de julgar), o poder se separa do sacerdócio, e a jurisdição, da ordem. Mas retornaremos a esse assunto mais adiante. O sistema da delegação da administração da justiça, com os títulos "De iudiciis" e "De officio et potestate iudicis delegati", ocupa uma parte central no direito das Decretais: a *iurisdictio delegata* forma a base de toda a organização moderna da

---

ficibus premineant, tamen, quia dignitatis eorum apicem non sunt adepti, in sacrarum scripturarum expositionibus eis preponuntur, in causis vero diffiniendis secundum post eos locum merentur." Para a análise do termo *iurisdictio* na Idade Média, ver P. Costa, *Iurisdictio. Semantica del potere politico nella pubblicistica medievale (1100-1433)*, Milão, 1969 (para a relação *Iurisdictio / imperium / potestas / administratio*, ver sobretudo as pp. 111-29. Deve-se, porém, levar em consideração que Costa não discute o tema da relação entre poder de ordem e poder de jurisdição na Igreja.

24. G. Fransen, "Jurisdiction et pouvoir legislatif", in *Acta conventus canonistarum* (maio de 1968), Città del Vaticano, 1970, pp. 212-20; cf. J. Avril, "Sur l'emploi de iurisdictio au Moyen âge (XIIe-XIIIe siècles)", in *Zeitschrift der Savigny-Stiftung für Rechtsgeschichte. Kan. Abt.*, 83 (1997), pp. 272-82.

justiça com a definição do procedimento processual, a centralização e a definição dos recursos[25].

Um ponto muito importante nessa evolução é a retomada no novo contexto canônico-romano do instituto da *denunciatio evangelica* a que se aludiu no capítulo anterior (Mateus 18, 15-7: "Se teu irmão cometeu uma falta contra ti..."). No âmbito do movimento de reforma da Igreja, a *denunciatio* torna-se um instrumento para a luta contra a corrupção eclesiástica, inovando em relação à tradição da Alta Idade Média. No novo direito, ela se transforma na *denunciatio judicialis*, segundo o processo romano, ou na *denunciatio canonica*, que estabelece a todo fiel a obrigação de denunciar à Igreja, após a admoestação preliminar, o autor de um crime público[26]: o foro eclesiástico não é apenas o lugar destinado à discussão das causas em matérias espirituais ou eclesiásticas, mas também se torna o foro por excelência das causas que implicam a reparação de um dano ou o cumprimento de uma promessa, com uma união entre a esfera da ética e aquela do direito; ao mesmo tempo, quando os movimentos heréticos tornam-se perigosos, abre-se o caminho para a autoridade eclesiástica reprimir *ex officio* os fatos considerados lesivos das verdades de fé e, portanto, para o processo inquisitorial[27].

No entanto, para compreender como nasce a nova justiça da Igreja, também é necessário mencionar o nascimen-

---

25. P. Legendre, *La pénétration*, cit., pp. 117-39. Para o caso húngaro, mas também para o panorama das pesquisas anteriores sobre a *iurisdictio delegata*, ver J. R. Sweeney, "Innocent II, Canon Law and Papal Judges Delegate in Hungary", in *Popes, Teachers and Canon Law in the Middle Ages*, organizado por J. R. Sweeney e S. Chodorov, Ithaca – Londres, 1989, pp. 26-52.

26. Ch. Lefebvre, "Gratien et les origines de la 'dénonciation évangelique': de l'"accusatio' à la 'denunciatio'", in *Studia Gratiana*, IV (1956-1957), pp. 231-50.

27. P. Bellini, *"Denunciatio evangelica" e "denunciatio judicialis privata". Un capitolo di storia disciplinare della Chiesa*, Milão, 1986; L. Kolmer, "Die denunciatio canonica als Instrument im Kampf um den rechten Glauben", in *Denunziation. Historische, juridische und psychologische Aspekte*, organizado por G. Jerouschek, I. Marssolek e H. Röckelein, Tübingen, 1997, pp. 26-47.

to do instrumento que lhe permitirá exercer concretamente essa jurisdição sobre as almas, o sacramento da penitência.

3. A definição da penitência como sacramento

Nesse caso, avançamos num território fronteiriço em que as pesquisas foram conduzidas por teólogos no quadro do nascimento da doutrina dos sacramentos, doutrina essa que se desenvolve justamente no século XII com a primeira definição teológica dos sacramentos e também na limitação numérica destes a sete, muitas vezes negligenciando a dimensão jurídica, tão importante nesse período da nascente ciência canonística: a historiografia tradicional sobre a penitência tende a descrever esse processo como um processo de modernização, de passagem de uma concepção ainda tosca e incerta, como a que se deduz dos livros penitenciais, para um esclarecimento e um aprofundamento do pensamento teológico[28]. Na realidade, esse processo é muito mais complexo e implica uma nova definição da Igreja porque, por volta da metade do século XII, os teólogos tendem a transferir à Igreja o caráter misterioso que tradicionalmente era atribuído ao corpo de Cristo na eucaristia[29]: por essa razão, os tratados sobre os sacramentos do século XII são mais obra de canonistas do que de teólogos[30]. Conforme já mencionado, talvez fosse necessário também indagar com mais veemência sobre a retomada, dentro da nova Igreja gregoriana, da antiga visão testamentária da lei e do sacerdócio como elemento constitutivo – paralelamente à assimilação

---

28. P. Anciaux, *La théologie du sacrement de la pénitence*, cit.; P. Blomme, *La doctrine du péché*, cit.

29. J. Leclercq, "Ecclesia 'corpus Christi' et 'sacramentum fidei'", in *Chiesa, diritto e ordinamento della "Societas Christiana" nei secoli XI e XII*, Milão, 1986, pp. 11-25 (mas também é preciso levar em consideração os outros ensaios compreendidos nesse volume).

30. Y.-M. Congar, "Un témoignage des désaccords entre canonistes et théologiens", in *Études d'histoire du droit*, cit., II, pp. 861-84.

do direito romano – do novo conceito de Igreja: é a Moisés e à lei do Antigo Testamento que Anselmo de Lucca se refere para justificar o uso da coação material e também da morte contra hereges e cismáticos, "quod Ecclesia persecutionem possit facere"[31].

O novo pensamento sobre a penitência nasce, portanto, dentro dessa nova reflexão e dessa nova práxis da Igreja, numa situação de perturbação aguda devido à crise das ordens e estados tradicionais na nova sociedade que emerge na Europa, mal-estar aguçado pela difusão tumultuosa das heresias e dos cismas que, por outro lado, também são conseqüência dessa modificação do panorama eclesiástico, cultural e social: não apenas movimentos revolucionários e eversivos, mas também de reação diante da mudança em prática na estrutura eclesiástica; é a outra face daquilo que foi chamado de "renascimento" do século XII[32]. Ainda não existe a divisão artificialmente introduzida no período posterior entre direito penal canônico e direito penitencial, e o problema unitário que se coloca é o do vínculo do homem em estado de pecado com a Igreja. Especialmente após a célebre condenação de Abelardo no concílio de Sens (1140), desenvolve-se a separação da penitência como virtude interior da penitência-sacramento enquanto instrumento de vínculo com a Igreja. Inicialmente, a análise desenvolve-se nos três componentes tradicionais da penitência: a contrição (*cordis contrictio*), a confissão (*oris confessio*) e a satisfação (*operis satisfactio*). Enquanto sob o primeiro aspecto é reconhecida a impossibilidade de entrar no coração do homem (segundo a antiga verdade de que somente Deus pode penetrar nas almas e nos corações), o significado do perdão desloca-se gradualmente: num primeiro momento, os pontos fortes do caminho penitencial eram aquele inicial (com

---

31. A. M. Stickler, *Il potere coattivo materiale della Chiesa*, cit., pp. 235-85.
32. M.-D. Chenu, *La théologie au douzième siècle*, Paris, 1976³; *Renaissance and Renewal in the Twelfth Century*, organizado por R. L. Benson e G. Constable, Oxford, 1982.

o arrependimento, a confissão feita a Deus dentro da alma, que não é apenas condição preliminar, mas contém o perdão de Deus, mais tarde explicitado e registrado pelo sacerdote) e aquele final (com a execução concreta da penitência como condição para receber a absolvição), agora o centro da gravidade, o sacramento em sentido restrito, é visto na confissão dos pecados ao sacerdote e na absolvição por parte do próprio sacerdote.

No tratado *De vera et falsa poenitentia*, composto por volta da metade do século XI e atribuído a Santo Agostinho (texto que também teve uma grande ressonância em todo o século seguinte), a confissão ao sacerdote e o ato de enrubescer ao se enumerarem os próprios pecados diante do representante de Deus já significam cumprir a obra penitencial[33]. Portanto, o sacerdote é o juiz que deve ter a ciência e a capacidade de inquirir aquele que se apresenta diante do seu tribunal, capaz de interrogar e de avaliar as circunstâncias agravantes ou atenuantes do pecado e de fazer emergir também os pecados que o penitente esconde de si mesmo[34]. A absolvição, a remissão dos pecados, precede a expiação, seguindo imediatamente a confissão, e é uma verdadeira sentença definitiva: não é mais, como anteriormente, condicionada pelo percurso de um longo caminho penitencial; mesmo a fórmula da absolvição se transforma, pouco a pouco, das variadas formulações anteriores, que imploravam a intervenção divina no perdão, na linguagem da sentença

---

33. *Patrologia Latina*, 40, col. 1122: "Quem igitur poenitet, omnino poeniteat, et dolorem lacrymis ostendat: repraesentet vitam suam Deo per sacerdotem, perveniat ad iudicium Dei per confessionem... qui per vos peccastis, per vos erubescatis. Erubescentia enim ipsa partem habet remissionis: ex misericordia enim hoc praecipit Dominus, ut neminem poeniteret in occulto."

34. Ibidem, col. 1129: "Caveat spiritualis iudex, ut sicut non commisit crimen nequitiae, ita non careat munere scientiae. Iudiciaria enim potestas hoc postulat, ut quod debet iudicare, discernat. Diligens igitur inquisitor, subtilis investigator, sapienter et quasi astute interroget a peccatore quod forsitan ignoret, vel verecundia velit occultare. Cognito itaque crimine, varietates eius non dubitet investigare, et locum et tempus et caetera... Caveat ne corruat, ne iuste perdat potestatem iudiciariam."

judiciária: "ego te absolvo..."[35]. Sendo assim, a penitência entendida como expiação, no sentido tradicional, permanece quase como um apêndice, condicional mas não essencial, a um ato judiciário que é considerado válido em si mesmo antes que ela se cumpra. De certo modo, há uma extensão simplificada e atenuada a toda a esfera do pecado, inclusive aos pecados menores e privados, daquilo que em certa época era o processo da penitência solene, reservado aos pecados criminais públicos. Já se encontram presentes nesses alvores as grandes discussões que dominarão os séculos posteriores: sobre a qualidade do arrependimento necessário (contrição ou simples atrição, arrependimento profundo por ter ofendido Deus ou simples temor pelas penas divinas) e sobre as modalidades da ação ulterior de penitência ou satisfação, sobretudo no que concerne à restituição daquilo que foi roubado ou à reparação do dano provocado por ato ilícito. Mas a mudança já é radical.

Nesse novo quadro teológico, desenvolvido sobretudo contra a doutrina de Abelardo pela escola de Anselmo de Laon e Hugo de San Vittore, a discussão sobre a matéria, a forma dos sacramentos e a inserção da penitência em seu rol leva a sublinhar a sua função de tribunal. Mesmo o sacramento da penitência como "sacrae rei signum" deve ter, como o batismo e a eucaristia, sua matéria e sua forma para tornar visível o invisível. A matéria e a forma do sacramento contribuem de modo essencial para identificar como central (após o arrependimento e antes da satisfação) o local e o momento da confissão e da absolvição, ou seja, o foro em que coincidem o invisível e o visível, a justiça interior de Deus e a justiça da Igreja. A absolvição não representa mais a declaração de um perdão dado por Deus com base no arrependimento, na contrição do pecador, mas consiste numa sentença real, que por si só produz o efeito causal da remissão dos pecados. Cristo deu aos homens o preceito de confessar os próprios pecados e aos seus discípulos o poder de per-

---

35. J. A. Jungmann, *Die lateinische Bussriten in ihrer geschichtliche Entwicklung*, Innsbruck, 1932.

doá-los³⁶. Por isso, o confessor recebe de Deus a tarefa de representá-lo e pode salvar ou não da danação eterna; é intercessor e juiz ao mesmo tempo³⁷. A autoridade da Igreja não se limita ao poder de excomunhão, ao poder de separar o culpado da comunidade cristã, mas entra na vida cotidiana do fiel: toda falta grave, independentemente das suas repercussões sociais, deve ser denunciada ao sacerdote para obter a absolvição; desaparece a distinção entre o pecado simples e o pecado criminal, e nasce, em vez disso, a distinção entre o pecado venial – que não deve necessariamente ser confessado, mas cuja confissão se recomenda – e o pecado mortal, sujeito a essa obrigação: este último se distingue cada vez mais do crime (categoria que passa a ser progressivamente limitada às faltas graves para com a sociedade), ainda que o englobe.

Na nova sociedade que se desenvolve de maneira tumultuosa na Europa, como afirma Pedro Lombardo na sua grande síntese, na segunda metade do século XII, existem profissões que não podem ser exercidas sem pecado, como o comércio, a milícia e outros ofícios; desse modo, a Igreja deve não apenas julgar o pecado e conceder ou negar a absolvição, mas também entrar no mérito de uma *satisfactio* que não pode ser circunscrita às penitências habituais, transmitidas pelos livros penitenciais da Alta Idade Média: deve considerar o próprio abandono da profissão ou a restituição dos bens obtidos ilicitamente³⁸. A confissão ao sacerdote,

---

36. Hugo de San Vittore, *De sacramentis*, liber II, pars XIV, "De confessione et poenitentia et remissione peccatorum" (*Patrologia Latina*, 176, col. 549-78).

37. Ibidem, col. 564 e 568: "Propterea positi sunt homines judices vice Dei, ut culpas subjectorum examinando castigent, ut in fine cum venerit judex Deus, correctos salvare possit, quos corrigendos humano judicio subjecit. Data sunt ergo judicia… Fortassis Deum necdum interpellare praesumunt: habent homines sacerdotes vice Dei fungentes, cum quibus interim causam suam sine periculo agere possunt. Ament intercessores et timeant judices."

38. Petrus Lombardus, "Sententiarum libri", liber IV, dist. XVI (*Patrologia Latina*, 192, col. 878): "Falsas poenitentias dicimus, quae non secundum auctoritates sanctorum pro qualitate criminum imponuntur. Ideoque miles,

somada à *satisfactio*, integra a punição e por si só já é uma penitência: contra as falsas afirmações dos hereges, o poder de absolver, de desatar e de ligar cabe apenas ao sacerdote como juiz: "Ius enim hoc solis permissum est sacerdotibus... sacerdos est iudex."[39] Pode acontecer de um cristão ser absolvido perante Deus por meio da penitência interior, mas só é absolvido perante a Igreja "per iudicium sacerdotis", do mesmo modo como em certa época era necessária a declaração legal para certificar a cura dos leprosos[40].

Também nessas décadas afirma-se a nova doutrina do Purgatório (o "nascimento do Purgatório", como dito eficazmente, também remonta ao século XII) com a afirmação da existência de um juízo individual logo após a morte de cada homem e com as relativas penas a serem expiadas (por parte da alma não condenada, mas tampouco admitida no Paraíso antes do juízo universal, do fim do mundo). Essa concepção, que se difunde em pouquíssimo tempo em todo o Ocidente, fornece as motivações e o elemento coercitivo da ação penal do foro da penitência: esta absolve do pecado mortal, subtrai da danação do fogo eterno, mas também tem o poder de comutar ou antecipar as penas do purgatório não de modo genérico, mas em relação às penas individualmente previstas, com uma espécie de conversão das antigas listas de tarifas dos penitenciais num sistema intermediário entre a lei divina e a humana, a "pena purgatória" (que também é computada em dias, meses e anos). Tal sistema é confirmado e fortalecido pela doutrina e pela práxis das indul-

---

vel negotiator, vel alicui officio deditus, quod sine peccato exercere non possit, si culpis gravioribus irretitus ad poenitentiam venerit, vel qui bona alterius iniuste detinet, vel qui odium in corde gerit, recognoscat se veram poenitentiam non posse peragere, nisi negotium relinquat, vel officium deserat, et odium ex corde dimittat, et bona quae iniuste abstulit, restituat."

39. Ibidem, liber IV, dist. 18, col. 885-6.

40. Ibidem, col. 887: "Quia etsi aliquis apud Deum sit solutus, non tamen in facie Ecclesiae solutus habetur, nisi per iudicium sacerdotis. In solvendis ergo culpis vel retinendis, ita operatur sacerdos evangelicus et iudicat, sicut olim legalis in illis qui contaminati erant lepra, quae peccatum signat."

gências: alcançando o patrimônio espiritual dos santos, a Igreja, além das penitências terrenas, também perdoa as penas que o fiel deveria ter expiado na vida ultraterrena após o juízo particular de Deus e antes do juízo universal[41].

Como se verá, inicia-se, então, todo o problema do poder real do sacerdote de absolver, de desatar ou de ligar, da relação entre a ordem sagrada como sacramento conferido ao ato da ordenação sacerdotal e o seu efetivo exercício na jurisdição. Não sem coerência, portanto, os juristas são os canonistas que, durante o século XII, aumentam a sua influência no debate sobre o tema da penitência como de resto sobre o tema da ordem sagrada e do matrimônio, ou seja, sobre os temas de maior repercussão nas ordens sociais da cristandade.

4. O "De poenitentia" em Graciano e nos decretistas

Já parece estar consolidado o fato de o tratado "de poenitentia" (a *quaestio III* da *Causa XXXIII* do *Decretum*) não ser de todo obra de Graciano, mas ter sofrido substanciais integrações posteriores[42]. Isso também explica, a meu ver, o estágio de juridicização e "romanização" mais avançada que o tratado apresenta em relação a outras partes da sua obra. O que de todo modo atinge o leitor profano na sua abertura é o recurso direto às fontes do direito penal justinianeu: o conceito de penitência e o conceito de pena, se não são sobrepostos, são certamente justapostos. Após alguns cânones extraídos dos Padres da Igreja e da Escritura sobre o arrependimento interior, passa-se às constituições imperiais, que prevêem a pena de morte para o rapto de uma virgem ou

---

41. J. Le Goff, *La nascita del purgatorio*, trad. it., Turim, 1982.
42. J. Gaudemet, "Un débat sur la confession au milieu du XIIe siècle. Decret de Gratien, C. XXXIII, qu. 3. La 'Distinctio' I du 'De penitentia'", in *Revue de Droit Canonique*, 34 (1984), pp. 245-8; S. Kuttner, "Research on Gratian: Acta and Agenda", in *Proceedings of the Seventh International Congress of Canon Law*, Cidade do Vaticano, 1988, pp. 3-27.

para o assassinato de um infante[43]. O esforço de todo o tratado está na tentativa de compor as penas previstas pela lei civil com a doutrina do pecado e da penitência, englobando-as num único direito penal canônico.

O tema central no direito canônico penal, de Graciano às decretais de Gregório IX, o *Liber Extra(vagantium)* de 1234, torna-se, portanto, o tema da culpa, da responsabilidade externa do pecado. Um conhecido estudo realizado por Stephan Kuttner em sua juventude, que, apesar de fundamental, permaneceu bastante isolado até o presente devido às importantes questões que coloca, introduziu-nos nesse caminho[44]. Quando se tentou construir a justiça da Igreja – segundo Kuttner –, o problema central tornou-se aquele de definir o crime-delito como realidade jurídica em relação à mais ampla e indefinida esfera do pecado, com uma escolha que não comprometesse a autoridade da Igreja como ocorrera com a doutrina de Abelardo. A antiga definição, retomada por Santo Agostinho, "crimen autem est peccatum grave, accusatione et damnatione dignissimum", que havia sustentado todo o direito penitencial da Alta Idade Média, não é mais suficiente, e mesmo a simples justaposição entre crime e pecado mortal, ainda presente em Graciano, não pode mais subsistir. Os canonistas esforçam-se, portanto, para buscar uma explicação que delimite a esfera do "criminale peccatum" contendo a submissão ao processo penal e que não se resolva no foro penitencial. A primeira solução é a de distinguir, sobretudo, a esfera do delito daquela do pecado com base na presença de atos exteriores delituosos, não limitados, portanto, à vontade perversa (a um pecado público cor-

---

43. Gratianus, *Decretum*, c. 6 e 10 q. 3, Causa XXXIII, organizado por Ae. Friedberg, col. 1159-60: "Si quis non dicam rapere, sed attemptare tantum matrimonii iungendi causa sacratissimas virgines ausus fuerit, capitali pena ferietur... Si qui necandi infantis piaculum aggressus aggressave fuerit, sciat, se capitali supplicio esse puniendum."

44. S. Kuttner, *Kanonistische Schuldlehre von Gratian bis auf die Dekretalen Gregors IX. Systematisch auf Grund der handschriftlichen Quellen dargestellt*, Cidade do Vaticano, 1935.

responde não apenas uma penitência, mas uma pena pública). Em segundo lugar, tenta-se definir o conceito ainda indistinto do crime em relação àquele do pecado, unindo-o ao conceito de infâmia: as repercussões sociais que haviam caracterizado o pecado criminal em relação ao simples pecado acabam recebendo uma formulação mais precisa.

O passo seguinte é o de substituir o conceito de violação das normas do ordenamento romano-canônico pelo conceito de infâmia. A conclusão de Kuttner – cujo ensaio sintetizamos aqui sobremaneira – é de que os canonistas realizaram com essas reflexões uma separação entre o pecado e o delito, entre o *forum Dei* e o *forum ecclesiae*: nesse segundo foro, é possível e obrigatório o uso da força coativa e a punição do réu pelo bem da sociedade, não no primeiro[45]. Não há dúvida de que esse processo conduz, ao final do século XII, à separação potencial da jurisdição eclesiástica da esfera da ordem sagrada, da esfera penitencial do direito penal canônico: a absolvição da excomunhão nas suas várias formas (maiores e menores, do anátema à suspensão temporária dos sacramentos, que começam nesse período a se definir) não está mais ligada à penitência, mas a um verdadeiro processo judicial[46]. Resta, porém, o fato de que mesmo esse segundo foro, o foro penal da Igreja, permanece estreitamente ligado à esfera sacramental (como se verá mais adiante ao se tratar dos pecados reservados) e de que nele as coações espirituais (a excomunhão e as outras censuras como o interdito) encontram-se estreitamente interligadas às coações físicas, as penas eclesiásticas àquelas seculares. Mencionaremos mais adiante a exceção constituída pela heresia, que também deve ser perseguida, segundo os canonistas, como pecado oculto: exceção, mas que parece comprometer nas origens essa separação dos foros, desenvolvida em nível

---

45. Ibidem, pp. 323-4.
46. F. Russo, "Pénitence et excommunication. Étude historique sur les rapports entre la théologie et le droit canon dans le domain pénitentiel du IXe au XIIIe siècle", in *Recherches de science religieuse*, 33 (1946), pp. 259-79 e 431-61.

teórico. De todo modo, o mais importante segundo nosso ponto de vista – e para introduzir a próxima seção –, é o fato de o sacramento da penitência se tornar nessa época um ato judiciário, um dos dois casos de juízo, como diz Bernardo de Pavia nos últimos anos do século XII[47]. A absolvição pelo sacerdote adquire um efeito causal: não é apenas a declaração do perdão divino, mas uma "sentença"; do poder das chaves derivam dois modos de desatar e ligar, no foro penitencial e no judicial, no foro interno e no externo[48].

5. A obrigação da confissão anual "proprio sacerdoti"

O ponto culminante dessa evolução é a proclamação, por parte de Inocêncio III, com a constituição 21, *Omnis utriusque sexus*, do IV concílio Lateranense (1215), da obrigação para todos os cristãos da confissão anual "proprio sacerdoti": "Todo fiel, de ambos os sexos, após ter atingido a idade da discrição, deve confessar fielmente e em particular os seus pecados, ao menos uma vez por ano, ao próprio sacerdote, fazendo o possível para cumprir, com todas as suas forças, a penitência a ele infligida e recebendo, ao menos na Páscoa, o sacramento da eucaristia. Se alguém, por uma justa causa, quiser confessar os seus pecados a um sacerdote estranho, deve antes pedir e obter a licença do próprio sacerdote, sem a qual o sacerdote estranho não o pode nem desatar, nem ligar."[49]

---

47. Citado em G. Fransen, *Jurisdiction*, cit., p. 213: "Species iudicii duae sunt; est enim iudicium occultum et est iudicium manifestum. Iudicium manifestum est in causa tractanda ac difinienda; in occulto iudicio qui confitetur absolvitur... in manifesto qui confitetur condempnatur vel pro condempnato habetur."

48. W. Trusen, "Zur Bedeutung des geistlichen Forum internum und externum für die mittelalterliche Gesellschaft", in *Zeitschrift der Savigny-Stiftung für Rechtsgeschichte. Kan. Abt.*, 76 (1990), pp. 254-85.

49. *Constitutiones Concilii quarti Lateranensis una cum commentariis glossatorum*, organizado por A. García y García, Cidade do Vaticano, 1981, pp. 67-8: "Omnis utriusque sexus fidelis, postquam ad annos discretionis pervenerit,

Já em outra ocasião, ressaltou-se que essa constituição representa não apenas, como aliás até agora foi dito com razão, o início de uma nova era da história da penitência, o nascimento de um "direito do cotidiano", conforme a expressão eficaz de Ovidio Capitani: ela representa também a conclusão de um caminho iniciado nos dois séculos precedentes, a tentativa de unificar o foro de Deus com o foro da Igreja[50]. Certamente esse decreto representa uma das datas fundamentais da disciplina da Igreja romana e, como todos os acontecimentos historicamente importantes, representa, ao mesmo tempo, um ponto de chegada e um ponto de partida: mas, antes de mais nada, creio que seja necessário esclarecer que foi colocado em prática apenas em parte e permaneceu válido – confirmado pelo Tridentino – até nossos dias, ou seja, somente no que concerne à obrigação da confissão anual; quanto à outra parte, não foi colocado em prática ou a sua implementação fracassou nos anos imediatamente seguintes: isso significa que não se realizou a ten-

---

omnia sua solus peccata confiteatur fideliter, saltem semel in anno, proprio sacerdoti, et iniuncta sibi penitentiam studeat pro viribus adimplere, suscipiens reverenter ad minus in Pascha eucharestiae sacramentum... Si quis autem alineo sacerdoti voluerit iusta de causa sua confiteri peccata, licentiam prius postulet et optineat a proprio sacerdote, cum aliter ille ipsum non possit solvere vel ligare" (ver também *Conciliorum oecumenicorum decreta*, organizado por G. Alberigo, J. Dossetti, P. Joannou, C. Leonardi e P. Prodi, Bolonha, 1973², p. 245).

50. *Dalla penitenza all'ascolto delle confessioni: il ruolo dei frati mendicanti* (Atas do XXIII congresso internacional da Sociedade internacional de estudos franciscanos), Spoleto, 1996: introdução di O. Capitani, "Verso un diritto del quotidiano", pp. 3-30 e "Discorso conclusivo" de P. Prodi, pp. 287-306. Para a fase de gestação da deliberação conciliar: M. G. Muzzarelli, "Teorie e forme di penitenza in fase di transizione (secoli XI-XIII)", ibidem, pp. 31-58. Remetemos ao ensaio de Capitani também no que se refere à resenha relativa ao debate dominante nos últimos tempos sobre o sacramento da penitência como instrumento de controle social, debate que certamente levamos em consideração com as grandes perspectivas abertas por Jean Delumeau, John Bossy e tantos outros insignes estudiosos atentos à história social, mas ao qual não podemos nos ater neste momento devido à sua amplitude.

tativa de construir um sistema jurisdicional, um verdadeiro foro da Igreja sobre o pecado, tendo o fiel a obrigação de fazer a confissão anual não de modo genérico a qualquer sacerdote, mas ao próprio pároco, ou seja, de instituir uma relação precisa de submissão jurisdicional do foro interior, da consciência de todo cristão, ao próprio superior eclesiástico com base no vínculo territorial. O problema central está na cláusula do decreto conciliar que prescreve que se faça a confissão não a um sacerdote qualquer, mas *proprio sacerdoti*, isto é, ao próprio pároco ou superior legitimamente investido da responsabilidade de cuidar das almas de um determinado território. É clara em Inocêncio III a vontade de construir um sistema judiciário em que a confissão pudesse ser administrada apenas por aquele que tivesse recebido um poder de jurisdição específico sobre os próprios súditos ou paroquianos. Isso não me parece ter sido percebido pela pesquisa mais recente[51], que discutiu os motivos que levaram à decisão conciliar (se esta se encontra fundada numa preocupação de disciplina pastoral ou no objetivo de perseguir a heresia) e o debate entre teólogos e canonistas que, por sua vez, seguiu o decreto nas décadas posteriores à sua promulgação: a discussão sobre a obrigação de a confissão ser de direito divino ou fruto da tradição e de um preceito positivo da Igreja não pode prescindir desse aspecto fundamental da jurisdição territorial.

Isso implica um discurso sobre a evolução que, também com base na evolução do direito canônico delineada acima, a figura do sacerdote e o seu poder fundado no mandato recebido do próprio bispo tiveram nos séculos anteriores. Remetendo a estudos específicos sobre a figura do "sacerdos proprius"[52], pode-se afirmar que não se trata de uma

---

51. P.-M. Gy, "Le précepte de la confession annuelle et la nécessité de la confession", in *Revue des sciences philosophiques et théologiques*, 63 (1979), pp. 529-47.

52. P. A. Kirsch, "Der 'sacerdos proprius' in der abendländischer Kirche vor dem Jahre 1215", in *Archiv für katholisches Kirchenrecht*, 84 (1904), pp. 527-37;

afirmação genérica, mas de uma configuração jurídica, que busca definir em seu conjunto os direitos tradicionais de governo do sacerdote, normalmente o pároco, com funções de curar almas, a partir da exação das décimas até os poderes de administração dos sacramentos às almas a ele submetidas: é um longo caminho que se determina em Graciano e sobretudo nos comentadores do seu *Decretum*, os decretistas, entre o final do século XII e os anos que antecedem o concílio Lateranense IV. Em Graciano, temos ainda uma visão mais aberta, com a possibilidade prevista para o cristão de escolher o sacerdote-confessor também com base na *discretio*, na sua capacidade e ciência, no caso em que se inicie um conflito entre o *bannus parochialis* e a consciência do fiel; essa possibilidade, porém, fecha-se gradualmente nas décadas seguintes devido às intervenções dos canonistas em defesa do poder dos párocos e dos bispos, das igrejas territoriais. Significativo é também o fato de que, nas mesmas décadas, consolida-se dentro das ordens religiosas a obrigação da confissão ao próprio superior.

No plano do pensamento teológico e canonístico, isso dá início ao grande problema do poder sacerdotal: em relação às duas chaves para desatar e ligar de que fala o Evangelho num primeiro momento, a primeira é vista no poder recebido ao se conferir o sacramento da ordem, e a segunda na *discretio* ou ciência-prudência do sacerdote; num segundo momento, coloca-se a condição de um mandato específico para o exercício da confissão; por fim, as duas chaves não são mais o poder de ordem recebido com a consagração e a ciência, mas o poder de ordem e o poder de jurisdição como dois poderes paralelos e distintos: a chave da ordem e a cha-

---

E. H. Fischer, "Bussgewalt, Pfarrerzwang und Beichtvater-Wahl nach dem Dekret Gratians", in *Studia Gratiana*, IV (1956-1957), pp. 185-230; J. Avril, "À propos du 'proprius sacerdos': quelques réflexions sur les pouvoirs du prêtre de paroisse", in *Proceedings of the Fifth International Congress of Medieval Canon Law*, organizado por St. Kuttner e K. Pennington, Cidade do Vaticano, 1980, pp. 471-86.

ve da jurisdição. Para poder confessar e absolver é necessário ser sacerdote, mas não apenas isso: é preciso ter recebido do bispo ou diretamente do papa um poder jurisdicional apropriado.

A constituição conciliar de Inocêncio III, mencionada anteriormente, não é, portanto, apenas a confirmação de uma evolução precedente: ela assume o significado de proposta, profundamente inovadora, de um sistema de direito penitencial que se insere num quadro orgânico de reforma da instituição Igreja, baseada sobretudo nas estruturas da paróquia e da freguesia. Por isso, podemos falar do seu fracasso ou da sua aplicação apenas parcial a partir dos anos e das décadas imediatamente posteriores: os fiéis geralmente mantêm a obrigação da confissão anual, mas a obrigação absoluta de confessar-se ao próprio pároco ou de pedir a ele licença para confessar-se em outro lugar não é respeitada. Até hoje não se sabem as razões desse fracasso, mas pode-se tomar como hipótese o fato de que, na situação de fragmentação institucional que já havia ocorrido no Ocidente, esse projeto audacioso de uma construção jurisdicional, que se organizava num primeiro nível na diocese e em suprema e última instância em Roma, com base na célula paroquial, mostrou-se impossível: a afirmação do pároco como juiz do cristão que se submetia a ele significaria, de fato, subordinar essa jurisdição às autoridades locais em que o poder religioso e o temporal estavam fortemente interligados. Sendo assim, o esforço dos sucessores de Inocêncio III será, de certo modo, oposto, ou seja, de construir com a leva das novas ordens mendicantes uma gestão centralizada e unitária do tribunal da penitência.

As primeiras *Summae* para a confissão, surgidas após a conclusão do concílio Lateranense IV, ainda definem a relação entre o fiel e o seu pároco como uma relação súdito/juiz, ligada ao mesmo dever do pagamento da décima: o pároco tem jurisdição para as culpas menores, que comportam uma penitência privada, enquanto para as culpas mais graves, que exigem uma penitência pública, deve-se dirigir ao bispo[53]. Não há dúvida de que, nesses séculos, a paróquia se consolida como célula de base da vida eclesiástica, mas não se torna a sede de um primeiro nível de jurisdição, como o concílio Lateranense IV havia previsto. Esse primeiro nível de jurisdição consolida-se formalmente apenas na cúria, junto ao bispo (que nesse período se define no plano jurisdicional como *ordinarius* diocesano). Paralelamente ao crescimento do direito canônico como ordenamento, na segunda metade do século XII nasciam de fato os tribunais episcopais com a formação de um corpo de *officiales* apropriado: temos um primeiro exemplo em Reims, nos anos 70, e em poucas décadas esses tribunais se organizam contextualmente em todas as regiões da cristandade com a elaboração do processo romano-canônico. Muitas vezes, os bispos não possuem conhecimentos jurídicos suficientes para lidar com o novo direito e delegam em medida cada vez maior a administração da justiça aos juízes especializados e formados nas faculdades de direito canônico. Não entraremos no complexo problema do surgimento e do funcionamento dos tribunais eclesiásticos (matéria, aliás, ainda muito pouco pesquisada), mas remeteremos a uma síntese muito clara[54]. Limitar-nos-

---

53. *Trois sommes de Pénitence de la première moitié du XIIIᵉ siècle. La "Summula Magistri Conradi". Les sommes "Quia non pigris" et "Decime dande sunt"*, 2 vol., Louvain – la Neuve, 1989. Por exemplo, vol. II, p. 68: "Species penitentie sunt tres: una est publica, alia privata, alia solemnis. Privata imponitur ab illo qui est parochianus, vel consensu illius ab alio in occulto..."; p. 141: "De parochiis et aliorum parochianis. Nunc videndum de iure parochiali. Parochia est locus in quo degit populus alicui ecclesiae deputatus. Hoc autem ius in quo tenentur parochiani suo sacerdoti, in multis consistit. Decimas namque prediales et personales tenetur illi solvere... Item, in dominicis et aliis precipuis festivitatibus convenire debent ad ecclesiam suam... Item quilibet fidelis utriusque sexus, cum ad annos discretionis pervenerit, tenetur, saltem semel in anno, proprio sacerdoti omnia peccata mortalia confiteri et in Pascha ab eo suscipere eucharistiae sacramentum, nisi de consilio suo ob causam rationalem duxerit abstinendum..."

54. W. Trusen, "Die gelehrte Gerichtsbarkeit der Kirche", in *Handbuch der Quellen und Literatur der neueren Europäischen Privatrechtsgeschichte*, t. I, Munique, 1973, pp. 467-504 (para a relação entre foro interno e tribunais eclesiásticos, ver sobretudo pp. 495-8).

emos apenas a duas afirmações mais atinentes à nossa temática. A primeira é que os problemas de foro interno e de foro externo permanecem estreitamente interligados, na atividade dos tribunais episcopais, como duas emanações de uma mesma justiça eclesiástica. A segunda é que seu desenvolvimento acaba sendo freado pelo centralismo da cúria romana, como veremos mais adiante, com o desenvolvimento da rede dos tribunais inquisitoriais diretamente dependentes de Roma e com o sistema da reserva ao papa das decisões nas matérias mais importantes. De todo modo, no centro das deliberações dos sínodos e dos concílios provinciais do século XIII estão preocupações de natureza essencialmente jurídica, nas quais o tema do foro interno ocupa uma posição de primeiro plano: os párocos devem limitar-se apenas à absolvição dos pecados menos graves, enquanto reserva-se ao foro episcopal, aos bispos ou aos seus delegados a absolvição dos pecados mais graves, como o homicídio, o incesto, os sacrilégios etc.; nos casos incertos, o sacerdote deve consultar o bispo; em caso de furto, usura, fraude e roubo, impõe-se a restituição ou reparação do dano antes da absolvição[55].

No entanto, esse esforço particularmente evidente em algumas regiões da cristandade, como no Midi da França, parece não obter em geral grandes resultados num quadro político e eclesiológico que vai mudando rapidamente, na pressão cada vez maior dos poderes seculares, na falta de preparo do clero e sob a ameça das heresias. Desenvolve-se, assim, uma tensão progressiva entre os defensores do *ius parochiale*, como o cardeal ostiense (Henrique de Susa), e os defensores das novas ordens mendicantes, que agem no plano universal sem levar em conta as jurisdições das Igrejas particulares: a posição e o ofício do pároco como confessor, como

---

55. "L'Église et le droit dans le Midi (XIIIᵉ-XIVᵉ siècles)", in *Cahiers de Fanjeaux*, n. 29, Toulouse, 1994. Nessa interessante coletânea de ensaios, é particularmente importante o caso da diocese de Albi: J. L. Biget, "La législation synodale: le cas d'Albi aux XIIIᵉ et XIVᵉ siècles", pp. 161-214.

previstos pela constituição 21 do concílio Lateranense IV, "foram subvertidos e perturbados pelo avanço impetuoso dos franciscanos e dominicanos"[56]. Num primeiro momento, é o próprio papado que concede cada vez mais derrogações à obrigação de fazer a confissão *proprio sacerdoti*, com a permissão a príncipes e poderosos, seculares ou prelados, de escolher o próprio confessor livremente; por fim, essa possibilidade é concedida, ainda que com limitações e cautelas, também ao cristão comum. A tentativa do papado será superar essas contradições e essas dificuldades com o sistema da delegação do poder de confessar, por parte do papa, como supremo juiz da cristandade (*iudex ordinarius omnium*), aos membros das novas ordens religiosas mendicantes: estas são concebidas pelo pontífice à sua imagem como párocos, pregadores e confessores *universales*, delegados à jurisdição do foro interno em toda a cristandade, e recebem por essa missão os plenos poderes (dando início, portanto, à era dos grandes conflitos entre as ordens mendicantes e o clero secular). Trata-se, a meu ver, de um sistema concebido como paralelo ao da *iurisdictio delegata* para o exercício da jurisdição no foro externo.

Já em fevereiro de 1221, o papa Honório III, sucessor de Inocêncio III, escreve aos bispos do mundo todo a carta encíclica *Cum qui recipit prophetam*, em que confia a prática universal da confissão à nova ordem dominicana, tarefa a que mais tarde serão associados os franciscanos: embora haja dúvidas de interpolações desse texto, os documentos posteriores e mais amplos de Gregório IX e Inocêncio IV contêm uma delegação explícita, em sentido jurídico, ou seja, de ju-

---

56. M. Maccarrone, "'Cura animarum' e 'parochialis sacerdos' nelle costituzioni del IV concilio lateranense (1215). Applicazioni in Italia nel sec. XIII", in *Pievi e parrochie in Italia nel basso medioevo (secc. XII-XV)* (Atas do VI congresso de história da Igreja na Itália, Florença, set. 1981), Roma, 1984, pp. 81-195 (a frase citada encontra-se na p. 164; mas não creio que possam ser partilhadas as conclusões dessa contribuição, que vêem a composição dessas tensões num quadro de equilíbrio).

risdição delegada, às ordens mendicantes[57]. Com isso, não se realiza, como foi dito, a constituição 21 do concílio Lateranense, mas modifica-se substancialmente sua execução: após alguns anos de experiência e de fracassos, abandona-se a esperança de construir nas paróquias e nas dioceses a rede dos tribunais da consciência e busca-se um novo caminho para praticar o preceito da confissão anual. Nasce, assim, uma dupla estrutura na administração do sacramento da penitência: por um lado, o clero secular diocesano (cujos poderes são cada vez mais limitados pelo sistema da reserva dos casos, ao qual aludiremos mais adiante) e, por outro, os membros das ordens mendicantes com poderes delegados que se ampliam e se limitam inúmeras vezes nos últimos séculos da Idade Média devido às intervenções papais e, com a famosa bula de Sisto IV, conhecida como *Mare magnum* (1474), devido aos poderes que ela concede aos frades[58]. Essa história complexa foi vista até agora quase exclusivamente sob a ótica geral da rivalidade entre o clero paroquial e o clero regular, luta que abraça, de fato, tantos outros problemas relativos às missas, às sepulturas, às esmolas etc., mas que mereceria uma pesquisa voltada para o tema do foro. As controvérsias sobre esse problema dominam as dioceses de quase todos os países da Europa nos últimos séculos da Idade Média, tanto em nível dos recursos em Roma quanto dos concílios provinciais e dos sínodos diocesanos[59]. No presente estudo, limitar-nos-emos a lembrar a reiterada condenação por heresia da afirmação de Jean de Pouilly, doutor da Universidade de Paris, segundo a qual aqueles

---

57. R. Rusconi, "I francescani e la confessione nel secolo XIII", in *Francescanesimo e vita religiosa dei laici nel secolo XIII*, Assis, 1981, pp. 251-309.

58. H. Lippens, "Le droit nouveau des Mendiants en conflit avec le droit coutumier du clergé séculier, du Concile de Vienne à celui de Trent", in *Archivum Franciscanum Historicum*, 47 (1954), pp. 242-92 (estudo acrítico, mas bem documentado).

59. Indicações preciosas a esse respeito encontram-se em L. G. Duggan, "Fear and Confession on the Eve of the Reformation", in *Archiv für Reformationsgeschichte*, 75 (1984), pp. 153-75.

que se confessaram com os frades devem repetir a confissão "proprio sacerdoti, quem dicit esse parochialem curatum"; essa condenação, emitida por João XXII em 1321, é renovada após mais de um século também por Eugênio IV, em 1447[60]: exemplo da longa duração de uma controvérsia que, se por um lado provocou uma confusão considerável na cristandade daqueles séculos, por outro demonstra o fracasso do concílio Lateranense IV em sua tentativa de criar um sistema jurisdicional orgânico e integrado.

6. As primeiras "Summae confessorum"

A partir da obrigação da confissão anual imposta pelo concílio Lateranense IV e, sobretudo, após 1221, desenvolve-se também a imensa produção dos guias para os confessores, as *Summae confessorum* ou *Summae de casibus conscientiae*, com as instruções práticas para a confissão. Não entrarei no mérito de um gênero literário tão interessante na sua correspondência com a realidade da vida cotidiana, mas também tão repetitivo e multiforme no seu entrelaçamento com outros filões limítrofes, como a pregação e a pastoral, que dificilmente pode ser dominado: a análise dos interrogatórios predispostos para os confessores e o exame dos seus conteúdos em função da história social exigiriam uma pesquisa à parte que, de todo modo, não pode ser conduzida de maneira genérica, mas deve ser claramente definida com base em quesitos individuais e específicos[61]. Não há dúvida

---

60. H. Denzinger e A. Schönmetzer, *Enchiridion symbolorum, definitionum et declarationum de rebus fidei et morum*, Friburgi Br., 1963[22], n. 921-3.
61. As indicações bibliográficas de referência podem ser encontradas no volume *Dalla penitenza all'ascolto*, cit. Para uma visão de conjunto sobre o gênero literário, ver P. Michaud-Quantin, *Sommes de casuistique et manuels de confession au moyen-âge*, Lille, 1962; L. E. Boyle, "Summae confessorum", in *Les genres littéraires dans les sources théologiques et philosophiques médiévales*, Louvain, 1982, pp. 227-37 (com críticas pontuais ao volume anterior). A este último – o melhor conhecedor dessa literatura – pertence a coletânea de en-

de que os laços com os problemas ligados à jurisdição do foro penitencial são infinitos. Posso apenas dar dois exemplos extraídos de pesquisas recentes, que elucidaram alguns aspectos de modo particular. O primeiro refere-se aos pecados da língua: o exame desse pecado específico, ao qual se une o problema da mentira, do falso testemunho e do perjúrio, coloca-se no limite entre a esfera pessoal e a esfera social do pecado[62]. O segundo, também extraído do mesmo filão de pesquisas, é aquele relativo ao uso, no interrogatório dos confessores, do esquema dos sete vícios ou pecados capitais, herdado da Alta Idade Média (soberba, inveja, ira, preguiça, avareza, gula, luxúria) ou do esquema oferecido pelo decálogo[63]. Não é sem significado que, a partir do início do século XIII e paralelamente ao desenvolvimento do direito canônico, redescobre-se o decálogo: a juridicização da consciência encontra um ponto de apoio muito mais preciso no esquema da lei mosaica, em que também podem ser inseridos, pontual ou forçosamente, os preceitos positivos da Igreja (desde a honra de dirigir-se a Deus até a proibição da blasfêmia ou a santificação da festa, por exemplo); e é igualmente interessante que no surgimento da consciência moderna e na época da perturbação volte a emergir, porém, o problema da subjetividade do pecado.

No entanto, isso implica uma grande atenção às escansões temporais. Nessa imensa literatura de manuais para a

---

saios: L. E. Boyle, *Pastoral Care, Clerical Education and Canon Law, 1200-1400*, Londres, 1981. Ver também *L'aveu. Antiquité et moyen-âge* (Atas de uma mesa-redonda organizada pela École française de Rome, em março de 1984), Roma, 1986, sobretudo o ensaio de P.-M. Gy, "Les définitions de la confession après le quatrième concile du Latran", pp. 283-96.

62. C. Casagrande e S. Vecchio, *I peccati della lingua. Disciplina ed etica della parola nella cultura medievale*, Roma, 1987; cf. também P. Prodi, *Il sacramento del potere*, cit., pp. 174-86.

63. C. Casagrande e S. Vecchio, "La classificazione dei peccati tra settenario e decalogo (secoli XIII-XV)", in *Documenti e studi sulla tradizione filosofica medievale. Rivista della società internazionale per lo studio del medioevo latino*, 5 (1994), pp. 331-95.

confissão, cujo fluxo dura quase três séculos para extinguir-se por volta de 1520 (quando Lutero manda queimar o manual mais difundido, a *Summa angelica*, de Ângelo de Chivasso, seu ato também marcará simbolicamente o fim de uma época), é necessário, do ponto de vista do discurso sobre o foro penitencial, individuar pelo menos duas fases. A primeira, que chega até o final do século XIII, até a obra de Guillaume Durand, caracteriza-se pela predominância do direito: as *Summae* fazem parte da literatura jurídica e do direito canônico de modo integral. A ordem moral e a ordem jurídica integram-se totalmente do mesmo modo como o foro interno e o foro externo não estão divididos entre si: o discurso dos autores das sumas para confessores é substancialmente jurídico, um direito penitencial[64]. Ainda nas primeiras décadas do século XIV, o tema da confissão insere-se por completo no direito canônico como tratado dos problemas do foro interno, nos quais o confessor é juiz espiritual[65]. Numa segunda fase, cujo nascimento podemos entrever nas últimas décadas do século XIII, os problemas relativos ao foro interno deixam a literatura jurídica: num primeiro momento, essa nova abordagem desenvolve-se na literatura teológica e pastoral e depois, pouco a pouco, penetra também nos manuais para a confissão. Na *Summa de poenitentia*, de Servasanto da Faenza, em que prevalecem reflexões teológicas e filosóficas sobre a ética, somadas a preocupações pedagógicas e pastorais[66]; na *Summa* de João de Freiburg, caracterizada pelo advento da reflexão teológica, que segue os passos so-

---

64. Ver o fundamental estudo de P. Grossi, "Somme penitenziali, diritto canonico, diritto comune", in *Annali della Facoltà giuridica di Macerata*, n. s., I (1966), pp. 95-134.

65. A. García y García, B. Alonso Rodríguez e F. Cantelar Rodríguez, "El 'Libro de las confessiones' de Martín Pérez", in *Revista española de derecho canónico*, 49 (1992), pp. 77-129 (reimpr. em *Miscellanea Domenico Maffei dicata*, vol. II, Goldbach, 1995, pp. 255-308).

66. C. Casagrande, "'Predicare la penitenza'. La Summa de poenitentia di Servasanto da Faenza", in *Dalla penitenza all'ascolto*, cit., pp. 59-101.

bretudo do pensamento de São Tomás de Aquino: de certo modo, uma teologia prática, que será a progenitora da futura teologia moral como ramo autônomo[67].

A nós interessa determo-nos um pouco mais na primeira fase para ressaltar que nela as *Summae confessorum* são claramente uma subespécie da literatura jurídica: parece-me totalmente fora de propósito dizer, como já se fez[68], que elas oscilam entre a analogia do juiz e a analogia do médico. A sua contribuição influirá na literatura jurídica e na formação do pensamento jurídico culto da tarda Idade Média[69]. Certamente ocorrerá uma mudança nos séculos posteriores, quando a analogia com o médico também será usada para sustentar a separação da esfera penitencial da esfera jurídica, mas não no século XIII; para o juiz-confessor desse período, não se trata absolutamente de uma analogia, mas de instruções jurídicas precisas: a analogia com o médico, por certo, é feita para o confessor (no mesmo decreto do concílio Lateranense IV), mas também para o juiz eclesiástico (e às vezes para o juiz secular) a propósito das penas medicinais, ainda que sempre se reconheça o caráter particular e misericordioso do foro penitencial. O exemplo mais conhecido e seguido em todo o século – visto que não podemos entrar nessa enorme selva dos manuais – é a *Summa de paenitentia,* cuja primeira versão remonta a 1225, aproximadamente, de autoria de Raimundo de Penaforte, o mesmo canonista que é penitencieiro romano e, poucos anos depois,

---

67. L. E. Boyle, "The Summa confessorum of John of Freiburg and the Popolarization of the Moral Teaching of St. Thomas and Some of his Contemporaries", in *Pastoral Care*..., cit. (ensaio n. 3).

68. N. Beriou, "La confession dans les écrits théologiques et pastoraux du XIIIe siècle: médication de l'âme ou démarche judiciaire?", in *L'aveu. Antiquité et moyen-âge,* cit., pp. 261-82.

69. W. Trusen, "Forum internum und gelehrtes Recht im Spätmittelalter. Summae confessorum und Traktate als Wegbereiter der Rezeption", in *Zeitschrift der Savigny-Stiftung für Rechtsgeschichte. Kan. Abt.*, 57 (1971), pp. 83-125; id., "Zur Bedeutung des geistlichen Forum internum und externum für die spätmittelalterliche Gesellschaft", in *Zeitschrift der Savigny-Stiftung für Rechtsgeschichte. Kan. Abt.*, 76 (1990), pp. 254-85.

será encarregado da coletânea oficial das *Decretali* com Gregório IX; ele próprio fornece com a sua biografia o testemunho mais concreto da importância jurídica do foro penitencial. No título 34 do seu livro III, após expor a doutrina já consolidada sobre os três elementos do sacramento da penitência ("confessio, contritio et mundatio"), fala, sobretudo, da confissão com base na constituição do concílio Lateranense e das penas a serem impostas, em seguida, teoriza que o poder de desatar e ligar realiza-se de três modos: com a absolvição (ou a falta dela), com a imposição da penitência e com a excomunhão, sem nenhuma cisão entre o foro da Igreja e o foro sacramental, embora as particularidades deste último tenham sido sublinhadas[70]. Nas últimas décadas do século, Guillaume Durand, com o seu *Speculum iuris* (no qual o "de poenitentia et remissione" é englobado no "ordo iudicialis"[71]), conclui o período clássico do processo romano-canônico e da lei da Igreja: a lei humana tem significado apenas como instrumento para reprimir a audácia dos homens após o pecado original, quando a lei evangélica não basta para dirimir os litígios entre eles[72]. Durand também

---

70. Raimundus de Pennaforte, *Summa de paenitentia*, organizado por X. Ochoa e A. Diez, Roma, 1976, col. 869: "Dicuntur autem sacerdotes ligare et solvere tribus modis. Primo ligant vel solvunt, id est, ostendunt aliquem ligatum vel solutum... Secundus modus ligandi est, cum satisfactionem paenitentiae confitentibus imponunt; vel solvendi cum de ea aliquid dimittunt, vel per eam purgatos ad sacramentorum communionem admittunt... Tertius modus est, qui fit per excommunicationem..."

71. G. Durand, *Speculum iudiciale illustratum et repurgatum a Giovanni Andrea et Baldo degli Ubaldi*, Basileae, 1574 (reimpr. Aalen, 1975), t. I, Proêmio, p. 2: "Quae siquidem animalia senas habet alas. Per sex alas, sex leges intellige: prima est lex naturalis, secunda mosaica, tertia prophetica, quarta evangelica, quinta apostolica, sexta canonica..."

72. *Ibidem*, pars IV tit. 1: "Cum lex Evangelica non videretur sufficere ad emergentium decisiones causarum humana iura inventa sunt ut per ea hominum coerceatur audacia. Tutaque sit inter improbos innocentia et ut homines discant honeste vivere, alterum non laedere, ius suum unicuique tribuere... et ut boni inter malos quiete vivant... et ne quis auctoritate propria sibi praesumat sumere ultionem." Cf. G. Fransen, "L'aspect religieux du droit", in *Chiesa, diritto e ordinamento*, cit., p. 165.

compõe, enquanto bispo de Mende, um *Aureum confessorium*, no qual insere o instituto da confissão na hierarquia da Igreja, a partir de uma perspectiva episcopal: os membros da cúria romana devem dirigir-se ao penitencieiro, o arcebispo ao patriarca ou ao papa, o bispo ao arcebispo ou ao papa e assim por diante; aqueles que têm responsabilidades particulares na Igreja diocesana ao bispo e os outros fiéis ao seu pároco, sem a permissão do qual não podem ser absolvidos[73]. A *Tabula utriusque iuris*, de João de Erfurt, composta por volta de 1281, compreende tanto o foro contencioso quanto o interno, e nela o *utrumque ius* do título se refere não à relação entre o foro civil e o eclesiástico, mas àquela entre o foro contencioso e o interno; mesmo os manuais posteriores para a confissão continuarão freqüentemente a ser destinados aos "scholaribus utriusque iuris"[74]. No entanto, na sua *Summa confessorum* mais difundida, composta posteriormente e já penetrada pelas novas problemáticas teológicas, o próprio João de Erfurt, após ter retomado a doutrina já consolidada sobre o poder das chaves e o seu exercício nos dois foros, admite seu embaraço: a divaricação entre o foro interior (*iudicium poli*) e o contencioso (*iudicium fori*) é tão grande que torna impossível uma homologação jurídica[75].

---

73. J. Longière, "La Pénitence selon le Repertorium, les Instructions et Constitutions, et le pontifical de Guillaume Durand", in *Guillaume Durand évêque de Mende (v. 1230-1296). Canoniste, liturgiste et homme politique*, organizado por P. M. Gy, Paris, 1992, pp. 105-36.

74. W. Trusen, *Die gelehrte Gerichtsbarkeit*, cit., p. 497.

75. N. Brieskorn, *Die Summa confessorum des Johannes von Erfurt*, 3 vol., Frankfurt a. M., 1980-1981, I, p. 3 (I, 1, 1): "Licet autem in hoc conveniat iudicium fori et poli, quod ad utrumque requiritur haec duplex auctoritas, tamen in duobus differunt, videlicet, quia in iudicio fori confessus condemnatur, (in iudicio) poli confessus absolvitur, (in iudicio) fori confesso creditur contra se, non pro se, (in iudicio poli) confesso creditur contra se et pro se, unde si tota villa diceret aliquem esse fornicatum, et ipse in confessione neget, teneor sibi plus credere quam omnibus aliis. Quia ergo ad absolutionem requiruntur claves, ideo laicus non potest absolvere... Nam potestas absolvendi a peccatis fundatur super claves et iurisdictionem voluntariam, (potestas absolvendi) ab excommunicatione fundatur tantum super iurisdictionem contentiosam."

Poucos anos depois, ao colocar Graciano no paraíso entre Tomás de Aquino e Pedro Lombardo, Dante Alighieri cita como grande mérito do primeiro o fato de ter conciliado os dois foros: "Quell'altro fiammeggiare esce del riso / di Grazian, che l'uno e l'altro foro / aiutò sì che piace in Paradiso" (*Paradiso* X, 104-5)*: não se trata certamente da conciliação do foro secular e do eclesiástico (como erroneamente insinuam alguns comentários), mas do foro interno penitencial e do foro externo contencioso, dentro do direito canônico e da teologia[76]. Nesse sentido, também concordamos plenamente com a intuição de Gérard Fransen de que o *utrumque ius* no período que aqui consideramos tenha sido canônico e que somente em época posterior as contradições entre o pensamento canonístico e o pensamento teológico emergirão com clareza[77].

7. A inquisição e o pecado oculto

Nesse quadro, consideramos o nascimento e o desenvolvimento do tribunal da Inquisição, entre o final do século XII e as primeiras décadas do século XIII, como parte da justiça da Igreja: como a sua fronteira externa, voltada a atingir aqueles que são suspeitos de heresia, mas também – o que muitas vezes é esquecido – como um instrumento para impor a disciplina interna contra a corrupção e, sobretudo, contra a simonia, instrumento que substitui os antigos pro-

---

* "Aquela outra chama sai do sorriso / de Graciano, que serviu / a ambos os foros e mereceu o Paraíso" (Paraíso X, 104-5). [N. da T.]
76. Foi o que demonstrou Francesco Calasso: *Il diritto comune come fatto spirituale*, atualmente em *Introduzione al diritto comune*, Milão, 1970 (reimpr.), p. 164; cf. A. Cavanna, *Storia del diritto moderno in Europa, I: Le fonti e il pensiero giuridico*, Milão, 1982, p. 81.
77. D. Maffei, *Ricordo*, cit., p. 473: "J'ai l'impression que l'Utrumque ius, avant une certaine époque est canonique" [Tenho a impressão de que o *Utrumque ius*, antes de uma certa época, é canônico"].

cessos de interrogatório, baseados na "infâmia" pública e no juramento purgatório do clero indagado[78]. Essa é uma inovação radical em relação ao direito precedente porque constitui, pela primeira vez, um instrumento racional e formalizado, em que a oitiva das testemunhas, o interrogatório do acusado e a busca de provas eliminam os resquícios do juízo de Deus (que é condenado, como já dito, no próprio concílio Lateranense IV), mas, ao mesmo tempo, é fruto dessa evolução. Não podemos nem queremos fazer uma história da inquisição, embora muitos aspectos ainda devam ser explorados – não obstante as milhares de páginas que foram escritas – sob o aspecto jurídico-institucional[79]. Formalmente, em linha de princípio, o inquisidor não tem nenhuma relação com o foro penitencial: ele é um juiz externo num processo criminal e deve ater-se ao mandato recebido e às formas processuais, mas a ligação com o foro penitencial é muito forte. Com interpretações diferentes, canonistas e teólogos, como São Boaventura e São Tomás, ressaltam que o confessor deve manter o segredo da confissão sacramental ainda que seja prudente comunicar o perigo herético à auto-

---

78. P. Landau, *Die Entstehung des kanonischen Infamiebegriffs von Gratian bis zur Glossa ordinaria*, Colônia – Graz, 1996.

79. O volume de referência para o aspecto jurídico-institucional ainda é: C. Henner, *Beiträge zur Organisation und Competenz der päpstlichen Ketzergerichte*, Leipzig, 1890. Uma pesquisa exemplar é a de L. Kolmer, *Ad capiendas vulpes. Die Ketzerbekämpfung in Südfrankreich in der ersten Hälfte des 13 Jhs. und die Ausbildung des Inquisitionsverfahrens*, Paris, 1982. Sobre a figura jurídica do acusado de heresia no direito canônico clássico, ver também R. Maceratini, *Ricerche sullo status giuridico dell'eretico*, cit.; M. Bellomo, "Giuristi e inquisitori del Trecento. Ricerca su testi di Jacopo Belvisi, Taddeo Pepoli, Riccardo Malombra e Giovanni Calderini", in *Per Francesco Calasso. Studi degli allievi*, Roma, 1978, pp. 9-57 (sobre a repartição dos bens do herege condenado e em geral sobre os problemas da sua herança). Últimas visões de conjunto, com referência à bibliografia precedente: *Die Anfänge der Inquisition in Mittelalter*, organizado por P. Segl (ensaios de P. Segl, W. Trusen, L. Kolmer e outros), Colônia – Weimar – Wien, 1993; L. Paolini, "L'eresia e l'inquisizione. Per una complessiva riconsiderazione del problema", in *Lo spazio letterario del medioevo*, 1/II ("La circolazione del testo"), Roma, 1994, pp. 361-405.

ridade superior sem trair o segredo[80]. No concílio de Narbona, de 1243 – ponto-chave para a elaboração da estratégia inquisitorial –, estabelece-se para a absolvição do herege uma estreita conjunção entre a confissão e o processo inquisitório, passando de uma prática que, para a absolvição, levava em conta a confissão anteriormente feita a um sacerdote, sob determinadas condições, para uma prática que nem chega a considerar o depoimento do confessor[81].

Neste estudo, ressaltaremos apenas alguns aspectos fundamentais para a nossa exploração sobre os foros. O primeiro é que não existe mais uma distinção entre a esfera do pecado e a esfera do crime com base numa distinção incerta, porém sempre válida, entre o pecado que diz respeito apenas ao pecador na sua relação com Deus e o pecado que envolve a sociedade: na heresia, esses aspectos encontram-se presentes e fundidos uns nos outros; a distinção entre pecado venial e pecado mortal é muito mais atenuada e depende, em grande parte, do direito da Igreja: não são considerados como pecados graves aqueles cometidos contra a lei divina, contra o decálogo, nem como pecados leves aqueles cometidos contra os preceitos positivos do direito canônico. A linha de divisão que define a gravidade dos pecados – e, portanto, a sua atribuição aos diversos foros – não coincide com aquela entre os ordenamentos jurídicos globais.

Em segundo lugar, todo pecado, mesmo o mais leve e oculto, pode tornar-se grave e assumir a forma do crime, não com base na sua relevância objetiva, mas enquanto desobediência à autoridade constituída. Na metade do século XII, Bernardo de Claraval parece ser o que melhor teoriza essa mudança: é preciso obedecer aos superiores como se obedece a Deus, e toda falta, não apenas aquela venial como

---

80. P.-M. Gy, "Le précepte de la confession annuelle (Latran IV, c. 21) et la détection des hérétiques", in *Revue des sciences philosophiques et théologiques*, 58 (1974), pp. 444-50.

81. C. Henner, *Beiträge*, cit., pp. 235-42. L. Paolini, *Il "de officio inquisitionis". La procedura inquisitoriale a Bologna e Ferrara nel Trecento*, Bolonha, 1976, p. 80: "Soli confessori non debet credi de penitentia et conversione heretici."

matéria, mas também a oculta e somente de pensamento, pode tornar-se grave se implicar um desprezo (*contemptus*) pela autoridade constituída; é preciso considerar não a qualidade do pecado, mas a intenção daquele que peca[82]. O tema do *contemptus*, do desprezo pela autoridade, torna-se dominante, como vimos, no pensamento dos decretistas[83]. Os pecados contra a autoridade e contra o poder assemelham-se ao pecado contra a natureza e, portanto, não podem ser circunscritos ao foro interno da penitência[84]. Tem-se a impressão de que, mesmo na luta contra a heresia e no desenvolvimento da atividade inquisitorial, a rebelião contra a autoridade da Igreja e a heresia da desobediência tornam-se cada vez mais importantes, década após década, em relação ao conteúdo dogmático em sentido restrito: toda desobediência tende a ser definida como heresia e toda heresia torna-se automaticamente um delito contra a autoridade da Igreja[85]. Nesse âmbito, creio que deva ser relida a afirmação contida na glosa ordinária ao Decreto de Graciano, "Ecclesia de occultis non iudicat": acredito também que devam ser revistas à luz dessa sobreposição gradual entre o foro interior da consciência, o foro penitencial e o foro da Igreja as reflexões feitas tantos anos atrás pelo próprio Stephan Kuttner no seu célebre ensaio[86]. Todo o pensamento canonístico parece con-

---

82. Bernardus, "De praecepto et dispensatione" (*Patrologia Latina* 182, col. 875-6): "Quod si reatum, et peccatum? Porro omne peccatum contra Dei mandatum praesumitur. Quod autem contra mandatum praesumitur inobedientia dicitur... Peccata quippe sunt et Deus prohibet omne peccatum: et tamen venialia, non criminalia reputantur, excepto cum per contemptum vertuntur in usum et consuetudinem: et tunc non peccati species, sed peccantis intentio pensatur."

83. S. Kuttner, *Kanonistische Schuldlehre*, cit., pp. 28-30.

84. J. Chiffoleau, "Dire l'indicibile. Osservazioni sulla categoria del 'nefandum' dal XII al XV secolo", in *La parola all'accusato*, organizado por J.-C. Marie Vigueur e A. Paravicini Bagliani, Palermo, 1991, pp. 42-73.

85. Cf. também P. Prodi, *Il sacramento del potere*, cit., pp. 122-30 e 339-49.

86. S. Kuttner, "Ecclesia de occultis non iudicat. Problemata ex doctrina poenali decretistarum et decretalistarum a Gratiano usque ad Gregorium PP. IX", in *Acta congressus iuridici internationalis VII saeculo a decretalibus Gregorii IX et XIV a codice iustiniano promulgatis*, III, Roma, 1936, pp. 225-46.

firmar a elaboração de Graciano sobre a impossibilidade de um juízo eclesiástico em foro externo para os pecados ocultos, mas afirma-se a tese, para justificar a exceção no caso de heresia, de que existe uma zona cinzenta de pecado quase oculto, na qual é tarefa do inquisidor indagar todo suspeito: ainda dois séculos mais tarde, a "palavra não ouvida" do herege, segundo Tomás de Vio (o Cajetano), seria oculta não *per se*, mas *per accidens*[87]. Na realidade, toda a práxis desse período e também dos séculos posteriores parece voltada a construir exceções ao princípio da impossibilidade de julgar o pecado oculto, no esforço de prevenir e de punir os crimes que podem ser considerados perigosos para a Igreja e para a sociedade antes mesmo de se concretizarem em atos externos, ressaltando o tema da dissuasão e a necessidade da intervenção pública com uma insistência que terá grandes conseqüências inclusive no desenvolvimento do direito penal secular[88].

Com o desenvolvimento das heresias cataristas e valdenses, a partir da segunda metade do século XII, passa-se

---

87. H. A. Kelly, "Inquisitorial Due Process and the Status of Secret Crimes", in *Proceedings of the Eight International Congress of Medieval Canon Law*, Cidade do Vaticano, 1992, pp. 407-27 (o trecho citado encontra-se na p. 418). Na realidade, o raciocínio de Cajetano é mais complexo: o juízo sobre o pecado oculto só pode ocorrer no foro penitencial, mas visto que para o seu exercício são necessários tanto o poder de ordem quanto o poder de jurisdição, não se pode separar o pecado oculto (certamente sujeito ao poder de ordem) daquele manifesto; quem se confessa é que deve expor o seu pecado, mesmo o "peccatum cordis" que ofendeu Deus, uma vez que o próprio confessor é ministro de Deus: "Hoc autem constat, quod non fieret si omnino occulta peccata cordis non accusarentur, ut igitur de peccatis cordis possit ad arbitrium offensi recompensare, oportet peccatorem offensas cordis, subjicere ipsius Dei offensi iudicio, in persona sui ministri... Et si perspicacius fueris intuitus, videbis quod quo ad forum poenitentialem potestas ordinis concurrit directe respiciens ipsa peccata; potestas autem iurisdictionis concurrit directe respiciens personam peccatoris, ut scilicet peccator sit subditus sacerdoti..." Thomae De Vio (Caietanus), *Opuscula omnia*, Venetiis, 1594 ("Tractatus V de confessione"), f. 37.

88. R. M. Fraher, "Preventing Crime in the High Middle Ages: the Medieval Lawyers' Search for Deterrence", in *Popes, Teachers and Canon Law in the Middle Age*, organizado por J. Ross Sweeney e S. Chodorov, cit., pp. 212-33.

a verificar uma estreita ligação entre o processo inquisitorial e o foro penitencial na perseguição do pecado oculto, do pecado de intenção[89]. Já Graciano tinha aberto o caminho, mas num contexto totalmente diferente, dizendo que, embora a lei civil se refira apenas aos atos externos, algumas vezes é necessário julgar também a mera intenção; de todo modo, o conceito de pecado – sobre o qual se exerce a jurisdição da Igreja – envolve também as culpas de pensamento[90]. São os acordos entre os papas e os imperadores, a partir daquele de Frederico Barbarruiva e Lúcio III, que modificam completamente o quadro, e com a campanha contra os hereges na Itália setentrional e na França meridional, entre 1179 e 1184, temos uma verdadeira reviravolta[91]. As inovações extraídas do direito romano, com base no procedimento de infâmia a que se aludiu anteriormente, permitem acrescentar ao sistema precedente o processo de intervenção oficial, emitido por uma autoridade, mesmo no caso de simples suspeitos, e unir a cominação das penas temporais àquelas espirituais[92]. A

---

89. Portanto, essa relação entre confissão e inquisição não nasce na época da Contra-reforma. Creio que se possa afirmar que o renascimento do processo inquisitorial com a fundação da Congregação romana do Santo Ofício da Inquisição, em 1542, representa apenas um último sobressalto – limitado aos territórios em que o papa ainda possui uma soberania direta ou indireta nos casos temporais – de um fenômeno que, no século XIII, pertence ao cotidiano jurídico normal. Muito diferente, naturalmente, é o contexto de novidade fornecido pelo Estado moderno e que se manifesta, sobretudo, na Inquisição espanhola.

90. Gratianus, *Decretum*, Causa XXXIII, q. 3 (de poenitentia), dist. I, c. 20, organizado por Ae. Friedberg, I, col. 1163: "Cogitatio non meretur penam lege civili, cum suis terminis contenta est. Discernuntur tamen a maleficiis ea, que de iure effectum desiderant. In his enim non nisi animi iudicium consideratur"; e c. 25 (por São Jerônimo), *ibidem*, col. 1164: "Omnis iniquitas, et oppressio, et iniusticia, iudicium sanguinis est: et licet gladio non occidas, voluntate tamen interficis."

91. Ver os ensaios contidos no volume *Le credo, la morale et l'inquisition* ("Cahiers de Fanjeaux", n. 6), Toulouse, 1971.

92. W. Trusen, "Der Inquisitionsprozess: seine historische Grundlagen und frühen Formen", in *Zeitschrift der Savigny-Stiftung für Rechtsgeschichte. Kan. Abt.*, 74 (1988), pp. 168-230.

heresia é concebida como uma ruptura da promessa batismal, como ruptura de um contrato e perjúrio, portanto, é condenada como a falta anti-social mais grave[93]. À excomunhão une-se a pena do exílio, o seqüestro dos bens e a destruição das propriedades. Inocêncio III introduz explicitamente na perseguição à heresia a categoria do direito romano do *crimen lesae maiestatis*, assimilando diretamente não apenas o princípio da pena de morte, mas também o do confisco dos bens com a punição dos descendentes, mesmo que inocentes[94]. A noção de "majestade" é transposta do plano político para o plano espiritual e dá origem a um "crimen laesae maiestatis divinae", representado por uma "razão de Igreja", que antecipa, de certo modo, o advento posterior da "razão de Estado"[95]. O imperador Frederico II retoma esse princípio e, em 1224, introduz, em coerência com ele, a tortura e a pena da fogueira para os hereges, expandindo aos poucos sua aplicação nas constituições posteriores; Gregório IX e Inocêncio IV recebem essa legislação nas suas Decretais, difundindo com a constituição das províncias inquisitoriais estáveis em todas as regiões as penas da fogueira e do confisco dos bens em toda a cristandade. Paradoxalmente, mas não em demasia, creio que se possa afirmar que o processo inquisitorial é a parte do direito canônico mais dominada pelas normas do *Corpus iuris civilis* justiniano.

---

93. E. F. Vodola, "Fides et culpa: the Use of Roman Law in Ecclesiastical Ideology", in *Studies on Medieval Law and Government Presented to Walter Ullmann on his Seventieth Birthday*, organizado por B. Tierney e E. P. Linehan, Cambridge, 1980, pp. 63-97.

94. W. Ullmann, "The Significance of Innocenz III's Decretal 'Vergentis'", in *Études d'histoire du droit canonique*, cit., I, pp. 729-41. Ibidem, II, pp. 931-42: H. Maisonneuve, "Le droit romain et la doctrine inquisitoriale".

95. V. Piergiovanni, "La lesa maestà nella canonistica sino ad Uguccione", in *Materiali per una storia della cultura giuridica*, 2 (1972), pp. 53-88. Sobre o problema mais genérico do *crimen laesae maiestatis*, ver a obra clássica de M. Sbriccoli, *Crimen laesae maiestatis. Il problema del reato politico alle soglie della scienza penalistica moderna*, Milão, 1974, sobretudo as pp. 346-8.

8. A excomunhão, os "pecados reservados" e o desenvolvimento da Penitenciaria

Se a inquisição representa a fronteira externa do foro da Igreja, o sistema da excomunhão e da reserva da absolvição de alguns tipos de pecado aos bispos e sobretudo ao pontífice romano representa, de certo modo, a fronteira interna do foro da Igreja em relação à justiça de Deus, para o controle da consciência. Naturalmente, não podemos ingressar aqui numa história interna do chamado direito penal eclesiástico, da excomunhão e das outras censuras eclesiásticas, como o interdito territorial ou a deposição dos clérigos: remetemos, como de costume, aos verbetes dos dicionários e à bibliografia neles contida[96]. O afastamento dos fiéis da comunhão – da excomunhão maior (ou excomunhão em sentido restrito) à excomunhão menor, como suspensão apenas

---

96. Para uma visão de conjunto e uma primeira orientação, ver R. Helmholz, "Excommunication as Legal Sanction: the Attitude of the Medieval Canonists", in *Zeitschrift der Savigny-Stiftung für Rechtsgeschichte. Kan. Abt.*, 68 (1982), pp. 202-18; E. F. Vodola, *Excommunication in the Middle Ages*, Berkeley – Los Angeles – Londres, 1986. Nesse último estudo, sustenta-se (p. 36) que, entre o final do século XII e o início do século XIII, a excomunhão foi dividida em duas sanções essencialmente diferentes: "The penitential forum, though it ministered to mortal sin, retainded only the penalty of exclusion from the Eucharist and other sacraments, soon to be called 'minor excommunication'. Major excommunication, entailing the full social exclusion of the biblical tradition, belonged to the ecclesiastical courts. The judges who imposed it needed not priestly ordination (which many of them lacked) but the power of jurisdiction, the authority to discipline subjects" ["O foro penitencial, embora fosse encarregado do pecado mortal, mantinha somente a pena da exclusão da eucaristia e de outros sacramentos, que logo foi denominada 'excomunhão menor'. A excomunhão maior, que implicava a completa exclusão social da tradição bíblica, cabia às cortes eclesiásticas. Os juízes que a impunham não necessitavam ser ordenados (como de fato muitos deles não eram), mas precisavam ter o poder de jurisdição, a autoridade para disciplinar os súditos"]. Não me parece que as coisas possam ser descritas em termos tão simples. Para uma visão de conjunto sobre o direito penal da Igreja, ver W. Rees, *Die Strafgewalt der Kirche. Das geltende Strafrecht auf der Grundlage seiner Entwicklungsgeschichte*, Berlim, 1993 (com bibliografia bastante ampla e atualizada).

dos sacramentos – tinha conseqüências sociais e econômicas graves que são bem conhecidas, pelo menos para alguns países, do mesmo modo como são bem conhecidas as faltas, muitas vezes de natureza puramente secular (falta de pagamentos ou do cumprimento de promessas etc.), que eram causa das excomunhões e dos respectivos processos judiciais (freqüentemente com a intervenção do poder secular sob a exigência da autoridade religiosa e o encarceramento do culpado)[97]. Ainda mais devastadoras podiam ser as conseqüências da pena do interdito, pela qual à suspensão da administração dos sacramentos num território inteiro (cujos habitantes ou responsáveis políticos tivessem sido culpados em relação à Igreja) vinculava-se a proibição dos atos de comércio[98]. De todo modo, o bispo reserva a si mesmo ou aos próprios delegados a absolvição de alguns pecados mais graves para delitos de grande relevância social: entre esses casos encontra-se a absolvição da excomunhão maior[99]. Para nós interessa mencionar o fato, tão negligenciado pelos estudos especializados, de que, com base no novo direito canônico, no período do seu máximo desenvolvimento, a disciplina da penitência e o direito penal eclesiástico, o foro interno e o foro externo são dois aspectos do exercício de um mesmo poder, não obstante as distinções que os defensores da cúria romana tentarão estabelecer, no plano teórico, no século XIII e nos séculos seguintes: historicamente, verificou-se então

---

97. F. D. Logan, *Excommunication and Secular Arm in Medieval England. A Study in Legal Procedure from the Thirteenth to the Sixteenth Century*, Toronto, 1968.

98. Já se tornou clássico o exemplo de Florença, estudado por R. Trexler, *The Spiritual Power. Republican Florence under Interdict*, Leiden, 1974.

99. Foi o que ocorreu nas constituições sinodais de Florença, em 1310: "Et quod nullus sine nostra licentia speciali, absolvere quoquomodo presummat in hiis casibus qui nobis tamquam episcopo reservantur. Qui casus hii sunt: scilicet absolvere excommunicatos maiori excommunicatione, incendiarios voluntarios, homicidas, falsarios, ecclesiarum immunitatis et libertatis ecclesiastice violatores, sortilegos, et commutationes votorum. Omnes alios casus subditis nostris dimicitmus et commicitmus" (in R. C. Trexler, *Synodal Law in Florence and Fiesole, 1306-1518*, p. 286).

um engano, um equívoco que pesou até os nossos dias[100]. Entre a excomunhão, a reserva ao papa da absolvição dos pecados mais graves e o poder pontifício de dispensar das irregularidades previstas pelo direito canônico (como os votos para os religiosos, os nascimentos ilegítimos para os eclesiásticos, os impedimentos matrimoniais) não existe nenhuma solução de continuidade: basta dar uma passada de olhos nos elencos dos poderes reservados ao papa segundo os canonistas do século XIII[101].

A partir do século precedente, com o segundo concílio Lateranense de 1139, nasce o novo processo da excomunhão *latae sententiae*, em que a condenação não se baseava numa sentença pessoal e individual, como na práxis tradicional: a excomunhão se dava de forma automática ante a prática de um fato configurado como hipótese delituosa sem a necessidade de se iniciar o respectivo processo judicial. No mesmo concílio, retomando intervenções pontifícias anteriores e a tradição da peregrinação penitencial, estabelece-se o anátema e a reserva ao papa da absolvição de alguns pecados mais graves, como o sacrilégio e a violência contra clérigos e monges, subtraindo esses casos da jurisdição do bispo "et nullus episcoporum illum praesumat absolvere, nisi morte urgenti periculo"[102]. Os casos de excomunhão desse novo tipo se multiplicam durante o século XIII tanto na legislação universal da Igreja quanto na local, dos concílios provinciais e dos sínodos diocesanos, unindo numa estranha confusão faltas

---

100. K. Mörsdorf, "Der Kirchenbann im Lichte der Unterscheidung zwischen äusserem und innerem Bereich", in *Liber amicorum Monseigneur Onclin*, organizado por J. Lindemans e H. Demeester, Glembleux, 1976, pp. 36-49; Ch. Munier, "Disciplina penitenziale e diritto ecclesiale", in *Concilium*, XI, n. 7 (1975), pp. 37-48.
101. R. C. Figueira, "Papal Reserved Powers and the Limitations on Legatine Authority", in *Popes, Teachers*, cit., pp. 191-211 (são indicadas 112 tipologias de poderes reservados).
102. Can. 15, *Conciliorum oecumenicorum decreta*, cit., p. 200. Esse cânone é retomado e ilustrado em P. Bretel, "Des 'péchés réservés'. Droit canonique et pratique littéraire", in *Et c'est la fin… Hommage à J. Dufournet*, organizado por J. Cl. Aubailly, Paris, 1993, I, pp. 269-79.

referentes à fé, à disciplina eclesiástica, à moral e as puramente temporais, como o não cumprimento de promessas ou de dívidas contraídas; ao mesmo tempo, aumentam as conseqüências da excomunhão no plano da perda dos direitos civis. O novo direito das decretais desenvolve de modo generalizado a prática da reserva pontifícia da absolvição dos pecados considerados mais graves, em detrimento da autoridade dos bispos: o poder dos bispos de reservar à própria autoridade um certo número de casos de pecados permanece em vigor, mas não é claramente definido no plano jurídico, com notáveis diferenças de diocese para diocese nos séculos posteriores até a idade pós-tridentina[103]. Sem entrar nos detalhes do instituto dos pecados reservados, creio que se possa dizer sinteticamente que a canonística e a teologia do século XIII teorizam, de modo bastante homogêneo, que, junto ao poder da ordem, também é necessário, para o exercício da confissão, um poder de jurisdição, e que todo cristão possui ordinariamente três "sacerdotes proprii", três juízes que podem absolver em primeira pessoa ou por delegação: o próprio pároco, o próprio bispo, o papa. A práxis de reservar alguns casos, considerados mais graves, ao juiz superior garante, pelo menos em teoria, o funcionamento do sistema. De todo modo, na metade do século XIII, o foro penitencial já surge configurado como um sistema integrado, que tem em sua base os simples confessores (párocos ou mendicantes delegados diretamente pelo papa), enquanto os tribunais decanais ou sinodais ("Sendgerichte" em terras germânicas, nascidos da prática da visita pastoral do bispo ou de um delegado seu aos territórios da diocese) e o próprio tribunal episcopal colocam-se como sede de juízo intermediário; a Sé apostólica permanece como tribunal supremo e última

---

103. J. Grisar, "Die Reform der 'Reservatio casuum' unter Papst Clemens VIII", in *Saggi storici intorno al papato dei professori della Facoltà di storia ecclesiastica*, Università Gregoriana, Roma, 1959, pp. 305-85 (nas primeiras páginas, há uma breve síntese histórica sobre o instituto dos casos reservados desde as suas origens).

sede de juízo: o sistema funciona por meio da reserva dos casos à autoridade superior[104]. Na realidade, na vida concreta – e, nesse caso, ainda há que se indagar quase tudo –, o sistema parece nunca ter funcionado com clareza, pelo menos nos dois primeiros degraus do juízo: em sua base encontra-se a rivalidade entre os párocos-curas e os membros das ordens religiosas, que gozam, como já mencionado, de larguíssimos privilégios também no âmbito da absolvição dos pecados; o número dos casos reservados aos bispos é inicialmente limitado aos delitos "enormes" (irregularidades dos clérigos, excomunhões maiores, incendiários, homicidas, falsários, violadores das imunidades eclesiásticas etc.), depois se alarga de modo desigual segundo os costumes e os interesses locais, com uma confusão crescente nos séculos posteriores até a disposição tridentina a que se aludirá mais adiante.

Com mais clareza, desenvolve-se, porém, a reserva papal da absolvição das censuras eclesiásticas e dos casos reservados. Na metade do século XIII, introduz-se o hábito, por parte do pontífice, de proclamar solenemente com uma bula, na quinta-feira santa de cada ano (eis a razão do nome *Bulla in coena Domini*), os casos gerais de excomunhão, cuja absolvição é reservada ao papa. Em primeiro lugar, são contemplados os delitos contra a fé e contra os bens e as proprie-

---

104. E. H. Reiter, "A Treatise on Confession from the Secular/Mendiant Dispute: the 'Casus abstracti a iure' of Herman of Saxony, OFM", in *Mediaeval Studies*, 57 (1995), pp. 1-39. Do proêmio do tratado: "Prefate igitur universalis potestatis beati Petri eodem numero usque in finem seculi continuat auctoritas in summis pontificibus legitimis cum heredibus diversis numero sibi succedentibus. Licet enim plures sint apostolici sacerdotes eo quod morte prohibeantur permanere, apostolica tamen potestas una est numero per sedem que non moritur continuata et usque in finem seculi duratura. Ne itaque delinquendi incentivum prebeat facilitas venie, per summos pontifices in sacris est provisum canonibus ne quilibet peccator a quolibet peccato absolvi possit a quolibet confessore. Ut casus superioribus reservati et de quibus se non habent intromittere inferiores sub compendio habeantur, et ut confessores simplices in administratione sacramenti penitentie sic habere se sciant ut ipsorum non vituperetur ministerium, procedo per infrascriptos articulos."

dades da Igreja romana, mas também são perseguidos os crimes que surgem na sociedade na fase inicial do capitalismo nascente e, sobretudo, no campo do pagamento das dívidas e da usura. Esses processos se difundem em toda a cristandade, em conflito mas também em aliança com as novas monarquias emergentes, que, ante a fragilidade das próprias estruturas judiciárias, encontram nas normas penais eclesiásticas o instrumento mais forte para o desenvolvimento do próprio poder[105].

No mesmo período, entre o final do século XII e a primeira metade do século XIII, nasce da figura do penitencieiro papal, ou seja, do cardeal delegado à absolvição dos pecados reservados ao próprio papa, o tribunal da Penitenciaria apostólica como instituição, como tribunal para a solução dos casos em que são abordados problemas do foro interno, que refletiram na esfera externa: pecados reservados, censuras, concessões de dispensas (pela falta de nascimentos legítimos, necessários para a promoção às ordens sacras, pela saída ou passagem de uma ordem religiosa para outra, pelos impedimentos matrimoniais etc.)[106]. Na fundação e no início do funcionamento da Penitenciaria não há vestígios de uma distinção entre um foro sacramental e outro não sacramental: o cardeal penitencieiro recebe de Gregório X e de Martino IV o poder de absolver e dispensar, quando o caso for secreto, "sine litteris et testibus in foro confessionis"; a única distinção diz respeito ao foro público contencioso (quando interesses de terceiros estão em jogo), no qual o ato da penitenciaria não pode incidir; o início de uma dis-

---

105. O caso mais estudado é o da Inglaterra: F. D. Logan, *Excommunication and the Secular Arm in Medieval England*, cit.

106. Ainda fundamental sobre o tribunal da Penitenciaria apostólica (e sobre a *Bulla in coena Domini*) é a obra de E. Göller, *Die päpstliche Pönitentiarie von ihrem Ursprung bis zu ihrer Umgestaltung unter Pius V*, 2 vol., Roma, 1907 e 1911. Estudos recentes sobre o período posterior não fornecem nenhuma nova contribuição no plano da gênese da Penitenciaria apostólica. Para uma breve síntese: N. Del Re, *La curia romana. Lineamenti storico-giuridici*, Roma, 1970, pp. 261-74.

tinção no interior do foro interno – que se nos permita o trocadilho – entre um foro propriamente sacramental e outro não sacramental ou quase sacramental terá lugar apenas, como se verá, entre os séculos XV e XVI[107]. Aqui nos interessa notar – sem levar em conta a evolução posterior e as tentativas de justificar teoricamente sua existência – que se trata de um tribunal ou foro que se distingue dos outros tribunais eclesiásticos não pela sua competência quanto ao foro interno, como normalmente se acredita (pois a sua competência também é evidente no foro externo e as suas sentenças também possuem eficácia na esfera externa), mas porque não é competente como os outros tribunais nas causas contenciosas, nascidas de litígios e interesses contrários (como costumam ser as causas matrimoniais, as beneficiais etc.): isso não fere em nada a sua qualificação como tribunal, ao contrário, qualifica a Penitenciaria como tribunal supremo, destinado a resolver o contencioso entre o indivíduo e a disciplina eclesiástica na sua totalidade, portanto, como expressão máxima da nova soberania papal (e também protótipo para o desenvolvimento do direito penal do Estado moderno). As reformas da Penitenciaria, que se seguirão nos séculos posteriores, tentarão limitar os seus poderes no foro externo, fonte infinita de escândalos, e circunscrever a corrupção que deriva da transformação das penas em multas, mas nunca ofenderão os princípios jurídicos nos quais se baseiam, desde as suas origens, a Penitenciaria apostólica e a simbiose entre pecado e infração neles contida.

Estreitamente vinculado ao tema das dispensas e das graças concedidas pela Penitenciaria, encontra-se a prática da indulgência, que também se difunde nesse período: ou seja, a concessão de uma remissão das penas temporais dos pecados fora do sacramento da penitência, embora isso seja condição prévia para o cancelamento da culpa: com efeito, o pecado não produz apenas a culpa (*reatus culpae*), mas também uma perturbação na relação com Deus (*reatus poenae*),

---

107. B. Fries, *Forum in der Rechtssprache*, cit., pp. 203-4.

que deve ser sanada na terra ou na outra vida, no purgatório: paralelamente ao que pode fazer um soberano com a concessão da graça, a Igreja pode não somente comutar as penitências, conforme a antiga tradição da Alta Idade Média, mas também extinguir a própria pena[108]. Trata-se de uma importante união ulterior da penitência dentro do direito canônico; compreende-se, portanto, como o problema das indulgências poderá propiciar a ocasião para a revolta luterana: não se trata de um problema secundário ou apenas de abusos no exercício efetivo na concessão das indulgências, mas de um ponto fundamental do novo sistema.

Em síntese, creio que se possa dizer que entre os séculos XII e XIII nasce o "foro penitencial" – pela primeira vez o próprio termo é usado por Roberto de Courson († 1219) – como foro institucional da Igreja militante, bastante distinto tanto do "forum iudiciale" ou foro externo quanto do juízo de Deus, que é deixado em mistério: "archanum propitiationis et electionis", com os quais os pecados são perdoados numa relação interna e insondável entre Deus e a alma do penitente[109]. Mais tarde, na era tridentina, será feita uma distinção dentro do foro penitencial entre um foro sacramental e outro não sacramental, e serão os teólogos a tentar resolver a contradição entre foro interno e foro externo, por um lado, e foro penitencial e foro judicial, por outro, buscando esclarecer o diferente uso do poder das chaves: inicia-se um debate que colocará no centro o tema da lei e da graça e que dominará a discussão por séculos, até os nossos dias. Como disse Gérard Fransen num esplêndido apontamento, redigido antes da sua morte, trata-se de um "pasticcio" realizado pelo direito canônico medieval e do qual se começou a sair

---

108. F. Beringer, *Die Ablasse, ihr Wesen und Gebrauch. Handbuch für Geistliche und Laien nach neuesten Entscheidungen und Bewillungen der hl. Ablasskongregation*, Paderborn, 1906.

109. B. Fries, *Forum in der Rechtssprache*, cit., pp. 169-76; K. Mörsdorf, "Der Rechtscharackter der Iurudictio fori interni", in *Münchener Theologische Zeitschrift*, 8 (1957), pp. 161-73 (ensaio fundamental que utiliza a tese de doutorado, na época ainda inédita, de B. Fries).

apenas com o Vaticano II: não se pode negar que se produziu uma confusão-fusão entre penitência, excomunhão e direito penitencial eclesiástico, que provocou conseqüências até os dias atuais na vida da Igreja e da sociedade civil[110]. De todo modo, até os primórdios do século XIV, pode-se dizer que o direito penitencial clássico tende a formar um sistema integrado: os papas juristas de Alexandre III a Inocêncio III e Inocêncio IV, ao próprio Bonifácio VIII, visam à construção de um sistema que regule integralmente a vida do cristão no seu percurso terreno, a uma unificação substancial dos diversos foros, aos quais o cristão é chamado a comparecer, com base na nova eclesiologia derivada do direito romano: o batismo torna-se um juramento de fé e de fidelidade, cuja violação, com a heresia e com a rebelião contra a autoridade eclesiástica, representa o maior dos delitos e o mais grave comportamento anti-social.

A questão é que essa tentativa de construção de um sistema integrado de justiça na cristandade como justiça da Igreja não tem êxito: não apenas devido à resistência daquelas forças, que surgiram com o auxílio da própria Igreja durante a sua luta contra o império, não apenas em campo político, com o desenvolvimento das cidades e das novas monarquias, mas também dentro da própria comunidade eclesiástica, no pensamento teológico e canonístico, na vida

---

110. D. Maffei, *Ricordo*, cit., p. 474: "Mais il y a plus: on appelle aussi 'jurisdiction' l'habilitation à exercer le pouvoir des clefs (la pénitence). Les canonistes ont réussi un *pasticcio* d'où nous sortons à peine avec Vatican II et qui les a amenés à des illogismes de doctrine juridique... Mais on a écrit sur ce sujet de solennelles bêtises. Suarez est la 'plaque tournante' mais il rest prudent. Bernard de Pavie avait vu clair... – pénitence Excommunication – 'droit pénal'... Il y a un *mélange réel* où il faudra savoir distinguer" [Mas isso não é tudo: chama-se também de 'jurisdição' a habilitação para exercer o poder das chaves (a penitência). Os canonistas produziram um *pasticcio* do qual saímos com dificuldade com o concílio Vaticano II e que os levou a ilogismos de doutrina jurídica... No entanto, a esse respeito escreveram-se estultícias solenes. Suarez é o 'ponto de convergência', mas é também prudente. Bernardo de Pavia viu tudo com clareza... – penitência Excomunhão – 'direito penal'... Há uma *mistura real* onde é necessário saber distinguir as coisas"].

das Igrejas locais, do clero secular e regular, dos laicos e das confrarias laicais. De certo modo, a crise que se inicia com o grande cisma do Ocidente é a manifestação do fracasso desse esforço do papado para controlar o foro penal e disciplinar com um sistema integrado. Sendo assim, a passagem decisiva que ocorre entre os séculos XIII e XIV parece-me ser o malogro da tentativa de resolver a dialética precedente da justiça de Deus e da justiça dos homens, unindo-as na justiça única da Igreja. Isso significou escapar definitivamente do perigo de um monismo jurídico, análogo ao cesaripapismo do império cristão do Oriente ou ao fundamentalismo da shari'a islâmica, na qual não existe nem uma distinção nítida entre a lei religiosa e a lei secular (mesmo na presença de diversas autoridades concorrentes e de uma pluralidade de fontes de direito), nem uma separação entre pecado e infração. Com o crescimento do direito canônico como ordenamento da Igreja, não se elabora a constituição de um "direito" da cristandade, não obstante as tendências teocráticas que impelem para essa direção, mas, ao contrário, abre-se o caminho para o pluralismo dos ordenamentos jurídicos concorrentes, para o *utrumque ius* e para a distinção entre o foro eclesiástico e o civil, mas também para uma nova relação entre a lei humana (civil e eclesiástica) e a consciência.

Capítulo III
Utrumque ius in utroque foro

1. O pluralismo dos ordenamentos

A tentativa de criar um sistema jurídico unitário, válido tanto para a Igreja quanto para a cristandade, fracassa: justamente a partir da metade do século XIII, quando a justiça da Igreja atinge sua máxima expressão, inclusive formal, com o papa jurista Inocêncio IV, começam a se manifestar as primeiras grandes divaricações, as primeiras fendas nessa construção. A afirmação do poder da Igreja nas coisas temporais "ratione peccati" leva paradoxalmente a uma secularização do direito canônico enquanto direito concorrente na vida da sociedade e a uma separação gradual entre o *forum internum* e o foro contencioso, tanto civil quanto canônico, não obstante todos os esforços realizados pelo papado para reafirmar a justiça da Igreja como sistema unitário. A penitência como sacramento deixa gradualmente a esfera do direito para entrar naquela teológica e pastoral, apesar dos esforços do papado para manter externamente um sistema de controle; o direito canônico separa-se gradualmente da teologia e se seculariza, assimilando os princípios e os métodos do direito civil. Deixemos de lado a grande discussão sobre o problema da relação entre o pecado e o poder que caracteriza o século XIII, ou seja, a discussão sobre a legitimação da soberania: se o poder-senhorio (*Herrschaft*, segundo uma definição mais significativa da historiografia alemã) deriva do pecado original, da maldade dos homens como remédio para o pecado, segundo a tradicional doutrina agostiniana, ou, ao contrário, conforme as teorias introduzidas no pensamento cristão ocidental nos anos após 1260, com a difusão do pensamento aristotélico, se a legitimação da soberania deriva da própria natureza do homem como animal político, numa concepção positiva da sociedade como a mais alta criação do homem enquanto "animal político". A elaboração da nova visão do poder secular, que deriva não da transgressão, do pecado original (portanto, destinado sobretudo ao castigo do delito e do pecado), mas da própria natureza do homem, certamente representou uma das grandes reviravoltas – se não a maior – na história do pensamento político do Ocidente e abriu caminho à doutrina da participação democrática e à liberdade[1]. Sem entrar nesse mar imenso do pensamento político do século XIV[2], interessa-nos aqui ressaltar que o tema do pecado domina a reflexão política e teológica em todas as direções, num certo sentido de modo transversal, entre os defensores do poder papal e os do poder secular, com êxitos diversos dentro de uma mesma escola teológica (dentre os discípulos de São Tomás de Aquino, pensemos em Egídio Romano e Ptolomeu de Lucca), na instrumentalização ideológica em apoio ao poder do papa como juiz supremo sobre o pecado ou em função da tese da autonomia dos soberanos como encarregados por Deus para dominar o mal intrínseco à sociedade e diretamente responsáveis perante Deus. Limitando nosso discurso à questão dos ordenamentos, o tema do pecado permanece, portanto, dominante tanto na legislação eclesiástica quanto na secular (basta pensar no proêmio de Frederico II às constituições de Melfi): isso leva à confirmação do pluralismo dos ordenamentos e à sua

---

1. W. Stürner, *"Peccatum" und "Postestas". Der Sündenfall und die Entstehung der herrscherlichen Gewalt im mittelalterlichen Staatsdenken*, Sigmaringen, 1987.

2. Para um quadro geral, ver os ensaios contidos nos volumes: *Lebenslehren und Weltenwürfe im Übergang vom Mittelalter zur Neuzeit. Politik-Naturkunde-Theologie*, organizado por H. Boockmann, B. Moeller e K. Stackmann, Göttingen, 1989; *Das Publikum politischer Theorie im 14. Jahrhundert*, organizado por J. Miethke, Munique, 1992.

sobreposição no exercício efetivo da jurisdição sobre os homens para além das delimitações formais dos poderes e dos sistemas jurídicos. Sendo assim, a concorrência permanece nesse período (até a eclosão das tensões e o declínio da idéia de cristandade: temas que procuraremos discutir nos próximos capítulos) no nível das instituições que administram a justiça cotidiana dentro da *societas christiana*.

Desse modo, antes e depois dessa reviravolta, a ordem jurídica medieval parece caracterizada por um pluralismo ineliminável da dimensão jurídica, pela presença simultânea de sistemas diferentes em concorrência e em dialética entre si, segundo o fascinante quadro oferecido recentemente por Paolo Grossi. De acordo com suas palavras[3], na Idade Média não temos um único sistema normativo derivado de uma única fonte, como será na época posterior o Estado moderno territorial até os nossos dias, mas uma experiência "em que a dimensão jurídica é tão forte e central que representa a autêntica constituição do universo medieval, uma dimensão antiga precedente e superior àquela política". Mas o percurso que seguimos, nesta e em outras pesquisas anteriores, leva-nos a ver o problema a partir de outro ponto de vista em relação àquele de Paolo Grossi; leva-nos a uma concepção que vê a peculiaridade do cristianismo ocidental justamente no fato de ele ter conservado o dualismo fundamental entre o sagrado e secular, não obstante todos os contratempos, e na luta pela hegemonia (não existe na Idade Média aquela relação entre direito e Estado que teremos apenas na Idade Moderna, mas sim uma relação entre direito e poder). Por isso, preferimos falar de "pluralismo de ordenamentos", e não indiferentemente de uma "ordem jurídica pluralista". Mesmo a interpretação desse pluralismo acaba se tornando diferente, talvez menos nostálgica, em todo caso mais aberta em relação à modernidade, que parece o fruto mais importante dessa dialética, da contínua tensão entre o sagrado e o secular.

---

3. P. Grossi, *L'ordine giuridico medievale*, Bari, 1995.

Certamente não podemos retomar aqui o grande tema da secularização, mas apenas indicar a sua importância, inclusive em relação ao problema do foro. Basta dizer que o próprio termo "secular" nasce e se desenvolve no pensamento patrístico de Santo Agostinho em diante como conceito teológico para identificar o que se encontra no mundo-tempo, a saber, no *século* e, portanto, também na Igreja como cidade terrena. O que se verifica com a reforma gregoriana é uma transformação semântica que identifica o secular com a instituição política, criando e significando a oposição, antes inexistente, entre o que é clerical e o que é secular. Como conseqüência, tem-se o processo de secularização, mundanização e "desmagificação" do poder, sobre o qual Max Weber foi o primeiro a discorrer e que ainda hoje é fundamental na história do Ocidente. Mesmo o que foi dito até agora a respeito da justiça da Igreja não contradiz em nada essa interpretação. O próprio Max Weber indicou o direito canônico como um dos grandes instrumentos de racionalização e modernização da civilização ocidental: "O direito canônico... contrapôs-se ao direito profano, desde o início, num dualismo relativamente claro – com uma distinção bastante precisa das respectivas esferas – numa forma que não possui equivalentes no tempo nem no espaço... Foi assim que entre o direito sagrado e o direito secular instaurou-se aquela relação – que não encontra correspondência em nenhum outro lugar –, pela qual o direito canônico tornou-se para o direito secular um dos guias no caminho da racionalidade... O direito canônico compartilhava com outros direitos teocráticos a exigência, em linha de princípio ilimitada, de controlar materialmente toda a conduta da vida; mas, no Ocidente, isso produziu efeitos relativamente inócuos sobre a técnica jurídica, visto que com o direito canônico concorria um direito profano como o direito romano..."[4]. Deixemos de lado o discurso, já parcialmente aberto em outra ocasião[5],

---

4. M. Weber, *Economia e società*, trad. it. Milão, 1961, II, pp. 149-53.
5. P. Prodi, *Il sacramento del potere*, cit., pp. 105-60.

sobre os componentes que favoreceram o desenvolvimento desse dualismo ou pluralismo constitucional: o desenvolvimento das cidades e da burguesia citadina, o nascimento das universidades, as novas monarquias. Resta o fato de que o papado gregoriano agiu como um aprendiz de feiticeiro, na medida em que favoreceu essas novas realidades rasgando o véu do semblante sagrado do poder tradicional. Justamente no seu esforço de construir o seu ordenamento, a Igreja fornece a legitimação para uma dessacralização não apenas do poder político, mas também da administração da justiça, do foro. De todo modo, usamos aqui o termo "secular" num sentido mais específico para identificar a legislação e a jurisdição que derivam de poderes laicos em contraposição ou em concorrência com o poder eclesiástico: portanto, não o direito civil em sentido restrito (pelo menos como o entendemos hoje), muito menos o direito positivo, uma vez que também temos um direito positivo eclesiástico e, por outro lado, um direito secular como o direito romano que não pode ser definido como positivo em sentido restrito na época aqui considerada, a não ser na medida em que é acolhido e absorvido pelas instituições existentes.

Muito se escreveu a esse respeito, sobre a importância da Igreja como protótipo na construção do Estado e do direito moderno: desde os estudos clássicos de Ernst Kantorowicz sobre a importância do corpo místico para a construção do conceito impessoal do Estado e do fisco[6], passando pela obra de Sergio Mochi Onory sobre as origens canonísticas da idéia moderna da soberania[7], até os tão numerosos e mais recentes estudos sobre a importância da Igreja no nascimento da burocracia e da administração moderna e sobre a teo-

---

6. E. Kantorowicz, *I due corpi del re. L'idea di regalità nella teologia politica medievale*, Turim, 1989 (orig. *The King's two Bodies*, Princeton, 1957); id., *Mourir pour la patrie*, Paris, 1984 (coletânea de ensaios com organização e introdução de P. Legendre).

7. S. Mochi Onory, *Fonti canonistiche dell'idea moderna di Stato*, Milão, 1951.

logia na gênese da ciência política do Estado moderno[8]. No plano dos ordenamentos jurídicos, muito se escreveu sobre a relevância do direito canônico no nascimento e no desenvolvimento do direito ocidental como direito positivo e móvel[9] e, portanto, secularizado à sua maneira, como modelo para o direito secular no plano da formalização e da garantia da norma, do processo e do sistema recursal; há também muitos textos sobre o tema da culpa subjetiva e no próprio direito contratual e matrimonial[10]. A influência do direito canônico permaneceu forte e chegou a aumentar na passagem da época dos glosadores para a dos comentadores, deixando sua marca em todo o direito privado da Idade Moderna, sobretudo em questões matrimoniais, familiares, contratuais e, com controvérsias seculares, de empréstimo a juro[11]. Certamente, mesmo nessa direção, a obra já tantas vezes citada de Harold Berman continua sendo fundamental a meu ver: a partir do reconhecimento do direito canônico como primeiro sistema jurídico ocidental moderno, ele passa a di-

---

8. Para indicar apenas algumas das coletâneas de ensaios, resultantes de inúmeras mesas-redondas e congressos: *État et Église dans la genèse de l'État moderne*, organizado por J. Ph. Genet e B. Vincent, Paris, 1986 (Cnrs – Casa Velàzquez); *Théologie et droit dans la science politique de l'État moderne*, Roma, 1991 (École Française de Rome). Ver também os volumes em publicação, resultantes dos grupos de trabalho da Fondation Européenne de la science: *Les origines de l'État moderne en Europe, XIII*^{e}*-XVIII*^{e} *siècle*, coordenados por W. Blockmans e J. Ph. Genet, sobretudo: *L'individu dans la théorie politique et dans la pratique*, organizado por J. Coleman, Paris, 1996. Para o quadro geral do desenvolvimento do Estado moderno, quadro esse que está contido neste e nos próximos capítulos, ver W. Reinhard, *Geschichte der Staatsgewalt*, Munique, 1999.

9. H. M. Klinkenberg, "Die Theorie der Veränderbarkeit des Rechtes im frühen und hohen Mittelalter", in *Lex et sacramentum im Mittelalter*, organizado por P. Wilpert e R. Hoffmann, Berlim, 1969, pp. 157-88: a tese é de que a concepção do direito como sendo móvel e dinâmico não nasce entre a Idade Média e a Idade Moderna, mas com o surgimento do direito canônico positivo.

10. P. Landau, "Der Einfluss des kanonischen Rechts auf die europäische Rechtskultur", in *Europäische Rechts-und Verfassungsgeschichte*, organizado por P. Schulze, Berlim, 1991, pp. 39-57.

11. U. Wolter, *Jus canonicum in jure civili. Studien zur Rechtsquellenlehre in den neueren Privatrechtsgeschichte*, Colônia, 1975.

zer que, desse modo, a Igreja católica "criou, também pela primeira vez, entidades políticas isentas de funções eclesiásticas e ordens jurídicas não-eclesiásticas. O partido pontifício chamou de *temporal* (ligado ao tempo) e de *secular* essas últimas entidades e o seu direito"[12]. Trata-se de um desenvolvimento de longo prazo, em que o processo de imitação é vinculado a elementos crescentes de conflituosidade, mas me parece ser necessário ressaltar também a esse respeito que o centro de gravidade desse desenvolvimento está no dualismo que subjaz além das tentativas contínuas por parte não apenas dos canonistas romanos, mas também dos defensores da idéia imperial de uma identificação do sagrado com o direito positivo, com o poder: o que caracteriza o Ocidente e qualifica sua civilização como continuamente móvel ou revolucionária é a dialética entre essas instituições em concorrência entre si para regular a vida do homem. Nesse quadro, o que está em jogo e permanece profundamente radicado na cultura do cristianismo ocidental é a busca de uma fundação metapolítica e metaeclesiástica do direito. O problema é entender o quanto essa fundação influiu realmente na administração da justiça, no foro, para além das teorias justificativas do poder ou daquelas que teorizam um direito de resistência impotente e abstrato.

2. Direito natural e direito romano

A ênfase sobre o renascimento aristotélico do século XIII na construção do pensamento político moderno talvez tenha colocado muito à sombra o processo já então em curso e, de certo modo, também tenha deformado toda a interpretação global do processo de modernização. Na realidade, já a partir do fim do século XI, com o nascimento da escola de direito de Bolonha, emerge o conceito da razão como base do direito: nos textos justinianeus, o direito natural e

---

12. H. Berman, *Diritto e rivoluzione*, p. 277.

o direito romano se fundem como expressão unitária da razão no conceito de norma[13]. Certamente não é possível retomar aqui todo o problema das várias definições, das relações entre direito divino, direito natural, direito das gentes e direito civil: na sua riqueza e nas suas contradições, esses conceitos fecundaram o pensamento jurídico ocidental nas suas raízes, tanto nos legistas-civilistas quanto nos decretistas-canonistas[14]. Em ambas as vertentes, nas diversas interpretações, a questão central torna-se a relação entre a razão divina ou natural, de um lado, e o texto positivo, a lei ou o cânone, de outro. Talvez a expressão que mais possa nos ajudar a entender em síntese esse clima intelectual é aquela contida na *Summa Coloniensis* (1169): "O direito é ou natural, ou moral; cada um desses direitos pode ainda ser divino ou humano"[15]; portanto, o direito divino divide-se na lei natural, na lei da Escritura, na lei da graça e nos cânones da Igreja; o direito humano, por sua vez, exprime-se nos costumes

---

13. Para o quadro geral, ver a obra clássica de E. Cortese, *La norma giuridica*, cit., I, cap. II, pp. 37-95.

14. R. Weigand, *Die Naturrechtslehre der Legisten und Dekretisten*, cit. Para o pensamento teológico ainda é útil: O. Lottin, *Le droit naturel chez S. Thomas et ses prédécesseurs*, Bruges, 1931.

15. *Summa "Elegantius in iure divino" seu Coloniensis*, organizado por G. Fransen, Nova York, 1969, I, pp. 2-3: "4. *Quae differentia inter divinum et humanum ius*. Ius ergo aliud divinum aliud humanum. Ius divinum est quod in lege vel in evangelio. Humanum, hominum constitutio qua equitas servatur, iniuria propellitur, custoditur innocentia, frenatur violentia et exulat discordia. 5. *Quid ius naturale*. Ius humanum aut est naturale ut quod instinctu nature apud omnes est, puta maris et femine coniunctio, liberorum successio, libera eorum que in nullius bonis acquisitio, violentie per vim continuata et moderata repulsio, depositi seu commodati restitutio... 6. *Quid ius civile*. Aut est positivum, et hoc si cuius civitatis sit proprium civile dicitur ut cultus numinum et cerimoniarum ritus specialis. 7. *Quid ius gentium*. Si in diversorum sit nationum, ius gentium vocatur ut sedium devictarum occupatio, legatorum non violandorum religio, belli, captivitatis, servitutis, postliminii et militie ius... 8. *Quod duplici iure humanum genus regatur*. A summo denuo ordientes per alias divisiones descendamus. Ius autem est naturale aut morale, id est divinum vel humanum. Divinum fas dicitur, humanum in generali stat vocabulo ad se appropriato. Hoc duplici iure hominem regi in principio sui operis prehibet Gratianus..."

e nas constituições, nas leis tanto políticas quanto eclesiásticas, e sua característica é a de poder mudar no tempo e de extrair a própria legitimidade da autoridade[16]. A meu ver, o interesse particular dessa definição, entre as dezenas que foram dadas nessa época, está no fato de determinar mais claramente dentro da esfera do sagrado e da esfera humana um direito natural e imutável e um direito positivo, "moral", que varia segundo as épocas e os lugares (é interessante o uso semântico, derivado de Isidoro de Sevilha, do termo "moral", totalmente diferente do uso atual: nesse caso, exprime a derivação dos costumes – *mores* –, dos usos e das leis concretas, o direito positivo, escrito e não escrito, no seu conjunto).

Desse modo, o problema da relação entre a razão e o texto escrito da norma, a *ratio scripta*, torna-se o tema central no desenvolvimento da tradição cultural e jurídica ocidental. A esse respeito se dedicou Pierre Legendre nas milhares de páginas dos seus volumes, conjugando na sua pesquisa a tradição erudita do historiador do direito canônico com a nova interpretação psicanalítica: o "texto" – e o *Corpus iuris*, em conjunto com a Bíblia, constitui o texto por excelência –, como arquétipo da razão, torna-se a coluna de sustentação para o crescimento disciplinar e normativo do Ocidente moderno[17]. Creio que seja suficiente dizer aqui que a Igreja, nas próprias palavras iniciais do *Decretum* de Graciano, absorve todo o "texto" do direito na Escritura, na Lei do Antigo Testamento e no Evangelho: "Ius naturale est, quod in lege et

---

16. Ibidem, I, p. 35: "100. *Non fieri contra leges cum a Summa Potestate mutantur leges.* Possunt itaque contra generalia statuta, pietatis vel necessitatis vel meritorum intuitu, beneficia conferre... Decet tamen summe maiestatis principem eas servare leges quas tulerit donec eas vult auctoritatis habere vigorem. Unde Iustinianus: 'Licet legibus soluti simus, tamen legibus vivimus.'" Cf. R. Weigand, "Das göttliche Recht, Voraussetzung der Mittelalterlichen Ordnung", in *Chiesa, diritto e ordinamento della "societas Christiana" nei secoli XI e XII*, Milão, 1986, pp. 113-37.

17. Limito-me a citar o último volume publicado: P. Legendre, *Leçons I. La 901ᵉ conclusion. Étude sur le théâtre de la Raison*, Paris, 1998.

evangelio continetur"[18]. Em outras palavras, na medida em que Graciano se torna o pilar do direito canônico, a Igreja rejeita qualquer nivelamento do direito natural com o direito divino como possibilidade de derivação autônoma de um "texto" (possibilidade que, ao contrário, ainda transparece com a citada *Summa Coloniensis*, que também partia de Graciano para o seu comentário): ou seja, a Igreja absorve o direito romano em seu interior como instrumento para sua própria consolidação institucional, mas rejeita reconhecer-lhe uma vida autônoma. Para os legistas e glosadores e para os defensores em geral da autonomia do poder secular, imperial ou não, o direito romano torna-se a única possibilidade de fundação de um "texto" que impeça o monopólio total do poder eclesiástico.

As raízes dessas diferentes escolhas estão muito distantes no tempo, e não por acaso uniu-se o princípio fundamental da filosofia do direito dos primeiros glosadores "natura id est Deus" ao pensamento de João Escoto Eriugena[19]: se o direito é o reflexo da criação, a jurisprudência torna-se uma co-participação dessa criação e da busca da imagem divina que se encontra no mundo; sendo assim, é o jurista que, como o artista, extrai da matéria-prima – da justiça, do direito ou da "rudis equitas" – o direito na sua forma concreta.

---

18. Este é o texto do "dictum" com o qual se abre o *Decretum* (dist. I, 1): "Humanum genus duobus regitur, naturali videlicet iure et moribus. Ius naturae est, quod in lege et evangelio continetur, quo quisque iubetur alii facere, quod sibi vult fieri, et prohibetur alii inferre, quod sibi nolit fieri. Unde Christus in evangelio: 'Omnia quaecumque vultis ut faciant vobis homines, et vos eadem facite illis. Haec est enim lex et prophetae'". (*Corpus iuris canonici*, organizado por Ae. Friedberg, cit., I, col. 1). Quanto ao problema geral do direito natural em Graciano, ver M. Villey, *Leçons d'histoire de la philosophie du droit*, Paris, 19622, pp. 188-201.

19. A. Padovani, *Dio, natura e diritto nel secolo XII*, Parma, 1994 (sobretudo as pp. 93-112). Sobre a permanência do princípio "natura id est Deus" no pensamento romanista, ver Y. Thomas, "'Auctoritas legum non potest veritatem naturalem tollere'. Rechtsfiktion und Natur bei den Kommentatoren des Mittelalters", in *Recht zwischen Natur und Geschichte. Le droit entre nature et histoire*, organizado por F. Kervégan e H. Mohnhaupt, Frankfurt a. M., 1997, pp. 1-32.

Com base em tal fato, a Igreja teria sido expulsa do princípio de fundação do direito: o direito canônico teria, obviamente, permanecido como disciplina eclesiástica, mas não teria se tornado o fundamento para a construção do ordenamento jurídico global. Por isso, as condenações que se seguem, por parte dos concílios do século XII, contra os clérigos que se dedicam ao estudo do direito romano assumem um significado que ultrapassa em muito uma simples luta contra a mundanização do clero: tais condenações são estreitamente vinculadas à condenação, nos primórdios do século XIII, da filosofia de João Escoto Erígena e correspondem ao esforço de simplesmente englobar o direito romano no direito canônico sem conceder-lhe uma expressão autônoma.

Como puro jogo intelectual, apresento a hipótese de que se esse caminho oposto tivesse sido seguido (ou seja, o caminho do reconhecimento da autonomia do direito romano) com base no novo direito canônico, não teríamos tido o *Decretum* de Graciano, que permitiu a incorporação do direito romano no direito canônico, mas o *Decretum* ou a *Panormia* de Ivo de Chartres, que precedeu Graciano em algumas décadas: não se trata, como muitas vezes se escreveu, de coleções que preparam Graciano, de obras de certo modo preparatórias e preliminares à obra-prima posterior, destinadas a serem superadas pela mais madura e genial construção escolástica da "concordia discordantium canonum" do canonista bolonhês. Na minha opinião, a obra de Ivo de Chartres representa uma tentativa que seguia uma direção completamente diferente em relação à tentativa favorecida pela Igreja gregoriana: a imensa coletânea escrita por Ivo de todas as normas jurídicas, civis e canônicas não se dirigia para a construção de um direito canônico como direito autônomo, mas (justamente conforme expresso no título da segunda e última redação da coleção: *Panormia*, coletânea universal de normas) para a elaboração de um sistema único e universal de todas as normas, fossem elas atinentes à sociedade civil ou à religiosa. Para esclarecer melhor, cito aqui apenas um exemplo (mesmo sabendo que seria necessária uma análise sistemática), que me parece particularmente significativo para compreender as repercussões dessa escolha no problema do foro: retomando a deliberação conciliar relativa à condenação do anátema para aqueles que se rebelam contra a autoridade (na base está sempre a passagem da Epístola de São Paulo aos romanos, cap. XIII, sobre a obediência), ele sustenta que é condenado aquele que não obedece "segundo o comando de Deus, da autoridade eclesiástica *e do direito civil*" aos comandos racionais dos soberanos; a referência ao direito civil, contida no original, parece ter sido suprimida da transcrição manuscrita da obra, evidentemente porque considerada em contraste com o novo critério predominante no campo eclesiástico sobre a autonomia do ordenamento canônico em relação ao civil[20]. Naturalmente, Ivo não nega a autoridade judiciária da Igreja, mas a insere num discurso único sobre a justiça (fala de *communio* entre os juízes) e a separa nitidamente do plano penitencial, usando pela primeira vez (pelo que sei) o termo *crimen ecclesiasticum* para definir o âmbito do foro penal episcopal[21]. Obviamente, as matérias em que a incerteza sobre a determinação do caráter de crime eclesiástico pode se manifestar são muitas, mas parece inquestionável a coloração laica que se reflete a partir dessa elaboração em todo o *Decretum* de Ivo de Chartres, sobretudo no que diz respeito aos aspectos do direito matrimonial-familiar e do patrimonial. Nesse quadro, creio que possam ser lidas as geniais reflexões apresenta-

---

20. Ivo Carnotensis, *Decretum*, pars XVI ("De officiis laicorum"), cap. 23: "Si quis potestati regiae quae non est, juxta Apostolum, nisi a Deo contumaci et inflato spiritu contradicere vel resistere praesumpserit, et rationalibus imperiis secundum Deum et auctoritatem ecclesiasticam *ac ius civile* obtemperare noluerit, anathematizetur" (*Patrologia Latina*, 161, col. 907: indicação sobre o acréscimo no original, *ibidem*, col. 1036).

21. Ibidem, pars VI ("De clericis"), cap. 427: se um laico tem um litígio com um clérigo, deve dirigir-se primeiramente ao bispo, e se este não fizer justiça, deve, então, recorrer ao juiz secular: "Sin autem crimen ecclesiasticum est, tunc secundum canones episcopo soli causae examinatio et poena procedat, nullam communionem aliis iudicibus in huiusmodi causis habentibus" (*Patrologia Latina*, 161, col. 538).

das por Ivo no prólogo ao seu *Decretum*: conforme ressaltado também recentemente, ele não apenas distingue as normas imóveis do direito divino (*lex aeterna*) das normas móveis humanas, que devem arraigar-se nos diversos contextos históricos e sociais (derivadas da autoridade e das quais a autoridade pode dispensar) e que são necessárias para a vida concreta da sociedade, realizando, portanto, uma distinção que abre caminho para a modernidade[22]; ele também declara, justamente na conclusão do prólogo da sua obra, que se deve respeitar igualmente os cânones eclesiásticos e as leis, as veneráveis leis romanas, não para que os eclesiásticos se intrometam no direito que implica a efusão de sangue, da qual devem sempre se abster, mas para que o levem em consideração na elaboração das normas penitenciais[23]. Creio que não haja dúvidas de que, para Ivo, não se trata de duas justiças concorrentes, mas de dois planos diversos, dois planos que ainda refletem uma separação entre a justiça dos homens e a justiça de Deus. Se na base da nova legislação canônica tivesse sido colocado o texto de Ivo e não o de Graciano, poderíamos ter assistido à elaboração de um verdadeiro direito comum canônico-romano, mas esta é uma hipótese puramente acadêmica.

Dado o desenvolvimento fecundo do direito da Igreja, o quadro em que cresce a ciência do direito romano, por sua vez, é totalmente diferente: a afirmação do direito canônico como ordenamento faz com que o pensamento romanista se

---

22. P. Grossi, *L'ordine giuridico medievale*, cit., p. 121.
23. Ivo Carnotensis, *Decretum*, Prologus: "Nec tantum hoc in ecclesiasticis observandum est regulis, sed etiam in ipsis legibus. De venerandis legibus legitur Romanis. Quodcumque imperator per epistolam constituit, vel cognoscens decrevit, vel edicto praecepit, legem esse constat. Hae sunt, quae constitutiones appellantur... Si quae vero sententiae de forensibus legibus insertae sunt, quae iudicium sanguinis contineant, non ad hoc insertae sunt, ut ecclesiasticus iudex per eas aliquem debeat condemnare; sed ut ex eis assertionem canonicorum faciat decretorum. Hinc attendens quanta poenitentia puniendum sit facinus illud vel flagitium, quod iudicant iudices saeculi morte vel membrorum mutilatione multandum" (*Patrologia Latina*, 161, col. 58-9).

desenvolva com atraso e numa linha defensiva em simbiose com a ideologia imperial, ajudando a separação e a autonomia do poder secular-imperial daquele espiritual do pontífice. Nesse sentido devem ser interpretadas as famosas glosas "Sacerdotes" e "Cuique" de Acúrsio na abertura do *Digestum*, nas quais se compara o jurista ao sacerdote: do mesmo modo como o sacerdote administra as coisas sagradas ("sacra"), o jurista administra as leis que são "sacratissimae"[24]. Essa é a afirmação solene que acabou atraindo a atenção dos estudiosos: mas, nesse caso, interessa-nos sobretudo – o que até agora me parece não ter sido avaliado suficientemente – o fato de que na mesma passagem Acúrsio faz uma comparação muito mais definida entre a administração da justiça e a da penitência como duas aplicações diferentes e paralelas da definição do direito, dada por Ulpiano como "suum cuique tribuere". Parece não haver uma concorrência entre dois ordenamentos, mas uma diferença de planos, uma justiça suspensa entre Deus e os homens. Todavia, no pensamento posterior dos glosadores e comentadores, o problema tem uma abordagem totalmente diferente: a concorrência, no âmbito de uma referência comum ao direito natural e divino, encontra-se entre duas instituições concretas, o papado e o império, dotadas de igual poder

---

24. Accursius (D. 1, 1, 1 e D. 1, 1, 10): "*Sacerdotes*. Quia ut sacerdotes sacra ministrant et conficiunt, ita et nos, cum leges sint sacratissimae: ut C. de legi. et const. I. leges; et ut ius suum cuique tribuit sacerdos in danda poenitentia, sic et nos in iudicando: ut infra eodem titulo I. iustitia"; "*Cuique*... Item per hoc quod dicit ius suum unicuique tribuere, colligo cuius merito quis nos sacerdotes appellet, id est sacra, vel sua iura cuilibet ministrans: ut hic et supra eodem titulo. I. i. in principio" (*Digestum Vetus*, ed. Lugduni, 1558, f. 9v e 13r). Para uma reflexão mais profunda sobre essas glosas, ver D. Quaglioni, "Autosufficienza e primato del diritto nell'educazione giuridica", in *Sapere e/è potere. Discipline e professioni nell'Università medievale e moderna. Il caso bolognese a confronto*, organizado por A. De Benedictis, II, Bolonha, 1990, pp. 125-34. Id., "*Civilis sapientia*". *Dottrine giuridiche e dottrine politiche fra medioevo ed età moderna. Saggi per la storia del pensiero giuridico moderno*, Rimini, 1989. Aproveito a ocasião para agradecer ao amigo Quaglioni por todas as indicações sobre esse e tantos outros assuntos nas nossas conversas.

em relação ao foro e diferentes apenas nas competências: nas terras da Igreja, o direito canônico é lei para todos os efeitos, espirituais e temporais; nas terras do império, vigem as leis seculares, mas o direito canônico sempre prevalece quando se trata *de peccato*, e somente a Igreja pode julgar a respeito[25]. Para o romanista Bartolo e mais ainda para os pós-glosadores e comentadores que o seguiram, o *forum spirituale* e o *forum ecclesiae* simplesmente coincidem, sem nenhuma consideração quanto à distinção entre o foro eclesiástico e o foro interior da penitência. Em outras palavras, trata-se da aceitação plena do princípio levado adiante por Inocêncio III e pelos decretalistas: compreende-se, portanto, por que os canonistas dos séculos posteriores sempre viram em Bartolo o vértice do pensamento romanista, aquele que soube harmonizar o direito romano com o canônico[26].

Os canonistas estavam de fato bastante convencidos acerca da natureza composta do direito canônico, conforme expresso de modo fascinante na clássica e célebre definição do Panormitano: "est ergo haec scientia quoddam mixtum, partim capiens ex theologia in quantum tendit ad finem aeternae beatitudinis, et partim est civilis in quantum tractat de temporalibus sine quibus spiritualia diu esse non possent"[27]. Mas o que desejo ressaltar aqui é o fato de que esse pensamento também já se encontra nos primeiros grandes de-

---

25. Bartolus a Saxoferrato, *In priman Codicis partem*, Venetiis, 1570, p. 14 (in C. 1, 5, 12 vulg.): "Aut loquimur in spiritualibus et pertinentibus ad fidem, et stamus canoni, ut hic... Aut loquimur in temporalibus et tunc aut in terris subiectis ecclesiae, et sine dubio stamus decretalibus. Aut in terris subiectis Imperio, et tunc aut servare legem est inducere peccatum, ut quod praescribat possessor malaefidei, et tunc stamus canonibus... Aut non inducit peccatum, et tunc stamus legi..."

26. G. Le Bras, "Bartole et le droit canon", in *Bartolo da Sassoferrato. Studi e documenti per il VI centenario*, Milão, 1982, II, pp. 295-308. Cita-se aqui outro trecho de Bartolo (p. 301): "Nota ex hac lege et perpetuo tene mente quod quando est aliquid dubii circa ea quae spiritualia sunt, debet determinari per episcopum... Et sic ea quae sunt spiritualia debent determinari per iudicem ecclesiasticum".

27. Cit. em P. Grossi, *Somme penitenziali*, cit., p. 107.

cretalistas de modo muito explícito e com uma exemplificação extremamente interessante. Quando Henrique de Susa (o cardeal ostiense) fala da ciência canônica, com uma definição que mais tarde serviu de grande inspiração para o Panormitano, não encontra melhor solução para explicar esse caráter ambivalente do direito canônico do que seguir o exemplo romanista do instituto da enfiteuse: como este não é um contrato de locação nem de venda, mas algo misto, o direito canônico participa tanto da teologia quanto do direito civil[28]. Essa autoconsciência romanista encontra precedentes na denúncia e na condenação difundidas da preeminência na Igreja do pensamento e da práxis civilista, condenação manifestada por parte de muitos pensadores sensíveis à necessidade de uma reforma espiritual: não se trata apenas de uma recusa da preeminência do direito canônico sobre a teologia, de um repúdio genérico do formalismo jurídico, de uma condenação da corrupção e dos abusos curiais, como encontramos em tantos escritos polêmicos. Junto às objeções gerais contra as decretais, que seriam lesivas do direito imperial, como aquelas contidas na *Monarchia*, de Dante Alighieri[29], encontramos, de fato, acusações precisas sobre a prevalência do direito civil na Igreja. Dentro do próprio direito canônico, o grande Roger Bacon escreve por volta do final do século XIII que tanto no ensino universitário quanto na práxis curial o direito civil é dominante: os canonistas consideram o direito canônico "civiliter", e o direito canônico, completamente afastados da sua matriz teológica, e totalmente submetidos, no método e nas finalidades, ao direito civil, perdendo, por-

---

28. Henricus de Segusio, *Summa*, Lyon, 1537 (reimpr. Aalen, 1962), Proêmio c. 2v: "Est igitur haec nostra scientia non pure theologica sive civilis sed utriusque participans nomine proprium sortita canonica vocatur: sicut ius emphyteoticum non est venditio nec locatio sed contractus per se utrique participans..."

29. D. Alighieri, *Le opere*, Florença, 1960^2, p. 365 (*Monarchia*, III, III, 9): "Sunt etiam tertii, quos Decretalistas vocant, qui theologiae ac phylosophie cuiuslibet inscii et expertes, suis Decretalibus, quas profecto venerandas existimo, tota intentione innixi, de illarum prevalentia credo sperantes, Imperio derogant."

tanto, a sua natureza "sagrada" e específica[30]. Paradoxalmente, mas nem tanto, diríamos que, enquanto existem muitas pesquisas sobre a influência do direito canônico no direito civil, não existem pesquisas aprofundadas na direção oposta "ius civile in iure canonico"; a meu ver, isso também contribuiu para uma deformação interpretativa, que tendeu a conceber os dois direitos como parte de um único sistema, ou melhor, como parte de um único direito, "unum ius"[31]. Resta a opinião comum, concentrada nessa época no dito "civilista sine canonibus parum valet, canonista sine legibus nihil"[32].

Quanto ao problema da relação histórica entre o direito canônico, o direito civil e a teologia, voltaremos a ele mais

---

30. Rogerus Bacon, "Opus tertium", cap. 24, in *Opera quaedam hactenus inedita*, vol. I (única publicação), Londres, 1859, pp. 84-6: "Et ut videmus quod principaliter currit regimen ecclesiae per iuristas, et hoc per abusum et cavillationes iuris, et contra iura... Et mirum est quod cum ius canonicum eruatur de fontibus sacrae Scripture, et expositionibus sanctorum, quod ad illas non convertitur principaliter, tam in lectione quam in usu ecclesiae. Nam per illas debet exponi, et concordari, et roborari et confirmari; sicut per eas factum est hoc ius sacrum. Sed nunc principaliter tractatur, et exponitur, et concordatur per ius civile, et totaliter trahitur ad eam (!) et in usu et in lectione; quod non licet fieri, quamvis ei valeat sicut ancilla suae dominae servitura... Nam si strepitus iuris removeretur, et cavillationes et abusus iuristarum, tunc laici et clerici haberent iustitiam et pacem. Si etiam ius canonicum purgaretur a superfluitate iuris civilis, et regularetur per theologiam, tunc ecclesiae regimen fieret gloriose, et secundum eius propriam dignitatem... Sed iuristae civiles, aut civiliter ius canonicum tractantes, recipiunt nunc omnia bona ecclesiae et provisiones principum et praelatorum..." E ainda, no *Compendium studii* (ibidem, p. 398): "Nam Curia Romana, quae solebat et debet regi sapientia Dei, nunc depravatur constitutionibus imperatorum laicorum, factis pro proprio laico regendo, quas ius civile continet. Laceratur enim illa sedes sacra fraudibus et dolis iuristarum. Perit iustitia, pax omnis violatur, infinita scandala suscitantur..."

31. U. Wolter, *Ius canonicum in iure civili...*, cit., p. 24: "Römisches und kanonisches Recht bildeten ein einziges Rechtssystem (*unum ius*), das im gesamten christlich-römischen Weltkreis gültig war" ["O direito romano e o canônico formavam um único sistema de direito (*unum ius*), que valia em toda a esfera universal romano-cristã"].

32. F. Merzbacher, "Die Parömie 'Legista sine canonibus parum valet, canonista sine legibus nihil'", in *Studia Gratiana*, 13 (1967), p. 257.

adiante. Aqui é importante ressaltar que essa estreita ligação entre o direito civil e o canônico contribui para expelir do âmbito jurídico o discurso relativo ao foro penitencial da Igreja e para fazê-lo ingressar no âmbito do pensamento teológico: como vimos, no século XIII, os autores das sumas para confessores ainda são canonistas ou canonistas-teólogos; durante o século seguinte, o direito canônico abandona quase completamente esse terreno, deixando-o aos teólogos "especialistas", aos grandes pregadores. Creio que neste momento seja oportuno desfazer certos equívocos, aludindo apenas em termos muito genéricos (sem pretender dizer nada de novo) ao "direito comum" e à concorrência entre os diversos ordenamentos.

3. O problema do direito comum

Por questões de clareza e para poder desenvolver mais adiante a análise histórica sem o obstáculo de fragmentos confusos, prefiro pronunciar-me a respeito do tema desde já, ainda que de modo tosco e esquemático. Se a expressão "direito comum" for empregada para indicar o conjunto dos ordenamentos universais em relação e em dialética com direitos particulares locais, estatutários ou consuetudinários (com o *ius proprium*), estou perfeitamente de acordo: a dialética entre o pensamento dos juristas cultos e das faculdades de direito, as regras nelas elaboradas, a práxis jurisdicional douta e universalista, de estrutura romanista ou canonista, e os direitos locais preenchem todos os séculos da Idade Média e do início da Idade Moderna[33]. Se, por outro lado, falarmos do "direito comum" como de uma entidade ("sistema iuris") que se desenvolveu como criação do espírito romano, numa síntese entre o direito romano e o canônico, creio, como já

---

33. R. C. Van Caenegem, *I signori del diritto*, Milão, 1991 (orig. Cambridge, 1987), pp. 42-54.

mencionei anteriormente, que isso nunca tenha acontecido e que tenha sido um dos mitos que mais prejudicaram e ainda prejudicam a historiografia jurídica do nosso século. Certamente existiu um "direito comum canônico", que após um certo período tornou-se cada vez mais direito pontifício; certamente houve um "direito comum civil", de estrutura romanista, retomado pelos imperadores, legisladores e juízes locais: estas são as referências que emergem concretamente da prática e do pensamento jurisprudencial. No entanto, não existe nenhum tipo de referência a um direito comum romano-canônico abstrato, a não ser na mediação do pensamento jurídico, do direito douto (*droit savant, das gelehrte Recht*) e na prática complexa nos diversos foros; mas esse direito douto, universalmente difundido, não pode ser identificado com um "sistema" de tipo universal: essa identificação impede, entre outras coisas, que percebamos toda a importância e a contribuição dada pela ciência jurídica à criação do direito estatal[34]. A polêmica que seguiu a elaboração desse mito e que levou à elaboracão de milhares de páginas ainda hoje representa a base do ensino do direito entre a Idade Média e a Idade Moderna nos nossos cursos univer-

---

34. L. Mayali, "De la 'iuris auctoritas' à la 'legis potestas'. Aux origines de l'état de droit dans la science juridique médiévale", in *Droits savants et pratiques françaises du pouvoir (XIe-XVe siècles)*, Bordeaux, 1992, pp. 129-49. Para ressaltar a natureza do equívoco que deriva do uso demasiadamente desenvolto da expressão "direito comum", parece-me interessante a afirmação de A. Rota (*Il diritto comune*, Roma, 1946, p. 203): "O cardeal Giovan Battista De Luca, na apresentação das fontes jurídicas do tempo, define o direito comum da seguinte forma: 'Jus civile comune est proprie illud quod ex auctoritate Romanae Reipublicae...'; bastou saltar a palavra 'civil' para deformar o pensamento do maior jurista do século XVII. Na verdade, a repartição das leis das quais De Luca parte para as suas definições é a seguinte: 'Quare pro ista congrua applicatione, distinguendo diversas legum seu iuris species: Aliud (iuxta nostrorum maiorum divisionum) est ius Divinum; Aliud naturale; Aliud ius gentium; Aliud civile commune; Aliud canonicum commune; Aliud civile particulare, seu municipale; Et Aliud canonicum particulare'" (G. B. De Luca, *Theatrum veritatis et iustitiae*, t. XV, "De iudiciis et iudicabilis", disc. 35, ed. Lugduni, 1697, p. 131).

sitários[35]. Pode-se compreender seu poder ideológico de atração nos anos 30 do nosso século na exaltação da função histórica universal de Roma (não importa se daquela imperial ou papal) por parte do regime fascista; pode-se compreender também sua retomada no pós-guerra em função da busca de uma síntese entre a tradição laica e a cristã, evocando um direito comum como direito da cristandade, em que o direito canônico teria representado a alma, e o direito romano, o corpo[36]. Essas idéias foram desenvolvidas sobretudo por Francesco Calasso[37] e Giuseppe Ermini[38], com inquestio-

---

35. A. Cavanna, *Storia del diritto moderno in Europa*, cit. (com bibliografia muito ampla e útil). Para um exame recente: L. Bussi, "Il diritto comune nella storiografia italiana di questo secolo", in *Le carte e la storia*, 4 (1988), pp. 170-81 (e cont.).

36. U. Wolter, *Ius canonicum in iure civili*, cit., p. 24. Ver os numerosos escritos de L. Prosdocimi: "Per la storia della cristianità medievale in quanto istituzione", in *Le istituzioni ecclesiastiche della "societas christiana" dei secoli XI-XII: papato, cardinalato ed episcopato*, Milão, 1974, pp. 4-18; "Cristianità occidentale e diritto comune", in *Il diritto comune e la tradizione giuridica europea. Atti del convegno di studi in onore di G. Ermini*, Rimini, 1980, pp. 315-23; "Diritto comune, 'utrumque ius' e 'ordinatio ad unum'", in *Chiesa, diritto e ordinamento della "societas christiana" nei secoli XI-XII*, Milão, 1986, pp. 220-47.

37. F. Calasso, "Il problema storico del diritto comune", in *Studi di storia e diritto in onore di E. Besta*, Milão, 1939, II, pp. 461-513 (à margem da cópia do fascículo consultado por mim na Biblioteca do Departamento de disciplinas de história de Bolonha – dedicado "devotamente" a um anônimo professor –, há anotações manuscritas do mesmo professor com ásperas críticas às idéias de Calasso: mereceriam uma pesquisa à parte). Alguns trechos desse ensaio fundamental de Calasso podem ser indicativos da carga ideológica da época; por exemplo (p. 505), "o espírito daquela época medieval, que não conheceu dissidências entre fé, ética e direito, e sobre essa harmonia fundamental, na qual se via refletido o princípio eterno da ordem universal, pousou a concepção do *utrumque ius* como sistema normativo único do orbe romano-cristão"; (p. 513, últimas linhas): "Uma vez individuadas concretamente as verdadeiras fontes espirituais, o historiador do direito italiano... deverá então dirigir seu olhar para um horizonte mais aberto e reviver aquele maravilhoso processo histórico que custou à Itália a independência política e a precoce unificação nacional, mas pela qual, pela segunda vez, foi consentido a Roma unificar idealmente o mundo civil." Ver também a coletânea posterior de ensaios: F. Calasso, *Introduzione al diritto comune*, cit. (para limitar-me às questões fundamentais).

38. G. Ermini, *Scritti di diritto comune*, organizado por D. Segoloni, Pádua, 1976.

nável genialidade, e foram representadas com veemência nos últimos anos, na crise do direito estatal positivo, no declínio da era da codificação, como referência ideológica – e às vezes também um pouco nostálgica –, numa época em que os juristas cultos, os "senhores do direito", tiveram um papel ativo na criação das normas e dos sistemas comuns a todos os países europeus[39]. Há algum tempo, reflexões críticas foram apresentadas[40], e certamente não tenho a presunção de ser eu a aprofundá-las: devo apenas mencioná-las, pois, se recairmos no mito do direito comum como conjunto ou sistema normativo, parece-me que não conseguiremos entender a dialética entre os ordenamentos e aquela ainda mais complexa entre os foros. O grande destaque que a historiografia jurídica sempre deu à dialética entre a tradição romana e a germânica também contribuiu para colocar à sombra o outro dualismo fundamental no mundo jurídico europeu, aquele entre o direito canônico e o civil: se a história do direito quiser mesmo ser útil à formação de uma cultura histórico-jurídica européia, deve abandonar esses antigos esquemas[41].

---

39. M. Bellomo, *L'Europa del diritto comune*, Roma, 1989; id., "Ius commune", in *Rivista internazionale di diritto comune*, 7 (1996), pp. 201-15. Para uma visão da discussão atual, ver A. Padoa Schioppa, "Il diritto comune in Europa. Riflessioni sul declino e sulla rinascita di un modello", in *Norm und Tradition. Welche Geschichtlichkeit für die Rechtsgeschichte?*, organizado por P. Caroni e G. Dilcher, Colônia – Weimar – Viena, 1998, pp. 193-229.

40. Ver os ensaios de G. Cassandro ("La genesi del diritto comune") e de B. Paradisi ("Il problema del diritto comune nella dottrina di Francesco Calasso"), in *Il diritto comune e la tradizione giuridica europea. Atti del convegno di studi in onore di G. Ermini (Perugia, ottobre 1976)*, Rimini, 1980, pp. 51-91 e 167-300. Do mesmo B. Paradisi, ver a introdução "Storia del diritto moderno e palingenesi della scienza giuridica" à coletânea de ensaios *La formazione storica del diritto moderno in Europa*, 3 vol., Florença, 1977-1978. P. Grossi, *L'ordine giuridico medievale*, cit., pp. 228-9. A. Mazzacane, "Diritto e giuristi nella formazione dello Stato moderno in Italia", in *Origini dello Stato. Processi di formazione statale in Italia fra medioevo ed età moderna*, organizado por G. Chittolini, A. Mohlo e P. Schiera, Bolonha, 1994, pp. 331-47.

41. R. Schulze, "La storia del diritto europeo. Un nuovo campo di ricerca in Germania", in *Rivista di storia del diritto italiano*, 65 (1992), pp. 421-52; do mesmo autor, "Vom Jus commune bis zum Gemeinschaftsrecht. Das Fors-

Mesmo na interligação cotidiana, os dois ordenamentos universalistas permanecem distintos e autônomos, assim como são distintas e autônomas as duas instituições às quais se referem, o Império e a Igreja, em perene contraste: essa tensão não diminui, mas aumenta com o desenvolvimento das novas monarquias e do direito territorial estatal, como testemunha o caso inglês, de Thomas Becket (ex-chanceler da coroa e depois arcebispo de Canterbury, assassinado em 1170 por ordem de Henrique II, por ter defendido a autonomia do foro eclesiástico contra os tribunais régios) em diante, até a Idade Moderna[42].

Uma tira de tornassol para revelar em sentido oposto esse fenômeno pode ser constituída pelo estatuto ambíguo do direito canônico nas terras da Igreja romana. Usou-se a esse propósito – a meu ver impropriamente, devido à confusão que isso pode causar – a expressão "direito comum pontifício" para indicar o direito papal vigente no Estado pontifício[43].

---

chungsfeld der Europäischen Rechtsgeschichte", in *Europäische Rechts- und Verfassungsgeschichte. Ergebnisse und Perspektiven der Forschung*, organizado por R. Schulze, Berlim, 1991, pp. 3-36.

42. M. Ventura, "Diritto canonico e diritti comuni in Europa. 'Common Law' e 'ius commune' in due comparazioni", in *Quaderni di diritto e politica ecclesiastica*, 2 (1993), pp. 415-39. Esse ensaio conclui-se com a referência ao esplêndido ato de acusação de Hugh de Morville: "O nosso rei viu que a única coisa necessária era restabelecer a ordem: frear os poderes exagerados das administrações locais... e organizar a administração da justiça. Ele queria que Becket... unisse os ofícios de Chancelaria e de Arcebispado. Se Becket tivesse acatado os desejos do Rei, teríamos tido um Estado quase ideal: teríamos tido a união da administração espiritual e da temporal sob um governo central... Mas o que aconteceu? Tão logo Becket, por um pedido do Rei, foi feito Arcebispo, renunciou ao cargo de Chanceler, tornou-se mais padresco do que os próprios padres, adotou um teor de vida ostensiva e ofensivamente ascético; logo afirmou que existia uma ordem mais alta do que aquela que nosso Rei e ele próprio, como servidor do Rei, esforçaram-se durante tantos anos para estabelecer; e que – Deus sabe por quê – as duas ordens eram incompatíveis." Ver F. Pollock e F. W. Maitland, *The History of English Law before the Time of Edward I*, Cambridge, 1895, pp. 88-114.

43. G. Ermini, *Guida bibliografica per lo studio del diritto comune pontificio*, Bolonha, 1934. A introdução a essa bibliografia foi reimpressa mais tarde na coletânea G. Ermini, *Scritti di diritto comune*, Pádua, 1976.

Na verdade, nesses territórios temos uma dupla valência do direito canônico: junto ao direito canônico universal do pontífice como chefe da Igreja convive o direito territorial do papa enquanto príncipe, direito esse que também pode ser chamado de canônico, mas num sentido particular, não comum, ligado à figura do pontífice como soberano: o fato de o papado ter usado desse direito para fornecer às monarquias européias um modelo para a união do poder espiritual com o poder temporal, contribuindo para a crise do universalismo da *christianitas*, é um problema que já se indagou em outra ocasião[44]. O conceito de *christianitas* não pode ou não consegue absorver Igreja e Estado num único ordenamento, porque o dualismo entre a esfera secular e a esfera do sagrado no Ocidente já se radicou profundamente também em nível institucional. O problema é que, mesmo no período que estamos examinando aqui, essas esferas não se identificam totalmente com as instituições a que se referem; o direito canônico formou sua própria ossatura interna, assimilando o direito romano, e o novo direito civil cresceu alimentado pelos princípios do direito natural-divino: esse é o caminho que se abre em direção à modernidade, com fibrilações e distorções contínuas na luta pelo novo poder sobre o indivíduo.

4. Direitos universais e direitos particulares

Partamos de uma clara formulação, mencionada por Calasso[45] e contida no preâmbulo dos estatutos da comuna de Devrio: "iure tripartito sive triformi regulamur et regimur, canonico videlicet, civili etiam et municipali". É possível haver várias interpretações sobre a relação desse direito tripar-

---

44. P. Prodi, *Il Sovrano pontefice. Un corpo e due anime*, cit. O direito canônico pontifício pode ser chamado de "comum" apenas como direito estatal em relação aos direitos estatutários locais. Ver a respeito a pesquisa de F. Migliorino, *In terris ecclesiae. Frammenti di ius proprium nel "Liber Estra" di Gregorio IX*, Roma, 1992.

45. F. Calasso, *Il problema storico*, cit., p. 489.

tido através dos séculos. Calasso fala de três períodos: no primeiro (séculos XII-XIII), o "direito comum absoluto" (civil e canônico, acrescentaríamos nós) prevalece sobre qualquer outra fonte concorrente; no segundo (século XIV-fim do século XV), o direito comum permanece como fonte subsidiária: ordenamento universal a que se recorre quando o *ius proprium* ou direito particular não é suficiente para a decisão; e uma terceira fase (a partir do século XVI), caracterizada cada vez mais pelo direito estatal como única fonte normativa. A historiografia mais recente introduziu maior elasticidade a essa periodização (hoje, creio que ninguém falaria de um período do direito comum absoluto), mas, *grosso modo*, parece-me que esta última continua sendo útil para se distinguir a fase em que o pluralismo dos ordenamentos é uma realidade vital (embora seja mais correto falar não de um direito comum como ordenamento universal, mas de ordenamentos de direito comum) da fase posterior, em que o direito estatal se afirma como único protagonista, submetendo pouco a pouco os direitos particulares e locais e os costumes. No entanto, mesmo a esse respeito, é preciso apresentar uma definição na qual já havia insistido claramente Giuseppe Ermini: os direitos locais também podem ser chamados – e de fato assim são definidos nas fontes – de "comuns", na medida em que se estendem a mais comunidades ou a mais territórios e podem ser denominados como tais mesmo em referência a um único cidadão comum. Na minha opinião, isso constitui uma razão a mais para não usarmos a expressão "direito comum" se ela não vier acompanhada de esclarecimentos adequados[46]. Sendo assim, é melhor falar especificamente de direito canônico, de direito civil e de direito particular (feudal, estatutário ou, cada vez mais, estatal). No entanto, são necessárias definições ulteriores, sempre em relação ao problema do foro.

Em primeiro lugar, direito particular não equivale a direito local-territorial: a territorialidade será um requisito da

---

46. G. Ermini, "Ius commune e utrumque ius", in *Scritti di diritto comune*, cit., pp. 3-40.

legislação estatal no período da maturidade do Estado moderno, mas no período que estamos considerando agora o direito particular é também (e talvez sobretudo) direito dos *corpos* sociais, muitas vezes independentemente da localização territorial, a começar pelo próprio clero. Desse modo, durante a Idade Moderna, o direito canônico-eclesiástico também pode ser definido a partir desse ponto de vista cada vez mais como o direito de um corpo que goza de privilégios particulares e que luta contra um direito territorial estatal; este, por sua vez, tende gradualmente a compreender a totalidade dos súditos ou cidadãos. Certamente, os estatutos comunais representam (na elaboração orgânica do direito constitucional e administrativo, dos processos judiciais e das regras de direito penal e privado) a primeira prefiguração de um ordenamento jurídico territorial em sentido moderno, pré-estatal, e é com os estatutos comunais que se mede o direito culto até o momento de o direito estatutário entrar em crise com o desenvolvimento do sistema senhoril[47]. Em segundo lugar, é sempre necessário considerar o papel central do costume como direito não escrito, que nesse período regula grande parte das relações sociais, como um verdadeiro direito do cotidiano. Em terceiro, é preciso levar em conta que o próprio direito canônico sofre, como veremos, uma profunda transformação interna: enquanto na Idade Média ele ainda tem uma forte conotação dupla, universal e particular, do direito pontifício aos concílios provinciais, às normas sinodais e diocesanas, na Idade Moderna torna-se (nas regiões que permaneceram fiéis à Igreja de Roma) cada vez mais centralizado e, nesse sentido, universalista, mas isso em analogia (modelo, imitação?) com o que acontece nas monarquias absolutas da Idade Moderna em relação aos direitos particulares, feudais ou comunais, ainda que falte a característica da territorialidade.

---

47. M. Sbriccoli, *L'interpretazione dello statuto. Contributo allo studio della funzione dei giuristi nell'età comunale*, Milão, 1969, sobretudo as pp. finais, 461-5.

5. *Utrumque ius in utroque foro*

Feitas essas breves considerações, podemos entrar no âmago da tese que queremos propor neste capítulo: ou seja, a tese já exposta com extrema lucidez por Giovan Battista De Luca no final do século XVII[48], segundo a qual, a partir do século XIII, passa a existir uma multiplicidade de foros e que estes coincidem apenas em parte com os ordenamentos jurídicos. Na verdade, em todo foro existem fragmentos de ordenamentos diversos, que se interligam na realidade concreta do caso sobre o qual o juiz é chamado a decidir. Deixemos de lado o problema da ambigüidade da expressão *utrumque ius* nas suas origens: mesmo se no início ela significa, num uso múltiplo, diversas situações em que dois direitos se encontram (direito interno e externo, direito divino e humano etc.), seu significado determina-se, concretiza-se e esclarece a si mesmo justamente nesse período para indicar a relação entre o direito canônico e o civil[49].

O século XIII é certamente o século do *utrumque ius*[50], não no sentido de uma síntese triunfante, de uma *ordinatio ad unum* do direito romano e do direito canônico no direito comum, destinado a brilhar como uma única estrela no firmamento da cristandade medieval e até hoje[51], mas como

---

48. G. B. De Luca, *Theatrum veritatis et iustitiae*, cit., t. XV, disc. 35 (ed. Lugduni, 1697, p. 135).
49. G. Micza, "'Utrumque ius' – eine Erfindung der Kanonisten?", in *Zeitschrift der Savigny-Stiftung für Rechtsgeschichte. Kan. Abt.*, 57 (1971), pp. 127-49.
50. Para uma síntese recente, ver E. Cortese, *Il rinascimento giuridico medievale*, Roma, 1992; E. J. H. Schrage, *Utrumque Ius. Einführung in das Studium der Quellen des mittelalterlichen gelehrten Rechts*, Berlim, 1992.
51. P. G. Caron, "Il cardinale Ostiense artefice dell'"utrumque ius' nella prospettiva europea della canonistica medievale", in *Cristianità ed Europa. Miscellanea L. Prosdocimi*, organizado por C. Alzati. Roma – Freiburg – Wien, 1994, vol. I, pp. 561-82. Ver também os ensaios presentes no volume anterior: *"Lex et iustitia" nell'utrumque ius: radici antiche e prospettive attuali (VII Colloquio internazionale romanistico-canonistico, Roma, maggio 1988)*, organizado por A. Ciani e G. Diurni, Roma, 1989.

efetiva compenetração entre o direito romano e o direito canônico: mesmo quando esse processo de integração se desenvolve cada vez mais a partir do século XIV, o *utrumque ius* permanece, para usar uma expressão eficaz de Pierre Legendre, como uma "symétrie trompe-l'oeil", com a qual canonistas e romanistas se olham reciprocamente[52].

Com isso não se quer negar que tenham existido no pensamento jurídico, por obra dos grandes canonistas e, em primeiro lugar, de Henrique de Susa (cardeal ostiense), com a sua *Summa aurea*, grandiosas tentativas de síntese: o ponto de conjunção entre os dois direitos é visto no conceito de "aequitas" extraído do direito natural. No entanto, conforme já mencionado, creio que seja errôneo evocar a expressão *utrumque ius* para demonstrar a unicidade dos ordenamentos: na verdade, temos sua interligação na vida judiciária concreta, que exige o estudo comparado e uma aplicação diversificada desses ordenamentos por parte do juiz ou do jurisperito. Significativo é o debate teórico recentemente descoberto numa glosa de Guido[53]: não é verdade que, quando há um contraste entre um cânone e uma lei, se a causa estiver no foro eclesiástico deve-se preferir o cânone (e vice-versa, se a causa estiver no foro secular); tampouco é verdade que é possível fazer uma divisão das matérias aplicando os cânones nas matérias espirituais e as leis naquelas temporais: deve prevalecer em ambos os foros e em ambas as matérias a norma que for mais igualitária em relação à que for mais rigorosa. Sem levar em conta a solução proposta em favor da eqüidade, é interessante a exclusão tanto de toda identidade possível entre o foro e o ordenamento, quanto de toda fusão possível entre os ordenamentos. Por isso, nesse período, o princípio da prevenção assume uma importância central: a causa passa a ser discutida e resolvida diante do tribunal que primeiro encaminhou o processo.

---

52. P. Legendre, "Le droit romain, modèle et langage. De la signification de l'Utrumque Ius", in *Études G. Le Bras*, cit., pp. 913-30.

53. E. Cortese, "Lex, aequitas, utrumque ius nella prima civilistica", in *Lex et iustitia*..., cit., p. 118.

Desse modo, a formação *in utrumque iure* assume, nesse período, uma grande importância acadêmica e prática, porque o conhecimento de ambos os direitos é efetivamente necessário na maioria das causas. Mas deduzir a partir disso uma concepção unitária de um direito romano-canônico parece-me totalmente errôneo. Ao contrário, deve-se lembrar que os foros são não apenas dois (como poder-se-ia deduzir justamente pelo título da presente seção, escolhido apenas como jogo de palavras), mas inúmeros, especularmente à fragmentação dos poderes jurisdicionais, de administração da justiça. Do foro sacramental da penitência ao foro eclesiástico gracioso, àquele contencioso, até os tribunais corporativos competentes para as questões profissionais. Em todos os foros não existe nenhuma linha de fronteira fixa e visível dos ordenamentos: desde o tema sobre a restituição do que foi tomado indevidamente e sobre a reparação do dano, até as causas matrimoniais, os delitos relativos ao comportamento sexual ou à moral em geral, sem falar do caso talvez mais explosivo nesse período, o da usura, encontramos um vínculo contínuo entre o plano do pecado, o plano do direito canônico, contencioso e penal, e o plano do direito secular, civil e penal.

A historiografia tradicional, demasiadamente interessada nas controvérsias entre Igreja e Estado e quase sempre alinhada numa ou noutra frente – para defender os interesses estatais ou curiais –, sempre evitou esse problema escabroso tanto para uma quanto para outra parte. A historiografia jurídica mais recente ilustrou a questão da difusão do processo romano-canônico como um dos pilares da nova racionalidade também no campo da jurisdição civil, do nascimento do processo moderno[54], mas pouco quis saber, além do aspecto informal, sobre o vínculo subjacente. Por sua vez, a historiografia jurídica especializada, canonista ou civilista, limitou-se a estudar a organização dos tribunais eclesiásticos e diocesanos (a primeira) ou daqueles comunais e senhoris

---

54. L. Fowler-Magerl, *Ordines iudiciarii and libelli de Ordine iudiciorum*, cit.

(a segunda), sem expor os problemas atinentes às suas relações. Mesmo o grande tema historiográfico central sobre a recepção nos vários países europeus do direito douto e, em particular, do direito romano (bastante diferente é o caso do direito canônico, em que, pelo menos até a Reforma, não se pode falar de recepção, sendo ele sempre uma derivação direta de uma instituição e de uma autoridade concretas) permaneceu limitado aos aspectos doutrinais. Mas quem já consultou, ao menos uma vez, as pastas dos processos de arquivos eclesiásticos ou estatais conhece bem e por experiência própria o fervilhar de uma vida que, das figuras dos juízes até a dos tabeliões, dos advogados e de todos os outros protagonistas, não conta com interrupções nem limitações, de um lugar para outro, de um foro para outro.

A falta de pesquisas ainda não permite que se façam referências precisas; é possível fornecer apenas alguns exemplos aproximados, indicar algumas pistas. O primeiro exemplo pode ser o da aplicação da legislação contra a blasfêmia ou outros pecados de ordem moral, como a homossexualidade e a obscenidade, contida nos estatutos das comunas italianas: o problema não pode ser reduzido a uma rivalidade de jurisdição entre o foro secular e o eclesiástico, a uma simples imunidade em razão da pessoa ou da matéria, ou a uma inventariação de matérias mistas, cuja competência é reivindicada por ambos os foros, conforme a também digna e antiga escola de história[55]. Um segundo exemplo pode ser o da usura, que no século XIV torna-se o problema central da vida econômica: à definição religiosa do crime se unem deliberações e sanções que englobam toda a matéria do empréstimo, das trocas e, mais genericamente, das figuras contratuais. No âmbito do contrato, abre-se então o problema do juramento, tanto promissório quanto testemunhal, na dúvida sobre o reconhecimento da validade do pacto estipulado: à jurisdi-

---

55. Ver, por exemplo, o belo estudo, para a época, de S. Pivano, *Stato e Chiesa negli statuti comunali italiani* (1904), atualmente em *Scritti minori di storia e di storia del diritto*, Turim, 1965, pp. 293-332.

ção secular se vincula a jurisdição eclesiástica, que se reserva o juízo sobre o próprio juramento[56]. Outro exemplo, uma pista interessante de pesquisa que se começou a seguir nesses últimos anos, diz respeito às causas matrimoniais: paralelamente ao reconhecimento da jurisdição eclesiástica surge uma atividade legislativa e jurisdicional de origem secular, que concerne às formalidades contratuais, aos dotes, ao reconhecimento da prole legítima e a problemas afins; paralelamente às causas civis de adultério surgem ou ligam-se as causas de direito canônico quando é implicada uma separação; ao foro eclesiástico vincula-se o foro penitencial extra-sacramental quando são implicadas dispensas e concessões relativas aos votos religiosos, aos impedimentos matrimoniais etc. Para discutir esses problemas, é necessário percorrer caminhos transversais às especializações, estendendo o olhar para o funcionamento efetivo da justiça, abraçando tanto o direito civil quanto o canônico, tanto a jurisprudência quanto o direito penitencial e a teologia.

6. O nascimento do direito penal público

Talvez seja oportuno acrescentar algumas palavras mesmo que apenas para abrir a questão: não se trata simplesmente de uma extensão do uso do processo romano-canônico aos tribunais seculares, conforme mencionado anteriormente. Certamente o processo romano-canônico, nascido nos tribunais eclesiásticos, estende-se em pouco tempo por toda a Europa, até a Inglaterra, devido à extraordinária competência dos grandes juristas compiladores das *Ordines iudiciarii*[57], como Tancredi, Egidio Foscarari, Guillaume Durand: a prescrição minuciosa das várias fases do procedimento, a formalização dos atos relativos, a previsão dos recursos e das

---

56. P. Prodi, *Il sacramento del potere*, cit., pp. 161-225.
57. Ainda útil é a coletânea de L. Wahrmund, *Quellen zur Geschichte des römisch-kanonischen Prozesses im Mittelalter*, 5 vol., Innsbruck, 1913-1931.

causas de invalidação, a obrigação da motivação das sentenças constituíram a base de todo processo moderno. Mas basta folhear esses tratados para compreender como a construção do processo prescinde de uma divisão de matérias entre o civil, o penal e o canônico. Compreende-se, portanto, que durante o século XIII eles logo foram adotados como textos de base nas cortes comunais da Itália setentrional e, nos séculos posteriores, pelos tribunais seculares das monarquias e dos principados emergentes.

Não se trata apenas de uma recepção técnica: o quadro geral é o de uma cooperação que ainda continua restrita na definição do crime como uma espécie de pecado, que é diretamente nocivo à sociedade no seu conjunto. A racionalidade do processo inquisitorial satisfaz a necessidade de clareza e de ordem exigida pelo desenvolvimento das cidades e do comércio do capitalismo inicial, e pela própria administração das comunas e dos territórios que deles dependem[58]. No âmbito daquele complexo processo de que se falou, a propósito da influência da Igreja na gênese do Estado moderno, nasce o direito penal público como um dos setores que sustenta a construção do Estado, nasce a pena no sentido moderno. Ainda no século XII, a administração da justiça penal era concebida apenas com base no processo acusatório, contido na legislação justiniana, ainda dominante entre os glosadores[59]: as tipologias dos crimes previstas pelo direito penal público, forense ou eclesiástico, ainda eram reconduzidas à antiga legislação para a punição de alguns crimes específicos, como o crime de lesa-majestade, enquanto a maior parte dos delitos era deixada ao âmbito do direito penal privado, aos institutos ainda adequados ao direito bárbaro como o juízo de Deus, o duelo, a faida, ou às composi-

---

58. G. Jerouschek, "Die Herausbildung des peinlichen Inquisitionsprozesses im Spätmittelalter und in der frühen Neuzeit", in *Zeitschrift für die gesamte Strafrechtswissenschaft*, 104 (1992), pp. 329-60.

59. G. Minnucci, "Il 'Tractatus criminum'. Sulla genesi di un'opera di diritto e procedura penale nell'età dei glossatori", in *Zeitschrift der Savigny-Stiftung für Rechtsgeschichte. Kan. Abt.*, 82 (1996), pp. 52-81.

ções entre os grupos e os pactos de repacificação entre as facções em duelo. É no século XIII que, nas cidades comunais italianas, se colocam, pela primeira vez, precocemente em relação ao resto da Europa, as bases teóricas e práticas de um sistema repressivo penal, global e orgânico, que visa a punir todos os delitos que, enquanto tais, constituem uma lesão da ordem social, pois é do interesse público que os crimes não permaneçam impunes[60]. Sobre essa base se afirmarão os testemunhos e as provas como elemento principal do processo, e o princípio da pena como punição pública, de certo modo independente das partes concretamente envolvidas, substituirá o antigo princípio da pena como reparação de um dano (para a pessoa, a honra ou o patrimônio): trata-se de um longo caminho que leva à ênfase da fisionomia pública do processo penal com a gradual exclusão de todas as formas de reparação ou de vingança privada[61]. Nos territórios do Império também ocorre um processo análogo: o primeiro desenvolvimento do direito penal na Alemanha se dá no século XII em relação à nova concepção do delito como ruptura da *Landfriede*, da paz territorial, do juramento coletivo; a pena não é aplicada somente em função da reparação, da punição ou da correção do delinqüente, mas constitui o instrumento para intimidar e controlar a sociedade em seu conjunto[62]. De todo modo, em toda a Europa, seja na Itá-

---

60. M. Sbriccoli, "'Vidi communiter observari.' L'emersione di un ordine penale pubblico nelle città italiane del secolo XIII", in *Quaderni fiorentini per la storia del pensiero giuridico moderno*, 28 (1998), pp. 231-68; A. Zorzi, "La politique criminelle en Italie (XIIIe-XVIIe siècles)", in *Crime, Histoire et Sociétés*, 2 (1998), pp. 91-110. Para a bibliografia precedente, remetemos a esse ensaio, entre outros escritos do mesmo autor; a frase: "publice interest ne maleficia remaneant impunita" é de Alberto de Gandino, de quem se falará mais adiante.

61. M. Bellabarba, "La réprésentation des délits entre droit public et droit privé. L'infrajustice dans les criminalistes italiens de l'époque moderne", in *L'infrajudiciaire du Moyen Âge à l'époque contemporaine*, organizado por B. Garnot, Dijon, 1996, pp. 55-67.

62. M. L. Klementovski, "Die Entstehung der Grundsätze der strafrechtlichen Verantwortlichkeit und der öffentlichen Strafe im deutschen Reich bis zum 14. Jahrhundert", in *Zeitschrift der Savigny-Stiftung für Rechtsgeschichte, Germ. Abt.*, 113 (1996), pp. 217-46.

lia, na Alemanha, na França ou nos Países Baixos, é sobretudo no problema da paz e na recusa da violência privada que se realiza a união entre conteúdo ético-religioso e direito penal[63].

Por toda parte, essa autêntica revolução ocorre em estreita relação com a experiência precedente do novo direito penal público canônico: na estreita ligação entre pecado e delito, a ação penal é concebida (por imitação da ação judiciária da Igreja, tanto na face externa da heresia quanto na interna dos costumes) como um instrumento, como o principal instrumento para disciplinar os súditos, e os grandes problemas da culpa e da responsabilidade subjetiva são discutidos[64]. É a experiência do foro eclesiástico que permite superar a elaboração do processo penal, derivada do direito romano. Basta um único exemplo para explicar o que pretendo dizer. Alberto de Gandino, juiz criminal corregedor de Bolonha, além de grande jurista (o maior criminalista da sua época)[65], ordena uma *inquisitio generalis* em todo o território da comuna, segundo os estatutos, para saber se há meretrizes, apostadores em jogos de azar, sicários assalariados, trapaceiros etc., cujas atividades o juiz pretende investigar *ex officio* de paróquia em paróquia: a inquisição começa no dia 5 de abril de 1289 e dura o mês inteiro; os ministeriais efetuam o interrogatório em cada paróquia, agindo de ofício conforme se manifeste a existência de casos delituosos[66]. No

---

63. N. Gonthier, "Faire la paix: un devoir ou un délit? Quelques réflexions sur les actions de pacification à la fin du Moyen Âge", in *L'infrajudiciaire...*, cit., pp. 37-54.

64. R. M. Fraher, "Preventing Crime in the High Middle Ages: the Medieval Lawyers' Search for Deterrence", in *Popes, Teachers and Canon Law*, cit., pp. 212-33. Num plano mais geral: A. Laingui, "Le droit pénal canonique, source de l'ancien droit pénal laïc", in *Églises et pouvoir politique*, Angers, 1987, pp. 213-32.

65. D. Quaglioni, "Alberto da Gandino e le origini della trattatistica penale", in *Materiali per una storia della cultura giuridica*, 29 (1999), pp. 49-63.

66. H. Kantorowicz, *Albertus Gandinus und das Strafrecht der Scholastik*, 2 vol., Berlim, 1907 e Berlim – Leipzig, 1926, I, pp. 250-2: "Quam inquisitionem facit et facere intendit per singulas cappellas et homines cappellarum civitatis et suburbiorum civitatis Bononiae..."

seu *Tractatus de maleficiis*, ele teoriza que o próprio juiz criminal pode proceder a tais inquisições "de iure civili", nos casos mais variados, desde o homicídio até a heresia e o sacrilégio; enquanto "de iure canonico", o mesmo pode proceder em casos específicos em que haja algumas condições de suspeitos públicos[67]. Sendo assim, a diferença entre o direito canônico e o civil não é vista na diversidade das matérias ou do juiz, mas apenas nas condições processuais necessárias para dar início à inquisição. Naturalmente, o juiz criminal da comuna deve respeitar a imunidade do clero e não sobrepor-se nesse aspecto à jurisdição do tribunal eclesiástico: mas esse parece ser o único limite à sua iniciativa. A coisa mais importante é talvez o fato de o próprio Alberto de Gandino ressaltar várias vezes que o desenvolvimento desse processo inquisitorial constitui uma ocorrência totalmente nova nos últimos tempos, própria da justiça comunal: é uma espécie de declaração da certidão de nascimento do direito penal moderno como foro central para a disciplina, que parte do ápice dos comportamentos humanos.

Apenas posteriormente, a partir do século XIV, com o crescimento das controvérsias jurisdicionais, dos conflitos entre os tribunais eclesiásticos e os laicos, é que se estabelecerá a distinção das competências dos foros em razão da matéria, não na pessoa: entre contestações de todo tipo, tenta-se separar, conceitualmente e na práxis, delitos eclesiásticos, delitos civis e delitos mistos. Mas, durante muito tempo, as jurisdições continuarão interligadas, não obstante toda separação teórica, na práxis cotidiana que é sobretudo de colaboração, não apenas em nível processual, das cortes real-

---

[67]. Ibidem, II, p. 38: "Qui autem sint casus, in quibus de iure civili possit inquiri, notatur supra in prima rubrica. Et qui sunt hi: primus quando dominus a familia sit occisus... in crimine lenocinii... in crimine sacrilegii... in crimine lesae maiestatis; in notorio crimine; in crimine apostatarum; in crimine hereseos... Iure autem canonico de quolibet maleficio inquiritur et cognoscitur, si iam interveniant omnia, que sequuntur, et non aliter regulariter. In primis enim est necessarium, quod ille, contra quem inquiritur, sit infamatus de illo crimine, id est, sit publica vox et fama, quod sit culpabilis..."

mente laicas e seculares – conforme já mencionado no capítulo anterior, pensemos na excomunhão –, mas também na própria consideração e cominação das penas, sem nenhuma interrupção ou pausa entre as temporais e as espirituais, entre a condenação à morte e a condenação ao fogo eterno. Gradualmente passa-se a aceitar o princípio de que o condenado à morte seja salvo por meio de seus sofrimentos e reintegrado à sociedade cristã aos pés da forca por meio da penitência e da eucaristia: o ritual da assistência espiritual aos condenados à morte – tão terrificante nos séculos posteriores – não é apenas a manifestação da vontade de disciplinar o povo com o edificante espetáculo da conversão do condenado, mas também o fruto da distinção que se abre entre o foro interno e o externo na sua expressão extrema, entre o homem pecador, que é absolvido pela justiça divina, e o delinqüente que é enviado ao patíbulo[68].

7. As "differentiae inter ius canonicum et civile"

Na impossibilidade de penetrar nos meandros dos arquivos judiciários e nem mesmo na selva imensa dos *consilia* dos juristas daquela época, limitamo-nos a extrair algumas idéias dos tratados dedicados especificamente ao exame das diferenças e das contradições entre os ordenamentos[69]. Esses tratados também representam uma densa literatura durante toda a tarda Idade Média, e certamente não podemos pretender a elaboração de um exame exaustivo. No entanto, alguns deles foram inseridos no primeiro volume da grande coletânea de textos inéditos ou já publicados (18

---

68. E. Cohen, *The Crossroads of Justice. Law and Culture in Late Medieval France*, Leiden – Brill – Colônia, 1993 (sobretudo as pp. 195-201).

69. Para um exame das "differentiae" no pensamento dos glosadores e dos comentadores, remeto a U. Wolter, *Ius canonicum in iure civili...*, cit., pp. 23-52. Anteriormente: J. Portemer, *Recherches sur les Differentiae juris civilis et canonici au temps du droit classique de l'Église*, Paris, 1946.

tomos em 34 volumes) dos *Tractatus universi iuris*, impresso em Roma em 1584[70]: uma coletânea tardia, mas que retoma em grande parte a experiência e a reflexão jurídica dos séculos precedentes.

Do meu ponto de vista, o mais interessante desses tratados é o do espanhol Fortunio García (ou Garzía) de Erzilia Arteaga: *De ultimo fine iuris canonici et civilis*, dividido em 482 pontos[71]. Ele parte do princípio de que tanto o direito civil quanto o canônico derivam da lei divina e natural: ainda que não possamos conhecer a verdadeira imagem da justiça[72], sabemos que a lei natural e a lei divina coincidem, uma vez que ambas compartilham da razão[73]; os dois direitos têm o mesmo objetivo de fazer com que o homem viva feliz e "recte": a diferença não pode consistir no pecado porque a lei civil também deve ser contra o pecado, uma vez que este é contrário à disposição da reta razão[74]; tanto a lei canônica quanto a civil são inválidas se forem contrárias à lei natural e divina à qual cabe, de todo modo, a última palavra. A divergência pode derivar concretamente no julgamento sobre a prescrição em caso de suposta má-fé contratual: segundo alguns doutores, o direito canônico deve adequar-se à lei evangélica e, portanto, não pode concordar com o direito ci-

---

70. G. Colli, *Per una bibliografia dei trattati giuridici pubblicati nel XVI secolo. Indici dei "Tractatus universi iuris"*, Milão, 1994.

71. *Tractatus universi iuris*, t. I, ff. 105v-32r. Não se encontra nada do autor nos repertórios clássicos; o tratado fora impresso em Bolonha, em 1514 (A. van Hove, *Prolegomena ad Codicem iuris canonici*, Malines – Roma, 1945², p. 510).

72. Ibidem, f. 107v (n. 1): "nam ut Cicero, quamvis aliis prudentior hanc ipsam certe ignorans, ingenue fatetur, nulla iustitiae effigiem tenemus, umbra et imaginis utimur, eas ipsas utinam consequeremur, pauca igitur de re sublimi et incognita loquar".

73. Ibidem, f. 108r (nn. 11 e 14): "Lex igitur canonica derivatur a lege naturae, vel divina, quae nihil a natura differt... De legibus civilibus idem dicendum est, nam omnes pendent a lege naturae, et in tantum habent de ratione legis in quantum participant de lege aeterna."

74. Ibidem, f. 108v (n. 23): "quia peccatum est quocumque commissum contra dictamen rectae rationis, quod provenit a lege naturae".

vil⁷⁵, mas também é possível reverter esse discurso distinguindo na Igreja o foro interior, em que ela julga no lugar de Deus, e o foro eclesiástico "quia ecclesia ista militans non potest de animo occulto iudicare"⁷⁶; a justiça, porém, é sempre una e, portanto, o direito civil também não aceita que o possuidor de má-fé tenha êxito: de todo modo, a discrepância não está entre o direito civil e o canônico, mas entre esses direitos e o foro da consciência⁷⁷. A diferença consiste apenas na diversidade de interpretação: ao direito civil importa mais a conservação da sociedade, ao direito canônico importa mais a dedicação a Deus e ao Evangelho. Outro argumento daqueles que sustentam a diversidade dos dois direitos é a tese de que o direito civil se destina à composição dos litígios, enquanto o direito canônico entrega-se, em última instância, à consciência: esse fato também não corresponde à verdade porque vale igualmente para o direito

---

75. Ibidem, f. 110r (n. 57): "Secundum praedictorum doctorum argumentum est tale. Illud quod sequitur legem evangelicam, debet discordare ab omni, a quo discordat lex evangelica, sed ius canonicum sequitur legem evangelicam, et derivat ab ea, ergo debet discordare a lege civili. Consequentia probatur quia lex evangelica discordat a iure civili, cum illa iudicet actus interiores, ut Matthei 5 'Omnis qui viderit mulierem ad concupiscendum eam iam maechatus est in corde suo', ista vero iudicat actus exteriores ad humanam societatem, unde sequitur, quod etiam ius canonicum debet iudicare actus interiores, ut praescriptionem malaefidei, in quo casu oportet esse diversum vel superabundare a iure civili."

76. Ibidem, f. 110r (n. 58): "Aut loquimur in foro conscientiae, et tunc fatendum est, quod ecclesia succedit in locum Dei, et forus ille quidam divinus, cui omnia patent, et omnia ex animo iudicantur, hoc igitur iudicium est solius ecclesiae, in quo non ab homine, sed ut a Deo iudicatur ut in c. *si sacerdos*, de officio ordi. unum fatebimur quod in hoc foro diversitatem habet ius ecclesiae a iure civili…"

77. Ibidem, f. 110r (nn. 62-3): "quae ratio naturalis demonstrat, necessario sunt observanda in foro civili prout in foro conscientiae… Forus tamen conscientiae in hoc a iure civile discrepat; quia est animi iudicium, quod soli Deo pertinet, et aliis est absconditum, ut in c. *in civitate* de usur. et hoc prout a iure civili, ita a canonico potest discrepare non iustitia ipsa naturali, ut dixi, sed quia ecclesia ista militans non potest de animo occulto iudicare: ut in C. *a nobis* de sent. excommunicationis, soli igitur Deo veritas et infallibile iudicium relinquitur…".

canônico e para o civil. A superioridade do direito canônico não consiste nem mesmo na doutrina tradicional da superioridade do espírito sobre o corpo ou sobre o fato de que o direito canônico se refere à teologia porque obedece à razão prática, assim como às leis[78]. Aliás, o *Corpus iuris civilis* também começa com o capítulo "De summa Trinitate". Eventualmente, o ponto se encontra na superior *plenitudo potestatis* do papa em relação à própria autoridade imperial. Mas é sobretudo a lei natural e divina que proíbe a usura mesmo quando ela é permitida pela lei civil, mas não porque esta permite o pecado e a lei canônica não: a mesma razão vale também para a lei canônica; de fato, ela não atinge juridicamente muitos pecados, deixando-os ao foro de Deus e da consciência[79]. Com tal base, García passa, então, a discutir todos os casos de possíveis divergências concretas: o incesto, o concubinato, a mentira, o dolo, a violência etc.

Os outros tratados que se seguem, do paduano João Batista de Sancto Blasio[80], de Galvano de Bolonha[81], de Prosdocimo de Comitibus[82] e de Jerônimo Zannettini[83], são muito mais breves e não discutem absolutamente o problema teó-

---

78. Ibidem, f. 110r (n. 8°). Alguns pensam "scientia canonum non esse meram practicam, prout est scientia legum, quoniam canones habeant partim speculationes methaphysicas. Ego potius crederem in canonibus omni agi ratione practica prout in legibus, quia ius nihil est nisi ratio practica, quae est moralis et circa mores versatur, ut in c. *non est peccatum pr. His itaque* 6 Dist. et ego numquam vidi disputationes de Deo et supercoelestes iure determinari...".

79. Ibidem, f. 111r (n. 85): "Ergo in primis fateor quod omnia peccata non sunt punita per ius civile, immo aliqua omittuntur divinae vindiciae... Sed adverte in primis, quod ista ratio sancti doctores et eius sententia (s. Tommaso) ita loquitur in iure canonico prout in iure civili, nisi loquamur in foro conscientiae, in quo solum consideramus iudicium Dei et non humanum: ut in c. *si sacerdos* de officio ordi. et hoc patet: nam quamvis in foro conscientiae pro quolibet peccato mortali imponatur poenitentia, non tamen videmus iudicialiter ex quolibet condemnari..."

80. Ibidem, ff. 185r-89r: *Tractatus insignis et rarus Contradictionum iuri canonici cum iure civili.*

81. Ibidem, ff. 189r-90r: *De differentitiis legum et canonum.*

82. Ibidem, ff. 190r-7v: *De differentiis inter ius canonicum et ius civile.*

83. Ibidem, ff. 198r-208v: *De differentiis inter ius canonicum et civile.*

rico, limitando-se a ilustrar as dificuldades concretas e as contradições entre os dois direitos em pontos específicos, já indicadas por García na segunda parte do seu tratado: direito de família, sucessório, penal, sobretudo naturalmente os temas da má-fé e da culpa subjetiva, que se tornam a principal bandeira de batalha dos canonistas para reivindicar um direito não limitado, de modo formalista, ao registro dos atos exteriores. Por isso, também seria interessante um exame dos comentários às regras do direito canônico, ao *De regulis iuris*, colocado no apêndice do *Liber VI* de Bonifácio VIII, com 87 regras que reproduzem literalmente as regras inseridas antigamente no *Corpus iuris civilis*[84]. Citando apenas como exemplo a regra n.° 2 (segundo a qual não há prescrição em caso de má-fé do possuidor: "Possessor malae fidei ullo tempore non praescribit"), a n.° 4 (segundo a qual o pecado não é perdoado se o bem subtraído indevidamente não for restituído, conforme a antiga sentença dos Padres: "Peccatum non remittitur nisi restituatur ablatum") ou a n.° 5 (só há perdão do pecado com a correção: "Peccati venia non datur nisi correcto"), pode-se compreender, por um lado, o quanto o direito canônico contribuiu para a formação do di-

---

84. *Corpus iuris canonici*, ed. Ae. Friedberg, cit., II, col. 1122-4. Do colaborador de Bonifácio VIII na redação dessas regras, Dino da Mugello: Dynus Muscellani, *Commentarii in regulas iuris pontificii*, Coloniae, 1617. O jurista perusiano Paolo Lancellotti (a quem retornaremos mais adiante, pois sua obra sobre as regras do direito difere totalmente do contexto tridentino) afirma que as regras de Bonifácio na realidade pertencem, salvo poucas exceções, ao direito civil: "Bonifacius Octavus in libro Sexti posuit sub dicto titulo Regulas octuaginta septem: quarum septem tantum sunt Canonistales, caeteraeque vero omnes sunt Civiles non modo argumento, verum etiam ad verbum plereque nec syllaba quidem mutata, ex libris Digestorum desumptae... Unde Ioannis Andreae excusandus veniat, qui Dynum iuris canonici ignarum fuisse asserat, quamquam vix videatur credibile Romanum Pontificem ad opus iuris canonici concinnandum eum delegasse, qui iuris ipsius canonici esset ignarus, certe ex Regulis ab illo collectis Ioannes Andreae verum dixisse videri potest" (P. Lancellotti, *Regularum ex universo pontificio iure excerptarum libri tres, tam ad Sacrae Theologiae, Iurisque canonici, quam ad bene, beateque vivendi scientiam comparandam valde accomodati*, Perusiae, 1587, p. 274).

reito moderno, com a sua atenção voltada à questão do sujeito[85], e o quanto – o outro lado da mesma moeda – ele continuou a incorporar o problema do foro da consciência e do pecado dentro do universo jurídico. Essa literatura sobre as diferenças e as regras não parece deixar transparecer nem incertezas, nem discrepâncias em relação a um dualismo de fato, que se refere a duas autoridades diversas, com interpretações diversas, mas num único quadro cósmico e antropológico. No entanto, isso prepara a cisão posterior entre o foro da consciência e o foro canônico contencioso.

8. As diferenças entre o direito canônico e a teologia: *ius fori* e *ius poli*

Não existe uma literatura específica de tratados sobre as *differentiae* entre o direito canônico e a teologia, e o paralelo com o título da seção anterior deve, portanto, ser visto com reserva. Na verdade, não se trata de diferenças dentro de uma unidade de fundo cultural e disciplinar, mas de uma contraposição entre duas disciplinas, que já na segunda metade do século XIII também são completamente separadas na organização universitária em duas faculdades distintas. Mas talvez justamente por isso o problema se torne ainda mais interessante: creio que, do ponto de vista intelectual, o maior obstáculo à afirmação do direito da Igreja e, portanto, de certo modo, a maior defesa do *utrumque ius* seja oriunda do pensamento teológico. Os pontos de maior interesse na fronteira entre teologia e direito parecem-me ser três: o problema da natureza da Igreja, o problema da lei, o problema da graça e do pecado. Também nesse caso nos limitaremos a algu-

---

85. P. Landau, "Der Einfluss des kanonischen Rechts auf die europäische Rechtskultur", in *Europäische Rechts- und Verfassungsgeschichte. Ergebnisse und Perspektive der Forschung,* organizado por R. Schulze, Berlim, 1991, pp. 39-57. Ver também os ensaios contidos no volume: *Diritto canonico e comparazione,* organizado por R. Bertolino, S. Gherro e L. Musselli, Turim, 1992.

mas menções com base na imensa literatura existente, tentando não perder de vista as conseqüências sobre o problema do foro, ou melhor, tentando penetrar nos vários setores através das várias reflexões teológicas que são oferecidas ao cristão comum sobre o "juízo", na sua cotidiana peregrinação entre o tribunal de Deus, o tribunal da Igreja e o tribunal secular. Nesta seção, nossa atenção se fixará no primeiro período do grande pensamento escolástico, ou seja, entre a segunda metade do século XIII e o século XIV, quando essas reflexões, tentando compor as contradições contidas no projeto de justiça da Igreja, já mostram soluções diversas, que abrirão caminho para as divaricações posteriores a serem examinadas nos próximos capítulos.

No plano do pensamento eclesiológico, o conflito já nasce na metade do século XIII com a contenda que se abre entre os docentes pertencentes às ordens mendicantes e os mestres seculares da Universidade de Paris. Conforme escreveu Yves Congar num célebre ensaio[86], na doutrina das ordens mendicantes, a começar por São Boaventura e São Tomás, afirma-se uma nova visão da Igreja, inspirada no pensamento aristotélico sobre a sociedade (assim como a canonística havia se inspirado no direito romano), na concepção da Igreja como "corpo" unitário, como povo de extensão universal, em que o poder de jurisdição, como *potestas dicendi ius*, é separado e autônomo em relação ao poder sacramental da ordem e passa a ser exercido por delegação do papa; do mesmo modo como no cosmo físico, no moral só pode haver uma lei, um princípio único do qual os outros poderes derivam em linha estreitamente hierárquica, em sentido descendente, imitando a hierarquia celeste: já se trata da ideologia que mais tarde será expressa como magistério na bula *Unam sanctam*, de Bonifácio VIII, em 1302. Contra essas teses reagem os mestres seculares em aliança com os de-

---

86. Y.-M. Congar, "Aspects ecclésiologiques de la querelle entre mendiants et séculiers dans la seconde moitié du XIIIe siècle et le début du XIVe", in *Archives d'histoire doctrinale et littéraire du Moyen-Âge*, 36 (1961), pp. 35-151.

fensores da autonomia dos príncipes: o poder de jurisdição ainda se encontra vinculado, para os bispos e simples padres, à concessão por parte de Cristo do sacramento da ordem e da *cura animarum*. Conforme Congar intui na conclusão do seu ensaio, trata-se não apenas da defesa de uma ordem fixa e estabelecida, da tradição, contra as novidades introduzidas pelos teólogos, mas também de um primeiro germe do galicanismo. Isso se apresenta como doutrina e práxis simultaneamente: as Igrejas locais baseiam-se, sobretudo, no episcopado, no sacramento da ordem, e nelas o exercício da jurisdição é substancialmente deixado aos soberanos, como advogados ou tutores das Igrejas do seu território, ou aos tribunais episcopais enquanto delegados, de certo modo, pela sociedade, para resolver problemas disciplinares particulares. Na realidade, abre-se o caminho para uma concepção da Igreja, como se ela estivesse incorporada à sociedade, como se tivesse sido construída na sua base: a Igreja teorizada por Marsílio de Pádua e que no século seguinte, com o conciliarismo, produzirá o último esforço de composição das duas tensões contrastantes, com a projeção de uma única sede de assembléia do poder e do juízo, de um foro construído sobre a representação inferior e sobre a ciência universitária.

No que concerne ao pensamento escolástico sobre o direito, sobretudo de São Tomás de Aquino e Guilherme de Occam, encontramo-nos diante de uma vasta literatura[87], que viu nesses autores o início de todas as correntes que mais tarde se desenvolveram no Ocidente em várias direções. Graças ao realismo tomista, à visão aristotélica de uma ordem social paralela àquela do cosmo e do direito divino-

---

87. Para não preencher a página com indicações, remete-se à última grande tentativa de reconstrução: M. Bastit, *La pensée de la loi de Saint Thomas à Suarez*, Paris, 1990 (com bibliografia bastante ampla). Para Occam, ver a síntese de J. Miethke, "Zur Bedeutung von Ockhams politischer Philosophie für Zeitgenossen und Nachwelt", in *Die Gegenwart Ockhams*, organizado por W. Vossenkuhl e R. Schönberger, Stuttgart, 1990, pp. 305-24.

natural como lei suprema, numa hierarquia que vê as leis positivas como submetidas e condicionadas ao direito natural, foi fácil fazer de São Tomás de Aquino um precursor do sistema moderno do direito objetivo: muitas das suas páginas, em que o pensamento aristotélico e o recurso ao direito clássico são iluminados pela tradição cristã, pelo princípio da *epieikeia*, da eqüidade como face subjetiva-objetiva da justiça, devem realmente ser incluídas entre os vértices da reflexão sobre as raízes do direito[88]. As páginas de São Tomás de Aquino sobre a interpretação da lei "dulcore misericordiae temperata" nos reconduzem à definição anterior do cardeal ostiense[89], no esforço de determinar a maneira pela qual o núcleo central da atividade do jurista reproduz, no âmbito concreto dos limites humanos, o ideal divino da justiça. Como não poderia deixar de ser, tais páginas são entusiasmadoras, e certamente seu conteúdo deixou uma grande marca na história do pensamento jurídico ocidental, que, todavia, está muito longe de resolver o problema efetivo da administração da justiça na realidade humana.

O pensamento de São Tomás de Aquino sobre a lei (nas questões 94-114 da *Ia IIae* da *Summa theologiae*) deve ser relacionado às afirmações, repetidas em tantas passagens das suas obras, sobre a justiça, nas suas várias articulações, como suprema virtude social e com a sua visão eclesiológica e sacramentária. Notou-se justamente que São Tomás de Aquino separa o discurso sobre o direito e sobre a lei daquele sobre a justiça como virtude (*IIa IIae*, questões 57-9): e isso é muito importante porque nos revela um pensador muito distante daqueles que serão os tratados dos séculos XVI-XVII "de iustitia et iure", nos quais serão propostas sínteses

---

88. Uma síntese recente em W. Bojarski, "Die epieikeia bei Thomas von Aquin", in *Estudios de historia del derecho europeo. Homenaje al p. G. Martínez Díez*, Madri, 1994, pp. 373-87.

89. P. G. Caron, "'Aequitas est iustitia dulcore misericordiae temperata' (Hostiensis, Summa aurea, lib. 5, tit. De dispensationibus n. 1)", in *Lex et iustitia*, cit., pp. 281-98.

de direito natural, positivo e moral[90], e também é claro que o seu conceito de lei natural é muito mais forte e real do que aquele que será próprio do mais tardo jusnaturalismo filosófico[91]. No entanto, creio que seja necessário acrescentar que não emerge no seu pensamento uma distinção real entre a Igreja e a cristandade, e isso coloca em discussão todas as interpretações e as instrumentalizações feitas a partir dele, tanto por parte dos neotomistas quanto por parte daqueles que quiseram fundar em São Tomás de Aquino a elaboração laica moderna da autonomia da lei[92]. Se uma lei humana vai contra o direito natural (e, portanto, também divino), ela perde todo o poder vinculador e deixa de ser lei: este é um princípio límpido, com o qual podemos nos entusiasmar, porém, mede-se com o tema da obediência à autoridade e com o do poder da Igreja e do pecado. Em última análise, essas reflexões levam a uma união entre a esfera da ética (esfera daquilo que é lícito ou não, daquilo que é pecado ou não, que, em última instância pode ser definido apenas pela Igreja) e a esfera do direito, união essa que tira toda a elasticidade da vida social, civil e eclesiástica, nas contradições da realidade cotidiana. Os juízes que administram a justiça, mesmo quando punem com a morte, separando com a força o membro pútrido da sociedade, são expressão da ordem e da providência divina[93]. Nesse quadro, o direito humano estatal e o canônico distinguem-se entre si apenas porque o

---

90. I. Mancini, *L'ethos dell'Occidente. Neoclassicismo etico, profezia cristiana, pensiero critico moderno*, Gênova, 1990, p. 301.
91. S. Cotta, *Il concetto di lege nella Summa Theologiae di S. Tommaso d'Aquino*, Turim, 1955.
92. M. Villey, "De la laïcité du droit selon Saint Thomas", in *Leçons d'histoire de la philosophie du droit*, Paris, 1962, pp. 203-19. Em sentido justamente crítico: C. Leonardi, "Diritto comune e Bibbia", in *Il diritto comune e la tradizione giuridica europea*, cit., pp. 121-40.
93. Thomas Aquinas, *Summa contra gentiles*, liber III, cap. 146: "Adhuc homines qui in terris super alios constituuntur, sunt quasi divinae providentiae executores: Deus enim, per suae providentiae ordinem, per superiora inferiora exequitur…"

primeiro é emanado dos príncipes seculares, e o segundo, dos prelados eclesiásticos, mas isso está em contradição com a sua visão da Igreja, com o poder da Igreja de julgar no foro judiciário penitencial a graça e o pecado[94]. A meu ver, é diante dessa contradição que São Tomás de Aquino se detém e, com ele, o diálogo entre a teologia e o direito: a famosa invectiva contra os canonistas decretalistas, contida no capítulo 3 do terceiro livro da *Monarchia*, de Dante Alighieri, que também havia colocado Graciano na sua *Divina Commedia* entre os grandes teólogos, representa a consciência intelectual no mais elevado nível dessa ruptura: não se censurarão mais os canonistas e os decretalistas enquanto influenciados pelo direito civil e secular, mas como portadores de um direito positivo separado das verdadeiras fontes da Sagrada Escritura e da tradição[95].

9. A lei como problema

A tentativa de encontrar soluções alternativas, de sanar as contradições existentes levam Guilherme de Occam a separar a realidade humana da ordem divina, chegando a distinguir no próprio Deus uma *potestas ordinata*, em que o direito divino e o direito natural coincidem (nas regras que Deus quis dar ao mundo), e uma *potestas absoluta* fora da ordem estabelecida das coisas: nessa distinção, no nominalismo de Occam, foram descobertos traços genéticos – dos quais muitos filósofos do direito se dizem seguros –, que levam ao moderno positivismo jurídico. Aqui interessa-nos

---

94. Ibidem, liber IV, cap. 71: "Oportet igitur ministrum cui fit confessio, iudiciariam potestatem habere vice Christi, qui constitutus est iudex vivorum et mortuorum. Ad iudiciariam autem potestatem duo requiruntur: scilicet auctoritas cognoscendi de culpa, et potestas absolvendi vel condemnandi et haec duo dicuntur duae claves ecclesiae…"
95. M. Maccarrone, "Teologia e diritto canonico nella 'Monarchia', III, 3", in *Rivista di storia della Chiesa in Italia*, 5 (1951), pp. 7-42.

defender a tese de que, com Occam, se rejeita a solução tomista, que no fundo aceitava um direito da Igreja como direito de Deus, e retorna-se à separação entre um direito de Deus, insondável, e um direito do homem, artificial, igualmente misterioso e coincidente com o poder político. Para Occam, o *ius poli*, o direito de Deus, que transcende toda realidade criada, divide-se, de certo modo, em dois: segundo a potência ordenada de Deus, fixa um certo número de regras para o governo do cosmo, da sociedade e da Igreja, mas, segundo a potestade absoluta, foge a toda organização racional possível; a identidade entre o direito divino e o natural se fragmenta: eis a importância que ele dá ao *ius fori*, ao direito da cidade (por sua natureza pactual e, portanto, *contentiosum et litigiosum*), que tem origem na vontade humana, nas instituições, no poder, e que se concretiza no direito positivo. Isso permite a Occam desqualificar a autoridade dos canonistas romanos em favor de teólogos, de um lado, e do direito secular, de outro, abrindo a atividade jurisdicional do Estado a todas aquelas matérias, como a matrimonial, que anteriormente tinham sido consideradas como reserva absoluta do direito da Igreja[96]. Por essa razão, não é de admirar que essas doutrinas de Occam fossem desenvolvidas particularmente nas suas obras políticas: ele abre intencionalmente a porta ao desenvolvimento do direito público e da doutrina moderna do reconhecimento dos direitos subjetivos[97]. Mas parece ter sido demonstrado suficientemente que

---

96. Bastit, *La pensée de la loi*, cit., pp. 250-67.
97. Para a polêmica entre Michel Villey, que considera Occam o inventor dos direitos subjetivos, e Brian Tierney, para quem as raízes dos direitos subjetivos estão fundadas no terreno da canonística anterior, ver P. Landau, *Officium und libertas christiana*, Munique, 1991, pp. 61-2. Sobre o problema tratado, ver também L. Parisoli, "Come affiorò il concetto di diritto soggettivo inalienabile nella riflessione francescana sulla porvertà, sino ai fraticelli 'De opinione' e Giovanni XXII", in *Materiali per una storia della cultura giuridica*, 28 (1998), pp. 93-137, em que apresenta uma esplêndida definição de Occam (p. 133): "ius poli non est aliud quam potestas conformis rationi rectae absque pactione. Ius fori est potestas ex pactione". Como se pode entender com base no que venho dizendo até o presente momento, minha opinião é de que Oc-

Occam não usa a distinção entre uma *potentia Dei absoluta* e uma *potentia Dei ordinata* para combater a hierocracia papal, argumento a que recorrem, porém, os próprios defensores do poder absoluto dos pontífices: o que lhe importa é a distinção entre o poder espiritual e o poder temporal, entre a lei divina e a humana[98].

No que concerne ao pecado e à graça, São Tomás de Aquino elabora uma síntese que tem seu fundamento no tratado sobre as virtudes como ponto de ligação entre a ética e o direito. Não por acaso, na *Summa theologiae*, o tratado sobre as leis segue as questões dedicadas às virtudes, aos vícios e ao pecado. A justiça não é apenas a representação de uma ordem objetiva, correspondente ao direito natural; é também a principal das virtudes humanas ou "cardeais". Sendo assim, o pecado representa não apenas a rejeição da graça divina, mas também uma tríplice violação da ordem universal contra a razão, a lei humana e a divina[99]: por isso, a culpa e a pena devem ser consideradas distintas, e a remissão da culpa interior não pode significar que seja cancelado o *reatus poenae*, a infração como dívida pela tríplice ofensa feita, da qual deriva a pena temporal[100]. A lei huma-

---

cam representa um salto de qualidade tanto em relação ao pensamento jurídico quanto em relação ao pensamento teológico anterior, para além das assonâncias verbais, com uma ruptura que se abre com vistas ao futuro, embora eu não creia que se possa falar ainda de direitos subjetivos para o caráter objetivo do *ius poli* como direito natural racional: o cerne do problema reside, porém, nas contradições que haviam surgido concretamente na sociedade e na Igreja medievais.

98. E. Randi, "La vergine e il papa. 'Potentia Dei absoluta' e 'Plenitudo potestatis' papale nel XIV secolo", in *History of Political Thought*, 5 (1984), pp. 425-45.

99. Thomas Aquinas, *Summa theologiae. Ia IIae*, q. 86, art. 1 (ed. Marietti, Turim, 1963, pp. 393 ss.): "Quilibet autem horum ordinum per peccatum pervertitur: dum ille qui peccat, agit et contra rationem, et contra legem humanam, et contra legem divinam. Unde triplicem poenam incurrit: unam quidem a se ipso, quae est conscientiae remorsus, aliam vero ab homine, tertiam vero a Deo."

100. Ibidem, *Ia IIae*, q. 87, art. 6. Ele retorna a esse tema quando trata do sacramento da confissão como ato judicial. Thomas Aquinas, *Summa theolo-*

na justa tem o poder de obrigar o homem *in foro conscientiae*, a menos que não seja injusta contra o bem divino ou o bem humano: se for injusta contra Deus, nunca deverá ser obedecida; se for injusta contra o homem, não obriga em consciência, mas, em geral, deve ser obedecida para evitar maiores males e perturbações para a república[101]. A distinção entre a ordem ética (os preceitos: *moralia*) e a ordem jurídica (que deve não apenas resolver os litígios, mas também governar o povo) deriva do fato de que as normas éticas provêm exclusivamente da razão, enquanto as normas jurídicas, da razão e da instituição, do poder[102]. Com isso, São Tomás de Aquino justifica teoricamente a justiça da Igreja como a única justiça que pode compreender os dois foros, seja o divino, seja o humano, mas deixa aberta a contradição latente entre o plano da consciência e o plano da lei. O seu pensa-

---

giae, III, q. 86, art. 4: "Inordinatio culpae non reducitur ad ordinem iustitiae nisi per poenam... Quando igitur per gratiam remittitur culpa, tollitur aversio animae a Deo, in quantum per gratiam anima Deo coniungitur. Unde et per consequens simul tollitur reatus poenae aeternae; potest tamen remanere reatus alicuius poenae temporalis..."
    101. Ibidem, *Ia IIae*, q. 96, art. 4: "Respondeo dicendum quod leges positae humanitus vel sunt iustae, vel iniustae. Si quidem iustae sint, habent vim obligandi in foro conscientiae a lege aeterna, a qua derivantur... Iniustae autem sunt leges dupliciter, uno modo per contrarietatem ad bonum humanum... unde tales leges non obligant in foro conscientiae: nisi forte propter vitandum scandalum vel turbationem propter quod etiam homo iuri suo debet cedere. Alio modo leges possunt esse iniustae per contrarietatem ad bonum divinum... et tales leges nullo modo licet observare... Ad tertium dicendum quod ratio illa procedit de lege quae infert gravamen iniustum subditis: ad quod etiam ordo potestatis divinitus concessus non se extendit. Unde nec talibus homo obligatur ut obediat legi, si sine scandalo vel maiori detrimento resistere possit."
    102. Ibidem, *Ia IIae*, q. 104, art. 1: "Respondeo dicendum est quod, sicut ex supradictis patet, praeceptorum cuiuscumque legis quaedam habent vim obligandi ex ipso dictamine rationis, quia naturalis ratio dictat hoc esse debitum fieri et vitari. Et huiusmodi praecepta dicuntur moralia... Si autem in his qui pertinent ad ordinationem hominum ad invicem talia dicentur praecepta iudicialia. In duobus ergo consistit ratio iudicialium praeceptorum: scilicet ut pertineant ad ordinationem hominum ad invicem; et ut non habeant vim obligandi ex sola ratione, sed ex institutione."

mento representa um modelo teórico, em que tudo procede bem, tudo coincide se não há conflitos: se estes explodem, falta a possibilidade de uma solução. A posição de Occam é bem diferente: ele reconhece o conflito entre o plano divino e o humano na realidade concreta da sociedade e da Igreja; portanto, se a ordem da graça e a ordem da pena são completamente separadas, a pena (bastante diferente da penitência interior, que certamente também pode ser expressa em atos exteriores) é algo que pertence inteiramente à ordem mundana, se quisermos evitar os contrastes.

Embora se trate apenas de algumas alusões, gostaria que me fossem permitidas algumas considerações ulteriores. A esquematização das escolas filosóficas entre o modelo aristotélico-tomista-realista (*universalia in rebus*) e o modelo nominalista-franciscano (*universalia post res*), a classificação dos pensadores entre a *via antiqua* e a *via moderna* não é de muita utilidade em relação ao problema da justiça: não se pode separar o problema do direito natural e da lei, enquanto reflexão teórica, da consideração das idéias concretas sobre a Igreja e a sociedade, como muitas vezes fazem os filósofos do direito e os historiadores das doutrinas. Não se pode sobrepor um problema a outros (o tema da eclesiologia ao da lei natural-divina e vice-versa, o tema da graça e do pecado ao do exercício da jurisdição eclesiástica): todas essas perspectivas devem ser vistas integralmente no contexto histórico, em relação ao período e à sociedade em que foram elaboradas e em relação à problemática do poder e da administração da justiça. O significado mais profundo desse debate não está na solução do problema, pois nem os tomistas, nem os nominalistas chegam à elaboração de uma concepção sistemática da lei: é justamente graças à tomada de consciência da ruptura – e, em substância, da impossibilidade de uma solução – entre a lei de Deus e a justiça terrena que se recusa uma união em sentido fundamentalista entre o direito divino, a justiça de Deus, a justiça da Igreja e a justiça dos homens e se abre caminho para o moderno. Mantém-se o dualismo ínsito na tradição do cristianismo ocidental, embora, sob o impulso contraposto da hierocracia papal e da qualidade de Estado emergente, ele se desloque do pluralismo dos ordenamentos contrapostos ao dualismo moderno entre a consciência e a lei. Justamente por essa sua imersão nos problemas temporais – e não por uma capacidade abstrata de predispor o futuro – pensadores como Marsílio de Pádua e Guilherme de Occam exerceram uma influência particular no debate que se abre nos séculos posteriores na consciência européia, no cansativo caminho em direção ao nascimento dos direitos naturais subjetivos. É nessa tensão que se envolve o pensamento filosófico e o jurídico, os canonistas e os teólogos, é nesse conflito ainda não resolvido que se abre caminho em direção ao constitucionalismo moderno ao longo das duas diretrizes do poder absoluto do príncipe e da teoria do contrato e da representação[103]. Não será possível discutir aqui o problema geral da relação entre a concepção medieval do direito natural e a idéia moderna dos direitos naturais subjetivos, no entanto, em relação à literatura mais recente e sobretudo em relação às obras fundamentais de Brian Tierney – às quais a referência é obrigatória como ponto de partida para qualquer discussão –, gostaria apenas de reforçar dois aspectos. O primeiro, de caráter metodológico geral, refere-se à seguinte questão: como não é possível separar a história do pensamento da história da evolução concreta dos institutos e dos

---

103. São fundamentais a esse respeito as obras de B. Tierney, desde o clássico *Foundations of the Conciliar Theory. The Contribution of the Medieval Canonists from Gratian to Great Schism*, Cambridge, 1955 (reimpr. 1968), até os inúmeros ensaios apresentados em *Church Law and Constitutional Thought in the Middle Age*, Londres, 1979; *Religion, Law and the Constitutional Thought, 1150-1650*, Cambridge, 1982; *The idea of Natural Rights. Studies on Natural Rights, Natural Law and Church Law, 1150-1625*, Atlanta, 1997. A meu ver, a melhor e mais recente síntese é a de J. Miethke, "Die Anfänge des säkularisierten Staates in der politischen Theorie des späteren Mittelalter", in *Entstehen und Wandel verfassungsrechtlichen Denken*, Berlim, 1996, pp. 7-43 (com referência à vasta literatura anterior). Ver também K. Pennington, *The Prince and the Law, 1200-1600. Sovereignty and Rights in the Western Legal Tradition*, Berkeley, 1993.

ordenamentos da *societas christiana* no seu conjunto, os conceitos e as palavras usados em sentido teórico dentro de um desses ordenamentos não podem ser referidos a outro dos ordenamentos concorrentes ou extrapolados do contexto eclesiológico concreto. Sendo assim, o problema não é – pelo menos no que diz respeito a esta pesquisa – o da homogeneidade entre o conceito de *ius*, de direito, próprio dos teólogos e dos canonistas medievais e a idéia moderna dos direitos naturais (e, por conseguinte, de afirmar a influência do primeiro sobre a segunda), mas de compreender a presença simultânea, na própria Idade Média, de uma multiplicidade de ordenamentos que convivem entre si, ordenamentos em relação aos quais conceitos e palavras assumem significados diferentes nas diversas fases históricas. O próprio pluralismo dos ordenamentos e dos foros é a base de partida, a condição e o *humus* no qual podem se desenvolver as teorias e as práxis constitucionais sem necessidade de descobrir ou inventar precursores. O segundo aspecto é que, nos debates do século XIV, não se trata da projeção de um Estado desvinculado da realidade eclesiástica: trata-se, certamente, da busca por uma fundação autônoma da ordem política, do Estado, mas nessa busca os elementos de osmose entre uma e outra ordem, entre o caráter sagrado e a justificação racional do poder ainda são dominantes e permanecerão como tais mesmo nos séculos posteriores. Por um lado, não temos ainda o direito positivo (as leis escritas e o costume) como *ius fori* e, por outro, o direito natural-racional-divino (*natura id est Deus*) como *ius poli*, mas uma situação muito mais complexa, em que a Igreja reivindica, de certo modo, uma ambivalência entre os dois direitos com o próprio foro, aliás, o poder secular tende a englobar, e não a negar, a esfera penitencial. Para Occam, o foro espiritual, com o relativo poder das "chaves", delegado por Cristo aos apóstolos e aos sucessores destes, diz respeito apenas à esfera interna da consciência, enquanto o foro da Igreja, contencioso ou público, refere-se, como o próprio direito canônico, à esfera civil e política.

Tampouco se pretende entrar na análise da grande controvérsia que se abre em campo doutrinal com Marsílio de Pádua sobre a relação entre poder secular e poder espiritual, sobre a relação entre a lei natural e a lei positiva e, dentro desta, entre a lei canônica e a lei secular, mas mencionar apenas o fato de que essa discussão tem um efeito lancinante justamente sobre o problema concreto do foro, da relação entre o perdão do pecado e o castigo do delito[104]. Occam tenta, ainda, dividir o foro da penitência como tribunal sobre as consciências, superior a qualquer justiça terrena, do foro eclesiástico contencioso ou público, que deve ser submetido às autoridades seculares[105]. Com Marsílio, parece-me que se dá outro passo adiante, colocando em discussão a própria administração dos sacramentos, sobretudo o da penitência, como fulcro do poder sacerdotal: por conseguinte, ele diminui o valor jurídico da confissão[106], mas, ao mesmo tempo, tende a exaltar sua importância política como instrumento pelo qual o soberano consegue penetrar na consciência dos súditos com a ameaça da condenação eterna[107]. Para os defensores das duas teorias opostas, a obediência à lei positiva humana, canônica ou secular, a partir dos dois pontos de

---

104. M. Löffelberger, *Marsilius von Padua. Das Verhältnis zwischen Kirche und Staat im "Defensor pacis"*, Berlim, 1992 (com excelente síntese do pensamento posterior até Lutero); C. Dolcini, *Introduzione a Marsilio da Padova*, Roma – Bari, 1999. Não obstante os estudos específicos tenham se multiplicado, creio que ainda seja fascinante o quadro geral, atualmente considerado clássico, de G. de Lagarde, *La naissance de l'esprit laïque au déclin du moyen âge*: II, *Secteur sociale de la scolastique*; III, *Le "Defensor pacis"*; IV, *Guillaume d'Ockham: défense de l'Empire*; V, *Guillaume d'Ockham: critique des structures ecclésiales*, Louvain – Paris, respectivamente 1958, 1970, 1962 e 1963 (2.ª ed.).
105. "Ista vero potestas quae spiritualis est et ordinata ad vitam consequendam aeternam multo perfectior est illa iurisdictione temporali coactiva regum et principum quae principaliter instituta est ad temporalia dispensanda", cit. in Lagarde, *La naissance de l'esprit laïque*, cit., V, p. 211.
106. M. Löffelberger, *Marsilius von Padua*, cit., pp. 186-95.
107. "Ut ex hoc peccatores in hoc mundo terreantur et a sceleribus et criminibus revocentur ad penitenciam, ad quod exigitur et valet multum officium sacerdotum", com outras citações interessantes em Lagarde, *La naissance de l'esprit laïque*, cit., III, pp. 193-208.

vista, é parte integrante da obediência à vontade divina: o problema é apenas o do foro (e, portanto, do poder), junto ao qual o cristão é chamado a responder pelos próprios atos: com o terror da pena eterna ou com a cominação de uma pena terrena, uma complementar ou concorrente à outra. Para não nos estendermos demasiadamente, examinemos apenas, com fim exemplificativo, um célebre texto, conturbador e fascinante, escrito por volta de 1370 por sugestão de Carlos V da França, o *Somnium Viridarii* ou *Songe du Vergier*[108]. São as idéias elaboradas por Marsílio de Pádua no seu *Defensor pacis*, mas expressas aqui, de maneira trivial, na conversa entre um sacerdote e um soldado que discorrem sobre os grandes poderes deste mundo: muitas vezes, a discussão retorna à questão da penitência e da pena, unindo o problema concreto da relação entre o foro penitencial e o secular com os grandes temas da relação entre os dois poderes. O clérigo sustenta que se for negado à Igreja o poder de julgar *de peccato*, nega-se a penitência e a confissão e, portanto, os fundamentos da religião cristã; o soldado responde que o julgamento do justo e do injusto deve ser deixado à lei e aos tribunais seculares: se for deixado à Igreja, então seria melhor fechar os tribunais dos príncipes e deixar tudo à justiça da Igreja[109]. O sacramento da penitência, segundo o soldado, não pertence ao poder de jurisdição, mas apenas ao po-

---

108. *Somnium Viridarii*, organizado por M. Schnerb-Lièvre, Paris, 1993.
109. Ibidem, pp. 21-2 (Miles, cap. 14): "Nunc restat nobis ostendere quomodo vestra cognitio, domine Clerice, se debeat circa justum et injustum habere: nulli dubium quin justum et injustum, secundum leges humanas, que de talibus sapiunt, sit de temporalibus judicandis, secundum quas et sub quibus subjectis omnibus est vivendum. Manifestum est igitur illum debere secundum leges judicare, de justo et injusto cognoscere, cujus est leges condere et habere, interpretari, exponere et gravare, cum videbitur, et mollire... Sed non de justo et injusto, quia de hoc non habetis cognoscere aut manum ad hoc imponere, sed cum manifestum fuerit aut per sentenciam juris aut evidencia oculorum que nulla eget cognicione, tunc poterit ad vos ea materia et forma quibus dictum est pertinere. Similiter si propter peccati colliganciam vultis de talibus cognoscere, non restat nisi fores principum claudere, seculares leges et decreta principum silere et vestra sola resonare."

der de ordem, como a eucaristia: o sacerdote não possui um verdadeiro poder de jurisdição, mas pode apenas ser comparado, como "claviger celestis judicis", ao "claviger" do juiz terreno, ou seja, não ao juiz soberano em si, mas ao seu auxiliar[110]. Os pontífices construíram um sistema de direito com base no modelo das leis humanas, cometendo um verdadeiro "crimen laesae maiestatis"[111].

---

110. Ibidem, pp. 63-4 (Miles, cap. 56): "Rursum illa verba 'quodcumque ligaveris, et cetera' non intelliguntur de potestate jurisdictionis sed solum de potestate ordinis que maxime est finis alterius et principaliter Apostolis permissa, fundata super dignissimam potestatem que est conficere corpus Christi et confessiones penitencium audire... Verbum enim Domini dimittit peccata; sacerdos quidem ufficium suum exhibet, sed nullius potestatis jura exercet. Sacerdos enim est tamquam claviger celestis judicis et potest equiparari clavigero mundani judicis."

111. Ibidem, p. 101 (Miles, cap. 82): "Has siquidem ordinaciones non ausi fuerunt Romanorum episcopi cum suis cardinalibus vocare Leges, sed 'Decretales' appellarunt, quamvis eisdem homines ad penam obligare inendant pro statu presenti seculi, quemadmodum hec intendunt legislatores humani. Ab inicio vocabulo 'Legum' non audebant exprimere, formidantes resistenciam et correccionem legislatoris predicti, quoniam ex hoc in legislatores commiserunt crimen lese magestatis. Vocaverunt rursum a principio ordinaciones predictas 'Jura canonica' ut, ex vocabuli colore, quamvis impie appositi, magis haberentur auctentice et in majorem reverenciam et obedienciam. Sicut igitur si posteriores significationes plenitudinis potestatis de se predicant Romanorum pontifices, per has quamplurima in civili ordine monstruosa committunt contra Legem divinam paritere et humanam ac contra dictamen recte racionis."

Capítulo IV
O conflito entre lei e consciência

1. A ascensão da lei positiva

Se há um fenômeno que, nos séculos XIV e XVI, caracteriza a administração da justiça na sociedade européia em seu conjunto, creio que se possa dizer que consiste na afirmação gradual da norma positiva, escrita, por um lado, em relação ao direito divino-natural e, por outro, do direito consuetudinário-oral. Somente muito mais tarde será possível falar da norma positiva como monopólio estatal: esse fenômeno caracterizará a fase final do processo. Mas acredito que justamente a desatenção a essa evolução mais ampla e precedente de positivização da norma tenha conduzido a uma compreensão inadequada do próprio processo de construção do Estado moderno: parece-me que apenas nos últimos anos a pesquisa tenha dado passos decisivos[1]. Não se quer com isso diminuir a importância que assume, nesse período, a questão da soberania, da concentração do poder, na teoria política e na práxis. Não se trata de discutir sobre a precocidade e a efetividade da presença da nova soberania, mas de compreender que esse processo foi precedido e possibilitado por um processo que envolve a ascensão da nor-

---

1. *Legislation and Justice*, organizado por A. Padoa Schioppa (ensaios resultantes do grupo de trabalho especial da European Science Foundation), Oxford, 1997 (com bibliografia bastante ampla e atualizada); *Gesetz und Gesetzgebung im Europa der frühen Neuzeit*, organizado por B. Dölemeyer e D. Klipplel, Berlim, 1998.

ma escrita e ainda encontra muitos protagonistas: o direito romano na sua recepção nos vários países da Europa, o direito positivo canônico, o direito estatutário, não apenas em nível das autonomias citadinas, mas também associativo e corporativo em níveis inferiores. Da confluência dos ordenamentos precedentes, nasce lentamente aquele que foi definido como o *ius publicum* moderno, um direito que tem suas raízes no Estado e que provém do Estado, criando uma esfera pública em que mesmo os direitos privados e individuais são, de certo modo, circunscritos e regulados[2]. Resta, por certo, um forte pluralismo do ponto de vista das instituições por meio das quais o poder se exprime, mas o caminho parece substancialmente unitário, e sem ele seria difícil pensar no desenvolvimento da lei em sentido moderno. Naturalmente, os grandes "textos" permanecem e, antes, a passagem dos glosadores para os comentadores exalta o papel do *Corpus iuris civilis* como grande modelo, mas também como paradigma geral de um "texto" que se identifica com aquele da lei e do estatuto que, enquanto promulgados pela autoridade e escritos, adquirem a própria força cogente mesmo na sua forma historicizada e transitória. O próprio *Corpus iuris canonici* é praticamente concluído e, de certo modo, concebido como "texto" nos primórdios do século XIV: em seguida, serão justamente inseridas apenas algumas coleções "extravagantes", e os papas continuarão a legiferar normalmente, sem pensar numa inserção das suas constituições e dos seus decretos num corpo ou texto imóvel, cuja principal característica deveria ter sido, segundo o ideal de Graciano, a "concordia discordantium canonum". Não há necessidade de conciliar os diversos cânones ou as diversas leis, porque o comando da autoridade assume por si mesmo, no momento em que é promulgado, uma força coativa que o coloca na base do sistema da administração da justiça. Com efeito, não existe nenhuma distinção, mesmo no fracionamento da soberania, entre a função de legislador

---

2. D. Wyduckel, *Jus publicum. Grundlagen und Entwicklung des höffentlichen Rechts und der deutschen Staatsrechtswissenschaft*, Berlim, 1984.

e a de juiz: a autoridade consiste no poder de *ius dicere* ou diretamente, legiferando, ou mediante os próprios delegados na atividade efetiva do tribunal. Por isso, inicia-se o conflito entre a consciência e a lei.

Anteriormente, à inserção do homem no cosmo com as suas leis físicas correspondia também a inserção num cosmo moral e jurídico imóvel, representado pela lei natural-divina, da qual cada ordenamento só podia ser uma derivação ou um reflexo: o todo extremamente correspondente a uma terra imóvel em volta da qual giram o sol e os planetas. Ora, no universo jurídico, tudo está em movimento: é a terra do direito que se move, que não fica parada. Conforme já dito, passa-se gradualmente da ordem cósmica a uma ordem histórica, que tem no Estado soberano o seu protagonista e ordenador[3]. Resta certamente o direito natural-divino, mas, de certo modo, de físico ele se torna metafísico, externo ao mundo do direito concreto e móvel da lei. Obviamente, não nos cabe aqui iniciar um discurso sobre o fundamento social e antropológico dessa mudança, que de resto coincide com o caminho geral para a modernidade. Resta o fato de que as raízes podem ser encontradas, conforme mencionamos nos capítulos anteriores, na dessacralização do poder, originada com o conflito aberto pela reforma gregoriana: a concorrência entre as duas grandes instituições da cristandade abre caminho para uma concepção "revolucionária" do direito – segundo a acepção de Harold Berman –, no sentido de um direito que se move por si só e não fica imóvel no centro do universo. Nasce o indivíduo como que separado da cadeia dos seres na qual antes se encontrava inserido e, portanto, passa-se de uma concepção hierárquica e de castas da sociedade à concepção dinâmica que será característica da Idade Moderna, do *homo hierarchicus* ao *homo aequalis*[4].

---

3. S. L. Collins, *From Divine Cosmos to Sovereign State: an Intellectual History of Consciousness and the Idea of Order in Renaissance England*, Nova York, 1989.

4. L. Dumont, *Homo hierarchicus. Il sistema delle caste e le sue implicazioni*, Milão, 1991 (orig. Paris, 1978); id., *Homo aequalis, 1: Genesi e trionfo dell'ideologia economica*, Milão, 1984 (orig. Paris, 1977).

A concepção dinâmica e positiva do direito precisará de séculos até ser realmente compreendida e traduzir-se em prática cotidiana na civilização industrial moderna e no sistema das codificações, assim como serão necessários séculos para que o indivíduo se liberte (ou o Estado moderno o "liberte") dos poderes e dos corpos intermediários, mas o processo já é visível nos séculos da tarda Idade Média. Com o pensamento jurídico do humanismo, temos entre os séculos XV e XVI uma primeira passagem do interesse precedente pela comparação e pela conciliação entre as normas dos vários sistemas, pelo esforço de fornecer à norma uma base histórico-filológica e uma reflexão teológico-filosófica capaz de fundá-la e sustentá-la na realidade concreta da sociedade: os protagonistas do humanismo jurídico seguem os novos rumos da filologia e da história justamente devido à crise do *Corpus iuris* como ordenamento vigente e se empenham de modo novo na história dos direitos nacionais[5]. É justamente esse esforço que também subjaz às lutas entre bartolistas e antibartolistas, entre *mos italicus* e *mos gallicus* pela busca de uma nova *methodus*[6]. Ao final desse percurso, na reflexão de Jean Bodin, o único verdadeiro direito – objeto da ciência jurídica – é o direito humano enquanto emanado do soberano ou por ele reconhecido, ainda que o direito natural permaneça como apelo supremo àqueles que definiremos na nossa linguagem atual como os "valores": o culto a Deus, a *pietas* pelo próximo, a necessidade de punir os celerados e princípios semelhantes[7]. Não se trata apenas

---

5. R. Orestano, "Diritto e storia nel pensiero giuridico del secolo XVI", in *La storia del diritto nel quadro delle scienze storiche*, Florença, 1966, pp. 389-415; E. Garin, *Leggi, diritto e storia nelle discussioni dei secoli XV e XVI, ibidem*, pp. 417-34.
6. D. Quaglioni, *Civilis sapientia. Dottrine giuridiche e dottrine politiche fra medioevo ed età moderna. Saggi per la storia del pensiero giuridico moderno*, Rimini, 1989; id., "Tra bartolisti e antibartolisti. L'umanesimo giuridico e la tradizione italiana nella 'Methodus' di Matteo Gribaldi Mofa (1541)", in *Studi di storia del diritto medioevale e moderno*, organizado por F. Liotta, Bolonha, 1999, pp. 185-212.
7. Ver sobretudo: J. Bodin, *Exposé du droit universel. Juris universi distributio*, com comentário de S. Goyard-Fabre, Paris, 1985 (da ed. latina, Coloniae, 1585). O ponto mais interessante nesse texto parece ser a separação do direi-

da autonomia da política em relação à ética teorizada por Nicolau Maquiavel: é o direito que passa a ser relativizado. Já antes de Bodin, o grande jurista galicano François Duaren, cujo pensamento teve uma grande influência também no mundo evangélico, teoriza que o soberano pode violar o direito "regnandi causa" e que a *pietas*, válida para todos os outros comportamentos humanos, permanece externa ao poder soberano[8].

Para ser mais claro, sem percorrer novamente a vastíssima literatura sobre a questão da recepção do direito escrito, romano e canônico nos vários países europeus, menciono uma passagem de direito comparado, fornecida por Enea Silvio Piccolomini, o futuro papa Pio II, então secretário junto ao concílio da Basiléia, nos anos 30 do século XV: na Basiléia não se administra a justiça conforme as leis escritas, como já ocorria na Itália, mas "diz-se" o direito na assembléia pública, seguindo o costume[9]. Esse exemplo nos ensina a diversidade nos lugares e nos tempos desse processo secular, mas também nos diz outras coisas. A polêmica dos humanistas contra os bartolistas e os comentadores do direito romano não constitui apenas um problema de estilo, contra os barbarismos e as excrescências tumorais das glosas, tampouco uma mera contenda entre as artes liberais pobres e a *civilis sapientia* que se enriquece (tanto na juris-

---

to natural da natureza enquanto ordenamento objetivo e físico do universo (p. 14): "Nonnulli liberorum procreationem juri naturali tribuunt: sed non magis ad jus pertinet, quam cibi ac libidinis appetitus, qui belluarum aeque ac hominum communis est: homini vero cum belluis nulla juris societas esse potest, et quia non sunt injuriarum, ita nec juris ullius participes esse possunt." Cf. D. Quaglioni, *I limiti della sovranità: il pensiero di Jean Bodin nella cultura politica e giuridica dell'età moderna*, Pádua, 1992.

8. F. Duarenus, *Omnia quae quidem hactenus extant opera*, 2 vol., Lugduni, 1578, II ("De Ecclesia, potestate ecclesiastica et civili, ac utriusque discrimine"), p. 496: "Si ius violandum est, regnandi causa violandum: aliis rebus pietatem colas."

9. G. Kisch, *Enea Silvio Piccolomini und die Jurisprudenz*, Basel, 1967, p. 28 (da primeira redação de 1434): "Hi habent in civitate locum, ubi examinandis consiliis iurique dicendo congregantur... Vivunt sine certa lege, consuetudine magis quam scripto iure utentes, sine iuris perito, sine notitia Romanorum legum... Rigidi tamen ac severi sunt amatoresque iustitiae..."

prudência como na medicina), elaborando os próprio *consilia* a serviço dos ricos e dos poderosos, mas também esconde uma tensão muito mais profunda[10]. Em primeiro lugar, os humanistas registram que o pensamento jurídico é retirado da lei escrita e dos seus comentários, ou seja, do próprio corpo do direito: não obstante a referência aos princípios do direito romano ou às sentenças dos Padres da Igreja ("quorum decreta ius faciunt"), no direito canônico, o justo torna-se injusto ou vice-versa com a mudança da lei escrita; a discussão sobre os princípios do direito tende, portanto, a transferir-se cada vez mais para o plano da filosofia moral, da ética e da teologia, e a vincular-se a Aristóteles, a Cícero, a São Tomás de Aquino[11]. Ainda não se trata de um transplante do direito natural do plano jurídico para o filosófico, transplante esse que amadurecerá no século XVII, mas, de certo modo, suas premissas passam a ser apresentadas: em todo caso, é nesse ponto que o pensamento político começa a separar-se do pensamento jurídico, e a reflexão sobre o comportamento moral começa a separar-se do direito canônico para confluir na teologia ou na filosofia[12]. Em segundo

---

10. Lembremos, sempre de Enea Silvio Piccolomini, os discursos pronunciados em 1444-1445 na Universidade de Viena em defesa das artes liberais contra os juristas, na esteira da polêmica iniciada por Lorenzo Valla: "Solus Iustinianus et Hippocrates marsupium implent... Non vitupero leges... sunt enim utiles, quae costringunt hominum vitas; et quia non potest quilibet esse philosophus, ut quid vitandum, quid sequendum sit, agnoscat, editae leges sunt et ante hominum oculos positae, tanquam cancelli quidam, ultra quos transgredi nullus audeat. Legibus tamen nemo perfectus fiet, nisi philosophiae studiis incubuerit, quia non possunt omnem casum complecti leges..." (da carta ao conselheiro imperial Wilhelm von Stein, 1.º de junho de 1444, ibidem, p. 114).

11. O próprio Enea Silvio: "Scientia vero iuris totiusque moralis philosophie minime hoc operatur; ergo virtus non est. Si non est virtus, neque prudentia est, quam constat esse virtutem... In iure civili non desunt inepcie, nam et eorum libri aiunt legem, quamquam duram, esse servandam. In iure pontificio dietim mutationes fiunt, ut sepe, quo iustum est hodie, cras fiat iniustum... Si quis igitur prudenter vivere vult, eum plura oportet scire, quam libris huiusmodi contineatur... Aliud igitur est prudentia et aliud rursus moralis scientia" (in G. Kisch, *Enea Silvio*, cit., pp. 51-2).

12. W. Kölmel, "Von Ockham zu Gabriel Biel. Zur Naturrechtslehre des 14. Und 15. Jahrhunderts", in *Franziskanische Studien*, 37 (1955), pp. 218-59.

lugar, o direito concreto mostra-se válido e aplicável apenas no interior das novas monarquias, dos novos principados, nos quais não se verifica o próprio princípio da universalidade do direito: "mutae sunt leges ubi loquuntur reges", segundo uma genial definição de Enea Silvio Piccolomini[13]. A administração da justiça vincula-se indissoluvelmente ao poder (eis a razão da retomada da famosa definição de Ulpiano, "quod principi placuit, legis habet vigorem": não é necessário esperar a teorização de Maquiavel), e a *epieikeia* como poder interpretativo da lei por parte do juiz é cada vez menos uma referência a um direito não escrito, mas superior ao direito escrito, ou a uma *equitas*, que é a alma do direito canônico, e cada vez mais *interpretatio legis*, referência a uma moderação na interpretação da lei, a uma mitigação do texto escrito da lei, que encontra o seu fundamento apenas no poder e na benevolência do príncipe[14]. As proibições dos so-

---

13. Num parecer de 1453, por ocasião da arbitragem na contenda entre a Ordem teutônica e os *Stände* prussianos: "Neque enim legibus aut canonibus inter populos potentes diffiniri lites solent; facile est ferre sententiam, exequi difficillimum...; occumbentes in iudicio vincunt in bello...; mute sunt leges, ubi loquuntur reges" (in G. Kisch, *Eneu Silvio*, cit., p. 32).
14. Na mesma carta de Enea Silvio a Wilhelm von Stein: "Ac praeterea, si quid egisse Caesarem audiunt, quod iuri scripto contrarietur, id irritum garriunt nulliusque esse momenti, quasi obnoxius sit princeps terminos curiae et stilum servare, ligatusque legibus sit, quod nec ipsae leges volunt, quae legis vigorem dicunt habere, quicquid principi placuit. Sed nesciunt hi stulti atque dementes, aequitatem plus in principe locum habere quam rigorem. Quod si non iuri scripto Caesar nonnunquam obtemperat, satis est, quia sequitur aequitatem apud philosophos late descriptam, quam nulli iuristae discernere possunt, nisi ad fontem veniant, ubi leges scaturiunt, imitenturque peritissimos illos iurisconsultos, quorum scripta et philosophiam et oratoriam redolent" (ibidem, p. 115). Sobre a evolução do conceito de *epieikeia* no pensamento humanístico posterior até Andrea Alciato, Erasmo e Ulrich Zasius, como poder arbitral de moderação ou comedimento necessário ao príncipe cristão na interpretação da lei escrita (e, portanto, não mais como referência à eqüidade como a um nível jurídico superior), v. G. Kisch, *Erasmus und die Jurisprudenz seiner Zeit. Studium zum humanistischen Rechtsdenken*, Basel, 1960, em que, no apêndice, é mencionada uma passagem significativa de Andrea Alciato (p. 517): "Sublato enim iure scripto quid aliud supererit, quam ut omnes pro stultitiae suae captu iudicent sententiasque in cuiusque gratiam vel odium arbitratu suo ferant universaque litium tricis involvant?"

beranos absolutos aos juízes de julgar além da lei escrita, segundo o princípio da eqüidade, dar-se-ão apenas alguns séculos mais tarde, mas o caminho já se mostra iniciado: o direito cessa de ser anterior ao Estado, e a lei não pode ser submetida a julgamento, mas deve ser aceita como emanação do legislador soberano[15].

O que se quis exprimir com essas citações do futuro papa Pio II não é o fato de que, no século XV, a referência, comum ao pensamento jurídico de todos os séculos anteriores, ao dualismo entre o direito natural-divino e o direito humano, entrou em crise: ao contrário, esse dualismo persiste e se aprofunda. Pretende-se simplesmente dizer que essa referência, nessa nova contingência histórica dominada pelo desenvolvimento do direito positivo escrito, torna-se lancinante para a consciência cristã e conduz a abordagens totalmente novas. Desse modo, ao referir-me novamente às teses de Walter Ullmann e de Brian Tierney sobre as origens medievais das teorias modernas dos direitos naturais, reafirmo minha opinião de que elas devem ser consideradas não apenas dentro de uma história das doutrinas (com a anotação das referências e das persistências ao longo dos séculos), mas também na sua inserção no tempo concreto: não basta afirmar simplesmente que os canonistas nunca deixaram de sustentar o princípio da referência última às verdades de fé, contidas na Sagrada Escritura, ou que o caminho dos direitos naturais no Ocidente parte muitos séculos antes, de Graciano, e não de Jean Gerson, dos primórdios do século XV[16]. Na

---

15. D. Quaglioni, "I limiti del principe 'legibus solutus' nel pensiero giuridico-politico della prima età moderna", in *Giustizia, potere e corpo sociale nella prima età moderna. Argomenti nella letteratura giuridico-politica*, organizado por A. De Benedictis e I. Mattozzi, Bolonha, 1994, pp. 55-71.

16. B. Tierney, "'Sola Scriptura' and the canonists", in *Church Law and Constitucional Thought in the Middle Ages*, Londres, 1979, n. V.; id., "'Divided Sovereignty' at Constance: a Problem of Medieval and Early Modern Political Theory", ibidem, n. XIII (em relação ao volume de J. N. Figgis, *Studies of Political Thought from Gerson to Grotius*, 1414-1625, Cambridge, 1923, 2.ª ed.), p. 256: "Figgis called his pioneering book *From Gerson to Grotius*. To understand

realidade, a crise da relação entre a norma positiva e a referência ao direito natural-divino assume um significado novo e penoso justamente na crise que a cristandade atravessa nesse período. Sendo assim, antes de percorrer novamente as etapas dessa discussão, é oportuno, pelo menos, aludir ao problema efetivo da administração da justiça no âmbito da Igreja e da sociedade civil.

2. O soberano pontífice: legislador e juiz

Nesse caminho em direção a uma nova justiça, o papado romano é certamente o protótipo que serve às novas monarquias e aos novos principados para a elaboração da nova teoria e da nova práxis, não apenas do ponto de vista técnico processual, mas também daquele da evolução mais profunda: do foro entendido no seu significado mais amplo, enquanto local e poder do julgamento sobre a conduta humana. Muito se escreveu sobre o tormento constitucional que a Igreja enfrenta nesse período terminal da Idade Média, desde a transferência da sede do papado para Avignon, sob a tutela do rei da França, até o grande cisma do Ocidente: os grandes concílios de Constança e de Basiléia, com a obtenção de um acordo entre as instâncias centrífugas e a reforma em sentido representativo do papado, parecem ter encontrado uma solução, mas esta não irá durar; na metade do século XV, delineia-se o novo pacto e o equilíbrio de poder entre o papa e as novas monarquias, que, por sua vez, serão destinados a gerar e a reger as Igrejas territoriais na

---

fully the growth of Western constitutional thought we shall eventually need a broader study. Perhaps it should be called *From Gratian to Grotius*" ["Figgis intitula seu livro pioneiro *De Gerson a Grócio*. Para entender por completo o crescimento do pensamento constitucional ocidental, eventualmente precisaremos de um estudo mais amplo. Talvez a obra devesse ser intitulada *De Graciano a Grócio*"]. Ver as perspicazes observações de C. J. Nederman, "Conciliarism and Constitutionalism: Jean Gerson and the Medieval Political Thought", in *History of European Ideas*, 12 (1990), pp. 189-209.

Idade Moderna[17]. Brian Tierney e os seus discípulos trataram de modo magistral a relação entre o grande pensamento da idade conciliar, na discussão sobre os limites da autoridade pontifícia, sobre o poder de representação, sobre a colegialidade e sobre a Igreja como "corporação", grandes temas que, nos séculos posteriores, estarão no centro da construção constitucional do Ocidente[18]. Outros estudaram o nascimento da nova figura do soberano pontífice como príncipe e como pastor, figura que, na aliança com os príncipes (que constitui o instrumento para superar os impulsos centrífugos das Igrejas locais e aqueles democrático-representativos inferiores), afirma-se, a partir da metade do século XV, na sua dupla personalidade de Jano bifronte (poder para obrigar e autoridade para educar), proclamando a nova política da Idade Moderna: não apenas a administração da justiça no sentido tradicional do poder, mas vontade de "formar" o novo indivíduo – separando-o da cadeia dos organismos e dos corpos sociais intermediários – como molécula do corpo social moderno[19]. Uma vez que já conhecemos esses grandes panoramas da história do direito e das instituições eclesiásticas, digamos apenas que se discutiu com eficácia um "solstício" de 1440[20] para indicar a passagem da longa crise e estagnação do direito canônico, que se prolongava desde a metade do século XIV até os albores do novo ordenamento pontifício: a antiga legislação das grandes coleções

---

17. Para um quadro geral, ver P. Ourliac e H. Gilles, "La période postclassique (1378-1500)", in *Histoire du droit et des institutions*, cit., vol. XIII.

18. B. Tierney, *Foundation of the Conciliar Theory. The Contribution of the Medieval Canonists from Gratian to the Great Schisme*, Cambridge, 1955; id., *Religion, Law and the Growth of Constitutional Thought, 1150-1650*, Cambridge, 1982 (além de dezenas de estudos menores); A. Black, *Monarchy and Community. Political Ideas in the Later Conciliar Controversy, 1430-1450*, Cambridge, 1970.

19. P. Prodi, *Il sovrano pontefice. Un corpo e due anime*, cit.; *État et Église dans la genèse de l'État moderne*, organizado por J. Ph. Genet e B. Vincent, Madri, 1986.

20. P. Ourliac, *Les sources du droit canonique au XVe siècle: le solstice de 1440*, atualmente em *Études d'histoire du droit médiéval*, Paris, 1979, pp. 361-74.

canônicas exauriu-se; o papa surge no concílio de Florença definido pela nova assembléia, que deveria ter conduzido à reunião com o cristianismo oriental, como "omnium christianorum pater et doctor", ou seja, como legislador e juiz universal[21].

Nesse novo quadro surgem alguns elementos interessantes para a história da justiça. O papa deve ceder às novas monarquias e aos principados uma parte dos poderes de governo e de disciplina sobre a Igreja: sobretudo, aumentam as prerrogativas dos príncipes nas nomeações aos altos cargos eclesiásticos, introduz-se a necessidade da aprovação régia para a proclamação do direito papal dentro do reino (*placet*, *exequatur* e apelo por abuso), limitam-se as imunidades pessoais e fiscais do clero: são direitos que, no início, são arrancados com a violenta proclamação unilateral por parte dos soberanos (do rei da França na Pragmática sanção de Bruges, de 1437, inspirada pelos decretos de Basiléia) e que depois serão objeto, nas décadas e nos séculos posteriores, das negociações de acordo entre o papado e cada Estado. Nesse caso, interessa-nos notar que, já a partir daquela época, nasce um direito eclesiástico ou uma disciplina eclesiástica que não coincide mais com o direito canônico tradicional: nos locais onde o papa puder exercer o seu poder, este tenderá a coincidir com o direito canônico (pelo menos até a ruptura que se verificará com a aplicação dos decretos tridentinos), mas em muitos territórios europeus tende a assumir já a forma, ainda que não o nome, de um direito "eclesiástico", ou seja, de um direito estatal em matéria religiosa. É esse novo direito, misto de eclesiástico e canônico, que pouco a pouco suplanta os costumes locais: por baixo das

---

21. P. Ourliac (ibidem, p. 363) nota que a expressão específica "iudex supremus" foi acrescentada por Pio VI num breve de 1786: creio que possa ser interessante ressaltar que essa especificação surge após o nascimento da teoria da divisão dos poderes dentro do estado de direito moderno: no concílio de Florença, não podia haver dúvidas de que na definição não estivesse compreendido o poder supremo de administração da justiça.

tensões entre os dois foros, eclesiástico e civil, concretiza-se, com a colaboração de ambos, uma grande transformação, que reduz a importância do costume ao papel marginal pouco mais que cerimonial. Outro fato importante (embora pareça uma inovação puramente técnica) é que, na metade do século XV, surge o "breve" papal como ato misto, legislativo-administrativo cotidiano, enquanto o antigo documento legislativo por excelência, a "bula", tende a se tornar um documento solene, reservado a certos campos tradicionais de intervenção. O rescrito papal é válido somente para o caso específico para o qual foi emitido, mas assume um valor universal, uma vez que o papa é legislador e juiz ao mesmo tempo; pode ser modificado a qualquer momento segundo a vontade do papa, superando, assim, o debate tradicional sobre o poder de interpretar a lei e de conceder a dispensa, pois o papa pode, com um simples ato, modificar todo cânone precedente (com a única exceção das verdades de fé); sua autoridade não depende da inserção em coleções canônicas, tampouco da promulgação mediante o envio às universidades (como no período anterior), pois é suficiente a publicação em Roma, junto à cúria, para assegurar sua validade em toda a cristandade[22].

Nessa passagem, o problema central é a relação entre o foro interno e o externo. Na medida em que a jurisdição sobre o foro externo tende a escapar ao poder da Igreja para se aglomerar em torno dos novos poderes políticos emergentes, o soberano pontífice tende a absorver, no foro interno, o maior número das questões jurídicas que antes eram administradas pela Igreja no foro externo, contencioso e não contencioso e nos tribunais eclesiásticos. Eis a razão para a função de primeiro plano que assume, nesse período, a instituição da Penitenciaria apostólica: nascida anteriormente, no século XIII, como já visto, para administrar a justiça da Igreja, tanto no foro externo quanto no interno, sua impor-

---

22. P. Ourliac e H. Gilles, *La période post-classique (1378-1500)*, vol. XIII da *Histoire du droit et des institutions*, cit., pp. 67-73.

tância aumenta nesse período na medida em que aumentam as tensões entre o foro secular e o eclesiástico, tornando-se o principal instrumento do papado para, de certo modo, transplantar grande parte da disciplina da Igreja do foro externo ao foro interno. As reformas da Penitenciaria, efetuadas no século XV por Eugênio IV (com a bula *In apostolicae*, de 1435), até a bula de Sisto IV (*Quondam nonnulli*, de 1484), são o testemunho da nova importância que assume a Penitenciaria como órgão fundamental da cúria romana após a restauração papal. Não é por acaso que seja o próprio pontífice Sisto IV, no mesmo período, a ampliar de maneira desmesurada as faculdades e isenções das ordens mendicantes (na mencionada bula, conforme se aludiu quanto às suas extraordinárias concessões *Mare Magnum*). Existe não apenas a inegável tendência à centralização, com o ulterior esvaziamento da autoridade dos bispos como ordinários diocesanos e dos seus tribunais, mas também uma transferência de competências da periferia ao tribunal da Penitenciaria, mediante a atividade crescente das novas ordens religiosas na administração do sacramento da penitência: todos os caminhos levam realmente a Roma. A competência da Penitenciaria não se limita ao foro sacramental. Com a multiplicação dos casos, cuja absolvição é reservada ao papa, e com a concessão das indulgências, com a transferência de muitas matérias da esfera disciplinar externa ao foro interno (por exemplo, em matéria matrimonial ou da disciplina dos religiosos), desenvolve-se a formação de um foro interno não-sacramental, desvinculado da penitência: não julgamentos sobre o pecado cometido, mas concessões de graças ou interpretações relativas ao futuro (por exemplo, a isenção dos impedimentos matrimoniais ou da observância das regras monásticas), foro que será teorizado mais tarde por Francisco Suárez. Na verdade, há uma total ausência da fronteira entre o foro da confissão e o foro disciplinar ou penal externo da Igreja. As tentativas feitas até a Reforma, e depois dela, para lutar contra os "abusos", que, desse modo, introduziam-se na vida cristã, limitam-se a intervir nas manifestações externas do mal (as taxas a serem pagas à Penitenciaria, as concessões escandalosas), para não falar da questão "constitucional" subjacente: por essa razão, o discurso sobre os abusos como causa da ruína da Igreja e da rebelião da Reforma torna-se cada vez mais mistificador ao final da Idade Média, na medida em que, na realidade, não se elimina essa contaminação dos foros. Nem mesmo a grande reforma da Penitenciaria de Pio V conseguirá esclarecer a questão entre os foros, pois isso teria subvertido todo o sistema disciplinar da Igreja. Mesmo outras instituições, fundamentais em certa época, perdem grande parte do seu poder, como a própria Inquisição, que no século XV se encontra em segundo plano em relação à Penitenciaria[23] e renascerá apenas no final do século, por iniciativa não do papado, mas dos "católicos" soberanos da Espanha (e isso deve ser lembrado quando se estuda a fundação posterior da Inquisição romana em 1542, por obra de Paulo III), como instrumento para a luta contra as minorias religiosas.

As pesquisas iniciadas sistematicamente nos últimos anos no arquivo da Penitenciaria por um numeroso grupo de estudiosos, dirigidos por Ludwig Schmugge, confirmam essa crescente importância daquela instituição como tribunal supremo da cristandade. Apenas o foro contencioso é deixado ao tribunal da Sagrada Rota, que também se desenvolve aos poucos nesse período: todo o resto, desde as dispensas relativas aos impedimentos matrimoniais e aos pecados que impedem a promoção às ordens sagradas (em primeiro lugar, o nascimento ilegítimo, *defectu natalium*), até a anulação ou comutação dos votos, a declaração de nulidade dos juramentos, a concessão de escolha do próprio confessor, a absolvição dos casos reservados (homicídios, roubos, saques, incêndios, furtos, abusos sexuais, sacrilégios, usura, simonia, violação do jejum e do celibato etc.), a concessão de

---

23. F. Tamburini, "Suppliche per i casi di magia dai registri della penitenzieria apostolica (secc. XV-XVI)", in *Rivista di storia e letteratura religiosa*, 31 (1995), pp. 473-90 (com referência a outros ensaios anteriores do mesmo autor).

indulgências, tudo está no poder da Penitenciaria[24]. Constrói-se nessas décadas, sobretudo durante o pontificado do próprio Pio II, conforme escrito eficazmente, um senhorio espiritual de novo tipo sobre a cristandade, uma "central da administração da consciência"[25]. Portanto, esse desenvolvimento da Penitenciaria não pode ser visto através do exame das súplicas somente como um conjunto de casos provocadores ou audazes sobre os quais se exerce uma historiografia, aliás atraente, que se compraz em narrá-los[26], mas deve ser considerado como administração da justiça na sua função constitucional em relação à Igreja e à sociedade.

Num plano mais genérico, o funcionamento da Penitenciaria e de todo o sistema que gira em torno dos casos reservados leva-nos a ressaltar que não é suficiente considerar a administração da penitência do ponto de vista da história social e da história das mentalidades, mas é necessário inseri-la no processo mais amplo de evolução da justiça, da mudança dos foros em que o homem é chamado a comparecer para justificar as próprias ações. Não se trata

---

24. L. Schmugge, P. Hersperger e B. Wiggenhauser, *Die Supplikenregister der päpstlichen Pönitentiarie aus der Zeit Pius' II (1458-1464)*, Tübingen, 1996.

25. Ibidem, p. 239: "Nicht zuletzt die Verwaltung des Gewissens bildete einen wesentlichen Teil der Herrschaft über die Christenheit. Auch die Pönitentiarie produzierte 'Herrschaft von geistlicher Dimension' (Arnold Esch) und bewährte sich in einer Zeit, in der die Gläubigen insbesondere im Deutschen Reich von einer tiefwurzelten, dingliche Frömmigkeit beseelt waren, gewissermassen als eine Zentrale der Verwaltung des Gewissens" ["Não menos importante era o fato de a administração da consciência formar uma parte essencial do senhorio sobre a cristandade. A Penitenciaria também produzia um 'senhorio de dimensão espiritual' (Arnold Esch) e se afirmava num período em que os fiéis, sobretudo no império alemão, encontravam-se tomados por uma devoção real e profundamente enraizada, de certo modo como uma central da administração da consciência"]. Do mesmo L. Schumugge: "Verwaltung des Gewissens. Beobachtungen zu den Registern der päpstlichen Pönitentiarie", in *Rivista internazionale di diritto comune*, 7 (1996), pp. 47-76; id., "Cleansing on Consciences: Some Observations Regardering the Fifteenth-Century Registers of the Papal Penitentiary", in *Viator*, 29 (1998), pp. 345-61.

26. F. Tamburini, *Santi e peccatori. Confessioni e suppliche dai registri della Penitenzieria dell'Archivio Segreto Vaticano (1451-1586)*, Milão, 1995.

apenas de administrar o "medo do Ocidente", segundo a bela expressão de Jean Delumeau, com a ameaça das penas a serem expiadas na vida além da morte, com a danação no fogo eterno ou com a ameaça talvez ainda mais envolvente, na vida do pobre cristão, das penas do purgatório: certamente, o medo constitui o instrumento fundamental de um ordenamento coativo, que deve ser visto em todas as suas dimensões. Trata-se da construção, com base nesse medo real, de um sistema de justiça que se torna concorrente daquele que os novos Estados seculares estão construindo e que deve ser visto em correlação com este. Sendo assim, é importante uma história institucional da penitência como estudo dessa metamorfose da justiça da Igreja na nova dimensão histórica: tentar ver o problema da penitência em relação à transformação mais geral que ocorre na administração da justiça, nas várias formas que o foro assume às vésperas da Idade Moderna. Podemos entrever o início de uma ruptura entre a concepção do pecado e a concepção da infração, até então distintas, mas estreitamente ligadas entre si. Porém, antes de discutir esses temas, é oportuno aludir ao desenvolvimento da justiça secular.

3. A justiça do príncipe

Costuma-se sintetizar o processo ocorrido entre os séculos XIV e XV como a passagem do *ius quia iustum* ao *ius quia iussum*: como todas as definições, esta também é um pouco simplificadora, mas creio que corresponda a uma visão trivial da justiça, não apenas em âmbito secular, mas também, conforme observamos, em campo eclesiástico. Essa mudança tem raízes complexas e distantes. Pode-se dizer, de modo mais geral, que ela se desenvolve com a mudança da concepção da relação entre pecado e poder, que ocorre por volta da metade do século XIII: na nova concepção positiva da política, que se introduz sobretudo com a difusão do pensamento aristotélico, o poder (*Herrschaft*) não é mais fruto do pecado, conseqüência do pecado original e da transgressão de Adão, mas serve como instrumento para dominar e derrotar o pecado como mal social[27]. Contudo, não é somente isso. Em primeiro lugar, tal fato permite a passagem da justificação do poder como instrumento para dominar o pecado à justificação do poder em função da utilidade pública, dos interesses públicos: o *bonum commune* torna-se a face positiva do exercício do poder. Em segundo lugar, nessa osmose que ocorre entre a Igreja e o Estado, a própria concepção da política se transforma: não mais apenas uma função externa, dirigida à tutela da sociedade contra o "mal" que a agride, mas uma função interna que tende a formar e a regular a pessoa, o indivíduo. É um processo que permanece latente por um longo período e que muitas vezes se manifesta apenas indiretamente, uma vez que o Estado, de maneira geral, age por meio dos aparatos eclesiásticos até a idade da secularização: a recepção do direito canônico no novo direito estatal é ao menos tão importante quanto aquela do direito romano. Mas ainda mais importante é o papel do direito canônico na libertação do indivíduo e na sua conseqüente passagem pelo controle do Estado, como eficazmente escreveu Gabriel Le Bras: "Mais claramente manifesta será a função do direito canônico na libertação do indivíduo e da sua conseqüente passagem pelo controle do Estado: a liberdade do matrimônio e a limitação do pátrio poder e do poder marital enfraquecem os poderes do chefe; a substituição com responsabilidade individual da soberania familiar e a condenação da vingança desmantelaram toda a potência do grupo doméstico. Deve-se observar em todo o Ocidente a passagem da autoridade – da família ao Estado –, que foi conseqüência das doutrinas canonistas sobre a salvação individual."[28]

As conseqüências para a questão do foro que nos interessa são muito importantes. A tese que deriva desses argu-

---

27. W. Stürner, *"Peccatum" und "Potestas". Der Sündenfall und die Entstehung des herrscherlichen Gewalt im mittelalterlichen Staatsdenken*, cit.
28. G. Le Bras, *La Chiesa del diritto*, cit., p. 252.

mentos é de que não existe uma verdadeira cesura, em todo esse período, entre os vários foros aos quais o homem comum é chamado para responder a respeito das próprias ações. Para além das controvérsias em razão da imunidade do clero – cada vez mais em contradição com a tendência do Estado a eliminar os "corpos" em que se articula a sociedade –, para além das contendas sobre as matérias que um ou outro foro pode julgar, estende-se um terreno infinito de colaboração e de vínculo ao se chamar o homem a responder por suas culpas. Na verdade, ainda não se tem uma separação entre o pecado e a infração, entre a desobediência à lei da Igreja e àquela do príncipe, mas a extensão da esfera do pecado cobrindo as faltas cometidas pelos súditos-fiéis, aquelas relativas aos casos de delitos tradicionais e as de tipo novo contra a pública *utilitas*. Do ponto de partida oposto, o das autoridades seculares, busca-se atingir cada vez mais o pecado tradicional (a blasfêmia, o jogo etc.) com sanções de caráter público: a "religião cívica" representa o mais importante fator de coesão citadina, e não é por acaso que a inserção dessas sanções nos estatutos se dá sob a pressão de pregadores e autores de manuais de confissão[29]. Mesmo a luta contra os pactos diabólicos e o sabá, além da perseguição da bruxaria, deve ser considerada como o momento de um processo histórico e inserida nesse contexto, conforme mencionado com precisão[30], e não deixada num

---

29. Ver, por exemplo, os ensaios contidos em *La religion civique à l'époque médiévale et moderne (Chrétienté et Islam)*, Roma, 1995 (Atas de um encontro realizado junto à École française de Rome), sobretudo M. Montesano, *Aspetti e conseguenze della predicazione civica di Bernardino da Siena*, pp. 265-75 (sobre a influência de Bernardino na compilação dos estatutos de Perugia e Siena em 1425).

30. J. Chiffoleau, "Sur la pratique et la conjoncture de l'aveu judiciaire en France du XIIIe au XVe siècle", in *L'aveu. Antiquité et Moyen-Âge*, cit., pp. 341-80, que assim conclui: "Peut-être fallait-il débusquer les incubes et les succubes, percer l'occulte et faire avouer le sabbat pour que s'impose à tous, définitivement, ce nouveau Nom du Père: le Roi" ["Talvez fosse necessário espantar os íncubos e súcubos, descobrir o oculto e mandar reconhecer o sabá para que definitivamente se impusesse a todos esse novo Nome do Pai: o Rei"].

mundo quase lendário imemorial; não é necessário chegar ao século XVII e aos demônios de Ludon para compreender que a luta contra os diabos faz parte da gênese da justiça do Estado moderno e que tem seu primeiro epicentro no século XV (seria possível dizer na fogueira de Joana D'Arc).

Esse desenvolvimento não diminui, mas se acelera com a passagem aos senhorios e principados no quadro do processo de positivização da norma, lembrado no início deste capítulo. A concepção estadista do direito positivo afirma-se inicialmente na Itália no século XV e depois se difunde em diversas épocas por toda a Europa. Conforme escrito muito apropriadamente: "Pouco a pouco, o príncipe avocou para si todo poder público, em primeiro lugar o de legiferar; o direito tornou-se manifestação da sua vontade, tranformou-se na expressão do poder do Estado. Mesmo o direito comum e o estatutário se revalidaram com a autoridade do poder central."[31] Mesmo na vida econômica multiplicam-se as intervenções da autoridade soberana e passa-se gradualmente de um mundo em que os fatos, os usos e costumes dominavam o direito da produção e do comércio para um mundo regulado pela lei oficial escrita, enquanto as competências das estruturas judiciárias corporativas se transferem aos tribunais do Estado, levando a uma contiguidade cada vez maior entre o poder político soberano e o poder judiciário[32]. Obviamente, isso não significa uma desvalorização das resistências opostas pelas autonomias citadinas e feudais e pelas classes interessadas na conservação do particularismo, resis-

---

31. V. Piano Mortari, *Ricerche sulla teoria dell'interpretazione del diritto nel secolo XVI, I: Le premesse*, Milão, 1956, p. 202. O tema da derivação estatal das normas jurídicas na Idade Moderna foi posteriormente desenvolvido pelo mesmo autor nos conhecidos estudos, reunidos nos seguintes volumes: *Gli inizi del diritto moderno in Europa*, Nápoles, 1980; *Itinera iuris. Studi di storia giuridica dell'età moderna*, Nápoles, 1991. Para um quadro geral e aspectos particulares, ainda são importantes os ensaios de vários autores reunidos em *La formazione del diritto moderno in Europa*, 3 vol., Florença, 1977.

32. M. Migliorino, *Mysteria concursus. Itinerari premoderni del diritto commerciale*, Milão, 1999.

tências que serão superadas definitivamente apenas no século XVIII, com o início da centralização administrativa e as codificações. A esse monopólio na legislação corresponde a construção de um sistema de "rotas" ou tribunais supremos para o controle da aplicação da lei na vida concreta do foro com a gradual redução do poder interpretativo do juiz, como dissemos a propósito da *epieikeia*: com a obrigação da redação, do depósito e da publicidade das sentenças das rotas, "o príncipe pode controlar, graças à atividade dos seus fiéis magistrados, se, como e quando o direito comum é recebido em seu território, fazendo com que mais tarde essas soluções sejam conhecidas pela maioria dos operadores do direito (e pelos súditos)"[33].

Já aludimos no capítulo anterior ao nascimento do direito penal moderno, estreitamente ligado ao novo processo inquisitório, em âmbito comunal: a intervenção superior *ex officio* para a punição dos crimes. O desenvolvimento do direito penal constitui a primeira preocupação do Estado moderno na época da sua gestação: a punição dos delitos encontra-se no centro das preocupações do soberano, pois, como teoriza Jean Bodin, o próprio soberano torna-se, de certo modo, aquele que deve restabelecer a ordem divina, ofendida pelo crime, mediante a lei positiva[34]. A concepção tradicional da criminalidade amplia-se desmesuradamente, e a repressão assume dimensões nunca antes vistas: um "teatro do horror", conforme definido numa obra que constitui, a meu ver, o quadro mais vivo dessa situação[35]. O caminho das novas monarquias e dos novos principados na busca pelo controle do crime, daquilo que é considerado perigoso

---

33. M. Ascheri, *Tribunali, giuristi e istituzioni dal medioevo all'età moderna*, Bolonha, 1989 (sobretudo os ensaios II e III, sobre a motivação das sentenças e a difusão dos "grandes tribunais").

34. D. Quaglioni, "Il 'problema penale' nella 'République' di Jean Bodin", in *Individualismo, assolutismo, democrazia*, organizado por V. Dini e D. Taranto, Nápoles, 1992, pp. 13-26.

35. R. van Dülmen, *Theater des Schreckens. Gerichtspraxis und Strafrituale der frühen Neuzeit*, Munique, 1985.

para a ordem social, foi transformado nas últimas décadas em objeto de uma infinidade de pesquisas, e por certo não podemos tentar aqui uma síntese ou resumo: a lei penal de Carlos V – a *Constitutio Criminalis Carolina*, de 1532[36] – pode ser vista como o centro de gravidade de um desenvolvimento que abrange, no período anterior e nos séculos seguintes, em tempos e modos diversos, todos os países da Europa e que também se estende ao novo mundo[37]. Naturalmente – convém ressaltar mais uma vez –, os delitos contra a autoridade e os delitos contra a religião oficial continuam fortemente interligados, e o novo processo inquisitorial suplanta apenas aos poucos o antigo processo acusatório, com o alargamento progressivo da intervenção superior. Trata-se de um campo de estudos totalmente novo, no qual às tradicionais abordagens da história do direito penal ou da história social unem-se as novas perspectivas fornecidas pela história da mentalidade e pela antropologia jurídica: estamos ainda numa situação de pluralismo jurídico, em que as normas estatais se interligam com um conjunto de normas provenientes de outros ordenamentos e centros de poder.

A tendência à expansão da tipologia dos delitos e à sua repressão parece ser uma das características fundamentais da passagem para a modernidade, confirmando as geniais

---

36. *Strafrecht, Strafprozess und Rezeption. Grundlagen, Entwicklung und Wirkung der Constitutio Criminalis Carolina*, organizado por P. Landau e F. C. Schroeder, Frankfurt a. M., 1984.

37. Entre os exemplos mais recentes: *Verbrechen, Strafen und soziale Kontrolle*, organizado por R. van Dülmen, Frankfurt a. M., 1990; *Mit den Waffen der Justiz. Zur Kriminalitätsgeschichte des späten Mittelalters und der frühen Neuzeit*, organizado por A. Blauert e G. Schwerhoff, Frankfurt a. M., 1993; *Law, Society and the State: Essays in Modern Legal History*, organizado por L. A. Knafla e S. W. S. Binnie, Toronto, 1995. Quanto à Itália, além das obras já citadas no capítulo anterior, ver a coletânea de ensaios: *Crime, Society and the Law in Renaissance Italy*, organizado por T. Dean e K. J. P. Lowe, Cambridge, 1994. Quanto à Alemanha, um vasto e atualizado panorama da historiografia encontra-se em G. Schwerhoff, "La storia della criminalità nel tardo medioevo e nella prima età moderna. Il 'ritardo' di un settore della ricerca tedesca", in *Annali dell'Istituto storico italo-germanico in Trento*, 24 (1998), pp. 573-630.

intuições de Michel Foucault: a nova concepção do crime atinge não apenas tudo o que for considerado um atentado, uma lesão em prejuízo de pessoas e interesses, como na época anterior, mas também tudo o que for julgado como sendo anômalo ou desviante em relação aos modelos de conduta dominantes, desde as revoltas camponesas até a heresia, a bruxaria, o adultério. Veremos mais adiante a relação entre esse processo de criminalização e de repressão e o disciplinamento social da era confessional. Nesse caso, é necessário apenas acrescentar que nos encontramos diante de um fenômeno de grande continuidade, com a transferência gradual – já iniciada, conforme mencionado, no tempo das comunas – de todo o foro penal para a esfera pública: o delito e a sua repressão não concernem mais apenas às pessoas envolvidas, mas à sociedade enquanto tal; todo delito torna-se, de certo modo, *crimen laesae maiestatis*, como atentado contra o monopólio do poder do monarca e do Estado. A tal fato corresponde uma mudança no próprio conceito subjetivo de culpa, que tende a ser vista não mais como dividida entre o pecado e a infração, entre uma esfera interior e outra exterior, mas como algo totalizador, que faz com que a desobediência à norma se torne rebelião contra Deus e a sociedade ao mesmo tempo: esse fenômeno também apresenta manifestações muito diferentes nos vários países europeus, mas o que nos interessa é compreender as características de continuidade como processo de modernização, características essas que nos permitem entender, na era confessional, o amadurecimento de um processo iniciado muito antes; nesse sentido, talvez seja necessário repensar a questão da relação desse fenômeno da culpabilização com a esfera política, a religiosa e a jurídica dentro do discurso sobre o disciplinamento social[38].

---

38. Um ensaio particularmente provocador, para a sociedade inglesa e puritana, é o de J. Carroll, "The Role of Guilt in the Formation of Modern Society: England, 1350-1800", in *The British Journal of Sociology*, 32 (1981), pp. 459-503. Carrol distingue muito esquematicamente (mas é interessante perceber sua provocação) cinco períodos diversos: 1) *Naïve culture* [cultura *naïf*],

Uma última observação – essencial para o nosso discurso – é que nas propostas utópicas que explodem nesse período de passagem entre a Idade Média e a Idade Moderna, de Thomas More em diante, o controle social e a repressão do crime atingem níveis de severidade e de crueldade tais, a ponto de fazer a legislação penal real empalidecer: o comportamento que se distancia da norma é considerado uma doença da sociedade, impede o nascimento do novo mundo projetado e deve ser arrancado como a erva daninha de uma horta, para garantir a obtenção dos fins sociais; a sociedade ideal supõe um direito muito severo, em que a norma positiva coincide com aquela moral, na tentativa de conformar a realidade ao modelo, de criar uma nova humanidade: à hipótese abstrata de um direito natural e divino fora do tempo e do espaço corresponde o estímulo à repressão mais violenta daqueles que se auto-excluem dos novos paraísos terrestres[39]. Para dar um único e célebre exemplo, pensemos no sistema penal dos Solares, esboçado por Tommaso Campanella: lei do talião, pena de morte decidida sem necessidade de um processo formalizado em atos escritos e executada coletivamente pelo povo, "por mão comum", mas sobretudo uma forma de confissão secularizada para os pecados ocultos[40]. Isso deve ser considerado – não me parece que tenha sido levado em conta até agora – no exame histórico das utopias de origem sectária ou radical, pelas quais uma his-

---

antes de 1200; 2) *Superficial Guilt* [culpa superficial], 1200-1530, com a cultura católico-medieval do pecado; 3) *Rampant, Uncultured Guilt* [culpa crescente e inculta], 1530-1600, com o predomínio do problema da ordem na Inglaterra elisabetana; 4) *Parricidal Guilt* [culpa parricida], 1600-1660, com o domínio da idéia puritana de um Deus juiz-punidor; 5) *Civilized Guilt* [culpa civilizada], 1660-1800, com a incorporação gradual da laicidade e da racionalidade.
39. M. Cambi, *Il prezzo della perfezione. Diritto, reati e pene nelle utopie dal 1516 al 1630*, Nápoles, 1996.
40. T. Campanella, *La città del sole*, organizado por N. Bobbio, Turim, 1941, pp. 93-4: "É preciso saber que, se um pecador, sem esperar a acusação, dirigir-se espontaneamente aos oficiais, acusando-se e pedindo punição, será liberado da pena do pecado oculto e a terá comutada enquanto não for acusado."

toriografia demasiadamente satisfeita limitou-se muitas vezes a exaltar o anélito de liberdade contido na oposição ao poder estabelecido sem avaliar a importância intrínseca da mensagem.

4. Os novos universos normativos

As novas dimensões do direito positivo podem ser encontradas sobretudo em relação ao contrato, ao desenvolvimento da nova economia monetária, ao fisco e ao novo direito das sucessões e de família. No que concerne ao contrato, o Estado moderno, expandindo a legislação positiva, produz um processo gradual de expulsão do pacto jurado em toda a esfera privada (prevalece o documento escrito e formalizado, a prova documental), tornando-se, pouco a pouco, um ponto único de referência e de controle em relação à teia de relações anterior, baseada no juramento: a esse respeito, pode-se falar de uma *Verkirchligung* ("eclesiastização") do Estado, que substitui a Igreja ao se tornar o garante do contrato[41]. Os temas do empréstimo a juro e da taxação estão fortemente interligados devido à expansão da dívida pública, fenômeno fundamental nesses séculos de transição. Sobretudo nessa nova direção, o Estado precisa da Igreja e, no entanto, serve-se do aparato jurídico do foro interno da confissão para penetrar na consciência dos súditos, e a Igreja tenta fazer com que sua colaboração seja paga por um alto preço. Mesmo nesse plano, a pesquisa recente conduziu a resultados totalmente novos: sem a reflexão teológica e o modelo do foro interno como "ordenamento primário, anterior àquele próprio do direito", não teria sido possível nem a formação do fisco enquanto "persona ficta", imitando a impessoalidade da Igreja como corpo místico de Cristo, segundo o célebre quadro de Ernst Kantorowicz[42],

---

41. Ver P. Prodi, *Il sacramento del potere*, cit., pp. 161-225.
42. E. Kantorowicz, *I due corpi del re*, cit.

nem o direito moderno como ordenamento[43]. O maior mérito dos estudos de história do direito desses últimos anos, sobretudo da nova escola, que poderíamos chamar de ibérica, é ter superado as fronteiras já estéreis – como vimos a propósito do *utrumque ius* – do estudo das relações entre direito civil e direito canônico, para inserir um discurso mais vasto das raízes do direito moderno na cultura e na teologia da Idade Média tardia e da primeira Idade Moderna[44]. A tese fundamental dessa escola, que me sinto disposto a compartilhar plenamente, é a de que a ilusão juridicista e estatizante da atual historiografia do direito impediu até então que se compreendesse a realidade vital do direito moderno no momento da sua gênese: o direito ocupava na época apenas uma pequena parte do universo jurídico e participava, compartilhando-o, de um universo normativo muito mais amplo, moral e religioso[45]. Mesmo as normas do novo direito penal afundam suas raízes dentro do mundo normativo, que encontra nos mandamentos do Decálogo, na lei mosaica, sua linfa vital – tanto na inspiração quanto no envolvimento da consciência pública –, e terão sua completa autonomia apenas no século XVIII. São idéias que estão na base dessa pesquisa e também serão retomadas mais adiante:

---

43. B. Clavero, "Hispanus fiscus, persona ficta. Conception del sujeto politico en el jus commune moderno", in *Quaderni fiorentini per la storia del pensiero giuridico moderno*, 11-2 (1982-1983), pp. 95-167; id., *Usura. Del uso económico en la historia*, Madri, 1984; id., *Antidora. Antologia catolica de la economia moderna*, Milão, 1991; id., "Dictum beati. A proposito della cultura del lignaggio", in *Quaderni storici*, n. 86 (agosto de 1994), pp. 335-63.

44. Além dos ensaios de B. Clavero, citados na nota anterior, ver A. M. Hespanha, *La gracia del derecho. Economia de la cultura en la edad moderna*, Madri, 1993; id. (com A. Serrano), "La senda amorosa del derecho. Amor y iustitia en el discurso juridico moderno", in *Pasiones del jurista. Amor, memoria, melancolía, imaginación*, organizado por C. Petit, Madri, 1997, pp. 23-73; C. Petit e J. Vallejo, "La categoria giuridica nella cultura europea del medioevo", in *Storia d'Europa* (Einaudi), Turim, 1994, vol. III, 1994, pp. 721-60; P. Schiera, *Specchi della politica: disciplina, melancolia, socialità nell'occidente moderno*, Bolonha, 1999.

45. A. M. Hespanha, *La gracia del derecho*, cit., pp. 151-2.

agora, a tarefa é a de expor o problema dessa intersecção, mas também o da colisão entre o foro externo, cada vez mais sujeito à lei positiva estatal, e o foro interno, que a Igreja tenta manter sob seu controle, recorrendo, por sua vez, a normas positivas disciplinares cada vez mais coercitivas.

Em outra ocasião, tentou-se compreender alguns desses desenvolvimentos na relação institucional entre a Igreja e os Estados emergentes a respeito da tributação, ressaltando a presença, sob os ásperos conflitos de superfície relativos à imunidade fiscal do clero, da concorrência-complementaridade subjacente ao poder espiritual e ao poder temporal na grande passagem que leva ao fiscalismo moderno, à nova tributação de tipo permanente, que se afirma no século XVI[46]. Um percurso análogo pode ser reconstruído para o controle da nova economia monetária, para o empréstimo a juro e para a usura. Sem entrar nos grandes problemas relativos à função exercida pelas discussões sobre a liceidade do empréstimo a juro, o desenvolvimento dos contratos que dissimularão o próprio juro e sobre as conseqüências disso tudo sobre a acumulação primitiva do capital até a construção do banco moderno – temas sobre os quais também existe uma vasta literatura –, aqui pretendemos apenas expor a questão de que a regulamentação referente à usura representa um vínculo inextricável de normas entre o direito positivo canônico, o direito estatal e as normas penitenciais sobre o foro interno da consciência: nós que serão desfeitos somente no século XVIII. Mesmo o problema do matrimônio e do direito familiar e sucessório apresenta um vínculo análogo: a construção da família como sujeito de direito privado, baseado no casal com a expropriação das funções públicas, políticas e judiciárias, anteriormente exercidas por ele com base no antigo direito romano e germânico (pensemos no poder jurídico e político do *pater familias*, que é gradualmente expropriado durante a Idade Moderna), e a ne-

---

46. *Fisco, religione, Stato nell'età confessionale*, organizado por H. Kellenbenz e P. Prodi, Bolonha, 1989.

cessidade de uma ordem clara sob o aspecto patrimonial e sucessório (e, portanto, também o tema da definição da legitimidade da descendência) são perseguidas contemporaneamente pela Igreja, pelas normas religiosas e pelas novas monarquias entre conflitos e acordos, mas numa direção comum de modernização[47].

O tema mais importante na exploração desses novos territórios sobre os quais se estende o direito positivo é o das ordens ou comandos de polícia. A partir da segunda metade do século XV, multiplicam-se em todos os países europeus (embora com muita diversidade nos tempos e modos) ordens de autoridade soberana, que se colocam ao lado do direito solene e oficial até construírem, pouco a pouco, um sistema de normas paralelo àquele oficial e solene do direito (ordens de polícia, *Policeyordnungen* etc.). São normas mutáveis e transitórias por natureza, destinadas a regular os grandes e pequenos problemas da vida cotidiana, que se tornam cada vez mais complexos: as manifestações públicas religiosas e de costume, a segurança e a ordem, os mercados e os preços, a economia industrial e as construções, a cultura e a ciência, os problemas inerentes aos pobres mendicantes e aos estrangeiros etc.[48] São todos setores de intervenção que haviam se desenvolvido nas cidades medievais e que tinham encontrado expressão nos estatutos comunais ou naqueles das corporações, com normas tradicionalmente fundadas nos pactos ou juramentos dos grupos interessados e que agora são substituídas pelas ordens da autoridade, que podem garantir melhor a sua elasticidade em relação à mudança da situação e a possibilidade de execução das sanções previstas. Será com base nessas ordens ou preceitos que se

---

47. J. Gaudemet, *Il matrimonio in Occidente*, Turim, 1989 (orig. Paris, 1987); G. Zarri, "Il matrimonio tridentino", in *Il concilio di Trento e il moderno*, organizado por P. Prodi e W. Reinhard, Bolonha, 1996, pp. 437-84.
48. *Policey im Europa der Frühen Neuzeit*, organizado por M. Stolleis, Frankfurt a. M., 1996; *Repertorium der Policeyordnungen der Frühen Neuzeit, I: Deutsches Reich und geistliche Kurfürstentümer* (Kurmainz, Kurköln, Kurtrier), Frankfurt a. M., 1996.

desenvolverá, sobretudo, o processo de disciplinamento da época confessional a que aludiremos mais adiante. Por enquanto, é necessário dizer apenas que estamos diante de uma transformação completa do problema do foro: o artesão, o mercador ou similares são chamados a responder não pela ruptura de um pacto com o cliente ou com o colega diante de um juiz árbitro da corporação ou da classe, mas pela infração a um preceito da autoridade diante do tribunal ou das autoridades de polícia do príncipe. Nesses anos, a importância da organização infrajudiciária é reavaliada de forma bastante inteligente na passagem entre a Idade Média e a Idade Moderna: conforme escreveu-se, o espaço infrajudiciário surge infinitamente mais vasto do que parecia até então, com base nos estudos conduzidos sobre a administração oficial da justiça e as instituições judiciais[49]. Parece-me que nesse grande espaço ainda deva ser explorado o crescimento de sistemas de intervenção do "magistrado" público, no sentido mais amplo que essa palavra assume no início da Idade Moderna (bem mais amplo do que a figura do juiz), sem uma fronteira rígida entre a atividade judiciária em sentido próprio e a atividade administrativa e de governo, tanto no que concerne à sociedade religiosa quanto ao que se refere à sociedade civil, fora da formalidade dos tribunais e do processo civil e criminal das cortes e fora do direito culto[50].

Estas são apenas alusões. Nossa tarefa nesta pesquisa não é entrar em todas essas questões, mas expor, com algumas indicações apenas exemplificativas, o problema da crise que começa a se manifestar, no caminho de desenvolvimento do direito, entre o foro interno e o foro externo, ou melhor, entre o conjunto do universo normativo e o avanço da norma positiva, estatal e eclesiástica.

---

49. A. Zorzi, "Conflits et pratiques infrajudiciaires dans les formations politiques italiennes du XIIIe au XVe siècle", in *L'infrajudiciaire du moyen âge à l'époque contemporaine*, cit., p. 36.

50. L Mannori, *Il sovrano tutore: pluralismo instituzionale e accentramento amministrativo nel principato dei Medici (secc. XVI-XVIII)*, Milão, 1994.

5. A ruptura entre consciência e direito positivo: Jean Gerson

A positivização do direito canônico conduz, já entre os séculos XIV e XV, a uma dilaceração que pesa profundamente no pensamento e na práxis cristã. Deixemos de lado o desenrolar da grande discussão sobre a autoridade na Igreja, sobre a *potestas absoluta* e a *potestas ordinata* de Deus, segundo a concepção realista-tomista ou a nominalista-occamista da lei: seja porque essas teorias tiveram uma influência ambivalente, conforme já dito, em todo o pensamento dos séculos posteriores, tanto pela afirmação da ideologia absolutista (papal ou monárquica) quanto em relação à liberdade e à doutrina do pacto político, seja também porque elas já foram exploradas, sobretudo por Francis Oakley, e abundantemente discutidas[51]. Nosso olhar dirige-se de baixo para cima e para o homem chamado a responder pelas próprias ações, independentemente da autoridade da qual essa determinação proviesse. A abóbada celeste por certo se confundia com o semblante misterioso do poder: do nosso ponto de vista, é importante perceber a ruptura de uma visão global unitária e a própria exposição do problema da onipotência de Deus em relação à liberdade do homem e ao poder. Na metade do século XIV, do ponto de vista teórico, a ruptura já se mostra presente nas reflexões do agostiniano Gregório de Rimini, que influenciará todo o pensamento posterior na incomensurabilidade entre o pecado como ato exterior em violação da lei e o pecado como vontade in-

---

51. Além das obras já citadas na p. 150, n. 3: F. Oakley, *Omnipotence, Covenant and Order. An Excursion in the History of Ideas from Abelard to Leibniz*, Ithaca – Londres, 1984; do mesmo autor, ver os ensaios reunidos em F. Oakley, *Natural Law, Conciliarism and Convent in the Middle Ages. Studies in Ecclesiastical and Intellectual History*, Londres, 1984. E. Randi, *Il sovrano e l'orologiaio. Due immagini di Dio nel dibattito sulla "potentia absoluta" fra XIII e XIV secolo*, Florença, 1984. Para a discussão em âmbito italiano: *Sopra la volta del mondo. Onnipotenza e potenza assoluta di Dio tra medioevo e età moderna*, Bérgamo, 1986 (com ensaios de M. Beonio-Brocchieri Fumagalli, A. Ghisalberti, H. A. Oberman e outros).

terior contra a reta razão e Deus; a essa distância corresponde uma contradição nas penas: excomunga-se um homem por ele ter ferido um clérigo, e não se pune aquele que matou mil homens laicos[52]. Essa reflexão teórica torna-se opinião difundida nas décadas seguintes, no período do grande cisma do Ocidente: as pessoas não se limitam mais apenas à rivalidade entre o poder espiritual e o temporal, entre as leis humanas e as canônicas, mas atacam a própria raiz da soberania, da autoridade da hierarquia e do papado no interior do corpo eclesiástico. Menos importante para o nosso percurso é o pensamento da ala extremo-herética, de John Wyclif a Jan Hus e Jerônimo de Praga, pois representa uma negação total da autoridade da Igreja enquanto tal. Wyclif, como reformador no plano do direito[53], considera simplesmente que todo o poder de governo da Igreja diz respeito ao rei e às suas leis: a teologia é importante, mas apenas como preparação para o rei e para os seus conselheiros, que devem proceder à promulgação das leis sobre a disciplina eclesiástica e à sua execução nos tribunais; o direito canônico por si próprio não tem mais nenhum significado, e o foro eclesiástico deve coincidir com o do rei justo: é a lei civil que é necessaria *ratione peccati* para a administração da Igreja como sociedade, e o responsável pela sua execução só pode ser o rei[54]. Ainda não estava amadurecido o tempo histórico, mas

---

52. Gregorius Ariminensis, *Lectura super primum et secundum sententiarum*, organizado por A. D. Trapp et al., 7 vol., Berlim, 1978-1987, VI, p. 329: "Quod autem additur de excommunicatione et aliis poenis, non arguit intentum, quia plerumque tales poenae infliguntur pro minoribus peccatis et non pro maioribus, sicut patet, quia verberans clericum incurrit excommunicationem et tamen interficiens mille homines laicos non propterea est excommunicatus, cum nulli dubium sit ipsum multo plus et gravius peccare ac demereri apud Deum. Unde ex talibus poenis, quae ecclesiastico iudicio vel etiam saeculari infliguntur peccantibus, non potest argui maius demeritum hominis apud Deum."
53. W. Farr, *John Wyclif as Legal Reformer*, Leiden, 1974.
54. Ibidem, p. 75 (citação do *Tractatus de civili dominio*): "Lex civilis est necessaria (supposito peccato) ad regimen ecclesie sed illa foret inutilis sine persona principaliter exequente, ergo talis persona est necessaria in ecclesia militante, et illa, ut huiusmodi, est rex; ergo regalia est necessaria."

a prefiguração das futuras Igrejas territoriais é muito clara: o envolvimento, ainda que indireto, de Wyclif nos tumultos camponeses, com a condenação das suas doutrinas em 1382, impede-o de ter sobre a classe dirigente o impacto que teria sido necessário para um programa político concreto. As classes dirigentes ficam assustadas com esse ataque à autoridade da Igreja e da lei canônica, pois ele parece colocar em perigo as próprias bases da sociedade. "Nullus est dominus civilis, nullus est praelatus, nullus est episcopus dum est in peccato mortali"[55]: essa proposição de Wyclif, condenada *post mortem* no concílio de Constança, é suficiente para compreendermos o terror de toda uma classe dirigente européia diante de uma proposta que lhe tirava toda a segurança no poder, tanto civil quanto eclesiástico, sugerindo uma sociedade dos eleitos e dos predestinados. O mesmo vale mais ainda para os reformadores radicais do continente, Jan Hus e Jerônimo de Praga que, não tendo a sorte de prever os acontecimentos, são executados não pelo papa ou pela Inquisição, mas no próprio concílio de Constança, com a aprovação dos representantes dos príncipes seculares: para eles, o direito canônico e a jurisdição eclesiástica são degenerações introduzidas no cristianismo com Constantino[56].

Mais interessante para nós é compreender a crise que se manifesta nas idéias de um dos maiores expoentes das instituições e do pensamento oficial desse período, o chanceler da Universidade de Paris, Jean Gerson (1363-1429). Sua teoria de que a lei humana enquanto tal só pode obrigar, sob pena de pecado mortal, enquanto vinculada à lei di-

---

55. *Conciliorum oecumenicorum decreta*, cit., p. 387 (VIII Sessão de 4 de maio de 1415, n. 15). Na posterior XV Sessão, de 6 de julho, também serão condenadas duas proposições específicas, relativas ao sacramento da confissão (*ibidem*, pp. 398-9, nn. 9 e 10): "Confessio vocalis, facta sacerdoti, introducta per Innocentium, non est necessaria homini ut definit. Quia si quis solum cogitatu, verbo et opere offenderet fratrem suum, solo cogitatu, verbo, opere sufficit poenitere"; "Grave est et infundabile, presbyterum audire confessionem populi, modo quo Latini utuntur."

56. Para uma síntese da ideologia hussita, ver H. Kaminsky, *A History of the Hussite Revolution*, Berkeley, 1967, pp. 35-55.

vina ("pertinens ad legem divinam") será o divisor de águas nos séculos posteriores, até o século XVIII, entre os reformadores e os defensores do poder estabelecido mesmo além das separações confessionais: sendo assim, é importante determo-nos em Gerson, mesmo porque, recentemente, tentou-se fazer dele o defensor de uma simbiose entre a *lex divina* e a *lex canonica*, deformando de modo bastante grave não apenas seu pensamento, mas também sua importância histórica[57]. Não nos concentraremos na concepção do direito divino, natural e revelado, concepção dependente do pensamento nominalista e, particularmente, de Pierre d'Ally, nem no seu conhecimento em direito canônico, que deve muito a Guillaume Durand as teorias desenvolvidas sobretudo no seu *De vita spirituali animae*. No entanto, para ele o problema central é o do foro em que o homem deve responder pelo seu pecado "in foro iustitiae infernalis", que pode torná-lo réu de morte eterna: a partir desse ponto de vista, a distinção entre as leis só pode ser entre aquelas destinadas à vida civil e política e aquelas destinadas à vida espiritual. As primeiras não podem ser definidas como pertencentes ao direito divino, nem mesmo as que são ordenadas à "polícia" ou à disciplina eclesiástica, pois seria como declarar divinas todas as regras da medicina pelo fato de o corpo estar submetido à alma[58]. Nas leis positivas, civis e canônicas,

---

57. L. B. Pascoe, "Law and Evangelical Liberty in the Thought of Jean Gerson", in *Proceedings of the Sixth International Congress of Medieval Canon Law*, Cidade do Vaticano, 1985, pp. 351-61. O autor não conhece ou não utiliza estudos anteriores que ainda são válidos: J. Schneider, "Die Verpflichtung des menschlichen Gesetzes nach Iohannes Gerson", in *Zeitschrift für katholische Theologie*, 75 (1953), pp. 1-53; L. Vereecke, *Droit et morale chez Jean Gerson*, atualmente em *De Guillaume d'Ockham à saint Alphonse de Liguori*, Roma, 1986, pp. 205-20. Esse último autor afirma, ao final do seu ensaio, que o pensamento de Gerson nunca terá um amanhã na teologia católica, devido à afirmação nele contida de que a lei humana não obriga em consciência.

58. J. Gerson, *Oeuvres complètes*, 10 vol., organizado por P. Glorieux, Paris, 1960-1973, III: *De vita spirituali animae*, lectio II, cor. 2-3, pp. 133-4: "Illae vero quamvis ordinentur finaliter ad finem beatitudinis aeternae, sicut ea quae corporis sunt et corpus ipsum propter animam factum nullus ambigit,

existem diversos graus de pertinência e de separação da lei divina até chegar ao último patamar – e esse exemplo é historicamente muito significativo –, ao pagamento dos tributos a um determinado príncipe. A essa diferença entre as leis corresponde uma divisão de poderes, de "politia" e de jurisdição, divina e eclesiástica, natural e humana[59], e nenhum domínio, nem eclesiástico, nem civil, pode ser questionado por um pecado de pensamento ou por heresia oculta, pela qual se responde somente a Deus[60]. A conclusão é que nenhuma infração, nenhuma transgressão da lei positiva pode implicar o pecado mortal e a danação eterna, a não ser na medida em que contém uma violação da lei divina: em todo caso, o legislador não pode impor penas que estejam fora de sua jurisdição e do seu foro contra a própria instituição do sacramento da penitência[61]. Sendo assim, nenhum legislador, nem eclesiástico, nem civil, tem o direito de impor a um homem um ato interior como o amor de Deus e, portanto, não pode puni-lo no foro interno da consciência, enquanto são muitos os legisladores – particularmente os eclesiásticos, mediante o abuso da excomunhão – que querem transformar a transgressão das suas leis em violação da lei divina. Certamente, as leis humanas, feitas em vista da *politia* ecle-

---

eas nihilominus divinas nequaquam dicimus; alioquin leges et regulas medicinae quo pacto non esse divinas asserimus?... Circa quod deducitur ulterius quod non omnes canones summorum pontificum vel decreta sunt de lege divina... Simili ratione leges ordinantes ecclesiasticam politiam dicuntur plerumque spirituales seu divinae quamvis improprie, et aliae civiles et humanae. Et hoc loco falluntur et fallunt crebro quidam canonistarum, praesertim in materiam quam tractavimus, et de simonia similiter, ubi spiritualia judicant illa quae esse carnalia et materialia nullus nescit."

59. Ibidem, p. 144 (Lectio III): "Erit igitur jurisdictio ecclesiastica potestas coercitiva secundum jus divinum politicum; jurisdictio naturalis secundum naturale; et jurisdictio humana illa erit quae humano jure collata est."

60. Ibidem, p. 150: "Exhinc perpenditur quod nulla haeresis occulta, nulla simonia mentalis, nullum denique crimen occultum tollit dominium civile, sive illud sit canonicum et spirituale dominium, sive legale et temporale."

61. Ibidem, p. 157 (Lectio IV): "Nullus ergo perdet gratiam, nullus reatum damnationis aeternae incurret nisi pro quanto divinae legis praeceptivae transgressor extiterit."

siástica ou civil, muitas vezes mesclam-se com as leis divinas e, desse modo, podem implicar o pecado mortal, mas não há uma conexão direta[62]. O exemplo é muito concreto: se um homem não cumpre o preceito festivo, peca contra o mandamento de honrar Deus; mas o preceito eclesiástico foi dado apenas para ajudar os fiéis a observar o preceito divino e não outro. Após ter condenado as excomunhões *latae sententiae*, que tiram do fiel o direito de ser julgado pelo seu juiz natural e no seu foro, e após as censuras eclesiásticas que confundem toda a população, Gerson conclui que, se tal fato não for remediado, a cristandade será defraudada do benefício da confissão sacramental: "tota fere christianitas fraudata erit beneficio confessionis sacramentalis"[63]. No *Tractatus de potestate ecclesiastica et origine juris et legum*, composto durante o concílio de Constança, os mesmos temas são aprofundados no exame da relação entre ordem e jurisdição na Igreja. O pensamento de Gerson é perfeitamente ortodoxo na tradição do aristotelismo cristão – sem pronunciar-se na grande contenda entre poder temporal e espiritual – e tenta resolver o contraste dividindo dentro da *politia* eclesiásti-

---

62. Ibidem, p. 161 (Lectio IV, cor. 4-5): "Omissio horarum canonicarum, transgressio jeiuniorum ecclesiasticorum et generaliter omnium statutorum et regularum et canonum nunquam est mortale peccatum nisi pro quanto divinae legi praeceptivae invenitur; et ita quantum lex aliqua habet admixtum de lege divina praeceptiva, tantumdem et non amplius est ejus transgressio mortaliter vitiosa... Idcirco praeterea legislatores ecclesiastici et civiles plerumque sua potestate et auctoritate noscuntur abuti, praesertim ecclesiastici illi qui quidquid ordinant, quidquid monent, quidquid praecipiunt, volunt pro divinis legibus haberi, par quoque robur habere per interminationem damnationis aeternae... Ex hoc quod aliquis peccaret mortaliter transgrediendo constitutiones aliquas humanarum traditionum, non sufficienter concluditur quod illae constitutiones obligent ad mortale delictum... Quamvis enim leges humanae et civiles ut tales sunt, sint solum pro ordinatione politiae humanae, ecclesiasticae vel civilis in eis quae corpus respiciunt, et ita solum merentur punitionem temporalem violatores earundem et observatores praemio temporali donantur, nihilominus ex consequenti et muta colligatione ac mixtione quam habent ad leges divinas, resultat crimen faciens reos aeternae damnationis ipsos contemptores."

63. Ibidem, p. 177 (Lectio IV, cor. 14).

ca um duplo poder, tanto de ordem quanto de jurisdição: não creio, porém, que isso acrescente muito ao que já foi dito⁶⁴.

O mesmo espírito está contido nos discursos feitos aos graduandos em direito canônico da Universidade de Paris (ou, se quisermos usar a formulação mais próxima do pensamento de Gerson, "licentiandis in decretis"), nos quais não podemos nos deter muito como deveríamos: se não fosse pelo pecado de Adão, não haveria nenhuma necessidade de legistas e canonistas; na Igreja dos primeiros tempos, por mais de quatrocentos anos, não houve a distinção entre teólogos e canonistas, e apenas mais tarde sentiu-se aumentar a necessidade, dada a complexidade crescente das normas da vida social e dos processos, de se ter especialistas no direito positivo, os "decretistas". Mas é necessário que os canonistas retomem sempre os princípios da teologia para reagir à situação evidente de degeneração da Igreja, e, sobretudo, é preciso distinguir sempre entre o que é de direito divino, enquanto deduzível diretamente da Escritura, e o que é constituído por normas positivas humanas, que mudam com o tempo. O exemplo é justamente o da confissão: o sacramento é de direito divino, mas o modo como o indivíduo deve se confessar, com quem e quando são todas normas de direito positivo que podem mudar⁶⁵.

---

64. J. Gerson, *Oeuvres*, cit., VI, n. 82, p. 249: "Tandem sub ecclesiastica politia continetur appropriato nomine potestas ecclesiastica quae primo dividitur quoniam una est ordinis, altera jurisdictionis. Potestas ordinis duplex: una super corpus Christi verum in consecratione; altera super corpus Christi mysticum in sacramentorum ministratione. Potestas jurisdictionis duplex: una in foro exteriori, altera in interiori. Potestas in exteriori duplex: una coertionis seu correctionis secundum legem proprie divinam, quae est excommunicatio; altera secundum leges positivas, canonicas vel civiles, quae jurisdictioni saeculari similis est. Rursus potestas jurisdictionis in interiori foro duplex est: una clavium scientiae et potestatis in absolutione seu remissione culparum; altera in poenae commutatione per largitionem indulgentiarum."

65. J. Gerson, *Oeuvres*, cit., V, n. 22, pp. 224-5: "Notemus hic ad declarationem ampliorem, quod theologi proprio nomine dicuntur hi qui notitiam profitentur et habent eorum quae proprie dicuntur esse de theologia hoc est de iure divino, seu evangelico quod idem est, et qui illud sciunt elucidare, defendere, roborare... Veritates omnes aliae tanto dicuntur magis pertinentes vel impertinentes ad theologiam et suos professores, quanto proximius vel re-

6. A norma moral entre direito divino e direito positivo

Se essas idéias de Jean Gerson podiam ser recebidas durante a grande epopéia conciliar no esforço de reencontrar uma base para a reforma e a reunificação da Igreja, após a recuperação do papado e a sua aliança com os príncipes, a partir da metade do século XV, na exaltação do papa como supremo legislador e juiz por parte da nova eclesiologia, elas se tornam perigosas de modo explosivo tanto para o poder eclesiástico quanto para o secular. O que me parece importante é que essa aliança entre o papado e os soberanos não deve ser vista apenas no nível das concordatas e das nunciaturas ou no nível das controvérsias jurisdicionais, mas sim como a abertura de uma nova concepção da política, que tende não apenas a controlar o homem a partir do exterior, mas também a modelá-lo e a formá-lo na consciência: nessa situação, o papado, como dissemos em outra ocasião, representa um protótipo para o Estado moderno. Isso se traduz naturalmente numa grande concorrência para o controle do foro da consciência, concorrência essa que domina toda a Idade Moderna. Tentemos agora traçar o percurso religioso – ainda que os dois aspectos, religioso e político, estejam obviamente interligados na questão do poder – no caminho que conduz à modernidade, à Reforma e a uma mudança importante, mesmo no mundo católico, que perma-

---

moltius possunt inferri ex praedictis. Progredientes igitur ultra, dicamus quod praeter has veritates seu regulas oportuit multas explicari ad regimen ecclesiasticae familiae quae non poterant expresse deduci ex Sacra Scriptura sed oportuit fieri limitationem per auctoritatem humanam. Recte eo modo quo ultra principia iuris moralis, naturalis et conclusiones evidenter et necessario sequentes ex eisdem, oportuit addi multas institutiones neque clare dissonas neque tamen evidenter sequentes ex dictis principiis, et hoc auctoritate principum vel communitatum quibus respublica regenda subdebatur. Exemplum in uno per quod sciatur in ceteris: confessio sacramentalis est de iure evangelico proprie dicto; sed quod fiat hoc tempore vel illo, et apud suum certum sacerdotem vel apud illum, est de iure positivo quod nec clare sequitur ex lege evangelica quod sic debat fieri, nec tamen est repugnans. Talia sunt sine numero in reliquis quae concernunt Dei cultum, et caritatem erga ipsum et proximum nostrum."

necerá fiel à Igreja romana. Nesse caminho, não se verifica um afastamento da história do pensamento teológico, que viu nos representantes da vertente "moderna", nos nominalistas, os mestres da Reforma: Heiko A. Oberman traçou um quadro fascinante que, partindo da ruptura da unidade entre a lei natural, a lei divina e a lei humana, leva-nos ao pensamento da Reforma e ao concílio de Trento, sobretudo por meio da teologia de Gabriel Biel († 1495); o direito natural, a lei do Antigo Testamento, a lei do Evangelho e as normas da tradição eclesiástica permanecem estreitamente ligados entre si, conforme a tradição medieval, mas não coincidem diante da livre vontade de Deus: abre-se, assim, mediante a graça, o caminho para o problema da justificação e da predestinação, para a relação entre a Escritura e a tradição, para o papel do magistério da Igreja[66]. A lei positiva, divina ou humana, obriga em consciência apenas na medida em que é justa e, portanto, passível de ser relacionada à lei natural e à Escritura; a moral cristã é mais exigente no plano interior do que a lei mosaica, mas Cristo não impôs aos seus seguidores normas "iudicialia" (prescrições penais específicas), e aquelas "caerimonialia" são reduzidas ao mínimo, ou seja, normas mistas de direito divino-positivo, com prescrições específicas de comportamento: são aqueles que regem o povo cristão que impuseram aos fiéis ônus ainda mais pesados do que aqueles contidos no Antigo Testamento, junto à lei puramente divina do decálogo que o próprio Cristo reconheceu[67]. Nesse quadro, eu gostaria apenas de es-

---

66. H. A. Oberman, *The Harvest of Medieval Theology. Gabriel Biel and the Late Medieval Nominalism*, Cambridge, Mass., 1993. Para o problema da lei, ver sobretudo as pp. 90-119 (do mesmo autor em italiano: *I maestri della Riforma*, Bolonha, 1993).

67. Ibidem, p. 114. Notas com citações de trechos de Biel: "Lex nostra gravior est quantum ad moralia, sed haec gravitas non equiparatur illi de qua statim dicetur. Quantum ad ceremonialia dico quod lex illa vetus fuit multo gravior... Quantum ad iudicialia lex nova est levissima quia nulla iudicialia Christus imponit... sic ergo breviter: pauciora sunt onera legis christianae inquantum est tradita a Christo, sed forte plura in quantum addita sunt alia per eos qui habent regere populum christianum."

clarecer uma passagem que me parece negligenciada. Gabriel Biel afirma, de acordo com Boaventura e Tomás, com a canonística clássica e o próprio Antonino de Florença, que as leis positivas, eclesiásticas ou seculares, obrigam no foro da consciência apenas quando são justas, ou seja (exceto o caso indubitável de contraste com as leis divinas em que a desobediência é um dever), quando derivam de uma autoridade com poder legítimo num determinado território e são destinadas ao bem comum: mas também, quando são injustas e oprimem injustamente os subordinados, podem ligar em consciência e devem ser observadas sob a possível pena de pecado mortal, para evitar escândalos e tumultos[68]. Mas Biel parece ir além: a esse respeito, escreve polemizando com Jean Gerson que não se opõe à tese sobre a diferença entre as leis divinas e as leis humanas porque todas as leis justas, sejam elas eclesiásticas ou civis, participam da lei divina fundamental, que é a obediência ao legislador, à autoridade[69]. Creio que seja possível sentir nessas preocupações

---

68. G. Biel, *Collectorium circa quattuor libros Sententiarum. Libri IV pars secunda*, organizado por W. Werbeck e U. Hofmann, Tübingen, 1977, p. 397 (dist. XVI, q. 3): "Per oppositum iniustae sunt, si excedent limites facultatis statuentis, aut quia non faciunt ad utilitatem boni communis, sed magis ad cupiditatem propriam statuentis aut gloriam eius, vel etiam si onera inaequaliter imponuntur multitudini, licet ordinetur ad bonum commune. Et in foro conscientiae non ligat nisi forte ad vitandum scandalum vel turbationem, propter quod etiam quis debet iuri suo cedere secundum illud Mt. 5 'qui angariaverit te mille passus, vade cum eo alia duo. Et qui abstulerit tibi tunicam, da ei et pallium'". Antonino da Firenze, *Summa Sacrae Theologiae, Iuris Pontificii et Caesarei*, ed. Venetiis, 1582, t. I, f. 280r: "Quod leges humanae etiam saeculares imponunt homini necessitatem ad observandum in foro conscientiae: ita quod non observans peccat... Iniustae autem sunt quando non aequaliter onera imponuntur... sed alii gravantur enormiter, alii nimis alleviantur. Et istae sunt violentiae magis quam leges. Unde tales leges non obbligant in foro conscientiae: nisi forte propter vitandum scandalum, vel perturbationem..."

69. Ibidem, p. 397: "Non obstat quod dicit Gerson... Nunc autem leges positivae ecclesiae et potestatum superiorum quatenus iustae sunt, participant aliquid cum lege divina, quae praecipit oboediendum fore ecclesiae et praelatis, ut ex allegatis patet. Et ideo qui legem humanam iustam sine causa rationabili excusante transgreditur, etiam transgreditur legem divinam praecipientem oboedire legislatori."

uma ênfase nova, não apenas a antecipação do pensamento de Lutero sobre a consciência individual, mas também a desconfiança em relação a toda forma de cristianismo radical e à pressão do nascente Estado moderno, que inserirá sua estrutura confessional nessa tese da obediência como ordem divina imanente. Todavia, retornaremos ao tema da relação entre lei civil e consciência na próxima seção.

Quanto à relação mais geral entre a norma e a consciência, é necessária uma certa precaução ao se determinar os percursos de pensamento através do século XV, e, sobretudo, é necessário tentar ligar, de forma mais concreta, a reflexão teórica às mudanças das estruturas e da vida cotidiana do cristão. Como dissemos, o problema central é o do desenvolvimento totalmente novo da lei positiva, diante da qual, nas diversas interpretações, afirma-se um fenômeno não formalizado, porém, a meu ver, muito evidente e comum: a norma moral se separa da norma jurídica e adquire forma própria, além de uma consistência autônoma. Uma afirmação desse tipo pode parecer um pouco abstrata e não revelada e, num certo sentido, é o que ocorre: é mais uma hipótese do que uma tese demonstrada. Contudo, resta o fato de que até o século XV não era possível separar a idéia da norma moral daquela do direito natural e do direito divino: a infração da norma moral consistia na infração do direito divino ou natural ou do direito humano, canônico ou civil, como emanação da esfera jurídica superior. Ora, pouco a pouco verifica-se uma separação e começa-se a falar da norma moral como se fosse uma coisa distinta. Naturalmente, seria necessária uma longa pesquisa de tipo filológico e semântico para poder verificar essa passagem: já se aludiu à diferente origem (*mos, mores*) de um vocábulo que também indica uma norma que nasce de baixo, do costume e da própria vida dos homens, significado que percorre todo o pensamento medieval, de Isidoro de Sevilha em diante. No entanto, para simplificar, gostaria de exprimir-me da seguinte maneira: para o grande pensamento teológico e canônico do século XIII, a teologia representa a ciência do ser; o direito canônico representa a ciência do dever-ser; após alguns séculos, no início da Idade Moderna, tudo mudou. Naturalmente, a antiga definição continua sendo usada, e a esse respeito temos um belo exemplo no famoso *libellus ad Leonem X*, o memorial de reforma da Igreja, composto pelos camaldulenses Paolo Giustiniani e Pietro Querini, às vésperas da Reforma, em 1512. A vida do cristão rege-se em duas disciplinas: a teologia, que nos diz em que devemos crer, pelo que devemos esperar e o que devemos amar (ciência do ser), e o direito canônico, que nos diz o que devemos fazer e o que devemos evitar (ciência do dever-ser); basta purificar essas duas disciplinas das deformações escolásticas e causídicas para fundar novamente a vida cristã[70]. Mas creio que se trate justamente de uma visão nostálgica num mundo em que o direito canônico já tinha perdido o seu primado como ciência do dever-ser. Esse território vinha sendo ocupado gradualmente pela teologia moral, à medida que o direito canônico, ao se positivar, referia-se cada vez menos à vida espiritual do cristão e estava se transformando cada vez mais numa disciplina eclesiástica.

Havia muito tempo que a doutrina do dever-ser já tinha sido desenvolvida fora do direito canônico e dentro da teologia e da filosofia, tornando-se uma disciplina autônoma e incorporando a parte essencial "de poenitentia", anteriormente reservada aos canonistas: com a separação do direito canônico da teologia e com a impossibilidade do percurso unitário evocado por Gerson, nasce a teologia moral como

---

70. In *Annales camaldulenses*, organizado por J. B. Mittarelli e A. Costadoni, X, Venetiis, 1773, p. 678: "Prodierit ad hoc, si antiqua illa Sanctorum Patrum, Sacrorumque Canonum Decreta instaurari curabis, quibus cautum est, ut in locis, ubi studia litterarum vigent, sint semper, qui Christianam Theologiam, non hanc Parisiensium cavillorum disciplinam, sed puram illam Sanctarum, Canonicarumque Scripturarum Doctrinam doceant; qui scilicet antiquae legis, et Prophetarum obscura dilucident; qui Sacrum Evangelium, Apostolicasque Scripturas declarare non erubescant. Cum vero omnis Christiana Disciplina duplex sit: alia, in qua ea, quae nos credere, quae sperare, quae amare debemus, doceri possumus; alia vero, in qua quid agere, quid evitare conveniat, unusquisque instituitur; et illa quidem Theologia usato vocabulo, haec vero Canonici Iiuris Doctrina appellari consuevit."

reflexão e ensinamento relativo ao foro interno. Já se aludiu à separação, ocorrida na passagem do século XIII para o XIV, das *Summae confessorum* da esfera do direito canônico para a esfera da reflexão teológico-pastoral: esse caminho torna-se evidente no século posterior até chegar a uma ciência autônoma, a uma verdadeira "teologia prática", que apresenta uma difusão fortíssima em todos os níveis, desde as *Summe* doutrinais, voltadas ao ensinamento teológico, até os manuais de confissão, que se difundem com o uso da imprensa entre os simples penitentes[71]. Também nesse caso deveriam ter sido realizadas amplas pesquisas antes que se pudesse dar um parecer correto, mas as investigações efetuadas em pesquisas válidas nos permitem dizer que não estamos muito distantes da verdade. Talvez o exemplo mais interessante seja o da ascensão do Decálogo, ao lado da antiga redondilha maior, das virtudes e dos vícios, no interrogatório dos confessores[72]. Se, num primeiro momento, o Decálogo parece realmente construir um quadro de referência jurídica útil para a inserção do sistema penitencial no direito canônico, modelando a noção de pecado naquela de crime contra a lei divina, conforme foi provado, num segundo momento, na tarda Idade Média, o Decálogo assume, a meu ver, a função de sustentação para o nascimento da moral como quadro normativo autônomo, forte na sua referência, que o ajuda a livrar-se, com a estrutura dos dez mandamentos, do esquema do direito canônico e contribui para formar a teologia moral como ciência autônoma, capaz de dialogar com o direito positivo.

---

71. Ver os numerosos estudos de R. Rusconi e principalmente "Dal pulpito alla confessione. Modelli di comportamento religioso in Italia tra il 1470 circa e il 1520", in *Strutture ecclesiastiche in Italia e in Germania prima della Riforma*, organizado por J. Johanek e P. Prodi, Bolonha, 1984, pp. 259-315; O. Capitani, "Prolusione", in *Frate Angelo Carletti osservante nel V centenario della morte (1495-1995)* (Atas do congresso, dez. 1996), in *Bolletino della società per gli studi storici, archeologici ed artistici della Provincia di Cuneo*, 118 (1998), pp. 7-17.

72. C. Casagrande e S. Vecchio, *La classificazione dei peccati tra settenario e decalogo*, cit.

Naturalmente, estamos ainda na superfície de uma pesquisa que merece ser aprofundada nos seus aspectos e nos seus conteúdos em relação à evolução da sociedade: creio que se possa levantar a hipótese de que, do mesmo modo como na política, entre os séculos XIV e XV, as estruturas feudais e comunais não conseguem mais dominar a complexidade crescente da estrada social e deixam o lugar para os senhorios e principados, o costume e o direito positivo não escrito não se mostram em condições de governar o caos emergente com a economia monetária e a primeira expansão capitalista, deixando seu lugar para o novo direito positivo civil, que, porém, também não se mostra pronto para a nova realidade, seja em sua forma local, devido à sua fragmentação, seja em sua forma comum, devido à inadequação dos esquemas do direito romano. Desenvolve-se, assim, fora do plano estritamente jurídico, uma esfera normativa autônoma, uma ética autônoma no campo econômico-financeiro, ética essa que tenta afirmar normas comuns que possam formar uma base suficientemente segura para a expansão da produção e do comércio internacional. Nesse plano, parece-me que foram feitas investigações suficientes para transformar essas hipóteses numa grande linha de pesquisa, por exemplo sobre o problema da moeda e do crédito. A discussão sobre a esterilidade do dinheiro e a liceidade do empréstimo a juro, sobre a moralidade dos vários contratos de sociedade e de troca, sob os quais se camuflava a irresistível ascensão do empréstimo e do banco de empréstimo, não apenas tem um significado em si mesma, devido ao desenvolvimento das teorias econômicas modernas, mas, segundo as grandes teses de Joseph A. Schumpeter, tende a construir um universo normativo para o "bem comum" político e para a vida econômica, que nem o nascente direito estatal, nem o antigo direito canônico estavam em condições de garantir[73]. Um exemplo que chama nossa atenção é o *Tracta-*

---

73. J. A. Schumpeter, *Storia dell'analisi economica*, I, Turim, 1959 (orig. Oxford – Nova York, 1954), ver sobretudo as pp. 116-31. A respeito de todas essas questões, ver os estudos de G. Todeschini, principalmente o volume *Il*

tus de origine, natura, jure et mutacionibus monetarum, de Nicola Oresme, escrito talvez entre 1357-1358: em sua base encontra-se a preocupação com as desvalorizações das moedas, realizadas pelos soberanos franceses: a nova ética estende-se da afirmação da moeda como elemento do pacto político até o exame de danos provocados pela sua desvalorização[74]. Ao longo do século XV, o debate concernente à ética aprofunda-se sobretudo a respeito da liceidade das "usuras" hebraicas: a discussão sobre a liceidade das dispensas papais, conferidas às cidades que haviam adjudicado aos hebreus a função creditícia, e as discussões em torno da liceidade da cobrança de juros por parte das casas de penhor nascentes levam a uma modificação radical da tradicional concepção entre o pecado e a lei: o Estado não se limita a permitir um mal menor para evitar um maior, como todos os doutores haviam ensinado, mas há uma distinção nítida entre a lógica da lei (embora ainda não constitua uma "razão de Estado") e o terreno moral[75]. O que nos interessa quanto a esse aspecto, sem entrarmos nos conteúdos do novo direito econômico e comercial, é que se tratou, conforme escrito recentemente, de um verdadeiro "transplante" do campo moral para o jurídico[76].

7. Obrigatoriedade em consciência da lei positiva?

A clássica discussão sobre as relações entre as várias espécies de direito, que havia ocupado todo o século XII e gran-

---

prezzo della salvezza, Roma, 1994, e a síntese "La riflessione etica sulle attività economiche", in *L'economia nel medioevo*, organizado por R. Greci, Roma – Bari (em fase de impressão pela editora Laterza).

74. N. De Fernex, "Potentia, patto e segno in relazione alle teorie monetarie", in *Sopra la volta del mondo*, cit., pp. 157-71.

75. H. Angiolini, "Polemica antiusuraia e propaganda antiebraica nel Quattrocento", in *Il pensiero politico*, 19 (1986), pp. 311-8.

76. U. Santarelli, "La prohibición de la usura, de canon moral a regla jurídica. Modalidades y éxitos de un 'transplante'", in *Del ius mercatorum al derecho mercantil*, organizado por C. Petit, Madri, 1997, pp. 237-56.

de parte do século XIV (direito natural e divino, direito humano, canônico e civil), desenvolve-se nessa nova situação histórica, no século XV, num debate sobre a obrigatoriedade ou não-obrigatoriedade em consciência das leis e dos estatutos, tanto eclesiásticos como civis: quem viola a lei positiva corre somente o risco das penas cominadas pela própria lei ou incorre na pena do pecado mortal? Nesse caso, parece estar em jogo uma partida pela construção do Estado moderno muito mais importante do que as dificuldades encontradas na difícil afirmação posterior dos aparatos judiciários do príncipe. É na parte política e economicamente mais avançada da Itália, e talvez de toda a Europa que, pela primeira vez, pelo que sei, questiona-se esse problema. São políticos e juristas, conselheiros do duque de Milão, que perguntam a João de Capistrano, conforme ele mesmo diz no proêmio do seu *Speculum conscientiae*, composto em 1441: se um indivíduo segue a Deus e a própria consciência, pode considerar-se inocente em relação a uma desobediência do direito humano?[77] Parece-me que a ênfase colocada até hoje pelos historiadores do direito e das instituições na concorrência entre o foro eclesiástico e o civil nessa época comprometeu nossa compreensão desses fenômenos ocultos, mas não menos importantes mesmo do ponto de vista político. Sendo assim, pode a lei humana obrigar em consciência sob pena de pecado mortal? Esse debate explodirá mais tarde na era confessional, mas forma-se em pleno século XV. Seguindo o tratado de João de Capistrano, a primeira parte diz respeito ao conceito de consciência, com uma exposição que servirá de modelo para os tratados de moral dos séculos pos-

---

77. Joannes a Capistrano, "Speculum conscientiae", in *Tractatus universi iuris*, cit., t. I, f. 324r (o tratado compreende as ff. 323v-71r): "Quid sentiam de variis opinionibus amplectendis, hoc est, an uni adhaerens tam quo ad Deum et propriam conscientiam, quam quo ad ius humanum reddatur excusabilis et innocens a reatu?" Sobre a gênese e a composição do tratado, ver A. Poppi, "'Veritas et iustitia' nello 'Speculum conscientiae' di Giovanni da Capestrano", in *S. Giovanni da Capestrano e il suo tempo*, organizado por E. e L. Pasztor, L'Aquila, 1989, pp. 141-63.

teriores. Na minha opinião, nesse momento histórico, diante do declínio do pluralismo jurídico que havia caracterizado o mundo medieval, supera-se o conceito tradicional de "sindérese" como princípio intelectivo e interpretativo da lei, herdado da tradição grega, para chegar ao conceito moderno de consciência como tribunal interno do homem, *naturale iudicatorium*[78]. Não apenas a consciência correta obriga a alma, mas também a errônea: portanto, abre-se a discussão sobre a relação entre a consciência subjetiva e a lei. No que concerne à lei divina, o problema é bastante claro, porque mesmo que a consciência seja errônea, ou seja, leve a uma ação contrária à lei divina, ela não pode ser seguida, pois, de todo modo, o pecado seria cada vez mais grave. Todavia, o problema é mais complexo quando se trata de obedecer a uma ordem humana, de um prelado ou de uma autoridade secular, a um comando indiferente quanto à lei divina. Então, é necessário examinar as possíveis raízes da consciência errônea, e João de Capistrano descreve oito delas: ignorância (que também pode ser combatida com a pregação e a instrução), negligência, soberba, singularidade (dom positivo se nos leva a imitar os melhores), passionalidade (*affectuositas*, afeto desordenado), pusilanimidade, perplexidade (quando alguém acredita que oscila entre dois pecados), humildade (não como virtude, mas como renúncia à própria responsabilidade e submissão injusta ao comando alheio). A sindérese é justamente a força e a virtude ("*potentia et habitus*") que dirige a consciência para o bem, assim como a força de gravidade age no universo físico. O problema mais delicado se dá quando existem diversas opiniões e interpretações da lei: pecamos se seguimos outra opinião? Somos obrigados em consciência a restituir o que foi tirado indevidamente ou

---

78. Ibidem, f. 326v: "Ad sextum dico, quod conscientia est cognitio cordis sui ipsius. Item conscientia est habitus animi agendorum, et non agendorum. Item est prudentia vera de eligendo et fugiendo. Item est lex nostri intellectus, ut dicit Johannis Damascenus. Item conscientia est naturale iudicatorium..."

reparar o dano provocado?[79]. O que nos parece mais importante é que o discurso sobre a obrigação em consciência de seguir a opinião mais provável, ou seja, aquela defendida pela maioria e pelos melhores doutores, refere-se não ao âmbito da moral (como será o caso do probabilismo do século XVII), mas à lei[80]: é a consciência que se mede com o direito, não consigo mesma, e o universo em que se move Capistrano ainda é um universo jurídico, em que o juiz é o protagonista. O juiz, secular ou eclesiástico, deve julgar segundo a lei e as provas alegadas conforme o antigo princípio "iudex secundum allegata non secundum conscientiam iudicat"[81]. Mas a impressão que se tem na leitura do texto é a de que a tradicional harmonia entre o ordenamento canônico e o civil está desaparecendo: com efeito, a justiça de Deus é totalmente diferente daquela do homem e, se se quisesse imitá-la, correr-se-ia o perigo de destruir a própria justiça[82].

---

79. Ibidem, f. 340v: "An liceat sequi alteram ex variis opinionibus. Secundo, an sequens alterutram excusare a mortali culpa. Tertio an sequens teneatur ad restitutionem damnum passo."
80. Ibidem, f. 342r (n. 46): "Probabilia autem sunt quae videntur aut pluribus aut omnibus aut sapientibus et his vel omnibus vel pluribus vel maxime notis vel praecipuis et probabilioribus…"
81. K. W. Nörr, *Zur Stellung des Richters im gelehrten Prozess der Frühzeit: Iudex secundum allegata non secundum conscientiam iudicat*, Munique, 1967.
82. Joannes a Capistrano, *Speculum conscientiae*, cit., t. I, f. 346v (n. 140): "Dicendum est quod est conscientia iuris et conscientia facti. Conscientia iuris est, quae formatur ex lege divina. Conscientia vero facti est, quae formatur ex ipsa facti opinione vel scientia. Dicendum ergo quod iudex non debet iudicare secundum conscientiam facti, sed secundum conscientiam iuris, excluso errore, quia quicumque contigit esse errorem circa utramque conscientiam, scilicet iuris et facti. Iudicare autem secundum conscientiam iuris rectam, non erroneam, est iudicare secundum allegata diligenter discussa… Nam lex aeterna, qua Deus iudicat, non hoc modo iudicat, sed secundum ipsam rerum veritatem, quae ei patet. Lege autem quae posta est ad hoc, quod secundum illam homo iudicet, non potest se extendere ad illa, quia multa de illis sunt ei occulta et incerta… Ad illud quod objicitur, quod Dominus non secundum visionem oculorum, neque secundum auditum aurium iudicabit, dicendum est quod non est simile de homine: quia si homo solum secundum conscientiam tenetur iudicare, posset perversus iudex reos absolvere, et e converso, et ita periret iustitia."

Seria necessário fazer desse tratado e das outras obras de Capistrano uma leitura muito mais analítica, e por sorte podemos remeter a ensaios recentes, que delineiam sua importância para a história do direito[83]. Basta-nos, porém, tê-lo indicado como um ponto significativo de passagem, que mostra o esboço de uma divisão já completa entre o foro da lei e o foro da justiça divina: a única ligação está dentro da consciência do juiz[84].

Nos mesmos anos, Antonino de Florença desenvolve a reflexão sobre esses temas na sua *summa*, cujo título é por si só significativo, pois une e, ao mesmo tempo, começa a distinguir os três setores, antes sempre misturados nas sumas para os confessores: a *Summa sacrae Theologiae, Iuris Pontificii et Caesarei*. Ele divide as leis, segundo uma classificação muito mais complexa do que aquela tomista tradicional, em sete tipos: 1) *Deifica et aeternalis*; 2) *Intrinseca et naturalis*; 3) *Mosayca et divinalis*; 4) *Evangelica et spiritalis*; 5) *Consuetudinaria et generalis*; 6) *Canonica et ecclesiasticalis*; 7) *Politica et secularis*[85]. Não podemos nos deter nessa parte geral, ainda que pareça muito interessante, sobretudo no segundo item, devido à passagem da concepção de um direito natural objetivo a uma concepção subjetiva que tem sua sede na consciência: o *forum poli*, o foro de Deus, torna-se o ponto de conjunção entre o direito natural, o pecado e a salvação. O tema torna-se, de fato, muito importante no discurso sobre o foro: se não me engano, é a primeira vez que o direito natural é, de certo modo, subjetivado e interiorizado, coincidindo com o foro da consciência. Antes da encarnação, não

---

83. D. Quaglioni, "Un giurista sul pulpito. Giovanni da Capistrano predicatore e canonista", in *S. Giovanni da Capistrano...*, cit., pp. 125-39; L. Favino, "Giovanni da Capistrano e il diritto civile", in *Studi medievali*, 36 (1995), pp. 255-84.

84. Para o desenvolvimento na Idade Moderna: M. Turrini, "Il giudice e la coscienza del giudice", in *Disciplina dell'anima...*, cit., pp. 279-94; id., "Tra diritto e teologia nell'età moderna: spunti di indagine", in *Il concilio di Trento e il moderno*, cit., pp. 255-70.

85. Antonino da Firenze, *Summa Theologiae, Iuris Pontificii ac Caesarei*, Pars Iª, tit. XI (ed. Venetiis 1582, t. I, ff. 208r-1v).

havia necessidade da confissão porque bastava a relação direta e mental com Deus; a confissão tornou-se necessária após a impossibilidade de uma presença corporal de Cristo[86]. Interessa-nos ressaltar aqui que, sob essa ótica, a doutrina sobre a obrigatoriedade em consciência da lei humana, civil ou eclesiástica, que ele expõe segundo a tradicional doutrina tomista, adquire outra dimensão, ligada à consciência e a um foro interior unido com o sacramento da penitência, por um lado, e com o direito natural, por outro: as leis injustas (que não são ordenadas ao bem comum, ou que derivaram de quem não detém o poder legítimo, ou que não repartem os pesos igualmente) não obrigam em consciência a não ser talvez para evitar o escândalo e o tumulto[87]. Certa-

---

86. Ibidem, pars III, tit. XIV, c. 6, "De poenitentia et spetialiter de confessione" (ed. Venetiis, 1582, t. III, f. 216r): "Unde sciendum quoniam omnis lex nobis data a Deo, clamat nobis, et mandat confessionem peccatorum. Primo lex intrinseca, secundo lex Mosyca, tertio lex prophetica, quarto lex evangelica, quinto lex canonica. Lex intrinseca est lex naturalis. Haec nobis dictat, ut confiteamur Domino peccatum nostrum scilicet recognoscendo, et petendo veniam. Quia enim ante incarantionem Deus erat purus spiritus, ideo erat contentus confessione mentali hominis, nec plus exigebat. Sed postquam factus est homo incarnatus ex virgine, exigit a nobis etiam confessionem oris, et quia praesens non est corporaliter, vult ut faciamus vicario suo scilicet sacerdoti...". Mais adiante (cap. 19), Antonino fala de duas confissões, a sacramental de direito divino e a mental de direito natural: "Est autem confessio de iure divino non naturali. Sed de iure naturali est confessio quae fit Deo mente" (ibidem, f. 251v).

87. Ibidem, t. I, f. 280r (pars prima, tit. XVIII): "Quod leges humanae etiam seculares imponunt homini necessitatem ad observandum in foro conscientiae: ita quod non observans peccat si sint iustae... Dicuntur autem leges iustae vel iniustae secundum quadruplex genus causarum... Iniustae autem sunt quando non aequaliter onera imponuntur... sed alii nimis gravantur enormiter, alii nimis allevientur. Et istae sunt violentiae magis quam leges. Unde tales leges non obligant in foro conscientiae: nisi forte propter vitandum scandalum, vel perturbationem...". A definição tomista em que não nos detivemos por ser muito conhecida expunha uma ligação direta e objetiva: as leis injustas, contrárias ao bem humano, não obrigam no foro da consciência "nisi forte propter vitandum scandalum vel turbationem"; as leis injustas, contrárias ao bem divino, não devem, em caso algum, ser obedecidas (São Tomás de Aquino, *Summa theologiae*. Ia IIae, q. 96, art. 4, ed. cit., p. 437).

mente, em todas as sumas pastorais mais difundidas e nos manuais para confessores desse outono da Idade Média, de Antonino em diante, até Ângelo de Chivasso e Silvestro Mazzolini de Prierio, na primeira metade do século XVI, o tema da relação entre a consciência e a lei torna-se a questão em torno da qual se desenvolve o conflito entre o indivíduo e o poder[88]. Silvestro Mazzolini diz simplesmente – parece não sentir a gravidade da situação – que o pecador é chamado a responder diante de três foros distintos: "in foro animae interius coram Deo; in foro poenitentiae exterius coram Dei vicario; in foro contentioso coram iudice"[89].

Certo é que, a partir da segunda metade do século XV, o tema da obrigatoriedade em consciência da lei positiva torna-se dominante: o controle das consciências é tanto ou mais importante para o príncipe quanto o processo de territorialização da Igreja que, com a formação de um direito direto ou indireto dos príncipes em relação aos benefícios e com a administração eclesiástica dos próprios territórios, antecede a Reforma e é comum a todos os países europeus[90]. Por um lado, desenvolve-se a religião cívica, já crescida em âmbito comunal, mesmo com as novas formas de culto dos santos inseridas na corte[91]; por outro, desenvolve-se uma contradição cada vez mais insanável entre a lei natural divina e a legislação humana, entre o foro de Deus e o dos homens. Creio que a experiência política e religiosa de Jerônimo Savonarola também possa ser vista por esse ângulo e que a sua tragédia possa ser inserida nesse processo de fragmentação. Sua elaboração do problema da lei é totalmente

---

88. P. Michaud-Quantin, "La conscience individuelle et ses droits chez les moralistes de la fin du Moyen-Âge", in *Universalismus und Partikularismus im Mittelalter*, organizado por P. Wilpert, vol. V, Berlim, 1968, pp. 42-55.

89. Prierias Sylvester (Silvestro Mazzolini), *Summa summarum* (dentre as inúmeras edições, utilizei a de Antverpiae, 1581, I, 162).

90. *Strutture ecclesiastiche in Italia e in Germania prima della Riforma*, cit.

91. G. Zarri, "Le sante vive. Per una tipologia della santità femminile nel primo Cinquecento", in *Annali dell'Istituto storico italo-germanico in Trento*, 6 (1980), pp. 371-445.

tomista: "A doutrina cristã sobre a lei e a constituição judicial é extremamente razoável"[92]; da lei natural e da divina derivam todas as leis positivas como passagem do universal para o particular: "sendo assim, o clero é julgado e governado segundo a lei canônica, enquanto o povo é julgado e governado segundo a lei civil; e, se algum dia houver alguma lei particularmente iníqua, não será por culpa da doutrina cristã, mas pela impiedade de alguns tiranos, contra os quais muitas vezes a Igreja, por essa razão, lança censuras e maldições. Desse modo, parece que a religião cristã rege-se razoavelmente, tanto com as leis civis quanto com as divinas". Não é necessário lembrar o quanto isso repercute na famosa correção que o próprio Savonarola fez dirigindo-se ao patíbulo para a declaração de excomunhão e deposição por parte do juiz delegado pelo papa: segundo o direito canônico, a excomunhão pode ser inválida e, de todo modo, separada da Igreja militante, mas não influi na relação do homem com Deus. Na realidade, talvez a "tirania" representasse o novo que avançava tanto na Igreja de Alexandre VI quanto na sociedade: a tentativa de limitar a contradição entre as leis positivas e as naturais e divinas apenas ao caso da tirania exprimia o último recurso para manter de pé uma base teorética da lei, que já estava ultrapassada, ou o último grito de um profeta.

Creio que uma consideração mais ampla do percurso histórico da segunda metade do século XV seja uma mudança de estratégia muito importante para compreender o caminho que mais tarde conduziu à Reforma, de um lado, e à Igreja tridentina, de outro. Nesse percurso, por um lon-

---

92. G. Savonarola, *Triumphus crucis*, organizado por M. Ferrara, Roma, 1961, cap. III, pp. 459-64. Na sua obra teórica, o *Compendium philosophiae moralis*, o livro VI, dedicado à justiça, não parece conter elementos novos em relação à base tomista (*Scritti filosofici*, organizado por G. C. Garfagnini e E. Garin, Roma, 1998, vol. II, pp. 391-2). Sobre a denúncia profética de Savonarola, entre as atas dos vários congressos realizados por ocasião do qüingentésimo ano da sua morte, ver *Savonarola. Democrazia, tirannide, profezia*, organizado por G. C. Garfagnini, Florença, 1998.

go trecho de estrada, o papado e os príncipes continuam a prosseguir juntos: afirma-se cada vez mais o princípio de que, se o súdito não obedecer ao comando do príncipe, seja ele civil ou eclesiástico, estará colocando em perigo a própria salvação eterna. Existe uma convergência entre o direito canônico e o direito secular, pois é a lei divina que exige que os súditos obedeçam à lei sob pena de pecado, conforme escreve Andrea Alciato, refletindo a nova mentalidade difundida[93]. Essa será a plataforma comum dos Estados confessionais mesmo após a ruptura da Reforma. Na essência dessa passagem, encontramos, do ponto de vista teórico, a figura de Tomás de Vio, o cardeal Cajetano (ou Caietanus), que altera toda a tradição a partir do pensamento tomista: teorizando a Igreja, a monarquia papal, como sociedade perfeita (na mesma época em que Nicolau Maquiavel escrevia *O príncipe*), estabeleceu as bases da estrutura mental do Estado monárquico moderno[94]. A Igreja corresponde a um Estado, ou melhor, é o Estado mais orgânico e compacto que existe sob o governo absoluto da monarquia papal, delegada por Deus, e isso leva a uma legitimação do poder legislativo e judiciário da monarquia enquanto tal. Partindo do desdobramento entre a natureza espiritual do homem e a sua natureza-natural – essa é a verdadeira inovação com respeito ao sistema tomista –, Cajetano reconhece a plena autonomia da lei positiva e a sua capacidade independente para criar o direito: aliás, ela própria é uma articulação do direi-

---

93. A. Alciato, *Opera*, II (comentário ao tit. 34 do II livro das decretais "De iureiurando"), Basileae, 1582, col. 870: "Sed in casu nostro non est statutum quod annullet iuramentum, sed lex canonica, imo potius divina quae vult quod subditi oboediant legi alias peccent."

94. *Rationalisme analogique et humanisme théologique. La culture de Thomas de Vio "Il Gaetano"*, organizado por B. Pinchard e S. Ricci, Nápoles, 1993 (Atas de um colóquio de nov. de 1990); para o ponto aqui considerado, ver sobretudo os ensaios de J.-R. Armogathe, "L'ecclésiologie de Cajétan et la théorie moderne de l'état", pp. 171-82, e de G. Parotto, "Secolarizzazione della ragione e trascendenza dell'obbligo giuridico nel commento del Gaetano alla 'Summa theologiae'", pp. 209-25.

to natural ("dearticulatio quaedam iuris naturae"), e a verdadeira força da lei positiva, a *vis legis*, consiste no poder de vincular a consciência do homem ao foro interno ("lex habet vim obligativam in foro conscientiae ab eterna lege, a qua derivatur")[95]. A obrigação de obedecer à lei não depende dos conteúdos desta, mas deriva da própria característica da lei positiva, que produz uma ordem "artificial" ínsita na arte de governar: é o príncipe, seja ele o papa ou um soberano secular, que, possuindo o poder coativo, pode transformar a lei natural em lei positiva, mantendo sua capacidade de vincular a consciência. Parece-me, de fato, que nessa posição de Cajetano esteja implícito todo o caminho no século posterior da chamada Segunda Escolástica, com uma saída substancial do direito natural do mundo jurídico concreto e o domínio da norma positiva também no foro da consciência. Conforme se escreveu: "Nesse quadro, por um lado, a lei natural se projeta num mundo teórico como norma abstrata e perfeita, cuja aplicação não é integral, mas definida em comparação com a lei humana; por outro lado, a lei humana é totalmente confiada à arte política e a uma prática, cujo contato com a transcendência passa – no que diz respeito ao súdito – para a obrigação de obediência e – quanto ao soberano – para a consciência individual"[96]. Gostaríamos de inserir nessas observações um exame da comparação histórica entre Cajetano, legado papal na Alemanha, e Lutero nos debates de 1518 sobre a excomunhão e a confissão: uma contraposição dura, mas entre duas pessoas que entreviam, de partes opostas, o desenvolvimento que estava ocorrendo no plano mais profundo da relação entre consciência e direito[97]. Certo é que, no momento em que explode a Reforma, já aparece claramente definida a distância entre a "cul-

---

95. G. Parotto, *Secolarizzazione*, cit., pp. 213-7.
96. Ibidem, p. 224; id., *Iustus ordo. Secolarizzazione della ragione e sacralizzazione del principe nella Seconda Scolastica*, Nápoles, 1993, pp. 165-7.
97. Para saber mais sobre essa questão, ver Ch. Morerod, *Cajetan et Luther en 1518. Edition, traduction et commentaire des opuscules d'Augsburg de Cajetan*, 2 vol., Friburgo, Suíça, 1994.

pa theologica" e a "culpa iuridica", entre a desobediência à lei divina e desobediência à lei positiva humana, diferença que também se reflete nos mais difundidos manuais para confessores, com conseqüências explosivas: enquanto Ângelo Carletti de Chivasso sustenta, seguindo a tradição medieval do século XIII (e sobretudo de Henrique de Gand), que a inobservância de um estatuto penal implica somente a pena relativa prevista pela lei mas não o pecado, Silvestro Mazzolini de Prierio rebate que todo comando da autoridade deve ser obedecido sob pena de pecado: "omne statutum superioris ligans ad penam ligat ad culpam"[98]

8. Lei penal e lei moral

Nos anos que se seguem, no século XVI, os desenvolvimentos da reflexão serão diferentes, mas o novo protagonista continuará sendo o Estado: haverá caminhos muito diversos entre si na teoria da justificação do poder, entre a estrada do "pacto" (ou "covenant") e a do poder soberano, que deriva imediatamente de Deus, e é com base nelas que todo o pensamento político europeu do perído posterior se dividirá, de certo modo sem depender da divisão confessional, com resultados muito diferentes[99]. Apenas para fins exemplificativos, sem nenhuma pretensão de completude, aproximemo-nos de alguns autores de ambiente católico, que na primeira metade do século XVI questionam-se a respeito da obrigatoriedade em consciência da lei: Francisco de Vitoria, Jean Driedo (Dridoens), Martín de Azpicuelta (conhecido como o doutor Navarro) e Alfonso de Castro: em todos, o novo protagonista é o Estado e, mais concretamente, a monarquia espanhola, mas com indicações divergentes. Por enquanto,

---

98. M. Turrini, "'Culpa theologica' e 'culpa iuridica': il foro interno all'inizio dell'età moderna", in *Annali dell'Istituto storico italo-germanico in Trento*, 12 (1986), pp. 147-68.
99. Para um quadro global, ver W. Daniel, *The Purely Penal Law Theory in the Spanish Theologians from Victoria to Suarez*, Roma, 1968.

limitemo-nos a esses primeiros expoentes que, embora polemizem com Lutero, possuem uma formação anterior à ruptura confessional; nos capítulos seguintes, vamos tentar indicar o caminho das suas idéias dentro da Segunda Escolástica, na segunda metade do século XVI e no século XVII: se, por um lado, pode ser fascinante considerar esse pensamento como uma construção homogênea, por outro, não se deve negligenciar a virada que pode ser situada por volta da metade do século XVI. Sem entrar no tema específico das teorias sobre a justificação do poder, vamos buscar compreender as conseqüências desse percurso para a relação entre o foro interno e o externo: todos esses autores consideram que a lei do Estado pode vincular em consciência os súditos sob pena de pecado mortal. Não se trata de uma novidade: na seção anterior, viu-se o seu desenvolvimento no pensamento italiano do século XV, mas essa doutrina assume aqui uma valência política totalmente nova, pois coloca-se no centro de um discurso concreto, relativo à monarquia, e se une diretamente ao problema da lei penal.

Francisco de Vitoria funda todo o seu pensamento na doutrina tomista da justiça como "constans et perpetua voluntar jus suum unicuique tribuere", mas o significado é outro no diferente contexto histórico. Não temos uma fusão entre o direito natural e a justiça como virtude, mas a primeira fundação moderna de uma ordem ética: ordem que certamente é fundada nos princípios do direito natural, mas que encontra a sua realização apenas na virtude, dentro de cada homem e nas relações pessoais entre os homens, na sociedade[100]. Nasce, portanto, a ética em sentido moderno, e isso também fornece a possibilidade a Vitoria de fundar os direitos subjetivos do indivíduo e de construir a moral econômica, baseada no princípio da propriedade pessoal, como um sistema que produz o bem comum, mas partindo do in-

---

100. Estas são apenas alusões simplificadoras que remetem ao estudo orgânico de D. Deckers, *Gerechtigkeit und Recht. Eine historisch-kritische Untersuchung der Gerechtigkeitslehre des Francisco de Vitoria (1483-1546)*, Freiburg – Viena, 1991.

divíduo e, como conseqüência, das ações virtuosas individuais. É o foro da consciência que, de certo modo, torna-se o protagonista da economia e da política que vincula os súditos à obediência ao soberano e que vincula o próprio soberano à observância dos pactos e das liberdades dos súditos (a *Relectio de potestate civili* a que nos referimos em relação a esses problemas foi composta em 1528: sente-se a influência da rebelião dos *comuneros* espanhóis dos anos anteriores). Mas a conseqüência é que o Estado, o príncipe secular ou, mais genericamente, quem representa a *res publica*, tem o poder de promulgar leis que vinculem a consciência dos súditos. Vitoria examina as possíveis objeções apresentadas por muitos doutores (sente-se a presença de Jean Gerson, embora ele não seja nominado): se uma lei civil pudesse vincular em consciência a autoridade secular, adquiriria um poder espiritual; o objetivo da convivência e do bem público não concerne à vida eterna, mas àquela terrena; o poder secular não pode absolver dos pecados e, portanto, o pecador é punido duas vezes, nesta terra e na vida eterna. "His rationibus nonostantibus", conclui Vitoria, citando a conhecida passagem da epístola de São Paulo aos romanos (XIII, 5), sobre a necessidade de obedecer "propter conscientiam" aos superiores, "leges civiles obligant sub poena peccati et culpae aeque ac leges ecclesiasticae"[101]. Certamente, prossegue o dominicano, a lei divina é muito superior à lei humana porque a primeira é imutável e constitui expressão unicamente da vontade de Deus, enquanto a segunda pode ser modificada sempre e é condicionada pela conformidade ao bem público e, de certo modo, é estabelecida segundo um acordo (o "sit pro ratione voluntas", segundo Vitoria, não poder referir-se ao legislador humano)[102]. Mas a lei humana também

---

101. Francisco de Vitoria, *Vorlesungen I (Relectiones)*, organizado por U. Horst et al., Stuttgart – Berlim – Colônia, 1995 (1: "De potestate civili"), p. 144.
102. Ibidem, p. 146: "Differunt quidem; nam lex divina sicut a solo Deo fertur, ita a nullo alio aut tolli aut abrogari potest. Lex autem humana sicut per hominem constituitur, ita ab homine tolli aut annullari potest. Differunt etiam, quia in lege divina ad hoc, quod iusta sit et per hoc obligatoria, sufficit voluntas legislatoris, cum sit pro ratione voluntas. Ut autem lex humana sit iusta et

provém de Deus e, portanto, é obrigatória em consciência: se um comando do papa pode ser vinculador, não se pode negar que, do mesmo modo, não seja vinculador o comando do príncipe[103]. Tanto a lei divina quanto a humana podem, enfim, obrigar sob culpa de pecado venial ou mortal, conforme a gravidade da transgressão, sem distinção: se uma pessoa não paga os impostos ou exporta moeda ilicitamente comete pecado mortal. Por outro lado, se transgride as leis suntuárias e vai à caça sem a licença, comete pecado venial[104].

A obra de Jean Driedo, professor na Universidade de Louvain, publicada em 1546, move-se muito mais dedicadamente na linha contratualista, respirando o ar dos Países Baixos. Já a partir do título, *De libertate christiana libri tres*, percebe-se que o tema central é o da relação entre o súdito e a lei. Polemizando com Lutero e com os modernos subvertedores, afirma que é possível e necessário conciliar a liberdade do cristão com a obediência ao poder, pois o *dominium* e a *subiectio* são relações inevitáveis após o pecado de Adão e o pecado original (ele define quatro graus de liberdade em sentido descendente: de Deus, dos santos, de Adão antes do pecado e, por fim, do cristão enquanto libertando por Cristo do jugo da lei do Antigo Testamento). Mas – e esse é o fio

---

possit obligare, non sufficit voluntas legislatoris, sed oportet, quod sit utilis rei publicae et moderata cum ceteris."

103. Ibidem, p. 150: "Supposito quod papa habet auctoritatem condendi leges obbligatorias in foro conscientiae. Si papa committeret alicui, ut daret leges alicui communitati, praecipiens eis, tu oboedirent, nonne praecepta legati haberent vim obligandi in foro conscientiae?... Et tandem qui concedunt leges pontificum obligare ad culpam, negare nullo modo possunt, quin etiam leges civiles obligent."

104. Ibidem, pp. 51-2: "Humana enim lex, quae si esset divina, obligaret ad veniale, obligat etiam ad veniale, et quae si esset divina obligaret ad mortale, obligat etiam ad mortale... Sicut ergo inter leges divinas aliquae obligant ad mortale et aliquae ad veniale, ita etiam humanae aliquae autem ad mortale obligant...Exempla non ita sunt in promptu sicut in legibus divinis, sed postest accipi de tributo, quod videtur omnino necessarium ad defensionem republicae et ad alia publica munia et opera... Ita si quis contra legem civilem venaretur aut indueretur bysso, non videtur mortale... Si enim prohibentur, ne quis pecunias extra regnum portet, quicumque exportant, peccant mortaliter, quamvis una exportatio parum noceat reipublicae."

condutor de toda a obra – essa relação deve ser garantida reciprocamente: para serem obedecidas, as leis devem não apenas ser justas, mas também aceitas pelo povo, "receptae a populo"[105]. As leis humanas vinculam enquanto derivação da eterna lei divina: mas não obrigam se forem inúteis ou danosas à comunidade ou se assim se tornarem mesmo num segundo momento, caso não sejam aceitas pelo povo[106]. Driedo recusa-se a seguir Gerson no caminho da liberdade de consciência em relação à lei, porque o preceito de obedecer à autoridade é de direito divino (retorna sempre o texto da epístola de São Paulo aos romanos), mas a transgressão da lei é "peccatum criminale" apenas se nasce do desprezo deliberado "ex contemptu", do contrário, a inobservância da lei pode ser considerada pecado venial[107]. Particularmente, os tributos impostos injustamente pelo soberano não podem vincular em consciência: pode-se fraudar o fisco às ocultas e podem-se evadir as taxas licitamente quando são muito onerosas ou iníquas, ou quando a utilidade pública que justificava a sua imposição deixou de existir[108].

---

105. Ioannis Driedonis, *De libertate christiana libri tres*, Lovanii, 1546, liber I, cap. 9: "In quo demonstratur quod legem pure positivam obligare populum in foro conscientiae non adversetur christianae libertati", f. 28v.
106. Ibidem, f. 29v: "Lex in foro conscientiae non habet vim obligandi, quando non est moribus utentium recepta, vel quando incipit esse inutilis, aut pernitiosa communitati, aut per non usum in dissuetudinem abiit, aut quando ab ea recedit legislator, vel revocans, vel non curans ut servetur: et id idcirco lex etiam rationabiliter in favorem communi boni primum a principe instituta non incipit habere vim obligandi in foro conscientiae, si populus mox nolit illam acceptare et approbare..."
107. Ibidem, liber II, cap. 1: "An videlicet transgredi legem pure humanam sit criminalis, an potius venialis culpa" (f. 51v).
108. Ibidem, liber II, cap. 5: "In omnibus hisce casibus non tenetur quispiam in foro conscientiae ad solutionem vectigalium, potestque licite fraudare gabellas occulte: neque tenetur ad satisfactionem ullam aut restitutionem, si non solverit is, qui iniquo statuto aut mandato gravatur, quemadmodum in foro conscientiae non tenetur, si videat fieri abusum huiscemodi vectigalium, veluti si quae pro communi bono reipublicae imposita sunt, applicentur ad privatorum hominum commoda, vel si quae ad tempus pro aliqua necessitate communis boni fuerint ab initio imposita, cessante necessitate illa, prorogentur aut perpetuentur pro sola voluntate principis, populo non consentiente."

O agostiniano Azpicuelta, no seu *Enchiridion*, publicado em 1549 (mas que, com as reedições e as integrações posteriores, dominará durante toda a segunda metade do século), move-se nessa direção, introduzindo estas argumentações teológicas no quadro da prática confessional: nenhuma transgressão das leis penais humanas comporta pecado a não ser na medida em que implica uma violação das leis naturais e divinas; sobretudo a violação das leis fiscais, em relação ao comércio de contrabando ou à moeda, não implica culpa moral e pode ser justificada como ato de defesa da propriedade diante de uma agressão injustificada por parte do poder público; nenhuma lei penal pode ser, por si só, obrigada em consciência à culpa[109]. No entanto, nos seus comentários posteriores, parece acompanhar o curso da consolidada monarquia espanhola e afirma – seguindo seu mestre Alfonso de Castro e em polêmica com Gerson e Lutero, associados numa única reprovação – que mesmo a lei humana pode obrigar: "quod non solum lex divina et naturalis, sed etiam pure humana potest obligare subditum ad eius observantiam sub poena peccati mortalis: et sancte quidam"[110].

---

109. M. de Azpicuelta, *Manuale confessariorum et poenitentium*, Coimbra, 1549 (com inúmeras edições, traduções e compêndios posteriores: uso a ed. Venetiis, 1603); v. M. Turrini, "Culpa theologica"…, cit., pp. 157-61.
110. M. de Azpicuelta, *Manuale confessariorum*, cit., pp. 849-64 ("Commentarium de lege poenali"). Dentre as razões apresentadas, parece-me relevante o recurso ao paralelo entre a família e o Estado ("Secundo, quod patris praeceptum iustum circa gubernationem oeconomicam obligat filium ad sui observantiam sub poena peccati mortalis… at maior est potestas Reipublicae in subditum in his quae pertinent ad bonum publicum, quam patris in filium…") e a constatação de que, na prática, quase já não há mais leis puramente penais, pois todas parecem implicar a desobediência a uma lei natural ou divina: "Contra quam tamen divisionem facit quod omnis fere lex obligatoria videtur esse mixta: quia expresse vel tacite continet culpam et poenam: omnis enim lex quam ipse (Castro) appellat morale tantum, videtur obligare ad culpam venialem, vel mortalem, et consequenter continet poenam aeternam vel temporariam futuri saeculi, vel praesentis; et omnis lex, quam ipse appellat tantum poenalem, tacite obligare videtur ad culpam venialem, vel mortalem, propter quam imponitur poenam…"

Com efeito, Alfonso de Castro havia se encaminhado pela direção oposta, questionando-se sobre o problema específico da lei penal, que, segundo o seu pensamento, distingue-se das outras leis pela sua intrínseca força coercitiva. Se as leis não podem empenhar a consciência dos súditos – escreve ele em 1550, no prefácio ao seu tratado *De potestate legis poenalis* –, a própria "pátria" encontra-se perdida e desprovida de toda força civil e também militar, como se as suas muralhas estivessem derrubadas: a pátria – conforme podemos deduzir pelas suas palavras – consiste justamente na incorporação dos súditos ao Estado, por meio da obrigação em consciência de observar as leis sob pena de pecado mortal e, sem esse nexo entre a consciência e a lei, não apenas a justiça, mas também a política não podem funcionar[111]. O maior adversário de Alfonso de Castro é Jean Gerson: contra Gerson ele polemiza explícita e continuamente, acusando-o de ser o verdadeiro mestre de Lutero. Na realidade, isso não tem fundamento, uma vez que Lutero segue por

---

111. A. de Castro, *De potestate legis poenalis*, Lugduni, 1550, pp. 1-2 (da dedicatória a Michele Munocio, bispo e conselheiro de Carlos V, e do prefácio): "Aliae leges ostendunt virtutis viam et hortantur ad illam, leges autem poenales non solum hortantur, sed poenis, quas minantur veluti quibusdam calcaribus, urgent ad illam...Sunt enim qui sentiunt nullam legem obligare subditorum conscientias ad poenam, ab eadem lege contra illius transgressores decretam, nisi adsit iudicis sententia, quae aliquas legis suppetitias ferat... tanquam si poena, quae ad meliorem legis observationem statuitur liberiores faceret homines ad eiusdem legis transgressionem... Nam pro patriis legibus et illarum robore atque potentia, veluti pro patria ipsa virum fortem pugnare oportet. Quoniam sublata legum potestate, multo vilior atque debilis patria erit, quam si omnes illius muri ad terram prosternerentur, et omnia tormenta bellica, quibus omnes suos hostes a se propellere posset protinus confringerentur... Sunt enim leges, praesertim poenales, quae potissimum patriam custodiunt." Uma análise da obra de Castro, do ponto de vista do direito penal, encontra-se em I. Mereu, *Storia del diritto penale nel '500. Studi e ricerche*, vol. I, Nápoles, 1964 (cap. IV: "Il diritto penale nel pensiero di Alfonso de Castro"), pp. 283-372; devo, porém, precisar que algumas afirmações, como a que está contida na p. 359, em que se define o tratado de Castro como "uma obra em que se discute se os pecados ligam e obrigam a consciência individual", acabam por comprometer em muito a elaboração desse interessante ensaio.

outro caminho, conforme veremos, para ir ao encontro das exigências do Estado moderno, mas o certo é que, no decorrer de pouco mais de um século, o pensamento do grande conservador, chanceler da Universidade de Paris, tornou-se perigoso e considerado eversivo da nova ordem política.

Antes de passar para outro assunto, é necessário dedicar algumas reflexões ao objeto da polêmica de Alfonso de Castro, ou seja, a teoria de que algumas leis positivas podem não empenhar a consciência, isto é, podem prescrever uma pena, uma condenação, sem que esteja implícita na transgressão a culpa do pecado. Em outras palavras, trata-se da teoria da existência de leis puramente penais, que não vinculam a consciência[112]. É uma questão diferente ou, pelo menos, uma perspectiva diferente do simples problema da obrigatoriedade em consciência da lei e diz respeito especificamente à legislação penal. Parece-me que essa teoria foi estudada do ponto de vista teológico, mas subestimada em relação ao problema da política e, particularmente, da administração da justiça. Mais adiante veremos a importância da sua teorização entre os séculos XVI e XVII na formação casuística como sistema normativo alternativo àquele da lei positiva, mas é necessário indicar as origens da batalha que se desencadeia contra essa concepção na primeira metade do século XVI, para depois entender as conseqüências dentro da Reforma e do mundo católico pós-tridentino.

A idéia de que existem leis positivas que comportam a cominação de uma penalidade mas não a culpa do pecado já era tradicional havia muitos séculos nas ordens religiosas mendicantes e se difundira no mundo laico das confrarias do século XV: para evitar escrúpulos de consciência e perturbações internas, previa-se que a inobservância das regras em relação aos pontos considerados não fundamentais (por exemplo, a ruptura do jejum ou do silêncio em tempos não consentidos) fosse punida com uma penitência externa es-

---

112. W. Daniel, *The Purely Penal Law Theory in the Spanish Theologians from Victoria to Suarez*, cit., cap. V.

pecífica, mas não implicasse a culpa do pecado. Ora, a possibilidade de separar a pena terrena, que o legislador humano pode impor, e a pena eterna, que apenas Deus pode dar, é vista por Castro como um perigoso dualismo entre a lei divina e a lei humana, dualismo esse que, introduzido por Gerson, abriu caminho para a revolução de Lutero. Castro não nega a existência de leis puramente penais, mas defende o princípio de que o legislador humano pode e deve impor, além da pena temporal, as penas previstas para o pecado. Do mesmo modo como um pai de família pode impor uma ordem ao seu filho sob a ameaça da pena eterna, com mais razão ainda o príncipe pode fazer o mesmo em relação aos seus súditos[113]. As autoridades políticas, assim como aquelas religiosas segundo o direito humano positivo (canônico ou secular), podem vincular sob pena de pecado mortal. O súdito não pode arrogar-se o direito, para justificar a sua desobediência, de julgar se a lei é injusta ou não: só o fato de desprezar a lei já constitui pecado mortal[114]. Castro baseia-se na distinção apresentada por Cajetano entre a lei em sentido jurídico e a lei moral, mas afirma contra Cajetano que, se não houver uma intenção declarada do legislador de excluí-lo (e, portanto, de promulgar formalmente uma lei apenas penal, que exclua o pecado de modo explícito), a lei penal é mista e contém dentro de si, como se estivesse incorporada a ela, a própria lei moral[115]. Isso pode ser clara-

---

113. A. de Castro, *De potestate legis poenalis*, cit., p. 52 (liber I, c. 4): "Maius et potentius est imperium principis supra subditos suos, quam patris supra filios. Pater potest obligare filium ad aliquid faciendum vel omittendum sub poena mortis aeternae: ergo multo melius id poterit princeps circa subditos suos."

114. Ibidem, p. 99 (liber I, c. 5): "Quarta conclusio. Non potest subditus sine culpa mortali legem iustam aut praeceptum superioris iustum contemnere, iudicando illum iniustum, aut graviter indignando illi."

115. Ibidem, p. 158 (liber I, c. 8): "Lex igitur quae sine alicuius poenae designatione aliquid praecipit aut prohibet dicetur pure moralis. Legem moralem hic voco, non ut theologi eam distinguere solent contra legem iudicialem aut caerimonialem, prout est illa quae dissert de actu virtutis necessario, sed illam omnem quae quovis modo ad aliquam virtutem possit reduci, sive

mente deduzido a partir da lei penal, quando ela comina penas graves como a morte, o cárcere ou o exílio, que implicam, por natureza, o reconhecimento de uma culpa e de um pecado grave[116].

Deixemos de lado toda a segunda parte do tratado que se destinou, sobretudo, a demonstrar que a obrigação de observar a lei (e a culpa relativa) precede a sentença do juiz e não a segue: não há necessidade da sentença para incorrer na culpa intrínseca à infração da lei. A preocupação que Alfonso de Castro manifesta, preocupação que – declara expressamente – levou-o a escrever o tratado, é que, na Espanha, muitos consideram que não seja pecado evadir os impostos, não pagar os tributos ao rei, as gabelas ou a *alcavala* para as transações comerciais[117].

Como dissemos, com esses tratados chegamos à metade do século XVI: a Reforma já cumpriu o seu primeiro ciclo, e o concílio de Trento já começou. Diversas são as soluções propostas, mas o pensamento de Vitoria, Driedo, Azpicuelta e Castro parece fazer emergir, de modo quase brutal, uma constatação de base. Para todos os homens daquele período, o interlocutor torna-se cada vez mais o Estado moderno, e

---

illa ordinetur ad lites tollendas sive ad bonos populi mores instituendos. Quae autem absque hoc aliquid praecepiat, aut prohibeat, lex est pure poenalis. Lex vero quae aliquid fieri praecipit, aut vetat, et poenam insuper contra legis transgressores statuit, dicitur lex poenalis mixta. De lege pure morali non est opus exempla proferre, quia de illa in hoc opere non dissero, sed solum de lege poenali."

116. Ibidem, p. 179 (liber I, c. 8): "Quando igitur lex pure poenalis aliquam istarum poenarum imponit, eo ipso innuit, per aliam legem aut divinam aut humanam esse praeceptum aut prohibitum id propter quod est imposita poena tam gravis. Quoniam cum illa non nisi pro culpa gravi possit imponi, et ad illam lex pure poenalis (ut hactenus diximus) non possit obligare, consequens est, ut alia sit lex moralis obligans illius transgressionem ad culpam, propter quam lex illa mere poenalis tam gravem poenam imponit."

117. Ibidem, liber I, cap. X: "Quod lex pure poenalis non tollit obligationem ad culpam, quae per priorem legem moralem fuerit imposita"; pp. 194-5: "Et inde apertissime colligitur illos a tali legis obligatione non liberari per hoc, quod se exponunt periculo poenae quae per legem humanam contra eos qui tributa non reddunt est statuta."

é com ele que deverão ser medidos tanto os reformadores quanto o papado tridentino: é com o Estado que se mede a Igreja, muito antes da ruptura religiosa, não apenas para o controle da organização externa e da instituição, mas também para o controle das consciências. Foi dito que a Espanha do século XVI, com o grande pensamento dos juristas e teólogos da chamada Segunda Escolástica, é a ponte usada pela cultura européia para passar da Idade Média à Idade Moderna, transmitindo e elaborando os grandes conceitos dos direitos naturais, que mais tarde serão assimilados pelo moderno jusnaturalismo e pelo iluminismo[118]: tudo isso está absolutamente correto, mas é necessário lembrar que essa ponte, não por acaso, é construída na Espanha, onde se põe em prática o maior laboratório político europeu para a construção do Estado, e que essa construção atravessa estágios históricos muito diferentes desde o início até o final do século.

9. Medo e confissão, pecado e delito às vésperas da Reforma

Nos anos 1970, foram publicadas quase contemporaneamente, com um desenvolvimento repentino, algumas obras fundamentais que colocaram essas temáticas no centro dos interesses historiográficos, obras que podemos dizer que dominaram a produção histórica até os nossos dias e ainda influenciam, de modo decisivo, o que se produz atualmente. É até difícil estabelecer entre elas uma prioridade de aparição, pois as datas são próximas umas das outras e o caminho da difusão das publicações é complexo. No máximo, creio que se possa tentar (por meio de uma profunda pesquisa genética, e não por declarações expressas) encontrar uma paternidade comum ou, pelo menos, um ponto de partida nas obras anteriores de Michel Foucault sobre o

---

[118]. E. O' Gorman, citado em B. Tierney, "Aristotle and the American Indians Again. Two Critical Discussions", in *Cristianesimo nella storia*, 12 (1991), pp. 295-317 (atualmente em *The Idea of Natural Rights*, cit., p. 287).

poder e o controle social. Seguindo puramente o esquema cronológico, eu colocaria em primeiro lugar um ensaio de 1974 sobre as sumas dos confessores como instrumento de controle social, de Thomas N. Tentler, ensaio ao qual se segue então, em 1977, o poderoso volume sobre o pecado e a confissão às vésperas da Reforma[119]. A meu ver, essa obra continua sendo a melhor análise do interior do instituto da confissão e do seu impacto na vida religiosa: sua limitação é não ter considerado que o direito canônico diz respeito não apenas ao foro externo, mas também ao interno[120], e que, portanto, a transformação que notamos nos séculos XIV-XV corresponde a uma mudança global da relação entre os ordenamentos jurídicos, mas não nega a natureza canonista da obrigação da confissão.

Nesse ínterim, em 1975, publicou-se na Inglaterra um breve ensaio, mas que logo ficou famoso, de John Bossy, sobre a história social da confissão na época da Reforma. A esse ensaio relacionam-se outros sobre a história social dos sacramentos e da missa[121]: a prática social da confissão é vista

---

119. T. N. Tentler, "The Summa for Confessors as an Instrument of Social Control", in *The Pursuit of Holiness in the Late Medieval and Renaissance Religion*, organizado por Ch. Trinkaus e H. A. Oberman, Leiden, 1974, pp. 103-37; id., *Sin and Confession on the Eve of the Reformation*, Princeton U. P., 1977.

120. T. N. Tentler, *The Summa for Confessors*, cit., p. 123: "Originating in the canon law, the external forum, the summas for confessors nevertheless pursued the obvious and logical choice of addressing themselves to cases of conscience..." ["Embora tenham surgido no direito canônico, o foro externo e as sumas para confessores fizeram a escolha óbvia e lógica de lidar por si mesmos com os casos de consciência..."]. Como já dito, o foro externo não corresponde ao foro contencioso, mas ocupa um espaço mais amplo em que se insere, de modo geral, a disciplina eclesiástica, e encontra-se estreitamente ligado ao foro interno mediante o sistema dos pecados reservados, das indulgências e das dispensas da Penitenciaria: não se trata simplesmente de um sistema de "restrições" da eficácia do sacramento da penitência – conforme Tentler afirma na conclusão da sua principal obra –, mas de sua inserção num sistema complexo.

121. Atualmente reunidos em tradução italiana organizada por A. Prosperi: J. Bossy, *Dalla comunità all'individuo. Per una storia sociale dei sacramenti nell'Europa moderna*, Turim, 1998. O ensaio a que me refiro intitula-se "The Social History of Confession in the Age of the Reformation" e foi publicado em *Transactions of the Royal Historical Society*.

como expressão da passagem do sentimento social medieval para a consciência pessoal do indivíduo moderno, como instrumento do novo disciplinamento eclesiástico que se aprofunda e se prolonga mais tarde na Igreja da Contra-reforma; nesses ensaios, além de uma extraordinária sensibilidade para o aspecto devocional e das mentalidades religiosas coletivas, não encontramos uma atenção igualmente viva para os aspectos institucionais e jurídicos, que se mostram praticamente ausentes tanto no que se refere às estruturas eclesiásticas quanto no que se refere ao Estado. Sua referência fundamental ainda é a genial e pioneira obra de Henry Charles Lea sobre a confissão auricular e sobre as indulgências na Igreja latina, obra provocadora, escrita em 1896, mas que não leva em conta a dimensão das pesquisas publicadas posteriormente[122].

A partir de 1978 inicia-se a poderosa produção de Jean Delumeau que, partindo do grande tema do medo na história do Ocidente (1978), concentra-se cada vez mais no tema do pecado e da confissão[123] com uma progressão que constitui não apenas uma linha de pesquisa, mas também uma dolorosa reflexão interior sobre os destinos do Ocidente e do cristianismo, como o próprio autor confessa em algumas páginas magistrais, na sua última aula apresentada no Collège de France, em 1994[124]. O quadro deliberado é o de uma his-

---

122. H. Ch. Lea, *A History of Auricolar Confession and Indulgences in the Latin Church*, Filadélfia, 1896.
123. J. Delumeau, *La peur en Occident (XIVᵉ-XVIIIᵉ siècles)*, Paris, 1978; id., *Le péché et la peur. La culpabilisation en Occident (XIIIᵉ-XVIIIᵉ siècles)*, Paris, 1983; id., *Rassurer et punir*, Paris, 1989; id., *L'aveu et le pardon. Les difficultés de la confession (XIIIᵉ-XVIIIᵉ siècles)*, Paris, 1990.
124. J. Delumeau, *Un regard en arrière*, Paris, 1994: "*Le péché et la peur* est le plus gros des mes livres. Mais ce n'est pas pour cela qu'il a été pour moi le plus difficile à écrire. J'ai été effrayé par ce que je lisais. J'ai failli m'arrêter en cours de route. J'ai été saisi d'inquiétude devant la perspective de livrer à l'édition des documents qui donnaient une image noire d'un certain christianisme..." [*O pecado e o medo* é o maior de todos os meus livros. Mas não por isso foi o mais difícil de escrever. Fiquei assustado com o que li. Quase parei no meio do caminho. Fiquei tomado por uma inquietação diante da perspectiva de mandar para a edição documentos que forneciam uma imagem negativa de

tória das mentalidades coletivas com a utilização de uma quantidade ilimitada de fontes. Do nosso ponto de vista, interessam sobretudo as reflexões conclusivas do livro dedicado especificamente à confissão: a reflexão da teologia moral entre os séculos XIII e XVIII induz-nos a duvidar cada vez mais da noção de lei natural e a atribuir um valor crescente à consciência e à liberdade pessoal[125]. Essa tese constitui um dos pontos de partida dessa pesquisa. Creio que, atualmente, como muitas vezes ocorre nos estudos históricos, a questão se refira a uma reflexão sobre o tema das "causas": é a teologia moral que muda o quadro, ou ela mesma, por sua vez, também constitui o fruto da mudança da ordem jurídica e política global?

Pensamos em fornecer aqui os elementos essenciais dessa produção, tanto por uma referência obrigatória a obras que estiveram na base da nossa reflexão sobre esses temas e que não podemos sequer tentar resumir nesta seção devido à sua grande riqueza, quanto porque é necessário considerar o diferente ponto de vista que tentamos tomar em relação a eles na observação do fenômeno. Indicamos no próprio título desta seção a diferente perspectiva com que pensamos distinguir o nosso olhar desses grandes autores e dos seus seguidores. Todavia, essa perspectiva também pode ser deduzida a partir do caminho percorrido até o momento: o nosso interesse é o de considerar o tribunal da penitência como uma parte, por muitos séculos importante, de um sistema global dos foros a que o homem era chamado a responder pelas próprias ações. Indubitavelmente, não temos a pretensão de aprofundar o tema relativo à confissão – eis a razão para a referência não formal, mas substancial, a essa literatura para quem quer compreender essa passagem histórica. Por outro lado, no que concerne aos séculos aqui considerados, cremos que não é possível abstrair o

---

um certo cristianismo..."]. Os mesmos conceitos são retomados no ensaio: "De la peur à la paix intérieure", in *Cristianesimo nella storia. Saggi in onore di G. Alberigo*, organizado por A. Melloni et al., Bolonha, 1996, pp. 563-76.

125. J. Delumeau, *L'aveu et le pardon*, cit., pp. 173-4.

tema da confissão, como julgamento no foro interno, do problema mais amplo da administração da justiça, do mesmo modo como nessa época ainda não é possível distinguir o pecado do delito.

Não há dúvida de que o grande tema do controle social e do medo permanece central, mas ele não pode ser tratado sob a ótica tradicional de uma reflexão única ou predominantemente de história eclesiástica (não importa se em sentido clerical ou anticlerical e, menos ainda, segundo a tendência atual, de um comportamento que privilegia o perdão judicial e social ou de um "ateísmo devoto"), mas deve ser visto no quadro mais geral do julgamento. É ao foro como julgamento da ação (e também dos pensamentos) que o cristão comum daquele período de transição entre a Idade Média e a modernidade sente-se convocado, seja por se tratar de uma antecipação misericordiosa do juízo universal, seja por se tratar da condenação a uma pena temporal que ainda é concebida como um instrumento para evitar a pena eterna. Digamos que é a relação com o poder que domina o tema do foro, mas não em sentido genérico, e sim como sede real de juízo. O medo, no seu processo histórico, deve ser interpretado da seguinte maneira: não como o medo imemorial da escuridão, do mal, da morte, nem aquele que deriva de uma religião que inventa fantasmas e torturas. O medo é a ansiedade de um homem que, nesses séculos, é arrancado da corrente dos seres, não possui mais uma posição fixa e determinada numa ordem física e moral do cosmo, não está mais inserido numa hierarquia imutável da criação, mas que, pouco a pouco, se torna cada vez mais só, separado como indivíduo não apenas da sociedade que o circunda (e na qual não se encontra mais incorporado de modo orgânico), mas também das gerações que o precedem e o seguem num mundo em contínua transformação, que experimenta uma mudança antropológica e cultural sem precedentes[126].

---

126. W. J. Bouwsma, "Anxiety and the Formation of Early Modern Culture", in *After the Reformation. Essays in Honor of J. H. Hexter*, organizado por B. C. Malament, Filadélfia, 1980, pp. 215-46.

Mas é também o medo e não apenas ele – prefiro falar de terror – diante da falta de fé numa justiça global como dominadora da vida e da morte, como uma força intrínseca no universo que exprime a sua máxima contradição (mas também resolve todo contraste) na representação de um Deus que é crucificado como um malfeitor. O céu se separa cada vez mais da terra, e o indivíduo permanece sozinho diante do poder, seja ele eclesiástico ou secular. Diante da possibilidade de uma nova síntese universalista, das idéias que, por parte do cristianismo radical e das seitas, manifestam-se nas propostas eversivas da construção de uma ordem terrena dos perfeitos, responde-se com a tendência ao monopólio do poder, com o desenvolvimento e a ampliação da legislação positiva e do comando. O ponto de ruptura transfere-se, então, da concorrência entre as instituições eclesiásticas e seculares e, portanto, da concorrência entre os grandes ordenamentos jurídicos que delas derivam, para um dualismo incipiente entre a lei positiva e a consciência, entre o crime como transgressão de uma lei humana e o pecado como transgressão da lei divina: o Estado tende a criminalizar o pecado para fazer dessa criminalização um instrumento de poder. Já se escreveu, creio que com razão, que esse processo se desenvolve no século XV e encontra a sua realização na idade confessional[127]. Nessa época de constru-

---

127. B. Lenman e G. Parker, "The State, the Community and the Criminal Law in Early Modern Europe", in *Crime and the Law. The Social History of Crime in Western Europe since 1500*, organizado por A. C. Gatrell, B. Lenman e G. Parker, Londres, 1980, pp. 11-49: "Sin seems to have been criminalized for the first time during the fifteenth century, but the judicial apparatus of the medieval church was seldom adequate (unless a special Apostolic Inquisition was attached) to exercise much control over sin among the laity. Even after the reformation, certain areas were still relatively impervious to ecclesiastical discipline... Sin was only re-secularized in most states in the eighteenth century. England was, in this as in other judicial respects, precocious" ["O pecado parece ter sido criminalizado pela primeira vez durante o século XV, mas o aparato judicial da Igreja medieval raramente era adequado (a menos que uma Inquisição apostólica especial estivesse ligada a ele) para exercer um forte controle sobre o pecado entre os laicos. Mesmo após a Reforma, algumas áreas

ção do Estado moderno, o problema torna-se, portanto, o controle dos comportamentos, mas sobretudo – além disso e para chegar a isso – o controle das consciências. Sendo assim, creio realmente que seja anti-histórico, ou pelo menos inútil, questionar-se a respeito da confissão do pecado apenas como instrumento de terror e de tortura ou como causa de ansiedade espiritual e, por conseguinte, da explosão do protesto da Reforma. Naquela época, este certamente era um instrumento para intimidar e consolar, ao mesmo tempo, o cristão comum: a historiografia mais inspirada nas denúncias dos reformadores insistiu muito no caráter opressivo da prática da confissão na tarda Idade Média, devido ao temor e à ânsia ligados à denúncia rigorosa e detalhada dos pecados, necessária para receber a absolvição[128], mas a historiografia mais recente atenuou muito essas tonalidades escuras na análise concreta do cumprimento difundido e pacífico do preceito da confissão na preparação da comunhão pascal em vastas regiões da Europa[129]. Sem maiores comentários e remetendo a essas e a outras pesquisas em andamento sobre a prática da confissão, eu gostaria apenas de acrescentar que é preciso levar em conta a metamorfose jurídica e política que ocorre nesse início da modernidade: a prática da confissão provoca uma ânsia cada vez maior porque não é capaz de resolver o problema do dualismo entre o direito positivo, eclesiástico e civil, e a consciência; diante da pressão do poder para transformar todo pecado em delito

---

ainda se mostravam relativamente insensíveis à disciplina eclesiástica... O pecado foi novamente secularizado na maioria dos Estados somente no século XVIII. Neste e em outros aspectos judiciais, a Inglaterra foi precoce"]. Obviamente, creio que muitas coisas devam ser definidas com precisão mesmo em relação ao que se aludiu no capítulo anterior sobre a justiça penal na Itália comunal, mas resta a sugestão dessa indicação de percurso.

128. T. N. Tentler, *Sin and Confession*, cit., p. 53; S. Ozment, *The Reformation in the Cities: the Appeal of Protestantism to Sixteenth-Century Germany and Switzerland*, New Haven, 1975, pp. 19-22.

129. L. G. Duggan, *Fear and Confession on the Eve of the Reformation*, cit., pp. 153-75; W. D. Myers, *"Poor, Sinning Folk". Confession and Conscience in Counter-Reformation Germany*, Ithaca – Londres, 1996, pp. 1-60.

e todo delito em pecado, a prática tradicional do sacramento torna-se impotente. O problema é que o instrumento da confissão mostra-se cada vez mais incapaz de conciliar as duas obediências diversas, à consciência e à lei, em proporção ao crescimento do direito positivo da Igreja e do Estado. Buscam-se, então, outras soluções: por um lado, a reivindicação do papel autônomo da consciência e, por outro, a construção de um universo de normas subtraído ao direito positivo, mas submetido ao magistério da Igreja. Diversas soluções irão se contrapor duramente nas lutas de religião com muitas variantes que, às vezes, passam de través até pelas diferentes confissões; de todo modo, o foro penitencial interno deixa gradualmente de ser parte de um ordenamento jurídico global para integrar uma dimensão metajurídica.

Capítulo V
A solução evangélico-reformada

1. Confessionalização e nascimento das Igrejas territoriais

Nas últimas décadas, a visão histórica da Reforma e da reforma católica ou Contra-reforma sofreu uma profunda transformação. As interpretações opostas e paralelas dos movimentos de reforma representaram uma reação aos abusos, à corrupção e à decadência moral da Igreja medieval e configuraram a conseqüência da incerteza teológica, da ignorância e da confusão dogmática ("theologische Unklarheit"). Tais interpretações permaneceram ligadas às organizações confessionais de partida, embora estas últimas se mostrassem cada vez mais próximas na compreensão recíproca. Além disso – obviamente levando-se em conta os diferentes relevos –, elas contribuíram de modo bastante unitário para a inserção desses processos num quadro mais vasto, tanto do ponto de vista temporal quanto daquele das idéias, como uma etapa a caminho da modernização, que levou ao nascimento das novas confissões religiosas (inclusive a católico-tridentina) e à formação das Igrejas territoriais ligadas aos novos Estados absolutos[1].

---

1. Algumas indicações (nas quais também se pode encontrar a ampla bibliografia ulterior): W. Reinhard, "Konfession und Konfessionalisierung im Europa", in *Bekenntnis und Geschichte. Die Confessio Augustana im historischen Zusammenhang*, Munique, 1981, pp. 165-89; id., "Confessionalizzazione forzata? Prolegomeni ad una storia dell'età confessionale", in *Annali dell'Istituto*

Certamente, não se pode nem se deve aceitar a redução da confessionalização a um processo de "disciplinamento social", e essa mesma palavra pode prestar-se a uma simplificação excessiva, reduzindo, por sua vez, esse fenômeno a um puro instrumento do poder político para a instauração da disciplina e da ordem ("Zucht und Ordnung"), mas creio que seja indiscutível a importância central da formação das Igrejas territoriais em relação ao nascimento do Estado moderno no processo de modernização, pelo menos na sua primeira fase².

Após o fracasso da última tentativa universalista de composição das tensões, proposta pelo conciliarismo, com as grandes assembléias representativas de todas as regiões e classes cristãs de Constança e de Basiléia e com o nascimento da nova era da aliança entre o papado e os príncipes, a era das concordatas e das nunciaturas, a partir da metade do século XV, o novo caminho parece marcado. Os Estados, as novas monarquias passam a controlar – paradoxalmente ao exemplo do pontífice que, ao mesmo tempo, é líder político e espiritual dos seus Estados – as Igrejas dos seus territórios: ou em luta e em tensão com Roma (com um galicanis-

---

storico italo-germanico in Trento, 8 (1982), pp. 13-37; id., "Reformation, Counter-Reformation and the Early Modern State. A Reassessment", in *The Catholic Historical Review*, 75 (1989), pp. 383-404; id., "Disciplinamento sociale, confessionalizzazione, modernizzazione. Un discorso storiografico", in *Disciplina dell'anima*, organizado por P. Prodi, cit., pp. 101-24; H. Schilling, *Konfessionskonflikt und Staatsbildung*, Gütersloh, 1981; id. (org.), *Kirchenzucht und Sozialdisziplinierung im frühneuzeitliche Europa*, Berlim, 1994; id., "Chiese confessionali e disciplinamento sociale. Un bilancio della ricerca storica", in *Disciplina dell'anima*, cit., pp. 125-60.

2. O ponto sobre o estado da discussão em M. Stolleis, 'Konfessionalisierung' oder 'Säkularisierung' bei dem frühmodernen Staat, in *Ius commune*, 20 (1993), pp. 1-23, atualmente em tradução italiana na coletânea de ensaios do mesmo autor, *Stato e ragion di stato nella prima età moderna*, Bolonha, 1998, pp. 271-96. Stolleis acredita que tenha havido uma instrumentalização, de certo modo apenas temporária e subsidiária, da confessionalização num processo de construção do Estado moderno, que, porém, dirige-se linearmente para a secularização. Mesmo compartilhando desse ponto de vista, creio que estejamos diante de um processo muito mais complexo de osmose entre a esfera religiosa e a político-jurídica.

mo que se difunde muito além das fronteiras da França nas várias regiões da cristandade, levando à autonomia das Igrejas nacionais e à aliança dos episcopados com o poder político), ou em acordo com o próprio papa, quando possível com os acordos concordatários e a prática cotidiana da gestão conjunta do poder mediante os novos representantes diplomáticos do papa, os núncios, que são convidados por ele para representá-lo de modo estável não junto às Igrejas locais, mas junto aos soberanos dos Estados. Não que com a alusão a esse quadro geral se queira cancelar as diversidades dos futuros percursos das Igrejas num irenismo genérico, ou pior, num ecumenismo de referência: ao contrário, com essa nova visão, parece-me que as diversidades e as oposições encontram uma evidência maior, e as próprias guerras religiosas, um sentido maior. Estas não são lutas incompreensíveis em torno de dogmas abstratos, como o da transubstanciação na eucaristia ou, alternativamente, pretextos dos soberanos para as suas rivalidades ou dos povos para as suas revoltas, como ainda são apresentadas nos manuais, mas sim o instrumento pelo qual se realiza, na Europa, um novo deslocamento do poder e uma nova concepção da política. O sistema pluralista dos ordenamentos, que havia caracterizado os séculos da plena Idade Média, deixa de existir, e deslocam-se diferentemente os pontos de atrito, as falhas tectônicas dessa contínua revolução que caracterizou a história do Ocidente e que o conduziu à modernidade. Como no período anterior, ainda temos contínuos terremotos que, no entanto, mudam sua localização e suas características: há uma espécie de distorção do sistema político-constitucional ocidental, após a qual a concorrência e a luta entre os diversos ordenamentos tende a fracionar-se e a deslocar-se no plano regional, dando lugar a novas definições geopolíticas. Não apenas o nascimento dos Estados modernos, enquanto protagonistas inquestionáveis do novo poder, mas também o nascimento das Igrejas territoriais compõe esse novo panorama: é expressão disso o fenômeno da confessionalização, ou seja, o surgimento do "fiel" moderno a partir do homem cristão medieval. Em outras palavras, de uma pessoa que é ligada à própria Igreja não apenas pelo batismo e por participar do culto e dos sacramentos, mas também por uma *professio fidei*, por uma profissão de fé que deixa de ser uma simples participação do credo da tradição cristã para ser também adesão e fidelidade juradas à instituição eclesiástica a que o indivíduo pertence. Outros já exploraram esses novos panoramas em âmbito evangélico, calvinista e católico; eu mesmo já tentei indagar esse fenômeno numa pesquisa anterior e, portanto, devo limitar-me aqui a essas alusões[3]. Repito apenas que, nesse processo de confessionalização, a nova Igreja, nascida do protesto luterano, a Igreja que leva o nome de "evangélica", precede no tempo a Igreja que permaneceu ligada ao papado (eis a razão para a ordem de sucessão deste e do próximo capítulo): é em Wittenberg, e não em Roma, que nascem os primeiros catecismos modernos e as primeiras confissões de fé como corpo escrito de doutrinas de que é necessário compartilhar. O concílio de Trento iniciará esse caminho apenas décadas mais tarde, devendo superar muitas dificuldades internas (para um enraizamento maior nas tradições medievais) e obstáculos igualmente fortes na relação com os poderes políticos. Essa escansão temporal é perfeitamente compreensível, porque historicamente é assim que se desenvolvem os fenômenos: o momento revolucionário (ou "no estado nascente", como diriam alguns sociólogos) procede de modo muito mais veloz do que aqueles que devem conferir ao novo, ao futuro, o peso da instituição, da tradição, e devem compor exigências e interesses muito diferentes. A partir desse ponto de vista, mesmo toda a antiga discussão sobre a existência de uma "pré-reforma católica", anterior à Reforma, parece superada: certamente houve uma pré-reforma, se por ela entendemos a tentati-

---

3. P. Prodi, *Il sacramento del potere*, cit., cap. VI: "La lotta per il monopolio: dalla Chiesa alle confessioni religiose", pp. 283-338; *Glaubensbekenntnisse, Treueformel und Sozialdisziplinierung zwischen Mittelalter und Neuzeit*, organizado por P. Prodi, Munique, 1993.

A SOLUÇÃO EVANGÉLICO-REFORMADA 239

va contínua de cristãos e grupos de cristãos de reivindicar a autonomia da Igreja em relação ao poder político, de combater os abusos e de lutar pela "reforma" da própria Igreja com base no modelo da Igreja primitiva, mas que uma ou outra parte se refira a ela como reivindicação de prioridade parece não ter sentido algum. "Ecclesia semper reformanda", a Igreja deverá sempre ser reformada até ser governada pelos homens na história, é o que teria respondido qualquer bom teólogo às vésperas da Reforma, conforme nos demonstrou o historiador do concílio de Trento, Hubert Jedin, em seu grande panorama historiográfico[4].

Nesse imenso quadro, posicionamo-nos de acordo com um ponto de vista particular, que não pretende substituir ou marginalizar os elementos surgidos de uma historiografia tão rica; porém, se for possível, gostaríamos de acrescentar uma nova perspectiva, ou seja, buscar compreender o que significou essa transformação do ponto de vista do foro, em relação às tensões e aos dilaceramentos que havíamos visto crescer no capítulo anterior. Com efeito, consideramos que as reformas, no seu conjunto, foram respostas à crise da passagem de um sistema de ordenamentos jurídicos concorrentes a um sistema de dualismo entre o ordenamento positivo emergente e a consciência cristã. O denominador comum dessas respostas, seja das evangélico-reformadas, seja das católicas, é a vontade não apenas de manter a Igreja como instituição, mas também de desenvolver sua característica de tribunal e foro das consciências: as soluções serão muito diferentes entre si numa interligação variada com o poder político emergente dos novos Estados modernos e com o direito positivo. Antes de passarmos a essas soluções, é necessário aludir à presença daqueles que, do interior da cristandade, contestaram e rejeitaram esse caminho para o moderno.

---

4. Para todas essas questões, ainda é fundamental o quadro traçado por H. Jedin, *Storia del concilio di Trento* (4 vol., Brescia, 1973-1981), vol. I: *La lotta per il concilio* (orig. Freiburg i. B., 1957, 2.ª ed.).

2. O cristianismo radical

Com essa expressão não se pretende definir um movimento, mas simplesmente indicar o conjunto de todos aqueles que recusaram, mais ou menos abertamente, o processo de confessionalização e de formação das Igrejas territoriais, tornando-se, portanto, uma espécie de eversores em relação ao sistema emergente e, por isso, combatidos por todos os representantes das Igrejas oficiais como o pior inimigo: as Igrejas encontram-se em concorrência e lutam entre si com todas as armas de que dispõem, mas o verdadeiro adversário é constituído pelos cristãos radicais, que se recusam a submeter-se ao controle eclesiástico-político sobre o foro da consciência. Na historiografia tradicional, foram chamados de "hereges" e ressaltou-se sua importância tanto como portadores de um pensamento crítico, racional – particularmente na difusão, a partir da Itália, aos vários países europeus – e fértil para a história da razão e da tolerância nos séculos da Idade Moderna, quanto como antecipadores do iluminismo[5]. Creio que essa perspectiva ainda seja válida, se considerarmos o peso modernizador, radicado na contestação racional do poder religioso e político, mas, se nos colocarmos do ponto de vista particular da criação das Igrejas territoriais como elemento sustentador da primeira fase de construção do Estado moderno, o discurso deverá ser mais articulado. Se entendermos simplesmente por herege aquele que rejeita as Igrejas oficiais, será necessário introduzir um esclarecimento, partindo do que já foi explicitado na seção anterior sobre o processo de confessionalização: seja para não confundir esses novos "hereges" com aqueles como fenômeno de longo período da cristandade medieval, seja para não confundir (os inquisidores o faziam, mas era o seu ofício;

---

5. O pensamento remete naturalmente à obra clássica de D. Cantimori, *Eretici italiani Del Cinquecento*, Turim, 1997 (2.ª ed. póstuma, organizada por A. Prosperi) e a um mestre, cujas solicitações foram fundamentais em anos infelizmente distantes.

os historiadores podem e devem ser um pouco mais atentos) os adeptos das novas Igrejas evangélicas ou reformadas com aqueles que, ao contrário, rejeitavam o próprio conceito de Igreja. Naturalmente, isso não quer dizer que as grandes teses luteranas e reformadas não tenham sido vistas na sua proclamação e difusão como "heréticas" (é compreensível que as estruturas da Igreja romana não tenham nem mesmo conseguido conceber a possibilidade de uma Igreja alternativa), mas queremos apenas dizer duas coisas. A primeira é que as diferenças doutrinais são exasperadas e instrumentalizadas – com o uso da ideologia no plano teológico e histórico – para fazer com que o campo de frente aos ataques dos adversários permaneça compacto: opiniões diversas, que nas diferentes tradições espirituais (agostiniana ou tomista, entre outras) teriam podido conviver tranqüilamente (como as teses evangélicas ou católicas sobre a justificação e a salvação, ou sobre o pecado original), são vistas como perigosas e condenadas no momento em que são afirmadas pelo adversário; pelo mesmo motivo, após a explosão da Reforma, não são mais admitidas críticas em relação aos costumes e à práxis eclesiástica, que até poucos anos antes eram normais no corpo da cristandade, conforme demonstra o exemplo da reprovação às críticas e às sátiras de Erasmo de Roterdam[6]. A segunda é que as próprias Igrejas evangélicas e reformadas, tão logo começaram a se estruturar como Igrejas territoriais, desenvolvem ainda antes da Igreja romana – muito mais lenta em sua transformação – uma ortodoxia que se manifesta, conforme mencionado, nas profissões de fé e nos catequismos e, portanto, também na repressão a toda manifestação radical.

Aqueles que permanecem hereges ou, como prefiro chamá-los, cristãos radicais, mesmo que se oponham a um ou outro ponto dogmático de modo diferente e multiforme, têm em comum a característica de se oporem às novas Igrejas

---

6. S. Seidel Menchi, *Erasmo in Italia. 1520-1580,* Turim, 1987.

territoriais. Certamente possuem os seus precursores, se com isso quisermos dizer, com uma palavra igualmente equívoca, nos movimentos da tarda Idade Média – sobretudo no wicliffismo e no ussitismo –, mas são completamente diferentes na medida em que aqueles movimentos anteriores ainda estavam imersos no universalismo medieval e em luta com as suas estruturas de domínio: neles ainda prevalecia o impulso de destruição dos antigos ordenamentos universais e, portanto, encontravam-se de certo modo, antes mesmo do bívio que caracteriza a abertura ao moderno, onde se situa a recusa dos novos cristãos radicais. Eu gostaria de dizer, talvez invertendo o modo corrente de pensar, que os novos hereges ou cristãos radicais apresentam-se sob mais aspectos como conservadores, e não como eversores diante da mutação genética que acomete as Igrejas oficiais no processo de confessionalização. Certamente, a base de partida desses movimentos é sempre o Evangelho, evocado como instrumento de libertação contra a Lei, e poderíamos também denominar esse movimento de evangelismo se essa palavra já não tivesse sido usada para identificar uma forma particular de divergência religiosa e a própria Igreja luterana. A contraprova mais evidente desse fato se dará no final do século XVII e sobretudo no século XVIII, quando o Estado moderno, uma vez consolidado, não precisará mais das Igrejas ou, pelo menos, elas não serão mais tão indispensáveis a ponto de poderem condicioná-lo nos mecanismos do poder: desse modo, o cristianismo radical poderá emergir novamente e contribuir de modo decisivo para a afirmação dos ideais de liberdade e tolerância.

Não faz parte de nossas intenções falar aqui especificamente do cristianismo radical, mas apenas dizer que devemos tê-lo em mente quando discutimos algumas soluções de certo modo vencedoras, soluções que levaram à paz de Vestfália (1648), à afirmação do princípio do "cuius regio eius et religio" e, portanto, à nova solução do problema do foro, da relação entre a consciência e a lei. E também devemos tentar distinguir, com base no que dissemos acima, tipolo-

A SOLUÇÃO EVANGÉLICO-REFORMADA

gias diferentes dessa recusa, que muitas vezes nada têm em comum entre si a não ser o próprio fato de recusarem e serem recusadas. Tentemos esquematizar tal questão, sempre levando em conta que falamos apenas, para simplificar, de "tipos ideais": na verdade, temos as mais diversas e estranhas mesclas não apenas entre os movimentos em si, mas também entre os movimentos e as Igrejas, no sentido de que essa oposição ao princípio e à práxis da confessionalização é, por natureza e na maioria dos casos, um fenômeno submerso, que tende não apenas a encontrar um modo de sobrevivência, mas também de convivência com a ordem de poder existente em nível territorial. Falou-se a esse respeito de "nicodemismo", com referência à figura de Nicodemo, que costumava encontrar Cristo de noite para não ser descoberto publicamente: também podemos concordar com esse fato, mas apenas com a condição de que se tire dessa palavra uma conotação puramente negativa, de camuflagem e de dissimulação[7]. Na maioria dos casos concretos, particularmente depois de superada a fase mais aguda da luta, tenta-se a possibilidade de uma presença simultânea e real da idealidade evangélica de indivíduos ou grupos, com a participação numa vida social eclesiástica, e todas as Igrejas oficiais deixam, em geral, espaços vazios para essa convivência em sentido positivo, exceto a intervenção de controle e repressão quando era detectado um perigo real para a disciplina.

De todo modo, creio que se possa dizer, esquematizando, que no cristianismo radical temos correntes que olham para trás e se guiam pelo princípio da seita, a eterna alternativa à Igreja desde o tempo das origens cristãs: considera-se possível instituir na terra a sociedade dos perfeitos e dos santos, em que haja a mais perfeita identidade da justiça divi-

---

7. C. Ginzburg, *Il nicodemismo. Simulazione e dissimulazione nell'Europa del Cinquecento*, Turim, 1970. Cf. P. Zagorin, *Ways of Lying. Dissimulation, Persecution and Conformity in Early Modern Europe*. Cambridge, Mass. – Londres, 1990, pp. 12-4.

na com a terrena e, portanto, um único foro[8]. Com razão a historiografia enfatizou a importância desses grupos para o desenvolvimento no Ocidente dos princípios de liberdade e de democracia. No entanto, não podemos nos esquecer de que muitas vezes essa determinação sectária une-se a aspectos repressivos internos, de uma violência inaudita, paralelamente ao aspecto repressivo da utopia, já destacado no capítulo anterior, na vontade de construção de uma cidade ideal, de uma cidade de Deus na terra: a idéia de construir uma sociedade de perfeitos tem como primeira conseqüência a repressão a qualquer custo de toda transgressão. Não há dúvidas de que, em aparência e justamente devido à sua antítese às novas Igrejas territoriais, as seitas e, de maneira mais geral, todos os grupos que são definidos como fanáticos (*Schwärmer*), cujo protótipo pode ser visto no anabatismo da segunda e da terceira década do século XVI, são um poderoso instrumento de afirmação da liberdade religiosa e da tolerância dentro da sociedade confessional. Nos artigos da assembléia de Schleitheim, de 1527, afirma-se que o cristão não pode absolutamente estar vinculado ao Estado e à ordem da força e da violência que dominam o mundo, e proclama-se a incompatibilidade da função de magistrado com a vocação cristã. Para dar uma idéia da periculosidade que esses artigos representam para o poder constituído, pode-se citar, dentre os milhares de testemunhos, a carta em que o luterano Conrad Heresbach conta a Erasmo o assédio de Münster e o massacre dos anabatistas: estes não são apenas

---

8. W. H. Williams, *The Radical Reformation*, Filadélfia, 1962 (1992³); M. Walzer, *The Revolution of the Saints. A Study in the Origins of Radical Politics.* Cambridge, Mass., 1965 (reimpr. 1982). Quanto à recusa por parte das seitas do juramento e da incompatibilidade da profissão cristã com a magistratura, cf. também P. Prodi, *Il sacramento del potere*, cit., pp. 339-86. Tanto neste trabalho como em outros anteriores, sigo substancialmente as indicações clássicas de E. Troeltsch para a distinção entre as Igrejas e as seitas (trad. it. *Le dottrine sociali delle chiese e dei gruppi cristiani*, 2 vol., Florença, 1941 e 1960), segundo o qual a característica da seita consiste essencialmente em querer antecipar o reino de Deus na terra.

hereges, mas também revoltosos e blasfemadores, eversores ao mesmo tempo da ordem eclesiástica e da civil e, portanto, devem ser punidos com a morte[9].

Um segundo tipo de cristianismo radical é o que se fecha, diante do conflito iniciado entre a lei e a consciência positiva, dentro da própria alma individual, sem propor uma solução de seita, sem agir em prol da construção de uma sociedade celeste na terra, mas refugiando-se num discurso puramente interior de perfeição e desvalorizando os aspectos institucionais: são os iluminados, os espirituais, os místicos, que sobrevivem em toda Igreja, à margem; são sempre vistos com suspeita e freqüentemente perseguidos, mas quando aceitam e são aceitos pelas instituições, surgem entre as estruturas que sustentam a renovação das Igrejas. Um exemplo típico pode ser a própria pessoa de Inácio de Loyola, que é interrogado e preso em 1527, antes de fundar a Companhia de Jesus, como suspeito de idéias místicas e iluminadas, e que depois de um longo período espiritual e da aceitação dos limites institucionais obterá para a sua Companhia o reconhecimento por parte do pontífice Paulo III, em 1540: os exemplos são inúmeros, não apenas nas antigas e nas novas ordens da Igreja católica, mas também no âmbito das novas Igrejas evangélicas e reformadas. Sua presença é particularmente visível em ambos os campos adversos, quando desaparecem as esperanças de uma reforma global da sociedade e da Igreja, a partir da segunda metade do século XVI. A condição para a sua aceitação ou tolerância por parte do mundo eclesiástico, católico ou reformado é sempre que estes não coloquem em discussão o fundamento da instituição em si, ou seja, o novo tipo de obediência confessional e a jurisdição das Igrejas sobre o foro da consciência. Creio que deva ser

---

9. Erasmus, *Epistolae*, organizado por P. S. Allen, XI, Oxford, 1947, p. 163 (Düsseldorf, 1534-1536): "Caeterum in nostri temporis anabaptistas, non uno modo haereticos sed seditiosos ac blasphemos, veterum imperatorum constitutionibus, tum recenti Caesaris edicto, poenam constitutam principes ac magistratus recte exequuntur. Siquidem blasphemiam etiam magistratus e Dei mandato punire debet..."

considerada a observação perspicaz de Pierre Legendre, que, ao comparar a organização confessional católica (que ignora as seitas) com aquela das confissões reformadas (em que as seitas pululam), afirma que, no catolicismo dos tempos modernos, muitas vezes as seitas foram absorvidas no fenômeno dos conventos e das novas ordens religiosas, portadoras de um modelo de perfeição peculiar e atento, que produz identidades coletivas distintas daquela eclesiástica genérica[10].

O terceiro e último tipo de cristianismo radical é o que insere suas raízes na cultura do humanismo cristão e funda sua crítica no poder sobre a razão, a filologia e a história, tentando traduzir o dualismo tradicional dos ordenamentos num novo dualismo entre o conjunto das verdades eternas, reveladas na Escritura, e a historicização das instituições tanto eclesiásticas quanto políticas. Muitas vezes essa corrente mistura-se com a corrente anterior dos espirituais, mas possui uma consistência própria e autônoma, que pode ser personificada e tornada visível na figura do fundador, Erasmo de Roterdam. Tal corrente não encontra lugar entre as Igrejas confessionais emergentes (católica e evangélico-reformada) e é menos tolerada do que a anterior porque todos a consideram perigosa, na medida em que o elemento racional prevalece em relação àquele espiritual. Assim escreve Erasmo, em 1523, com um pouco daquela vaidade típica dos intelectuais: "Não posso viver em parte alguma, embora eu seja desejado e requisitado por todos; os príncipes na Alemanha me tratariam como um Deus se eu aceitasse atacar o papado, enquanto Roma protege os sicofantas que me acusam de heresia."[11]

---

10. P. Legendre, *Leçons VII. Le désir politique de Dieu. Étude sur les montages de l'État et du droit*, Paris, 1988, p. 348.

11. Erasmus, *Epistolae*, cit., V, Oxford, 1924, Basiléia, 16 de setembro de 1523 (a Theodorico Hezius?): "Non habeo quid fugiam. A Gallia – nam rex ipse me vocat magnis promissis – excludit bellum. In Anglia non libet vivere, hic non licet; periculum ne fiam martyr, antequam promerear lauream martyrii... In Germania deus essem, si vellem impugnare potestatem pontificis, quam plane decreverunt subertere plerique. Ego semper illam tueor dictis ac scriptis..."

O problema pessoal de Erasmo nos interessa mais de perto porque, entre as maiores faltas de que é acusado em Roma naqueles anos, está justamente aquela de destruir o foro da Igreja no sacramento da penitência. "Não nego a instituição divina do sacramento da penitência", insiste ele em sua defesa, "mas critico a sua realização concreta na disciplina eclesiástica, na obrigação da confissão anual, bem como naquela de detalhar ao sacerdote todos os pecados e as circunstâncias relativas: essas modalidades do sacramento da penitência são apenas fruto de uma evolução histórica passageira, destinada a mudar no tempo. Historicamente, também por obra de Graciano, confundiu-se a penitência pública com a privada: em seguida, os bispos, para afirmar sua autoridade, fizeram com que o cristão ficasse com a consciência pesada mediante uma série de prescrições de direito positivo, 'constituciúnculas humanas', que acabam por colocar à sombra os preceitos evangélicos no próprio exame de consciência do pecador."[12] Na verdade, a contribuição de

---

12. Erasmus, *Opera omnia*, organizado por J. Clericus, Leyden, 1669-1703 (reimpr. Hildesheim, 1961), t. IX, na "Apologia ad blasphemias Jacobi Stunicae" (resposta ao seu acusador Giacomo Zuniga), col. 369: "De sacramentis Ecclesiae reverenter ubique et loquor et sentio; tantum alicubi duobus verbis dico, mihi videri hanc confessionem, qua nunc confitemur singula crimina, et criminum circumstantias, natam ex occultis consultationibus, quibus quidam aperiebant arcana episcopis... Vide quantum abest, ut damnem horum sanctas ac pias constitutiones; tantum admoneo, ne his supra modum oneremur, praesertim humanis, hoc est, quae tantum ea praescribunt, quae non proprie conducunt ad evangelicam pietatem. Quod genus sunt constitutiones episcoporum de diebus festis, de usu piscium, aut leguminum, de servandis sibi casibus, de iure casuum quotannis nova pecunia comparando, de praecibus horariis augendis, deque huius generis aliis innumerabilibus. Admoneo ut prima sit auctoritas praeceptis Christi, ne plus tribuamus humanis constitutiunculis, quam praeceptis Dei, o blasphemiam inauditam." Sobre o mesmo tema na sua "Responsio ad Albertum Pium", ibidem, col. 1189 (sempre em defesa da acusação de ter atacado o sacramento da confissão): "Olim fuisse publicam nemo negat. De secreta quando et per quos fuerit instituta ambigo. Cum autem dico secreta, loquor de hac, quae nunc est in usu cum suis circumstantiis. Nec damno theologos omnes, sed iudico quosdam in disputando commiscere publicam cum privata. Quod fecit Gratianus in rhapsodia Decretorum..."

Erasmo à reflexão sobre o sacramento da penitência no pequeno tratado a ela dedicado em 1524, *Exomologesis*, não parece particularmente revolucionário a não ser pela referência, também no mesmo título, à práxis da Igreja primitiva e pela ênfase sobre a necessidade da conversão do coração: Erasmo declara na abertura não querer discutir a doutrina do sacramento, mas apenas ilustrar a sua utilidade e as condições necessárias[13]. De modo geral, a contribuição mais importante de Erasmo para a questão do direito (embora sua formação não seja jurídica) é justamente a de historicizar e relativizar as normas canônicas: ainda que evite, mesmo nas suas obras teoricamente mais empenhadas na *philosophia Christi*, como o *Enchiridion militis christiani*, discutir abertamente a questão do direito na Igreja, implicitamente é o maior opositor do novo sistema de positivização do direito, seja ele estatal ou eclesiástico, voltando a se referir explicitamente a Jean Gerson[14]. Creio que essas afirmações de Erasmo a que aludimos a propósito do sacramento da penitência ou tantas outras semelhantes não teriam despertado nenhum alvoroço ou, pelo menos, teriam sido consideradas apenas como uma retomada das teses apresentadas quase um século antes por Lorenzo Valla, se não tivessem caído no momento culminante da contenda pelo domínio do tribunal da consciência entre as Igrejas antigas e novas e o Estado: tornavam-se, então, eversivas e radicais, e por muito tempo Erasmo, vivo ou morto, não terá um espaço para descansar sua cabeça nem papel para difundir suas idéias sem, de certo modo, ser instrumentalizado.

---

13. Erasmus, *Opera omnia*, cit., t. V, col. 145-70 (*Exomologesis sive methodus confitendi*, ver A. Duval, *Des sacrements au concile de Trente*, Paris, 1985, pp. 156-8). No entanto, mesmo nesse tratado, Erasmo não deixa de atacar as bulas papais de indulgência (col. 167): "Si caritas absit, quid prodest Bulla? Si adsit sufficiens, supervacaneum est diploma: si aliqua ex parte diminuta, negant a Pontifice condonari possit, quod solius Dei est. De indulgentiis nihil dicunt Sacrae littere..."

14. Para uma visão geral, ver G. Kisch, *Erasmus und die Jurisprudenz seiner Zeit. Studien zum humanistischen Rechtsdenken*, Basiléia, 1960.

3. Dois reinos e três foros: a Igreja evangélica entre movimento e instituição

Dentre os mais importantes passos dados pela historiografia sobre a Reforma luterana nessas últimas décadas está certamente aquele de ter superado a determinação sistemática, dominante na historiografia confessional anterior (destinada a representar a fundação como um conjunto coerente e os padres fundadores como portadores de uma proposta orgânica espiritual e social), para uma consideração muito mais atenta à realidade multiforme, fracionada no tempo e no espaço, do fenômeno na fase do estado nascente, nas raízes medievais no plano teológico, nas uniões sociais. Mesmo no plano jurídico, isso levou a mudanças relevantes de perspectiva em relação a uma reflexão como a contida na pesquisa clássica de Johannes Heckel, por volta da Segunda Guerra Mundial, que tendia à representação orgânica do pensamento de Lutero como *lex charitatis*[15], ou seja, que tendia a perceber nesse pensamento a fusão do direito natural/divino e do direito positivo no verdadeiro direito divino positivo, que é aquele do Evangelho, da caridade fraterna. Não existe mais um *utrumque ius* – nessa clássica interpretação do pensamento luterano sobre a lei –, pois falta a divisão entre o direito eclesiástico e o direito civil numa sociedade cristã em que todos os fiéis são, ao mesmo tempo, sacerdotes: este é o reino de Deus, a comunidade espiritual que, munida da Palavra de Deus, opõe-se ao reino deste mundo, ao reino do demônio e do pecado. As novas perspectivas historiográficas certamente não diminuíram a força revolucionária dessa concepção, mas indagaram sobre as diversas fases do pensamento jurídico de Lutero e dos padres fundadores do protesto em relação ao processo de institucionalização da nova Igreja, distinguindo tempos e pessoas e permitindo uma maior historicização.

---

15. J. Heckel, *Lex charitatis. Eine juristische Untersuchung über das Recht in der Theologie Martin Luthers*, Colônia – Viena, 1972 (2.ª ed. póstuma).

Uma vez que já conhecemos a formulação dos princípios da nova eclesiologia (sacerdócio universal dos fiéis, centralidade da Escritura, justificação para a fé), em reação à Igreja papista, é necessário ressaltar um ponto que parece óbvio, mas não é: diferentemente dos hereges, Lutero quer manter a Igreja como corpo social hierarquicamente organizado e não coincidente com a sociedade política, nem com a sociedade real, nem com a utópica. A disciplina eclesiástica, o "poder das chaves", é definida como uma característica distintiva da verdadeira Igreja após a Palavra e os sacramentos do batismo e da eucaristia, e essa se concretiza como vida social tanto na vida privada (com a confissão e a absolvição) quanto na vida pública (com a expatriação ou a excomunhão)[16]. Justamente por isso, ele se questiona com grande inteligência também prática sobre o problema da relação entre esse corpo, a Igreja e a realidade política, o novo poder constituído pelos príncipes: a sua proposta eclesiástica é a mais adequada ao encontro com a nova realidade política do Estado moderno. Eis o motivo do seu sucesso, além de cada aliança específica, da repressão contra a revolta dos camponeses e das coincidências dos interesses no plano da secularização dos principados episcopais ou do confisco dos bens eclesiásticos. Certamente não podemos aqui entrar na questão da teologia política de Lutero: creio que podemos apenas resumir dizendo que a distinção entre a realidade da graça e a realidade terrena e histórica do pecado, a doutrina luterana dos "dois reinos" ou dos dois regimentos (*zwei Reiche*), o celeste e o mundano, decididamente separados entre si, constitui um elemento importante para o fortalecimento do Estado e da legislação positiva. O direito natural permanece no pensamento de Lutero como ponto de referência, mas dá-se outro passo para o seu isolamento da esfera histórica e concreta: o poder e, portanto, também o direito concreto

---

16. J. C. Spalding, "Discipline as Mark of the True Church in its Sixteenth Century Lutheran Context", in *Piety, Politics and Ethics. Reformation Studies in Honor of Georg Wolfgang Forell*, Kirksville (Miss.), 1984, pp. 119-38.

A SOLUÇÃO EVANGÉLICO-REFORMADA

agem na esfera histórica que se encontra sob o domínio dos príncipes, e não na esfera eterna do reino de Deus. Nesse quadro de referência teológica, confia-se ao Estado a "polícia", a disciplina da Igreja como organização social: ou seja, a jurisdição sobre a sua esfera externa, que é intrinsecamente ligada à vida política. E não é só isso: a Igreja se define como sociedade dentro do Estado, dentro de cada Estado, deixando na parte externa, como união entre as várias Igrejas, apenas um vínculo de tipo invisível, que não pode ser definido juridicamente, e colocando, desse modo, um fim a toda pretensão universalista de um ordenamento próprio, não definido territorialmente. Essa é a proposta vencedora, que garante o êxito da Reforma em muitas regiões da Europa, onde o papado não consegue manter unidos a si os soberanos com as concordatas ou com outros vínculos. O problema para os reformadores é como administrar essa existência da Igreja como organismo dentro do corpo político, ou seja, como reivindicar à Igreja um foro próprio, autônomo e distinto do foro mundano-secular. Tendo recusado o foro penitencial da Igreja romana como foro misto, externo/interno, os reformadores elaboram uma proposta simplificada e de grande impacto também do ponto de vista da ideologia e da propaganda em grande coerência com o desenvolvimento da organização moderna do poder: por um lado, o foro interior, o foro da consciência que diz respeito unicamente à relação do homem pecador com Deus, à liberdade interior do cristão; por outro, a atribuição ao príncipe da *cura religionis*[17]. As conseqüências são duas: por um lado, a transformação do direito canônico em direito disciplinar eclesiástico; por outro, a formação de um foro de certo modo intermediário, de um

---

17. H. Dreitzel, *Protestantischer Aristotelismus und absoluter Staat. Die "Politica" des Henning Arniasaeus (ca. 1575-1636)*, Wiesbaden, 1970, pp. 364-92. Uma última síntese geral da posição evangélica encontra-se em M. Heckel, "Der Einfluss des christlichen Freiheitsverständnisses auf das staatliche Recht", in *Das christliche Freiheitsverständnis in seiner Bedeutung für die staatliche Rechtsordnung*, Münster, 1996 (*Essener Gespräche zum Thema Staat und Kirche*, 30), pp. 82-134 (com a bibliografia anterior).

terceiro foro co-administrado de diversas maneiras e com diversos equilíbrios pela autoridade civil e pela autoridade eclesiástica, foro esse necessário para garantir a disciplina eclesiástica e a sua ligação com as novas realidades políticas. Temos, portanto, três foros que coexistem dentro de dois reinos. Vejamos, agora, maiores esclarecimentos sobre o foro do príncipe para que, após uma breve síntese das propostas apresentadas a esse respeito nas correntes reformadas não luteranas, possamos examinar a evolução do foro interno e do foro eclesiástico nas novas Igrejas territoriais.

Para sintetizar a posição do luteranismo em relação ao Estado e à magistratura civil, limito-me a mencionar algumas passagens fundamentais de Melâncton, que sistematiza, do ponto de vista do pensamento político, a mudança realizada por Lutero com a experiência da guerra dos camponeses, com a constatação da debandada do povo cristão após o abandono das práticas papistas, sob a ameaça eversiva, constituída pelo movimento dos anabatistas: a solicitação aos príncipes, a partir de 1527, de que eles se encarregassem da disciplina eclesiástica em seus territórios constitui o verdadeiro início das novas Igrejas territoriais. É importante o pensamento de Melâncton porque o *praeceptor Germaniae* é aquele que, dentre todos, tem maior sensibilidade para captar a dimensão moderna da política como pedagogia, como disciplina do homem no seu conjunto, como *politia*, cujo surgimento vimos no capítulo anterior. Paradoxalmente, mas nem tanto, Melâncton é, a meu ver, aquele que mais recebeu o ensinamento moderno do papado do século XV e, sobretudo, de Pio II, sobre a figura do príncipe-pastor, responsável pela vida temporal e espiritual dos próprios súditos, governador de um *Tempelstaat* em que não há separação entre bem espiritual e material dos súditos, e que age não apenas com o comando (*praeceptio*), mas também com o ensinamento e a disciplina (*instructio*)[18]. "O primeiro uso da lei", escreve ele nos seus *Loci communes*, "é 'pedagogicus seu politicus'": Deus

---

18. P. Prodi, *Il sovrano pontefice*, cit., sobretudo as pp. 35-43.

quer que todos os homens, mesmo os não-cristãos, sejam obrigados com a disciplina a não cometer delitos[19]. Os bispos não receberam de Cristo o mandato de comandar, mas apenas o de pregar e, portanto, não podem ser os últimos responsáveis pela disciplina; é ao príncipe ou ao magistrado secular como *praecipuum membrum Ecclesiae* que cabe não apenas a tarefa de legiferar, disciplinar e julgar, mas também a *cura religionis*, ou seja, garantir a ortodoxia da doutrina e a homogeneidade do culto e da disciplina[20]. Sendo assim, a tarefa do magistrado não é apenas a de zelar pelo cumprimento da segunda parte do decálogo, referente à relação com o próximo (honrar o pai e a mãe, não matar etc.), mas também a de garantir a observância dos primeiros mandamentos concernentes à relação do homem com Deus: proibição das práticas de idolatria, dos cultos ímpios e da blasfêmia externa[21]. Conforme outra de suas teses, o Evangelho diz respeito apenas à consolação, à relação íntima, na consciência, do homem com Deus, mas todo o mundo, toda a vida externa e social encontra-se sob o governo da lei[22]. Para Melâncton, o espectro é sempre constituído, mesmo à distância de décadas, pela revolta dos anabatistas contra a autoridade política

---

19. Melanchtons, *Werke*, II, Gütersloh, 1952, p. 322: "Vult enim Deus coerceri disciplina omnes homines, etiam non renatos, ne externa delicta committant". Sobre o pensamento jurídico e político de Melâncton em geral, remeto a G. Kisch, *Melanchtons Rechts- und Soziallehre*, Berlim, 1967.
20. Melanchtons, *Werke*, I, Gütersloh, 1951, pp. 387-410: "De officio principum, quod mandatum Dei praecipiat eis tollere abusus ecclesiasticos" (1539): "Principes et magistratus debere impios cultus tollere et efficere, ut in Ecclesiis vera doctrina tradatur et pii cultus proponantur" (p. 388).
21. Ibidem, p. 390: "Magistratus est custos primae et secundae tabulae legis, quod ad externam disciplinam attinet, hoc est, prohibere externa scelera et punire sontes debet et proponere bona exempla... Etsi etiam magistratus non mutat corda nec habet ministerium spiritus, tamen habet suum officium externae disciplinae conservandae etiam in hiis, quae ad primam tabulam pertinent."
22. R. Burigana, "'De discrimine veteris et novi Testamenti' nelle dispute di Melantone", in *Annali di storia dell'esegesi*, 8 (1991), p. 44 (n. 36): "Evangelium pertinet ad conscientiam consolandam coram Deo, et ad vitam aeternam. Lex autem pertinet ad mundum et totam exteriorem vitam."

estabelecida por Deus: a referência não se faz somente às leis do príncipe, que com base no modelo do antigo direito romano são por si só manifestação de Deus, *Dei vox*; elas correspondem a uma situação histórica diferente e por isso estão muito longe daquilo que, para o povo hebraico, eram os *iudicialia*, normas positivas como aplicação da lei divina no contexto do povo hebraico: a confusão entre o Evangelho e a justiça política é o perigo mais grave que a sociedade pode correr[23]. Eis a razão para a posição aparentemente ambígua do mundo luterano em relação à lei positiva e, sobretudo, ao direito romano como a sua máxima expressão. Ambígua apenas em aparência, pois, na realidade, é profundamente coerente com o discurso dualístico de Lutero: a liberdade do cristão não guarda relação com a ordem externa da sociedade. Enquanto parece uma rejeição da lei, do direito e dos juristas (*Juristen böse Christen*, os juristas são todos maus cristãos, segundo o dito popular muitas vezes citado pelo próprio Lutero) em nome da consciência, na verdade, a contraposição entre os dois reinos faz da lei positiva humana, com o seu poder de coerção externa, o único instrumento para impor uma ordem mundana no reino do pecado[24].

4. A cidade, nova Jerusalém

Uma vez que consideramos superada a antiga corrida em busca das "causas" da Reforma em sentido negativo, na difusão dos abusos, na confusão teológica da tarda Idade Mé-

---

23. G. Kisch, *Melanchtons Rechtslehre*, cit., apêndice, "Oratio de dignitate legum" (1543), pp. 234-40; "Oratio de legibus" (1550), pp. 241-50: "Verum est, discrimina Legis et Evangelii, ac deinde iusticiae aeternae et iusticiae politicae, item legum divinarum et humanarum, cognoscenda et propter gloriam Dei summa cura tuenda esse... Ante annos fere triginta vulgus audierat leges humanas discerni a divinis, et quaedam viciosa decreta hominum prorsus abici, alia vero externuari... Multi omnes leges humanas deleri volebant, non tantum ecclesiasticas, sed etiam politicas, quae regunt imperia..."

24. G. Strauss, *Law, Resistence and the State. The Opposition to Roman Law in Reformation Germany*, Princeton, 1986, pp. 191-239.

dia ou na ânsia de um homem tomado por práticas supersticiosas, creio que também podemos considerar superada a mais recente disputa sobre as "causas" em sentido positivo: no novo pensamento teológico da "via moderna", no nominalismo, para os historiadores das idéias, ou nas novas forças emergentes no mundo camponês ou no burguês-citadino, para os historiadores que são mais sensíveis a temas sociais. Não há dúvida de que, nas múltiplas expressões de reforma – começa-se a falar de "Reformas", no plural –, essas idéias e essas forças sociais concorrem de modo diferente: concordes em considerar necessária a fundação de novas estruturas eclesiásticas, mas mantendo o corpo da Igreja como realidade visível, elas se distinguem, assumem tonalidades diversas no tempo e no espaço com base nos impulsos ideais e sociais dominantes. A principal diferença une-se, indubitavelmente, ao contexto sociopolítico: de um lado, temos os novos Estados territoriais emergentes no império germânico, em que prevalece a confissão luterana e evangélica, de outro, as cidades em que prevalece a doutrina zwingliana-calvinista e reformada; de um lado, as novas tendências centralizadoras, de outro, a defesa dos antigos valores comunais[25]. O que talvez ainda possa ser desejável para os historiadores que se encontram além dos Alpes italianos, e que insistiram sobremaneira na gênese "comunalista" da Reforma[26], seria uma

---

25. A síntese mais brilhante da discussão historiográfica a esse respeito encontra-se em S. E. Ozment, *The Reformation in the Cities. The Appeal of Protestantism to Sixteenth-Century Germany and Switzerland,* New Haven – Londres, 1975 (Yale U. P.), introdução. Importantes são as pesquisas de T. A. Brady Jr. sobre as cidades suíças e alemãs, principalmente sobre Estrasburgo: *Turning Swiss: Cities and Empire 1450-1550,* Cambridge, 1985; *The Politics of the Reformation in Germany. Jacob Sturm (1489-1553) of Strasburg,* Atlantic Highlands (New Jersey), 1997. O exame historiográfico mais atualizado encontra-se em *Die deutsche Reformation zwischen Spätmittelalter und früher Neuzeit,* organizado por T. A. Brady Jr. (Kolloquium des Historischen Kollegs, Munique, 9-12 maio 1999), em fase de impressão.

26. Penso nas pesquisas consistentes e inovadoras de Peter Blickle e do grupo de pesquisadores que trabalhou com ele. Ver *Kommunalisierung und Christianisierung,* organizado por P. Blickle e J. Kunisch, Berlim, 1990; *Commu-*

atenção maior em relação ao desenvolvimento anterior das cidades italianas, à organização paroquial e das confrarias citadinas e aos movimentos de reforma desenvolvidos em âmbito comunal nos séculos XIV e XV: não porque na Itália o movimento de reforma das cidades tenha chegado a resultados eversivos, mas porque certamente forneceu um modelo de religião cívica que não pôde deixar de influenciar profundamente o novo pensamento reformador. Pensemos no exemplo da Florença de Jerônimo Savonarola: com a condenação à fogueira do frade, em 23 de maio de 1498, seu experimento se apaga, mas nasce o mito de Florença como uma nova Jerusalém, mito destinado a exercer um papel importante nas décadas posteriores[27]. Certamente, essas observações nos parecem oportunas não por chauvinismo, mas por superarem, de fato, contraposições que não fazem mais sentido com etiquetas de modernidade ou de conservação, atribuídas a um ou outro movimento. Na ótica da nova política, a adesão às perspectivas de reforma chega a estímulos diferentes e, por isso, adquire tonalidades diferentes: tanto a reforma dos príncipes quanto a das cidades têm como objetivo a instauração de uma disciplina religiosa ligada ao poder político, de um novo foro para a modelagem integral do homem, mas obviamente em duas linhas paralelas, que se entrelaçam com resultados diversos. Enquanto dentro do império prevalece, pouco a pouco, a reforma dos príncipes e o modelo da Igreja territorial (*Landeskirche*), em países periféricos ou de fronteira, no sul da Alemanha e na Suíça, onde a tradição comunal-citadina é forte, prevalece um tipo de reforma diferente, em que é a cidade no seu conjunto, como magistratura civil e magistratura religiosa ao mesmo tempo, que fornece um novo exemplo de cidade celeste, de

---

nalism, Representation, Resistence, organizado por P. Blickle, Oxford, 1996; *Gemeinde, Reformation und Widerstand. Festschrift für P. Blickle zum 60. Gerburtstag*, organizado por H. R. Schmitt, A. Holenstein e A. Würgler, Tübingen, 1998.

27. D. Weinstein, *Savonarola e Firenze: profezia e patriottismo nel Rinascimento*, Bolonha, 1976 (orig. Nova York, 1970); L. Polizzotto, *The Elect Nation. The Savonarolian Movement in Florence 1494-1545*, Oxford, 1994.

nova Jerusalém: Zurique, Estrasburgo, Genebra, para dar apenas os três exemplos mais ilustres, três grandes experimentos a que se referem, respectivamente, os nomes de Ulrich Zwingli, Martin Bucero e João Calvino.

Sem querer negar a importância das diferenças teológicas, mas limitando-nos conscientemente ao aspecto jurídico-político, o elemento comum dessas experiências de reforma nas cidades, em relação à solução luterano-melanctoniana, parece ser uma ligação maior e, às vezes, uma fusão entre a magistratura civil e a religiosa: nas novas Jerusaléns citadinas, o sistema da representação impede já desde a base uma separação entre o corpo da Igreja e o corpo da sociedade civil, até mesmo na célula elementar constituída pela paróquia (lembremo-nos também da função cívica da paróquia nas comunas italianas dos séculos anteriores). Portanto, só se pode construir a nova síntese partindo-se dessa fusão. Desse modo, Zwingli constrói em Zurique um sistema de verdadeira Igreja de Estado, em que a totalidade do governo da Igreja depende do conselho e das autoridades citadinas. Em Estrasburgo, Bucero tenta construir, de modo menos externo, essa realidade de interligação entre a magistratura civil e a eclesiástica, visando à construção do homem como novo cristão e novo cidadão, colocando no centro um modelo que se reflete nos dois âmbitos. Assim, Calvino abre em Genebra um novo caminho, o mais difícil, mas que terá mais sucesso, mesmo entre seculares controvérsias, o caminho de uma colaboração orgânica, no plano de igualdade, entre a estrutura eclesiástica e a civil; o magistrado público é encarregado de manter a disciplina externa, mas não pode intervir nas questões internas de fé e da Igreja, enquanto esta última assume o papel de conselheira moral do Estado, exprime os sentimentos da comunidade ("le cri du peuple": pensemos no tema da usura) e, de certo modo, dita os princípios da convivência social, aos quais os magistrados devem se ater em sua atividade concreta.

Essas poucas alusões servem apenas para dizer que todas essas experiências têm em comum a necessidade de fundar uma disciplina externa para a administração dos sacramentos, para o julgamento sobre a dependência ou não da Igreja, para o julgamento sobre a conduta moral da sociedade: em resumo, a formação de um novo foro administrado sempre em simbiose pelo magistrado político e pelo religioso. Mas isso ocorre com equilíbrios muito diferentes, que distinguem concretamente as Igrejas evangélicas e reformadas. As próprias Igrejas reformadas nos territórios alemães assumem formas organizativas muito diferentes entre si (e diferentes daquelas da Igreja de Genebra), com base na sua relação específica com os príncipes: a constituição sinodal não se realiza completamente em parte alguma, nem mesmo na própria Holanda[28]. Isso produz as primeiras grandes controvérsias sobre o tema das relações entre Igreja e Estado. Não por acaso, a primeira grande polêmica se dá no Palatinado com Thomas Erastus sobre o tema da disciplina eclesiástica e do direito de excomunhão (*Bann*); da aliança com os príncipes passa-se à definição, não sem contrastes, da preeminência da autoridade política ou daquela religiosa na construção das novas realidades eclesiásticas: essa discussão terá uma importância fundamental não apenas no continente, sobretudo na Holanda calvinista, mas em todas as questões inglesas da primeira metade do século XVII[29]. A teorização mais conhecida será aquela dada por Hugo Grócio com o seu tratado *De imperio summarum potestatum circa sacra*[30]: a autoridade política soberana, individual ou coletiva, por natureza e pelos princípios da religião cristã, estende o seu

---

28. *Territorialstaat und Calvinismus*, organizado por M. Schaab, Stuttgart, 1993, sobretudo as pp. 270-2.
29. G. Migliorato, "Erasto ed erastianismo. Problematica di un giurisdizionalismo confessionista", in *Critica storica*, 16 (1979), pp. 185-223.
30. H. Grotius, *Opera omnia theologica*, t. III, Amstelaedami, 1639, pp. 233-91. Tradução italiana com introdução de L. Nocentini: *Il potere dell'Autorità Sovrana in ordine alle cose sacre e altri scritti*, Tirrenia, 1993. Cf. H.-J. van Dam, "De imperio summarum potestatum circa sacra", in *Hugo Grotius theologian. Essays in Honour of G. H. M. Posthumus Meyjes*, organizado por H. Nellen e E. Rabbie, Leiden – Nova York – Colônia, 1994, pp. 19-39.

poder não apenas aos problemas profanos, mas também àqueles religiosos, uma vez que é responsável por todas as relações entre os homens, da esfera do visível. O Estado precisa da religião para alcançar seu objetivo político, para ser bem governado, não somente porque a religião conduz à observância das normas morais, mas porque mesmo a doutrina e o próprio culto dos súditos tem um grande peso na felicidade pública[31]. Desse modo, ao soberano compete disciplinar o culto e a vida eclesiástica, enquanto à Igreja (embora teoricamente possa ser soberana) cabe um poder inferior delegado (*quoddam regimen*), uma jurisdição baseada não na coerção, mas na persuasão e no ensinamento: "Omnis enim iurisdictio, ut a Summa potestate fluit, ita ad eam refluit."[32] Do ponto de vista do direito público do império, Hermann Conring fornece, na época da paz de Vestfália, a teorização mais clara desse processo: a Igreja não é uma *respublica*, mas um *collegium* – segundo a definição jurídica romana – interno ao Estado[33].

A partir desse ponto de vista, o chamado cisma anglicano, a separação entre a Igreja da Inglaterra e Roma, não é, como na vulgata historiográfica é apresentado, uma meia-reforma, uma reforma que se situa, de certo modo, no meio do caminho e que, tendo conservado a substância da doutrina e do culto, separa-se de Roma apenas pelo ato de supremacia de 1534, definindo o soberano como chefe da Igreja e criando apenas mais tarde uma disciplina própria e autônoma. Do

---

31. H. Grotius, *Opera omnia theologica*, cit., pp. 206-7: "Altera ratio est ex natura ac vi propria religionis, quae eiusmodi est, ut homines placidos, osequiosos, amantes patriae, iuris et aequi retinentes efficiat. Ita autem animatis civibus non potest non felix esse Respublica... Neque vero religio censenda est ad Rempublicam facere dumtaxat ea parte, qua morum regulam praescribit, minisque et pollicitationibus sancit: nam et dogmata et ritus haud parum ad ipsos mores publicamque felicitatem momenti habent."

32. *Ibidem*, p. 255.

33. "Ecclesia in hische terris non est vere respublica, sed naturam potius habet collegii...", cit. em I. Mager, "Hermann Conring als theologischer Schriftsteller", in *Hermann Conring (1606-1681). Beiträge zu Leben und Werk*, organizado por M. Stolleis, Berlim, 1983, p. 77.

ponto de vista da identidade coletiva do cristão, a construção da Igreja anglicana é a realização da Reforma, a sua manifestação no estado puro: uma vez que conta com a experiência luterana e calvinista, não há necessidade de conduzir uma batalha de diferenciação doutrinal e dogmática para afirmar uma identidade própria. Ao contrário, isso pode até ser perigoso porque pode conduzir a um dualismo intolerável para a sociedade: a "taxa de protestantismo" da Igreja anglicana, no início dos primeiros anos após 1549 e da década de 70 do século XVI, representa a medida desse grau de compatibilidade[34]. "Não há quem pertença à Igreja da Inglaterra que não seja membro do Commonwealth, nem quem seja membro do Commonwealth que não pertença à Igreja da Inglaterra", escreve Richard Hooker ao final do século em seu *Of the Laws of Ecclesiastical Polity*: Igreja e Estado são dois aspectos da mesma sociedade, e não é possível distinguir, na mesma pessoa, o membro da Igreja do súdito do *Commonwealth*[35]. Isso persiste mesmo depois das primeiras vitórias do presbiterianismo puritano no período do longo parlamento e abre caminho para o absolutismo e para o cesaripapismo de Thomas Hobbes, segundo o qual o Estado tem o direito de impor um único culto e normas únicas de comportamento.

No entanto, sejam quais forem as tensões que se desenvolverão em torno do problema do poder na Igreja, o fato certo é que, desde o início da reforma, coloca-se o problema da autoridade: "Il faut donc, qu'il y ait quelque ordre et police sur cela" [portanto, é necessário que haja alguma ordem e polícia a respeito], é o que se encontra escrito na conclusão do catequismo de Genebra, de 1542[36]. A palavra de ordem "disciplina" torna-se a pedra angular sobre a qual se funda

---

34. G. R. Elton, *Reform and Reformation: England 1509-1558*, Londres, 1977.
35. R. Hooker, *Of the Laws of Ecclesiastical Polity*, Londres, 1954, p. IX: "There is not any man of the Church of England but the same is a member of the Commonwealth, nor any man a member of the Commonwealth which is not also of the Church of England."
36. *Bekenntnisschriften und Kirchenordnungen der nach Gottes Wort reformierten Kirche*, organizado por W. Niesel, Munique, 1939, p. 41.

o novo direito das Igrejas reformadas da França[37]. Sendo assim, tentaremos colher alguns elementos dessa "ordre et police" nas Igrejas evangélicas e reformadas, convencidos de que estas sejam todas respostas dadas ao problema da relação entre a consciência e a lei positiva. Para todos esses movimentos, a Escritura representa o instrumento para a libertação do homem e da cidade do magistério da Igreja e das malhas do ordenamento canônico, mas a nova liberdade do cristão não pode prescindir da disciplina eclesiástica e, portanto, da construção de um novo direito eclesiástico.

5. Do direito canônico ao "Ius ecclesiasticum protestantium"

Antes de considerar mais de perto o problema da disciplina e do foro eclesiástico, é necessário apresentar algumas determinações no plano geral da norma canônica. Todos sabem que Lutero, em 1520, queimou junto com a bula papal de excomunhão os textos do *Corpus iuris canonici* e da *Summa angelica*, de Ângelo Carletti de Chivasso, o mais difundido manual para confessores, para tornar visível a todos o seu distanciamento da legislação da Igreja e do controle eclesiástico sobre as consciências[38]. Poucos sabem que o direito canônico permaneceu em vigor como norma subsidiária – em caso de ausência de uma legislação específica e precisa – nas Igrejas evangélicas, até os nossos dias. A explicação desse contraste foi vista tradicionalmente num recuo ocorrido nas Igrejas protestantes e reformadas na segunda metade do século XVI e no XVII, com abandono do zelo e do ideal de liberdade dos primeiros reformadores. Em contrapartida, estudos mais recentes demonstraram que o direito

---

37. M. Reulos, "L'histoire de la discipline des églises réformées françaises, élément de l'histoire de la Réforme en France et de l'histoire du droit ecclésiastique réformé", in *La storia del diritto nel quadro delle scienze storiche*, cit., pp. 533-43.

38. A. Pincherle, "Graziano e Lutero", in *Studia Gratiana*, 3 (1953), pp. 453-81.

canônico teve uma grande importância no momento da fundação das novas Igrejas territoriais: o direito canônico forneceu os tijolos e a matéria-prima reutilizada para a construção da nova realidade eclesiástica[39]. O direito canônico clássico chega a se manter mais vigoroso e se desenvolve com mais força nos países protestantes do que – conforme se verá – no ambiente católico pós-tridentino, em que passa a ser dominado pelo novo direito pontifício, secando como uma velha árvore que já não brota mais. Em vez disso, manifesta sua vitalidade nos países protestantes, tanto na práxis da vida eclesiástica quanto na elaboração doutrinal e universitária, atingindo em terra alemã sua máxima expressão criativa, justamente no século XVII, como instrumento para a fundação, junto com o direito romano, da nova legislação soberana. Não há dúvida de que diminui sua influência sobre o direito civil devido à concorrência do direito romano e ao avanço do direito positivo dos príncipes, à sua inserção na legislação territorial (a opinião comum dos juristas é de que o direito canônico vale apenas se for aprovado ou recebido pelos príncipes ou enquanto costume) e devido à sombra "papista" que se estende cada vez mais sobre ele como uma cortina de desconfiança[40], mas a sua influência aumenta justamente em função da criação das novas Igrejas territoriais. A conclusão a que chegou recentemente um grupo de trabalho, composto pelos maiores especialistas internacionais, é que o direito canônico medieval manteve uma grande importância em todas as regiões da Europa. As tradições luterana, calvinista e anglicana continuaram a incluir em seu interior muito do direito herdado dos séculos anteriores, ainda que não na mesma medida e certamente com muitas variantes no tempo e no espaço[41].

---

39. W. Maurer, "Reste des Kanonischen Rechtes im Frühprotestantismus", in *Zeitschrift der Savigny-Stiftung für Rechtsgeschichte. Kan. Abt.*, 51 (1965), pp. 190-253.

40. U. Wolter, *Ius canonicum in iure civili*, cit., pp. 59-64 e 131-71.

41. A esse respeito, é fundamental a coletânea de estudos, fruto de um grupo de trabalho formado em 1987: *Canon Law in Protestant Lands*, organizado por R. H. Helmholz, Berlim, 1992.

Certo é que o ataque de Lutero contra as Decretais papais e o centralismo romano insere suas raízes nas idéias conciliaristas da tarda Idade Média, manifestando uma grande continuidade com tradições ainda muito fortes, mesmo no interior do direito canônico[42]; aliás, as tensões que se manifestam imediatamente diante da intromissão do poder secular levam os reformadores a usar o direito canônico como arma de defesa e a colocá-lo em contraposição e em composição com o direito romano na construção do novo direito do Sacro Império Romano-Germânico. É sobretudo o *Decretum* de Graciano[43] que passa a ser utilizado por Lutero e pelos outros grandes reformadores como ampla coletânea de textos disciplinares e patrísticos do primeiro milênio da Igreja, a que se deve recorrer para ordenar a nova comunidade de culto, para a nova "politia ecclesiastica" moderna, já evocada por Jean Gerson: o grande tema do *officium* eclesiástico do direito canônico clássico de Graciano torna-se naturalmente central na definição do ministério pastoral como *Amt* (ofício); do mesmo modo, a temática relativa à administração dos sacramentos e da penitência em particular encontra no texto de Graciano o instrumento principal para a ligação com a doutrina dos Padres da Igreja. A faculdade de direito de Wittenberg, também por influência de Melâncton, torna-se o centro dessa elaboração doutrinal que informa o desenvolvimento das *Kirchenordnungen*, das novas ordenanças eclesiásticas: após a paz de Augusta, em 1555, todas as Igrejas e as universidades alemãs passam a ter no direito canônico – não obstante as discussões obstinadas que duram todo o século seguinte e a contínua condenação das degenerações papistas – um dos principais pontos da formação profissional dos pastores, e basta folhear os títulos das teses desenvolvidas junto às faculdades de direito e de filosofia alemãs para ver a centralidade dessas temáticas

---

42. M. Reulos, "Le Décret de Gratien chez les humanistes, les gallicans et les réformés français du XVIe siècle", in *Studia Gratiana*, 2 (1954), pp. 679-96.

43. J. Heckel, "Das Decretum Gratiani und das deutsche evangelische Kirchenrecht", in *Studia Gratiana*, 3 (1955), pp. 483-537.

no ensino: entre o final do século XVII e o início do XVIII, temos, com Cristiano Tomásio e o seu aluno Justus Hennig Boehmer, o vértice da elaboração teórica[44]. Nas faculdades de direito da Holanda calvinista, é introduzido no final do século XVI o título de *doctor iuris utriusque* em ambos os direitos, civil e canônico, título que, no entanto, entra em crise quase contemporaneamente nos países católicos: a importância do direito canônico permanece forte na vida pública da nova república da Holanda e na formação da sua classe dirigente, decaindo apenas na segunda metade do século XVIII[45]. Sobretudo na Inglaterra, foi verificado o grau máximo de continuidade entre a legislação e a prática judiciária canônica medieval e a legislação e a prática canônica após a reforma: seguindo as pistas da grande tradição da historiografia constitucional inglesa sobre a *common law*, as pesquisas mais recentes demonstraram a sobrevivência e o fortalecimento da atividade das cortes eclesiásticas na era Tudor; no plano doutrinal, a grande teorização de Richard Hooker foi fundada não apenas em todo o *Corpus iuris canonici*, mas também no conhecimento direto dos grandes intérpretes, decretistas e decretalistas[46]. Os contrastes entre os defensores da *common law* e aqueles do poder das cortes ecle-

---

44. U. Wolter, "Die Fortgeltung des kanonischen Rechts und die Haltung der protestantischen Juristen zum kanonischen Recht in Deutschland bis in die Mitte des 18. Jahrhunderts", in *Canon Law in Protestant Lands*, cit., pp. 13-47. Ainda válido é o monumental estudo de R. Schäfer, "Die Geltung des kanonischen Rechts in der evangelischen Kirche Deutschlands von Luther bis zur Gegenwart. Ein Beitrag zur Geschichte der Quellen, der Literatur und der Rechtsprechung des evangelischen Kirchenrechts", in *Zeitschrift der Savigny-Stiftung für Rechtsgeschichte. Kan. Abt.*, 5 (1915), pp. 165-413. Para o quadro geral dos estudos jurídicos, ver N. Hammerstein, *Jus und Historie. Ein Beitrag zur Geschichte des historischen Denkens an deutschen Universitäten im späten 17. und im 18. Jahrhundert*, Göttingen, 1972.

45. R. Feenstra, *Canon Law at Dutch University from 1575 to 1811*, e J. Witte Jr., "The Plight of Canon Law in the Early Dutch Republic", in *Canon Law in Protestant Lands*, cit., respectivamente pp. 123-34 e 135-64.

46. R. Helmholz, *Roman Canon Law in Reformation England*, Cambridge, 1990; do mesmo autor, uma síntese atualizada: "Canon Law in Post-Reformation England", in *Canon Law in Protestant Lands*, cit., pp. 203-21.

siásticas impedem a promulgação de um corpo coerente de direito eclesiástico anglicano como lei de Estado, mas resta o fato de que a Igreja da Inglaterra (com a redação, por parte de uma comissão real em 1552, da *Reformatio legum ecclesiasticarum*, apresentada à câmara dos Lordes no ano seguinte) é a primeira em todo o Ocidente a desenvolver o antigo direito canônico na direção de uma codificação orgânica moderna[47].

Para fornecer um simples ponto de referência final dessa elaboração doutrinal, creio que seja suficiente uma rápida leitura do *Jus ecclesiasticum protestantium* do pietista Justus Henning Boehmer[48]. A metamorfose do antigo direito canô-

---

47. J. C. Spalding, *The "Reformation" of the "Ecclesiastical Laws" of England, 1552*, Kirksville (Missouri), 1992.

48. O significativo título integral é *Ius ecclesiasticum protestantium, usum modernum Iuris canonici iuxta seriem decretalium ostendens* (utilizei a edição Halae, 1714). Ver P. Landau, "Kanonistischer Pietismus bei Justus Henning Böhme. Zugleich zum Einfluss Philipp Jakob Speners in der Geschichte des evangelischen Kirchenrechts", in *Vom mittelalterlichen Recht zur neuzeitlichen Rechtswissenschaft*, organizado por N. Briekorn et alii, Paderborn, 1994, pp. 317-33. Creio que seja bastante interessante notar que uma operação análoga de avaliação do direito canônico como processo histórico ocorre nos mesmos anos no mundo católico, particularmente com L. Thomassin, *Ancienne et nouvelle discipline de l'Église*, 3 vol., Paris, 1679. Do prefácio (edição posterior em 7 volumes, Bar-Le-Duc, 1864, pp. XXV-XXVI): "Il faut écarter tous les préjugés des usages de notre siècle, et surtout cette fausse préoccupation qui s'est saisie de tous les esprits, que les maximes de la police ecclésiastique des derniers siècles sont, ou toutes les mêmes, ou toutes différentes de celles des siècles précédents... L'Église qui est l'épouse du divin Agneau, est toujours la même. La foi ne change point, et elle est la même durant tous les siècles; mais la discipline change assez souvent, et elle éprouve dans la suite des années des révolutions continuelles. La police de l'Église a donc sa jeunesse et sa vieillesse, le temps de ses progrès et celui de ses pertes..." ["É preciso afastar todos os preconceitos em relação aos costumes do nosso século, e sobretudo essa falsa preocupação que se apoderou de todos os intelectos de que as máximas da polícia eclesiástica dos últimos séculos são ou todas iguais ou todas diferentes daquelas dos séculos anteriores... A Igreja, que é a esposa do divino Cordeiro, é sempre a mesma. A fé não muda, ela é a mesma ao longo de todos os séculos; mas a disciplina muda com bastante freqüência e, com a sucessão dos anos, passa por contínuas revoluções. A polícia da Igreja tem, portanto, sua juventude e sua velhice, o tempo de seus progressos e o de suas perdas..."].

nico no novo direito eclesiástico como uma espécie de *ius commune* das Igrejas protestantes, construído historicamente, já está completa. A Igreja dentro das novas realidades políticas deve ter sua própria expressão jurídica e ser considerada sob dois aspectos: como sociedade em si na sua organização interna e em relação ao Estado em que se encontra inserida. A ordem interna e o direito eclesiástico devem ser sempre subordinados ao fim espiritual e à salvação da Igreja, ao culto de Deus e ao amor pelo próximo, mas relacionados ao desenvolvimento histórico e à legislação estatal. O direito eclesiástico deve, portanto, servir não apenas à disciplina externa, mas, mediante esta última, deve fazer com que a Igreja possa alcançar seus objetivos internos[49]. As ordenanças eclesiásticas não aboliram o direito canônico, e sim integraram-no: talvez tivesse sido oportuno desde o princípio, segundo a verdadeira idéia de Lutero, a formação de um direito orgânico, mas isso não foi possível. Com efeito, grande parte do direito paroquial e muitas normas necessárias à vida cotidiana da Igreja derivam do direito canônico. Os perigos na história da Igreja sempre foram opostos entre si: os da teocracia ou do cesaripapismo, a instrumentalização do Estado em função da Igreja ou vice-versa. A tirania pontifícia e a hierarquia romana foram destruídas pela Reforma, mas delas ficaram traços que não foram apagados ("infinita instituta pontificia in nostris ecclesiis relicta esse"): o problema é, portanto, fazer com que esses traços sirvam, ao mesmo tempo, à verdadeira Igreja e à sociedade política.

6. As "Kirchenordnungen" ou ordenanças eclesiásticas

O próprio nome "ordenanças eclesiásticas" já define sua forma jurídica particular e a sua novidade: elas se colocam ao lado das ordenanças territoriais e de polícia, a que aludi-

---

49. Ibidem, p. 10: "Salutem ecclesiae non externum unice, sed imprimis internam supremam legem esse."

mos no capítulo anterior como sendo uma das grandes novidades na produção das normas positivas, e são inseridas entre as constituições territoriais de cada Estado no curso da Idade Moderna[50]. Não se trata de uma legislação em sentido formal clássico, mas de normas que dizem respeito à Reforma e que também contêm indicações para a vida espiritual das comunidades: elas se baseiam nos protocolos das visitas conduzidas pelas autoridades eclesiásticas, em geral são compiladas por teólogos ou comissões de teólogos e promulgadas pelo príncipe ou pelo soberano. Sobretudo nas primeiras décadas da Reforma, parecem exprimir um caráter mais disciplinar e organizativo do que jurídico; sua linguagem não é jurídica. Com base numa pesquisa recente, é possível, pela primeira vez, analisá-las como textos jurídicos[51] antes de tentar examinar mais detalhadamente os pontos que se referem à confissão dos pecados e à penitência pública.

Em junho de 1527, o príncipe eleitor da Saxônia nomeia a primeira comissão de visitantes, dentre os quais Felipe Melâncton, para visitar as comunidades do principado e tomar as deliberações necessárias para a disciplina eclesiástica – para estabelecer *Zucht und Ordnung* (disciplina e ordem) –, e é o próprio Lutero quem traça os princípios que deveriam inspirar os visitadores: tal visita é considerada como a certidão de nascimento das novas Igrejas territoriais. As ordenanças eclesiásticas, fruto da visita, dividem-se normalmente em duas partes: 1) uma introdução, com a indi-

---

50. K. W. Nörr, "Typen von Rechtsquellen und Rechtsliteratur als Kennzeichen kirchenrechtlicher Epochen", in *Zeitschrift für evangelisches Kirchenrecht*, 13 (1967-1968), pp. 225-38.

51. K. Sichelschmidt, *Recht aus christlicher Liebe oder obrigkeitlicher Gesetzesbefehl? Juristische Untersuchungen zu den evangelischen Kirchenordnungen des 16. Jahrhunderts*, Tübingen, 1995. O exame das duas maiores coleções de ordenanças eclesiásticas confirma, a meu ver, a validade dessa síntese: *Die evangelischen Kirchenordnungen des sechszehnten Jahrhunderts*, organizado por Ae. L. Richter, 2 vol., Weimar, 1846; *Die evangelischen Kirchenordnungen des XVI. Jahrhunderts*, organizado por E. Sehling et alii (série de 15 volumes publicados entre 1902 e 1969 em Leipzig e Tübingen).

cação das motivações espirituais e organizativas nas quais se baseia a intervenção do príncipe como guardião "utriusque tabulae", ou seja, de ambas as partes do decálogo; 2) o verdadeiro texto das normas referentes à doutrina, o culto e a organização da Igreja. Os autores são teólogos e eclesiásticos especialistas, mas a autoridade que emana das ordenanças, tanto as eclesiásticas quanto as seculares, cabe sempre ao príncipe, o senhor territorial ("Von Gottes Gnaden Wir...": "Pela graça de Deus, Nós..."), com a participação dos *Stände* ou classes, segundo os diferentes costumes, que nas cidades encontram diversas manifestações com o envolvimento dos conselhos citadinos. Às vezes, a ordenança é promulgada universalmente a todos os súditos do território; em outras, é dirigida mais especificamente aos párocos, mas vale sempre para todo o território estatal. As motivações baseiam-se na Escritura, no dever dos príncipes de difundir e defender a lei de Deus e o Evangelho, de obter o bem temporal e espiritual dos próprios súditos, na necessidade de impedir o pecado e defender a comunidade da ira divina.

Nos anos posteriores, o conteúdo dos textos legislativos define-se, na prática, em alguns pontos fundamentais: em primeiro lugar, o ensinamento e a doutrina do Evangelho, segundo a profissão de fé na fórmula recebida por cada Estado (limite entre o verdadeiro e o falso ensinamento) e a pregação; a luta contra os desvios doutrinais e as superstições; a administração do ofício divino, dos sacramentos e das outras cerimônias; os direitos e deveres dos pastores e sua relação com a comunidade cristã em que exercem seu ministério; os problemas de disciplina e de foro espiritual; os problemas relativos à administração dos bens eclesiásticos e às outras rendas do clero; os problemas relativos ao ensinamento do catequismo e às escolas; os problemas relativos à assistência e à caridade pública (muitas vezes também são promulgadas ordenanças específicas, que se referem a apenas um desses pontos).

O pároco, que é pregador e pastor, designado para uma determinada comunidade e território (muitas vezes com in-

A SOLUÇÃO EVANGÉLICO-REFORMADA

dicação ou apresentação de um patrono segundo o instituto do juspatronato das Igrejas, reconhecido pelo direito canônico medieval), deve submeter-se a um exame para ser admitido no ministério e é ligado por um duplo vínculo de fidelidade à pessoa do príncipe, ao corpo das doutrinas e à confissão de fé; pode ser removido do ofício em caso de infidelidade doutrinal ou por faltar com suas obrigações; tem rendas patrimoniais e recebe pelo seu trabalho remunerações reguladas de modo diferente nos vários Estados, goza de particulares imunidades fiscais e privilégios pelo exercício do seu ministério: é o principal elemento de toda a organização eclesiástica. O "superintendente" representa uma instância intermediária entre o "consistório", de um lado, e os párocos com as comunidades locais, de outro, exercendo uma função paraepiscopal: os superintendentes são escolhidos entre os mais conhecidos teólogos do território e, enquanto naturais conselheiros do príncipe, podem ser ou gerais, ou designados para uma única parte do território; a eles cabe a tarefa de inspecionar, que se concretiza na visita e no sínodo como assembléia anual de todos os pastores. O consistório é o supremo órgão colegiado e conselho administrativo e judiciário do senhor territorial para os assuntos espirituais e eclesiásticos, com composição mista de teólogos e superintendentes, de um lado, e de conselheiros políticos e juristas, de outro: é no consistório que o senhor exerce a função de *Notbischof* (literalmente, "bispo de necessidade"). Todas essas normas derivam, em grande parte, do direito canônico preexistente e das instituições típicas da Igreja medieval, como a paróquia, as visitas, os sínodos e os tribunais episcopais: de certo modo, a nova historiografia redescobriu não apenas a continuidade em relação ao direito canônico medieval, mas também o caminho muitas vezes paralelo à reforma católico-tridentina[52]. Após a paz de Augusta, em

---

52. K. Sichelschmidt, *Recht aus christlicher Liebe*, cit., p. 186: "Kritisiert wurde vielfach nicht die Regelung durch das Recht der alten Kirche, sondern seine mangelhafte praktische Durchsetzung – so zum Beispiel hinsichtlich der Ausbildung der Geistlichen. Besonders in diesem Bereich ergibt sich ange-

1555, e a afirmação definitiva do princípio da Igreja territorial também no plano político, procede-se a uma elaboração mais sistemática do ordenamento eclesiástico paralelamente àquele territorial. Na segunda metade do século, começa-se a perceber a influência da doutrina jurídica das universidades e formam-se os princípios que conferem uniformidade e sistematização ao conjunto normativo das ordenações eclesiásticas, com recurso – particularmente por obra do jurista Benedict Carpzov – às metodologias elaboradas no interior do novo direito estatal.

As ordenanças eclesiásticas em âmbito reformado, zwingliano e calvinista são muito semelhantes do ponto de vista dos conteúdos disciplinares e se diversificam de modo considerável do ponto de vista formal, na promulgação e na organização eclesiástica, segundo o diferente conceito do poder eclesiástico. Seguindo o mais ilustre exemplo, o das *ordonnances ecclésiastiques* da Igreja de Genebra, de 1561 (elaboração das precedentes de 1541)[53], vemos que elas são promulgadas pelos prefeitos, pelo pequeno e pelo grande conselho da cidade: os pastores-ministros são escolhidos e nomeados pelo conselho citadino restrito e, ao iniciarem seu cargo, devem prestar um juramento solene perante os prefeitos e o próprio conselho; os visitadores são quatro, dois eleitos pelo conselho citadino e dois pelo conselho dos ministros-pastores. No que concerne à disciplina, o ponto central é a presença, junto aos pastores, aos doutores-teólogos e aos diáconos, dos "anciãos" eleitos pelos vários conselhos citadinos e que

---

sichts der katholischen Reformbewegung im Gefolg des Tridentinum auch eine Parallelität zwischen evangelischen und altgläubigen Gebieten" ["O que muitas vezes se criticou não foi a regulamentação mediante o direito da antiga Igreja, mas a insuficiência de sua aplicação prática – por exemplo, em relação à formação dos teólogos. Especialmente nesse domínio, em vista do movimento de reforma católica que sucedeu o concílio de Trento, teve-se como resultado um paralelismo entre as regiões evangélicas e as de antigas crenças"].

53. "Les ordonnances ecclésiastiques de l'Église de Genève ci-devant faites, depuis augmentées, et dernièrement confirmées par nos treshonnorrez Seigneurs, Syndiques, petit et grand Conseil des deux cens, et général, le Ieudi 13 Novembre, 1561", in *Bekenntnisschriften*, cit., pp. 42-64.

formam como órgão colegiado o consistório: "Leur office est de prendre garde sur la vie de chacun, d'admonester aimablement ceux qu'ils verront faillir et mener vie desordonnée. Et là où il seroit mestier, faire rapport à la compagnie qui sera deputée pour faire les corrections fraternelles, et lors les faire communement avec les autres"[54] ["Seu ofício é cuidar da vida de cada um, admoestar gentilmente aqueles que eles percebem que incorrerão em erro e levarão uma vida desordenada. E, nos casos em que o indivíduo se mostra capaz, relatar à companhia, que será delegada a fazer as correções fraternais e então exercê-las habitualmente com os outros"]. No entanto, a especificação de que o consistório não derrogue de modo algum a autoridade do governo citadino e da justiça ordinária é claramente fruto das tensões dos anos anteriores: confirma-se que o consistório pode ser presidido por um dos prefeitos, mas apenas na qualidade de ancião, sem a vara que é símbolo da autoridade secular, como era usual em tempos anteriores[55]. Não podemos aqui tratar da organização das Igrejas de confissão calvinista fora de Genebra devido à grande variedade das soluções dadas à organização eclesiástica e às suas relações com a autoridade pública, especialmente nos territórios alemães, onde a passagem de uma a outra confissão muitas vezes implica a conservação dos elementos que são próprios da confissão evangélica e vice-versa: permanece sempre central o ofício dos anciãos e a posição da comunidade por eles representada na administração da Igreja[56].

---

54. Ibidem, p. 48.
55. Ibidem, p. 63: "Et en cas que l'un soit Syndique, qu'il n'y soit qu'en qualité d'Ancien, pour gouverner l'Église, sans y porter baston" ["E caso um deles seja Prefeito, que o seja apenas na qualidade de ancião, para governar a Igreja sem portar a vara"].
56. P. Münch, *Zucht und Ordnung. Reformierte Kirchenverfassungen im 16. und 17. Jahrhundert (Nassau-Dillenburg, Kurpfalz, Hessen-Kasse)*, Stuttgart, 1978. Quanto às comunidades reformadas francesas, ver M. Reulos, "Les sources du droit ecclésiastique des églises réformées de France au XVIe et XVIIe siècles. Écriture et discipline", in *Études d'histoire du droit dédiées à G. Le Bras*, Paris, 1965, vol. I, pp. 343-52.

Essas são apenas algumas alusões que nos permitem enquadrar o problema do foro nas sociedades que aderiram às confissões de fé evangélicas e reformadas: o foro interno do indivíduo e o foro externo da penitência pública em sua efetiva interligação e em relação com o foro judicial externo. Deixemos de lado, porém, toda a discussão sobre o conteúdo e a incidência das ordenanças eclesiásticas no processo de disciplinamento social e de confessionalização que caracterizou toda a primeira fase da história moderna e o desenvolvimento do absolutismo, pelo menos até as primeiras décadas do século XVIII. Parece-me que as pesquisas das últimas duas décadas, já indicadas[57], demonstraram e continuam a demonstrar em abundância a contribuição das ordenanças eclesiásticas e da atividade global das Igrejas territoriais para o fortalecimento da unidade estatal e para o processo de homogeneização e de submissão dos súditos ao soberano. É provável também que a resposta das novas Igrejas territoriais ao problema da justiça e do direito tenha permanecido, enquanto tal, bastante à sombra e que mereça ao menos ser apresentada para fomentar futuras pesquisas.

7. O foro interno e a confissão privada

Na opinião comum dos países católicos, parece estar incorporada a idéia de que o uso da confissão foi abolido nas Igrejas nascidas do protesto e da reforma com uma ruptura completa em relação à definição dos sacramentos, confirmada no concílio de Trento. Em contrapartida, as considerações feitas até hoje nos permitem compreender as "relíquias" da tradição medieval dentro da nova realidade e a sua contribuição para a formação da consciência moderna. Ressalto, mais uma vez, que não tenho a presunção de examinar nem a dimensão doutrinal e espiritual do sacramento, nem

---

57. Ver supra, n. 1.

a sua prática devota[58]; gostaria apenas de repetir que esse instituto também não pode ser considerado apenas como um instrumento de disciplinamento social, cujos resultados podem ser medidos com procedimentos sociológico-descritivos, com coletâneas de casos que chegam a ser fascinantes[59]. No curso do século XVII, inicia-se por certo uma decadência da confissão privada, decadência essa ligada à formalização extrema do rito, com o tratamento diferenciado para as várias classes sociais, e ao costume de acompanhar a confissão com uma oferta (*Beichtgeld*), que muitas vezes assume o aspecto de uma compra e venda da absolvição dos pecados, mas creio que se tenha demonstrado sua continuidade desde as primeiras profissões de fé reformadas até a retomada pietista da confissão como preparação para a Ceia: para a Igreja luterana alemã, a confissão privada permanece um instituto característico até o final do século XVIII[60]. É necessário, ainda, muita cautela ao deduzirmos da sua crise uma incidência escassa do instituto sobre o comportamento social: é preciso considerar e assinalar as interações da prática da confissão com a esfera pública e institucional, compreender a sua contribuição para as mudanças ocorridas no foro cotidiano dos homens, na relação entre a consciência e a lei.

De todo modo, mesmo que deixemos de lado a história interna da confissão privada no luteranismo, convém partir de algumas alusões ao pensamento dos grandes reforma-

---

58. Remeto a W. D. Myers, *Poor, Sinning Folk. Confession and Conscience in Counter Reformation Germany*, Ithaca – Londres, 1996.

59. H.-C. Rublack, "Lutherische Beichte und Sozialdisziplinierung", in *Archiv für Reformationsgeschichte*, 84 (1993), pp. 127-55 (com indicações sobre a literatura anterior).

60. K. Aland, "Die Privatbeichte in Luthertum von ihren Anfängen bis zu ihrer Auflösung", in *Kirchengeschichtliche Entwürfe*, Gütersloh, 1960, pp. 452-519 (com exame dos textos relativos à confissão privada nas profissões de fé, nos escritos de Lutero, nas ordenanças eclesiásticas e nas obras pastorais e litúrgicas). Do ponto de vista católico-ecumênico: L. Klein, *Evangelisch-lutherische Beichte. Lehre und Praxis*, Paderborn, 1961.

dores[61]. A denúncia de Lutero contra a prática da confissão, típica da tarda Idade Média, é contínua e coerente, desde as 95 teses até os últimos escritos, seja contra a obrigação da denúncia detalhada de cada pecado, seja contra a confiança milagreira no próprio arrependimento e na absolvição dada pelo sacerdote em relação à conversão interior e ao abandono na misericórdia divina e em Cristo. É importante lembrar que, para Lutero, esse tipo de confissão abrange apenas o pecado como culpa legal, obra de juízes e juristas, e não o verdadeiro pecado, o espiritual[62]. Ele não nega absolutamente o "poder das chaves", o poder da Igreja de perdoar ou não o pecado; ao contrário, afirma que isso é uma característica essencial para a existência da Igreja[63]; tampouco nega o caráter sacramental da penitência, em que o sacerdote é administrador da graça divina, seja para o consolo do pecador, seja para a disciplina eclesiástica, na preparação da eucaristia, para evitar a *manducatio impiorum*. Tanto no texto da *Confessio Augustana* como nos escritos posteriores[64], Melâncton

---

61. R. Roth, *Die Privatbeichte und Schlüsselgewalt in der Theologie der Reformatoren*, Gütersloh, 1952.
62. "Tantum illa peccata, quae Iuristae et iudex damnat peccata, cognoverunt, deinde propria peccata effinxerunt, verum peccatum non agnoverunt", cit. em E. Roth, ibidem, p. 43.
63. Citação em E. Roth, ibidem, p. 164: "Wo die Schlüssel nicht sind, da ist Gottes Volk nicht" ["Onde não há chaves, não há povo de Deus"].
64. Melanchtons, *Werke*, cit., VI, Gütersloh, 1955 ("Confessio Augustana"), pp. 19-21 e 47-51: "De poenitentia docent, quod lapsis post Baptismum contingere possit remissio peccatorum, quacumque tempore, cum convertuntur. Et quod Ecclesia talibus redeuntibus ad Poenitentiam impertire absolutionem debeat... De confessione peccatorum docent, quod absolutio privata in Ecclesiis retinenda sit, quamquam in confessione non sit necessaria delictorum enumeratio. Est enim impossibilis enumeratio omnium delictorum, iuxta illud 'Delicta quis intelligit?'... Cum autem Confessio praebeat locum imperciendae absolutioni privatim, et ritus ipse intellectum potestatis clavium et remissionis peccatorum conservet in populo, praetera cum illud colloquium magnopere prosit, ad monendos et erudiendos homines, diligenter retinemus in Ecclesiis confessionem, sed ita, ut doceamur enumerationem delictorum non esse necessariam iure divino, nec onerandas esse conscientias illa enumeratione". Nos seus *Loci communes*, o tema também é amplamente retoma-

mostra-se ainda mais seguro, mesmo ao condenar à obrigação de se enumerar cada pecado e ao querer conservar a penitência como verdadeiro sacramento e o próprio rito da absolvição. A confirmação da confissão anual com a enunciação dos pecados ao confessor, mesmo estando o indivíduo liberado da obrigação de fazer uma enumeração completa, encontra-se nas primeiras grandes profissões de fé e nos catequismos da Reforma no quadro da doutrina reafirmada sobre o poder das chaves e sobre a penitência[65].

As ordenanças eclesiásticas evangélicas e o direito eclesiástico posterior até os dias atuais prescrevem a confissão e a absolvição como condição preliminar para a comunhão (*Abendmahl*) sem problematizar sua validade sacramentá-

---

do com a formulação de um pequeno manual para os pastores-confessores, um interrogatório com base no decálogo, que se conclui da seguinte forma: "Est autem pii pastoris prospicere et cavere conscientiarum pericula et doctrinae corruptelas, et tamen videre, quomodo pie retinenda sit disciplina" (in Melanchtons, *Werke*, II, Gütersloh, 1952, pp. 540-92: a passagem citada encontra-se na p. 574).

65. Os principais textos oficiais sobre a confissão encontram-se em *Die Bekenntnisschriften der evangelisch-luterischen Kirche*, Göttingen, 19522: pp. 97-100 ("Confessio Augustana", art. 25) "Confessio in ecclesiis apud nos non est abolita. Non enim solet porrigi corpus Domini nisi antea exploratis et absolutis. Et docetur populus diligentissime de fide absolutionis..."; pp. 249-52 ("Apologia", art. 11): "Undecimus articulus de retinenda absolutione in ecclesia probatur. Sed de confessione addunt correctionem, videlicet observandam esse consitutionem cap. Omnis utriusque (conc. Lat. IV, cap. 21), ut et quotannis fiat confessio, et quamvis omnia peccata enumerari non queant, tamen diligentiam adhibendam esse, ut colligantur, et illa, quae redigi in memoriam possunt, recenseantur..."; pp. 553-456 ("Schmalkaldische Artikel", art. 8): "Cum absolutio et virtus clavium etiam sit consolatio et auxilium contra peccatum et malam conscientiam in evangelio ab ipso Christo instituta, nequaquam in ecclesia confessio et absolutio abolenda est, praesertim propter teneras et pavidas conscientias et propter iuventutem indomitam et petulantem, ut audiatur, examinetur, et instituatur in doctrina christiana. Enumeratio autem peccatorum debet esse unicuique libera, quid enumerare aut non enumerare velit..."; pp. 725-31 ("Grosser Kathekismus"): "De confessione sic semper docuimus, quod libera reliquenda sit, et simul tyrannidem papae subvertimus, ut nunc ab omnibus coactionibus ipsius liberati simus excussis a cervicibus nostris maximis oneribus, quae toti christianitati fuerunt imposita."

ria. Martin Chemnitz, ao polemizar a definição da penitência como sacramento, dada pelo concílio de Trento, ressalta que a recusa refere-se ao aspecto judicial-político "ad formam iudicii forensis" (que implica a enumeração dos pecados e a absolvição como ato judicial), mas não nega a penitência como expressão do ministério evangélico[66]. Na prática evangélica, quem recebe a eucaristia deve purificar-se dos seus pecados e, portanto, todos aqueles que pretendem recebê-la devem confessar-se e ser absolvidos: a maioria dos adultos acaba recebendo os sacramentos algumas vezes durante o ano, pelo menos duas, na confissão e na comunhão. A confissão pode ser privada em sentido restrito, ou seja, individual, geralmente no sábado que precede a festa, na sacristia da Igreja, onde uma cátedra específica simboliza a autoridade do ministro na absolvição; também pode ser coletiva e, nesse caso, o reconhecimento dos pecados, precedido apenas por uma confissão das culpas feita pelo ministro em nome da assembléia, ocorre com um "sim" coletivo. Certamente, o controle da administração da eucaristia depende estritamente do julgamento do pároco, sem aqueles subterfúgios, no tempo e no espaço (a confissão apenas pascal, não ligada diretamente à eucaristia, o recurso a membros das ordens religiosas fora da paróquia), que haviam caracterizado a Igreja medieval e que permanecem no mundo católico tridentino.

Nos reformadores, a tomada de posição sobre a confissão, além de mais radical, difere quanto à diversa concepção da Igreja. Para Ulrich Zwingli, Heinrich Bullinger e Martin Bucero, não há uma base escritural para justificá-la como sa-

---

66. M. Chemnicius, *Examen concilii Tridentini*, Berolini, 1861 (da edição de Frankfurt a. Main, de 1578, com dedicatórias interessantes aos príncipes de Brandemburgo), p. 451: "Sed recte respondetur, discrimen esse inter iudicium, et funcionem ministerii Evangelici. In iudicio enim iuxta causae cognitionem pronuntiatur, prout vel bona vel mala est, vel prout reus affert compensationem pro delicto. Ministerium vero Evangelii, mandatum habet annuntiandi et impertiendi alienum beneficium, Christi scilicet, ad remissionem peccatorum, illis qui laborant, et onerati sunt, et petant refocillari."

cramento, e ela pode ser praticada somente como *consolatio fratrum* ou pedido de conselho, voluntário por parte do simples cristão, aos pastores, que são pessoas mais prudentes e experientes. No entanto, para os reformadores, esse colóquio privado (que é formalmente distinto de todo caráter de culto) também pode ser o primeiro passo, o primeiro estágio do processo para a disciplina eclesiástica, um passo que deve preceder a admissão de disposições de tipo público, como a excomunhão (*Bann*): portanto, o foro interno não é negado, mas reservado para a relação entre o pecador e Deus, sendo o elemento jurídico totalmente projetado no foro externo. Isso corresponde à diversa concepção da autoridade: o poder político é, de fato, guardião não apenas da segunda parte do decálogo – das relações com o próximo –, mas também das relações do cristão com Deus, contidas nos primeiros preceitos do decálogo, e, portanto, é também detentor de todo poder de jurisdição. Mesmo Calvino nega o caráter sacramental da confissão, deixando-a como prática espiritual que pode ser exercida ou como pedido privado de conselho (aos ministros ou a irmãos mais experientes na lei de Deus), ou como ato coletivo, inserido no culto[67]: esse é o costume aceito por todas as profissões de fé reformadas[68]. Substancialmente, a diferença entre os reformadores e os luteranos é a de que, para os primeiros, a penitência, junto com

---

67. J. Calvin, *Institution de la religion chrestienne*, ed. crítica organizada por J.-D. Benoit, 4 vol., Paris, 1957-1961, vol. IV, pp. 480-5 (livro V, cap. 19).

68. Por exemplo, a *Confessio Helvetica posterior*, de 1566, diz o seguinte: "Credimus autem hanc confessionem ingenuam, quae soli Deo fit, vel privatim inter Deum et peccatorem, vel palam in templo, ubi generalis illa peccatorum confessio recitatur, sufficere, nec necessariam esse ad remissionem peccatorum consequendam, ut quis peccata sua confiteatur sacerdoti, susurrando in aures ipsius, ut vicissim cum impositione manuum eius audiat ab ipso absolutionem... Si quis vero peccatorum mole et tentationibus perplexis oppressus, velit consilium, institutionem et consolationem privatim, vel a ministro ecclesiae, aut alio aliquo fratre, in lege Dei docto, petere, non improbamus. Quemadmodum et generalem et publicam illam in templo ac coetibus sacris recitari solitam (cuius et superius meminimus) peccatorum confessionem, utpote scripturis congruam, maxime approbamus" (in *Bekenntnisschriften*, cit., p. 242).

a pregação (à qual está estreitamente vinculada), faz parte do culto público coletivo, com o renascimento do rito penitencial como exomologese, segundo a disciplina da Igreja antiga, na preparação da celebração da eucaristia; permanece privada na medida em que é nitidamente distinta da esfera da disciplina eclesiástica, do processo público em que intervêm o ministério (*Amt*) e o poder de jurisdição da Igreja, necessários para a purificação doutrinal e moral da comunidade: aceder à exomologese significa, substancialmente, ter plenos direitos de fazer parte da comunidade; a origem do processo penal eclesiástico não está nos atos penitenciais, mas na intervenção fiscalizadora dos ex-encarregados de exigirem o respeito à disciplina. Em contrapartida, para os luteranos, resta uma separação bastante nítida entre a esfera da confissão privada ou auricular e a liturgia e, por outro lado, a possibilidade da prática da confissão como primeira fase ou etapa do direito disciplinar eclesiástico. Particularmente aguda e contínua permanece no mundo calvinista a polêmica contra a confissão auricular católica: a obrigação de denunciar cada pecado é considerada não apenas como contrária à Escritura, mas como instrumento de tortura espiritual[69]. O certo é que a prática da penitência comunitária pública dos calvinistas já começa a se extinguir na primeira metade do século XVIII, enquanto a confissão privada luterana permanece viva, embora entre numa crise profunda até o século XX.

Todavia, parece impossível traçar uma história da confissão na Igreja anglicana após a supressão da obrigatoriedade da confissão anual na *Orde of Communion*, de 1548, retomada no ano seguinte no *Prayer Book*: a confissão permanece apenas facultativa e assume cada vez mais o aspecto

---

69. J. Dallaeus (Jean Daillé), *De sacramentali sive auricolari confessione disputatio*, Genevae, 1661, p. 561: "Nos, qui solo Dei verbo in religione nitenda putamus... temeritatem ridemus, qui se putant suis asseverationibus fumo pondus dare posse; ac denique iniquitatem exhorrescimus, qui non tantum ferreum hoc iugum omnibus viris, mulieburisque imponere audent, sed etiam id leniter, ac cum Dei timore detractantes ferro, flammaque persequendos, atque exscindendos putant."

do colóquio com um padre espiritual. Partindo da única investigação de que dispomos sobre a confissão na Inglaterra na época da Reforma, investigação conduzida, porém, com o método da história das mentalidades coletivas sem considerar os aspectos institucionais e jurídicos, as preocupações dominantes parecem ter sido duas e divergentes: de um lado, utilizar a confissão como um instrumento para o disciplinamento religioso e moral dos súditos (como nas ordenanças de Henrique VIII, de 1538, em que se impõe ao confessor que verifique no penitente o conhecimento dos principais pontos da fé e da doutrina) e a desconfiança em relação a um instrumento que poderia ser utilizado com fins políticos e sociais perversos, como uma "privy chamber of treason" [câmara privada de traição], para a satisfação de interesses pessoais ou para objetivos subversivos[70]. Tenho a impressão de que o desenvolvimento da institucionalização da Igreja anglicana favorece a passagem para as cortes eclesiásticas (*Church Courts*) – às quais aludiremos mais adiante – de todos aqueles que, anteriormente, eram os "casos reservados" na tradição canonista da tarda Idade Média, ampliando e regulamentando, assim, a fase jurídico-processual externa em relação a uma confissão cada vez mais restrita a um puro colóquio espiritual. Mas esta é realmente uma história a ser explorada.

De todo modo, a prática da confissão privada no mundo evangélico e reformado constituiu, por mais de dois séculos até o iluminismo, um instrumento essencial para a formação da consciência como sede primária do juízo. Deixando de lado a esfera da penitência pública e da excomunhão, à qual retornaremos na próxima seção, a confissão privada auricular guia o cristão, concebido sempre como pecador, em di-

---

70. P. Marshall, *The Catholic Priesthood and the English Reformation*, Oxford, 1994, cap. I, pp. 5-34: "The Priest as Confessor". Seguindo as linhas metodológicas de John Bossy, esse estudo é conduzido com base em 5500 testamentos escritos entre 1500 e 1553: deles surge a figura de um confessor que é sobretudo padre espiritual e médico da alma, mas não creio que corresponda à disciplina eclesiástica predominante, em que o confessor é também juiz.

reção à salvação ao longo de um difícil caminho, dominado não apenas pela presença efetiva e vivida do perigo do inferno, da condenação ao fogo eterno, mas também pela visão concreta dos sofrimentos e das tragédias humanas (perturbações naturais, guerras, carestia, doenças, morte) como punição para o pecado[71]. A mudança – que ocorre de modo diferente, conforme se verá, mesmo no mundo católico – concerne à própria concepção de Deus, visto cada vez mais como juiz e algoz dos malfeitores: de certo modo, a eliminação da mediação da confissão como tribunal parcialmente humano acaba por exasperar a concepção do pecado como delito, como mal que perturba menos a sociedade do que a ordem do universo. O sentido da culpa é estreitamente vinculado à pena, e a culpabilização do indivíduo estabelece as bases culturais do novo direito penal.

8. A penitência pública e a excomunhão

Se a confissão privada não desaparece, torna-se central a importância no mundo evangélico da penitência pública, da *Kirchenbusse*, bem como o papel da excomunhão, do *Bann* ou, mais exatamente, *Kirchenbann*, instituto que, para Lutero, pertence ao direito divino positivo[72]. O poder das chaves, sem o qual a Igreja não pode existir, deve se manifestar também publicamente, quando o pecado for público e quando o pecador, advertido em particular, recusa-se à conversão. A comunhão é formalmente isenta de conseqüências civis, mas possui dois graus, como na tradição medieval: a excomunhão menor (*kleiner Bann*) e a maior (*grosser Bann*). A primeira consiste na suspensão temporária da Comunhão e do ofício

---

71. Fundamental é a obra de H. D. Kittsteiner, *Die Entstehung des modernen Gewissens*, Frankfurt a. M. – Leipzig, 1991. Os ensaios anteriores do mesmo autor encontram-se reunidos no volume *Gewissen und Geschichte. Studien zur Entstehung des moralischen Bewusstseins*, Heidelberg, 1990.

72. J. Heckel, *Lex Charitatis*, cit., pp. 370-1.

de padrinho para o batismo e pode ser dada mesmo de modo privado pelo pároco; a segunda é sempre pública e consiste na suspensão do vínculo com a Igreja, com o afastamento e a suspensão de todos os direitos de membro da comunidade, portanto, com conseqüências pesadas também no plano social, semelhantes àquelas da excomunhão tradicional. O exercício da excomunhão maior, bem como de sua absolvição, é reservado aos ministros (embora no início seja prevista uma participação da comunidade), seguindo a escala hierárquica: do pároco do local, que geralmente toma a iniciativa com a admoestação privada, ao consistório (ou a outra autoridade eclesiástica delegada pelo príncipe territorial como supremo responsável pela disciplina), que decide a respeito da cominação e da absolvição: os tribunais encarregados de processar e cominar as penas relativas são nomeados de diversas formas, das quais não podemos nos lembrar, mas que apresentam uma continuidade considerável com o que era o *Sendgericht*, ou tribunal territorial das dioceses medievais. Nas ordenanças eclesiásticas, são enumerados os vários tipos de pecados-delitos a que essas penas são aplicadas, de modo variado conforme os diversos territórios, mas substancialmente: erro contra a fé e heresia, superstição, adultério, fornicação, usura, agressão física aos pais ou ministros do culto, blasfêmias e desrespeito para com a religião, não-cumprimento da obrigação de freqüentar o serviço divino, magia e perjúrio. A eles se acrescentam também delitos mais especificamente seculares, como a rebelião, o homicídio, o furto, o roubo etc. Em outras palavras, trata-se da construção de um direito penal eclesiástico dividido, ainda que não o seja com uma clara linha delimitadora entre a autoridade espiritual e a autoridade política, não conforme o tipo de infração, mas conforme o tipo de pena cominado. Para aqueles que, não obstante a excomunhão, não se arrependem, prevê-se uma combinação mista de penas eclesiásticas e estatais, direta e centralmente administrada pelo príncipe territorial. A penitência pública eclesiástica torna-se, portanto, sobretudo no século XVII, o último ato de um percurso que tende a reconciliar o pecador, mas também a denunciar a sua periculosidade social antes que a autoridade secular intervenha diretamente: inicia-se, assim, o seu lento declínio, não obstante a oposição dos luteranos ortodoxos e, mais tarde, do pietismo, diante da lenta transformação da disciplina eclesiástica no direito penal estatal. As freqüentes tentativas de reanimá-la não tiveram êxito, e ela vê seu campo de ação cada vez mais limitado às infrações inerentes ao sexo e às questões matrimoniais, paralelamente ao que ocorre nos tribunais episcopais católicos ou nas *Church Courts* anglicanas no século XVII.

As *Church Courts* mereceriam um estudo muito mais longo, tanto pela sua importância objetiva na Inglaterra da primeira era elisabetana e da primeira era Stuart, quanto pela sua importância no percurso mais geral que aqui tentamos traçar: felizmente, nas últimas décadas, realizaram-se estudos muito interessantes sobre elas. A questão relevante é que, após o declínio da tarda Idade Média, elas reflorescem e se expandem em todo o país, com o cisma de Henrique VIII, como órgão do qual depende principalmente o estímulo e o controle da ação de reforma. Além de se ancorarem na tradição medieval, as cortes eclesiásticas anglicanas também representam a continuidade dessa tradição com a manutenção do processo *ex officio*, portanto, com um processo de inquisição por parte dos superiores contra delitos chamados de espirituais, como não freqüentar o serviço divino ou a moralidade privada e pessoal (por exemplo, o hábito de embriaguez ou de liberdade sexual), além dos verdadeiros delitos como a bruxaria, o adultério, a fornicação, a sodomia etc.: seu declínio, após o grande desenvolvimento na era Tudor, é incessante e totalmente paralelo ao que ocorre nos territórios protestantes ao longo do século XVII, devido à concorrência das cortes civis e à presença cada vez maior de comunidades não-conformistas, mas creio que já esteja claro que não se pode subestimar sua importância na era confessional, tampouco as acusações dirigidas naquela época contra eles pelos puritanos devem ser vistas como uma negação total (como até pouco tempo atrás a historiografia tradicional tinha pacificamente entendido), porém como críticas mais ao seu processo de funcionamento (falta de participação da comunidade, formalismo beato) do que ao conteúdo da sua atividade de controle do comportamento religioso e social[73]. Para a opinião comum, continua sendo fundamental a não-distinção de um nítido limite entre o pecado e o delito, segundo uma doutrina que foi definida como a teoria do "dominó": da busca pelo prazer, das pândegas, dos desregramentos sexuais passa-se à rebelião, à vagabundagem, ao furto, e as cortes eclesiásticas possuem uma função fundamental na extensão da repressão social às faltas contra a moralidade pública[74]. Mesmo no seu declínio, a importância continua de todo modo no campo relativo ao sexo, à família e ao matrimônio: a formação da família burguesa, baseada no casal, o controle da idade e das condições matrimoniais, sobretudo a repressão do fenômeno dos filhos ilegítimos e da natalidade fora do casamento, permanecem tarefas confiadas nesses séculos, em grande parte, às cortes eclesiásticas[75].

No final do século XVII, ainda no continente, nos países luteranos, a denúncia por parte dos pietistas, que se preocupavam com as degenerações e as uniões com a esfera política (particularmente na comutação da penitência num óbolo financeiro, numa multa) e sua aplicação muito diferenciada entre os pobres das cidades e os camponeses, de um lado, e as classes burguesas e nobiliárias, de outro (sobretudo justamente no âmbito sexual e matrimonial), fazem com que a penitência eclesiástica perca todo o prestígio e a solidarie-

---

73. M. Ingram, *Church Courts, Sex and Marriage in England, 1570-1640*, Cambridge, 1987 (vale também para o exame da literatura anterior). Uma análise interessante sobre 15000 atos da "consistory court" da nova diocese de Chester, criada por Henrique VIII em 1541, encontra-se em J. Addy, *Sin and Society in the Seventeenth Century*, Londres, 1989.
74. C. B. Herrup, "Law and Morality in Seventeenth-Century England", in *Past and Present*, n. 106 (1985), pp. 102-23.
75. R. B. Shoemaker, *Prosecution and Punishment. Petty Crime and the Law in London and Rural Middlesex, c. 1660-1725*, Cambridge, 1991.

dade da população. Nos primeiros anos do século XVIII, Cristiano Tomásio declara que, se a excomunhão tornou-se de fato uma "poena politica subsidiaria", ela também pode ser abolida pelo soberano quando esse subsídio não for mais necessário: a partir disso, era inevitável chegar à sua abolição como irracional e danosa, sob o estímulo da ideologia do absolutismo iluminista, inicialmente em Brandemburgo, em 1739, e nas décadas seguintes em todos os outros Estados[76].

Nas cidades reformadas, a solução varia conforme a diferente concepção da Igreja. Para os zwinglianos, não há uma distinção entre a comunidade citadina e a comunidade política: o pecado contra a moral e o costume é cometido, ao mesmo tempo, contra a Igreja e a sociedade, e é a comunidade enquanto tal que deve controlar, de modo unitário, a disciplina eclesiástica e a moral pública da cidade. Para tanto, são designados tribunais sobretudo para a tutela do matrimônio e do sexto mandamento. Em Estrasburgo, Martin Bucero, com base na sua eclesiologia dualista, separa nitidamente o plano da penitência pessoal, da relação do pecador com Deus, daquele da disciplina pública; enquanto renega, coerentemente, a confissão privada, é bastante rígido no plano público: referindo-se novamente à passagem do evangelista Mateus e ao costume da Igreja primitiva sobre a correção fraterna, ele diz que aquele que não se arrepende após as admoestações deve ser excomungado, com conseqüências também civis (ainda que estas sejam deixadas à responsabilidade dos magistrados), até a exclusão da comunidade com um verdadeiro ato de ostracismo; a excomunhão é o meio extremo, porém necessário, para a preservação da disciplina[77]. Na Genebra de Calvino, o problema é mais com-

---

76. M. Muster, *Das Ende der Kirchenbusse. Dargestellt an der Verordnung über die Aufhebung der Kirchenbusse in den Braunschweig- Wolfenbüttelschen Landen von 6. März 1775*, Hannover, 1983.
77. A. N. Burnett, *The Yoke of Christ: Martin Bucer and Christian Discipline*, Kirkville, Miss., 1994 (incluindo um panorama amplo e atualizado sobre o problema da disciplina na Reforma em geral).

plexo devido ao esforço de encontrar um equilíbrio entre os vários órgãos e as várias representações, entre a Igreja e a sociedade política a que antes nos referimos. Calvino insiste muito na disciplina eclesiástica como expressão do poder das chaves, polemizando com a Igreja romana, que fez delas um instrumento de tirania, mas também, implicitamente, com os luteranos, que muito facilmente deixaram a tarefa da disciplina ao príncipe territorial: o juízo espiritual e a lei civil devem ser distintos. A excomunhão como arma fundamental da disciplina tem suas raízes no poder das chaves dado por Cristo à Igreja, e esse poder não pode ser cedido ao magistrado civil, mas deve ser administrado pelos pastores apenas por motivos espirituais, de modo gradual e pacífico, mas com a firmeza necessária para excluir os indignos da comunidade cristã: "Il y a deux mondes en l'homme, lesquels se peuvent governer et par divers Rois et par diverses loix"[78] ["há dois mundos dentro do homem, que podem ser governados por diversos reis e por diversas leis"]. Quando a Igreja persegue todos os delinqüentes ou aqueles que, mesmo não estando maculados por crimes enormes, não querem emendar-se e submeter-se, não faz outra coisa a não ser realizar a tarefa de jurisdição que Deus lhe conferira[79]. Desse modo, os Anciãos em Genebra é que assumem a responsabilidade judiciária e de polícia espiritual: acompanhados por um esbirro, também podem entrar e inspecionar todas as casas. Aquele que discorda da doutrina estabelecida ou não participa do culto, ou mostra desdém em relação à Igreja se não se redime após uma tríplice admoestação, "qu'on le separe de l'Église, et qu'on le dénonce à la Seigneu-

---

78. J. Calvin, *Institution*..., cit., vol. III, p. 324 (livro III, cap. 19).
79. Ibidem, vol. IV, pp. 241-2 (livro IV, cap. 11 e 12): "Parquoy l'Église, quand elle déboute de sa compagnie tous manifestes adultères, paillards, larrons, abuseurs, voleurs, rapineurs, homicides, séditieux, batteurs, noiseurs, faux tesmoins, et autres semblables; item, ceux qui n'auront pas commis crimes si énormes, mais ne se seront voulu amender de leurs fautes, et se seront monstrez rebelles, elle n'entreprend rien contre raison, mais seulement elle exécute la iurisdiction que Dieu luy a baillé."

rie" ["que seja apartado da Igreja e denunciado ao senhorio"]. Aquele que leva uma vida viciosa, se os vícios são secretos, deve ser advertido secretamente e, se persistir, deve ser suspenso da comunhão até se corrigir. Se os vícios são públicos e notórios, os Anciãos devem intervir com uma admoestação pública e, se tudo isso não tiver êxito, "leur dénoncer comme contempteurs de Dieu, qu'ils ayent à s'abstenir de la Cene, jusques à ce que on voye em eux changement de vie"[80] ["denunciá-los como desdenhadores de Deus e proibi-los de participar da Comunhão enquanto não demonstrarem mudança de vida"]: é o consistório que forma o tribunal espiritual encarregado de cominar ou suspender a excomunhão. São os mesmos Anciãos, que também são membros do conselho citadino, que iniciam o processo para a cominação das penas temporais que se fizessem necessárias para os renitentes e reincidentes. Mas, em Genebra, Calvino é também legislador civil, e o problema da penitência eclesiástica une-se à criação do novo direito positivo: numa concepção orgânica do Estado-Igreja e num contexto teocrático, os dez mandamentos constituem o ponto de referência em que se fundem e se conjugam entre si o direito romano e os direitos consuetudinários[81]. A heresia como *crimen laesae maiestatis divinae* equipara-se por completo com o atentado contra a soberania civil, conforme mostra o caso do processo e da condenação à fogueira de Miguel Servet, tão conhecido que nem precisamos falar sobre ele ou sobre o debate que se desenvolveu a seu respeito, debate extremamente importante para a história da tolerância e da liberdade religiosa na Europa[82]. Após a morte de Calvino e durante todo o século seguinte, teremos uma série de normas que tentam enfocar cada vez mais o instrumento da

---

80. Das *Ordonnances ecclésiastiques* de 1561, in *Bekenntnisschriften*, cit., p. 61.
81. J. Bohatec, *Calvin und das Recht*, Graz, 1934.
82. M. T. Napoli, "I poteri del magistrato civile in materia religiosa in un dibattito cinquecentesco sulla libertà di coscienza", in *Scritti di storia del diritto offerti dagli allievi a D. Maffei,* organizado por M. Ascheri, Pádua, 1991, pp. 377-411.

excomunhão (começa-se, também, a distinguir uma excomunhão menor, como exclusão temporária da eucaristia, e uma excomunhão maior, com conseqüências sociais), os motivos que podem levar a ela (rebelião, adultério, fornicação, papismo, danças lascivas, embriaguez, magia, idolatria etc.) e os processos de condenação e de reintegração[83].

Nos territórios calvinistas reformados da Alemanha, particularmente na região renana, dada a situação a que se aludiu com a freqüente passagem de uma confissão a outra, o uso da penitência pública é muito diferenciado, sempre com uma reserva da excomunhão aos delegados do senhor territorial e uma maior ou menor participação da comunidade. Desenvolve-se, assim, a concepção da disciplina eclesiástica como parte da moral pública que, na realidade, leva a um declínio paralelo àquele que ocorre nas Igrejas luteranas: também nesse caso, a penitência pública torna-se uma forma de pena secularizada e, na metade do século XVIII, chega-se à abolição da excomunhão na Prússia e mais tarde nos outros Estados[84].

9. Pecado e delito

Num ensaio muito importante, publicado há alguns anos, Heinz Schilling, que parte das suas pesquisas sobre a disciplina eclesiástica nos territórios reformados da Alemanha, expõe um interessante problema metodológico: os historiadores do início da Idade Moderna devem falar de uma

---

83. Ver os ensaios contidos no volume *Sin and Calvinists: Moral Control and the Concistory in the Reformed Tradition*, organizado por R. A. Mentzer, Kirksville, Miss., 1994, e sobretudo o ensaio do próprio R. A. Mentzer, "Marking the Taboo: Excommunication in French Reformed Churches", pp. 97-128: a conclusão é de que talvez os católicos tivessem instrumentos mais numerosos e diferentes (rituais cívicos e religiosos) para unir a comunidade e de que os calvinistas eram, portanto, obrigados em maior medida a recorrer à excomunhão.

84. M. Muster, *Das Ende der Kirchenbusse*, cit., pp. 71-7.

"história do pecado" ou de uma "história do delito"?[85] Ele partia do convite do historiador inglês, Geoffrey Elton, expresso na sua introdução a uma coletânea de ensaios sobre a história da criminalidade na Inglaterra, para distinguir nitidamente a história do pecado daquela do delito[86], e questionava-se sobretudo a respeito dessa distinção dentro dos territórios alemães, onde a mescla da jurisdição eclesiástica com a civil, na forma da Igreja territorial luterana ou naquela das Igrejas reformadas, não permite uma distinção clara entre o foro secular e o eclesiástico. Enquanto na Inglaterra temos a permanência das cortes eclesiásticas paralelamente aos tribunais seculares, e nos territórios que permaneceram católicos é mantida a atividade dos tribunais episcopais, nas terras protestantes a distinção das jurisdições e, portanto, também aquela entre o pecado e o delito parecem muito mais difíceis. No entanto, segundo o autor, isso não é suficiente para deduzirmos simplesmente uma instrumentalização e uma subordinação da disciplina eclesiástica com o fim político de construir o Estado moderno, de acordo com o esquema interpretativo mais fechado da historiografia sobre o disciplinamento social: as novas confissões religiosas possuem um modelo teológico-religioso próprio, uma proposta que não depende da nova soberania, proposta com base na qual iniciam um processo de criminalização do pecado, mantendo, portanto, uma distinção e uma tensão entre a disciplina eclesiástica e o direito penal estatal; na primeira, o objetivo é sempre pastoral e visa à conversão do pecador; na segunda, o aspecto punitivo domina totalmente a cena. Mesmo no interior das confissões religiosas existem diferenças muito profundas entre a disciplina administrada pelos párocos luteranos e aquela administrada nas comunidades reformadas

---

85. H. Schilling, "'Geschichte der Sünde' oder 'Geschichte des Verbrechens'? Überlegungen zur Gesellschaftsgeschichte der frühneuzeitlichen Kirchenzucht", in *Annali dell'Istituto storico italo-germanico in Trento*, 12 (1986), pp. 169-92.

86. *Crime in England*, cit., pp. 1-14.

A SOLUÇÃO EVANGÉLICO-REFORMADA

pelos Anciãos: essas divergências dependem menos da diferente situação estatal (na Escócia, nos Países Baixos ou nos territórios alemães) do que da eclesiologia implícita e da visão teológica da relação Igreja-Estado. Nos países calvinistas-presbiterianos, é a comunidade enquanto tal que mantém um papel central e que consegue preservar por mais tempo sua autonomia; nos países luteranos, a subordinação ao poder estatal é mais visível e progressiva. A conclusão é que justamente a união na realidade histórica concreta obriga o historiador a proceder com método, ao mesmo tempo sistemático e analítico, ao fazer uma distinção ideal-típica entre delito e pecado, entre direito penal estatal e disciplina eclesiástica.

Concordando com essa conclusão, desejo apenas acrescentar que a linha seguida até agora com a presente pesquisa, que estabelece a centralidade do problema do foro e da nova relação entre a consciência e o direito positivo, talvez nos permita superar o problema da contraposição ou da subordinação entre a nova disciplina eclesiástica e o direito penal estatal, fazendo com que percebamos em maior grau e com mais profundidade uma dialética interna no processo de modernização, uma dialética que vê nas novas Igrejas confessionais e no Estado duas instituições e dois sujeitos ativos: a criminalização do pecado torna-se um passo importante para a compreensão de um processo complexo, que leva, de um lado, à jurisdição da consciência e, de outro, à sacralização do direito positivo. Veremos mais adiante essa dialética, que encontra o seu ponto de referência numa exaltação sem precedentes, tanto nos países católicos quanto nos luteranos e reformados, da centralidade do decálogo como a lei natural-positiva-divina por excelência, como a síntese de toda lei[87]. No que concerne ao problema do foro, creio que se

---

87. Para o exemplo de Württemberg: H. Schnabel-Schüle, *Überwachen und Strafen in Territorialstaat. Bedingungen und Auswirkungen des Systems strafrechtlicher Sanktionen im frühneuzeitlichen Württemberg*, Colônia – Weimar – Viena, 1997, pp. 198-215.

possa dizer que o elo de ligação, o centro de gravidade entre a esfera da consciência e a da lei torna-se, cada vez mais (no direito eclesiástico protestante, nos catequismos e na pregação), o primeiro mandamento da segunda parte ou tábua do decálogo: "honrar o pai e a mãe", como desenlace entre a esfera do sujeito e a da *Obrigkeit*, da autoridade constituída (não importa se civil ou eclesiástica), como encarnação de uma ordem superior do universo. A essa ordem dá-se, nos catequismos e, em geral, na instrução religiosa e na pregação, um espaço qualitativo e quantitativo sem igual[88]. A obediência diz respeito não apenas à esfera externa, mas também deve compreender aquela interior, a consciência, os desejos, os pensamentos; não é apenas negativa, como proibição do ilícito, mas é também um comando positivo para que se aja visando ao sucesso dos comandos da autoridade. Deus dividiu a humanidade em pais e magistrados, de um lado, aos quais cabe a tarefa de comandar, e, de outro, em filhos e súditos, aos quais cabe a tarefa de obedecer. O problema da obediência de direito divino ao comando da autoridade torna-se, para muitos juristas luteranos, como Ulrich Hunnius, o elemento distintivo em relação ao mundo papista em que, segundo ele, justifica-se e fomenta-se a rebelião dos súditos contra os soberanos e dos filhos contra os pais[89].

---

88. G. Strauss, *Luthers House of Learning. Indoctrination of the Young in the German Reformation*, Baltimore – Londres, 1978, pp. 239-46.

89. "Lex divina prohibet, resistere magistratui, sic ut qui magistratui resistat, ordinationi Dei resistere censeatur. At ius pontificium, quotiens Pontifici in Principes ac majestates, in politica supereminentia constitutas fulmen excommunicationis ejaculari placuerit, subditos adversus proprios magistratus, Caesares, reges et principes armat, fidelitatis iuramento, quo hisce obstricti tenentur, solvit iisdemque mandat, ut fiant perfidi, perjuri, foedifragi et in ordinarium suum magistratum rebelles ac seditiosi. Iube lex divina, ut patrem et matrem liberi honorent, colant et revereantur..." (cit. em R. Schäfer, *Die Geltung des kanonischen Rechtes*, cit., p. 213); segue uma passagem em que se repreende o direito papista por ter permitido que os filhos maiores de idade se casassem sem o consentimento dos pais.

Capítulo VI
A solução católico-tridentina

1. O concílio de Trento e o moderno

Ponto de chegada das reflexões anteriores e ponto de partida para aquelas que se seguirão é a convicção de que a reforma interna da Igreja católica também se situa no processo de modernização e de formação das novas Igrejas territoriais: é uma resposta às exigências impostas pelas transformações da cultura e da sociedade, que difere daquela evangélico-reformada, mas não por isso de pura conservação, como considerava a historiografia idealista de Benedetto Croce, ou expressão das resistências da sociedade feudal em relação à nova sociedade burguesa, como considerava a historiografia marxista. Com isso, por certo não se quer defender ou, menos ainda, exaltar essa resposta da Igreja romana em relação às diferentes respostas que foram dadas pelas Igrejas evangélicas e reformadas, mas apenas levar em conta seu papel na história do Ocidente. Com outra premissa, que deve ser repetida mesmo a esse respeito para evitar equívocos, não pretendemos discutir o problema da história da Reforma católica e da Contra-Reforma em si, mas vê-la somente a partir da perspectiva da história constitucional do Ocidente, da história do poder e, sobretudo, do ponto de vista do foro, do local do julgamento dos homens; se não falarmos da história da Igreja em seu interior, do pensamento teológico e da espiritualidade, não por isso deixaremos de levar em consideração a pulsação interna desse organismo como órgão vivo e independente, que não se identifica com o mundo em que possui suas raízes[1].

As tensões entre os ordenamentos, o nascimento do indivíduo e da consciência individual e o desenvolvimento da lei positiva influem profundamente no estatuto do cristão no final da Idade Média, e a revolução constituída pela Reforma protestante impõe um movimento acelerado às instituições eclesiásticas em seu conjunto. Por outro lado, conforme mencionamos, em muitos sentidos é a própria Igreja romana que fornece, nos séculos anteriores, protótipos e elementos para essa construção: esses fenômenos cresceram não por um processo exterior, de secularização, mas, de certo modo, por osmose. Como se repetiu várias vezes, é sobretudo a tensão que passa a se estabelecer entre duas polarizações, entre os dois sumos pólos institucionais, mas também em níveis inferiores até o simples cristão, que preserva o Ocidente de uma concepção sacralizada do poder. É óbvio que o problema mais urgente que se coloca nesse momento histórico da Igreja romana é o de responder ao desafio protestante, à rebelião de Lutero e dos outros reformadores: essa é a preocupação obsessiva que leva às guerras de religião e à repressão inquisitorial interna. No entanto, esse problema deve ser visto num contexto mais amplo, que produziu e engloba a ruptura religiosa: como manter o próprio magistério e principalmente a própria jurisdição universal num mundo em que o poder está se deslocando localmente e se consolidando territorialmente nos Estados modernos. Parece-me possível apresentar um esquema em que a Igreja romana reage a essa situação agindo em duas direções: de um

---

1. Em relação a todos esses aspectos, remeto ao volume *Il concilio di Trento e il moderno*, organizado por P. Prodi e W. Reinhard, Bolonha, 1996, e aos ensaios de E.-W. Böckenförde, sobretudo "Zum Verhältnis von Kirche und modernere Welt. Aufriss eines Problems", in *Studien zum Beginn der modernen Welt*, organizado por R. Koselleck, Stuttgart, 1977, pp. 154-77. Quanto à questão geral da confessionalização, remeto às indicações dadas no início do capítulo anterior, em primeiro lugar naturalmente a *Die katholische Konfessionalisierung*, organizado por W. Reinhard e H. Schilling, Gütersloh – Münster, 1995.

A SOLUÇÃO CATÓLICO-TRIDENTINA

lado, assumindo, de certa maneira, as características de uma sociedade soberana, por imitação daquela estatal, com todas as formas e expressões típicas do poder do Estado moderno, com exceção da territorialidade (o território do Estado pontifício torna-se, de certo modo, apenas um instrumento para garantir a instituição universal); de outro lado, esforçando-se para criar uma dimensão normativa que não coincida, que fique isenta da dimensão positiva estatal. Não poderemos seguir a primeira linha, que de resto sempre foi privilegiada pela historiografia tradicional no estudo das controvérsias entre Estado e Igreja nos séculos da Idade Moderna. Tentaremos, em vez disso, seguir alguns vestígios do segundo percurso.

O ponto central dessa contenda é o poder sobre as consciências: enquanto o caminho das Igrejas evangélico-reformadas dirige-se para um êxito inevitável, com uma aliança institucional e ideológica entre o Estado e a Igreja, destinada a durar até a obtenção da maturidade prática e ideológica do próprio Estado (eis a razão para a possível interpretação de uma simbiose mais intrínseca entre ambos e a moderna sociedade burguesa), a tentativa da Igreja romana é construir uma soberania paralela, de tipo universal; uma vez que não consegue mais sustentar a concorrência no plano dos ordenamentos jurídicos, ela aposta todas as suas fichas no controle da consciência. Certamente, do lado de fora, regalistas e curialistas travam grandes e contínuas disputas, que constituem as grandes controvérsias jurisdicionais entre a Igreja e o Estado, sobre as quais os historiadores escreveram rios de palavras. Num nível mais profundo, o acordo contínuo entre o trono e o altar chega a ser travado mais de uma vez, desde a atividade dos núncios pontífices junto às várias cortes até os mínimos aspectos da vida paroquial; num nível ainda mais profundo, o problema é o do controle das almas, dos súditos-fiéis. É nesse plano mais oculto que hoje as pesquisas podem ser mais úteis.

Para esclarecer o quadro de partida, é proveitoso relembrar que, no final do século XV, a *republica christiana* medieval já se encontra em declínio em favor de um sistema de

Estados que tendem a assumir, direta ou indiretamente, o controle dos territórios das Igrejas, com diversas fórmulas de delegação por parte da cúria romana, em primeiro lugar através das concordatas[2]. Parece-me possível compartilhar, em seu caráter também provocador, da afirmação de H. G. Koenigsberger de que mesmo sem Lutero as possibilidades de sobrevivência da Igreja universal eram mínimas, e que foi justamente a Reforma, com seu ataque radical, que provocou um sobressalto para a defesa daquilo que, na Igreja universal, era compatível com o novo sistema político[3]. Muitos Estados vêem no acordo com Roma a única possibilidade de fazer frente a movimentos que, do contrário, teriam levado a explosões sociais incontroláveis, como testemunhavam as ocorrências internas ao mundo alemão com a guerra dos camponeses ou a tensões e lutas religiosas desagregadoras do tecido político. São esses medos e essas tensões que permitem, não obstante as guerras e rivalidades entre os Estados, convocar, em 1545, após diversas tentativas frustradas, o concílio de Trento e levá-lo a cabo em 1563[4]. Na situação que caracteriza as décadas que antecedem o concílio, é errado – como se fez em demasia até hoje, não obstante a vasta composição de Hubert Jedin[5] – ver a luta por ele unicamente como um contraste entre os reformadores, que querem purificar a Igreja dos abusos e das incrustações da Idade Média, e os conservadores, que se opõem às reformas em defesa dos seus privilégios. Uma leitura mais complexa e que

---

2. Para nos limitarmos às pesquisas coletivas das quais participamos: *Strutture ecclesiastiche in Italia e in Germania prima della Riforma*, organizado por P. Prodi e J. Johanek, Bolonha, 1984; *Fisco, religione e Stato nell'età confessionale*, organizado por H. Kellenbenz e P. Prodi, Bolonha, 1989.
3. Ver ensaio "The Unity of the Church and the Reformation", atualmente no volume *Politicians and Virtuosi. Essays in Early Modern History*, Londres – Ronceverte, 1986, p. 175.
4. *Il concilio di Trento come crocevia della politica europea*, organizado por H. Jedin e P. Prodi, Bolonha, 1979.
5. Em sua *Storia Del concilio di Trento, I: La lotta per il concilio*, Brescia, 1983 (2.ª ed. it.).

leve em conta as grandes transformações deve estar mais atenta ao desenvolvimento dos tratados e concordatas com os quais Roma permite aos príncipes desenvolver o controle sobre as Igrejas territoriais sem produzir cisões definitivas. A concordata entre Leão X e Francisco I da França, em 1516, às vésperas da rebelião de Lutero, é um exemplo clássico: é realista pensar que, se o papa não tivesse concedido a submissão à monarquia do episcopado francês (para as décadas e séculos futuros), a Igreja da França teria se separado definitivamente de Roma com base na antiga ideologia galicana. Do ponto de vista da história constitucional, tratava-se de dar uma nova forma ao dualismo cristão em relação ao esquema, já superado após o fracasso da ilusão conciliarista, do dualismo institucional entre o papado e o império. O concílio de Trento pode concluir-se positivamente (as primeiras duas fases, 1545-1547 e 1551-1552, são interlocutórias), pois, em 1562-1563, encontra-se um acordo de compromisso, em grande parte por mérito do presidente da assembléia cardeal, Giovanni Morone, entre o papado, a França e a Espanha sobre o programa de reforma da disciplina eclesiástica e do matrimônio. Apenas a decisão de ocupar-se exclusivamente com a ordem como sacramento, afastando quase por completo o problema da jurisdição, tornou possível o acordo final: qualquer definição sobre o poder episcopal e sobre a sua relação com a autoridade política (longas listas, escritas pelos bispos, de *impedimenta* que dificultavam a ação pastoral são colocadas de lado) teria comprometido definitivamente o destino do concílio[6].

Certamente não podemos entrar aqui no mérito dos trabalhos conciliares, mas apresentaremos apenas três observações de caráter geral. A primeira é de que a própria composição da assembléia conciliar revela a mudança ocorrida na constituição da Igreja no século anterior. Quando o con-

---

6. A. Dusini, "L'episcopato nel decreto dogmatico sull'Ordine sacro della XXIII sessione del concilio di Trento", in *Il concilio di Trento e la riforma tridentina*, Roma, 1965, pp. 577-613.

cílio de Trento tem início, não é mais uma assembléia da cristandade, como aquelas da tarda Idade Média, em que as nações eram representadas e exerciam seu papel preeminente nos trabalhos, não apenas mediante os seus episcopados, mas também mediante as grandes corporações (os cabidos das catedrais, as universidades etc.) e a participação ativa dos representantes dos príncipes. A assembléia tridentina é composta apenas por eclesiásticos, bispos e representantes das ordens religiosas, assistidos por teólogos e canonistas como técnicos; uma assembléia que o papado consegue controlar, mesmo que com dificuldade e muito esforço, por meio dos cardeais-presidentes, delegados por ele, e com outros meios. Os representantes dos príncipes, que no século anterior, com o nascimento da moderna diplomacia, viram sua função de embaixadores ser determinada, não participam da assembléia. Certamente são capazes de condicionar os trabalhos e influir em alto grau os bispos das dioceses territorialmente submetidas, mas, de certo modo, são vistos como um corpo estranho ou, pelo menos, não integrado, conforme também testemunham os observadores contemporâneos[7]. Em síntese, pode-se dizer que a composição da assembléia, que se apresenta como sendo eclesiástica, paralela e distinta da organização política e do Estado, representa a primeira novidade da adequação do concílio de Trento ao moderno: o dualismo se desloca da concorrência entre os ordenamentos à concorrência de duas ordens diversas dentro de um único esquema territorial já dominado pelo Estado: a ordem clerical tenta afirmar o princípio da *cura animarum*, o princípio pastoral, não apenas como uma correção dos abusos medievais (a falta de residência, a inaptidão dos bispos etc.), mas como fundamento de uma jurisdição de novo tipo.

---

7. G. R. Evans, "The Question of Deception: the Hostile Reception of the Council of Trent in Early Anglican and Continental Protestants Circles and its Ecumenical Implications", in *Annuarium Historiae Conciliorum*, 24 (1992), p. 391, com a reflexão do bispo de Salisbury sobre Trento, "where princes and ambassadors were contemned".

A SOLUÇÃO CATÓLICO-TRIDENTINA

A segunda observação é de que essa distinção acentuada entre a ordem clerical e a ordem política muda a relação entre o episcopado e o papado, não na elaboração eclesiológica que ainda precisará de alguns séculos para chegar às definições do concílio Vaticano I sobre o primado pontifício, mas na realidade concreta. A discussão que caracterizou de modo dramático a última fase do concílio, aquela sobre a instituição divina do episcopado (no plano dogmático) e sobre a obrigação de residência dos bispos (no plano da reforma: se a residência era obrigação de direito divino ou simplesmente de direito canônico positivo), conclui-se com a vitória substancial da tese pontifícia nos cânones da sessão XXIII, em que se reconhece a sucessão apostólica dos bispos e a sua superioridade em relação aos sacerdotes, mas submete-se à decretação dos pontífices a estrutura episcopal da Igreja, com a possibilidade de conceder poderes aos bispos como "delegados" da Sé apostólica e com a decisão de considerar a obrigação de residência não como sendo de direito divino, mas simplesmente de direito humano (e, portanto, dispensável por parte do papa). Isso produz dentro da Igreja romana o desenvolvimento de um processo de afirmação da soberania e do direito positivo perfeitamente paralelo àquele que ocorre em campo político com a afirmação da soberania da lei positiva do soberano em relação aos *iura immutabilia*, às leis fundamentais do Estado. É esse acordo subterrâneo – no reconhecimento da vitória do direito positivo nas respectivas esferas, política e religiosa – que talvez abra caminho a outros mais conhecidos e visíveis sobre as reformas disciplinares e à conclusão positiva do concílio.

Uma terceira observação diz respeito ao caso do projeto de decreto, chamado de "reforma dos príncipes", discutido por muito tempo em várias elaborações durante o último ano do concílio e aprovado nos últimos dias, em dezembro de 1563: considerava-se natural, por parte da maioria dos bispos, que, uma vez realizada a reforma eclesiástica, o concílio tivesse de se pronunciar sobre a reforma da política. O exame das várias redações do projeto é muito significativo para percebermos a gradual renúncia do papado a exigir dos príncipes a coincidência entre a profissão de fé e a legitimidade do exercício do poder político. Na redação final, devido à violenta oposição dos representantes das potências seculares, não se fala mais de um juramento de fidelidade, de uma *promissio fidei* por parte dos príncipes como, ao contrário, exigia-se nas primeiras redações[8]. O concílio pode concluir-se graças à renúncia definitiva à restauração de um ordenamento unitário, e chega-se a um acordo na formação de duas obediências paralelas, a política e a religiosa, unidas por um pacto de conveniências recíprocas, mas fundamentalmente num sistema dualista. O problema que assim surge desde a conclusão do concílio é o da definição dos dois respectivos âmbitos de jurisdição, problema esse que ocupará todos os séculos posteriores.

2. O concílio de Trento e o direito canônico

A historiografia tradicional esclarece a ação da Igreja tridentina como destinada a defender, contra a ofensiva do Estado moderno, os antigos privilégios do foro eclesiástico, as imunidades reais e pessoais do clero etc.: há muita verdade em tudo isso, mas também existem dimensões mais profundas. Uma primeira constatação, que pode derivar de alusões anteriores, é de que a Igreja também percorre um caminho, paralelo àquele do Estado, de positivização das normas: o *ius publicum ecclesiasticum* da Idade Moderna, nas suas formulações diversas e opostas, de derivação pontifícia ou estatal, é totalmente diferente do direito canônico clássico. Em segundo lugar, pode-se observar o fato de que a Igreja católica, excluída a possibilidade de regular juridicamente a vida social (exceto o instituto matrimonial, que permanecerá como uma última fronteira em que a Igreja conservou um controle jurídico até os nossos dias), exerce uma grande

---

8. P. Prodi, *Il sacramento del potere*, cit., pp. 314-7.

A SOLUÇÃO CATÓLICO-TRIDENTINA

reconversão para desenvolver o controle dos comportamentos não mais no plano do direito, mas naquele da ética. A Igreja tende a transferir toda a sua jurisdição para o foro interno, para o foro da consciência, construindo, com o desenvolvimento da confissão e o fortalecimento do seu caráter de tribunal, com a teologia prática e moral e com as elaborações da casuística, um sistema completo de normas e alternativo àquele estatal, mas também àquele canônico. A esse respeito, voltaremos no próximo capítulo. Todavia, aqui se faz necessário lembrar que essas novidades possuem suas raízes no concílio tridentino; a vida do cristão comum provém quase por completo (exceto o direito matrimonial) do direito canônico, que praticamente se torna apenas uma disciplina da ordem clerical. Sendo assim, é importante retomar o problema desde as suas raízes: o que acontece com o direito canônico no concílio de Trento e no resultado de sua realização pela Igreja romana? É o que tentaremos sintetizar nesta e na próxima seção, com base em trabalhos anteriores: por questões de brevidade, sinto-me obrigado a remeter a eles, que oferecem motivações mais amplas e referências relativas à documentação[9].

Uma primeira novidade é constituída pelo fato de que os decretos conciliares de reforma se apresentam como um conjunto de normas totalmente desvinculado do esquema dos livros das coleções do *Corpus iuris canonici*. Nas décadas anteriores, os decretos pontifícios de reforma da cúria romana e da disciplina eclesiástica sempre foram projetados como modificações da legislação precedente: renovam-se e determinam-se as leis anteriores, exacerbam-se as penas para os comportamentos escandalosos, moderam-se as concessões de dispensas e de isenções por parte da autoridade eclesiás-

---

9. P. Prodi, "Note sulla genesi del diritto nella Chiesa post-tridentina", in *La legge e il vangelo*, organizado pelo Instituto de ciências religiosas de Bolonha, Brescia, 1972, pp. 191-233; id., "Il concilio di Trento e il diritto cononico", in *Il concilio di Trento alla vigilia del terzo millennio*, organizado por G. Alberigo e I. Rogger, Brescia, 1997, pp. 267-85.

tica, mas o direito vigente permanece o das Decretais. Já mencionamos no quarto capítulo que mesmo o texto do mais conhecido e mais amplo projeto de reforma católica, o *Libellus ad Leonem X* dos camaldulenses Paolo Giustiniani e Pietro Querini, divide a doutrina cristã em apenas duas partes: aquela relativa à teologia, que é a ciência do ser, e aquela do direito canônico, que é a ciência do dever-ser[10]. Em poucas décadas, tudo parece ter mudado, e o direito canônico deixa de se assemelhar à "ciência do dever-ser" do cristão. Não sem uma influência indireta da elaboração da disciplina nas novas Igrejas evangélicas e reformadas, definem-se normas de comportamento sobretudo na administração dos sacramentos, muito próximas das ordenanças eclesiásticas. A evolução será completada logo após a conclusão do concílio com a promulgação do *Catechismo* de Pio V, em que se apresenta uma síntese totalmente nova, embora já presente de modo implícito nos manuais para confessores da tarda Idade Média: o conhecimento do cristão sobre as normas de fé funde-se com as indicações de comportamento sobre a vida cristã. A promulgação do *Breviario* e do *Messale* e, mais tarde, do *Rituale romanum*, visaram a disciplinar, de modo uniforme, o culto e a liturgia, segundo o que foi amplamente estudado[11], garantindo a seriedade e a uniformidade em função da universalidade da Igreja romana; por outro lado, também tiveram a conseqüência importante de subtrair à legislação canônica grande parte do seu território.

Um segundo elemento é constituído pelo fato de que, nos decretos do concílio, as deliberações dogmáticas são divididas rigidamente – pela primeira vez na história dos concílios da Igreja da antiguidade em diante – pelos decretos disciplinares, que são justamente definidos como "de reformatione". Não se trata de um detalhe puramente formal.

---

10. Ver supra, p. 190.
11. G. Maron, "Die nachtridentinische Kodifikationsarbeit in ihrer Bedeutung für die katholische Konfessionalisierung", in *Die katholische Konfessionalisierung*, cit., pp. 104-24.

Não se legifera mais para a *respublica christiana*, mas para uma Igreja que, conforme foi dito de modo explícito em alguns projetos de reforma, imediatamente anteriores ao concílio, assume ela própria a conotação de *respublica* no sentido especificamente aristotélico do termo. A impossibilidade de modificação concerne à parte dogmática, enquanto a parte disciplinar assume cada vez mais o caráter positivo da lei em sentido moderno, como ato modificável por parte da suprema autoridade eclesiástica, na medida em que não contradiz o imutável direito divino. Essas contradições subjazem a todos os debates conciliares sobre a reforma, que ocorreram de 1545 a 1563: limitar-se a fortalecer a antiga legislação ou construir uma proposta orgânica e nova. Resta o fato de que a assembléia conciliar não faz nenhuma escolha decisiva e se move de modo empírico, seguindo a própria ordem dos trabalhos, reformando os antigos cânones e introduzindo novas disposições, sem a possibilidade de produzir uma legislação orgânica. O que é aceito e seguido na prática é o princípio da variação histórica das leis humanas eclesiásticas, bastante distintas, mesmo formalmente, das definições dogmáticas. Nos últimos meses dos debates, é solicitada pela maioria uma revisão e uma integração orgânica de toda a legislação canônica, mas sem sucesso: na concitação dos dias conclusivos, enquanto se decide submeter as deliberações à aprovação do papa, a assembléia propõe que o próprio pontífice, diante de dificuldades emergentes, proceda à consulta das Igrejas locais interessadas ou à convocação de um novo concílio geral.

O destino dos decretos tridentinos é decidido de modo totalmente diferente nos primeiros meses do pós-concílio, antes da promulgação da bula de aprovação papal *Benedictus Deus*, datada de 26 de janeiro de 1564, mas, na realidade, promulgada no mês de junho do mesmo ano. Em primeiro lugar, pensa-se numa edição de todas as deliberações do concílio, que compreenderia tanto as constituições dogmáticas quanto os decretos de reforma. Em segundo lugar, proíbe-se a publicação, já projetada, dos atos redigidos pelo secretário oficial da assembléia, Ângelo Massarelli, para evitar a possibilidade de interpretações diversas e divergentes com base nas discussões conciliares. Em terceiro lugar, na congregação de cardeais constituída para esse fim e conhecida como "Sacra Congregatio Concilii Tridentini interpretum", o pontífice reserva-se toda a matéria relativa aos cânones disciplinares e à sua interpretação, além da solução dos casos que surgem da sua aplicação concreta. Enquanto as constituições dogmáticas iniciam, com as primeiras edições, a sua viagem dentro da Igreja católica e do pensamento teológico, viagem essa que levará à "Professio fidei tridentina" e ao *Catechismo*, para os decretos disciplinares, realiza-se um bloco total das decisões, bloco que submete todo problema individual nascente da sua aplicação ao julgamento de Roma.

3. O declínio do direito canônico

A separação dos decretos tridentinos da legislação canônica anterior e a reserva à Congregação do concílio, criada para dirigir sua realização efetiva, de toda decisão sobre a sua interpretação possuem um efeito explosivo em todo o sistema jurídico da Igreja, seja no plano do ordenamento, do sistema das normas, seja no plano judiciário da administração concreta do direito, do foro. Não podemos aqui entrar na história da Congregação do concílio e das outras congregações romanas que surgem nas décadas pós-tridentinas e que encontram sua organização definitiva, destinada a durar quase que inalterada até o século XX, na reforma da cúria romana de Sisto V, em 1588[12]. Certamente, a história

---

12. A referência global faz-se ao conhecido manual de N. Del Re, *La curia romana. Lineamenti storico-giuridici*, cit. Ver também o volume XV/1 da *Histoire du droit et des institutions de l'Église en Occident*, cit., Paris, 1990: Ch. Lefebvre, M. Pacaut e L. Chevailler, "Les sources du droit et la seconde centralisation romaine".

da centralização romana ainda deve ser questionada, embora muitos percursos já tenham sido descobertos; interessa-nos apenas observar, sem podermos entrar no exame dos estudos existentes, que a interpretação tradicional feita pelos historiadores do direito canônico a esse processo é muito limitada ao aspecto da centralização burocrática e administrativa e não leva em conta as transformações mais profundas que ele carrega consigo. Estudos recentes demonstraram que, por trás da metamorfose da documentação relativa à cúria romana na era pós-tridentina, também se encontram problemas de grande relevância para a história institucional da Igreja: os 6219 volumes dos registros papais entre 1561 e 1908, por exemplo, demonstram que, no nível dos atos supremos, promulgados pessoalmente pelo papa, desaparece toda diferença entre poder espiritual e poder temporal, entre jurisdição e graça, embora sejam teoricamente distintas as várias competências do pontífice[13]. Nesse sentido, porém, é importante lembrar que as sentenças da Congregação do concílio, contrariamente às decisões da Rota e à práxis normal de todos os tribunais segundo o tradicional processo romano-canônico, nunca foram divulgadas publicamente. A proibição absoluta de glosas, comentários e de uma jurisprudência interpretativa dos decretos conciliares, imposta por Pio IV, será rigidamente mantida durante todo o século seguinte. A justificativa dos canonistas curiais será a de que isso era feito para impedir o relaxamento da reforma e para salvar a homogeneidade da sua aplicação.

Na verdade, esse bloco conduz a algumas conseqüências graves e, em primeiro lugar, do ponto de vista do método, à desnaturação do direito canônico como ciência. A impossibilidade de publicar comentários e glosas aos cânones tridentinos e de manter cursos universitários sobre eles

---

13. O. Poncet, "Secrétairerie des brefs, papauté et curie romaine. Playdoyer pour une édition", in *Mélanges de l'École Française de Rome*, 108 (1996), pp. 381-401 (com ampla bibliografia atualizada sobre a cúria romana pós-tridentina).

vai contra o princípio da "sabedoria jurídica" em que se apoiava toda a estrutura do direito canônico clássico: a disciplina eclesiástica se distancia da ciência do direito. Na faculdade de direito, mesmo no Estado pontifício, continua-se a ensinar o direito canônico no antigo esquema do Decreto e das Decretais, sem que o novo direito tridentino entre no circuito da reflexão jurídica. A ciência canonista perde a sua função fundamental de geradora do direito; a *concordia discordantium canonum*, razão de ser do direito canônico medieval, é impossibilitada pela proibição de glosas e comentários e pela exclusão dos cânones tridentinos do ensino universitário. Também fracassam todos os projetos de uma elaboração sistemática do direito canônico, no que se refere ao esquema do que havia ocorrido e estava ocorrendo com o direito civil: as tentativas feitas por juristas respeitados, como Marco Antonio Cucchi ou Giovan Paolo Lancellotti, com a compilação de volumes sistemáticos de *Institutiones*, não saem da esfera privada, não obtêm nenhum reconhecimento público e caem no vazio, enquanto os poderosos tratados do século posterior ou seguem a carcaça cada vez mais vazia das Decretais, ou se tornam coletâneas ligadas unicamente à práxis das congregações e dos tribunais romanos.

Uma segunda conseqüência é a completa ruptura entre o direito canônico clássico e o novo direito tridentino-pontifício. Em 1564, fora projetada a redação de um novo livro a ser acrescentado ao *Corpus iuris canonici* (após a última coletânea das Decretais, chamadas de *Extravagantes*), com o título de *Constitutiones Pii IV ex concilio Tridentino*, que, segundo o antigo costume, devia ser enviado aos doutores e estudantes da Universidade de Bolonha. No entanto, tal iniciativa é interrompida tão logo surge. Ugo Buoncompagni, um canonista que, em 1564, havia colaborado como especialista com essa tentativa, ao se tornar pontífice (Gregório XIII), dedica grande atenção à revisão do direito canônico clássico, promovendo a edição do *Corpus iuri canonici*, que é promulgado oficialmente em 1582, por obra dos *correctores romani*. Antes disso, ninguém nunca reconhecera oficialmente a coletânea dos textos legislativos do direito canônico enquanto tal: o que é paradoxal é que, mesmo surgindo nas intenções como sistematização do direito vigente, essa coletânea exclui o novo direito tridentino e torna-se uma operação mais filológica e histórica do que jurídica. Mesmo os trabalhos efetuados sob o comando de Sisto V e Clemente VIII para a coletânea de textos legislativos posteriores ao *Corpus* e que se concluem em 1598, com a publicação do chamado *Liber septimus decretalium Clementis VIII*, não tiveram nenhuma eficácia: essa coletânea nunca recebeu a aprovação pontifícia, nunca foi promulgada oficialmente, tampouco divulgada, pois nela estavam inseridos os decretos do concílio que inevitavelmente se transformariam em objeto de glosas e comentários contra a constituição de Pio IV.

Uma terceira conseqüência é a ruptura definitiva entre o direito canônico e a teologia. No plano teórico, o processo havia começado, conforme vimos, séculos antes, mas, no plano da práxis, a novidade é grande e corre paralelamente ao processo de positivização da lei canônica, fazendo com que todo problema referente à fé e à salvação seja excluído de um universo normativo, que é reduzido à "disciplina eclesiástica" muito antes que a própria expressão "direito eclesiástico" se difundisse em contextos históricos diferentes. O direito canônico da Igreja tridentina se identifica, paralelamente ao que vimos ocorrer nas Igrejas surgidas com a Reforma, na *police ecclésiastique* e deve ser estudado na sua realidade concreta, conforme escreverá, por volta do final do século XVII, no prefácio à sua célebre obra *Ancienne et nouvelle discipline de l'Église*, o oratoriano Louis Thomassin: "La fois ne change point, et elle est la même durant tous les siècles; mais sa discipline change assez souvent, et elle éprouve dans la suite des années des révolutions continuelles. La police de l'Église a donc sa jeunesse et sa vieillesse, le temps de ses progrès et celui de ses pertes..."[14] ["A fé não muda, ela é a

---

14. L. Thomassin, *Ancienne et nouvelle discipline de l'Église*, cit., tomo I, p. XXVIII.

mesma em todos os séculos; mas sua disciplina muda com bastante freqüência e, com o passar dos anos, ela passa por revoluções contínuas. A polícia da Igreja tem, portanto, sua juventude e sua velhice, o tempo de seu progresso e o de suas perdas..."].

Uma quarta conseqüência, particularmente importante para a questão do foro, é a identificação num só órgão (a Congregação do concílio, mas isso também diz respeito ao sistema das congregações da cúria romana em seu conjunto) do poder legislativo com o poder de jurisdição, em contraste com toda a lógica do direito canônico clássico: depois de Trento, nasce um conceito amplo de "jurisdição", que ainda hoje provoca uma grande confusão, unificando realidades jurídicas diversas, como o poder legislativo, o judiciário, o administrativo e o poder das "chaves"[15]. A proibição de publicar ou difundir, por qualquer meio, as decisões da Congregação torna impossível a referência a decisões anteriores e, portanto, a formação de uma práxis jurisprudencial. Mas a isso se acrescenta o fato de que, com suas interpretações, a Congregação cria com a sua sentença uma norma que ela mesma pode mudar a seu bel-prazer, sem nenhum controle externo. O processo de concentração da soberania desenvolve-se, assim, no governo espiritual da Igreja, sem abrir-se ao processo de modernização, que ocorre por meio da organização dos grandes tribunais seculares do antigo regime (inclusive na própria cúria pontifícia com a atividade da Rota romana), com a publicação das sentenças e a sua elaboração na ciência jurídica, passo indispensável no caminho que mais tarde levará às codificações[16].

---

15. A esse respeito, é fundamental o ensaio de G. Fransen, "Jurisdiction et pouvoir législatif", in *Acta conventus internationalis canonistarum* (Roma, maio de 1968), Cidade do Vaticano, 1970, pp. 212-20: a ampliação do significado do termo "jurisdição", chegando a compreender o poder legislativo, não pertence à tradição canonista, é introduzida apenas depois de Trento e mesmo hoje não pode ser defendida.

16. *Grandi tribunali e Rote nell'Italia di Antico regime*, organizado por M. Sbriccoli e A. Bettoni, Milão, 1993.

Sendo assim, o concílio de Trento constitui um divisor de águas entre duas épocas diversas: não pode ser comparado com o direito anterior porque não propõe um universo normativo que una o ser ao dever-ser, que mantenha a união entre a teologia e o direito canônico; não pode ser comparado com o direito pontifício posterior, que aceita essa separação e se reduz à disciplina eclesiástica. De todo modo, é preciso fazer uma distinção nítida entre as deliberações do concílio e a sua realização, na qual emergem aquelas características de positivização e de nominalismo da norma – em conexão com a elaboração de uma concepção da Igreja como "sociedade perfeita" e paralela àquela do Estado –, que fundaram as bases de uma degeneração "nefasta" do direito canônico, da sua transformação num conjunto de normas "formal e extrínseco", baseado apenas na lei positiva e na sua aplicação literal nos séculos posteriores[17]. A esse respeito, devemos nos limitar a alguns vestígios das conseqüências dessa metamorfose do direito canônico, provocada pela centralização tridentina, no plano do foro, naquele interno da penitência, na justiça episcopal e na própria cúria romana.

4. O foro penitencial: a confissão tridentina

A tarefa a que me proponho – é necessário repetir mais uma vez, sobretudo no que concerne a esse tema – não é a de examinar o conteúdo dos decretos e dos cânones do concílio de Trento sobre o sacramento da penitência de um ponto de vista teológico-dogmático, nem a de ilustrar sua aplicação na vida da Igreja e na função social de disciplinamento do homem moderno: tanto para um quanto para outro aspecto, foram publicadas monografias e ensaios de grande interesse, aos quais podemos remeter e sobre os

---

17. Cf. G. Fransen, "L'application des décrets du Concile de Trente. Les débuts d'un nominalisme canonique", in *L'Année canonique*, 27 (1983), pp. 5-16.

quais ainda ferve alguma discussão[18]. O que nos interessa é inserir esse tema no problema mais geral do *forum*, enfocar o aspecto relativo ao juízo, à administração da justiça: acredita-se que a falta de consideração do aspecto histórico-jurídico possa conduzir a equívocos relevantes. Paradoxalmente, chegou-se a exprimir juízos contraditórios entre si, mas igualmente válidos: o concílio de Trento não mudou em nada a teoria e a práxis da confissão da tarda Idade Média; ele mudou radicalmente uma e outra. Sendo assim, o primeiro ponto a ser considerado é que nos encontramos diante de um problema que não pode ser separado do contexto do direito canônico medieval, de um lado, e do contexto do processo de confessionalização, de outro: certamente podemos considerá-lo como um obstáculo no árduo caminho em direção à liberdade de consciência, ou podemos considerá-lo dentro de uma história da espiritualidade e da devoção, mas sem nos esquecermos do que foi dito a respeito da relação com o poder (em todas as suas manifestações, não apenas aquele eclesiástico), no início da Idade Moderna. Por essa razão, preferiu-se inserir no título desta seção a expressão tribunal ou foro penitencial, e não tribunal da consciência, para distinguir dois aspectos que, naquela época, não podem ser completamente justapostos, mesmo no interior do mundo católico.

Se há algo válido nos vestígios seguidos até o momento, parece evidente que é a necessidade de inserir o problema do foro no processo de confessionalização: não para negar a novidade da proposta de Lutero e, sobretudo, da sua pri-

---

18. Do ponto de vista da análise dos decretos tridentinos: A. Duval, *Des sacrements au concile de Trente*, cit., pp. 151-222; J. Bernhard, "La pénitence", in *Histoire du droit et des institutions...*, cit., XIV, Paris, 1989, pp. 157-83. Para a prática da confissão pós-tridentina, além das obras gerais já citadas de Jean Delumeau e John Bossy, ver, para a Alemanha, W. D. Myers, *Poor, Sinning Folk. Confession and Conscience*, cit.; para a Itália (numa ampla e fascinante composição sobre o concílio de Trento), A. Prosperi, *Tribunali della coscienza. Inquisitori, confessori, missionari*, Turim, 1996.

meira tese, que refere a penitência à esfera interior, a toda a vida do homem, e não a um momento particular, à penitência como sacramento, mas porque tanto Lutero quanto os outros reformadores não negaram a necessidade de unir essa esfera interior ao problema da disciplina eclesiástica, de um lado, e às exigências do nascente Estado moderno, de outro. No que se refere à penitência, o caminho percorrido pelo concílio de Trento, de certo modo paralelo, parece estar inserido nesse processo de confessionalização: sua particularidade consiste na tentativa de contrastar o processo de fusão em nível estatal do poder político com o religioso, salvando o máximo possível a alma e a organização universal da Igreja, defendendo junto com o poder de magistério também o poder de jurisdição. Isso não teria sido possível sem uma união do foro interno com o foro externo, sem um juízo da Igreja sobre o pecado, sem, portanto, a confissão detalhada das culpas e a imposição de uma reparação adequada. É essa a contestação que o cardeal Gasparo Contarini dirige à doutrina luterana da penitência: do mesmo modo como a absolvição de um pecador homicida não o exime da pena prevista pelas leis civis, no tribunal da penitência deve ser possível infligir ao pecador uma pena pela infração que ele cometeu contra o direito divino e natural[19]. Isso também é necessário para a conservação da disciplina na Igreja. Vale lembrar a frase contida num memorial de reforma, apresentado por Johann Eck ao papa Adriano VI, em 1523: "cum confessio sit nervus disciplinae christianae", mas o memorial continua da seguinte forma: se não for possível aplicar o concílio

---

19. G. Contarini, *Gegenreformatorische Schriften (1530 c.-1542)*, organizado por F. Hünermann, Münster, 1923, p. 12: "Quemadmodum ergo non est dicendum homicidam, qui contritus est et a sacerdote absolutus ac propterea Deo reconciliatus neque obnoxius amplius gehennae, absolutum etiam esse a poena, quam iubet lex civilis, neque debere civitati poenas homicidii perpetrati dare, quoniam Deo reconciliatus neque amplius reus aeterni supplicii, sic etiam non est negandum hunc homicidam Deo reconciliatum remanere adhuc obnoxium poenae, quae ei luenda est, quod egerit contra ordinem rationis et legem naturalem."

Lateranense IV, que se faça pelo menos com que o confessor, que não é o "sacerdos proprius" dos penitentes, entregue ao pároco, enquanto titular da jurisdição, a ficha dos confessados. Na minha opinião, é justamente o conceito de disciplina que constitui nesse período e ainda com os padres conciliares tridentinos – mas, por outro lado, em toda a sociedade cristã, tanto católica quanto reformada – uma palavra ambígua que, de um lado, refere-se ao homem cristão, o *miles* erasmiano, e, de outro, ao povo cristão enquanto tal no seu comportamento social[20].

No decreto sobre a penitência, promulgado na sessão XIV, de 25 de novembro de 1551, o concílio de Trento substancialmente só confirma, de modo solene, o decreto do concílio Lateranense IV, de 1215, sobre a obrigação da confissão anual ao sacerdote, com a enumeração detalhada dos pecados graves, mesmo de pensamento, e das circunstâncias, e reforça, contra as afirmações dos reformados, o seu estatuto de sacramento de direito divino, cuja matéria se constitui da contrição (ou seja, da dor pelo pecado cometido e da vontade de não mais pecar), da confissão e da *satisfactio*[21]. O arrependimento necessário também pode consistir numa

---

20. A. Duval, *Des sacrements*..., cit., p. 153, citação retomada por A. Prosperi (*Tribunali della coscienza*, cit., p. 266), que, no entanto, confere-lhe uma interpretação diferente, contrapondo um conceito de disciplina humanista e individual de Johann Eck à concepção posterior da disciplina dos padres tridentinos. Na verdade, creio ter de discordar de Prosperi a esse respeito, pois o memorial de Eck, ao propor a obrigação do registro da confissão realizada por parte do pároco, ressalta sua qualificação de instrumento de controle social como nem mesmo os padres tridentinos chegarão a propor: "Cum confessio sit nervus christianae disciplinae et constitutio Lateranensis concilii non possit executioni mandari, maxime hoc periculoso tempore, quo Ludderanus et alii confessionem perverso errore iudicarunt non necessariam, ideo constitueretur in synodo accedente auctoritate vicarii SDNri, ut ex privilegio audientes confessionem nomina confitentium in scheda pastori loci consignent, ut possit agnoscere vultum pecoris sui, sicut in aliquibus locis alioquin libenter solent facere" (*Acta reformationis catholicae ecclesiam Germaniae concernentia saeculi XVI*, I, organizado por G. Pfeilschifter, Regensburg, 1922, p. 122).
21. *Conciliorum oecumenicorum decreta*, cit., pp. 703-13 (9 capítulos de doutrina e 15 cânones de condenação).

contrição imperfeita "quae attritio dicitur", ou seja, na aversão pelo pecado, não tanto como ofensa a Deus, mas sobretudo pelo temor à pena, contanto que subsista a vontade de não cometê-lo no futuro. As novas ênfases em relação à tradição dos séculos anteriores, que aqui merecem ser mencionadas, são duas: uma em positivo e outra em negativo, ou seja, uma que é acrescentada pelos padres conciliares e outra que é omitida. É acrescentada de maneira muito mais clara do que no passado a declaração sobre o caráter da absolvição (ou não-absolvição) como verdadeiro "actus iudicialis", ressaltando a qualidade do sacerdote-confessor como juiz: com sua sentença, ele cria "direito" com base no poder das chaves, transmitido por Cristo à Igreja; a absolvição não é simplesmente um ato de ministério, como a pregação do Evangelho ou uma declaração da remissão ocorrida, mas uma sentença pronunciada em nome de Deus[22]. A omissão diz respeito à fórmula "proprio sacerdoti", fundamental no cânone 21 do concílio Lateranense IV: não se indica a obrigação de confissão ao próprio pároco. Em outras palavras, a paróquia – que também é muito apreciada pelo concílio de Trento por outros aspectos[23] – não representa mais a unidade de base da jurisdição eclesiástica. Isso não impede que o

---

22. A. Duval, *Des sacrements*, cit., pp. 203-8, em que se ilustra, por meio das discussões conciliares, a consciência dessa inserção. O caráter jurídico da confissão é delineado já no capítulo 2, em que se fala da diferença entre o batismo e a penitência: "baptismi ministrum iudicem esse non oportere, cum ecclesia in neminem iudicium exerceat, qui non prius in ipsam per baptismi ianuam non fuerit ingressus". Essa diferença é retomada e elaborada no capítulo 6, em que se fala do ministro da penitência: "Quamvis autem absolutio sacerdotis alieni beneficii sit dispensatio, tamen non est nudum ministerium vel annunciandi evangelium, vel declarandi remissa esse peccata, sed ad instar actus iudicialis, quo ab ipso velut a iudice sententia pronunciatur", e reforçada drasticamente com a condenação contida no cânone 9: "Si quis dixerit, absolutionem sacramentalem sacerdotis non esse actum iudicialem, sed nudum ministerium pronunciandi et declarandi remissa esse peccata... anathema sit" (*Conciliorum oecumenicorum decreta*, cit., pp. 704, 707 e 712).

23. R. Metz, "Le cadre territorial ou personnel de la paroisse d'après les schémas du concile de Trente", in *Liber amicorum Monseigneur Onclin. Thèmes actuels de droit canonique et civil*, Gembloux, 1976, pp. 1-22.

sistema de registro, junto a toda paróquia, daqueles que não cumpriam a obrigação da confissão anual, ou seja, dos pecadores públicos, difunda-se muito pormenorizadamente por toda a era pós-tridentina. Conforme mencionamos anteriormente, esse sistema havia sido proposto novamente em 1523, por Johann Eck, e foi seguido pelo bispo de Verona, Giovan Matteo Giberti, nas suas constituições de 1542. A meu ver, trata-se de um controle disciplinar importante para o disciplinamento social e que, segundo a tradição medieval do procedimento infrajudiciário (ao qual já aludimos no terceiro capítulo), ainda contém um caráter jurisdicional para a composição dos litígios: percorrendo por entre as visitas pastorais e as outras fontes documentais eclesiásticas, descobre-se que, numa grande quantidade de casos, o motivo do não-cumprimento do preceito pascal é indicado nas "inimizades", ou seja, na recusa a aceitar a pacificação entre famílias ou facções em luta, vista como necessária e preliminar para a absolvição e para a celebração da eucaristia[24]. Creio que se possa encontrar outro exemplo da função social da confissão nos "desencargos de consciência" dos condenados à morte: o pecador penitente que sobe ao patíbulo não se torna delator de faltas alheias (como no caso das delações ao Santo Ofício), mas pode ajudar a justiça e os terceiros que eventualmente comprometeu arrependendo-se no foro interno[25]. A meu ver, é necessário levar em conta esses problemas quando se examina a relação entre foro interno e foro externo, entre o plano jurídico e aquele religioso na práxis pós-tridentina da confissão.

Certo é que, por volta do final do século XVI, verifica-se uma mudança na práxis da confissão, mesmo em relação aos

---

24. O. Niccoli, "Rinuncia, pace, perdono. Rituali di pacificazione della prima età moderna", in *Quaderni storici*, 40 (1999), pp. 219-61.

25. M. P. Di Bella, *La pura verità. Discarichi di coscienza intesi dai "Bianchi" (Palermo, 1541-1820)*, Palermo, 1999, p. 35: "Um antimodelo daqueles existentes, como pudemos observar, que coloca o aflito definitivamente em nível celeste, mas que também permite aos Bianchi pensar que podem aceder graças às suas experiências, derivadas da boa direção da consciência alheia."

cânones tridentinos, mudança essa que prepara o nascimento de um direito da consciência, separado da esfera do direito positivo[26]. As ordens religiosas, particularmente as novas que começam a se desenvolver, vêem ser reconhecido, diante do clero secular, um pleno direito de existência dentro da diocese: elas serão as grandes protagonistas, em todos os sentidos, da confissão pós-tridentina como instrumento fundamental não apenas para o controle disciplinar, mas também para a superação do sistema da violência e da vingança privada, para o desenvolvimento de uma nova consciência social e de uma nova espiritualidade. Por outro lado, os bispos reservam-se um segundo nível de jurisdição por meio do sistema dos casos reservados – ao qual retornaremos mais adiante –, que vinha se desenvolvendo na tarda Idade Média e que, naquele momento, parecia ser o único instrumento possível para resolver os conflitos em nível inferior e para colocar a diocese no centro dessa nova jurisdição espiritual. Todavia, nesse plano já estão presentes no debate conciliar as preocupações e as tensões entre a elaboração episcopal de grande parte da assembléia e a tendência centralizadora do papado romano.

5. O foro episcopal

O problema dos casos reservados é tratado na mesma sessão XIV e retomado na penúltima e na sessão XXIV, no grande "decretum de reformatione", que se refere a todas as grandes questões da organização e do governo das dioceses. Certamente não é o caso aqui de retomarmos todo o tema do ideal tridentino e da figura do bispo na nova visão da *cura animarum*: há muitos anos, sob a orientação de Hubert Jedin, lancei-me na exploração desse mundo e nas pesquisas sobre os episcopados pós-tridentinos, de modo para-

---

26. G. Romeo, *Esorcisti, confessori e sessualità femminile nell'età della Controriforma*, Florença, 1998, cap. IV, pp. 127-61.

lelo e diferente de Gabriele Paleotti, em Bolonha, e de Carlo Borromeo, em Milão[27]. Tampouco é possível retomar o tema surgido nas discussões tridentinas sobre a doutrina da instituição de "direito divino" do episcopado e das tensões que se manifestam nos poderes dos bispos, no que se refere à centralização papal, nos séculos posteriores até o século XVIII[28]. No que concerne a uma leitura puramente interna das doutrinas eclesiológicas, nosso ponto de vista privilegia sua relação com a realidade histórica do momento: por trás do complexo equilíbrio entre a defesa do corpo dos bispos, como sucessores do colégio dos apóstolos, e o primado romano, pode-se e deve-se perceber toda a tensão entre a defesa do universalismo papal e a tendência à afirmação das Igrejas nacionais. É óbvio que isso constitui o pano de fundo em que se movem essas breves indicações de percurso: a confessionalização católica tem suas características de força e de fraqueza justamente nessa situação mais complexa, em que o episcopado deve acertar as contas com cada Estado em que se encontra inserido (e com os quais mantém uma relação mista de colaboração e desconfiança, com infinitas variáveis segundo as épocas e os momentos) e, por outro lado, com um papado que desconfia dos episcopados locais porque estes estão demasiadamente sujeitos à chantagem do poder político. Sendo assim, o papado tende a construir, com base no próprio Estado territorial, a Igreja universal como uma espécie de Estado não-territorial, mas "soberano", para esquivar-se do abraço mortal das grandes potências.

O tema do foro episcopal durante a Idade Moderna ainda é, em grande parte, inexplorado, mas creio que possa servir no futuro para concretizar esses problemas que vão do plano doutrinário ao plano mais concreto do funcionamen-

---

27. H. Jedin, *Das Bischofsideal der katholischen Reformation*, reimpr. em trad. it., H. Jedin e G. Alberigo, *Il tipo ideale di vescovo secondo la Riforma Cattolica*, Brescia, 1985.

28. G. Alberigo, *Lo sviluppo della dottrina sui poteri nella Chiesa universale*, Roma, 1964.

to das instituições e, numa outra vertente, para mencionar as tão numerosas pesquisas sobre a história social da Igreja (conduzidas particularmente mediante as análises das visitas pastorais) mais dentro de uma vida da diocese concebida como organismo, na qual as visitas às Igrejas e às paróquias representam não apenas uma fotografia da sociedade cristã, mas também um instrumento de conhecimento e de governo[29]. Em síntese, o tema do foro episcopal coloca-se no quadro de uma diocese que se situa entre dois pólos externos, aquele representado pelo papado e aquele representado pela sociedade civil e política em que é inserida e que não possui uma jurisdição claramente delegada, nem goza de uma autonomia real[30]. Sem levar em conta os problemas mais gerais da disciplina eclesiástica e da organização beneficial, o que acontece com o tribunal episcopal, que na Idade Média aplicava, na concorrência entre os ordenamentos, o direito canônico comum e o direito local emergente dos sínodos e dos concílios provinciais? A resposta que me parece mais verossímil ou, pelo menos, a pista que acredito possa ser seguida nas investigações – e que por enquanto verifiquei apenas em interessantes pesquisas sobre a diocese de Siena[31] – é que, após o concílio de Trento e paralelamente à tentativa de reativar a dinâmica do direito canônico, a dialética entre o direito universal e o particular, baseando-se nas visitas pastorais, nos sínodos diocesanos e nos concílios provinciais, inicia-se outro processo, mais profundo e escondido, porém muito

---

29. C. Nubola, *Conoscere per governare. La diocesi di Trento nella visita pastorale di Ludovico Madruzzo*, Bolonha, 1995.

30. P. Prodi, "Tra centro e periferia: le istituzioni diocesane post-tridentine", in *Cultura, religione e politica nell'età di Angelo Maria Querini*, Brescia, 1982, pp. 209-23.

31. O. Di Simplicio, *Peccato, penitenza, perdono: Siena 1575-1800. La formazione della coscienza nell'Italia moderna*, Milão, 1994. Do mesmo autor: "La giustizia ecclesiastica e il processo di civilizzazione", in *La Toscana nell'età di Cosimo III*, organizado por F. Angiolini et alii, Florença, 1993, pp. 455-95; "Confessionalizzazione e identità collettiva. Il caso italiano: Siena 1575-1800", in *Archiv für Reformationsgeschichte*, 88 (1997), pp. 380-411.

mais incisivo a longo prazo: aquele de exercer no foro penitencial, externamente à legislação e à jurisdição positiva, civil ou eclesiástica, o controle das consciências. Trata-se de uma metamorfose que transforma lentamente as próprias estruturas da diocese. Junto à administração formal da justiça eclesiástica e ao tribunal episcopal, que limita cada vez mais sua autoridade às causas mais especificamente eclesiásticas (atinentes ao clero e aos benefícios eclesiásticos) e às causas matrimoniais, nascem iniciativas cada vez mais orgânicas para uma administração da justiça no foro penitencial, para uma disciplina não-jurídica da consciência.

Tenho a impressão – e no estado atual dos estudos, não é possível dizer outra coisa – de que, entre o final do século XVI e a primeira metade do século XVII, exaure-se em grande parte a atividade tradicional dos tribunais eclesiásticos diocesanos, enquanto aumenta a importância do foro diocesano, ampliado à esfera penitencial, como foro extrajudiciário em que se forma a nova disciplina cristã, paralela mas autônoma em relação ao direito canônico tradicional[32]. Em substância, tem-se um declínio bastante paralelo – nas décadas, se não nos anos – àquele das *Church Courts* anglicanas (fenômeno bastante curioso e sobretudo interessante na história comparada da civilização), com a emergência como elemento substitutivo não do controle comunitário puritano ou presbiteriano, mas da confissão auricular. Essa tendência surge com muita clareza pelo menos no caso de Siena, em que as denúncias pelo não-cumprimento do preceito da comunhão pascal junto ao tribunal eclesiástico diminuem vertiginosamente na segunda metade do século XVII, até quase se extinguirem: o juiz, conforme já foi escrito, dá lugar, portan-

---

32. A esse respeito, é oportuno examinar os manuais usados pelas cúrias episcopais, como o de Francesco Monacelli, cujo título, a meu ver, exprime essa nova fusão dos foros: *Formularium legale practicum fori ecclesiastici... opus episcopis, vicariis generalibus, aliisque iurisdicionem quasi episcopalem exercentibus; necnon confessariis, parochis, cancellariis, caeterisque in dicto foro versantibus, apprime utile ac necessarium*, 2 vol., Venetiis, 1736.

to, ao confessor[33]. A linha entre o controle religioso do pecado e a perseguição do crime por parte da sociedade e do Estado é contínua e sem interrupções, tanto nos países católicos quanto nos evangélicos, reformados ou anglicanos, como em todo processo de confessionalização, mas a diretriz de percurso é diversa e divergente: nos países católicos, ela passa por uma afirmação do foro penitencial, da confissão privada, que permanece sob o controle da Igreja, não como lei em sentido jurídico, mas como norma moral, portanto, com a possibilidade de um desdobramento do cristão, do fiel-súdito. Certamente, isso não exclui que também se afirme a tendência a uma fusão entre a justiça estatal e aquela eclesiástica, em esfera pública comum, nos países em que a aliança entre o trono e o altar é mais forte: significativo é na península ibérica o *Edicto de pecados publicos*, que o visitador deveria proclamar em toda paróquia no início da visita: todos aqueles que conhecem os pecados públicos (da blasfêmia à usura, aos pecados contra o sexto mandamento etc.) devem denunciá-los, sob pena de excomunhão maior, dentro de nove dias a partir da proclamação do édito[34]. Não tenho informação sobre a realização efetiva dessa disposição e creio que ainda sejam necessárias pesquisas mais pontuais, embora na prática essa linha não tenha sido dominante. No que concerne à Itália em particular, parece-me possível afirmar que essa prática não entrou realmente em vigor e que restou uma distância bastante nítida entre o foro da penitência e a esfera pública: a fraqueza do Estado e a presença maciça da Igreja romana acima das Igrejas locais levam a um dualismo que talvez se torne, de fato, uma das características da nossa identidade coletiva num vínculo duplo.

---

33. O. Di Simplicio, "La costruzione della moralità. Inquisizione, penitenti e confessori nell'antico Stato senese. Un progetto di ricerca", in *Fonti ecclesiastiche per la storia sociale e religiosa d'Europa: XV-XVIII secolo*, organizado por C. Nubola e A. Turchini, Bolonha, 1999, pp. 465-89.

34. Gomezius Bayo, *Praxis ecclesiastica et saecularis in tres partes distributa*, Lugduni, 1719, pp. 12-3.

O novo direito diocesano deveria ter surgido, em primeiro lugar, a partir dos sínodos e dos concílios provinciais. Os motivos do enfraquecimento começam justamente nesse momento. Como se sabe, no decreto geral de reforma acima relembrado, o concílio de Trento previa o sínodo diocesano, ou seja, a reunião anual do clero em assembléia, sob a presidência do bispo, enquanto o concílio provincial, isto é, a reunião dos bispos de uma região eclesiástica, presidida pelo arcebispo ou metropolita, era realizada a cada três anos como base não apenas de uma legislação, mas também de uma jurisdição, segundo a tradição medieval. Na verdade, essa dialética, esse intervalo entre o universal e o particular, que havia constituído a vida do direito canônico no período medieval[35], parece faltar no período pós-tridentino, sob o duplo estímulo do centralismo romano e da pressão do Estado. Na realidade, a práxis do sínodo anual tem um reflorescimento importante nas primeiras décadas que se seguem à conclusão do concílio de Trento, pelo menos nas dioceses em que governam bispos reformadores, mas entra num declínio incessante e generalizado a partir do final do século, mesmo quando personagens excepcionais conseguem fazer com que esse instituto volte a progredir: a falta absoluta da sua periodicidade não é um fato secundário, mas a demonstração de que não se atingiu o objetivo primário, previsto pelo concílio, ou seja, a união da atividade legislativa com a verdadeira atividade jurisdicional na vida das dioceses. Se limitados a uma legislação cada vez mais repetitiva, sem uma verdadeira autonomia do governo diocesano, os sínodos exaurem em pouquíssimo tempo a sua função[36]. As normas relativas às Igrejas, ao culto, aos sacramentos, à doutrina cristã e à moralidade pública em geral, após uma primeira fase criativa de organização, são forçosamente sempre as mesmas (com

---

35. G. Le Bras, "Dialectique de l'universel et du particulier dans le droit canon", in *Annali di storia del diritto*, 1 (1957), pp. 77-84.
36. P. Caiazza, "La prassi sinodale nel Seicento: un 'buco nero'?", in *Ricerche di storia sociale e religiosa*, 51 (1997), pp. 61-109.

variantes secundárias quando há uma atenção particular aos costumes locais) e repetem durante anos e nas décadas seguintes sempre as mesmas prescrições em função das mesmas faltas: a freqüente celebração dos sínodos revelava-se, assim, uma realização frustrante após o desaparecimento das primeiras esperanças de uma reforma cristã da sociedade como um todo. Isso já havia sido percebido pelos primeiros grandes reformadores, como Carlo Borromeo, em Milão, e Gabriele Paleotti, em Bolonha, que tentaram, de outro modo, construir em torno do sínodo e dentro dele uma atividade jurisdicional contínua, fazer do sínodo, enquanto reunião do clero diocesano, a base da vida social da Igreja, uma instituição em que os decretos episcopais representassem apenas uma parte (não se devia nem mesmo promulgar novos decretos se não fosse necessário) em relação à atividade jurisdicional ou disciplinar em sentido mais amplo e contínuo. A diocese era dividida em decanatos ou em vicariatos forâneos que reagrupavam um determinado número de paróquias sob a autoridade de um decano ou vicário forâneo; reuniões periódicas do clero do decanato ou vicariato eram dedicadas ao exame da situação local e aos problemas relativos tanto à disciplina do clero quanto à dos laicos, com a elaboração de relatórios e propostas a serem apresentados à atenção da cúria episcopal e ao exame do sínodo posterior: em reuniões mensais do clero de cada decanato ou vicariato, conforme aludiremos mais adiante, também se discutiam os casos de consciência para a preparação e a atualização dos confessores.

Mais tarde, a própria cúria episcopal muda completamente sua natureza: o tribunal tradicional em sentido restrito perde importância (nesse caso também temos uma limitação em grande parte aos assuntos matrimoniais), enquanto se afirmam, sob a coordenação do bispo ou do seu vigário (que assume um papel cada vez mais central como técnico na administração da justiça canônica), funções diversas que anteriormente não existiam: comissões de reforma para os vários setores (freiras, regulares, liturgia, culto, doutrina cristã etc.) e figuras novas, previstas pelo concílio de Trento, como o teólogo ou o penitencieiro da catedral. O tribunal diocesano, em sentido específico, perde cada vez mais importância dentro da cúria e a sua competência (destinada a ser dominada pela concorrência do tribunal da Inquisição) permanece limitada a algumas intervenções nas matérias espirituais gerais, inerentes à fé e aos costumes. Não há dúvida de que esse delineamento exerce uma influência em toda a Europa católica, sobretudo devido à figura exemplar de Carlo Borromeo e à difusão das suas *Acta Ecclesiae Mediolanensis*, mas apresenta elementos inquestionáveis de fraqueza em relação à compacidade da jurisdição que se encontra nos territórios, sejam eles católicos, evangélicos e reformados ou pertencentes às nações que se encontram além dos Alpes italianos. Nesses territórios, o Estado se apresenta como a estrutura central da disciplina social e se apropria do monopólio do poder coercitivo. Após anos de reflexões, viria o desejo de inverter um pouco – mesmo que apenas como provocação paradoxal – o lugar comum da influência negativa no caráter italiano (supondo-se que ele exista) da Contra-reforma: não foi a capa de chumbo do controle que favoreceu a formação da hipocrisia ou os ambíguos comportamentos nacionais do país, mas, ao contrário, a falta de uma coordenação disciplinar muitas vezes produziu nos italianos o senso de não se sentirem obrigados a responder realmente por nenhum de seus próprios atos. Não há dúvida de que, mesmo na Itália, a intervenção do foro diocesano está relacionada à presença, cada vez mais inoportuna, do Estado e da sua justiça: as controvérsias de jurisdição que se abrem em Milão (exemplo para outros inúmeros momentos semelhantes de tensão na Europa católica dos séculos posteriores) entre Carlo Borromeo e o governo espanhol são resolvidas pelo arcebispo com um ato de inteligência política e graças ao seu relacionamento com Felipe II, que lhe permite conservar parte do seu poder. Todavia, o problema permanece sem solução: os "esbirros" do arcebispo e as prisões episcopais que os bispos ainda reclamam como instrumento para a administração da sua justiça tornam-se, pouco a pouco, instituições quase patéticas, que assustam muito pouco e que, mais tarde, desaparecem sem deixar vestígios (mas seria bom saber algo mais a seu respeito). Quando o Estado é fraco, como em muitas regiões da Itália (que constitui uma espécie de "zona cinzenta"), esse vazio de jurisdição parece ser ocupado pela Inquisição romana, não pelos bispos. O poder episcopal sofre, de fato, um ataque, mesmo dentro da própria hierarquia eclesiástica, por parte das congregações e dos tribunais romanos, aos quais aludiremos mais adiante: de todo modo, porém, as principais razões de fraqueza parecem ligadas ao poder político local. Não podemos nos esquecer de que a própria escolha dos candidatos ao episcopado é condicionada, indireta ou diretamente (mediante as concordatas entre os governos da Santa Sé), pelo poder político e pela classe dirigente em seu conjunto.

Uma discussão muito mais ampla também deveria ser feita em relação aos concílios provinciais, para os quais as preocupações de ordem política são ainda mais evidentes do que para os sínodos diocesanos: com efeito, a província eclesiástica (pensemos na importância estratégica da província lombarda para a Espanha da Idade Moderna) é vista com suspeita por Roma, que lhe atribui o perigo do surgimento de um episcopado nacional; na verdade, o ressurgimento da província eclesiástica é um dos pontos em que o concílio de Trento menos atuou, pelo menos até o concílio Vaticano II, quando o nascimento das conferências episcopais nacionais deu início a um caminho novo e diferente. Infelizmente, sabemos pouco sobre os concílios provinciais da Idade Moderna, embora nos últimos anos tenham começado a surgir estudos exemplares para cada entidade territorial[37], mas o fenômeno possui dimensões tão macroscópicas que não pode ser contestado. No final do século XVII, o oratoriano Louis Thomassin concluía suas observações sobre a história

---

37. P. Caiazza, *Tra Stato e papato. Concili provinciali post-tridentini (1564-1648)*, Roma, 1992; M. Miele, *Die Provinzialkonzilien Süditaliens in der Neuzeit*, Paderborn, 1996.

dos concílios provinciais da seguinte forma: "Je finirai par cette réflexion, que l'interruption des conciles provinciaux a été la véritable cause de la ruine entière de la jurisdiction ecclésiastique"[38] ["Terminarei com a seguinte reflexão: a interrupção dos concílios provinciais foi a verdadeira causa de toda a ruína da jurisdição eclesiástica"]. De todo modo, creio que seja possível dizer que, enquanto se abandonam os ordenamentos colegiados, previstos pelo concílio de Trento, desenvolve-se na Igreja romana um novo tipo de organização, que privilegia uma relação unidimensional e verticalizada entre as Igrejas locais e a Santa Sé e baseada em novos instrumentos não previstos pelo concílio de Trento, como o envio de visitadores apostólicos, as visitas periódicas dos bispos a Roma (*ad limina apostolorum*), a obrigação de recorrer continuamente às congregações romanas, a atividade das nunciaturas na relação direta da Santa Sé com cada Estado, sem passar pelas Igrejas locais. Esse processo é gradual, mas tem início logo após o final do concílio na Espanha, com a reunião dos grandes concílios provinciais, em 1565, na presença dos delegados régios: em Roma, ressurge o temor de novas forças centrífugas das Igrejas nacionais e chega-se a impor a exigência da aprovação das deliberações dos concílios provinciais por parte do papa, antes da sua promulgação. A questão historiográfica, relativa à obrigação da confirmação papal, ainda se encontra aberta: os grandes canonistas do século XVII ainda defendiam que ela não era juridicamente necessária, embora na prática tenha-se desenvolvido o hábito de transmitir as conclusões dos concílios provinciais ao exame e à revisão da Congregação do concílio. O próprio Carlo Borromeo, pedindo a confirmação romana para dar mais vigor aos seus decretos provinciais, tem consciência de que não será atendido. O paradoxo é que se chega a ter de pedir a permissão da Santa Sé até para a própria convocação dos concílios provinciais: os metropolitas devem pedir permissão e insistir, muitas vezes inutilmente, para

---

38. L. Thomassin, *Ancienne et nouvelle discipline de l'Église*, cit., V, p. 284.

cumprir um dever prescrito pelo concílio de Trento. Mesmo as *Acta Ecclesiae Mediolanensis* podem difundir-se apenas como coletânea de fontes históricas, enquanto se bloqueia, como aliás se fizera com os cânones tridentinos, todo projeto de redigir e publicar os decretos de Borromeo como uma legislação diocesana e provincial orgânica[39]. O certo é que, para Borromeo, era clara a idéia – ainda que perseguida com pouco sucesso – de que, para superar a crise do direito canônico e a "vulgaris canonum peritia", era preciso voltar aos antigos cânones dos padres, reunidos por Graciano na "veteris Ecclesiae ratio"[40].

6. A confissão e os casos reservados

Nesse quadro institucional de crises do direito canônico, universal e particular, como base do "dever-ser" do cristão, deve-se considerar, no que concerne mais precisamente ao foro penitencial, o problema dos casos reservados, ou seja, dos pecados, cuja absolvição não pode ser dada pelo simples confessor, mas é reservada à autoridade superior, ao bispo ou ao papa. Esse problema, que até o concílio de Trento havia permanecido bastante marginal na reflexão teológica e canonista e que, de todo modo, na Idade Média nunca

---

39. P. Prodi, *Note sulla genesi*, cit., pp. 209-17. Ver também as confirmações em P. G. Longo, "'Ripigliare ormai la perduta voce...'. La vocazione episcopale di Carlo Bascapé", in *Carlo Bascapé sulle orme del Borromeo*, Novara, 1994, pp. 187-241.

40. C. Bascapé, *Vita e opere di Carlo Borromeo arcivescovo di Milano cardinale di S. Prassede*, Milão, 1883 (do texto da 1.ª ed. de Ingolstadt, 1592), p. 828: "Praeter veteres canones a Gratiano collectos, uti diximus, interpretari iussit. Quo in studio, quamvis summa fuerit Caroli voluntas, paucis tamen id persuasit: trahuntur enim facile omnes ceterorum exemplo; eaque libenter sequuntur, quae plurimorum iudicio, et usum afferunt et nomen, qualis est vulgaris canonum peritia, scholasticique theologiae progressus. At veteris ecclesiae ratio bene cognita, solidae utilitatis est; arma contra haereticorum impegnationes suppeditat, et ad ecclesiam ordinandam, constituendamque magnum praebet adiumentum."

tinha sido objeto de uma deliberação conciliar específica, assume nesse momento um papel central[41]. Isso é tratado pelo concílio de Trento no capítulo 7, sessão XIV, decreto sobre a confissão. Conforme tal capítulo, os pontífices romanos, devido ao supremo poder que receberam, reservaram-se o julgamento de causas (nesse caso também deve-se ressaltar o uso de categorias jurídicas) referentes a crimes particularmente graves ("atrociora quaedam et graviora"): não há dúvida de que isso também seja lícito para cada bispo no âmbito da própria diocese em relação aos seus súditos, para a edificação e não para a destruição, sobretudo no que diz respeito aos pecados aos quais se anexa a pena da excomunhão. Essa reserva dos delitos tem valor não apenas de polícia externa, mas também junto a Deus[42]. Deixemos de lado toda a interessante pesquisa historiográfica sobre a gênese desse texto, sobre o conhecimento que os padres conciliares tinham da relação entre direito divino e tradição histórica no sacramento da penitência (principalmente sobre a citação de São Paulo, "in aedificationem, non in destructionem", inserida num primeiro momento em referência à reserva papal dos pecados, depois retirada e, finalmente, reintroduzida de modo quase sub-reptício pelos legados papais em re-

---

41. Ver supra, cap. II. Para o problema dos casos reservados e das relações entre foro interno e foro externo em geral na era tridentina, remeto (mesmo discordando claramente do quadro interpretativo genérico) às interessantes análises informativas de E. Brambilla: "Giuristi, teologi e giustizia ecclesiastica dal '500 alla fine del' 700", in *Avvocati, medici, ingegneri. Alle origini delle professioni moderne (secoli XVI-XIX)*, organizado por M. L. Berti e A. Pastore, Bolonha, 1997, pp. 169-206; "Confessione, casi riservati e giustizia 'spirituale' dal XV secolo al concilio di Trento: i reati di fede e di morale", in *Fonti ecclesiastiche per la storia sociale e religiosa d'Europa: XV-XVIII secolo*, organizado por C. Nubola e A. Turchini, Bolonha, 1999, pp. 491-540.

42. *Conciliorum oecumenicorum decreta*, p. 708: "Nec dubitandum est quin hoc idem episcopis omnibus in sua cuique dioocesi *in aedificationem tamen, non in distrucionem* liceat pro illis in subditos tradita supra reliquos inferiores sacerdotes auctoritate, praesertim quoad illa, quibus excommunicationis censura annexa est. Haec autem delictorum reservationem non tantum in externa politia, sed etiam coram Deo vim habere."

ferência aos bispos: fato marginal, porém revelador das tensões que teriam nascido entre o papado e o episcopado após o concílio). Eu gostaria apenas de ressaltar a determinação relativa aos pecados a que se anexa a excomunhão (demonstração da coexistência, dentro do foro penitencial, do tribunal da consciência com o direito eclesiástico penal externo) e a afirmação conclusiva de que o poder episcopal e papal sobre os casos reservados diz respeito não somente à "externa politia", mas também à relação do homem com Deus.

O tema dos pecados reservados é retomado, conforme dissemos, no decreto geral de reforma da sessão XXIV, capítulo 6: os bispos podem dispensar seus súditos das irregularidades e das suspensões canônicas e absolver os pecados ocultos mesmo nos casos reservados à Santa Sé no foro da consciência, diretamente ou por meio do seu vicariato; podem também absolver do crime de heresia, mas, nesse caso, apenas pessoalmente, e não mediante um vigário[43]. Ilustrou-se claramente o caráter ambíguo desse texto, que deixa o espaço completamente aberto, com sua limitação ao pecado oculto, à iniciativa dos inquisidores, colocando os bispos e os confessores em condição de absoluta inferioridade diante da intervenção de um tribunal externo, dotado de uma potente organização e encarregado da luta contra a heresia, mesmo como pecado de pensamento[44]. No entanto, não temos condições de verificar, dada a óbvia falta de documentação escrita sobre a realidade da confissão, o quanto essa concessão aos bispos permitiu uma distinção entre o tribunal da consciência e a esfera do direito penal eclesiástico; minha impressão é de que isso tenha influído bastante na desconfiança que se inicia em tantas dioceses entre o bispo e

---

43. Ibidem, p. 764: "Liceat episcopis in irregularitatibus omnibus et suspensionibus... dispensare, et in quibuscumque casibus occultis, etiam sedi apostolicae reservatis, delinquentes quoscumque sibi subditos, in dioecesi sua, per se ipsos aut vicarium, ad id specialiter deputandum, in foro conscientiae gratis absolvere, imposta poenitentia salutari. Idem in haeresi crimine, in eodem foro conscientiae, eis tantum, non eorum vicariis, sit permissum."

44. A. Prosperi, *I tribunali della coscienza*, pp. 273-7 e passim.

seus vigários, de um lado, e o tribunal da Inquisição, de outro. Também não podemos nos esquecer dos vínculos que se instauram em vários países (não apenas na Espanha, onde a Inquisição assume características nitidamente estatais, mas também em muitos Estados italianos) entre o tribunal do Santo Ofício e a justiça dos soberanos. Certamente, pelo menos num primeiro momento, a limitação ao pecado oculto e ao foro da consciência priva os bispos daquela parcela da jurisdição do foro da penitência que não coincide com o foro da consciência em sentido restrito e, com isso, enfraquece radicalmente o poder episcopal, além das pressões exercidas pelos inquisidores sobre os confessores. Do ponto de vista da jurisdição, tudo parece confluir para a possibilidade prevista para os bispos, pelo artigo 7, da XIV sessão, de impor os próprios casos reservados. Creio que seja justamente esse o terreno em que se lança o problema da disciplina de toda a era pós-tridentina: uma vez superado o período mais agudo da luta contra a heresia, que havia constituído seu ponto de força, a Inquisição tende certamente a encontrar outros terrenos de poder e de repressão na luta contra a magia, a superstição, a blasfêmia e outros pecados que podem constituir um perigo para a fé, até a "sollicitatio ad turpia", que implica um controle direto sobre os confessores enquanto expostos à acusação de aproveitarem do sacramento para manter relações sexuais ilícitas com seus penitentes. Substancialmente, porém, creio que nos séculos pós-tridentinos a jurisdição episcopal vá se fortalecendo aos poucos e saia vencedora do conflito, salvando a fronteira da divisão dos foros mesmo diante de repetidos ataques da Inquisição[45].

---

45. Em 1576, o papa responde ao núncio na Espanha, Nicolò Ormaneto, que havia pedido a ampliação das competências inquisitoriais contra os confessores acusados de solicitações "ad turpia": "Os erros que não contradizem diretamente a fé católica não devem ser conhecidos pelo Santo Ofício" (cit. em W. de Boer, "'Ad audiendi non videndi commoditatem'. Note sull'introduzione del confessionale soprattutto in Italia", in *Quaderni storici*, 77 (1991), pp. 543-72 (p. 567)). Esses processos prestavam-se, obviamente (uma vez que, em geral, baseavam-se apenas em suspeitas ou acusações por parte

Não se sabe quase nada sobre a história do foro penitencial na era tridentina, mas alguns elementos – principalmente com base em pesquisas que foram conduzidas sobre as dioceses de Milão durante o episcopado de Carlo Borromeo e de Bolonha[46] – parecem ser os seguintes: em primeiro lugar, a constituição na diocese da figura do penitencieiro da catedral (ou de um colégio de penitencieiros), especificamente delegado à absolvição dos casos reservados, segundo os poderes conferidos aos bispos no decreto conciliar. A isso se associa, muitas vezes, a criação de delegados periféricos, aos quais os confessores normais devem encaminhar o penitente quando deparam com um pecado reservado; no campo são os vigários forâneos ou outros delegados do bispo que cumprem essa função[47]. Obviamente, isso é razão para um conflito entre os confessores pertencentes às ordens religiosas, mas o conflito ocorre depois do concílio de Trento e, muitas vezes, é resolvido com o envolvimento dos próprios religiosos como delegados episcopais e como os maiores especialistas da nova prática da confissão. De resto, vêm do mundo das ordens religiosas os novos textos que dominam toda a época tridentina, como o *Trattato della confessione et communione*, impresso em dezenas de edições, de 1568 em diante, extraído das obras do dominicano Luis de Granada e adotado por Borromeo e por Paleotti como base da reforma espiritual nas dioceses de Milão e Bolonha: bastante diferente dos antigos manuais para confessores, devido à ela-

---

das pessoas que eram objeto das "solicitações"), a instrumentalizações para vinganças pessoais, como hoje ocorre com muitos processos por pederastia ou casos semelhantes.

46. W. de Boer, *The Uses of Confession in Counter-Reformation Milan*, tese de doutorado defendida junto à Erasmus Universiteit de Roterdam, em 18 de maio de 1995; G. Strazzari, *Confessione e casi di coscienza nella Bologna post-tridentina*, tese de graduação na Faculdade de Letras e Filosofia da Universidade de Bolonha, a. a. 1982-1983, rel. P. Prodi.

47. A. Turchini, "Officiali ecclesiastici fra centro e periferia. A proposito dei vicari foranei a Milano nella seconda metà del XVI secolo", in *Studia Borromaica*, 8 (1994), pp. 153-213.

boração positiva de orientação para toda a vida interior do cristão, que passa a ser visto menos em cada pecado do que como "pecador" que tenta redimir-se.

Em segundo lugar, os bispos reformadores tridentinos explicitam muito mais claramente do que no passado o número e a qualidade dos casos reservados, em que os confessores não podem conceder a absolvição. Temos muita informação a respeito devido à investigação conduzida nos primeiros anos do século XVII pela Congregação dos bispos e regulares, por ordem de Clemente VIII, nas dioceses italianas[48]. Pelas respostas aos questionários enviados (cem respostas de aproximadamente trezentas), percebe-se o esforço dos bispos nas últimas décadas para definir o espaço do pecado-crime, cuja absolvição estava reservada à sua competência, com base na gravidade e na freqüência de tais infrações no território: são cerca de quinze casos, a começar por homicídio, perjúrio, falso testemunho, blasfêmia pública, superstição e magia (malefícios etc.), pecados sexuais graves (sodomia e, sobretudo, incesto), aborto, infanticídio por sufocamento (a ordem é não deixar que os filhos com menos de um ano de idade durmam no leito dos pais), ações ou omissões contra a propriedade e contra as rendas eclesiásticas e usura. Faltam, porém, informações sobre a eficácia das disposições promulgadas por Clemente VIII para limitar e racionalizar essa situação e sobre sua efetiva aplicação no território, mas, para algumas dioceses, como Bolonha e Milão, é possível seguir pistas bastante seguras. Em Bolonha, no início da reforma tridentina, os casos reservados são trinta: o bispo Gabriele Paleotti os reduz a oito, mas o número aumenta novamente até dezoito no curso do seu episcopado. O aumento dos casos reservados parece inversamente proporcional à confiança do bispo no seu clero e na vida moral do laicato, e também à oportunidade de um controle

---

48. J. Grisar, "Die Reform der 'Reservatio casuum' unter Papst Clemens VIII", in *Saggi storici intorno al papato dei professori della Facoltà di storia ecclesiastica*, Università Gregoriana, Roma, 1959, pp. 305-85.

maior⁴⁹. Outras informações sobre a importância dos casos reservados podem ser encontradas nos textos dos próprios penitencieiros, bem como em Bolonha, onde o penitencieiro-mor da catedral, pertencente aos clérigos regulares de São Paulo, compila no início do século XVII um poderoso manual sobre os casos reservados⁵⁰.

Nesse sentido, pode ser interessante notar que, muitos anos antes, desde o início do seu episcopado, é sempre Carlo Borromeo quem usa o instrumento dos casos reservados para o governo da diocese e da província eclesiástica⁵¹. Em 1584, ele chega a enumerar cerca de 130 casos, cuja absolvição é reservada ao papa (embora muitos deles sejam repetitivos), e 93 casos são reservados diretamente ao bispo, todos extraídos do direito canônico, do Decreto de Graciano até as últimas constituições pontifícias, desde o concílio de Trento até os decretos dos seus concílios provinciais e dos seus sínodos⁵². Naturalmente, não é possível entrar aqui num

---

49. P. Prodi, *Il cardinale Gabriele Paleotti (1552-1597)*, II, Roma, 1967, pp. 123-4.

50. Homobono De Bonis, *Commentarii de casibus reservatis tum episcopis tum regularibus praelatis*, Bononiae, 1628 (ed. póstuma). Tal obra não me parece conter dados originais, mas seria interessante fazer uma pesquisa comparativa de todas essas listas. No que concerne à complexa questão, que discute se o poder concedido aos bispos de absolver o pecado oculto de heresia foi abolido pela Bula *In coena Domini*, de Pio V, é interessante notar que ele tende, como "tutior sententia", seguindo Sanchez e Suarez, à revogação desse poder dos bispos por parte do papa.

51. Para um quadro geral, com exemplos muito interessantes de casos extraídos da correspondência entre a cúria diocesana, os vigários forâneos e os párocos, ver O. Pasquinelli, "Peccati riservati a Milano dopo san Carlo (1586-1592)", in *La scuola cattolica*, 121 (1993), pp. 679-721.

52. *Acta Ecclesiae Mediolanensis*, na edição de Bérgamo, de 1738, pp. 988-95. No início do seu episcopado, Borromeo mandou o jesuíta Giacomo Carvajal compor um breve tratado sobre a relação entre potestade de ordem e potestade de jurisdição, as duas "chaves" da confissão, no qual está contida uma definição que não parece inovadora, mas que é interessante para compreendermos todo o sistema nos anos imediatamente posteriores ao concílio: "A prima potestate dependet secunda, et non e converso, unde sine potestate ordinis nullus potest habere potestatem iurisdictionis, nisi i foro contentioso, ut iudices, qui possunt excommunicare; e converso vero sic, quia potest quis

exame detalhado: parte-se do primeiro caso clássico da violência contra os clérigos "suadente diabulo" até os casos previstos pela bula papal *In coena Domini*, aos inquisidores que não cumprem seu dever por omissão ou acusam falsamente de heresia, aos religiosos que administram os sacramentos sem licença dos párocos responsáveis, até aqueles que dispensam licenças para a entrada nos monastérios das freiras. No entanto, é interessante observar que, entre os 28 casos extraídos das decisões dos sínodos diocesanos e dos concílios provinciais milaneses, estão o aborto, o incêndio, o homicídio, o abandono dos recém-nascidos (quando os pais têm recursos para sustentá-los), a magia, a adulteração de pesos e medidas, os pais que mantêm no próprio leito os bebês que ainda não completaram um ano de vida (exceto os casos de infanticídio disfarçados de sufocamento involuntário), quem confessa sem ser pároco ou sem ter a devida licença etc. Essas intervenções mostram em Borromeo uma vontade determinada de construir uma justiça paralela à consciência, não coincidente com a justiça civil e tampouco com a justiça eclesiástica tradicional do foro externo. Creio que um instrumento útil para demonstrar em que medida ele se sentiu tomado por esse problema, em que medida não tinha certeza do caminho a seguir, embora estivesse consciente de dever superar a prática da tarda Idade Média (e talvez saudoso da penitência pública anteriormente em vigor), seja a coletânea de cânones penitenciais anteriores a Graciano, que Borromeo mandou concluir, reunindo-os sob o esquema do decálogo, e publicar para que estivesse presente na formação dos confessores. Tal coletânea foi editada pelos historiadores dos penitenciais, como o *Poenitentiale mediolanense*, último e tardio fruto de uma estação que desapa-

---

clavem ordinis habere, non autem iurisdictionis; potestas enim iurisdictionis principalis et plenaria data est summis pontificibus, aliisque autem praelatis inferioribus concedit pontifex summus prout vult, quantum vult iurisdictionis potestatem; sic et episcopi quam habent, prout volunt, suis sacerdotibus participant" (édito em apêndice de W. de Boer, *The Uses of Confession...*, cit., p. 324).

recera havia séculos[53]. De certo modo, isso determina o deslocamento da jurisdição penitencial em nível diocesano e a sua retirada definitiva do tribunal em sentido restrito, uma vez que a indicação dos casos tem como objetivo a atividade dos penitencieiros diocesanos, e não do foro externo. São necessárias outras pesquisas para outras dioceses, mas parece-nos possível afirmar que, com o desenvolvimento do sistema dos casos reservados no período pós-tridentino, forma-se um foro misto, interno-externo e muito diferente, ainda que paralelo em relação ao anterior tribunal episcopal.

Um terceiro instrumento é constituído pela introdução do confessionário como alfaia fundamental da nova arquitetura da Igreja tridentina junto ao altar e ao púlpito: trata-se, talvez, da invenção mais genial, atribuída a Carlo Borromeo e difundida nas décadas seguintes em toda a Europa católica. É uma síntese visível da concepção tridentina do foro penitencial: sede de tribunal na sua solenidade, mesmo na modéstia das pequenas igrejas do campo, exprime o caráter jurisdicional da confissão e ainda promete a privacidade e o segredo do colóquio, com a separação por meio da grade, sem isentá-lo de um discreto controle público e cumprindo, assim, com um dever simbólico fundamental. Seria muito interessante se pudéssemos nos deter nesse âmbito, mas os estudos já realizados e que podem servir de modelo para investigações ulteriores eximem-nos de qualquer outra síntese[54].

Outra linha de pesquisa sobre a qual, porém, sabemos ainda muito pouco é a organização das reuniões periódicas (em teoria, mensais) dos párocos e dos sacerdotes para discutir os casos de consciência. Eram reuniões presididas na

---

53. F. W. H. Wasserschleben, *Die Bussordnungen*, cit., pp. 705-27: "Poenitentiale Mediolanense ex actis Ecclesiae Mediolanensis, parte quarta, ubi S. Carolus instruit confessarios, quomodo sacramentum poenitentiae rite administrare debeant"; H. J. Schmitz, *Die Bussbücher*, cit., I, pp. 809-32, II, p. 729.

54. W. de Boer, *Ad audiendi non videndi commoditatem*, cit. Em W. D. Myers, *Poor Sinning Folk? Confession and Conscience*, cit., pp. 131-43, há páginas muito interessantes sobre o uso do confessionário na Baviera.

cidade, normalmente pelo penitencieiro da catedral ou por outro teólogo especialista em problemas morais, e nos vicariatos ou decanatos rurais pelo padre-arcipreste ou por outro religioso devidamente delegado: os casos a serem discutidos eram enviados antecipadamente, e uma relação sobre as discussões devia ser encaminhada ao bispo. Sabemos com certeza que esse costume foi seguido por muitas décadas em Bolonha (onde, às vezes, o próprio arcebispo presidia as reuniões) e em outras dioceses, embora haja muitas dúvidas sobre a regularidade e a diligência[55]. Certamente é a partir dessa escola que se inicia o caminho autônomo da teologia moral, não como ciência especuladora, mas como exame dos casos concretos: em Bolonha é publicado, em 1587, um primeiro volume com a coletânea dos casos discutidos nas reuniões dos anos anteriores (normalmente três casos por encontro), com a explicação dada para cada um deles pelo teólogo designado Ludovico de Beja de Perestrello, da ordem dos Eremitanos de Santo Agostinho: outros volumes são publicados nas décadas seguintes[56]. Com fim puramente exemplificativo, apresento os temas discutidos na reunião citadina do clero, em 21 de março de 1581: Pedro mata injustamente Antônio, mas, como este último é um bandido, Pedro não pode ser perseguido pela justiça secular: para receber a absolvição, deve ele contribuir para o sustento dos filhos menores da vítima? João deixa à sua filha três mil escudos de dote, com o pacto de que ela se case com um homem de nobreza

---

55. P. Prodi, *Il cardinale Gabriele Paleotti*, cit., II, Bolonha, 1967, p. 125; G. Strazzari, *Confessioni e casi riservati*, cit., pp. 182-225.

56. "*Responsiones casuum conscientiae qui omnibus curatis, ac penitentiariis singulis mensibus coram illustriss. ac reverendiss. card. Palaeoto archiepiscopo Bonon. proponuntur*, per admodum R. P. Ludovicum De Beia Palestrelum Lusitanum Ordinins Eremitarum theologum, publicum in Bonon. gymnasio Sacrae Scripturae professorem et casuum conscientiae in cathedrali lectorem, Bononiae 1582." Outros volumes, acrescidos de muitas outras partes, surgem em Bolonha, Brescia e Veneza nas décadas posteriores. Cf. M. Turrini, *La coscienza e le leggi. Morale e diritto nei testi per la confessione della prima età moderna*, Bolonha, 1991, pp. 382-5.

não inferior à sua: o que acontece com os irmãos caso o pai morra e a filha decida ir para o convento? Por motivos justificados de saúde, Nicolau não pode jejuar durante toda a quaresma, mas, ao receber a licença para comer carne, abusa da permissão, não jejuando nem mesmo por um dia: pode ser absolvido?[57] Trata-se de exemplos apenas alusivos, pois os casos, assim como a vida, são muito mais complexos. No entanto, o que nos interessa aqui é ressaltar que essas discussões entre os confessores representam, de fato, o nascimento da casuística nas suas raízes de modernidade, muito antes das teorizações e das degenerações do século XVII: não é nada fácil regular a vida social, partindo da observação dos casos concretos em que o direito, seja ele canônico ou civil, demonstra-se impotente. Além disso, emergem com força os temas da vida cotidiana – da família à vida profissional, do comércio ao comportamento social ligado à classe.

O declínio do sistema dos casos reservados e dos tribunais episcopais se dará no mundo católico analogamente ao que ocorreu no mundo reformado e anglicano, embora com um pouco de atraso, devido a uma resistência maior da jurisdição eclesiástica e às garantias concordatárias, no século XVII, paralelamente à absorção desses territórios no âmbito da justiça estatal. Sem entrarmos nessa questão, basta-nos mencionar que um dos pontos fundamentais do programa radical do concílio de Pistóia, de 1786 (no âmbito da afirmação dos direitos episcopais, ligados ao príncipe, e na visão josefista da Igreja como instrumento do Estado), será a desejada abolição do instituto dos casos reservados, segundo os desejos do arquiduque Pedro Leopoldo, que nos mesmos anos procedia à formulação do código penal[58].

---

57. L. De Beia, *Responsiones*, cit. (ed. Bolonha, 1587), pp. 119-30.

58. *Atti e decreti del concilio diocesano di Pistoia dell'anno 1786*, reimpressão em Florença, 1986, I, p. 154 (sessão V, n. 19): "Tendo-se reformado o ritual e a ordem da penitência, esperamos que não haja mais reservas semelhantes, ou a essa idéia de reserva poderá dar-se um objeto mais vantajoso aos cristãos. Os objetivos do nosso Soberano e as assistências pastorais do

7. Os tribunais da cúria romana

Já se falou em outra ocasião das conseqüências do processo de reforma tridentino sobre as magistraturas da Santa Sé na sua figura ambígua de monarquia temporal e guia espiritual da Igreja: o contraste entre as exigências universais e a política do Estado, o processo de clericalização do aparato burocrático e o processo contraposto e paralelo de estatização ideológica da Igreja como *societas perfecta* inverteram aquilo que, na passagem da Idade Média para a Idade Moderna, havia sido a grande vantagem inicial do papado – a união do poder político com o poder espiritual, do comando externo com a possibilidade de formar o homem a partir de seu interior –, num grande *handicap*, tanto no plano político quanto no espiritual, em relação aos Estados em que a coincidência havia podido se desenvolver no território sem contradições[59]. Desse modo, a tensão transferiu-se em grande parte para as controvérsias jurisdicionais, para a defesa das imunidades do clero e dos direitos eclesiásticos que sobreviveram à derrocada dos ordenamentos universais dentro de cada Estado, enfraquecendo tanto o empenho espiritual universal quanto a particular realidade estatal pontifícia (com a grande exceção das missões extra-européias, como espaço ainda aberto, pelo menos nos lugares e enquanto os impérios coloniais não se consolidam). Pode haver diferentes julgamentos sobre o fato de que esse preço, pago para manter uma independência pelo menos relativa da Igreja universal em relação aos Estados, tenha ou não sido muito alto no plano espiritual; pode haver também diferentes julgamentos a respeito da influência que a aliança entre o trono e o altar

---

nosso Bispo parecem tender a tanto, e nós invocaremos o Senhor com as nossas orações para podermos ver sua execução estável." Cf. M. Rosa, "Giurisdizionalismo e riforma religiosa nella Toscana leopoldina", in *Riformatori e ribelli nel' 700 religioso italiano*, Bari, 1969; E. Brambilla, *Giuristi, teologi e giustizia ecclesiastica*, cit., p. 88.

59. P. Prodi, *Il sovrano pontefice*, cit., sobretudo o cap. VI: "Sacerdozio e magistrato politico".

A SOLUÇÃO CATÓLICO-TRIDENTINA

teve na vida das Igrejas locais; podemos nos perguntar que preço a Europa teria de pagar se a França e a Espanha tivessem seguido até o fim o exemplo inglês e tivessem formado suas próprias Igrejas nacionais: na diversidade das opiniões, creio, porém, que essa mistura que se torna característica do governo pontifício seja inquestionável, e é isso que nos reconduz ao nosso discurso sobre os tribunais da cúria romana. Nessa nova situação, o problema da jurisdição e do foro muda profundamente, sofre uma metamorfose que não pode deixar de atingir os órgãos supremos da justiça eclesiástica: de um lado, tenta-se usar os instrumentos existentes, de luta e de acordo, para conservar uma jurisdição no âmbito do direito positivo, sempre e por toda parte, para a defesa dos direitos eclesiásticos; de outro, tenta-se construir um canal universal e hierárquico, uma jurisdição capaz de manter sob o poder de Roma, mesmo na crise do direito canônico como ordenamento, realidades que são cada vez mais divergentes.

Deixando totalmente de lado a primeira direção de pesquisa, aquela sobre as controvérsias jurisdicionais, que de resto a historiografia tradicional pesquisou amplamente[60], limitar-nos-emos a algumas alusões, na segunda direção, aos dois tribunais que são vistos como os principais instrumentos dessa união hierárquica e jurisdicional: a Congregação do Santo Ofício da Inquisição e o Tribunal da Sagrada Penitenciaria apostólica. São órgãos bastante diferentes entre si, mas o que os une nessa perspectiva é o fato de que eles, de certo modo, unificam o foro da penitência com o foro externo do cristão, o tema do perdão dos pecados com aquele externo de vínculo com a Igreja. Sobre a Inquisição romana poucas palavras bastam, em proporção diretamente inversa à importância do problema, dada a presença de estudos vá-

---

60. Lembremos como exemplo de grande pesquisa apenas um clássico: A. C. Jemolo, *Stato e Chiesa negli scrittori politici italiani del' 600 e del' 700*, 1.ª ed., 1914, 2.ª ed., Nápoles, 1972, com uma preciosa nota sobre os problemas e a bibliografia atualizada de F. Margiotta Broglio.

lidos. O arquivo da Congregação do Santo Ofício, bem como o da sua irmã menor, a Congregação do Índice para a censura da imprensa e o controle da difusão de livros, foram abertos há pouquíssimos anos e, finalmente, se está descobrindo, com todos os limites que derivam do material já perdido, um terreno de pesquisa vasto e atraente para grupos internacionais de estudiosos: muitos resultados já foram publicados, mas ainda estamos no início, e a produção se enriquece mês a mês de modo tal que torna impossível oferecer indicações atualizadas. No que concerne à relação confissão-inquisição, remeto ao poderoso volume, já citado, de Adriano Prosperi, *Tribunali della coscienza. Inquisitori, confessori, missionari*. Nele se demonstra amplamente que não há uma separação entre o foro da penitência e o foro inquisitorial, mas uma estranha interligação e quase uma colaboração entre inquisidores e confessores, que parece bastante diferente, e eu diria até mesmo repugnante, para a nossa concepção de liberdade de consciência. Gostaria apenas de fazer alguns esclarecimentos e expor alguns problemas metodológicos. Em primeiro lugar, a unidade da jurisdição não nasce com a Inquisição romana, fundada, como se sabe, em 1542, mas remonta, conforme vimos, à justiça da Igreja medieval: o que muda nesse momento é o contexto em que esse poder é exercido com a inquestionável instrumentalização da confissão para a luta contra a heresia em sentido tradicional, mas também para defender as fronteiras externas da catolicidade em relação às Igrejas nascidas com a Reforma e para desenvolver o processo de confessionalização. Em segundo lugar, é preciso ter em mente que a Inquisição romana aplica-se apenas na Itália, mas não em todo o país: é necessário considerar paralelamente as outras experiências que se desenvolvem ao longo dessa diretriz comum, que considera a Igreja e a religião e, portanto, também a perseguição dos heterodoxos, um elemento fundamental para a construção do Estado. A Inquisição espanhola, cuja instituição tinha precedido a romana desde o fim do século XV, traçou de modo muito mais orgânico o caminho para a construção de uma

Igreja-Estado como organismo integrado, enquanto mesmo em outros países católicos, como a França, a luta contra a heresia certamente não desaparece, mas torna-se uma questão de Estado (dissemos que "se laiciza", porém, esta é uma expressão um pouco equivocada nesse contexto de luta contra a heresia); contemporaneamente, como vimos, processos diversos, mas paralelos, de relação entre o pecado e o delito, entre a esfera da consciência e aquela pública, são desenvolvidos nos países evangélicos e reformados. Na Itália, em sua atividade, a Inquisição deve firmar acordos com os diversos Estados locais (em alguns, o controle estatal sobre os processos inquisitoriais é levado muito adiante, como em Veneza) e, sobretudo, serve como instrumento de luta entre as várias facções em que se divide a cúria: em substância, creio que a influência política da Inquisição, no controle do desvio não apenas religioso, tenha sido sempre maior do que a influência eclesiástica na percepção da opinião pública. Mesmo no período do seu máximo poder, desde o pontificado de Paulo IV até o de Pio V (os dois únicos papas que construíram a própria carreira como grandes inquisidores), não faltam contrastes nem rivalidades com o episcopado e o clero diocesano, como demonstra o caso de Bolonha, mas não apenas isso[61]. Sua força efetiva de pressão parece diminuir rapidamente após o período agudo do processo de luta contra a heresia e de confessionalização da segunda metade do século XVI (ou Contra-Reforma, se preferirmos): a ligação entre o foro interno da confissão e o foro externo que implica o vínculo com a Igreja parece passar minimamente, após as primeiras décadas do século XVII, pelo canal da Inquisição. Mesmo o caso da tardia vitória inquisitorial pela competência sobre a "sollecitatio ad turpia" e outros crimes sexuais ou casos semelhantes parece uma manifestação de fraqueza mais do que de força: a Inquisição tenta reforçar seu controle sobre o clero, apropriando-se do julgamento das

---

61. P. Prodi, *Il cardinale Gabriele Paleotti*, cit., II, pp. 228-43; G. Dall'Olio, *Eretici e inquisitori nella Bologna del Cinquecento*, Bolonha, 1999.

acusações feitas aos confessores de abusarem do seu poder com fins sexuais (casos que mesmo a experiência atual revela ser muito difícil julgar, quase sempre devido à falta de provas testemunhais seguras). Para evitar equívocos e para que essa posição não pareça minimalista, eu gostaria de explicitar que, numa época de revisionismos históricos, de comportamentos que privilegiam o perdão judicial e social, de pensamento fraco e de laicos devotos, é mais fácil para os prelados sensíveis pedir perdão pelas faltas cometidas e para os laicos conceder magnanimamente o perdão pedido do que discutir o problema teológico do vínculo com a Igreja ou o problema histórico das identidades coletivas e da sua relação com a consciência na Idade Moderna. No primeiro caso, a Inquisição é vista como um mal, como uma culpa cruel, mas, de certo modo, como historicamente circunscrita e passível de ser sepultada no túmulo da história junto com as fogueiras e tantas outras crueldades irracionais (após a abolição da tortura, da pena de morte e o advento do princípio de tolerância e liberdade religiosa); no segundo caso, trata-se de um problema a ser discutido não apenas no plano religioso, mas como drama histórico aberto (definitivamente não resolvido pelo iluminismo) de democracia e de liberdade.

Bastante diferente é o discurso sobre o Tribunal da Penitenciaria apostólica, estreitamente ligado ao sistema dos casos, cuja absolvição é reservada ao papa: o que havia crescido como instrumento para a concessão de graças e dispensas ao longo do século XV, tendo adquirido um poder de jurisdição ordinária no foro externo, com a constituição de Sisto IV, de 1484, tinha se transformado talvez na mais escandalosa e rica fonte de renda para a cúria do Renascimento[62]. Sendo assim, no momento da luta contra o luteranismo, a Penitenciaria é colocada em segundo plano

---

62. P. Simoncelli, "Inquisizione e riforma in Italia", in *Rivista storica italiana*, 100 (1988), p. 10; com observações críticas de F. Tamburini, "Suppliche per casi di magia dai registri della penitenzieria apostolica" (séc. XV-XVI), in *Rivista di storia e letteratura religiosa*, 31 (1995), pp. 473-90.

diante da Inquisição, que podia içar a bandeira pura da defesa da fé em relação aos hereges e, sobretudo, devia garantir a publicidade da abjuração. Transformada em objeto de muitos projetos de reforma, sempre dificultados pela resistência dos interesses da cúria (particularmente fortes, dada a existência do sistema da compra e venda dos ofícios), a Penitenciaria, com as reformas de Pio IV e Pio V em 1562 e 1569, é finalmente retirada do comércio financeiro e torna-se o instrumento cotidiano para a construção de uma nova união entre o foro penitencial e o foro externo da Igreja[63]. A Penitenciaria certamente não tem a mesma importância no plano do poder; ao contrário, o ofício passa dos grandes penitencieiros da segunda metade do século XV e da primeira metade do século XVI, que dominavam financeiramente a cúria, para uma categoria secundária, mas aumenta sua importância como ponto de união e de controle da disciplina eclesiástica em seu conjunto. De certo modo, enquanto à Inquisição se confia a tarefa de defesa contra a heresia, de proteger a fronteira externa, à Penitenciaria (então em grande parte nas mãos de membros das ordens religiosas) confia-se a tarefa de tutelar a uniformidade e a disciplina interna do povo cristão. Ainda na reforma de Inocêncio XII, de 1692, esta parece ser a linha de demarcação: a Penitenciaria pode absolver os hereges no foro da consciência, mesmo no caso em que o pecado não seja totalmente oculto, nas regiões onde a heresia se difunde e, portanto, onde não subsiste o problema da denúncia dos cúmplices, mas não nas regiões submetidas à Inquisição,[64] como a Itália e a Espanha.

---

63. Para os casos anteriores, ver *supra*, cap. II. Para a história e a documentação dos projetos de reforma da Penitenciaria entre os séculos XV e XVI, ver também E. Göller, *Die päpstliche Pönitentiarie*, cit., II / 1 e 2 (de Eugênio IV a Pio V); N. De Re, *La curia romana*, cit., pp. 261-74.

64. *Magnum Bullarium Romanum*, IX, Romae, 1784 (const. *Romanus Pontifex*, de 3 de setembro de 1692), p. 268: "Apostatas quoque a fide catholica, et haereticos in eodem foro conscientiae dumtaxat absolvat, seu absolvi mandet in iis solum casibus, in quibus necesse non est complices denunciare; quando nimirum iidem complices mortui, seu ex regionibus palam infectis sunt, et in

Aos penitencieiros diocesanos, que nos confessionários das naves das catedrais estabelecem a relação entre os simples penitentes (e os respectivos confessores) e a jurisdição episcopal, correspondem, com autoridade muito maior, os penitencieiros das grandes basílicas romanas, que declaram absolvidos os milhares de peregrinos-penitentes que recorrem a eles a cada ano em nome do poder das chaves do pontífice romano. Com as varas que os penitencieiros menores utilizam para tocar a cabeça dos penitentes nos monumentais confessionários das basílicas romanas, ressalta-se ainda mais o caráter judiciário da sua intervenção; no entanto, mesmo os penitencieiros menores não podem dar a absolvição nos casos previstos pela *Bulla in coena Domini* e em outros delitos particularmente graves (desde o abuso da eucaristia para fins profanos aos incêndios dolosos, por exemplo: Pio IV enumera uma dúzia de casos) e, acima de tudo, não podem conceder dispensas pela disciplina canônica: em todas essas matérias, devem recorrer ao cardeal penitencieiro-mor. Este relata os casos diretamente ao papa e resolve *vivae vocis oraculo* (ou seja, sem a necessidade de uma ordem escrita do papa) os mais complexos que provêm de toda a catolicidade. O instrumento fundamental em que se baseia a jurisdição da Penitenciaria não é mais o poder de derrogar as normas do direito canônico (embora essa função permaneça), mas ser o órgão executor da *Bulla in coena Domini* ou daquele *processus generalis* de que já falamos, proclamado pelo papa na quinta-feira santa, com a lista dos casos, cuja absolvição é reservada ao papa, e com as censuras e excomunhões relativas: à tradicional característica de vincular num único documento o poder legislativo e o poder geral de condenação ou de absolvição, une-se na bula a fun-

---

illis degunt; non tamen quando complices Itali vel Hispani, seu ex illis regionibus essent, in quibus Inquisitionis S. Officii auctoritas viget: omni alia facultate ab haeresi, vel apostasia huiusmodi absolvendis in caeteris, praeterquam in casibus, in quibus S. Inquisitonis Officium ad Maiorem Poenitentiarium obsolvendos remitteret, interdicta."

ção de ligação entre o foro sacramental e o foro externo penal da Igreja, com uma nova mescla, que terá importantes conseqüências até os dias atuais. O objetivo formal da Reforma de limitar a sua competência ao foro interno não é absolutamente atingido; ao contrário, afirma-se também nos séculos posteriores a sua função de articulador da ligação entre os foros interno e externo, "in utroque foro". No entanto, com toda essa sua carga de equívoco, a Penitenciaria muda realmente de pele na Contra-reforma: permanece como sede de concessões e dispensas, derrogando as normas canônicas (particularmente no que se refere aos impedimentos matrimoniais dos laicos e à irregularidade nas ordenações e nos costumes do clero regular e secular)[65], mas, além disso, torna-se, durante séculos, a sede onde se elabora e se aplica a disciplina eclesiástica, o ponto de referência para a teologia moral, para o novo sistema normativo da vida cristã.

8. Entre "Regimen reipublicae christianae" e poder indireto

Apresento a seguir apenas algumas alusões à perspectiva ideológica da doutrina que é elaborada e difundida durante a Contra-Reforma: nenhuma veleidade de entrar nas grandes questões da eclesiologia pós-tridentina em toda a sua complexidade. Todavia, para compreender essa transformação no plano das instituições e das normas, é necessário mencionar o quadro doutrinal e cultural em que se situam. Longe de apresentar-se como homogêneo, o mundo que permaneceu unido a Roma mostra-se, na metade do século

---

65. F. Tamburini, *Santi e peccatori. Confessori e suppliche dai Registri della Penitenzieria dell'Archivio Segreto Vaticano (1451-1586)*, Milão, 1995 (com outros ensaios anteriores do mesmo autor): embora seja interessante e quase picante do ponto de vista dos "casos" exemplificados, não discute os problemas institucionais.

XVI, profundamente dilacerado, e essas dilacerações manifestam-se com mais clareza à medida que as fronteiras com as Igrejas evangélicas e reformadas se delineiam com mais nitidez e que o princípio do "cuius regio eius et religio" é colocado em prática. Uma vez terminada a ordem universal da cristandade, qual o melhor caminho a ser seguido: visar à formação de tantas *respublicae christianae* coincidentes com os Estados, de tantos *regimina christiana* (em que o ordenamento estatal e o eclesiástico tendem a coincidir e a sobrepor-se ao máximo) ou distanciar-se dos ordenamentos estatais, buscando reconstruir em outro plano um poder indireto do papado? Esse é um conflito que atravessa todos os vínculos, ainda que muitas vezes leve a identificações com determinadas partes políticas e tenha grande importância nos conclaves para a eleição dos papas (mesmo para o poder de interdição e de veto das grandes potências em relação a candidaturas que não agradam). O epicentro desses debates internos ao mundo católico parece ser a Roma da última década do século XVI e dos primeiros anos do século XVII, com o pontificado de Clemente VIII (1592-1605), quando Roma retoma a iniciativa em todos os planos, desde o cultural até aquele político-diplomático[66]. Esse período se abre com a discussão em torno do problema da absolvição do herege Henrique de Navarra, a quem o papa, aderindo ao parecer dos favoráveis, abre caminho para a ascensão ao trono da França como Henrique IV. Os dois partidos, o dos defensores da absolvição e o dos contrários a ela, talvez representem, na sua máxima visibilidade, essa contraposição ideológica, destinada a durar pelo menos até as pazes de Vestfália: de um lado, os defensores da monarquia católica

---

66. *Instructiones Pontificum Romanorum: Die Hauptinstruktionen Clemens' VIII für die Nuntien und Legaten an den europäischen Fürstenhöfen*, organizado por K. Jainter, 2 vol., Tübingen, 1984. Ver também os ensaios contidos no volume *Das Papstum, die Christenheit und die Staaten Europas 1592-1605*, organizado por G. Lutz, Tübingen, 1994 (em memória de Heinrich Lutz, cujos ensaios já se tornaram um clássico sobre esses temas).

da Espanha, mais especificamente, da monarquia dos reis "católicos", tanto como possível nova ordem universal do império espanhol quanto como modelo para outras realidades individuais que fossem nacionais-católicas; de outro lado, todos aqueles que não consideram mais possível uma ordem universal do império espanhol ou uma ordem nacional-católica e visam menos à tolerância do que à construção de um tecido religioso-moral, metaestatal e metanacional, que possa condicionar indiretamente e controlar do interior e do exterior a ordem política de países que permaneceram ligados a Roma. Naturalmente, ambas as tendências não são tão fáceis de serem identificadas nos homens nem nos grupos e concordam quanto à exaltação da ordem eclesiástica, mas parece que justamente a esse respeito se manifesta a mudança que interveio na segunda metade do século: no início do século XVII, não há mais o ataque direto contra a soberania do Estado moderno, como o que estava contido na bula *In coena Domini*, de Pio V (ainda que essa suspeita continue a exercer sua influência durante todo o século seguinte, até o século XVII, despertando a desconfiança mais viva dos Estados)[67], mas prevalece a defesa dos privilégios e das imunidades eclesiásticas, conforme se mostra na bula de Gregório XIV, de 1591, sobre a liberdade eclesiástica, defesa essa que se baseia nas razões históricas e no dever dos príncipes de respeitar os costumes e os pactos[68].

---

67. Para a história da bula *In coena Domini* no período pós-tridentino, ver M. Giannini, "Tra politica, fiscalità e religione: Filippo II di Spagna e la pubblicazione della bolla 'In coena Domini' (1567-1570)", in *Annali dell'Istituto storico italo-germanico in Trento*, 23 (1997), pp. 83-152. Nessa obra (p. 86), relembra-se o julgamento de Pietro Giannone sobre a bula: "Lança ao chão toda a potestade dos príncipes, tira sua soberania em relação aos seus Estados, submete seu governo às censuras e à corrigenda de Roma."

68. A. Ambrosino, *Commentaria in bullam Gregorii XIV Pont. Max. de immunitate et libertate ecclesiastica*, Bracciano, 1633 (4.ª ed.), pp. 148 e 156: "Princeps etiam supremus, tenetur observare contractum; cum Deus Principibus subiecerit leges, sed non contractus." Sobre os esforços para obter em vão a publicação da bula *In coena Domini* na Espanha católica, ver *Instructiones Pon-*

Não pretendemos aqui reconstruir essa complexa história que, com esse duplo fio condutor e ideológico (em vez da habitual distinção historiográfica entre políticos e diligentes), talvez encontrasse um pouco mais de coerência e pudesse ser compreendida com mais clareza nos seus desenvolvimentos posteriores, no século XVII francês e espanhol, na Guerra dos Trinta Anos na Alemanha e nas então quase acidentais (dada a marginalização gradual da península no plano econômico e político) questões italianas. Gostaria apenas de indicar alguns pontos de referência teórica para permitir que se compreenda qual é a relação desse quadro geral com o problema da justiça e do foro da consciência. Para o modelo espanhol, podemos partir de João Botero e da célebre expressão contida na sua *Ragion di Stato*: a religião cristã é o fundamento do novo Estado porque coloca nas mãos do príncipe a própria consciência dos súditos[69]. Como conclusão, temos a visionária, mas não menos significativa, idéia de Tommaso Campanella que, no quadro da sua idéia de monarquia universal, propõe a abolição de todas as leis civis e que se deixe em vigor apenas as canônicas, reduzi-

---

tificium Romanorum, cit., passim, sobretudo a instrução ao núncio Borghese, de outubro de 1593, para que note "o grande erro em que caí e em que caíram também Sua Majestade, seus povos e ministros, e o perigo que estão correndo suas consciências, tendo pecado tão gravemente contra a bula 'In coena Domini' e contra todos os cânones sagrados" (p. 172); mas, ainda em 1603, constata-se que mesmo na Sicília a bula "não apenas é pouco observada, como também, às vezes, nem chega a ser publicada como se deve em todas as catedrais" (ibidem, p. 782).

69. G. Botero, *Della ragion di Stato*, organizado por L. Firpo, Turim, 1948, p. 137 (livro II, cap. 16): "A religião nos governos é tão forte que sem ela qualquer outro fundamento de Estado vacila... Todavia, dentre todas as leis, não há nenhuma mais favorável aos príncipes do que a cristã, pois ela submete a eles não apenas os corpos e as faculdades dos súditos quando convém, mas também as almas e as consciências, e ata não apenas as mãos, mas também os afetos e os pensamentos, além de querer que se obedeça aos príncipes díscolos, bem como aos moderados, e que se tolere tudo a fim de não perturbar a paz. E não há nada que desobrigue o súdito da obediência devida ao príncipe que não seja contra a lei da natureza ou de Deus; e, nesses casos, quer que se faça de tudo antes que se chegue a uma ruptura manifesta..."

das, porém, a um único, fácil e simples código nos moldes do Deuteronômio[70]. Esta ficou sendo uma utopia, ou melhor, uma fantasia, mas não sem importância, na elaboração jurídica e teológica do século XVII. Como simples exemplo, entre tantos outros dessa tendência, podemos tomar o título do tratado do jesuíta português Battista Fragoso, que reproduzimos integralmente: *Regimen reipublicae christianae, ex sacra theologia et ex utroque iure ad utrumque forum tam internum quam externum coalescens in tres partes divisum. Quarum Prima – Principium, ac magistratum civilium gubernationem, potestatem, iurisdictionem, et obligationes comprehendit. Secunda – Principium, ac pastorum ecclesiasticorum iurisdictionem amplectitur; ubi late de religiosis. Tertia – Oeconomiam continet, ac patrum familias in filios, et domesticos, et filiorum, ac domesticorum in parentes, ac dominos obligationes explicat*[71]. Um título, um programa, poderíamos dizer. Dentro dessa volumosa obra, ele dá a impressão de uma grande mixórdia sem originalidade, mas o interesse está justamente no projeto, na estrutura da construção de um edifício, feita de diversos elementos, em que tudo coincide dentro do novo *regimen*, dentro de um foro unificado, que vai ininterruptamente da

---

70. T. Campanella, *Articuli prophetales*, organizado por G. Ernst, Florença, 1977, p. 158 (art. 11): "Item et leges civiles abrogabuntur, canonicae solum in usu erunt, sed non tot codicibus, ut sunt repetitae et saepe abrogatae ab aliis pontificibus, ab aliis stabilitae e tot bullis confarcinatae, et codicibus multis sparsae et glosis adumbratae, sed reducentur in breve Deuteronomium facile, ut quilibet subito eas intelligat, et non sint nobis frenum, sed doctrina." O conceito é retomado mais tarde pelo próprio Campanella como fundamental nas suas invocações aos príncipes da terra. Ver T. Campanella, *Quod reminiscentur et convertentur ad Dominum universi fines terrae (Psalm XXI)*, organizado por R. Amerio, Patavii, 1939, p. 59 (cap. IV, art. 4): "Dixi alibi, quomodo omnes leges imperiales et civiles ob superfluitatem et saporem Gentilismi abolendae essent, et relinquendae solum canonicae, si quid eis deest, addendo, et recapitulando eas in unum deuteronomium facile, ne tanta volumina et repetitio dictorum difficultatem studiosis, laqueos ignaris, immortalitatem litibus pariant. Et hic modus arctius alligat religioni et Ecclesiae saeculum..."

71. Uso a edição de três volumes in-fólio, Lugduni, 1641, 1648, 1652, mas a obra teve muitas outras edições. Cf. A. M. Hespanha, *La gracia del derecho. Economía de la cultura en la edad moderna*, Madri, 1993.

confissão privada ao direito civil e penal público. O príncipe deve eliminar os maus hábitos dos súditos que induzem ao pecado mortal, mas pode permitir alguns pecados (como a prostituição e a usura), nos quais intervém a disciplina da Igreja e, de resto, mesmo nos problemas da restituição pelo dano provocado e dos contratos, é necessário ter consciência não apenas da *culpa iuridica*, mas também da *culpa theologica*[72].

Todavia, na Roma da última década do século XVI, também se move um mundo muito diferente, que age em favor da absolvição de Henrique de Navarra e que é muito influente no pontificado de Clemente VIII: mundo muito variegado e por certo não redutível a uma única orientação, ele encontra seu terreno de desenvolvimento sobretudo entre os jesuítas e oratorianos de Felipe Neri. São também os anos em que se difunde o neo-estoicismo e se busca levar para a Universidade de Bolonha o professor Justo Lipsio. Se quiséssemos esquematizar o programa desse comportamento multiforme, poderíamos resumi-lo nos seguintes termos: certamente a Igreja católica romana pode recuperar sua autoridade universal com base na aliança com os príncipes, defendendo sua imunidade e os privilégios do clero, mas, sobretudo, recuperando seu prestígio na história, na cultura e numa proposta de comportamentos coletivos, que podem ser conciliados com as novas estruturas do poder, conservando, porém, sua autonomia e sua universalidade sob a autoridade da Igreja romana. O oratoriano César Baronio empenha-se

---

72. B. Fragoso, *Regimen Reipublicae christianae*, cit., por exemplo, I, pp. 51-2 (Disputatio II) e III, pp. 19-20 (Disputatio I): o príncipe deve eliminar as "subditorum consuetudines inducentes ad peccatum mortale", mas pode também tolerar a prostituição e a usura para evitar males maiores "quia hoc non est consentire in peccatum, sed illud permittere pro maiori aliquo publico bono". Se o dano for provocado por um criado ou por um filho "per culpam venialem theologicam" do pai ou do patrão, o ressarcimento não é obrigatório: "Caeterum verius est nihil esse restituendum sub mortali; nec sub veniali pro damno dato a servo, vel ab animali ex culpa levi Domini, sed solum ex dolo vel lata culpa... Multo fortius excusabitur a restitutione damni quando nulla culpa theologica intervenit, quamvis culpa iuridica praesumatur... sed qui est in sola culpa iuridica, nec contraxit theologicam non tenetur restituere..."

na sua gigantesca obra de reconstrução da história da Igreja, os *Annales ecclesiastici*. Os jesuítas elaboram, não apenas teoricamente, mas também nas estruturas dos seus colégios e das suas universidades, a *ratio studiorum* e as normas vencedoras nas regras e nos métodos para a formação da classe dirigente. Todos concordam com a exaltação da monarquia pontifícia como elemento central dessa construção, em que o soberano pontífice reflete o novo modelo de supremacia. Em contrapartida, tentam qualificar essa supremacia num plano diferente daquele dos príncipes seculares, e não em concorrência no mesmo plano, retomando a antiga doutrina das *ratione peccati* para afirmar o poder indireto do pontífice romano. Por considerar como já conhecido o grande panorama espiritual e cultural que se inicia, limito-me a uma única exemplificação, menos divulgada, com base nas obras dos irmãos Francesco e Tommaso Bozio[73], ambos pertencentes à congregação do Oratório de Felipe Neri.

Tommaso Bozio publica em 1592, em Colônia (o local não é irrelevante), seu monumental tratado *De signis ecclesiae Dei*[74]: a tese central é de que a Igreja católica, a única a conservar a sua universalidade, é superior a todas as outras confissões porque produziu a supremacia da civilização ocidental sobre todas as outras civilizações do mundo, em todos os campos, na riqueza, na cultura, na força militar. Recentemente, ilustrou-se (de modo surpreendente aos olhos da historiografia tradicional) uma dessas notas que Tommaso Bozio atribui à influência da Igreja católica: a superioridade tecnológica e econômica da Europa no mundo[75]. Toda essa obra mereceria uma análise atenta, mas aqui aludiremos apenas a um ou outro ponto relativo à administração da justiça:

---

73. S. Mastellone, "Tommaso Bozio, l'"intransigente' amico del Baronio, teorico dell'ordine ecclesiastico", in *Baronio storico e la Controriforma*, organizado por R. Di Maio et alii, Sora, 1982, pp. 219-30.

74. *De signis Ecclesiae Dei libri XXIV* auctore Thoma Bozio eugubino Oratorii presbytero, Coloniae Agrippinae, 1592.

75. C. Poni, "Economia, scienza, tecnologia e controriforma: la teologia polemica di Tommaso Bozio", in *Il concilio di Trento e il moderno*, cit., pp. 503-42.

apenas no Ocidente e graças à Igreja católica, pôde-se desenvolver a separação entre o direito privado e o direito público com a defesa da propriedade privada, e entre o direito de família e a opressão do poder político, o crescimento do regime eletivo-representativo, o direito contratual e comercial, o respeito ao prisioneiro de guerra como homem livre[76]. Na virada do século, alguns anos mais tarde e após a publicação de ensaios antimaquiavélicos, os irmãos Bozio publicam obras mais especificamente dirigidas à relação entre a política e a religião. Novamente a exaltação da Igreja atinge vértices altíssimos, e não sem razão fala-se de intransigência teocrática, pois acredita-se que nenhum poder terreno deriva imediatamente de Deus e que a mediação da Igreja é sempre necessária: "Omnis potestas humana non est immediate a Deo sed intermedia potestate ecclesiae sanctae."[77] No entanto, a meu ver, seria errado catalogar simplesmente os Bozio como expoentes da ala extrema integralista (isso também entraria em contradição com o fato de pertencerem ao Oratório); de resto, o interesse das suas teses está nas motivações. Tommaso escreve que o poder da Igreja não é o poder do mundo, mas aquele de ser o elo de ligação entre a ordem natural-divina do universo: a ordem mundana é, por natureza, corrupta e demoníaca, e somente graças à intermediação da Igreja, que derrota os demônios, tal ordem pode ser salva e reconduzida ao seu fim e à sua ordem eterna; é a visão da Igreja quase como um exorcista planetário: essa é a

---

76. T. Bozio, *De signis Ecclesiae Dei libri XXIV*, cit.: "Signum trigesimum quartum. Iustitia", pp. 644-9. Menciono como exemplo apenas a passagem relativa aos contratos (p. 648): "Et sane opus est Catholicos esse longe iustissimos plerumque in contractibus, quando nulla gens tantae sit constantiae in credendis suae religionis decretis, ut nostros esse inde cognoscimus, quod innumeri e nostris vitam ponunt singulis aetatibus pro nostri cultus assertione, quod signo de perpetua martyrum successione aperuimus. Illud vero est praecipuum nostrae doctrinae praeceptum, non remitti peccatum, nisi ablata restituantur: et idcirco necesse est hoc maxime sit nostrorum cordibus infixum, et hac in re superent omnes gentes."

77. T. Bozio, *De ruinis gentium et regnorum adversus impios politicos*, Romae 1596 (cf. S. Mastellone, Tommaso Bozio, cit.).

justificação da liberdade eclesiástica em relação ao poder político, não a busca de imunidade⁷⁸. No ano seguinte, seu irmão Francesco publica (mas a data da composição e a própria atribuição interna das obras entre os dois irmãos são incertas) um volume sobre a jurisdição da Igreja, em que afirma que o poder da Igreja é supremo e também se estende à realidade externa e temporal, mas "usque ad moralem quendam terminum": diante dos defensores do poder do papa, que sempre acaba intervindo nas questões temporais *ratione peccati*, ele afirma que a soberania papal é bastante ampla não apenas nas coisas espirituais, mas também naquelas temporais. No entanto, tal soberania estende-se somente até um limite constituído pela cautela moral, "usque ad moralem cautelam"⁷⁹. A polêmica contra Occam e Marsílio de Pádua é muito forte, mas não mais limitada, ao que me parece, ao terreno das antigas controvérsias entre papado e império, entre o ordenamento canônico e aquele civil: ela se desenvolve no âmbito do problema do juízo sobre o

---

78. T. Bozio, *De iure Status sive de iure divino et naturali ecclesiasticae libertatis et potestatis epitome*, Romae, 1600. Menciono, apenas para dar uma idéia do texto, as linhas conclusivas (f. 114r): "Nam cum depravatio naturae sit disiungere se a supernaturali directione, necessário quidquid ab illa oritur, depravabitur, nisi quantum per merita Ecclesiae, boni aliquid aget naturae impulsu, cuius non omnis actus depravatur, ut in damnatis. Per se tamen tendit ad omnem depravationem, quisquis a supernaturali se directe aut indirecte disiungit. Sed ista mittamus, et accedamus ad examinanda testimonia pro ecclesiastica libertate, quae pertinent ad potestatem, fratri nostro una cum quaestionibus dimmittentes. FINIS" (são interessantes essas últimas palavras de referência à obra do irmão).

79. F. Bozio, *De temporali Ecclesiae monarchia et iurisdictione*, Romae, 1601 (o volume editado em cinco livros, com um total de 800 páginas, corresponde apenas à primeira parte de uma obra mais vasta, projetada em três partes), pp. 38-9: "Quod si papa est hierarcha in tota Ecclesia et episcopus suo modo in sua, non solum in rebus fidei, sed in moribus habebit vim puniendi in foro externo in vitiis hominum *usque ad moralem quendam terminum*. Aliqui nimis tribuunt circa usum potestatis, seu iurisdictionem pontifici asserentes potestatem ab illo in omnibus exerceri posse, quae *concernunt* peccatum, vel concernere possunt... Nos media via incedentes asserimus modo praedicto habere usque ad moralem cautelam..."

bem e o mal. A tentativa é de voltar a fundar um novo poder em relação aos Estados modernos, afirmando a Igreja como única representante de um direito natural-divino, que se manifesta não mais ou não tanto como ordenamento jurídico, mas como intérprete de uma lei moral superior e contraposta ao direito humano positivo.

O leitor prevenido pode perceber, no fundo, nessa atmosfera cultural, embora em contraste, a doutrina sobre a Igreja, elaborada nos mesmos anos por Roberto Bellarmino. Não por acaso, essa doutrina, vista com suspeita pelos ambientes curiais nos anos 80 do século XVI, reapareceu com força na década seguinte[80]. A Igreja católica se distingue das outras Igrejas porque não é constituída por predestinados ou santos, mas por todos aqueles que proclamam a profissão de fé, participam dos sacramentos e obedecem aos seus pastores: ela constitui um *coetus hominum* tão visível e palpável quanto o povo romano e o reino da França ou a República de Veneza, segundo a sua célebre definição[81]. Mesmo os pecadores são parte da Igreja visível, e a nova penitência tridentina torna-se, assim, o elo de ligação entre a profissão de fé

---

80. V. Frajese, "Una teoria della censura: Bellarmino e il potere indiretto dei papi", in *Studi storici* (1984), pp. 139-52; id., "La revoca dell'Index sistino e la curia romana (1588-1596)", in *Nouvelle de la république des lettres*, 1 (1986), pp. 15-49.
81. R. Bellarmino, *Opera omnia*, ed. em 7 volumes, Venetiis, 1721-1728, II, pp. 53-4 ("Controversia prima de conciliis et ecclesia militante, II, de clericis", cap. 3): "Atque hoc interest inter sententiam nostram et alias omnes, quod omnes aliae requirunt internas virtutes ad constituendum aliquem in Ecclesia, et propterea Ecclesiam veram invisibilem faciunt; nos autem, et credimus in Ecclesia inveniri omnes virtutes, fidem, spem, charitatem et caeteras; tamen, ut aliquis modo dici possit pars verae Ecclesiae, de qua Scripturae loquuntur, non putamus requiri ullam internam virtutem, sed tantum externam professionem fidei, et sacramentorum communionem, quae sensu ipso percipitur. Ecclesia enim est coetus hominum ita visibilis et palpabilis, ut est coetus populi Romano, vel Regnum Galliae, aut Respublica Venetorum... Probandum igitur est ordine, non pertinere ad Ecclesiam non baptizatos, haereticos et apostatas, excommunicatos et schismaticos. Deinde pertinere ad Ecclesiam non praedestinatos, non perfectos, peccatores, etiam manifestos, infideles occultos, si habeant Sacramenta, professionem fidei, et subiectionem etc."

e a disciplina, na fundação dessa visibilidade da Igreja militante como "coetus" universal e separado, na grande quantidade de vínculos políticos que já caracteriza o mundo moderno. Na minha opinião, a contrapartida que Bellarmino oferece aos Estados modernos – não pretendemos aqui entrar na sua teoria do poder indireto do papa *in temporalibus* – consiste no reconhecimento completo e absoluto do vínculo em consciência, para o cristão, da lei positiva, colocadas de lado as polêmicas que haviam caracterizado o início do século. Quem exercer um poder político como ministro de Deus, quem puder comandar, poderá também vincular em consciência – e, portanto, sob pena de pecado – os próprios súditos à obediência das leis humanas (o exemplo específico refere-se às leis contra a exportação do ouro), que são necessárias à vida da sociedade[82]. Trata-se, certamente, de uma quase divinização do direito positivo e de uma nova fronteira entre o foro interno e o externo, mas a custódia da fronteira deve permanecer firmemente nas mãos da Igreja, com a elaboração sistemática da ética cristã e com a prática da confissão.

9. Paolo Sarpi

Como conclusão deste capítulo, é oportuno passar a palavra a Paolo Sarpi, não como um *excursus* alheio, mas por-

---

[82]. Ibidem, vol. II, pp. 261-3 ("Controversia secunda de membris Ecclesiae, III, de laicis", cap. 11): "Lex civilis non minus obligat in conscientia, quam lex divina, etsi minus firma et stabilis sit haec, quam illa. Explico, lex divina et humana differunt quo ad firmitatem, quia divina non potest abrogari ab homine, humana potest; at quoad ad obligationem non differunt, utraque enim obligat conscientia, nunc ad mortale, nunc ad veniale peccatum pro rerum ipsarum gravitate... Respondeo: licet potestas politica, et eius lex dicantur temporales ratione obiecti, quia versantur circa temporalia, et exteriora; tamen in se res sunt spirituales. Praeterea, ligare conscientiam, non est aliquid efficere in rem spiritualem, sed solum imperare alteri, et sic imperare, ut si is non obediat, peccet, et testimonio propriae conscientiae intelligat, vel intelligere possit se peccare. Itaque quicumque potest jubere, potest ligare conscientiam, etiam si de internis non iudicet, nec scrutetur conscientiam alterius."

que nele encontramos o diagnóstico histórico mais agudo sobre o tema da penitência-confissão na reflexão do início do século XVII. Para ele, não há dúvida de que a prática da confissão, tal como foi elaborada pelo concílio Lateranense IV e retomada no concílio de Trento, foi o principal instrumento para a afirmação do poder do papado na Igreja do Ocidente e ainda é o campo em que se combate a maior luta pelo domínio sobre o homem:

> Mas os romanos, para não se privarem de um meio tão potente, há cerca de quatro séculos elaboraram um preceito segundo o qual cada indivíduo era obrigado a confessar-se ao menos uma vez por ano, e começaram com muitas exaltações em púlpitos a elogiar esse uso, representando-o ainda como meio não apenas útil, mas necessário para a saúde, escrevendo livros sobre o modo como usá-lo e esmiuçando de tal forma essas matérias que seu estudo acabou se transformando na ciência com a qual deviam se ocupar os ministros da Igreja, depois de abandonado o conhecimento das Divinas Escrituras. E como naquela época nasceram as ordens dos mendicantes, o povo, que antes já suspeitava dos padres, recorreu a estes para que fossem seus confessores. Em seguida, surgiram os jesuítas, que tornaram a confissão tão freqüente e sutil que muitas das suas devotas criaturas passavam mais tempo diante do confessor do que dedicando-se a Deus e à sua própria vida. Inventaram a repetição das confissões de uma semana, de um mês e ainda a confissão geral de toda a vida, da qual se valem para conhecer os afetos de todos... Este é um dos maiores arcanos do papado, mediante o qual se persuade e se instila docemente toda doutrina que lhe serve, fazendo passar por essa estrada todas as doutrinas que eles não podem propor publicamente, por serem violentas e sediciosas, e que, se fossem propostas em livros, seriam contestadas pelo menos por um indivíduo, que acabaria descobrindo sua malícia. No entanto, por ocasião da confissão, o penitente não ousa deixar aflorar em seu espírito qualquer mínima dúvida. Destarte, mantêm-se as máximas mais proveitosas para o papado de que nenhum pecado é perdoado se o papa assim não o quiser, de que nenhuma alma pode se salvar sem ele, de que convém obedecer a ele como ao próprio

Deus e, por fim, de que seja justo ou injusto, lícito ou ilícito, pecado ou mérito, concedido ou proibido apenas aquilo que lhe agradar. E vimos, à custa dos nossos vizinhos, quão fácil é por esse meio levantar um reino inteiro contra seu príncipe natural, obrigando cada indivíduo com juramentos secretos, seja qual for sua condição – clerical, militar ou civil –, e formando um grupo suficientemente numeroso para roubar-lhe não apenas o Estado, mas também a vida. Por conseguinte, não concedem indiferentemente a todos os padres essa faculdade de confessar, embora as escolas digam que Deus dera tal autoridade a todos os sacerdotes, mas elegem somente aqueles que julgam serem pessoas sagazes, tratáveis, que saibam lidar com o humor de toda sorte de pessoa, limitando, porém, os pecados, e reservando ao papa não os maiores nem os mais graves, nem mesmo aqueles que concernem diretamente à honra e à majestade divina, mas aqueles que impedem o crescimento do papado... Com surpresa, considerei a arte usada pelos principais dentre eles para instruir os ordinários, arte essa a que atribuem o novo nome de casos de consciência e sobre os quais escreveram livros com índices longuíssimos, repletos de preceitos, exaltações, restrições, reservas e tantas outras sutilezas, das quais nem todas as matemáticas e metafísicas já mereceram estudo: e espantei-me com a estupidez dos italianos, no mais tão avisados, que nem chegaram a considerar o fato de há mais de dois séculos não existirem livros sobre tal matéria e há menos de cem anos já se encontrarem três ou quatro. Hoje existem infinitos deles, com títulos diversos, que por si só mostram a novidade. E as coisas escritas em tal arte são tão múltiplas e confusas que bastam para angustiar e desesperar toda consciência temerosa[83].

Para além de toda avaliação de mérito, restam as geniais intuições de Sarpi: o decreto Lateranense IV sobre a obrigatoriedade da confissão anual constituiu, quatro séculos antes, a principal etapa no caminho de construção da cristandade européia ocidental; com isso, teve início um conflito

---

83. P. Sarpi, *Opere*, organizado por G. e L. Gozzi, Milão – Nápoles, 1969, pp. 306-9, a partir dos acréscimos de Sarpi à "Relação sobre o estado da religião", de Edwin Sandys.

pelo controle das consciências que continua a dominar o panorama religioso e político nos primórdios da Idade Moderna; nas últimas décadas, em particular após o concílio de Trento, na segunda metade do século XVI, a novidade mais importante é constituída pelo aumento da freqüência das confissões e pela multiplicação dos volumes dos "casos de consciência", ou seja, pela formação de um universo de normas e por um controle dos comportamentos totalmente extraído da esfera da sociedade e do direito e reservado pela Igreja romana à sua jurisdição espiritual.

Com a queda do pluralismo jurídico dos ordenamentos medievais e com o crescente predomínio do direito positivo e estatal, as duas diferentes respostas, dramaticamente dadas numa contraposição que desagregou a cristandade, só podiam se interligar. Por um lado, a alusão de Lutero à justificação mediante a fé e à liberdade de consciência, ao *forum Dei* como única referência possível à angústia humana nas tensões derivadas do novo monopólio do poder; por outro lado, o desenvolvimento de uma concepção eclesiológica em que a Igreja, como sociedade perfeita, reivindica diante do Estado a identidade entre *forum Dei* e *forum Ecclesiae*, com o surgimento da teologia moral como ordenamento próprio, que se reveste de características jurídicas e se realiza com o instrumento principal da confissão. Paolo Sarpi sempre esperou, durante toda a sua vida, ainda poder evitar a escolha entre essas soluções opostas (talvez não faça mesmo sentido a polêmica sobre seu vínculo confessional): rejeitando as transformações ocorridas no Ocidente nos últimos quatro séculos, ele pretendia conjugar o passado de uma cristandade baseado no modelo oriental-ortodoxo, que ele vivia profundamente enquanto veneziano, com as novas tendências representadas pelas Igrejas nacionais galicanas ou anglicanas.

Capítulo VII
A *norma: o direito da moral*

1. A juridicização da consciência

Escreveu-se que o século XVII pode ser chamado de era da consciência: após a ruptura religiosa e o nascimento das Igrejas territoriais, a questão do juramento de fidelidade e da profissão de fé impõe-se como fundamental para a ordem política, e no dilema entre a obediência às leis do Estado e a adesão ao próprio credo pessoal funda-se todo o debate que anima as nações européias, seja qual for o país ou a profissão religiosa a que pertence. As formas podem ser diversas, conforme veremos, mas grande parte da vida intelectual e universitária, muito além dos recintos dos teólogos ou dos juristas, gira em torno desse problema fundamental: o que acontece quando o comando do príncipe e a lei positiva vão de encontro aos princípios da lei divina ou natural ou aos ditames da religião a que se adere?[1] As bibliotecas e os catálogos dos livros de antiquários italianos estão repletos de volumes in-fólio ou de bolso, de milhares de títulos de edições do século XVIII, relativas aos casos de consciência, à moral e à relação entre o pecado e o delito. Apenas nas últimas décadas daquele século, com a afirmação da tolerância religiosa, com a gradual laicização do Estado e o crescimento da sociedade burguesa – do *honnête homme* – é que as po-

---

1. K. Thomas, "Cases of Conscience in Seventeenth-Century England", in *Public Duty and Private Conscience in Seventeenth-Century England*, Oxford, 1993, pp. 29-56.

lêmicas se atenuarão e as outras temáticas se imporão com aquela crise devidamente definida como crise da consciência européia, quase por esgotamento de uma disputa que havia conduzido à extinção de todos os concorrentes. Estes, durante décadas, haviam lutado com todas as suas forças e até a morte em torno do tribunal da consciência. Eram os laxistas e os rigoristas, os jesuítas e os jansenistas, mencionados na célebre definição de Bayle: "Esses advogados do tribunal da consciência excogitam um laboratório de moral, em que as verdades mais sólidas se dispersam em fumaça, em sais voláteis e em vapores."[2] A acusação, que se desenvolverá durante todo o século XVIII, é de que foram os próprios moralistas a matar o pecado com suas diatribes e a deixar campo livre para um mundo em que a culpa permanece apenas como infração, como transgressão da lei positiva: "A noção do pecado é essencialmente religiosa, e o século XVIII, ao reduzi-la cada vez mais a uma representação moral, acaba por desnaturá-la: a tal ponto que o pecador, como o antigo Deus, dará a impressão de pertencer a um mundo que não existe mais, sendo que, de resto, a decadência de um não pode acontecer sem a do outro."[3] Há muita verdade nessa interpretação, ainda corrente na historiografia, mas creio que também haja lugar para uma interpretação mais complexa: nem tudo evaporou, e talvez seja possível descobrir que muitas das idéias elaboradas nesse laboratório de moral foram transferidas, de modo subterrâneo, por osmose, e contribuíram, de modo conspícuo, para a construção do direito moderno dos séculos posteriores. Após a consolidação das Igrejas confessionais, o debate que se abre sobre a consciência é um elemento essencial não apenas para compreendermos a realidade histórica de um século em que as Igrejas ainda desempenham um papel tão importante na vida social do Ocidente, sobre os temas da vida sexual e familiar, bem como da

---

2. Cit. em B. Groethuysen, *Origini dello spirito borghese in Francia, I: La Chiesa e la borghesia*, Milão, 1975, p. 184.

3. Ibidem, p. 169.

vida econômica, mas também para entendermos um dos pontos mais importantes para o surgimento da civilização ocidental moderna em sentido antropológico e constitucional. Com efeito, estou convencido de que todo o universo jurídico em que vivemos até a atualidade cresceu num intervalo entre o foro da consciência – mais ou menos secularizado – e a esfera da lei positiva externa: o problema da emancipação desses dois aspectos da esfera teológica é certamente um problema fundamental no caminho da modernidade, mas com ele corremos o risco de não perceber o processo de dialética e de osmose que ocorre entre o foro interno e o foro externo, entre a norma moral e a norma positiva.

A juridicização da consciência (o termo não é bonito e sentimo-nos tentados a empregar diretamente aquele usado na historiografia alemã: *Verrechtlichung*) é, de fato, uma passagem-chave, seja porque representa a reação das Igrejas e dos indivíduos diante da concentração do poder do Estado (e, portanto, como esforço de construir um sistema alternativo de normas em relação àquelas do direito positivo), seja porque a própria evolução do direito positivo não pode ser compreendida se não considerarmos a elaboração realizada pelos juristas da consciência do século XVII. Na primeira direção, o enorme esforço da casuística será o de transferir para o terreno da ética os princípios que a Idade Média havia inserido com o direito canônico no ordenamento total da *respublica christiana*: com a fundação da teologia moral, constrói-se um novo ordenamento autônomo (um "novo direito canônico" – conforme devidamente denominado, mas é preciso prestar atenção para não confundir os termos –, nascido da fusão entre o antigo direito penitencial e a teoria das virtudes), alternativo não apenas ao direito positivo estatal, mas também ao direito canônico tradicional, que sobreviveu somente como disciplina eclesiástica[4]. Na segunda direção, a

---

4. P. Legendre, "L'inscription du droit canon dans la théologie: remarques sur la Seconde Scolastique", in *Proceedings of the V International Congress of Medieval Canon Law*, Cidade do Vaticano, 1980, pp. 443-54.

teologia moral e a casuística preparam o caminho para a visão sistemática e monoteísta do direito, que será própria dos séculos posteriores: embora retornemos a esse respeito no próximo capítulo, talvez seja oportuno, para antecipar o quadro geral de referência, mencionar as intuições provocadoras de Pierre Legendre. No sistema jurídico em que vivemos nos últimos séculos até hoje (atualmente, as mudanças ocorrem muito rapidamente), a referência última (ou "référence fondatrice", para usar suas palavras) do indivíduo é o Estado soberano. É o Deus legislador de Francisco Suárez que passa a ser transferido e incorporado, com o processo de laicização, no Estado moderno como Autor das leis[5]. A tradição herdada da Idade Média havia organizado duas instâncias: o juiz do foro interno (por conta de Deus) e o juiz do foro externo (por conta da sociedade). Unindo estreitamente essas duas instâncias, um vasto sistema de interpretações, mantido firmemente nas mãos da escolástica universitária (tanto nos países da Reforma protestante quanto naqueles da Contra-reforma), produziu uma casuística muito refinada e colocou em circulação as grandes noções em torno da ação ilegal, do conceito de culpa, dos casos de isenção da responsabilidade. Monopolizando ou pensando em monopolizar com um único protagonista a cena dos dois juízes (do foro externo e do foro interno), a justiça dos Estados secularizados herdou de toda essa tradição (e desenvolveu mediante a ciência e, sobretudo, mediante a psicanálise) o novo juridicismo, o novo direito que penetra em toda a vida social, baseado na ciência e nos especialistas[6].

---

5. P. Legendre, *Leçon I. La 901ᵉ conclusion. Études sur le théâtre de la Raison*, Paris, 1998, p. 230: "La Raison positiviste, issue en droite ligne selon moi de ce dispotique Dieu-Législateur (lire et relire Suarez) transféré par la laïcisation à l'État moderne, est devenue aujourd'hui le discours-fleuve de l'éthique gestionnaire, une logorrhée inconsistante..." [A Razão positivista, a meu ver diretamente oriunda desse despótico Deus-Legislador (ler e reler Suarez) que foi transferido pela laicização para o Estado moderno, tornou-se atualmente o discurso interminável da ética organizadora, uma logorréia sem consistência..."].

6. P. Legendre, *Leçons VIII. Le crime du caporal Lortie. Traité sur le Père*, Paris, 1989, pp. 153-4.

Desse modo, a hipótese que submetemos a verificação com algumas incursões no debate sobre a relação entre a consciência e a lei é a de que, após a consolidação da ruptura religiosa, abre-se caminho para um novo tipo de dualismo, não mais entre diversos ordenamentos jurídicos, mas entre a lei positiva e a norma moral. Os caminhos são diversos, como diversas serão as soluções: aqueles ligados à resposta da Igreja católica, que tende a fortalecer seu próprio magistério e sua jurisdição sobre as consciências; aqueles ligados às soluções das Igrejas reformadas sobre a relação entre a consciência de cada cristão e a Escritura; aqueles que, a partir das contradições das lutas de religião e do "cuius regio eius et religio", aventuram-se no descobrimento ou no redescobrimento de uma ética individual. Mas as exigências de partida, que emergem entre o final do século XVI e a primeira metade do século XVII, são comuns em toda a área européia e difundem-se com a explosão da imprensa de modo totalmente novo e universal, como instrumento de instrução e de debate, não obstante toda censura; dentro dessas disposições e entre elas, sob as plataformas confessionais, emergem todos os vínculos possíveis: basta pensarmos em como são diferentes as indicações provenientes de uma mesma confissão religiosa segundo sua presença como maioria ou minoria dentro de um corpo político; basta pensarmos, também, nas cisões que se abrem no mundo católico logo após o final do concílio de Trento, com a condenação das teses agostinianas de Michel de Bay (Baius) sobre o pecado original e a conseqüente corrupção da natureza humana, cisões essas que explodem ao final do século XVI com o debate sobre a graça (a controvérsia "de auxiliis") e ocupam todo o século XVII na luta entre jansenistas e jesuítas. Observando o que ocorre simultaneamente no mundo calvinista sobre o tema da predestinação e da salvação, poderíamos pensar numa história paralela das controvérsias internas às Igrejas. Entre o final do século XVI e as primeiras décadas do século XVII, certamente nos encontramos diante de um pulular de modelos (em que as raízes culturais são múltiplas, desde aquelas aristotélico-tomistas, passando pelas neo-estóicas, até chegar às que imergem na linguagem mística), todos destinados a definir, de certo modo, "uma anatomia da alma" como exigência do novo indivíduo, de uma definição de um território interior diante do avanço da lei positiva[7].

Antes de prosseguirmos, é oportuno esclarecer alguns possíveis equívocos. Em primeiro lugar, não tenho a presunção de seguir esses caminhos a partir de seu interior, em cada história especializada, mas apenas indicar alguns cruzamentos que podem mostrar novos terrenos a serem explorados. Não pretendo aqui fazer uma síntese do desenvolvimento da teologia moral, da casuística ou da ética libertina, bem como não posso ingressar na análise do pensamento político ou filosófico: por um lado, esses são cenários que podem ser considerados como já conhecidos nas milhares de páginas dos manuais e dos exercícios acadêmicos; por outro lado, creio que, sobretudo no que concerne ao século XVII, valha o princípio metodológico, já tantas vezes enunciado, de que a especialização disciplinar levou à saciedade e muitas vezes também à cegueira: em outras palavras, muitos problemas deixam de ser entendidos à medida que a história da teologia moral passa a ser definida e estudada como tal, no seu recinto; o mesmo vale para a história das doutrinas políticas e assim por diante. Pode-se tentar chegar a alguns resultados, ainda que eles sejam provisórios e incertos: são aqueles que obtemos quando caminhamos no topo, por entre as várias historiografias, e arriscamo-nos a ser censurados, com razão, pelos especialistas. No nosso caso, creio que possam realmente ser indicados apenas alguns vestígios pela falta de explorações adequadas no vasto terreno misto que se encontra entre a história das idéias e a vida das instituições e dos homens. A pista ao longo da qual eu gostaria de mover-me, se fosse possível encontrar vestígios suficientes, é aquela indicada por Michel de Certeau num belíssimo e pouco conhecido ensaio: "Do sistema religioso à ética das

---

7. M. Bergamo, *L'anatomia dell'anima. Da François de Sales a Fénelon*, Bolonha, 1991.

luzes", ou seja, de que modo se passou do domínio da teologia moral, controlada pelas Igrejas, à ética política e econômica do século XVIII, através das complexas transformações institucionais e socioculturais do século XVII. Trata-se da história de um divórcio, mas, ao mesmo tempo, é a história da busca por uma nova legitimação da norma, de uma nova referência última, que pode ser encontrada ou na consciência, ou na ordem externa do poder[8]. Mesmo que não se aprovem as soluções dadas por Certeau com a sua pesquisa sobre as "práticas religiosas", suas questões são um ótimo ponto de partida: qual o novo sentido da heresia ou do desvio religioso após a ruptura e a consolidação das novas Igrejas territoriais? Qual a relação com as novas realidades estatais e com a razão de Estado? Qual o peso dos novos poderes políticos e públicos sobre as Igrejas e sobre o comportamento religioso? Qual a posição do cristão-fiel, praticante, entre os novos deveres de Estado ou civis e a referência do cristianismo radical? O mundo proveniente da ruptura religiosa parece buscar uma nova "legalidade", diferente daquela que havia caracterizado a cristandade medieval: por um lado, a busca pela fundação de um novo foro interno, apoiado ou não numa das Igrejas existentes; por outro lado, uma politização cada vez mais evidente, que tende a fazer coincidir a ética com a nova ordem do poder e que, mais tarde, elaborará as categorias da utilidade e da felicidade pública como a ideologia capaz de garantir a união entre os dois mundos divididos.

Em segundo lugar, é preciso afastar a idéia de que essas tensões crescentes comportam uma transformação em sentido dualístico da sociedade e produzem uma secularização *ante litteram*. Isso não ocorre no nível das elites intelectuais, em que a linguagem permanece teológica por muito tempo e comporta a última batalha pela reconstrução de uma nova ordem ética, ligada à ordem natural-divina da criação. Tam-

---

8. M. de Certeau, "Du système religieux à l'éthique des lumières (17ᵉ-18ᵉ): la formalité des pratiques", in *La società religiosa nell'età moderna (Atti Del Convegno di studi, Capaccio – Paestum, Maggio, 1972)*, Nápoles, 1973, pp. 447-509.

pouco ocorre no cotidiano da vida comum, em que pecado e delito continuam a ser concebidos como rebelião a um poder indistinto, no qual o homem comum só consegue separar os diversos aspectos se dispuser da referência ao cristianismo evangélico e radical. Talvez em nenhuma sociedade os princípios políticos, jurídicos e religiosos tenham se fundido na realidade antropológica e social como na sociedade barroca. O homem comum não consegue fazer muitas distinções dentro do universo de normas que o circunda, assim como vê indistintamente o poder que o domina: do castigo de Deus, que se manifesta nas grandes tragédias coletivas (como a peste, a guerra e a carestia) e nas penas individuais (como a morte, a doença e a fome) muito antes da ameaça das penas eternas e de maneira mais visível, às punições eclesiásticas e às penas infligidas pelos tribunais do príncipe. Acima de tudo, naquilo que concerne ao nosso tema, o homem do século XVII não consegue distinguir pecado de delito: a tradição medieval ainda domina a cena e chega a ser fortalecida pela nova aliança entre o poder religioso e o poder político, entre o trono e o altar, que constitui a realidade mais perceptível, na teatralidade das festas políticas e religiosas como nas execuções públicas dos condenados à morte: quem sobe ao patíbulo pode ser, ao mesmo tempo, execrado e considerado um homem de sorte, porque sabe a hora da sua morte – e, portanto, pode preparar-se e santificar-se – e porque, ao aceitar sua morte, antecipa nesta terra a necessária expiação dos seus pecados-delitos[9].

2. O nascimento da teologia moral

O fenômeno diante do qual nos encontramos é um intercâmbio em que a moral se juridiciza e o direito se morali-

---

9. B. Clavero, "Delito y pecado. Noción y escala de transgresiones", in F. Thomas y Valiente et alii, *Sexo barroco y otras transgresiones premodernas*, Madri, 1990, pp. 57-89 (mas todos os ensaios desse volume são interessantes para o nosso assunto).

za, colocando em movimento um processo de criminalização do pecado, de um lado, e um processo de condenação moral do ilícito civil ou penal, de outro. Na Igreja católica, isso se traduz no surgimento do "foro interno" em sentido moderno: para os teólogos-canonistas pós-tridentinos, este não coincide mais com o foro tradicional da penitência, mas amplia sua competência do julgamento do pecado para a compreensão de todas aquelas matérias que não estão sujeitas ao foro externo e contencioso. Desse modo, pela primeira vez, o foro interno divide-se em seu próprio interior (que o leitor nos perdoe pelo trocadilho) entre um foro sacramental (que mantém a fórmula tradicional da confissão) e um foro não-sacramental ou extra-sacramental, em que confluem todas aquelas matérias que são objeto da jurisdição eclesiástica (censuras, dispensas, os procedimentos que precedem a absolvição dos pecados reservados), excluindo-se apenas o foro externo compreendido como foro contencioso, ou seja, como foro em que há um conflito entre partes diferentes[10]. Deixando de lado as sutis distinções de doutrina, pelas quais os autores se diferenciam e discutem entre si, parece-me possível identificar o cerne da mudança nesse fato historicamente importante: em sentido jurídico, a locução "foro interno" passa a indicar, após o concílio de Trento e até o último código de direito canônico, de 1983, todos os atos de jurisdição da autoridade eclesiástica referentes à esfera disciplinar do fiel-cristão (laico, clérigo ou religioso), tanto em sentido negativo (censuras e penas) quanto em sentido positivo (dispensas, indulgências, concessões e favores), contanto que não estejam envolvidos interesses de terceiros e não haja dano público.

---

10. Para a análise aprofundada das diversas opiniões e teorias, ver G. Saraceni, *Riflessioni sul foro interno nel quadro generale della giurisdizione della Chiesa*, Pádua, 1961; A. Mostaza Rodriguez, "Forum internum – forum externum (Entorno a la naturaleza juridica del fuero interno)", in *Revista española de Derecho Canonico*, 23 (1967), pp. 253-331; id., "De foro interno iuxta canonistas postridentinos", in *Acta conventus internationalis canonistarum* (Roma, maio de 1968), Cidade do Vaticano, 1970, pp. 269-94.

Concluindo o caminho secular a que aludimos nos capítulos anteriores, sobretudo no que diz respeito às censuras e aos casos reservados, teoriza-se, portanto, a existência de um foro da consciência, que se refere à relação do homem com Deus e que não é negado, mas sim, de certo modo, absorvido num foro da Igreja, que acaba se desdobrando: na direção do indivíduo, como foro interno sacramental e extra-sacramental, e na direção da coletividade, da *congregatio fidelium*, como foro externo. Mas essa dupla natureza do foro interno coloca o cristão em grande dificuldade, conforme reconhece um dos maiores teóricos dessa relação, o cartuxo Juan Valero, no início do século XVII, citando o dito popular espanhol: "Esto es de Iusticia, pero no de conscientia"[11] ["Um ato pode ser devido segundo a justiça, mas não segundo a consciência"]. A tentativa de solução de Valero, como de tantos outros autores contemporâneos a ele, será a de formar um bloco entre as leis divinas e naturais e o foro da consciência. No entanto, resta o problema de uma "justiça" (do Estado ou da Igreja, não importa), que também se coloca na consciência popular como poder real, muitas vezes em contradição com a consciência: apenas a doutrina interpretativa, que ele chama – com uma expressão estranha, mas eficaz – de "Sacrae Theologiae iura", é para ele o único instrumento que pode interpretar as leis e definir a correta via a ser seguida[12]. E é nesse caminho que se construiu a imensa

---

11. J. Valero, *Differentiae inter utrumque forum iudiciale videlicet et conscientiae...*, Venetiis, 1645 (a primeira edição é de Maiorca, 1616), p. 5: "Regula est in iure communiter recepta quod valet argumentum de foro exteriore ad forum interius. Et e converso, de foro interiori ad forum exterius. Ita probant multae glossae. Sed fallit praedicta regula in pluribus casibus... Multa licent in foro exteriori quae non licent in interiori. Et contra plura licent in hoc, quae non liceant in illo. Facit vulgare illud: *Esto es de Iusticia, pero no de conscientia.*"

12. Ibidem (carta ao leitor que antecede o tratado): "Habet suas iudiciale forum leges, habet et Divinum suas: suos utrumque se intra fines continet. Divinum stricte prohibet, severius plectit, dum iudiciale, seu externum, aut dissimulat, aut permittit. Saepius etiam per Divinum licet, quod per iudiciale cavetur. Hic causae omnes suo se coram iudice, ad tribunal sistunt; proprio se iure tuentur, suam uterque sententiam profert. Quid tamen sine erroris aut

estrutura interpretativa que se transformou no instrumento da Igreja católica após o concílio de Trento para o controle sobre as consciências.

Esse gênero literário, misto de teologia, jurisprudência e devoção, que preenche todas as bibliotecas da época pós-tridentina, define-se com um neologismo então criado como "theologia practica" e compreende muitos subgêneros interligados entre si e às vezes dificilmente distinguíveis: manuais para confessores e para penitentes, manuais para juízes (seculares e eclesiásticos), coletâneas de casos, manuais para o ensino universitário da teologia moral, livros destinados à mais ampla divulgação. Numa visão superficial, podem parecer predominantes os aspectos de continuidade com a grande produção de sumas para confessores e de manuais para penitentes durante a tarda Idade Média; contudo, se olharmos mais profundamente – sem levar em conta a imponência quantitativa do fenômeno –, surpreenderemo-nos com o novo esforço voltado para a construção de um sistema normativo da consciência. Há alguns anos, fez-se um inventário da parte dessa literatura que se liga diretamente ao exercício da confissão, identificando (para nos limitarmos às edições italianas) 1363 títulos impressos e procedendo também a uma primeira análise sobre o limite problemático que estamos seguindo, a relação entre a consciência e as leis[13]. Remeto a tal obra para uma primeira análise da estrutura dos textos e das temáticas internas, limitando-me a algumas observações gerais mais pertinentes ao nosso tema.

Em primeiro lugar, é necessário ressaltar o que já mencionamos: trata-se, nos vários níveis, de uma literatura que mescla teologia e jurisprudência. A história tradicional da teologia moral, fascinada pelas grandes controvérsias que caracterizaram seu surgimento (rigorismo e laxismo, proba-

---

iniustitiae periculo sentiendum, faciendumve sit, praescribunt Sacrae Theologiae iura, cui tanquam divinorum oraculorum interpreti semper obsequendum, nunquam obsistendum, clamet, reclamet, saeculare forum."

13. M. Turrini, *La coscienza e le leggi. Morale e diritto nei testi per la confessione della prima età moderna*, Bolonha, 1991.

bilismo e antiprobabilismo, jansenismo e jesuitismo) e talvez ainda envolvida nelas, não soube perceber o significado histórico do fenômeno em seu conjunto: como se costuma dizer, no intuito de distinguir cada árvore, não soube ou não conseguiu ver a floresta[14]. Nas últimas décadas, a polêmica dos novos moralistas contra o "juridicismo" dessa literatura sobre a consciência parece não ter levado em conta toda a evolução dos ordenamentos normativos da época: as polêmicas ásperas, particularmente após o concílio Vaticano II, entre os conservadores, defensores da necessidade de manter na Igreja de hoje o traço jurídico que influenciou as origens da teologia moral e, portanto, da sua estreita ligação com o direito canônico, e aqueles que, ao contrário, condenaram o juridicismo, invocando o início de um novo caminho da moral católica, que deve voltar a ser evangélica, ética do amor e da liberdade[15], parecem ter ofuscado a compreensão histórica do fenômeno, suas raízes e a razão do seu êxito e do seu fracasso. Todos os historiadores da teologia moral parecem ter privilegiado os percursos internos da doutrina, unindo o juridicismo moral e o desenvolvimento da casuística com a predominância do tema da lei e do dever na teologia voluntarista da "via moderna" e, num outro plano, com o novo pensamento científico, unindo a exploração das leis morais à pesquisa paralela sobre as leis do cosmo: esse procedimento é correto, mas eles não levaram em consideração o quadro histórico geral, eclesiástico e político, ao qual o processo de juridicização da consciência encontra-se vinculado[16].

---

14. I. von Döllinger e F. H. Reusch, *Geschichte der Moralstreitigkeiten in der römisch-katholischen Kirche seit dem 16. Jahrhundert*, 2 vol., Nördlingen, 1889 (reimpr. Aalen, 1968). Para uma visão de conjunto e para a informação bibliográfica, ver J. Theiner, *Die Entwicklung der Moraltheologie zur eigenständigen Disziplin*, Regensburg, 1970; J. Mahoney, *The Making of Moral Theology. A Study of the Roman Catholic Tradition*, Oxford, 1987.

15. Ver, por exemplo, J. Gründel, "Vom Gesetz zur Freiheit", in *Abschied von Trient*, Regensburg, 1969, pp. 27-38.

16. J.-M. Aubert, "Morale et casuistique", in *Recherches de science religieuse*, 68 (1980), pp. 167-204.

A organização elaborada nas universidades jesuíticas nas últimas décadas do século XVI para o governo das consciências e, mais tarde, difundida na Igreja em todos os níveis representa uma resposta, entre outras, às exigências históricas[17]. Os homens da época buscam as indicações de conduta de vida num universo em que não existem mais funções fixas na hierarquia social. A fragmentação de uma visão global do cosmo leva a definir o máximo possível a posição de cada grupo e dos indivíduos, desde os príncipes e cortesãos até o camponês, num objetivismo normativo, que só pode ser buscado na esfera jurídica e na definição dos comportamentos concretos a serem seguidos: as tradicionais categorias, que havia séculos se detinham praticamente apenas nos pecados e nas virtudes, não são mais suficientes numa sociedade em que as relações econômicas e sociais encontram-se em vertiginosa mudança. Certamente a via católica, sobretudo por meio do uso e da doutrina da confissão, instrumentalizou essa exigência social em função da compactação confessional, mas esse esforço na construção de uma teologia moral como sistema capaz de unir a atividade pastoral com a concreta atenção às exigências das consciências não pode ser separado do movimento geral em que se insere. Não é por vaidade que os jesuítas do Colégio romano têm orgulho do fato de que boa parte dos oitocentos ouvintes das suas lições sobre os casos de consciência constitui-se de jurisperitos e membros da classe dirigente: isso é o que ocorre normalmente entre os séculos XVI e XVII em grande parte dos países da Europa católica[18]. Não é necessário ressaltar a grande influência do magistério jesuítico na formação dos sacerdotes e confessores de toda a Europa. O que importa é tentar

---

17. G. Angelozzi, "L'insegnamento dei casi di coscienza nella pratica educativa della Compagnia di Gesù", in La "Ratio studiorum". Modelli culturali e pratiche educative dei Gesuiti in Italia tra Cinque e Seicento, organizado por G. P. Brizzi, Roma, 1981, pp. 121-62; id., "Interpretazioni della penitenza sacramentale in età moderna", in Religioni e società, I (1986), n. 2, pp. 73-87; L. Vereecke, De Guillaume d'Ockam, cit., pp. 495-508.

18. G. Angelozzi, Interpretazioni della penitenza, cit., p. 85.

fazer uma distinção, na avaliação histórica, entre o problema do surgimento dessa literatura sobre a consciência e o uso que se faz dela como instrumento de poder, ligado à prática da confissão.

Uma mudança bastante significativa ocorre justamente em 1600, com a impressão da primeira parte das *Institutiones morales*, do jesuíta Juan Azor, fruto da experiência do ensinamento da moral como disciplina autônoma nos colégios da Companhia e primeira tentativa de superar uma visão parcializada dos casos de consciência numa elaboração sistemática[19]: não se trata de um problema nominalista de título, porque a palavra *institutiones* significa não apenas genericamente a vontade de apresentar um texto, como hoje diríamos, de base, voltado ao ensino, algo de intermediário entre os manuais para confessores e os tratados universitários de teologia[20], mas significa a absorção das *institutiones*, que haviam distinguido, desde as origens do *Corpus iuris civilis*, o direito romano como doutrina dentro do foro interno, justamente nos mesmos anos em que fracassa (conforme mencionamos no capítulo anterior) a tentativa de introduzir as *Institutiones* no direito canônico. A longa inscrição contida no frontispício esclarece a determinação totalmente diferente em relação ao manuais anteriores para os confessores: "... omnia sunt vel ex theologica doctrina, vel ex iure canonico, vel ex probata rerum gestarum narratione desumpta et confirmata testimoniis vel theologorum vel iuris canonici aut civilis interpretum, vel summistarum, vel denique historicorum". As instituições morais e o discurso sobre a consciência e as leis constituem a síntese entre a reflexão teológica e aquela jurídica, com base no pensamento e na

---

19. J. Azor, *Institutionum moralium, in quibus universae quaestiones ad conscientiam recte aut prave factorum pertinentes breviter narrantur...*, Romae, 1600 (a segunda e a terceira partes foram impressas alternativamente à primeira nos anos seguintes em Roma, Brescia, Cremona, Milão e Veneza; possuo e uso aquela que creio ser a primeira edição completa em três volumes, Brixiae, 1617).

20. Conforme C. Caffarra, "Il concetto di coscienza nella morale posttridentina", in *La coscienza cristiana. Studi e ricerche*, Bolonha, 1971, pp. 75-104.

história humana²¹. Nesse caso, há também o fundamento teórico da nova casuística, à qual aludiremos mais adiante: o erro é considerar a casuística apenas como uma ciência para confessores e penitentes, em vez de uma tentativa de construir um sistema global de normas. A estrutura da obra de Azor – que mais tarde será imitada e parafraseada inúmeras vezes – é muito simples, e aqui a esquematizamos brevemente. Uma primeira parte diz respeito à doutrina sobre os atos humanos, sobre as virtudes e os costumes virtuosos, sobre o pecado e o vício, sobre as leis divinas, naturais e humanas, e é inspirada na *Ia IIae* da *Summa* de São Tomás, mas o núcleo central parece novo: a distinção nítida entre o vício, como hábito moral negativo, e o pecado, que é concebido "in praesenti" como ato concreto que infringe livremente (apenas na liberdade pode haver culpa) os ditames da reta razão. Toda culpa é pecado, e todo pecado é vício, mas não o contrário, pois na culpa subentende-se um ato livre e voluntário, enquanto no pecado está implícita a infração a uma norma²². Essa definição da culpa como sendo diferente do pecado e do vício e derivada do ato livre e voluntário

---

21. Na carta ao leitor, premissa da obra, ressalta-se ainda a escolha do título: "Hos libros inscripsi Institutiones morales, scriptores veteres imitatus, quorum quidam divinas, alii civiles, alii oratorias institutiones utiliter posteris tradiderunt..."

22. Ibidem, I, p. 293 (liber IV, cap. 1): "Deinde inter peccatum et culpam hoc interest: quod peccatum latius patet quam culpa: peccatum enim est tum in actibus naturae et artis, tum in actibus rationis et moris. Peccatum enim est actus, qui a iusta et debita regula dissentit, ac deficit: porro in iis quae natura constant operibus regula est natura; in iis quae arte efficiuntur, ars; in moribus vero est ratio. Quare monstra, quae in natura gignuntur, Aristoteles appellat peccata naturae (*Phisica,* 28); ipsos quoque artifices saepe dicimus contra artem multa peccasse. At vero culpa solum in actibus moris et rationis, voluntariis et liberis est: qui quidem, eo quod contra rectam rationem voluntarie et libere fiunt, culpae tribuuntur et poenae. In praesenti peccatum accipitur, ut est in actibus rationis et moris. Ex quo efficitur, ut omnis culpa sit peccatum, omne peccatum vitium: non autem e contrario, omne vitium peccatum, nec omne peccatum culpa: quare vitium est, quia habitus est, vel actus virtuti contrarius; peccatum vero, quia actus a regula recta discrepans. Culpa, actus voluntarius et liber a regula recta discrepans."

contra a lei parece conter a fundação de uma esfera jurídica da consciência como autônoma: o tratado de Azor parece realmente constituir o divisor de águas católico entre o mundo indistinto da tradição dos manuais para confessores e o mundo da consciência moderna. Não podemos aqui seguir o seu raciocínio na aplicação desses princípios na relação entre a consciência e as leis humanas, naturais e divinas, bem como não podemos segui-los na tratadística do seu tempo: algumas explorações foram feitas[23], mas ainda são necessárias muitas pesquisas antes de podermos ter um quadro satisfatório. Seja como for, o esquema de Azor e, depois dele, o de tantos outros autores, é o do Decálogo, em que são inseridos os preceitos individuais, referentes à *politia* eclesiástica e civil: a cada mandamento do Decálogo, são anexados os preceitos humanos correspondentes, por exemplo, no sétimo (não roubar), o tratado sobre a restituição do bem roubado, sobre a usura, os contratos em geral e especificamente o mútuo, o comodato, a compra e venda etc., sobre as sociedades, os censos, as promessas e a simonia concebida como venda de artigos sagrados. O esquema parece muito semelhante àquele elaborado na mesma época pelo anglicano Richard Hooker, no seu *Of the Laws of Ecclesiastical Polity*.

3. Os tratados "de iustitia et iure"

O nascimento da teologia moral não parece, portanto, separável da reflexão sobre a lei que, na segunda metade do século XVI, também se torna um tratado autônomo dentro da teologia, a primeira reflexão orgânica sobre o direito e, por conseguinte, de certo modo, a primeira filosofia do direito dos tempos modernos. O ponto de partida pode ser encontrado na metade do século XVI, quando o dominicano Melquior Cano insere no seu *De locis theologicis* o tema da lei

---

23. M. Turrini, *La coscienza e le leggi*, cit., pp. 245-99, sobre os temas da obrigação em consciência das leis humanas e sobretudo das leis penais e tributárias.

no centro da síntese entre o direito e a teologia, retomando o objetivo não apenas especulativo, mas também prático, da teologia. Na conclusão da sua obra (pelo menos da parte que conseguiu completar, pois a morte o impediu de compor os últimos livros), afirma que segue Tomás de Aquino contra Duns Scot, Jean de Jandun e Cajetano, porque, segundo ele, não se pode proceder na teologia com o método das formulações matemáticas e da persuasão: para a salvação do homem, deve-se colocar no centro da discussão o problema da lei, não a probabilidade matemática, e sim a certeza da disciplina[24]. Desse modo, a autoridade dos doutores escolásticos, ilustrada no livro VIII da sua obra, compreende tanto os teólogos quanto os juristas: não pode existir um bom teólogo prático e, portanto, tampouco um bom confessor que não seja também um bom canonista, uma vez que, para não se enganar, precisa conhecer todas as coisas que dizem respeito às ações humanas e aos costumes cristãos[25]. Mas se trata não apenas de uma justaposição, ou seja, de colocar

---

24. M. Cano, *De locis theologicis libri XII*, Lovanii, 1564, p. 902 (conclusão do livro XII e da obra): "Sed Scoto, Ianduno, Caietano, rationes probabiles visae, non item necessariae. Scotus porro et Jandunus, nam de Caietano dicam postea, videntur demonstrationes mathematicas quaesiisse. Si enim sapere ad sobrietatem vellent, et rei naturam, de qua disseritur, attente perpenderent, sane intelligerent, rationes quae animae in corruptionem probant, non suadere, sed vincere, si non protervum et repugnantem at certe docilem hominem, et ad disciplina leges bene informatum."

25. Ibidem, pp. 490-1 (liber VIII, cap. 6): "Confessiones autem audire, ac poenitentias iniungere sine iuris peritia vix quisque potest. Nam quod Caietanus dicit, poenitentes in excommunicationibus, aliisque eiusmodi poenis, ad iuris peritos remittendos esse, ne confessor ipse alterius facultatis onere pergravetur, id ignoro prorsus, quemadmodum sine magnis incommodis fieri quaeat... Item theologica facultas non est huiusmodi, ut tantummodo animo rem cernat, sed etiam molitur et facit. Est enim, ut scholae verbis utar, partim speculativa, partim practica... Quae omnia si theologus ignoret, non solum idiota erit, sed in multis, praesertim quae ad actionem pertinent, et ad mores christianos, hallucinabitur. Atque utinam theologi, qui iuris canonici sunt penitus ignari, vel a decernendis conscientiae casibus abstinerent, ne imperiti risui haberentur, cum de his nonnunquam respondent ut magistri, quae nunquam ut discipuli didicerunt, vel certe ea essent modestia praediti, ut iurisperitos consulerent, ne divinando de sensu proprio responderent."

lado a lado, como na época anterior, a teologia e o direito canônico, a primeira como ciência do ser, e o segundo como ciência do dever-ser: a teologia deve elucidar os princípios inspiradores da conduta humana, assim como ocorre com a filosofia, de modo que, com base nessa elucidação, possa ser racionalmente construída a estrutura do direito em relação à razão natural, à Escritura, à filosofia e à história humana[26].

Esses princípios foram desenvolvidos na mesma época no primeiro grande tratado "de iustitia et iure", de outro dominicano, docente em Salamanca, Domingo de Soto[27]. Não podemos aqui analisar essa obra num plano mais geral, mas tentaremos compreender o que, na minha opinião, constitui um elemento novo para o nosso tema. Certamente é possível entrever o início de uma segunda fase da chamada "segunda escolástica", a fase que politicamente coincide com o emergente reino de Felipe II: com o total desaparecimento da esperança de uma ordem jurídica universal, que o império de Carlos V ainda havia alimentado (e que no futuro permanecerá apenas na utopia de Campanella), não há mais dúvida sobre o valor vinculador das leis civis estatais, quando estas forem justas para a consciência cristã: "facere contra legem principis est malum morale, ergo peccatum apud Deum"[28]. O que se tenta demonstrar é que elas, na sua au-

---

26. Ibidem, p. 495: "Cumque rursum philosophiae principia a theologis etiam habeantur, ut qui de virtutibus et vitiis, de fine humanae vitae, deque actionibus, quibus, ad hunc finem pervenitur, longe lateque disserant, et super harum rerum iactis fundamentis morum fabricam extruant: certe quae in iure de moribus ex principiis naturae ratione constitutis praescribuntur, ea theologus quasi suo sibi iure assumet, iureconsultisque exposita et enucleata tradet." A partir desses conceitos, seguem na obra de Cano os livros sobre a razão natural, a filosofia e a história humana.

27. D. de Soto, *De iustitia et iure libri decem*, Salamanticae, 1556 (reimpr. em 5 vol., Madri, 1967-1968). A respeito de Soto, mas em geral a respeito do pensamento sobre a lei na segunda escolástica, é fundamental o volume de G. Parotto, *Iustus ordo. Secolarizzazione della ragione e sacralizzazione del principe nella Seconda Scolastica*, cit.

28. Ibidem, I, p. 52 (livro I, q. 6,4): "Itaque quia respublica civilis, familia quoque Dei est, fit ut sicuti qui contra suas leges proximum offenderit, ante eius tribunal reus habeatur; qui vero secundum easdem fuerit erga eosdem proximos beneficus, dignus habeatur praemio: sic prorsus et qui leges huma-

tonomia, não se destinam a atingir todos os vícios, mas apenas a assegurar a paz no Estado e a justiça comutativa na sociedade: por isso, devem ser mutáveis e adaptadas às diversas circunstâncias históricas; o juízo de Deus e a justiça dos homens agem com base em parâmetros totalmente diferentes na mesma avaliação da gravidade dos delitos (exceto o de heresia e de apostasia, que atinge a religião em sua substância e, portanto, pode ser implicitamente equiparado ao delito de lesa-majestade)[29]. Soto e os outros tratadistas que o seguem esforçam-se para inserir o direito positivo estatal, móvel e parcial, num quadro mais geral da lei, da norma entendida como norma moral. Na verdade, toda a sua doutrina geral sobre a lei (eterna, natural, civil e divino-positiva) parece aderir à tradição tomista com grande fidelidade, mas, a meu ver, a novidade consiste na afirmação da distinção fundamental entre a lei humana, política e civil, que tem o seu fundamento e a sua medida apenas no objetivo da paz e do bem comum, e o universo das normas morais, que derivam direta ou indiretamente da lei natural e divina. Esse

---

nas per potestatem ab ipso collatam conditas, vel violaverit, vel custodierit. Et hoc est ligare in conscientia." Aqui se abre uma polêmica contra Gerson (cuja doutrina pouco se distingue da heresia luterana, conforme afirma Soto) sobre o direito da autoridade eclesiástica de promulgar leis positivas, não diretamente derivadas da lei divina. Deixemos também de lado a discussão (que ocupará toda a reflexão posterior) sobre o problema da justificação sagrada ou pactual do poder.

29. Ibidem, I, p. 48 (livro I, q. 6,2): "Ea potissimum vitia, flagitia, et scelera debent leges humanae prohibere, quae rempublicam de sua pace et quiete deturbant: qualia sunt crimina quae iniuriam habent annexam: puta illa que sunt contra commutativam iustitiam, ut homicidia, furta, adulteria, fraudes et insidias, atque id genus reliqua. Enimvero tranquillitas haec et republicae serenitas, scopus est et finis omnium qui leges condunt. Qui vero alia quae impune permittunt, ut haec evitentur sinunt : nempe meretricia, ut adulteriis obvietur ; usurae, ut caveantur furta. Hinc fit crimina et scelera non quo graviora sunt coram Deo durius in republica vindicari: sed quo pacis sunt magis inimica. Peniuria enim quae peiora sunt furtis, et blasphemiae quae homicidia sua immanitate exuperant, non prohibentur capitali supplicio, sed Deo reservantur castiganda. Verumtamen illa quae substantiam religionis concutiunt, ut haereses et apostasiae, atque illa quae sua foeditate aures inficiunt, licet non sint hominibus iniuriosa, acerbius nihilominus sunt vindicanda."

universo normativo moral, na medida em que não coincide com a lei humana e em que as mesmas normas cerimoniais e judiciais, derivadas do Antigo Testamento, são historicizadas (ou seja, são referidas à condição histórica contingente do povo de Israel, restando apenas o Decálogo como síntese das normas morais perenes), encontra seu fundamento não somente na justiça, mas também em todo o sistema das virtudes e culmina com a caridade: restam a lei e o objetivo do bem comum, mas o ponto de vista da lei divina e o da humana diferem substancialmente[30]. A justiça tem, portanto, duas faces distintas, aquela do juízo divino e aquela humana, e com base nessa distinção são discutidos todos os problemas concretos, desde a restituição do bem roubado até os vários delitos, como o homicídio, o furto e a usura: o que pode ser culpa grave perante Deus pode ser também culpa leve perante os homens e vice-versa, ou até mesmo não constituir culpa em determinadas circunstâncias. Sendo assim, torna-se crucial a posição do juiz que, mesmo conhecendo uma verdade diferente dos fatos legalmente surgidos e, às vezes, estando convencido de que a lei é injusta, deve aplicá-la com base nos testemunhos contra as próprias convicções: Pilatos foi culpado não por ter condenado Cristo, obedecendo à lei humana, mas por não ter desempenhado bem o seu ofício de juiz em sede processual. O objetivo da autoridade é manter a paz, e esta não pode ser mantida sem a aplicação da lei no seu valor exterior, pois uma solução diferente, baseada na consciência pessoal do indivíduo, comportaria a sublevação do povo[31].

---

30. Ibidem, p. 105 (livro II, q. 3,2): "Nam etsi omnis lex in bonum commune referatur, commune tamen bonum aliter lex humana prospicit, aliter vero divina."

31. Ibidem, III, p. 438 (livro V, q. 4,2): "Publica iudicia ob tranquillitatem et quietum statum reipublicae constituta sunt, atque eo pacto ut nulla sit patula iudici via declinandi, ubivis libuerit, a veritate. Si autem non teneretur secundum allegata iudicare, pax illico reipublicae turbaretur. Nam cum populus de occultis non iudicet, videns non stari publicis probationibus, non posset non in iudicem proclamare." Sobre o problema da consciência do juiz, ver M. Turrini, "Tra diritto e teologia in età moderna: spunti di indagine", in *Il concilio di Trento e il moderno*, cit., pp. 255-70.

Esse tratado de Soto, em conclusão, parece abrir a porta para a transformação do direito natural tradicional num universo normativo moral, que pode ter sua vida em contraposição dialética com o direito estatal positivo, definível apenas historicamente, um universo normativo que tem seu fundamento na teologia e na razão e que é atemporal: não é mais um ordenamento concorrente como na tradição medieval, mas, de certo modo, distancia-se, sem deixar-se envolver, a não ser no ápice terminal do poder ou no profundo da consciência, nos problemas da administração da justiça terrena. Não entraremos aqui no exame dos outros tratados "de iustitia et iure" que se seguem nas décadas posteriores de modo autônomo ou como comentário à *Ia IIae* da *Summa* de Tomás de Aquino: basta-nos ter proposto a tese, bastante diferente daquelas dos outros estudiosos da segunda escolástica[32], de que os teóricos espanhóis da segunda metade do século XVI, justamente enquanto exaltam o direito natural como expressão da racionalidade divina e natural, distanciam-no de fato da esfera jurídica em sentido próprio, para constituí-lo como norma moral suprajurídica, ainda que formalmente se refiram a toda a ordem jurídica cósmica, transmitida pela tradição justiniana. A concepção do direito positivo como mediação e vínculo entre as leis racionais naturais-divinas e as situações históricas concretas é dada como um postulado não demonstrado. Luis de Molina, também autor de um "de iustitia et iure" na última década do século, parte justamente da divisão tradicional do direito para determinar a nova visão. Segundo ele, existem dois modos de dividir o direito: o primeiro, em divino e humano, sendo que o divino divide-se em natural e positivo, e o humano, nas várias categorias conhecidas; o segundo, que Molina prefere seguir, é o de dividir todo o direito nas duas categorias gerais de natural e positivo, dividindo, então, o direito positivo em direito divino (como o Decálogo) e humano: com efei-

---

32. G. Ambrosetti, *Il diritto naturale della riforma cattolica. Una giustificazione storica del sistema di Suarez*, Milão, 1951; id., *Diritto naturale cristiano. Profili di metodo, di storia e di teoria*, Milão, 1985².

to, todo o direito humano é positivo[33]. Essa escolha de conceber todo o direito humano como positivo parece implicar uma nova definição da esfera marcada pelo comando da autoridade, eclesiástica e temporal, em relação a um direito natural que é colocado numa posição superior, mas deixado à reflexão teológica e filosófica, não àquela jurídica. Em suma, um direito natural, que já nos tratados de moral prática dos primeiros anos do século XVII tende a identificar-se com a sindérese, o princípio racional colocado na consciência[34].

4. Do direito natural ao jusnaturalismo

Nas observações feitas até o momento, estão implícitas duas teses a serem submetidas a discussão. A primeira é que, mesmo na continuidade do material intelectual usado, há uma descontinuidade no conceito de direito natural entre a Idade Média e a Moderna. Sendo assim, é oportuno ressaltar novamente a antiga distinção entre a teoria do direito natural, fundada na visão de ordenamentos jurídicos concorrentes entre si, e o jusnaturalismo enquanto afirmação teológica e filosófica do direito natural, como um sistema derivado da razão natural e formador de um segundo plano de

---

33. Citado no pequeno tratado *De divisione iuris in sua membra*, publicado no apêndice das obras de F. Suárez (Corpus Hispanorum de pace, XVI), Madri, 1973, pp. 261-72 (p. 262): "Hoc praehabito, altero duorum modorum conficere possumus divisionem iuris: primo, dividentes ius in divinum et humanum; et rursus divinum in naturale et positivum; et humanum postea in sua membra; secundo vero dividentes ius in naturale et positivum; et positivum in divinum et humanum (totum namque ius humanum positivum est). Et rursus humanum in ius gentium, civile et canonicum, ita ut canonicum sit quod per Ecclesiam ministrosve ipsius qua tale traditum est. Civile vero quod traditum est per potestates temporales. Et sic secundus modus dividendi mihi magis placet."

34. L. Carbone, *Summa summarum casuum conscientiae sive totius theologiae practicae in tribus tomis distributa*, 2 vol., Venetiis, 1606, I, p. 26 (livro I, cap. 11): "quoniam lex designat rationis ordinationem atque praeceptum; synteresis vero ipsi solum lumen rationi inditum; quod tamen interdum lex naturalis vocatur".

normas, que, antes de serem definidas como jurídicas, podem ser consideradas morais[35]. A segunda é que, diante do crescente monopólio da lei positiva por parte do Estado moderno, a Igreja romana, por meio da sua mais brilhante escola de pensamento, sustenta que possui duas expressões diferentes da autoridade conferida por Cristo: de um lado, é a intérprete da lei moral, de outro, pode promulgar leis positivas, necessárias à própria vida como corpo social visível, como república soberana *sui generis*.

Quanto à primeira tese, voltaremos a ela mais adiante, antecipando aqui apenas uma reflexão, como acréscimo a milhares de páginas que foram dedicadas a esse tema[36]: a passagem do direito natural ao jusnaturalismo, que serve de título a esta seção, quase sempre foi tratada do ponto de vista da filosofia do direito ou pelos historiadores das doutrinas, que não levaram em conta o quadro histórico em que esse pensamento se encontra inserido. Na minha opinião, muitas vezes isso fez com que se superestimasse o percurso interno do pensamento com respeito à evolução das instituições e das relações de poder, embora possa haver uma coincidência no diagnóstico conclusivo sobre a cisão entre o direito natural clássico e medieval e o jusnaturalismo moderno[37]. Nesse sentido, creio que também tenha sido superestimado o método de pesquisa, destinado a colher as fieiras de pensamento enquanto tais: por exemplo, medir a influência da segunda

---

35. R. Tuck, "The 'Modern' Theory of Natural Law", in *The Languages of Political Theory in Early Modern Europe*, organizado por A. Padgen, Cambridge, 1987, pp. 99-119; G. Alpa, "Ugo Grozio. Qualche interrogativo di un profano", in *Materiali per una storia della cultura giuridica*, 28 (1998), pp. 13-24.

36. Para uma síntese geral e a bibliografia de base, remeto a M. B. Crowe, *The Changing Profile of Natural Law*, The Hague, 1970. Dentre as obras mais importantes no imenso debate das últimas décadas, estão a de A. Passerin d'Entrèves, *La dottrina del diritto naturale. Saggio di interpretazione storico-critica*, Milão, 1954 (1980²); P. Piovani, *Giusnaturalismo ed etica moderna*, Bari, 1961; G. Fassò, *La legge della ragione*, Bolonha, 1964; id., *Scritti di filosofia del diritto*, 3 vol., Milão, 1982.

37. M. Villey, *La formazione del pensiero giuridico moderno*, cit., sobretudo as pp. 519-21.

escolástica católica no surgimento do jusnaturalismo moderno e, dentro dela, o peso inovador do pensamento nominalista-voluntarista medieval, em relação ao realismo tomista, com base no argumento de que o primeiro teria favorecido a distinção entre a lei natural e a lei divina[38]. A busca interna pelas várias correntes de pensamento é de uma correção sagrada: na moderna filosofia do direito natural ou, se preferirmos, do jusnaturalismo, junto ao componente da antiga teologia e da nova teologia moral católica, confluem elementos da moral das novas Igrejas reformadas e da ética laica, fortalecida pelo renascimento clássico e neo-estóico, como é de conhecimento geral. No entanto, esses elementos devem ser não apenas identificados no microscópio e pesados na balança da filologia dos textos e das palavras, mas também avaliados como expressão do momento histórico particular; do contrário, segundo a advertência que nos foi feita recentemente, correríamos o risco de chegar a genealogias abstratas, que deformam a compreensão até os dias atuais[39].

Detendo-nos por enquanto apenas na segunda tese, que diz respeito diretamente à Igreja romana, sabemos que a elaboração da segunda escolástica e dos tratados "de iustitia et iure" conclui-se com a compilação do tratado *De legibus ac Deo legislatore*, editado por Francisco Suárez, em 1612: pode-se dizer que ele recapitula todo o caminho percorrido (mesmo na estrutura do discurso e na amplidão das autoridades citadas) e que dominará nos séculos seguintes o pensamento católico até os nossos dias[40]. Naquilo que nos concerne e em

---

38. A esse respeito, G. Fassò também fez repetidas advertências na sua obra *Scritti di filosofia*, cit., pp. 642 e 809-30.

39. C. Dolcini, "Pensiero politico medievale e nichilismo contemporaneo. Riflessioni sul problema dello Stato e dell'unità d'Italia", in *Studi medievali*, 3.ª serie, 38 (1997), pp. 397-421. Um último exemplo dessas genealogias, embora muito erudito, parece constituir o volume de A. Brett, *Liberty, Right and Nature. Individual Right in the Later Scholastic Thought*, Cambridge, 1997.

40. A última edição foi realizada em oito volumes, por obra de um vasto grupo de estudiosos, com amplos ensaios introdutórios a cada tema e tradução espanhola paralela, na coleção *Corpus hispanorum de pace*: F. Suárez, *De legibus*, Madri, 1971-1981.

relação aos tratadistas anteriores, deveríamos deter-nos na capacidade de introduzir, mesmo além de cada referência, o pensamento jurídico num quadro teológico e, por sua vez, o quadro teológico numa moldura eclesiológica, que confere ao conjunto uma organicidade antes inexistente. É a nova concepção da Igreja, dada pelo seu confrade jesuíta Roberto Bellarmino, que de fato domina esse tratado e lhe confere uma nova consistência mesmo na repetição das fórmulas seculares. Sem entrarmos numa análise do ponto de vista teorético, basta-nos dizer que é o próprio Suárez quem nos fornece a chave para a interpretação da novidade do seu trabalho como sendo derivada do novo momento histórico. Voltando ao tema clássico das diferenças entre o direito canônico e o direito civil, ele escreve que houve, de fato, um tempo em que a "cura religionis" era naturalmente orientada para a honesta felicidade da república e estava sempre ligada, embora de maneiras diferentes, ao poder político: em contrapartida, na sua época a "cura religionis" é confiada de modo autônomo aos pastores da Igreja[41]. Portanto, creio poder dizer que, para Suárez, há três tipos diferentes de normas: o direito civil (que regula a vida da sociedade política), o direito canônico (que regula a vida da Igreja enquanto sociedade soberana visível) e a norma moral, que coincide com o direito natural-divino e com base na qual o julgamento pertence à Igreja por delegação divina. Referindo-se a Cícero e Ulpiano, porém com uma formulação muito mais nítida e moderna, ele define a jurisprudência civil como uma extensão da filosofia moral, destinada a governar os costumes da

---

41. F. Suárez, *De legibus (IV 11-20). De lege positiva canonica*, Madri, 1981 (IV, 11, 3), p. 11: "Unde quoad hanc partem civilis potestas magis limitata nunc est in Ecclesia quam esset ante christianam religionem; nam olim cura religionis ordinabatur ad honestam felicitatem reipublicae, ut supra ex divo Thoma notavimus. Nunc autem religio et spiritalis salus ac felicitas per se primo intenta est, et reliqua propter illam. Et ideo olim cura religionis vel pertinebat ad potestatem regiam vel cum illa coniungebatur in eadem persona vel illi subordinabatur; nunc autem cura religionis specialiter pastoribus Ecclesiae commissa est."

república[42]. Desse modo, a lei natural, que reside na mente humana e serve para discernir o honesto do torpe, refere-se à moral e à teologia[43]. Juridicamente, a "lex aeterna" de Suárez é apenas potencial e deve, portanto, ser realizada com um ato de vontade e de comando, ou por parte de Deus, mediante o direito positivo divino, ou por parte do homem, com a lei humana[44]. A partir desse ponto de vista, parece-me que Suárez contribua de fato com o processo de secularização do direito, se assim quisermos chamá-lo, não apenas no sentido de Hugo Grócio, mas também até de Thomas Hobbes, pois além de polemizar com o seu contemporâneo e colega-rival Gabriel Vázquez a respeito da relação entre Deus e a natureza e chegar a admitir como hipótese o conceito de "pura natureza", que permite a fundação de uma antropologia independente[45], tira conclusões práticas importantes a partir dessa laicização do fundamento da vida social: a vida social não deriva mais do pecado e da corrupção, mas da própria natureza do homem; a autoridade do direito natural como manifestação da vontade divina no coração do homem é, de certo modo, colocada fora da esfera do direito positivo[46]. Desse modo, ele desloca a fronteira da moral em relação ao direito positivo, permitindo, no que se refere ao direito canônico clássico, uma diferença substancial entre a esfera do pecado, como transgressão da norma moral, e a esfera da in-

---

42. F. Suárez, *De legibus (I, Prologus). De natura legis*, Madri, 1971, p. 5: "Unde fit ut iuris civilis prudentia nihil aliud sit quam quaedam philosophiae moralis ad regendos ac gubernandos politicos reipublicae mores applicatio seu extensio."

43. Ibidem (I, 3, 9), p. 44: "Lex ergo naturalis propria quae ad moralem doctrinam et theologiam pertinet, est illa quae humanae menti insidet ad discernendum honestum a turpi."

44. G. M. Chiodi, *Legge naturale e legge positiva nella filosofia politica di T. Hobbes*, Milão, 1970, p. 190.

45. L. Vereecke, *Conscience morale et loi humaine selon Gabriel Vasquez S.J.*, Tournai, 1957.

46. J.-F. Courtine, "Théologie morale et conception du politique chez Suarez", in *Les jésuites à l'âge baroque (1540-1640)*, organizado por L. Giard e L. De Vaucelles, Grenoble, 1996, pp. 261-78.

fração, como transgressão da norma civil ou canônica. Enquanto o pecado refere-se de fato a toda a humanidade, o direito canônico, como direito humano e positivo, refere-se apenas àquela parte da humanidade que pertence à Igreja visível[47]. O direito civil obriga em consciência (e, a esse respeito, Suárez concorda perfeitamente com Vázquez ao condenar a contestação apresentada por Gerson contra a obrigatoriedade em consciência da lei positiva, colocando um fim à disputa secular), não por uma concessão especial de Deus ou de Cristo, mas "ex ipsa natura rei", pela autoridade que os príncipes possuem de governar de modo autônomo, uma vez que o direito natural é colocado fora da lei humana (permanece em aberto o problema da origem pactual-constitucional do poder, com a sua cessão por parte do povo ao príncipe)[48]. Naturalmente, Suárez está bem longe de teorizar uma separação ou, menos ainda, uma secularização da norma jurídica: entre esses diversos planos, estende-se um território misto e sem fronteiras, no qual a Igreja pós-tridentina tenta fazer valer sua autoridade, interferindo na consciência dos príncipes e dos súditos, bem como na teoria do direito natural, como obrigação moral "ratione peccati"; a doutrina de Suárez é historicamente nova, na medida em que vê claramente diante de si a realidade do Estado moderno e do seu direito: não é absolutamente por acaso que o lugar privilegiado para essa elaboração seja a Espanha de Felipe II.

---

47. F. Suárez, *De legibus (III, 1-16)*, Madri, 1975 (III, 1, 2), p. 2: "Hic ergo tractamus de iure humano proprio, cui nomen legis humanae positivae accomodatum est; dicitur autem proprium alicuius civitatis, reipublicae aut similis perfectae congregationis. Unde huiusmodi etiam lex humana in civilem et canonicam distinguitur. Nam licet canonica de se possit esse communis universo orbi, sicut Ecclesia catholica universalis est, tamen de facto est propria huius communitatis, quae est Ecclesia Christi, et non est communis omnibus gentibus, quia non omnes sunt de Ecclesia."

48. S. Suárez, *De legibus (III, 17-35). De politica obbligatione*, Madri, 1977 (III, 24, 3), p. 114: "Atque hinc infertur potestatem hanc sic praecipiendi cum tam rigorosa obligatione non convenire principibus saecularibus ex speciali Dei aut Christi concessione, sed ex natura rei consequi ad illam potestatem quam habent a Deo ad gubernandam rempublicam in suo ordine."

Por certo, essas alusões foram feitas não para discutir o tema da lei em Suárez ou para demonstrar como se passa da concepção do direito natural enquanto "lex animata" à filosofia do direito natural ou, se preferirmos, jusnaturalismo, mas apenas para indicar uma etapa do percurso na formação de um novo "direito da consciência". Os moralistas católicos aparecem cada vez mais como juristas especializados no foro interno: a teologia-filosofia do direito natural é reconduzida por eles no âmbito da consciência, para fundar teoricamente esse novo tipo de legislação. A meu ver, a importância do caminho da segunda escolástica encontra-se no fato de que ela fornece a esses moralistas e à Igreja romana a base teórica para realizar essa nova jurisdição sobre as almas. O caminho católico caracteriza-se justamente pelo esforço de criar um sistema orgânico de pensamento e uma estrutura paralela à lei positiva e dotada de uma autoridade concorrente em relação a ela: a casuística constitui não apenas o instrumento perverso para controlar e tranqüilizar as consciências em relação a uma lei divina, administrada pela Igreja, mas também corresponde a uma eclesiologia precisa. No entanto, nela também confluem os diversos componentes que derivam do mundo reformado e do renascimento da ética clássica, aos quais é necessário fazer alguma alusão: as diversas tradições vivificadas pelas exigências comuns das Igrejas territoriais e dos Estados confessionais.

5. A ética protestante

O problema da relação entre direito e moral não podia deixar de envolver profundamente todas as Igrejas e todos os movimentos nascidos com a Reforma. Sua complexidade nos impede de traçar qualquer esquema, mas é necessário indicar sua forte presença nesse processo de juridicização da consciência, que constitui uma das encruzilhadas fundamentais para a passagem ao moderno.

O tema já havia sido proposto no início do século XX por Ernst Troeltsch num famoso ensaio sobre a essência do espírito moderno[49]: o mundo eclesiástico medieval agia com uma fusão compacta de direito, costume e moral, que eram mantidos numa união inseparável em parte por poderes mundanos, em parte por poderes espirituais. O Estado e o direito se libertam dessa fusão, e a moral, uma vez que tivera de se desvincular da tradição e da autoridade, é obrigada a distinguir-se tanto do direito quanto do costume, buscando uma nova fundação autônoma e iniciando um caminho em direção aos valores internos, porém imanentes, da consciência que terá o seu fim em Kant. Por conseguinte, a cultura nascida com a Reforma vê-se diante da mesma desvinculação realizada pela cultura católica, mas numa direção bastante diferente, que conduz à chamada ilha da consciência moderna[50]. Pelo menos é este o caminho percorrido pelo luteranismo, para o qual o fato de conferir ao Estado todo o sistema disciplinar externo da Igreja não possibilita a construção de fundações intermediárias da ética com base numa autoridade eclesiástica. O discurso luterano sobre a graça e a salvação, entre a lei e o Evangelho, implica, de fato, uma relação direta da consciência com a graça, excluindo toda mediação possível com um pessimismo antropológico radical. O mundo do direito é totalmente alheio a essa formulação (obviamente, se pudéssemos nos aprofundar, deveríamos distinguir a diferente posição de Melâncton) e deixado à autoridade secular. No entanto, não podemos evitar o problema da lei, sendo que há dois nós a serem desatados: a questão da lei na Escritura e a sua relação com a lei humana; a questão da graça, da culpa e da condenação eterna. Sobre esses temas desenvolve-se toda a discussão que leva ao surgimento da casuística luterana do século XVII: o cristão deve ser auxiliado pelos tratados de teologia prática a encontrar um acordo ou uma consonância entre a justiça de Deus, contida na Escritura, e a justiça dos homens, pois a experiência cotidiana

---

49. E. Troeltsch, *L'essenza del mondo moderno*, Nápoles, 1977, trad. it. organizada por G. Cantillo, pp. 125-74.
50. H. D. Kittsteiner, *Die Entstehung des modernen Gewissens Insel*, cit.

da vida demonstra que ele deve ser amparado nas suas decisões. Tendo de escolher entre inúmeras obras, podem ser citados os *Casus conscientiae*, do teólogo de Wittemberg, Friedrich Balduin (1628), o *De conscientia et ejus jure vel casibus*, de Wilhelm Amesius (1630), o *Informatorium Conscientiae Evangelicum*, de Arnold Mengering (que bem exprime em seu título a peculiar reflexão da teologia moral evangélica), até as *Institutiones theologiae moralis*, de Johannes Franz Buddeus (1712), cuja segunda parte intitula-se "Jurisprudentia divina"[51]. A única questão a ser ressaltada com essas citações esquemáticas é que, dentro da teologia moral evangélica, há uma tendência à reprodução do mesmo processo, ocorrido pouco antes no mundo católico, de construção de um direito da consciência, com as mesmas problemáticas e as mesmas discussões que encontramos na casuística católica: a diferença fundamental é que não se constrói, conforme dissemos, uma autoridade eclesiástica de referência. A crise da casuística luterana será, portanto, mais imediata e profunda do que a moral casuística católica, na medida em que essa jurisprudência divina não encontra mais uma cobertura imediata para a difusão do pensamento científico do século XVII e do racionalismo filosófico, quando são descartados as penas divinas, o castigo com as desgraças sobre a terra ou aquele eterno no além, que representam o único elemento coercitivo desse direito[52]. Segundo Cristiano Tomásio, a falta de coerção será o elemento que exclui definitivamente a ética da esfera jurídica e suprime, portanto, o foro da consciência enquanto tal, preparando a sua transformação na moral burguesa, deixando à consciência do cristão o único aspecto devocional, depauperado do momento ético coletivo.

---

51. Uma análise sintética encontra-se em J. Stelsenberger, *Syneidesis bei Origenes*, cit., pp. 129-34.

52. Pelo menos é esta a tese da fundamental obra de H. D. Kittsteiner, cit.: a parábola da ética luterana liga-se estreitamente à presença da "tempestade" (conceito-experiência que reagrupa todas as desgraças terrenas como castigo divino: fome, carestia, guerra etc.) e do inferno e à sua dissolução.

Ainda mais complexo é o discurso sobre o novo estatuto da ética no mundo, de inspiração calvinista. Temos aqui a famosa tese de Max Weber, que gostaríamos de tentar inverter, pelo menos na sua interpretação mais difundida e um pouco deformada. Não que a ética protestante possa nos ajudar a explicar o desenvolvimento do capitalismo, mas talvez o contrário: mesmo na diversidade das situações locais (dada a grande dispersão dos movimentos calvinistas), é constante o pedido de apoio, apresentado pelas Igrejas inspiradas no calvinismo, à nova sociedade mercantil e burguesa, para a fundação de uma moral de certo modo não coincidente nem com o Estado, nem com a única consciência individual do cristão. Parece-nos até historicamente evidente que, mais tarde, essa ideologia tenha sido freqüentemente a mais conforme com as exigências do desenvolvimento capitalista (ainda que certamente não o tenha produzido). Com relação à ética luterana, a ética calvinista tem a vantagem de dirigir-se à sociedade enquanto tal, como algo diferente em relação ao Estado, com visões mais ou menos democráticas ou participativas, mas que permitem a elaboração de uma doutrina (mais ou menos ligada à predestinação divina) de um foro da consciência que pode ter seu juízo residindo numa recompensa pelo bem e numa condenação pelo mal. Calvino parece absorver, como Lutero, o direito natural no direito divino: após a infração causada pelo pecado original, a lei natural coincide com o Decálogo e, mais genericamente, com a lei mosaica, mas a influência humanista, o patrimônio constituído pela cultura jurídica e a recuperação do pensamento estóico impulsionam o movimento calvinista da segunda metade do século XVI ao reconhecimento do direito natural como expressão de um estado primitivo, de uma Idade do Ouro, anterior ao pecado, quando todos os homens eram livres e as propriedades eram comuns, um modelo que, de certo modo, permaneceu na razão do homem após o pecado, num *dictamen* colocado por Deus no coração de todo homem, inclusive dos pagãos, como referência ao paraíso perdido. Desse modo, para os juristas de inspiração calvinista, como Charles du Moulin[53], resta sempre uma tensão não resolvida entre a esfera do direito, que se encontra essencialmente ligada ao particular, às leis e aos costumes, e a esfera do modelo natural-divino: o ponto de união continua sendo aquele tradicional da eqüidade (da *epieikeia*, que introduz na legislação positiva e na sua aplicação jurisdicional os princípios da razão) e, sobretudo, o vínculo da consciência[54].

Um dos fundamentos do pensamento jurídico humanista-reformado é a referência tradicional já enunciada por Baldus no início do seu comentário ao Digesto, à filosofia moral como "mãe e porta das leis"[55]. No entanto, paralelamente à esfera jurídica e positiva em sentido restrito, abre-se um terreno sem fronteiras na sociedade, na família e na economia, em que a reflexão conduz à construção de uma ética como conjunto de normas de comportamento nos terrenos ainda não delimitados pelo direito positivo, em função da conformidade com a lei divina e da utilidade geral. Inicia-se, portanto, um caminho paralelo e difícil em que o sistema do direito natural encontra no calvinismo o *humus* mais adequado para a sua expansão, entre a teologia e a jurisprudência, na fundação de uma ética como ciência e práxis do comportamento, uma tendência a uma casuística específica da vida cotidiana e da sociedade política: os *Ethici libri*, de Lamberto Daneau, representam a primeira sistematização orgânica desse espaço[56]. Deixando de lado todos os problemas

---

53. J.-L. Thireau, *Charles du Moulin (1500-1566)*, Genebra, 1980, pp. 73-91.
54. R. Savelli, "Derecho romano y teología reformada. Du Moulin frente al problema del interés del dinero", in *Del "Jus mercatorum" al derecho mercantil*, organizado por C. Petit, Madri, 1997, pp. 257-89.
55. G. Kisch, *Humanismus und Jurisprudenz. Der Kampf zwischen mos italicus und mos gallicus an der Universität Basel*, Basel, 1955, p. 157, de uma carta de Bonifácio Amerbach: "Videas et plerosque philosophiae cognitione destitutos..., qua una vel maxime Iuris candidatum instructum esse oportebat, ut haut iniuria Baldus, vir, qui in feliciora tempora incideret dignus, philosophiam, praecipue moralem, legum matrem et ianuam appellarit."
56. Ch. Strohm, *Ethik im frühen Calvinismus. Humanistische Einflusse, philosophische, juristische und theologische Argumentation sowie mentalitätsgeschichtliche Aspekte am Beispiel des Calvins Schülers Lambertus Danaeus*, Berlim –

mais propriamente políticos e inerentes à soberania e ao direito de resistência ao tirano, que são suportados por essa ética, o que nos importa notar, neste momento, é a concentração do interesse sobre o indivíduo, sobre a consciência, a formação de uma disciplina que não pode derivar apenas da coerção externa, um terreno em que o conceito de *aequitas* pode expandir-se muito além do que lhe é permitido na esfera do direito positivo, para se transformar em modelo de comportamento moral para a construção do indivíduo como novo sujeito jurídico. Tenta-se combinar a proclamação da lei divina, identificada no Decálogo, com a fundação de uma teoria das virtudes de cunho aristotélico e estóico[57] (com oscilações que caracterizam toda a reflexão calvinista do século XVII em todos os países da Europa), num conceito de "ordem" como hierarquia exterior e interior, modelada com base na beleza do universo natural ("nihil pulchrius ordine") e que encontra no quarto mandamento ("honra teu pai e tua mãe") o seu ponto de fusão, para a luta contra todos os perturbadores (em primeiro lugar o papa e os anabatistas) e para a repressão de todos os costumes que se desviam dos rígidos preceitos calvinistas[58].

Nova York, 1996. Sobre essa obra, ver M. Schmoeckel, "Das Gesetz Gottes als Ausgangspunkt christlicher Ethik. Zu calvinistischen Traditionen des 16. Jahrhunderts im Hinblick auf ihre rechtshistorische Relevanz", in *Jus commune*, 25 (1998), pp. 347-65.

57. Interessante para a compreensão das intenções do autor é o título completo da obra de Daneau: *Ethices christianae libri tres. In quibus de veris humanarum actionum principiis agitur: atque etiam legis divinae, sive decalogi explicatio, illiusque cum scriptis scholasticorum, iure naturali sive philosophico, civili Romanorum, et canonico collatio continetur. Praeterea virtutum, et vitiorum, quae passim vel in sacra Scriptura, vel alibi occurrunt quaeque ad singula legis Divinae praecepta revocantur, definitiones*, Genevae, 1577.

58. "Ex quo apparet omnia tum Oeconomica, tum etiam Politica praecepta ad hoc caput Legis referri oportere, qualia sunt ea quae docent cuiusmodi sunt et qualia subditorum officia erga Magistratus, contraque qualia Magistratum officia erga subditos. Quale officium uxoris erga maritum, et mariti erga uxorem, servi erga dominum, et domini erga servum. Denique discipuli erga magistrum, et contra magistri erga discipulum, quorum omnium auctoritas hoc praecepto sancitur" (citado em Ch. Strohm, *Ethik im frühen Calvinismus*, cit., p. 620).

Esse quadro pode, de fato, representar a tradição calvinista conforme ela se apresenta no início do século XVII, como um dos componentes mais importantes para a formação da autonomia da ética e para a criação do novo direito da consciência em relação à passagem do pluralismo dos ordenamentos medievais para o novo ordenamento que o Estado moderno em formação estava impondo: parece evidente um caminho diferente e paralelo no que se refere ao mundo católico, em que se constrói uma passagem do pensamento moral do plano jurídico para aquele teológico-filosófico, caminho esse que conduz à casuística, mas, além dela, prepara uma mudança cultural e antropológica.

6. A ética laica

Um terceiro componente ou uma terceira direção de marcha no caminho que conduz à separação entre a esfera moral e a esfera jurídica constitui-se daquela que se pode chamar de ética "laica" apenas em sentido negativo, ou seja, de falta de vínculo a algumas das Igrejas oficiais. Todavia, nela concorrem elementos e fragmentos culturais totalmente diferentes entre si, desde o renascimento do pensamento ético aristotélico até o novo maquiavelismo, à discussão sobre a razão de Estado. Falou-se a esse respeito de "ética libertina": creio que esse conceito possa ser útil se for usado para designar aquele componente particular que rejeita as Igrejas confessionais; pode ser equívoco se se estender para indicar o conjunto da reflexão filosófica, de derivação não teológica, sobre a relação entre a consciência e a lei[59]: na verdade, são rios culturais que correm não apenas fora das Igrejas – nos territórios que Calvino, antes de qualquer outro, atribuiu, com termo pejorativo, aos anabatistas e seguidores

---

59. No primeiro sentido, ver T. Gregory, *Etica e religione nella critica libertina*, Nápoles, 1986; no segundo, os dois volumes de S. Zoli, *L'Europa libertina (secc. XVI-XVIII). Bibliografia generale. Dall'Europa libertina all'Europa illuminista. Alle origini del laicismo e dell'Illuminismo*, Florença, 1997 (com mais de 300 páginas de útil bibliografia).

do espírito livre, "secte phantastatique et phurieuse des libertins qui se nomment spirituels"[60] –, mas que também correm dentro das Igrejas confessionais e formam uma imensa literatura filosófica, retórico-literária e política, que se estende do final do século XVI até boa parte do XVII, com reflexos absolutamente polivalentes, católicos, reformados e libertinos. Sem entrar nesse âmbito, limito-me a dizer que não é por acaso que a primeira reflexão moderna laica sobre a consciência nasce nas últimas décadas do século XVI: o problema da relação da consciência com a lei positiva diz respeito não apenas ao pensamento religioso, mas também ao pensamento de todos os intelectuais. A conotação desse caminho "laico" é dada pelo grande fundador Michel de Montaigne: "Les autres forment l'homme; je le recite" ["os outros modelam o homem, eu o descrevo"]. Todavia, o objetivo é sempre o de caracterizar a consciência e defini-la como foro interno, como tribunal pessoal em dialética ou em oposição com a lei positiva, eclesiástica ou civil: "J'ay mes lois et ma court pour jouger de moy, et m'y adresse plus qu'ailleurs. Je restreins bien selon autruy mes actions, mais je ne les estends que selon moi..."[61] ["Tenho minhas leis e meu tribunal para julgar a mim mesmo, e a eles me dirijo mais do que a quaisquer outros. Limito minhas ações segundo as alheias, mas somente as estendo conforme minha própria consciência..."]. Contudo, essa descoberta do tribunal interno deriva muito precisamente, conforme teoriza Montaigne no capítulo anterior, citando Cícero, não da distinção entre um direito universal ou comum e os direitos particulares, mas da contraposição entre a idéia de justiça, universal e natural, e a administração concreta da justiça, fragmentada e deformada a serviço das diferentes "polices"[62]. Sobretudo

---

60. J. C. Margolin, "Libertin, libertinisme et 'libertinage' au XVIe siècle", in *Aspects du libertinisme au XVIe siècle*, Paris, 1974, pp. 1-33.
61. M. de Montaigne, *Les essais*, organizado por P. Villey, Paris, 1965, pp. 804 e 807 (livro III, cap. II). [Trad. bras. *Os ensaios*, Livro III, São Paulo, Martins Fontes, 2001.]
62. Ibidem, p. 796 (livro III, cap. I): "La justice en soy, naturelle et universelle, est autrement reiglée, et plus noblement, que n'est cette autre justice

na França, as leis se multiplicaram de tal modo que acabaram por esvaziar a função judiciária da sua característica mais importante (a de concretizar e encarnar o direito), na vã tentativa de regular pela lei as situações humanas infinitamente diferentes[63]. Por um lado, o tribunal do novo Estado teorizado por Jean Bodin, com o seu novo voluntarismo político-jurídico, em que o soberano distribui penas e recompensas, transpondo para o Estado o modelo da ordem divina do universo[64]; por outro lado, o tribunal ou foro da consciência, cujo controle as Igrejas reivindicam fora das normas jurídicas positivas e Montaigne concebe como autônomo. Deixando de lado a vertente das doutrinas políticas, a discussão sobre o poder e sobre a "razão de Estado"[65], limitamo-nos a observar que nesse clima cresce uma cultura – de Montaigne a Charron e a tantos outros, sobretudo na França, após o

---

speciale, nationale, contrainte au besoing de nos polices. *Veri juris germanaeque justitiae solidam expressam effigiem nullam tenemus...*" (Cícero, *De officiis*, III, 17) ["A justiça em si, natural e universal, é regulada de outra forma e de maneira mais nobre do que essa outra justiça especial, nacional e restrita à necessidade das nossas polícias"].

63. Ibidem, p. 1066 (livro III, cap. 13): "Car nous avons en France plus de loix que tout le reste du monde ensemble, et plus qu'il n'en faudroit à reigler tous les mondes d'Epicurus... Il y a peu de relation de nos actions, qui sont en perpetuelle mutation, avec les loi fixes et immobiles. Les plus désirables, ce sont les plus rares, plus simples et generales; et encore crois-je qu'il vaudroit mieux n'en avoir point du tout que de les avoir en tel nombre que nous avons" ["Pois, na França, temos mais leis do que todo o resto do mundo, mais do que seria necessário para regulamentar todos os mundos de Epicuro... Há pouca relação entre nossas ações, que estão em perpétua mutação, e as leis fixas e imóveis. As mais desejadas são as mais raras, as mais simples e gerais; e creio que seria preferível não tê-las em absoluto a tê-las no número que as temos"].

64. D. Quaglioni, "Il problema penale nella 'République' di Jean Bodin", in *Individualismo, Assolutismo, Democrazia. Le categorie del pensiero politico moderno da Machiavelli a Tocqueville*, Nápoles, 1992, pp. 13-26. Sobre o problema geral em Bodin, ver, além de inúmeros ensaios do próprio Quaglioni, a introdução de M. Isnardi Parente a *I sei libri dello Stato*, de J. Bodin, vol. I, Turim, 1988 (2ª ed.).

65. M. Stolleis, *Staat und Staatsräson in der frühen Neuzeit. Studien zur Geschichte des öffentlichen Rechts*, Frankfurt a. M., 1990, trad. it. incompleta: *Stato e ragion di Stato nella prima età moderna*, Bolonha, 1998. Ver os ensaios do volume *Aristotelismo e ragion di Stato*, organizado por A. E. Baldini, Florença, 1995.

sofrimento das guerras de religião – que reconhece como fundamento da mutável e sempre relativa lei positiva unicamente o "poder" (como imposição ou na sua recepção consuetudinária)[66]. Eis a razão para a desvalorização da ciência política e a difusão do ceticismo; todavia, creio que se possa acrescentar que se trata não apenas de um comportamento de desilusão, de uma crise de valores, de uma perda de confiança nas capacidades do Estado de propor-se como instrumento para obter as finalidades éticas e, portanto, de um retorno do indivíduo do Renascimento (politicamente empenhado) a si mesmo, a um homem "dissociado": trata-se também da busca ansiosa, mas, por certo, não de um retorno de um novo sistema de normas e de um novo foro diante da crise dos ordenamentos medievais e da resposta dada a essa crise pelos Estados e pelas Igrejas confessionais. O problema, considerado na linha de desenvolvimento da modernidade, está no desdobramento da concepção da norma com a criação fora do direito positivo, que é cada vez mais fragmentado na política e na religião, de normas éticas de valor mais geral. Explora-se o terreno para a formação de novas regras, para o desenvolvimento de uma ciência da consciência, na redescoberta da *Ética* mais do que da *Política* de Aristóteles, sobretudo na elaboração da doutrina dos comportamentos como *medietas* e domínio sobre as paixões[67], doutrina essa que acaba se combinando com o conceito de "interesse" como novo ponto-chave entre o indivíduo e a sociabilidade, não limitado à esfera política: certamente a sociabilidade não coincide mais com a política e se dá início a novas concep-

---

66. Ver os textos contidos na antologia organizada por A. M. Battista, *L'assolustismo laico*, Milão, 1990. Da mesma autora, *Alle origini del pensiero politico libertino. Montaigne e Charron*, Milão, 1966 (reimpr. 1979) e os ensaios reunidos no volume póstumo *Politica e morale nella Francia dell'età moderna*, Gênova, 1998.

67. Para o âmbito luterano, ver a obra clássica de P. Petersen, *Geschichte der aristotelischen Philosophie im protestantischen Deutschland*, Leipzig, 1921. Quadro atualizado da discussão e ampla bibliografia em E. Nuzzo, "Aristotelismo politico e ragion di Stato: problemi di metodo e di critica attorno a due categorie storiografiche", in *Archivio di storia della cultura*, 9 (1996), pp. 9-60.

ções baseadas na troca entre interesses e poder[68]. Por essa razão, creio que também se possa apresentar a tese aparentemente paradoxal de que esse caminho se dá em direção diferente, mas no mesmo terreno em que se desenvolve em âmbito confessional com o debate sobre a casuística. Também por essa razão a busca da ética laica, libertina ou não, parece uma etapa importante na passagem do direito natural ao jusnaturalismo, ou seja, à admissão do conceito de direito natural da esfera jurídica àquela filosófica. "É preciso que se saiba, em primeiro lugar" – escreve Pierre Charron, reproduzindo Montaigne –, "que existe uma dupla justiça; uma justiça universal, nobre, filosófica, e outra totalmente artificial, particular, política, feita e condicionada para a necessidade das 'polices' e dos Estados"[69]. Nessa concepção do direito natural como lei escrita por Deus no coração dos homens, há não apenas o início da laicização e da fundação de uma ética autônoma[70], mas também a consciência do fim do direito natural como ordenamento: o juspositivismo será, em grande parte, o resultado desse processo de relativização que subverte tanto o *ius naturale* (como ordenamento cósmico) quanto o *ius gentium* (como ordenamento comum e reconhecido por todos os povos da terra)[71]. O dualismo moderno entre consciência e direito positivo poderá nascer apenas nesse panorama totalmente novo.

---

68. D. Taranto, *Studi sulla protostoria del concetto di interesse. Da Commynes a Nicole (1524-1675)*, Nápoles, 1992; G. F. Borrelli, *Ragion di Stato e Leviatano. Conservazione e scambio alle origini della modernità politica*, Bolonha, 1993.

69. P. Charron, *Sagesse*, livro III, c. 5, citado em A. M. Battista, *Alle origini del pensiero politico libertino*, cit., p. 198, e retomado mais amplamente por V. Dini, "Prudenza, giustizia e obbedienza nella costituzione della ragion di Stato in Spagna e Francia. Assaggi di lettura e prospettive di ricerca", in *Aristotelismo e ragion di Stato...*, cit., p. 259.

70. M. C. Horowitz, "Natural Law as the Foundation for na Autonomous Ethics: Pierre Charron's De la sagesse", in *Studies in the Renaissance*, 21 (1974), pp. 204-27.

71. D. Quaglioni, "'Assolutismo laico' e ricerca del diritto naturale", in *Il pensiero politico*, 25 (1992), pp. 96-106.

7. Hugo Grócio

Todas essas correntes confluem no pensamento de Grócio. Embora as raízes mais profundas do seu pensamento permaneçam sendo as calvinistas (o que é sempre necessário lembrar), ele integra no seu pensamento toda a reflexão elaborada na tradição católica, procedendo a uma espécie de secularização do pensamento teológico[72]: sua figura permanece central (uma espécie de ponto de referência ao qual se converge e do qual se parte nas mais variadas direções) mesmo num discurso circunscrito, como quer o nosso, ao problema do foro. O seu êxito e a sua recepção tão universal e, ao mesmo tempo, tão diversificada durante o século XVII já demonstram a sua figura polivalente, voltada ao passado e ao futuro. De um lado, parece que o objetivo da sua maior obra, definido nos célebres "Prolegômenos" ao *De iure belli ac pacis* (composto justamente na França, entre 1623 e 1624), seja a luta contra toda forma de relativismo e de utilitarismo individualista, em favor da reivindicação de um direito universal de natureza, baseado na racionalidade do homem e do cosmo. Na verdade, deixando de lado os artifícios retóricos, creio que ele use elementos dos pensadores laicos, bem como os daqueles teológicos da segunda escolástica, sobre o direito natural, para construir o edifício de uma ética coletiva, e não um sistema jurídico: de um lado, transforma os princípios morais em direito, estabelecendo as bases para o nascimento dos direitos subjetivos[73], e, de outro, juridiciza a teologia moral, exaltando a figura de um Deus legislador como fundamento da norma[74]. Isso explica como os seus intérpretes e seguidores conseguiram tomar as direções mais diver-

---

72. F. Todescan, *Le radici teologiche del giusnaturalismo laico, I: Il problema della secolarizzazione nel pensiero giuridico di Ugo Grozio*, Milão, 1983.
73. P. Haggenmacher, "Droits subjectifs et système juridique chez Grotius", in *Politique, droit et théologie chez Bodin, Grotius et Hobbes*, sob a direção de L. Foisneau, Paris, 1997, pp. 73-130.
74. J. La Grée, "Droit et théologie dans le 'De satisfactione Christi' de Hugo Grotius", in *Politique, droit et théologie*, cit., pp. 193-212.

sas, incorporando o direito natural na moral ou fazendo dele a alma do direito positivo.

Sem levar em conta as formulações gerais, sobre as quais foram escritas milhares de páginas, partamos do capítulo 20 do livro II do *De iure belli ac pacis*, dedicado às penas: creio que seja mais fácil medir de algum modo a taxa de juridicidade da sua proposta a partir desse capítulo do que a partir das definições gerais. Na longa dissertação inicial sobre a relação entre culpa e pena, o que chama a atenção é a centralidade do tema do pecado: este é a violação da ordem natural, a reflexão em que a sabedoria clássica se funde com o pensamento dos Padres da Igreja; o direito de punir, sancionado pela "lex Mosis", é mitigado pela "lex evangelica", mas não abolido. O problema é que, exceto em alguns casos previstos pelo direito das gentes, o indivíduo cristão, como homem privado, não pode fazer justiça com as próprias mãos[75]: o monopólio da punição pertence ao magistrado e ao Estado. De resto, nem todos os pecados são puníveis, nem os atos puramente internos, nem aqueles inevitáveis na condição humana. Tampouco são puníveis – e, nesse caso, creio que este seja o elemento novo – os pecados que não dizem respeito direta ou indiretamente à sociedade ou aos outros homens: a punição desses pecados deve ser deixada a Deus, bem como a punição pela falta de virtude, pois uma intromissão humana nessa esfera apenas traria problemas[76]. Des-

---

75. H. Grotius, *De iure belli ac pacis libri tres in quibus ius naturae et gentium item iuris publici praecipua explicantur*, organizado por B. J. A. De Kanter-Van Hettinga Tromp, Lyon, 1939 (reimpr. Aalen, 1993), p. 489: "Ex his quae dicta sunt hactenus colligi potest quam non tutum sit Christiano homini privato sive sui sive publici boni causa poenam sumere de improbo quoquam praesertim capitalem, quamquam id iure gentium nonnunquam permitti diximus..." Com essa alusão, parece-me que Grotius se vincula implicitamente à sua obra anterior, *De iure praedae*, na qual se questionava a respeito dos poderes das grandes companhias de navegação.

76. Ibidem, p. 493: "Tertio punienda non sunt peccata quae nec directe nec indirecte spectant ad societatem humanam aut ad hominem alterum. Ratio est quia nulla est causa cur non talia peccata relinquantur Deo punienda

se modo, a justiça é proporcional não à gravidade da culpa, mas ao dano provocado aos outros e à situação do indivíduo, enquanto a decisão e a aplicação da pena são monopólio do Estado. Nas relações entre os povos, isso se traduz numa legitimação da guerra não apenas como meio de defesa, mas também como instrumento de punição, legitimado pela tradição[77], em caso de graves violações do direito natural. A referência ao direito natural ocorre, portanto, apenas em relação ao direito de guerra, não à punição dos indivíduos, e também nesse caso é necessário distinguir entre os primeiros princípios gerais do direito, dedutíveis diretamente da natureza, os diversos costumes dos povos e os direitos historicamente adquiridos[78], levando em conta a ignorância coletiva dos povos não civilizados e a atrocidade dos delitos[79]. Depois de se referir à importância da religião como instrumento de coesão social, Grócio sustenta que, entre esses

---

qui let ad ea noscenda est sapientissimus, et ad expendenda aequissimus et ad vindicanda potentissimus. Quare ab hominibus punitio talis institueretur plane sine utilitate, ac proinde mendose."

77. Aqui, Grócio cita os pensadores da segunda escolástica: Vitoria, Vázquez, Azor, Molina.

78. Sobre a relação em Grócio entre a dedução filosófica dos princípios (com a analogia do processo matemático) e a investigação sobre os direitos das gentes por meio do conhecimento histórico, ver R. Schnepf, "Naturrecht und Geschichte bei Hugo Grotius. Ein methodologisches Problem rechtsphilosophischer Begründung", in *Zeitschrift für neuere Rechtsgeschichte*, 20 (1998), pp. 1-14.

79. Ibidem, p. 512: "Tertia, ut diligenter distinguamus inter principia generalia, quale est honeste vivendum, id est secundum rationem, et quedam his proxima, sed ita manifesta ut dubitationem non admittant, ut est alteri suum non rapiendum, et inter illationes quarum aliae facilem habent cognitionem, ut posito matrimonio non admittendum adulterium, aliae vero difficiliorem, ut ultionem quae in dolore alterius acquiescit esse vitiosam... Sicut ergo circa leges civiles eos excusamus qui legum notitiam aut intellectum non habuerunt, ita et circa naturae leges par est eos excusari quibus aut ratiocinationibus imbecillitas aut prava educatio obstant... Postremum illud addendum, quod semel dico ne saepe repetam, quae ad poenam exigendam suscipiuntur bella suspecta esse iniustitiae, nisi scelera sint atrocissima et manifestissima aut alia simul aliqua causa concurrat."

delitos mais graves, também se pode enumerar, segundo as diretrizes da segunda escolástica, o de impedir a difusão da religião cristã, pois não há nada nela que possa ser ameaçador para os povos.

Sem entrar numa análise detalhada dos estudos sobre o pensamento de Grócio a esse respeito, basta-nos aqui deduzir que a referência à violação do direito natural não se refere às leis civis, mas apenas às relações internacionais e interestatais: a eficácia do direito natural como ordenamento é limitada à guerra e, nestas páginas, nem chega a abordar o problema do direito penal estatal, que é deixado no campo da legislação positiva, dentro do quadro da referência tradicional aos princípios éticos gerais, ao direito subjetivo como "faculdade moral", no sentido já indicado por Suárez. Nesse sentido, a análise deste capítulo sobre a pena parece particularmente significativa para interpretar a definição geral do direito natural dada por Grócio no prólogo da obra. Ele vê o direito natural como um ditame da reta razão, que indica a torpeza moral ou a necessidade moral inerente a um ato proibido ou comandado por Deus[80]: resta a novidade do famoso inciso "etiamsi daremus, quod sine summo scelere dari nequit, non esse Deum aut non curari ab eo negotia humana", que, na verdade – conforme demonstrado –, também remonta ao século XIV, a Gregório de Rimini[81].

Na realidade, Grócio parece fornecer a maior síntese das diversas tradições culturais e religiosas, mostrando seu conhecimento sobre a cisão entre o mundo ético, que tem seu fundamento na natureza e na razão, e o mundo do direito positivo, que tem suas características primárias na coerção: apenas onde esta não é prevista intervém a norma de-

---

80. Ibidem, p. 1 (I, 1): "Ius naturale est dictatum rectae rationis indicans actui alicui, ex sui convenientia aut disconvenientia cum ipsa natura rationali, inesse moralem turpitudinem aut necessitatem moralem, ac consequenter ab auctore naturae Deo talem actum aut vetari aut praecipi."

81. H. Welzel, *Naturrecht und materiale Gerechtigkeit*, Göttingen, 1951 (1990⁴), p. 20; K. Haakanonssen, *Natural Law and Moral Philosophy from Grotius to the Scottish Enlightenment*, Cambridge, 1996, p. 20.

rivada da natureza e da razão como um "Deus ex machina", que se pronuncia sobre a guerra e sobre a paz[82]. Se me for permitida uma certa simplificação, eu diria que Grócio leva adiante não uma, mas duas secularizações, se assim pudermos dizer, em sentido contrário: de um lado, aquela do pensamento teológico, que é excluído da esfera jurídica; de outro, aquela do pensamento jurídico, das "regulae iuris", que, de certo modo, são abstraídas do seu plano concreto para serem conduzidas ao plano da filosofia do direito e teologizadas[83]. É muito interessante o fato de que, na sua obra posterior, *De veritate religionis christianae*, Grócio compara a abolição das leis judiciárias e cerimoniais do antigo Estado de Israel por parte de Deus (abolição ocorrida com a proclamação por Cristo da nova lei evangélica) com o ato de um soberano moderno que abole os vetustos estatutos municipais para introduzir no seu reino um direito único[84]. Caberá aos seus intérpretes desatar esse nó numa ou noutra direção, tentando, com o contratualismo, inserir os princípios no direito positivo ou condicionando-os à soberania de um poder de origem divina.

8. Leis da consciência *versus* leis positivas

Se existe algo de consistente nos traços que seguimos nos parágrafos anteriores – a explosão da literatura sobre os casos de consciência, o desenvolvimento da chamada casuística ou casística a que aludimos no início do capítulo –, ela

---

82. Cf. R. Schnepf, *Naturrecht und Geschichte bei Hugo Grotius*, cit.

83. M. de Villey, "Le moralisme dans le droit. À l'aube de l'époque moderne (sur un texte de Grotius)", in *Revue de droit canonique*, 16 (1966), pp. 319-33.

84. H. Grotius, *De veritate religionis christianae*, livro V, cap. 7 (ed. Hallae, 1734, p. 305): "Peculiaria ergo erunt haec praecepta, sive ob vitandum aliquod malum, in quo proni erant Iudaei, sive ad experimentum oboedientiae, sive ad rerum futurarum significationem introducta. Quare non magis mirandum est, ea aboleri potuisse, quam si quis Rex municipalia quaedam statuta tollat, ut toti imperio ius idem statuat. Neque vero quidquam adferri potest, quo probetur, Deum se adstrinxisse, ne quid eius mutaret."

assume um significado bastante novo no quadro não apenas da cultura, mas também da "constituição" substancial da Europa, como tentativa de transpor o pluralismo dos ordenamentos jurídicos, que havia caracterizado o mundo medieval, para um dualismo moderno entre a consciência, as leis da consciência e as leis do direito positivo. Isso explica a participação de todas as Igrejas e correntes teológicas, católicas e protestantes, além das correntes filosóficas laico-libertinas de todos os países europeus na produção casuística e, de maneira mais geral, nos casos de consciência, e também pode explicar a enorme dimensão desse fenômeno, do contrário realmente inexplicável, e as lutas que se desencadearam ao seu redor. Trata-se de uma contenda pelo poder sobre as consciências, no momento em que as leis positivas ainda se encontram frágeis e em formação, fragmentadas, contraditórias, ansiosas por construir a plataforma dos novos Estados territoriais e submetidas a críticas ferozes; tal contenda se dá também no momento em que os juízes ainda não renunciaram ao poder tradicional de criar o direito, e não apenas de aplicá-lo, em que as Igrejas renunciaram a grande parte de sua jurisdição canônica tradicional e buscam recuperá-la no plano do direito das consciências[85]. A passagem fundamental parece ser a que se pode perceber na obra do jesuíta Paul Laymann, cuja primeira edição data de 1626: ele é o primeiro a colocar o tratado sobre a consciência como base da teologia moral e, portanto, a separar sistematicamente o foro interno, atribuído apenas ao novo direito da consciência, da esfera jurídico-positiva. A consciência é o ato da razão prática sobre as ações particulares, deduzido por raciocínio dos princípios universais, e que nos faz entender o que é honesto e o que é desonesto[86]. Nos mesmos anos,

---

85. Para uma história geral da casuística no interior da teologia moral, ver A. R. Jonsene e S. Toulmin, *The Abuse of Casuistry. A History of Moral Reasoning*, Berkeley – Los Angeles – Londres, 1988.
86. P. Laymann, *Theologiae morali in quinque libros partitae...* (livro I, cap. 1), ed. Venetiis, 1710, t. I, p. 1: "Conscientia definitur, *Actus intellectus practici iudicantis aliquid hic, et nunc agendum esse, vel fuisse tamquam honestum; vel fugiendum esse, aut fuisse tamquam turpe, et inhonestum*. Vel sic *Conscientia est iu-*

desenvolve-se uma literatura que substitui aquela tradicional das *differentiae* entre o direito civil e o canônico; nesse momento, tende-se a estabelecer os diversos princípios que regem a ciência moral, diferenciando-a daquela jurídica e indicando fundamentos e metodologias opostas[87]. Nas décadas posteriores, essa parte introdutória sobre os princípios gerais aumenta a sua influência em todos os tratados de teologia moral até configurar um caráter totalmente sistemático, com referência paralela ao *systema iuris*: a teologia moral, como qualquer ciência e como o próprio direito, possui os seus princípios, dos quais depende unicamente[88].

Conforme já dito, não pretendemos aqui seguir essas divergências internas, mas colocar em evidência o significado unitário de tantos movimentos desordenados, que muitas vezes produzem resultados opostos àqueles aparentes; a referência à lei interior e à graça, por exemplo, pode ser

---

dicium rationis practicae circa particularia, per ratiocinationem deductum ex principiis universalibus contentis in synderesi." Cf. M. Turrini, *La coscienza e le leggi,* cit., pp. 183-4.

87. Por exemplo, Vincentius Turturetus, *Parallela ethica et iuridica,* Parisiis, 1629: são 86 dissertações conduzidas paralelamente no plano jurídico e no plano ético sobre questões como o vício e a virtude, a felicidade, a esperança, o amor etc.

88. É o que se encontra no célebre *Cursus Salmanticensis* do colégio dos Padres carmelitas de Salamanca ou, mais exatamente, *Cursus theologiae moralis Collegii Salmanticensis FF. Discalceatorum S. Mariae de Monte Carmeli,* em seis grandes tomos. O V tomo (Venetiis, 1721, o autor é o carmelita Sebastianus a Sancto Joachim) antepõe à exposição do decálogo um longo tratado de 70 páginas, em duas colunas, cujo proêmio inicia-se da seguinte forma: "Inchoatam nostri Salmanticensis Cursus Theologiam Moralem peracturus, Decalogique praecepta explicanda aggressurus, quo aptius utar exordio, quam ut ad regulas, et principia generalia moralitatis tradenda, et eorum satis implexas difficultates superandas, animum, et operam primo amovere curem? Cum enim Theologia Moralis, sicut quaelibet alia scientia, ex propriis principiis unice dependeat, impossibileque sit, scientificam cognoscere conclusionem, nisi eam deducendo per resolutionem ad principia; et ut inquit Baldus in leg. 1 ss. de origine iuris: *Ignorantis principia ignorantur principiata.* Ideo ne mutilus, aut mancus hic noster videatur Cursus, priusque ad Decalogi praecepta discedam, generalia principia ad omnes actus morales, eorumque malitiam, aut bonitatem cognoscendas, tradere in animum duximus."

útil, em circunstâncias históricas concretas, à afirmação do poder do soberano territorial e às suas leis, enquanto o que geralmente passa por uma adaptação dos comportamentos morais à mundanidade e ao laxismo pode, em determinadas circunstâncias, ter um resultado eversivo ou perigoso para a ordem estabelecida. Seria esta a verdadeira história da contenda mortal entre Pascal e o jansenismo, de um lado, e os jesuítas, de outro? Certamente ainda não temos condições de responder nem aqui, nem mais adiante, mas creio que, de todo modo, o problema deva ser apresentado. Afastando as excessivas simplificações, podemos apenas dizer que é oportuno iniciar uma verificação para buscar o mínimo denominador comum dos escritos de casuística que, a meu ver, é formado pelo esforço de identificar leis de comportamento em concorrência, mas também vinculadas ao crescimento do direito positivo estatal; sendo assim, trata-se tanto de estudar a casuística como laboratório dos futuros códigos quanto de compreender em que medida o debate sobre a casuística conseguiu garantir a sobrevivência do dualismo próprio do cristianismo ocidental, mesmo no momento mais difícil da era confessional e das tentações teocráticas. A fase aguda desse conflito se resolverá apenas na década que se segue às pazes de Vestfália, com a vitória do direito positivo estatal, a delimitação da esfera de competência moral, o desenvolvimento da ética dos interesses e o início de um sistema duplo binário da justiça, destinado a durar, com diversas soluções nos vários países, até os nossos dias.

Por conseguinte, centenas e centenas de tratados tentam construir, sobretudo na primeira metade do século XVII, um sistema de comportamentos que compreenda toda a vida do homem. Suas tipologias externas são muito semelhantes em todas as confissões e Igrejas cristãs: há tratados sistemáticos em que se parte de uma exposição teórica sobre a consciência, como *dictamen rationis*, para distinguir o bem do mal (e as suas patologias: a consciência duvidosa, escrupulosa etc.), para depois passar em ordem decrescente à sua relação com a lei (a lei divina e natural, o Decálogo, os preceitos da Igreja, os sacramentos etc.); em contrapartida, há tratados que são construídos com base na ordem alfabética dos casos considerados (de "abortum" e "adulterium" até "usura", "uxoricidium" ou "votum" etc.), verdadeiras enciclopédias com a exposição de milhares de casos variados, concernentes à vida do indivíduo, da família e da sociedade. Em meio a eles encontram-se inúmeras formas mistas de exposições sistemático-empíricas. O mesmo ocorre no plano do aprofundamento: desde os mais simples manuais, propostos à leitura do cristão comum, até os mais eruditos textos para o ensino universitário, repletos de intermináveis citações de autores. O exemplo mais conhecido da casuística é constituído pela coletânea que compreende as discussões e as *Resolutione Morales* de cerca de 20000 casos de consciência, do siciliano Antonino Diana, publicado em inúmeras edições, ampliações e correções, de 1629 até o final do século em toda a Europa[89]. Todavia, os exemplos poderiam ser infinitos.

Na Igreja católica, o papel emergente da casuística vincula-se ao sacramento da confissão, conforme já mencionamos: a maioria dos manuais de teologia moral destina-se direta ou indiretamente aos confessores, consolidando sua função de juízes da consciência, de profissionais de um mundo em que o sacerdote-juiz ainda podia criar um direito sobre o "pecado": não por acaso, quase todos os grandes autores desses novos tratados pertencem às ordens religiosas. Englobando as normas canônicas, a casuística intensifica seu discurso jurídico e se une ao sistema dos tribunais eclesiásticos mediante o instrumento dos casos reservados. Mas ela não tem apenas essa raiz. A necessidade de prever normas de comportamento dos católicos como minoria religiosa, em países com uma religião oficial diferente da católico-romana, coloca problemas que ultrapassam o simples contexto da prática religiosa coletiva. Não por acaso,

---

89. Ver S. Burgio, *Teologia barocca. Il Probabilismo in Sicilia nell'epoca di Filippo IV*, Catânia, 1998.

o terreno privilegiado para o desenvolvimento da primeira casuística é a Inglaterra elisabetana, onde talvez se insira a dinâmica culturalmente mais vivaz e interessante entre o componente católico e o anglicano: até que ponto o católico pode adaptar-se às leis inspiradas numa confissão diferente? Como é preciso comportar-se diante das exigências de "conformidade" por parte da autoridade herética e excomungada? A profissão de fé católica é compatível com a fidelidade política ao soberano?[90] Nascem todas as discussões sobre a liceidade da simulação e da dissimulação, sobre a mentira, a reserva mental, a anfibologia (uso de palavras que podem ter para o ouvinte um significado diferente da expressão externa do discurso de quem fala), sobre a liceidade do juramento de fidelidade ao soberano de fé diferente: quando nas mais variadas situações a própria vida ou a alheia encontra-se em perigo ou os valores importantes são ameaçados, como o cristão deve se comportar?[91] Fundamentalmente, trata-se sempre do ditame da autoridade eclesiástica, e não podemos aqui nem mesmo lembrar as intervenções de Roma para manter nas próprias mãos o controle dessa construção, crescida de certo modo espontaneamente e fora de qualquer projeto global: mesmo a concorrência entre as congregações cardinalícias romanas é um indício dessa situação confusa, mas a tendência é sempre a de partir

---

90. P. J. Holmes, *Elisabethan Casuistry*, Londres, 1981; id., *Resistance and Compromise; the Political Thought of the Elisabethan Catholics*, Cambridge, 1982; L. Gallagher, *Medusa's Gaze: Casuistry and Conscience in the Renaissance*, Berkeley, 1991; M. L. Brown, *Donne and the Politics of Conscience in Early Modern England*, Leiden – Nova York – Colônia, 1955.

91. Fundamentais para todo esse discurso são os ensaios contidos no volume heterogêneo *Conscience and Casuistry in Early Modern Europe*, organizado por E. Leites, Cambridge, 1988; P. Zagorin, *Ways of Lying: Dissimulation, Persecution and Conformity in Early Modern Europe*, Londres – Cambridge, Mass., 1990. Quanto à determinação do problema na história da moral e à bibliografia de base, ver A. Bondolfi, "'Non dire falsa testimonianza'. Alcuni rilievi storici sul preteso carattere di assolutezza dell'ottavo (nono) comandamento", in *Verità e veracità. Atti del XVI congresso ATISM*, organizado por B. Marra, Nápoles, 1995, pp. 41-95.

do exame do caso em direção a uma sentença que, de certo modo, coloque um fim às dúvidas e às incertezas da consciência individual.

Nos países protestantes, conforme dissemos, o papel da casuística difere por duas razões: a referência fundamental à Escritura e uma tendência maior à persuasão do indivíduo cristão e à elaboração de leis intrínsecas ao mundo moral, mais do que de sentenças da autoridade eclesiástica. No entanto, as estruturas formais e os conteúdos culturais parecem muito semelhantes, e a interação é contínua, mesmo no nível da utilização de textos de outra confissão. Nos países reformados, as Igrejas também tentam resolver, não com base nas definições conciliares e papais, e sim na Bíblia e nas mais respeitadas interpretações, as dúvidas e as ânsias do cristão comum sobre problemas que a consciência enfrenta nas ações cotidianas entre os comandos divinos e eclesiásticos e as situações concretas da vida: apenas raramente a última saída é a confissão, mas, de todo modo, é a disciplina eclesiástica e o vínculo que são colocados em discussão. Embora os caminhos entre a casuística protestante e a católica sejam muito diferentes, parece-me que, nas conclusões, elas são um tanto quanto paralelas: junto à profissão de fé encontra-se a submissão a esse corpo de normas eclesiásticas e morais, que define os membros da comunidade religiosa enquanto tais e os representa diante do Estado, e é a formação da consciência nessa ciência que caracteriza os ministros das várias Igrejas.

Mesmo no plano dos conteúdos, os manuais de teologia moral ou de consciência dos católicos e dos protestantes não diferem muito entre si nas temáticas: após uma introdução sobre a consciência em si, inserem-se no tronco do Decálogo todas as problemáticas relativas aos preceitos eclesiásticos e à participação nos sacramentos, na vida social, nos pecados-delitos contra a propriedade, nos contratos, na sexualidade. Michel Foucault evidenciou a preponderância do problema sexual na visão da primeira metade do século XVII, como período de gestação da repressão moral, da definição pecaminosa do sexo, que caracterizaria, como instrumento do Estado, a sociedade burguesa em todos os séculos posteriores até a era vitoriana e depois dela[92]. Há muito de verdade nessa intuição, que permaneceu fundamental para as pesquisas históricas das últimas décadas, e creio que ela seja mesmo imprescindível. Limito-me a uma observação, de certo modo complementar, que, no entanto, pode mudar um pouco o quadro interpretativo geral. A família representa o setor da vida social que as Igrejas defendem como se fosse seu território privilegiado diante da invasão do poder estatal: por conseguinte, elas não se apoderam da esfera sexual, mas a inserem num discurso sobre a ciência da consciência e sobre o direito da consciência, que ultrapassa a esfera sexual e somente muito mais tarde será englobado na *police* estatal. Desse modo, parece-me que esse problema também deva ser examinado no contexto dos mecanismos institucionais e culturais, e não simplesmente indicado como expressão de um poder anônimo, que encontra na confissão o seu instrumento para subjugar os homens. Certamente há uma concepção "jurídica" ao se regular a vida sexual, mas trata-se de um processo complexo: existe não apenas a presença das monarquias ocidentais do antigo regime como sistemas de direito, mas existe também uma dialética, em que a juridicização da consciência – e, portanto, em primeiro plano, da sexualidade como esfera não absorvida na política – permanece por muito tempo como o instrumento das Igrejas para a afirmação da sua autoridade na sociedade após o fim do direito canônico medieval. Saber sobre sexo é, portanto, um instrumento de poder, mas não em sentido único: a ciência da consciência, no sexo como em tantos outros setores, é usada para reforçar um argumento diferente daquele do súdito. A batalha que se combate na primeira metade do século XVII se dá nos países católicos e nos reformados como hipótese de construção de um sistema jurídico, de certo

---

[92]. Ver sobretudo M. Foucault, *Histoire de la sexualité. I: La volonté de savoir*, Paris, 1976.

modo alternativo ou em dialética com aquele político. Não há dúvida de que, a partir da segunda metade do mesmo século, o Estado sai vencedor desse conflito e tende a absorver o novo direito da consciência dentro dos seus aparatos de poder. A esse respeito, retornaremos mais adiante.

Sendo assim, novas pistas de pesquisa deveriam ser aprofundadas não apenas no que concerne às normas morais sobre a família, mas também em razão da propriedade, da economia de troca, dos contratos, da usura e do empréstimo a juro etc.: o que parece certo é que não são mais admissíveis simplificações historiográficas como as que atribuíam a estagnação italiana ao peso opressor da escolástica e da casuística, sem sequer considerar a extensão européia do fenômeno[93]. Certamente, a reflexão desenvolvida no século XVII sobre a moral mostra, sobretudo na Itália, os efeitos do clima geral de uma sociedade que tende a controlar o indivíduo mantendo-o num papel preestabelecido e rígido, instrumentalizando para esse fim tanto a ética aristotélica quanto a doutrina cristã[94]. Mas o esforço da teologia moral e da casuística é também, com seu peso e suas contorções, o de erigir um foro paralelo, um ponto de referência para as antigas e as novas classes emergentes – sobretudo no que concerne aos problemas econômico-sociais e familiares, para os quais o antigo e venerável direito civil não tinha respostas adequadas[95] –, com base num direito da consciência, um direito-moral, que age, de um lado, sobre a lei divina (já expulsa do direito positivo e absorvida por ele) e, de outro, na busca de leis, paralelamente ao novo conceito da natureza e do homem, aos desenvolvimentos da ciência, da matemá-

---

93. S. J. Woolf, "La storia politica e sociale. La ripresa dell'Italia (1700-1750)", in *Storia d'Italia Einaudi*, III, Turim, 1973, p. 6.
94. E. Mazzocchi, "La riflessione secentesca su retorica e morale", in *Studi secenteschi*, 38 (1997), pp. 11-56.
95. J. Barrientos García, *Un siglo de moral economica en Salamanca (1526-1629)*, I, Salamanca, 1985; M. Bianchini, "I fattori della distribuzione (1350-1850)", in *Storia dell'economia italiana*, organizado por R. Romano, Turim, 1992, II, sobretudo as pp. 194-5.

tica e da medicina: ciência da alma paralelamente à ciência do universo físico e do corpo. Um caminho que, unido ao processo de identificação confessional, faz mais parte da modernização do que se pudesse pensar[96]. Uma das figuras mais significativas nesse contexto é a do carmelita Juan Caramuel y Lobkowitz que, após uma vida político-diplomática quase aventurosa a serviço da Espanha e da Santa Sé, acabou como bispo de Vigevano: com a publicação da sua *Theologia moralis fundamentalis* e sobretudo com a mais tardia *Moralis seu politica logica*, em contato com os maiores intelectuais europeus, ele tenta indagar as leis morais com o método probabilístico e, ao mesmo tempo, move-se com o procedimento probabilístico da incerteza científica no plano da matemática, da gramática e da linguagem[97].

9. O "caso" Pascal

Conforme dissemos, não entraremos nas polêmicas e nas condenações que acompanham as contraposições internas entre as diversas correntes da casuística: laxismo e rigorismo, probabilismo (ou seja, a doutrina que considerava suficiente como fundamento para a decisão da consciência uma opinião provável, com base em autoridades reconhecidas, embora não fosse a mais segura) e probabiliorismo (a doutrina que, por sua vez, considerava necessário ater-se à opinião mais provável e mais fundamentada). A controvérsia entre os jansenistas e os jesuítas – os primeiros, defensores do rigorismo, e os segundos, do laxismo – constitui apenas o epicentro de um terremoto que se repercute com variantes

---

96. B. Neveu, *L'erreur et son juge. Remarques sur les censures doctrinales à l'époque moderne*, Nápoles, 1993; id., *Érudition et religion au XVIIe et XVIIIe siècles*, Paris, 1994.

97. D. Pastine, *Juan Caramuel: probabilismo ed enciclopedia*, Florença, 1975; *Le meraviglie del probabile. Juan Caramuel 1606-1682. Atti del convegno internazionale di studi*, organizado por P. Pissavino, Vigevano, 1990 (com ensaios, entre outros autores, de D. Pastine, M. Torrini, J. R. Armogathe e P. Pissavino).

em toda a Europa; tal controvérsia dá lugar a diversas condenações romanas das teses extremas e opostas e será destinada a terminar somente na metade do século XVIII, com a afirmação na Igreja católica da linha intermediária sustentada por Alfonso Maria de' Liguori e talvez, sobretudo, com a supressão da Companhia de Jesus. Falou-se dos jansenistas e dos calvinistas católicos, do jansenismo como uma Contra-reforma calvinista[98]; talvez também pudéssemos partir em busca de jesuítas entre os jansenistas e vice-versa: creio que ainda haja muito a ser pesquisado para que se possa romper com os esquemas obsoletos. Ainda hoje os defensores de um ou de outro partido parecem apelar apenas para pontos de referência internos à teologia moral, para demonstrar suas teses mediante a tentativa de provar, por exemplo, que os jansenistas, com a sua teologia agostiniana e o seu rigorismo moral, eram os intérpretes mais fiéis da Reforma católica contra o laxismo e o amor pelo acordo dos jesuítas[99] ou, ao contrário, que os jesuítas não eram laxistas ou mundanos e que o rigorismo jansenista conduzia não apenas à exaltação da consciência, mas também a aberrações e terrores espirituais[100].

Na verdade, todos esses fatores – ou seja, aprofundar cada posição e tentar caracterizar, além dos pontos de contraste, as intersecções subterrâneas – estão corretos, mas também se faz necessário a esse respeito ampliar a visão. O problema é único para todos os cristãos da época: é possível construir uma ordem jurídico-moral que possa constituir a ossatura de uma sociedade cristã após a desagregação da ordem medieval? Alguns moralistas, assimilando as estruturas do direito de família e privado-social, chegam ao limite dessa possibilidade: a doutrina do probabilismo (con-

---

98. L. Kolakowsky, *Chrétiens sans Église. La conscience religieuse et le lien confessionnel au XVIIe siècle*, Paris, 1969 (sobretudo as pp. 355 ss.).
99. R. Taveneaux, *Jansénisme et Réforme catholique*, Nancy, 1992.
100. P. Valadier, *Elogio della coscienza*, trad. it. Turim, 1955 (orig. Paris, 1994), pp. 45-87.

forme dissemos, a doutrina que considera justificada moralmente uma ação, contanto que esta seja sustentada por opiniões respeitáveis, embora as razões e as opiniões em contrário sejam mais fortes) representa o instrumento técnico-jurídico para a atuação dessa ordem, e os jesuítas são seus máximos expoentes. Por trás dessa situação e ao redor dela, temos as soluções e os acordos mais variegados. No lado oposto, os jansenistas sustentam que nenhum acordo com a própria consciência é possível e que a doutrina dos jesuítas conduz à heresia pelagiana (que não leva em conta o pecado original e a corrupção da natureza humana) e, portanto, a uma mundanização da religião: o homem corrompido, que traz consigo as conseqüências do pecado original, não pode construir uma sociedade cristã. Deixando de lado o imenso problema religioso do jansenismo (e antes ainda do ressurgimento do agostinismo no tardo Renascimento e da sua influência já a partir da controvérsia *de auxiliis* no pensamento católico e no neo-estoicismo[101]), que precisaria de uma análise muito mais aprofundada, mesmo para a compreensão dos conflitos dele derivados no plano teológico e das intervenções papais e episcopais de condenação, vejamos se é possível indicar esquematicamente o sentido que ele produziu na nossa questão específica da relação entre o foro interno e o externo.

A interpretação mais imediata e sintética só pode conduzir-nos a Pascal: as suas *Cartas provinciais* representam um dos vértices da literatura polêmica européia, e os seus *Pensamentos*, o vértice da reflexão religiosa da Idade moderna. Desse modo, a historiografia tradicional o exaltou corretamente como o fautor das razões da consciência em relação ao formalismo jurídico dos jesuítas. Ao que me parece, apenas recentemente enfatizou-se a relação entre as teses morais de Pascal e a sua visão do poder político como ordem

---

101. W. J. Bouwsma, "The Two Faces of Humanism: Stoicism and Augustinism in Renaissance Thought", in *Itinerarium italicum*, organizado por H. A. Obermann e T. A. Brady Jr., Leiden, 1975, pp. 3-60.

convencional e corrompida, alheia à moral, e se destacou a sua idéia sobre a concupiscência como princípio original da subordinação política[102]. Um olhar mais externo talvez possa nos fazer ver melhor o campo de batalha. De um lado, a tentativa, que procuramos indicar na teologia moral e na casuística, de construir um direito da consciência como derivado da lei natural-divina, capaz de governar a Igreja como comunidade dos fiéis mesmo após o desaparecimento da ordem universalista medieval; de outro lado, em Pascal e em seus defensores, a convicção de que não existem leis universais e naturais num mundo em que o direito coincide com o poder e é fragmentado territorialmente: "Três graus de latitude invertem toda a jurisprudência, um meridiano decide a verdade; em poucos anos de nova dominação, as leis fundamentais mudam; o direito tem suas épocas, a entrada de Saturno na zona de Leão nos indica a origem de uma determinada infração. Justiça ridícula, cujo limite é marcado por um rio! Verdade aquém dos Pireneus, erro além deles..."[103]. A ruptura entre a lei positiva e a consciência, desenvolvida nas décadas anteriores no pensamento e na consciência européia (fosse ela religiosa ou libertina), com a projeção do direito natural-divino fora da ordem terrena, acaba conduzindo a uma solução radical: devido à corrupção da natureza humana, as leis naturais, se existirem, não podem concretizar-se e dar forma à sociedade; a referência da lei divina e natural limita-se ao interior da consciência, e a "eqüidade" – antigo vínculo na reflexão clássica e cristã entre a realidade e a idéia de justiça – é apenas fruto do costume, o "funda-

---

102. D. Taranto, "Una politica senza diritto: Pascal e la giustizia", in *Individualismo, Assolutismo, Democrazia*, cit., pp. 195-209; P. Cariou, *Pascal et la casuistique*, Paris, 1993, sobretudo as pp. 75-7. Ver também M. Turrini, "Ordine politico e coscienza nel Seicento in area cattolica", in *Nuovo ordine e antico regime dopo la pace di Westfalia* (XLI Semana de estudos do Instituto histórico ítalo-germânico de Trento, setembro de 1998).

103. B. Pascal, *Pensieri*, n. 294, Milão, 1952, p. 119. A partir das citações de Sêneca e Tácito contidas nessa passagem, também fica clara a influência de Montaigne.

mento místico" da autoridade política e do direito terreno[104]. O monopólio da violência por parte do soberano ou da república é visto por Pascal com o único instrumento capaz de impedir, com a repressão, as maldades do homem decadente. O poder é sempre corrompido, e o Estado não pode se identificar com a justiça, mas o monopólio da força é necessário para frear a tendência do homem decadente à violência ("homo homini lupus", dizia na mesma época Thomas Hobbes) e para impedir o caos social: "É perigoso dizer ao povo que as leis não são justas, uma vez que ele só as obedece por considerá-las justas. E por isso é necessário, ao mesmo tempo, dizer-lhes que precisam obedecer a elas porque são leis, assim como é necessário obedecer aos superiores, não porque são justos, mas porque são superiores. Desse modo, toda sedição pode ser prevenida caso se consiga fazer com que compreendam tal fato e que esta é propriamente a definição da justiça"[105]. As teorias morais dos jesuítas, que pretendem referir-se a uma prudência divina e cristã – este é o *Leitmotiv* de todas as *Cartas provinciais* –, subvertem toda a ordem social e são perigosas para os princípios "du repos et de la sûreté publique" ["da tranqüilidade e da segurança pública"], e apenas o Estado, com os seus magistrados, tem por concessão divina o poder de vida e de morte sobre os súditos[106].

---

104. Ibidem: "Essa confusão gera o fato de que um afirma que a essência da justiça é a autoridade, o outro, a utilidade do soberano, outro, ainda, diz que é o costume vigente; e esta última afirmação é a mais segura: nada, a julgar unicamente com a razão, é justo por si só; tudo vacila e decai com o tempo. O costume funda toda a eqüidade, pela única razão de que é aceito por todos: é o fundamento místico da sua autoridade. Quem reconduz a justiça ao seu princípio a destrói..."
105. Ibidem, n. 326, p. 129.
106. Ver, sobretudo, a carta XIV sobre o homicídio: "Il est donc certain, mes pères, que Dieu seul a le droit d'ôter la vie, et que néanmoins ayant établi des lois pour faire mourir les criminels, il a rendu les rois ou les républiques dépositaires de ce pouvoir..." ["Portanto, não há dúvida, meus padres, de que apenas Deus tem o direito de tirar a vida, e de que, todavia, tendo estabelecido leis para fazer com que os criminosos morressem, ele tornou os reis ou as re-

Por essas breves alusões, certamente não se pode deduzir julgamentos gerais sobre a relação entre Pascal, o jansenismo e a política (muito mais complexos são os fios da reflexão filosófico-política e os do poder que ligam Paris e Roma nessa época), mas pode-se com certeza deduzir que, com Pascal, o conflito inicial entre o *Augustinus*, de Jansênio, e o catolicismo político ou "razão de Estado", de Richelieu, é superado e se prepara o galicanismo do reinado de Luís XIV. A ordem moral se separa definitivamente da ordem jurídica, o foro em que é julgado o pecado se separa definitivamente do foro do delito: conforme dissemos, há uma possível sintonia entre libertinismo e jansenismo, não apenas pelos veios neo-estóicos e pelo pessimismo antropológico comum, mas também, no plano mais propriamente político, na afirmação de que as leis devem ser obedecidas não por serem justas, mas por serem comandadas em favor do absolutismo emergente e contra os jesuítas, que visavam a uma compenetração ou convergência entre Deus e o mundo[107]. Os frutos políticos amadurecerão mais tarde, no século XVIII, com um caminho que foi definido, de maneira perspicaz, como "da causa de Deus à causa da nação"[108], mas, a meu ver, não se trata de uma metamorfose ou de uma "transfiguration politique" do jansenismo: de certo modo, a causa de Deus, no próprio Pascal, já é a causa do poder e do Estado, e há uma coerência de fundo que conduzirá à aceitação da constituição civil do clero, de 1790, como conclusão lógica da eclesiologia jansenista. Naturalmente, isso não significa reduzir a "heresia" jansenista e a sua condenação na bula *Unigeni-*

---

públicas depositários desse poder..."], in B. Pascal, *Oeuvres complètes*, I, organizado por M. Le Guern, Paris, 1998 (remeto a essa recente edição pelo aparato das notas e das comparações).

107. D. Taranto, *Una politica senza diritto*, cit., p. 208; V. Dini, "Prudenza, giustizia e obbedienza nella costituzione della ragion di Stato in Spagna e in Francia. Assaggi di lettura e prospettive di ricerca", in *Aristotelismo e ragion di Stato*, cit., pp. 249-71.

108. C. Maire, *De la cause de Dieu à la cause de la nation. Le jansénisme au XVIIIe siècle*, Paris, 1998.

tus, de 1713, a esses elementos, mas por certo é preciso levar tal fato em consideração: ainda que a relação entre o movimento jansenista e a Igreja permaneça complexa por muito tempo, a decisão foi tomada na segunda metade do século XVII. Fracassa a tentativa dos jesuítas de criar uma nova ordem jurídico-moral, integrada sob o magistério da Igreja, e a norma moral se separa definitivamente da esfera jurídica: os jesuítas, que no século XVI haviam se desenvolvido, tendo como principal interlocutor o Estado moderno, encontram-se em conflito um século depois com o absolutismo na defesa de uma justiça paralela e são derrotados no plano jurídico-político muito antes da sua supressão[109].

10. A norma moral católica

Nas décadas que se seguem às pazes de Vestfália, sob as contendas de jurisdição que se iniciam dentro da cristandade, que, por sua vez, permaneceu ligada à Igreja de Roma e às negociações das concordatas, com as quais a Igreja católica tenta manter os seus privilégios e as suas imunidades (contendas e acordos entre trono e altar, que pesam terrivelmente na consciência cristã), a contrapartida subterrânea é a renúncia da Igreja à eficácia jurídica externa da norma moral. As controvérsias internas com as repetidas condenações por parte de Roma e do episcopado francês das posições laxistas e das opostas posições extremistas[110] aceleram a separação da reflexão moral da esfera jurídica: de certo modo, a casuística é limitada ao foro interno e totalmente inserida dentro dele. Enquanto a onda da literatura casuística vai se

---

109. D. Bertrand, *La politique de Saint Ignace de Loyola*, Paris, 1985, sobretudo as pp. 162-71. Infelizmente, falta uma história política adequada sobre a Companhia em relação ao século XVII.

110. A mais completa coletânea que conheço é a *Definitionum quae in moralibus tractatibus afferuntur novissima editio, additis in calce thesibus ab Ecclesia proscriptis, variisque pontificum, praesertim Benedicti XIV decretis ad moralem spectantibus aucta*, Mediolani, 1760.

exaurindo, na reflexão teológica sobre a moral, passa-se a uma assimilação do direito natural dentro da lei divina e, portanto, do universo moral: ao mesmo tempo, exclui-se esse universo dos tribunais laicos e eclesiásticos e, a partir da experiência da casuística, constrói-se a especialização do foro interno, ligado unicamente à consciência e à confissão. Nessa evolução, a obra mais significativa, entre tantas, constitui-se, talvez, pela coletânea – em edições posteriores, cada vez mais amplas, entre o final do século XVII e o início do XVIII – das soluções dos casos de consciência do filo-jansenista Jacques de Sainte-Beuve. Nessas coletâneas, a casuística torna-se ciência da consciência e do pecado, cada vez mais ligada à exploração da alma humana e, portanto – se me for permitida uma analogia grosseira –, vinculada ao desenvolvimento das ciências psicológicas e psicanalíticas modernas, assim como a alquimia se vincula à ciência química[111].

Este também é um processo de certo modo paralelo àquele da assimilação do direito natural por parte da filosofia, que caracteriza, nos mesmos anos, sob a pressão do desenvolvimento das ciências matemáticas e físicas, o pensamento laico: o resultado é que o direito natural e a norma moral aparentemente desaparecem da cena visível do foro externo, do exercício da justiça nos tribunais da sociedade, para se tornar objeto de uma reflexão abstrata e ter uma influência apenas indireta. Se quisermos encontrar uma apologia paradoxal da casuística, poderemos descobri-la na sátira que Montesquieu lhe dedica nas suas *Lettres persanes* [Cartas per-

---

111. Jacques de Sainte-Beuve, *Résolutions de plusieurs cas de conscience touchant la morale et la discipline de l'Église*. Após as primeiras publicações parciais, temos a primeira coletânea de 414 casos (2 vol., Paris, 1689 e 1692) e Paris, 1705 (8 vol., 812 casos). Cf. P. Cariou, *Les idéalités casuistiques. Aux origines de la psychanalyse*, Paris, 1992; R. Briggs, "The Science of Sin: Jacques de Sainte-Beuve and his 'Cas de conscience'", in *Religious Change in Europe 1650-1914. Essays for J. McManners*, organizado por N. Aston, Oxford, 1997, pp. 23-40. Para uma experiência concreta nos mesmos anos na Itália, ver E. Stumpo, "Alle origini della psicanalisi? Il 'Diario spirituale' di Filippo Baldinucci e la direzione spirituale nell'Italia moderna", introdução a F. Baldinucci, *Diario spirituale*, Florença, 1995.

sas]: um casuísta explica que seu ofício consiste em distinguir a gravidade dos pecados e sobretudo a intenção do fato, pois não é a ação que constitui o crime, mas a consciência que se tem dele: o bom persiano Usbek responde que, no seu país, quem se permitisse suscitar essas contradições entre a lei e a consciência seria empalado no mesmo instante[112].

Pelos reflexos que esse fenômeno produz no direito da Igreja católica, creio que se possa compreender o sentido do que ocorreu ou passa a ocorrer no final do século XVII, examinando o pensamento do expoente dos canonistas, Giovan Battista De Luca, cujo pensamento pode ser sintetizado da seguinte forma: o direito natural coincide com o direito divino e pode interessar, independentemente do que disserem os escritores de política, apenas ao foro interno da consciência, não ao externo, em que o julgamento deve ser feito somente com base nas leis escritas e nos testemunhos[113]. A conse-

---

112. Montesquieu, *Lettres persanes*, Paris, 1965, organizado por A. Adam, pp. 146-9 (carta 57). Defende o casuísta: "L'action ne fait pas le crime, c'est la connoissance de celui qui la commet: celui qui fait un mal, tandis qu'il peut croire que ce n'en est pas un, est en sûreté de conscience; et, comme il y a un nombre infini d'actions équivoques, un casuiste peut leur donner un degré de bonté qu'elles n'ont point, en les déclarant bonnes..." ["Não é a ação que faz o crime, e sim a consciência de quem a comete: quem faz um mal, ao acreditar que não o cometeu, permanece com a consciência tranqüila; e como há um número infinito de ações equivocadas, um casuísta pode lhes dar um grau de bondade que elas não têm, declarando-as boas"]. Responde Usbek: "Mon père, lui dis-je, cela est fort bon: mais comment vous accomodez-vous avec le ciel? Si le sophi avoit à sa cour un homme qui fît à son égard ce que vous faites contre votre dieu, qui mît de la différence entre ses ordres, et qui apprît à ses sujets dans quel cas il doivent les exécuter, et dans quel autre ils peuvent les violer, il le feroit empaler sur l'heure" ["Senhor", disse-lhe eu, "isso é muito bom: mas como vos conciliais com o céu? Se meu soberano tivesse em sua corte um homem que lhe fizesse o que fazeis contra vosso deus, que estabelece diferenças entre suas ordens, que diz a seus súditos em quais casos eles devem executá-las e em quais outros podem violá-las, ele o faria empalar no mesmo instante"].

113. G. B. De Lucca, *Theatrum veritatis et iustitiae*, cit., XV, p. 134 ("De iudiciis", disc. XXXV, n. 31): "Post legem divinam, secundus et tertius locus tribuitur dictis legibus naturae et gentium, cum eadem praerogativa, ut eis lex positiva sive potestas humana derogare vel dispensare non valeat. Quamvis

qüência é a distinção entre os *professores* de direito canônico dos tribunais laicos ou eclesiásticos e os *professores* das questões do foro interno e, além disso, sobretudo, a formação de um direito da consciência não mais ligado à esfera externa do direito – como durante o desenvolvimento da primeira casuística –, mas à esfera interna. A afirmação da autonomia da esfera da consciência coincide com a afirmação do primado da lei positiva nas relações entre os homens: a recusa da lei positiva por parte do indivíduo leva apenas à anarquia e à desordem, e não existe uma norma ideal de justiça de valor absoluto e universal como arquétipo da lei positiva e que também vincule o legislador; apenas no caso em que o soberano se tornar tirano e, portanto, acabar destruindo o fundamento divino do próprio poder, será possível a revolta, mas como fato político, não jurídico, como discussão do ordenamento em seu conjunto[114]. De Luca polemiza com as *fabulae* dos escritores modernos (atualmente, todos, até os mais idiotas, presumem ser especialistas em política), que inventaram, com base no antigo mito da Idade do Ouro, a existência no início dos tempos de uma sociedade sem domínio, em que todo homem viveria solitário como as feras; ao contrário, o domínio é constitutivo da sociedade desde os primórdios da

---

autem ista propositio omnium frequentius volitet, non solum per ora Professorum utriusque fori, sed etiam per illa omnium aliorum litteratorum, illorum praesertim, qui politicae peritos, ac professores se credunt, (Et in qua nullus forte reperitur idiota, qui se peritissimum esse non praesumat) attamen quo ad ea, quae externum forum, vel iudicium concernunt, non videtur quomodo istorum iurium observantia in praxi verificabilis dici valeat, cum nullibi unum vel alterum ius habeatur scriptum, illo excepto iuri naturali, quod in praeceptis decalogi, sive in generico axiomate, ut *quid tibi non vis fieri, alteri ne feceris*, scriptum reperitur in sacra pagina veteris, et novi Testamenti, unde propterea pro sinonimis haberi solent, ius divinum et naturale, adeo ut istud ius primo insit."

114. Cf. A. Lauro, *Il cardinale Giovan Battista De Luca. Diritto e riforme nello Stato della Chiesa*, Nápoles, 1991, pp. 78-99. Sobre a figura de De Luca em geral, ver o verbete de A. Mazzacane no *Dizionario Biografico degli Italiani*, 32 (1986), col. 529-36; id., "Jus commune, Gesetzgebund und Interpretation der 'höchsten Gerichtshöfe' im Werk des De Luca", in *Gesetz und Gesetzgebung*, cit., pp. 71-80.

humanidade, e o direito é inseparável do domínio: "in ipsamet primorum parentum creatione exorta est dominatio"[115]. No foro externo, político e civil, o direito não é separável historicamente da força, como demonstra a experiência da guerra, e o problema do foro interno não pertence absolutamente ao território do jurista[116]. Em seguida, a questão é aprofundada pelo próprio De Luca a propósito da usura, dos contratos que escondem um empréstimo a juro, em aberta polêmica com os moralistas que ainda pretendem, na esteira de Azpicuelta, ampliar a sentença moral para o âmbito jurídico: não é possível que um ato seja pecado num país católico e não o seja em outro igualmente católico, e ao teólogo moralista cabe definir a relação entre a consciência e a lei divina, mas o juiz – seja ele qual for – deve proceder apenas com base nas leis e nos testemunhos provados, sem se intrometer nos problemas de consciência, que devem ser dei-

---

115. G. B. De Luca, *Thetarum veritatis et iustitiae*, cit., XVI ("Conflictus legis et rationis", observatio 16), pp. 8-9: "Inter quamplures fabulas, quas Graecia somniare, nimiumque colere professa est, illa omnium forte maior censenda venit, quam tamen pro infallibili, ac certa historia, et veritate pro maiori parte Juristae et Morales, ac etiam illi, qui humanarum literarum, et eruditionis, ac politicae se credunt professores, nimium venerantur, quod scilicet antiquis primaevisque temporibus hominum vita solitaria, et omnino incivilis, et rustica sylvestrium ferarum ad instar esset, postmodum vero paulatim inter eos quadam societate et communicatione contracta, efformata esset respublica, cum omnimoda communione vitae, ac bonorum, adeo ut nulla dignoscerentur dominiorum, vel mei et tui distinctio, nullaeque proinde inter homines adessent privatae vel publicae dissentiones et discordiae, et de consequenti in mundo non adessent iustitia, et leges, ac magistratus, et lictores, aliique iustitiae ministri, utpote non necessarii in ea aetate, quam iidem fabulatores auream appellant..."

116. Ibidem, p. 9: "Omnium vero maior, in iis, quae ad civilem, vel contentiosum, aut politicum exteriorem forum pertinent (integro relicto loco veritati in iis, quae pertinent ad interiorem, de quo propositum non est agendi) illa dignoscitur ineptia quod in privatis militibus, qui iure belli depraedationes, vel alias acquisitiones ab eodem iure pro regionum moribus permissas, faciunt... Ob tot etenim dominiorum, ac statutum revolutiones, ac quas historiae docent in nostrae communicationis orbe christiano, prorsus impraticabile est iniustitiam notoriam convinci..."

xados ao campo totalmente separado dos moralistas e dos confessores[117].

Em substância – já que não podemos nos estender aqui como talvez fosse necessário –, o caminho que, durante o século seguinte, leva à doutrina moral de Santo Alfonso de' Liguori não é apenas, como até agora foi dito, um percurso de mediação e de composição entre as várias tendências em luta entre si, entre os laxistas e os rígidos jansenistas, entre os probabilistas e os antiprobabilistas: certamente, com respeito a essas contendas, o pensamento de Alfonso de' Liguori representa, com o seu eqüiprobabilismo, uma posição mediana de equilíbrio e de síntese, mas nisso ele não se distingue de muitos autores que o precederam. A meu ver, a razão do seu sucesso está no fato de ele ter construído, com base na casuística e em todos os debates do século anterior, um fundamento sistemático da moral como ordenamento normativo. É sabido que, com a sua operação de mediação, Alfonso de' Liguori consolidou na Igreja o triunfo da con-

---

117. G. B. De Luca, *Theatrum veritatis et iustitiae*, V pars I ("De usuris et interesse", disc. I, pp. 3-5): "Opinio autem praedicta Moralium, cum quibus non bene pertransit aliquis forensis, ut est prasertim Scacia, qui late eam substinere studet, praticabile est (licet adhuc satis raro et difficile) in foro interno, in quo animus et propositum omnia distinguunt, solaque intenctio spectatur, unde dari potest sincera intentio aliena ab animo depravato fenerandi, ac palliandi mutuum sub huiusmodi contractibus, cum quo sincerae intentionis praesupposito procedunt omnes dictam opinionem sequentes. Verum id impraticabile est in foro externo, in quo non iudicatur de internis, quae soli Deo patent, sed proceditur cum actis et probatis... haec est potissima ratio, ob quam in foro externo nullatenus deferendum videtur Moralibus, quibus tament multum ac omnino deferendum in interno, in quo e converso canonistae forenses non debent se ingerere, sed quilibet manus opponere debet in propria messe, quoniam proceditur per omnino diversa media..." E, ainda mais adiante (disc. VI, p. 16), ele insiste em não querer intrometer-se nos problemas morais: os moralistas e teólogos têm autoridade nas coisas "quae conscientiam, seu forum internum concernunt"; abstenho-me desse "meam retinendo consuetudinem non immittendi falcem in messem alienam". O tema é retomado em outras passagens de De Luca que não podemos aprofundar aqui. Sobre a figura do jurista-moralista Sigismondo Scaccia, diretamente atacado no trecho citado acima, ver R. Savelli, "Tribunali, 'decisiones' e giuristi: una proposta di ritorno alle fonti", in *Origini dello Stato*, cit., p. 140.

cepção legalista da moral, da casuística, da reserva mental[118]; outros, como Jean Delumeau, viram nele o novo grande intérprete capaz de transformar em regras o cotidiano concreto, sem baixar uma lei moral do alto, mas construindo-a com base na experiência de vida, uma "revolução copernicana" na prática da confissão[119]. Num certo sentido, todas essas interpretações são verdadeiras, mas devem ser enquadradas no processo que interveio no quadro geral da mudança do foro entre os séculos XVII e XVIII: a absorção da casuística pela moral é condicionada à ruptura de toda relação com o foro externo. A novidade da sua contribuição e a sua inteligência (certamente vinculada à sua formação como advogado antes de ingressar na vida religiosa) estão, sobretudo, no fato de ele ter construído um sistema de direito do foro interno sem interconexões com o direito de foro externo, no fato de ele ter elaborado a norma moral definitivamente como autônoma, com uma juridicidade incorporada e separada por completo da esfera do foro externo: esse sistema pode ser aceito pelos Estados do século XVIII (e não rejeitado como a proposta anterior dos jesuítas), pois, após as óbvias desconfianças iniciais, é considerado inócuo para o poder[120].

---

118. P. Zagorin, *Ways of Lying*, cit., p. 220.

119. J. Delumeau, "S. Alfonso dottor della fiducia", in *Alfonso M. de Liguori e la società civile del suo tempo*, organizado por P. Gianantonio, Florença, 1990, I, pp. 206-18; G. M. Viscardi, "Confessione: il tormento e l'estasi", in *Ricerche di storia sociale e religiosa*, 24 (1995), pp. 23-50.

120. A partir desse ponto de vista, parece particularmente interessante a relação de Liguori com o ministro reformador Tanucci. Ver G. De Rosa, *Sant'Alfonso de' Liguori e Bernardo Tanucci*, atualmente em *Tempo religioso e tempo storico. Saggi e note di storia sociale e religiosa dal medioevo all'età contemporanea*, Roma, 1987, pp. 205-26. Dada a imensa bibliografia sobre Alfonso de' Liguori, limito-me à indicação de ensaios recentes, nos quais se ressalta a questão da sua formação jurídica: F. Chiovaro, "S. Alfonso Maria de' Liguori. Ritratto di un moralista", in *Spicilegium Historicum Congregationis SS.mi Redemtoris*, 45 (1997), pp. 121-53; P. Perlingeri, *Alfonso de' Liguori giurista. La priorità della giustizia e dell'equità sulla lettera della legge*, Nápoles, 1988. A bibliografia anterior também pode ser encontrada em *Alfonso M. de' Liguori e la civiltà letterária del Settecento*, organizado por P. Gianantonio, Florença, 1999. Para uma síntese do seu pensamento, ver L. Vereecke, *Da Guillaume d'Ockham*, cit., pp. 553-94.

Esta será a linha adotada no ensino e na práxis da teologia moral na Igreja católica por todos os séculos posteriores, mas com uma profunda evolução determinada justamente pelas concordâncias e pelas divergências do ordenamento da Igreja com aquele dos Estados modernos. O equívoco, que levará à esclerose e ao definhamento da doutrina moral nos séculos posteriores, constitui-se, a meu ver, da relação da teologia moral com o direito canônico e eclesiástico, problema que havia sido deixado sem solução por Alfonso de' Liguori: o direito canônico positivo é cada vez mais incorporado no ensino e na prática da moral, do mesmo modo como é incorporado na moral o direito concordatário ou, mais em geral, o direito eclesiástico estatal, que representa cada vez mais o recinto externo da moral[121]. Nos últimos séculos, a conseqüência desse processo foi a positivização da norma moral e o predomínio da identidade coletiva e confessional do católico em relação à liberdade como fundamento do direito da consciência.

11. Da norma evangélica à lei moral de Kant

Nas Igrejas territoriais protestantes e reformadas, esse recinto é, ao mesmo tempo, mais interno e íntimo (devido à *cura circa sacra*, confiada ao poder secular) e mais externo (devido à falta de uma estrutura jurisdicional eclesiástica sobre o foro interno), mas o percurso é paralelo e tende à formação de uma "disciplina" moral autônoma em relação ao foro externo. Já aludimos à casuística protestante mesmo a respeito da elaboração da teoria moral: os estudos realizados nos eximem da necessidade de fazer um resumo[122]. Tam-

---

121. Um único exemplo, entre as dezenas de manuais escritos com base em Alfonso de' Liguori: J. P. Gury, *Compendium theologiae moralis ex genuina doctrina S. Alphonsi Mariae De Ligorio... auctum jure austriaco nec non notis et recenti conventione vulgo concordato in ditione austriaca obtinente ac nova lege de coniugiis*, Mediolani, 1857.

122. H. D. Kittsteiner, *Die Entstehung des modernen Gewissens Insel*, cit., pp. 159-225.

bém nesse caso, as grandes discussões sobre a consciência correta, errônea ou dúbia dominam a cena, mas é sobretudo na análise da consciência escrupulosa ou perversa que se abre o caminho para a pesquisa da relação entre o mundo moral e as patologias psíquicas. Naturalmente, é necessário esclarecer de imediato que com isso não pretendemos traçar um processo homogêneo: as diferenças são fundamentais e substancialmente centradas na abolição, teórica ou mesmo apenas prática, do costume da penitência por parte das novas Igrejas. Ainda hoje os vestígios dessa diversidade são evidentes na piedade e no comportamento pessoal de evangélicos e católicos: enquanto no mundo católico funcionou o mecanismo do medo e da tranqüilidade, tão bem ilustrado por Jean Delumeau nos seus volumes sobre a história da confissão, no âmbito evangélico, o indivíduo é deixado a sós com a sua consciência e com o seu tormento diante de um Deus juiz, sob a ameaça das penas temporais e eternas, que o oprimem por seu pecado. Mas nem por isso a exigência de tranqüilidade e o recurso à "ciência do pecado" são menos fortes; ao contrário, isso explica a difusão de uma casuística extremamente articulada em todos os países luteranos, calvinistas e anglicanos – conforme mencionamos –, assim como explica a presença em todos esses territórios de um enorme interesse inclusive pelo que concerne à casuística católica. O que considero particularmente interessante a esse respeito é o crescimento, durante todo o século XVII, no sistema universitário protestante alemão, das cátedras ligadas, com várias intitulações, ao ensino da moral: desde as mais tradicionais cátedras de filosofia prática até os ensinamentos mais específicos de filosofia moral (ou ética), que tendem a englobar, ao longo do século, o novo ensinamento de direito natural, cria-se fora das faculdades de direito uma competência de *iurisprudentia universalis* (de filosofia do direito, como diríamos hoje), subtraindo-a às faculdades de direito, que tentarão reapoderar-se dela mais tarde, durante o século XVIII[123]. Creio que uma investigação mais aprofun-

---

123. Um quadro sintético muito interessante encontra-se em H. Denzer, *Moralphilosophie und Naturrecht bei Samuel Pufendorf. Eine geistes- und wissen-*

dada sobre os ensinamentos de teologia prática ou teologia moral nas faculdades protestantes de teologia possa completar esse testemunho (tanto nos titulares dos ensinamentos quanto na orientação dos cursos e das dissertações de doutorado): junto às faculdades de direito e fora delas, formam-se uma reflexão e uma doutrina sobre o comportamento humano, totalmente independentes do estudo do direito positivo[124].

Com Cristiano Tomásio, entre o final do século XVII e o início do XVIII, define-se a separação completa entre a obrigação externa (a única capaz de implicar o direito em sentido próprio, ou seja, o direito positivo) e a obrigação interna: o direito natural não tem o caráter coercitivo que o direito deve possuir. Sendo assim, o direito natural é transplantado da esfera jurídica para aquela moral, separando, pela primeira vez e por completo, a legalidade da moralidade[125]. Estamos diante da bifurcação fundamental, que, de um lado, conduz – conforme veremos – à hegemonia do direito positivo e, de outro, à concepção kantiana que representa, a meu ver, a verdadeira conclusão desse caminho da consciência.

Kant teoriza, conforme esclarecido recentemente[126], a existência de dois foros separados, de duas sedes distintas de juízo, de dois tribunais, o foro da consciência ou *forum internum*, que se identifica com o foro divino, e o foro do direito ou *forum externum humanum*, que se identifica com o Estado:

---

schaftsgeschichtliche Untersuchung zur Geburt des Naturrechts aus der praktischen Philosophie, Munique, 1971, pp. 296-324.

124. Para uma síntese básica, ver J. Rohls, *Geschichte der Ethik*, Tübingen, 1999², pp. 291-327.

125. N. Hammerstein, *Jus und Historie. Ein Beitrag zur Geschichte des historischen Denkens an deutschen Universitäten im späten 17. und 18. Jahrhundert*, Göttingen, 1972, pp. 72-84.

126. N. Pirillo, "Per la semantica dello Stato moderno. La metafora del tribunale: ragione, coscienza civile", in *Il vincolo del giuramento e il tribunale della coscienza*, organizado por N. Pirillo, Bolonha, 1997, pp. 361-417. Do mesmo autor, sobre a visão do "Weltmann" em Kant: *L'uomo di mondo fra morale e ceto. Kant e le trasformazioni del moderno*, Bolonha, 1987; *Morale e civiltà. Studi su Kant e la condotta di vita*, Nápoles, 1995.

a sociedade pode desenvolver-se e progredir apenas na medida em que se salva esse intervalo entre o interno e o externo do homem. A célebre invocação que conclui a *Crítica da razão prática* ("Duas coisas preenchem a alma de admiração e veneração sempre nova e crescente, na medida em que a reflexão se ocupa com elas com mais freqüência e durante mais tempo: o céu estrelado sobre mim e a lei moral em mim...")[127] pode induzir a uma interpretação equívoca ou edulcorada se não se levar em conta essa herança que Kant recebe do trabalho dos dois séculos anteriores. Com base nessa concepção, para Kant, a contradição contida no dito popular "summum ius summa iniuria" (ou seja, qualquer discussão que implique o conceito de eqüidade) não pode ser resolvida no plano do direito, mas apenas no foro da consciência, enquanto toda questão que implique um problema de direito deve ser resolvida no plano do direito territorial, do *forum soli*, da terra, que depende do Estado[128]. O ponto de contato só pode ser encontrado na "idéia" de contrato, por meio do qual os direitos naturais do indivíduo (não o direito natural como tal) podem ser reconhecidos e garantidos dentro das estruturas do Estado[129]. Mas não creio que o seu pen-

---

127. I. Kant, *Critica della ragion pratica*, trad. it. de F. Capra, Bari, 1993, p. 161. [Trad. bras. *Crítica da razão prática*, São Paulo, Martins Fontes, 2002.]

128. I. Kant, "Die Metaphysik der Sitten. Erster Teil: Metaphysische Auffassungsgründe der Rechtslehre", in *Werke*, VI, Berlim, 1907, p. 235: "Der Sinnspruch (dictum) der Billigkeit ist nun zwar: 'Das strengste Recht ist das grösste Unrecht' (summum ius summa iniuria); aber diesem Übel ist auf dem Wege Rechtens nicht abzuhelfen, ob es gleich eine Rechtsforderung betrifft, weil diese für das Gewissensgericht (forum poli) allein gehört, dagegen jede Frage Rechtens vor das bürgerliche Recht (forum soli) gezogen werden muss" ["A sentença (*dictum*) da eqüidade é a seguinte: 'A justiça mais rigorosa é a máxima injustiça' (*summum ius summa iniuria*); no entanto, não há como remediar esse mal com o auxílio da justiça, mesmo que ela seja reivindicada, pois ela pertence exclusivamente ao foro da consciência (*forum poli*), enquanto toda questão relativa à justiça deve ser levada à justiça civil (*forum soli*)"].

129. Ibidem, p. 315 (par. 47): "Der Akt wodurch sich das Volk selbst zu einem Staat konstituiert, eigentlich aber nur die Idee desselben, nach der die Rechtmässigkeit desselben allein gedacht werden kann, ist der ursprüngliche Kontrakt, nach welchem alle (omnes et singuli) im Volk ihre äussere Freiheit

samento possa estar contido apenas nesse esquema. A abertura mais significativa para uma visão mais complexa talvez possa ser encontrada, do nosso ponto de vista, menos nas grandes obras teóricas de Kant do que nos escritos, compostos em 1798, sobre a função da cultura universitária na sociedade, como o "Der Streit der Fakultäten" ["O conflito das faculdades"]: são textos mais empenhados no plano público, em que se percebem os ecos da profunda atenção à vida constitucional da França revolucionária (e às suas guerras) e da desilusão pelo fracasso da utopia jacobina. Discutindo sobre a contenda entre a faculdade de direito e a de filosofia, ele afirma que a reflexão sobre os princípios do direito e sobre o direito natural não pode ser confiada aos juristas, mas é matéria que cabe aos filósofos, pois os primeiros, os juristas, devem agir em função do Estado e do governo e não podem exprimir opiniões diferentes da lei positiva (seria ridículo se, com base num julgamento diferente, quisessem subtrair-se à obediência a uma vontade externa e superior, decidindo eles próprios o que é justo ou não), enquanto os segundos, os filósofos iluminados, devem e podem refletir livremente com base na razão[130]. Michel Villey chamou a atenção para essa

---

aufgeben, um sie als Glieder eines gemeinen Wesens, d. i. des Volks als Staats betrachtet (universi) sofort wieder aufzunehmen..." ["O ato pelo qual o povo constitui um Estado, ou melhor, apenas a idéia de um Estado – idéia essa que não permite imaginar nada além da legitimidade do Estado –, é o contrato original, segundo o qual todos os integrantes do povo (*omnes et singuli*) renunciam à sua liberdade exterior para tão logo recuperá-la sob a forma de membro de um ser comum, isto é, do povo enquanto considerado como Estado (*universi*)"].

130. I. Kant, "Der Streit der Fakultäten", in *Werke*, VII, Berlim, 1909, pp. 24-5: "Der schriftgelehrte Jurist sucht die Gesetze der Sicherung des Mein und Dein (wenn er, wie er soll, als Beamter der Regierung verfährt) nicht in seiner Vernunft, sondern im öffentlich gegebenen und höchsten Orts sanktionierten Gesetzbuch. Den Beweis der Wahrheit und Rechtmässigkeit derselben, ingleichen die Verteidigung wider die dagegen gemachte Einwendung der Vernunft, kann man billigerweise von ihm nicht fordern. Denn die Verordnungen machen allererst, dass etwas recht ist, und nun nachzufragen, ob auch die Verordnungen selbst recht sein mögen, muss von den Juristen als ungereimt gerade zu abgewiesen werden. Es wäre lächerlich, sich dem Ge-

passagem, a fim de ressaltar a visão de um Kant "moralista", acusado de não ter construído uma teoria do direito: com a separação entre a ciência do direito e a moral, ele teria deixado aos juristas apenas a utilização e, aos filósofos, o controle da norma, com uma influência nefasta no pensamento jurídico até os dias atuais[131]. Todavia, nessas passagens, Kant vai além. Ele afirma que a única alternativa à guerra, ao monopólio do poder e da força que domina o direito positivo está na reflexão filosófica que se une aos princípios da lei natural e deve conduzir o povo à formação de um universo normativo ético e alternativo, que não coincide com o direito estatal, mas tende a modificá-lo, não com a revolução, mas com a evolução moral e constitucional[132]. Insisto nesse ponto por-

---

horsam gegen einen äussern und obersten Willen, darum, weil dieser, angeblich, nicht mit der Vernunft übereinstimmt, entziehen zu wollen. Denn darin besteht eben das Ansehen der Regierung, das sie den Untertanen nicht die Freiheit lässt, nach ihren eigenen Begriffen, sondern nach Vorschrift der gesetzgebenden Gewalt über Recht und Unrecht zu urteilen" ["O jurista erudito busca as leis que garantem o meu e o teu (se ele proceder como funcionário do governo, conforme seu dever) não na sua razão, mas no código oficialmente promulgado e sancionado pela autoridade suprema. Não é justo exigir dele que comprove a verdade e a legitimidade dessas leis, nem que aja contra a objeção contrária da razão. Com efeito, os decretos são os primeiros a fazer com que algo seja justo, e perguntar se os próprios decretos também podem ser justos é uma ação que os juristas precisam rejeitar como um disparate. Seria ridículo furtar-se à obediência diante de uma vontade externa e suprema, sob o pretexto de que esta não entra em acordo com a razão. Pois a autoridade do governo consiste justamente no fato de ele não conceder aos seus súditos a liberdade de julgar sobre o que é justo ou injusto segundo seus próprios conceitos, mas sim de acordo com a prescrição do poder legislativo"].

131. M. Villey, "La 'Rechtslehre' de Kant dans l'histoire de la science juridique", in *Critique de la pensée juridique moderne (douze autres essais)*, Paris, 1976, pp. 139-59.

132. I. Kant, "Die Streit der Fakultäten", cit., pp. 89-91: "Volksaufklärung ist die öffentliche Belehrung des Volks von seinen Pflichten und Rechten in Ansehung des Staats, dem es angehörtet. Weil es hier nur natürliche und aus gemeinen Menschenverstande hervorgehende Rechte betrifft, so sind die natürliche Verkündiger und Ausleger derselben im Volk nicht die vom Staat bestellte Amtsmässige, sondern freie Rechtslehrer, d. i. die Philosophen, welche eben um dieser Freiheit Willen, die sie sich erlauben, dem Staate, der immer nur herrschen will, anstössig sind, und werden unter dem Namen Auf-

A NORMA: O DIREITO DA MORAL 425

que, a meu ver, ele problematiza a difundida interpretação de um Kant enquanto inventor do "imperativo categórico" e da consciência como tribunal interno do homem, como aquele que apela unicamente à consciência individual como foro interno, em alternativa somente com o foro humano da justiça civil. Já o Kant "pré-crítico" acredita que, para o homem numa visão global, que abranja toda a filosofia prática, os juízes, as sedes de juízo e os foros são três e não dois como geralmente se escreve: o juiz interno, o juiz ético-público (que coincide com o juiz natural e com base no qual os ensinamentos podem distinguir o bem do mal) e o juiz civil e oficial do Estado[133]. Na perspectiva da distância irrecupe-

---

klärer, als für den Staats gefährliche Leute verschrien... Die Idee einer mit dem natürlichen Rechte der Menschen zusammenstimmenden Konstitution: dass nämlich die dem Gesetz Gehorchenden auch zugleich, vereinigt, gesetzgebend sein sollen, liegt bei allen Staatsformen zum Grunde, und das gemeine Wesen, welches ihr gemäss durch reine Venunftbegriffe gedacht, ein platonisches Ideal heisst (respublica noumenon), ist nicht ein leeres Hirngespinst, sonder die ewige Norme für alle bürgerliche Verfassung überhaupt und entfernet allen Krieg..." ["O esclarecimento do povo é a sua instrução pública sobre seus deveres e direitos no que diz respeito ao Estado ao qual ele pertence. Como aqui se trata apenas de direitos naturais e derivados do bom senso comum, os arautos e intérpretes naturais desses direitos em meio ao povo não são os professores de direito nomeados oficialmente pelo Estado, mas aqueles livres, isto é, os filósofos, que justamente por causa dessa liberdade que a si mesmos permitem, configuram um escândalo para o Estado, o qual quer sempre deter o poder, e são difamados sob o nome de iluministas e como pessoas perigosas para o Estado... A idéia de uma constituição em concordância com os direitos naturais dos homens, ou seja, de que aqueles que obedecem às leis também devem, em união e contemporaneamente, ser legisladores compõe a base de todas as formas políticas, e a entidade comum, que é concebida conforme essa constituição graças a conceitos puramente racionais e denominada ideal platônico (*respublica noumenon*), não é uma quimera vazia, mas a norma eterna para toda a constituição civil em geral e afasta toda guerra..."].

133. I. Kant, *Werke*, cit., XIX, Berlim, 1934, "Erläuterungen zu A. G. Baumgartens 'Initia philosophiae practicae primae'", p. 267 (nas notas sobre a obra de Alexander Gottlieb Baumgarten, Halae, 1760, a propósito da relação foro interno-foro externo). Os foros ou juízes do homem são três, e não dois: "1. Der innere Richter; 2. der äussere ethische Richter (das *publicum*, welches verachtet, verabscheuet oder hochachtet und liebet); 3. der bürgerliche eingesetzte Richter. Der ethische Richter ist zugleich ein Natürlicher; denn wir ver-

rável entre os dois tribunais (o divino e o humano), faz-se referência à necessidade de uma sede de juízo ético-pública, que não coincida com a jurisdição estatal e que possa servir de mediadora às duas ordens de normas em caso de conflito. Nessa referência à necessidade de um foro ético-público ressurge abertamente, mesmo na secularização e na reafirmação utópica de uma "constituição" perpétua, toda a tradição dualista judaico-cristã que se sintetiza na figura dramática de Jó. A consciência individual não é deixada a sós consigo mesma na sua individualidade, mas é ancorada numa moral racional comum, que encarna na sociedade e não coincide com o direito positivo nem com o poder[134]. Pelo menos essa parece ser a recepção de Kant, para além do exame sistêmico da sua filosofia, dentro da doutrina e do ensinamento da moral na Alemanha evangélica nos primórdios do século XIX: legalidade e moralidade, direito e ética fazem parte de um único sistema normativo, elaborado da casuística em diante, e Kant, ainda que despreze esta última, de certo modo representa a realização desse percurso secular[135]. Por conseguinte, Kant pode ser considerado não ape-

---

suchen in der Idee an seinem Urtheil, ob unsere Handlungen gut oder böse sind. Urtheile nach dem Tode. Wer nach dem Tode der Leiche folgt. *Noscitur ex socio*" ["1. O juiz interno; 2. o juiz ético-externo (o *publicum*, que despreza e detesta ou preza e ama); 3. o juiz civil e oficial. O juiz ético é, ao mesmo tempo, um naturalista, pois, ao pensarmos no seu julgamento, tentamos descobrir se nossas ações são boas ou más. Julgamentos após a morte. Quem segue o cadáver após a morte. *Noscitur ex socio*"].

134. I. Kant, *Fondazione della metafisica dei costumi*, organizado por N. Pirillo, Bari – Roma, 1992 (primeira passagem).

135. Particularmente influentes são as obras de Carl Friedrich Stäudlin, que assim conclui seu *Lehre von dem Gewissen*, Hallae, 1824, p. 154: "Und wenn Kant dies nur als eine subjektive praktische Vernunftidee gelten lässt, warum baut er denn anderswo die Religion bloss auf praktische Gründe? Mit diesen Bemerkungen wollte ich zugleich wenigstens einige Winke für die Lehre vom Gewissen selbst geben" ["E se Kant admite isso apenas como uma idéia racional subjetiva e prática, por que então constrói a religião meramente em fundamentos práticos? Com essas observações, eu gostaria ao menos de dar contemporaneamente algumas indicações para a doutrina da consciência"]. Poucas páginas antes, o mesmo autor diz não poder expor o ensinamento de He-

nas como o ponto-chave que predomina em todos os manuais de história da filosofia e que tende à modernidade, mas também o ápice de chegada, no esforço para construir, apoiando-se na consciência individual, uma norma moral coletiva, historicamente concretizada, capaz de colocar-se em dialética com o direito positivo estatal e de plasmá-lo: o esforço para demonstrar uma objetividade teorética da lei moral kantiana parece ter comprometido a compreensão do seu pensamento e gerado equívocos que perduram até hoje[136].

Um aprofundamento maior da sua inserção concreta na época da Restauração talvez possa contribuir para esclarecer o crescimento de uma idéia liberal, que se move não apenas na direção de uma elaboração constitucional interna ao Estado, mas que, de Wilhelm von Humboldt a Alexis de Tocqueville – para dar os exemplos mais distintos –, vê o centro de gravidade e o fundamento da liberdade na dialética entre o Estado e a sociedade como produtora autônoma de comportamentos coletivos[137].

Meio século antes, Christian Wolff dedica significativamente sua obra a Frederico, o Grande, da Prússia[138]. Ex-alu-

---

gel sobre a consciência por este não estar suficientemente construído: "Die Lehre des Philosophen Hegel vom Gewissen in der *Grundlinien der Philosophie des Rechtes*, Berlim, S. 131-134, ist noch nicht ausgeführt und auch mich noch nicht klar genug geworden, um sie hier darstellen zu können" (p. 149) ["A doutrina do filósofo Hegel sobre a consciência nos *Grundlinien der Philosophie des Rechtes*, Berlim, pp. 131-4, ainda não está completa, e eu não a considero suficientemente clara para poder expô-la aqui"] (Trad. bras. *Princípios da filosofia do direito*, São Paulo, Martins Fontes, 1997). Na verdade, sua percepção era de que com Hegel se iniciava um caminho totalmente diferente.

136. A. M. S. Piper, "Kant on the Objectivity of the Moral Law", in *Reclaiming the History of Ethics. Essays for John Rawls*, Cambridge, U. P., 1997, pp. 240-69.

137. Tal caso parece ser a passagem aberta (mas pouco seguida pela historiografia posterior) na clássica obra de Gioele Solari, *La formazione storica e filosofica dello Stato moderno*, organizado por L. Firpo, Nápoles, 1974 (1.ª ed., 1933), pp. 125-78.

138. C. Wolff, *Jus naturae methodo scientifica pertractatum*, 8 vol., 1740-1748 (o primeiro volume indica como local de impressão Francofurti-Lipsiae, e os posteriores, Halae Magdeburgicae). Significativo é o título da primeira

no de Tomásio e mais tarde seu antagonista, Wolff demonstra em seu texto uma bifurcação em sentido contrário: a utilização do direito natural como fundamento ou filosofia do novo direito privado e público estatal, na tentativa de fundir o direito natural, a moral e o direito positivo no Estado. Por sua vez, essa obra se vincula a um movimento que, no século anterior, havia procedido em sentido contrário àquele examinado neste capítulo, movimento esse que também se afasta de Grócio, mas que, com Samuel Pufendorf, havia levado à inserção do direito natural no direito positivo. E é esse movimento que tentaremos explorar no próximo capítulo.

---

parte: "Pars prima in qua obligationes et jura connata ex ipsa hominis essentia atque natura a priori demonstrantur et totius philosophiae moralis omnisque juris reliqui fundamenta solida jaciuntur". Após ter sido afastado da Universidade de Halle, em 1728, devido à oposição dos colegas teólogos à sua teoria sobre o fundamento racional da moral e ao seu determinismo, Wolff foi convocado em 1740 por Frederico, o Grande, para que retornasse. Não podemos entrar na análise do seu pensamento teórico, mas não é por acaso o fato de Wolff se vincular ao ontologismo da metafísica escolástica. Ver a introdução de R. Ciafardone a C. Wolff, *Metafisica tedesca*, Milão, 1999 (acompanhado do texto alemão: *Vernünftige Gedanken von Gott, der Welt und der Seele des Menschen*, Halle, 1751).

Capítulo VIII
A norma: a moral do direito

1. A sacralização do direito

Na análise da evolução da relação entre a esfera jurídica e aquela moral, partindo da hipótese não de uma secularização em mão única, mas de um processo de osmose, pretendemos agora proceder em sentido inverso para ver se, junto a uma juridicização da moral, chegou-se a verificar também uma sacralização da norma positiva, entendendo por sacralização não a assimilação de elementos estranhos ao direito, mas, ao contrário, essencialmente o desenvolvimento da auto-referencialidade do direito positivo: secularizando-se, ele encontra em si mesmo a própria referência fundadora e incorpora o caráter sagrado. Ainda estamos partindo das indicações de Pierre Legendre, a que aludimos no início do capítulo anterior a propósito do surgimento da teologia moral: temos não apenas uma privatização ou interiorização do discurso moral, mas também, com um discurso cruzado, sua assimilação dentro dos Estados modernos com a transformação da "moral ascética" numa "moral militante", que se desenvolverá no Estado-nação burocrático até a afirmação dos partidos-igrejas do século XX, em novas profissões de fé secularizadas[1]. A historiografia tradicional esquematizou erroneamente, com base na ideologia iluminista do século XVIII, os fenômenos de secularização e de lai-

---

1. P. Legendre, *Leçons VI. Les enfants du texte. Étude sur la fonction parentale des États*, Paris, 1992, pp. 151-66.

cização, dispondo a relação entre blocos normativos (a religião, de um lado, e os Estados, de outro) em termos de uma oposição que se revela falsa e abstrata: à juridicização da consciência corresponde, na realidade, uma profunda teologização do direito, processo que marcou profundamente todo o sistema normativo ocidental até os nossos dias, na afirmação da soberania da Lei escrita, como Texto, na formação de uma nova jurisdição sobre o indivíduo, do novo foro dos nossos tempos[2]. Aquilo que acrescento, distanciando-me a partir das conclusões de Legendre, é que, mesmo nessa situação, não falta o dualismo que caracterizava, nos séculos anteriores, a coexistência dos vários ordenamentos jurídicos, mas ele ainda continua na dialética entre o foro da consciência e o foro da lei positiva: temos uma luta pelo monopólio da norma, mas esta não chega a assimilar todo foro humano no pólo estatal, assim como na Idade Média não tivemos uma assimilação do foro no pólo teocrático. O desenvolvimento da liberdade e da democracia foi possível no Ocidente justamente porque o poder e a sua referência última, a verdade, nunca se identificaram totalmente nem na Idade Média, nem na Idade Moderna. Se há algo de verdadeiro no que estamos dizendo, é o fato de que, na passagem do pluralismo dos ordenamentos jurídicos de herança medieval à afirmação do moderno direito estatal, verifica-se um duplo movimento, não em sentido oposto, mas, de certo modo, cruzado, muitas vezes nos próprios pensadores: de um lado, tende-se a construir o novo direito da consciência, absorvendo nele o antigo direito natural, e, de outro, tende-se a inserir no direito positivo os princípios que até então haviam sido considerados externos à norma positiva e que, naquele momento, passavam a ser englobados com um lento processo, que levará, com o percurso secular, ao nascimento do sistema constitucional moderno, das constituições escritas e dos códigos.

---

2. Ibidem, pp. 265-75 (mas essas teses também emergem em todas as obras anteriores de Legendre).

Desse modo, a tese é a seguinte: a hegemonia da norma positiva escrita, que se afirma durante a idade moderna, deriva não apenas de um processo de racionalização e secularização, que se formou com o iluminismo como reação e oposição ao antigo regime, mas tem sua própria gênese dentro do antigo regime. Além disso, as revoluções – desde as inglesas do século XVII até a americana e a francesa – não farão outra coisa a não ser cumprir a obra iniciada pelo antigo regime. Naturalmente, esse conceito da continuidade a respeito das estruturas do Estado (administração, exército, organização financeira e diplomacia) é bastante conhecido na historiografia, de Tocqueville aos nossos dias, mas, ao que parece, dele não foram tiradas todas as conseqüências no plano da norma[3]. A conclusão é que, sem um quadro geral dos dois percursos, sem levar em conta que o pluralismo dos ordenamentos jurídicos se transformou num dualismo entre a consciência e o direito positivo, não se pode compreender nem a formação do moderno Estado de direito, nem a atual crise da norma positiva.

Naturalmente, não queremos aqui discutir o problema mais geral do absolutismo, da razão de Estado, dos limites da soberania e da justificação do monopólio estatal do poder em que esse discurso sobre a norma se insere: esse foi o objeto de uma infinidade de estudos por parte dos historiadores das doutrinas políticas e, de resto, numa pesquisa anterior, busquei explorar, mediante a metamorfose do juramento político, a relação sagrada que se instaura entre o soberano e o súdito, como "batizado" no ato do seu nascimento, num vínculo que introduz o desenvolvimento da religião, da pátria e do Estado nacional[4]. Certamente, essa

---

3. Continuam sendo um precioso ponto de referência os ensaios contidos nos dois volumes *Cristianesimo, secolarizzazione e diritto moderno*, organizados por L. Lombardi Vallauri e G. Dilcher, cit. (os ensaios dos autores alemães sobre esse projeto internacional de pesquisa também foram reunidos no volume *Christentum und modernes Recht. Beiträge zum Problem der Säkularisierung*, organizado por G. Dilcher e I. Staff, Frankfurt a. M., 1984).

4. P. Prodi, *Il sacramento*, cit., cap. IX: "La metamorfosi del giuramento e la sacralizzazione della politica". Para as relações com o direito natural e divi-

onipotência da política não pode mais ficar contida na figura do soberano e leva, portanto, à própria crise da monarquia: dos dois caminhos que desde o início são percorridos para resolver esse problema – aquele da divinização do rei e o do pacto político –, será o segundo a vencer, pois será também o único que poderá conter a imensidão do poder do novo Leviatã e compô-lo com os interesses do indivíduo. Os abalos revolucionários ingleses, as frondas francesas, a revolução americana e a Revolução Francesa constituem, de certo modo, ajustes tectônicos originados com a defasagem entre as antigas estruturas e a concentração emergente do poder, a única que se revela em condições de dominar a mobilidade econômica e social da nova sociedade. A partir dessas tensões, sugiram as democracias modernas: basta-nos dizer que elas nasceram e se desenvolveram não obstante o grande estímulo universalista, propugnado pelo iluminismo, no âmbito do Estado como único sujeito titular do poder. O pano de fundo – que aqui não podemos trazer para o primeiro plano – dos nossos discursos é constituído pelo Estado soberano que, enquanto protagonista de crises e metamorfoses, permanece um elemento de continuidade e completa a sua sacralização como pessoa coletiva na pátria-nação[5]. Toda a reflexão teológico-política, até Jean-Jacques Rousseau e depois dele, parece dominada pela necessidade de encontrar um fundamento suficiente para a onipotência exigida nos novos tempos pelo Estado, na passagem de uma construção artificial, que aspira a dominar o jogo dos indivíduos e dos interesses, a um organismo coletivo que tende a incorporá-los. Mas não é com isso nem com as complexas ligações, tampouco com o desenvolvimento social da burguesia, que os indivíduos constituem o verdadeiro movimento em direção à mudança, com o qual pretendemos nos ocupar,

---

no, é importante ver C. Link, *Herrschaftsordnung und bürgerliche Freiheit. Grenze der Staatsgewalt in der älteren deutschen Staatslehre*, Viena – Colônia – Graz, 1979.

5. Uma síntese recente (embora limitada aos aspectos internacionais) encontra-se em L. Ferrajoli, *La sovranità nel mondo moderno: nascita e crisi dello Stato nazionale*, Roma – Bari, 1997.

mas sim apenas com seus reflexos na mudança da relação entre o foro externo e o foro interno enquanto conseqüência da ascensão da norma positiva estatal.

Retornando à bifurcação que se afasta de Grócio com a tomada de consciência do objetivo do direito natural como ordenamento e com o nascimento do jusnaturalismo como filosofia, após termos traçado no último capítulo o caminho que conduz à sua assimilação no direito da consciência ou da lei moral, tentaremos agora seguir o outro caminho que conduz à sua inserção no direito positivo, como pensamento teórico que inspira as reformas e o processo de codificação do século XVIII. O quadro geral permanece aquele delineado por Giovanni Tarello em sua *Storia della cultura giuridica*. *Assolutismo e codificazione del diritto*[6], segundo o qual a nova doutrina ou filosofia do jusnaturalismo constitui a base em que se desenvolve o poder do príncipe e se preparam as reformas do século XVIII, relativas ao absolutismo iluminado. Nas próximas seções, tentarei apenas mencionar esquematicamente alguns elementos desse grande quadro, ressaltando, a partir de uma perspectiva particular, a modificação dos conceitos teológicos por parte do novo direito e da justiça estatal (a onipotência e a sabedoria), antes de discutir o problema específico do foro.

2. Força e direito: onipotência e soberania

Deixando de lado a grande discussão sobre a relação entre a *potestas absoluta* e a *potestas ordinata* de Deus no pensamento político entre a Idade Média e a Idade Moderna, resta o fato de que, nos escritores do século XVII, torna-se comum o paralelo entre a atividade do Deus legislador da natureza e o poder do soberano para estabelecer as leis em seu

---

6. Bolonha, 1976. Ver também a coletânea póstuma de ensaios, intitulada *Cultura giuridica e politica del diritto*, Bolonha, 1988.

próprio território⁷. A existência de *iura naturalia immutabilia* não é negada, mas, de certo modo, colocada fora de um ordenamento concreto, em que é mais provável reconduzir os limites do poder soberano à jurisprudência dos grandes tribunais (no continente, no sistema da *civil law*) ou à sedimentação dos anteriores (como na Inglaterra, no sistema da *common law*)⁸. Seja como for, a necessária correlação entre a teologia política e a práxis judiciária permite não apenas reaproximar concretamente dois sistemas vistos muitas vezes como separados, mas também historicizar o discurso: nos séculos XVI-XVIII, a limitação do poder do príncipe passa da referência a um ordenamento jurídico superior para um limite interno ao próprio ordenamento. A consonância entre sistemas e correntes de pensamento tão diferentes nessa direção, desde as correntes que afundam suas longínquas raízes no pensamento voluntarista medieval até o mais moderno empirismo científico, permite-nos perceber que, para além das diversidades e da indubitável importância das diferentes conclusões que se darão no plano constitucional, resta a afirmação de um catequismo político, em que o binômio rei-leis positivas torna-se absolutamente paralelo àquele religioso, que nos catequismos define Deus como legislador da natureza: em outras palavras, o binômio político serve para que se compreenda o binômio filosófico-teológico como sua transposição visível. Conforme escreve Descartes a Mersenne, em 1630: "Ne cragnéz point, je vous prie, d'assurer et de publier par tout, que c'est Dieu qui a establi ces lois en

---
7. Última reflexão, com referência aos seus numerosos ensaios anteriores, de F. Oakley, "The Absolute and Ordained Power of God and King in the Sixteenth and Seventeenth Centuries: Philosophy, Science, Politics and Law", in *Journal of the History of Ideas*, 59 (1998), pp. 669-90. Uma visão mais geral no plano das doutrinas políticas encontra-se em R. Tuck, *Philosophy and Government 1572-1651*, Cambridge, 1993.
8. G. Gorla, "'Iura naturalia sunt immutabilia'. I limiti al potere del principe nella dottrina e nella giurisprudenza forense tra i secoli XVI e XVIII", in *Diritto e potere nella storia europea, Atti in onore di B. Paradisi*, 2 vol., Florença, 1982, II, pp. 629-77.

la nature, ainsy qu'un Roi establist de lois en son Royaume"⁹ ["Não temei, vos peço, afirmar e publicar por toda parte que foi Deus a estabelecer essas leis na natureza, do mesmo modo como é o rei a estabelecer leis em seu reino"]. O território do soberano limita-se apenas às fronteiras geográficas do Estado e pode ter limites constitucionais, mas o certo é que o seu comando não permanece mais externo, e sim penetra na alma dos súditos. Nesse sentido, pode-se afirmar que o grande esforço da casuística parece traduzir-se num potente instrumento para a construção do novo ordenamento: conforme observado com perspicácia, quando Thomas Hobbes, em seu *Leviatã*, afirma que as leis de natureza obrigam no foro interno, mas nem sempre obrigam no foro externo (cap. XV), na verdade, ele substitui o Estado pela Igreja na função de união e de julgamento supremo entre o foro do homem e o de Deus e submete os territórios da ética ao direito do Estado. No Commonwealth, a lei do soberano constitui a consciência de cada súdito como consciência pública, em relação ao que ocorre no interior secreto de cada homem (cap. XXIX)[10]. Os casos de consciência só podem se traduzir em casos de lei, em casos que o direito positivo se esforça por traduzir em normas ou em precedentes jurídicos precisos, no esquema da elaboração levada adiante pelo direito canônico sobre a jurisdição de foro interno e a jurisdição de foro externo: segundo John Selden, contemporâneo de Hobbes, "se alguém pretende ater-se à consciência contra a lei, quem pode saber quantos seriam os inconvenientes resultantes?"[11].

O que nasceu foi o direito público moderno. A antiga fórmula de Ulpiano, que distinguia o direito em público e privado ("Publicum ius est quod ad statum rei Romanae spectat, privatum, quod ad utilitatem singulorum"), não se

---

9. Cit. em F. Oakley, *Omnipotence, Covenant and Order. An Excursion in the History of Ideas from Abelard to Leibniz*, Ithaca – Londres, 1984, p. 147.
10. Cf. Thomas, *Cases of Conscience*, cit., p. 45.
11. Ibidem, p. 54.

encontra mais em condições de conter a nova realidade da complexidade da política moderna, que atinge a sua máxima expressão no novo pensamento político, de Maquiavel ao neo-aristotelismo e ao neo-estoicismo, e sobretudo encontra na nova discussão sobre a "razão de Estado" o seu amadurecimento. Todavia, o que nos interessa a esse respeito é que a discussão sobre a soberania, sobre os meios para instaurá-la e mantê-la e sobre os seus limites, é acompanhada pelo nascimento de uma reflexão jurídica totalmente nova, pois baseada num fundamento impessoal do Estado: o direito público moderno surge como esforço para estabilizar o exercício do poder numa sociedade cada vez mais complexa e em movimento acelerado, e o seu ensinamento se afirma junto àquele mais tradicional do direito civil-privado em todas as universidades da Europa ao longo do século XVII[12]. O Estado torna-se o único sujeito de direito público coletivo digno desse nome, enquanto único titular da força; segundo a célebre definição de Carl Schmitt, "o Estado como entidade portadora de um novo ordenamento espacial da terra em caráter interestatal e eurocêntrico... elimina o império sagrado da Idade Média e a *potestas spiritualis* de direito internacional do pontífice, tentando fazer da Igreja cristã um instrumento para a própria política e polícia estatal"[13].

No que concerne a essa pesquisa, basta dizer que a bifurcação que parte de Grócio conduz, de um lado, à formação do jusnaturalismo moderno (e, portanto, ao desenvolvimento das modernas teorias e filosofias dos direitos humanos universais), e, de outro, à inserção de todo o direito no di-

---

12. M. Stolleis, *Geschichte des öffentlichen Rechts in Deutschland. Erster Band: Reichspublizistik und Policeywissenschaft 1600-1800*, Munique, 1988: remeto a essa obra (que, na verdade, abrange todo o panorama europeu) quanto à informação e à bibliografia geral. Do mesmo autor, há também a importante coletânea de ensaios: *Staat und Staatsräson in der frühen Neuzeit: Studien zur Geschichte des öffentlichen Rechtes*, Frankfurt a. M., 1990; tradução italiana parcial: *Stato e ragion di Stato nella pirma età moderna*, Bolonha, 1998.

13. C. Schmitt, *Il Nomos della terra nel diritto internazionale dello "Jus publicum europaeum"*, Milão, 1991, p. 143.

reito positivo estatal, separando o direito das gentes das suas raízes de direito natural e reduzindo-o cada vez mais apenas ao fruto de acordos interestatais (talvez seja esta a razão da atenção um pouco deformadora, dedicada ao pensamento de Grócio por parte dos estudiosos do direito internacional): não se trata de um caminho de mão única, que insere a teologia moral e o direito canônico no direito moderno, mas de uma proposta complexa e ainda indeterminada, que, ao longo do século, levará os seus seguidores a resultados diversos[14].

De iure belli ac pacis: talvez seja banal, após milhares de estudos sobre o pensamento de Grócio, atermo-nos à sucessão das palavras no título da sua célebre obra, mas resta o fato de que, no primeiro plano, está o problema da guerra, da titularidade da violência, reservada unicamente ao Estado. A outra face da regulamentação da guerra "justa", reservada aos Estados (e aqui também seria necessário remeter à obra anterior de Grócio, mais diretamente ligada à política colonial holandesa, a *De iure praedae*), é o monopólio da violência interna do Estado e a estreita união que passa a se estabelecer entre a força e o direito. Nos mesmos anos, com um caminho diferente (contra o qual o próprio Grócio polemiza), Johannes Althusius insere o tema dentro do Estado contratual e "simbiótico", projetado por ele, transformando o direito natural numa teoria geral e interpretativa do direito: estamos nos referindo não à sua obra mais famosa, a *Politica methodice digesta*, de 1604 (sobre a qual foram escritos inúmeros ensaios e na qual a lei positiva ainda é vista como uma explicação do Decálogo na sua adaptação às circunstâncias históricas particulares), mas à posterior *Dicaeologicae libri tres*, dedicada em 1617 aos cônsules calvinistas da

---

14. Nesse sentido, creio que devam ser aprofundadas as intuições de M. Villey, "Le moralisme dans le droit à l'aube de l'époque moderne (Sur un texte de Grotius)", in *Revue de droit canonique*, 16 (1966), pp. 319-33. Cf. também id., *La formazione*, cit., pp. 509-42. Uma reflexão recente e estimulante encontra-se em G. Alpa, "Ugo Grozio. Qualche interrogativo di um profano", in *Materiali per uma storia della cultura giuridica*, 28 (1998), pp. 13-24.

cidade de Emden, da qual Althusius era prefeito: no centro é colocado o problema da justiça (eis a razão da importância da referência no próprio título ao conceito de *díke*), como conceito mais amplo, que compreende tanto o direito quanto o *negotium* como fundamento da vida em sociedade[15]. Duas são as possíveis interpretações do direito dentro desse sistema: a natural e a civil, a primeira com referência à razão, a segunda com referência à realidade concreta da situação política e social de cada Estado[16].

Aquilo que não é dito em Grócio e em Althusius passa a ser dito nos anos posteriores, particularmente na França e na Inglaterra, onde se manifestam as maiores expressões desse fenômeno. Já mencionamos o caso de consciência de Pascal diante da miséria de uma justiça que muda com os paralelos e as latitudes, mas resta o fato de que a união da força com a justiça é para ele uma necessidade vital da sociedade, conforme expresso no célebre pensamento (n. 298): "É justo que aquilo que for justo seja aceito; é necessário que aquilo que for mais forte seja aceito. A justiça sem a força é impotente; a força sem a justiça é tirania... A justiça é sujeita à disputa, a força é extremamente reconhecível e sem disputa alguma. Desse modo, não se pôde munir de força a justiça, uma vez que a força a contradisse e afirmou que era ela a justa. E, assim, sem conseguir fazer com que o justo fosse forte, fez-se com que o forte fosse justo"[17].

---

15. J. Althusius, *Dicaeologicae libri tres totum universum ius, quo utimur, methodice complectens*, Frankfurt, 1649² (reimpr. Aalen, 1967), p. 1: "Dicaeologica est ars iuris in symbiosi humana bene colendi... vel ars negotii symbiotici et iuris bene exercendi." Na dedicatória, invoca-se a proteção de Deus para a "Rempublicam Ecclesiamque vestram et omnes Christum profitentes". Para a teoria contratualista e simbiótica de Althusius, a primeira referência se faz à clássica obra de Otto von Gierke, *Giovanni Althusius e lo sviluppo storico delle teorie politiche giusnaturalistiche*, trad. it., Turim, 1943 (orig. Breslau, 1880).
16. Ibidem, p. 47 (livro I, cap. 16): "Naturalis interpretatio est, quam genuina ratio juris interpretandi per se manifesti et certi, parit et importat, qua de causa, jus naturale, gentium et civile saepe variatur ratione causae, effecti, subiecti, adiuncti dissentaneorum, comparatorum et aliorum argumentorum..."
17. B. Pascal, *Pensieri*, ed. cit., p. 121.

No mesmo período, outro grande intelectual, Descartes, partia de bases culturais totalmente diferentes para chegar à mesma conclusão desolada: "Parece que Deus dá o direito àqueles a quem dá a força"[18]. Essa frase me parece muito emblemática para que possamos compreender o esforço dos juristas e dos pensadores políticos nas décadas posteriores: inserir os princípios do direito no sistema de força do Estado soberano. Creio que isso justifique a reflexão sobre a necessidade do "repouso" e da "tranqüilidade" pública (conceitos que anunciam muito visivelmente as reflexões do século XVIII sobre a felicidade pública), da qual parte o *Traité* introduzido pelo magistrado jansenista Jean Domat no prefácio da sua grande obra a serviço de Luís XIV, obra que pretendia expor as leis civis "na sua ordem natural", ou seja, que pretendia inserir os princípios do direito natural dentro das leis francesas e, portanto, teologizar, de certo modo, o direito positivo para subtraí-lo às objeções e às acusações de arbitrariedade e contradições[19]. Antecipação do processo de racionalização do século XVIII, que levará ao código de Napoleão, ou reafirmação de um novo tipo de jusnaturalismo?[20] Se lermos essa obra dentro do processo de formação do Estado, não parece haver contradição entre esses dois aspectos. Nela, Domat se esforça para trazer à luz, numa ordem simples e natural, os princípios e as regras que, segundo ele, já se encontram inseridos na legislação positiva: o soberano, como

---

18. R. Descartes, *Correspondance*, IV, Paris, 1901, p. 487 (de uma carta à princesa Elisabete do Palatinado, set. 1646): "Car la justice entre les souverains a d'autres limites qu'entre les particuliers, et il semble qu'en ces rencontres Dieu donne le droit à ceux ausquels il donne la force. Mais les plus justes actions deviennent injustes, quand ceux qui les font les pensent telles" ["Pois a justiça entre os soberanos possui limites diferentes daqueles entre os particulares, e parece que nesses encontros Deus dá o direito àqueles a quem dá a força. Mas as mais justas ações tornam-se injustas quando os que as realizam as pensam assim"].

19. *Les loix civiles dans leur ordre naturel, le droit public, et legum delectus*, 1.ª ed., Paris, 1689-1694 (utilizei a edição em dois volumes, Paris, 1769).

20. F. Todescan, *Le radici teologiche del giusnaturalismo laico, II: Il problema della secolarizzazione nel pensiero giuridico di Jean Domat*, Milão, 1987.

supremo legislador, é delegado por Deus para governar e julgar os homens e, portanto, não pode ser ele mesmo o protagonista desse resgate da sociedade pelo arbítrio surgido com o pecado. Entre as leis "imutáveis" de origem divina e as leis "arbitrárias", positivas e de origem humana não pode haver nenhuma cisão, pois estas últimas são exatamente a concretização das primeiras: não apenas com a repressão, mas também com a educação, elas conduzem a sociedade pelo caminho da virtude, levando à subordinação do amor próprio, presente em todo indivíduo, ao interesse coletivo. Dentro do homem permanecem "les impressions de la vérité et de l'autorité des ces loix naturelles" ["as impressões da verdade e da autoridade dessas leis naturais"], que devem ser referidas por aqueles a quem Deus deu a responsabilidade de administrar a sua onipotência[21]. Mas as leis naturais não têm, como as positivas, "une autorité fixe et réglée" ["uma autoridade fixa e regulamentada"]. Muitas vezes são incertas e de difícil compreensão, o que faz com que seja necessária uma intervenção por parte da autoridade soberana, que sozinha pode conseguir que saiam da confusão em que se encontram imersas, freqüentemente irreconhecíveis, entre o direito romano e as normas consuetudinárias: o poder soberano tem, portanto, a missão não apenas de promulgar as leis positivas, mas também de fazer emergir aquelas naturais, enquanto ao jurista cabe a tarefa de estudar estas últimas em função da ciência do direito e da sua aplicação concreta[22].

---

21. J. Domat, *Les loix civiles*, cit., p. XI (cap. IX): "Et comme c'est Dieu même qu'ils représentent dans le rang qui les élève au-dessus des autres, il veut qu'ils soient considérés comme tenant sa place dans leurs fonctions. Et c'est par cette raison qu'il appelle lui-même des dieux ceux à qui il communique ce droit de gouverner les hommes et de les juger, parce que c'est un droit qui n'est naturel qu'à lui (*Exodus, 22, 28: Ego dixi, dii estis...*)" ["E como eles representam Deus na categoria que os eleva acima dos outros, ele quer que eles sejam considerados como se exercessem suas funções em seu lugar. E é por essa razão que ele chama de deuses aqueles a quem comunica esse direito de governar os homens e de os julgar, pois tal direito é natural apenas a ele"].

22. Ibidem, pp. XVII-XVIII (cap. XI): "Mais pour les loix naturelles, comme nous n'en avons le détail que dans les livres du droit romain, et qu'elles y sont avec peu d'ordre, et mêlées avec beaucoup d'autres qui ne sont ni natu-

Certamente, trata-se de um processo de secularização, mas também do caminho em sentido inverso, que tentaremos seguir; um caminho que busca inserir no direito civil positivo idéias teológicas que formarão a base da dogmática jurídica dos séculos posteriores.

O caminho percorrido na Inglaterra em direção à onipotência do Estado e do direito positivo, a fim de recuperar a soberania que sofreu o terremoto da revolução, por volta da metade do século, é tão conhecido que nos permite proceder apenas a algumas referências e ênfases: a obra de Thomas Hobbes domina a cena, e o seu *Leviatã* insere na cultura ocidental a imagem física do novo Deus-Estado, a única entidade capaz de libertar a humanidade da luta fratricida, própria do estado natural, luta essa que a sociedade pode retomar a qualquer momento: "auctoritas non veritas facit legem". Hobbes chega a esse ponto comum por outro caminho, que parte da superação tanto da doutrina luterana, relativa à presença simultânea dos dois reinos nesse mundo, quanto da tradição contratualista federal, que permaneceu viva na tra-

---

relles, ni de notre usage, leur autorité s'y trouve effoiblie par ce mêlange, qui fait que plusieurs ou ne veulent ou ne sçavent pas discerner ce qui est surement juste et naturel, de ce que la raison et notre usage ne réçoivent point. Mais l'autorité des loix arbitraires consiste seulement dans la force que leur donne la puissance de ceux qui ont droit de faire des loix, et dans l'ordre de Dieu, qui commande de leur obéir... La seconde cause de la nécessité de bien sçavoir les loix naturelles, est que ces loix sont les fondemens de toute la science du droit... on ne peut fonder les raisonnemens, ni former les décisions, que sur les principes naturels de la justice et de l'équité" ["Mas, no que concerne às leis naturais, como só as temos detalhadamente nos livros de direito romano, onde elas aparecem de modo pouco organizado e misturadas com muitas outras que não são nem naturais, nem de nosso uso, sua autoridade encontra-se enfraquecida por essa mistura, que faz com que vários ou não queiram ou não saibam discernir o que certamente é justo e natural daquilo que a razão e nosso costume não percebem. Mas a autoridade das leis arbitrárias consiste apenas na força que lhes é dada pelo poder daqueles que são autorizados a fazer leis, e na ordem de Deus, que exige que sejam obedecidos... A segunda razão da necessidade de conhecer as leis naturais é que elas constituem a base de toda a ciência do direito... só se pode fundamentar os argumentos e formar as decisões nos princípios naturais da justiça e da eqüidade"].

dição puritana inglesa: o Commonwealth e a Igreja concordam, como não poderia deixar de ser, em garantir a paz e impedir a guerra civil; portanto, não há nenhum direito ou norma pública de comportamento, nem mesmo nas questões religiosas, além daquela positiva do Estado, que o soberano promulga por mandamento divino, e isso é tão mais necessário, uma vez que os conflitos religiosos foram a principal causa da guerra civil[23]. Para Hobbes, a lei natural, coincidente com a moral, vincula a consciência individual ao próprio interior, mas é totalmente desprovida de qualquer conteúdo jurídico[24]. Se a autoridade mandar fazer algo contra as leis da natureza e contra a própria consciência, como, por exemplo, mandar que se inicie uma guerra injusta, o súdito deve obedecer porque o julgamento a respeito do que é justo ou não cabe apenas ao príncipe: se não fosse assim, todo homem se veria no dilema entre a condenação eterna e a destruição da sociedade humana e da vida civil[25]. Uma de

---

23. Para uma última reflexão, ver G. Zimmermann, "Die Auseinandersetzung Thomas Hobbes' mit der reformatorischen Zwei-Reiche-Lehre", in *Zeitschrift der Savigny-Stiftung für Rechtsgeschichte*, Kan. Abt., 82 (1996), pp. 326-52.

24. M. Villey, *La formazione*, cit., p. 595.

25. T. Hobbes, "Philosophical Rudiments Concerning Government and Society", in *English Works*, III, Londres, 1841 (reimpr. Aalen, 1962), p. 152 (cap. XII): "For if I wage at the commandment of my prince, conceiving the war to be unjustly undertaken, I do not therefore do unjustly; but rather if I refuse to do it, arrogating to myself the knowledge of what is just and unjust, which pertains only to my prince. They who observe not this distinction, will fall into necessity of sinning, as oft as anything is commanded them which either is, or seems to be unlawful to them: for they obey, they sin against their conscience; and if they obey not, against right. If they sin against their conscience, they declare that they fear not the pains of the world to come; if they sin against right, they do, as much in them lies, abolish human society and the civil life of the present world" ["Pois se, ao comando de meu príncipe, eu lutar na guerra, mesmo concebendo-a como injusta, não estarei incorrendo em erro; mas o mesmo não se pode dizer se eu me recusar a participar dela, arrogando-me o conhecimento do que é justo e injusto, que cabe apenas ao meu príncipe. Aqueles que não respeitam essa distinção cairão na necessidade de pecar sempre que receberem alguma ordem que lhes seja ou pareça ilegal: pois, se obe-

suas frases me parece particularmente significativa para toda a discussão sobre o direito natural, sobre as "laws of nature": não basta que estas sejam descritas nos livros dos filósofos para que tenham a força de leis escritas, e todo discurso a seu respeito é matéria de filósofo, e não de juristas[26].

Para além de toda discussão sobre o pacto ou contrato social, com o qual o indivíduo transmite ao soberano os poderes e direitos possuídos por ele no estado natural, ou sobre o contrato duplo de união e submissão, que se desenvolverá no jusnaturalismo alemão[27], resta o fato de que, a partir de Hobbes, temos a tendência a uma apropriação por parte do Estado da onipotência divina: o Estado é a manifestação de Deus no mundo, sejam quais forem os seus aspectos nas diversas aparições espaciais e cronológicas. Tanto para aqueles que mantêm uma visão dualista entre norma ética e norma jurídica quanto para aqueles que fazem a norma moral coincidir com a norma positiva, o problema será o de encontrar e desenvolver, a partir do interior da sociedade, mecanismos para a defesa, não do *direito* natural, mas dos *direitos* naturais individuais, sem a possibilidade de vínculos externos com um direito natural como ordenamento, no quadro dessa presença divina do Estado, que se torna o único garante do contrato político[28]. Não existe mais a razão de Estado

---

decerem, pecarão contra sua própria consciência, e se não obedecerem, pecarão contra a justiça. Se pecarem contra sua própria consciência, declararão não temer as penas que receberão do mundo vindouro; se pecarem contra a justiça, destruirão a sociedade humana e a vida civil do mundo presente"].

26. Ibidem, p. 195 (cap. XIV): "Although they were described in the books of some philosopher, are not for that reason to be termed written laws" ["Embora tenham sido escritas nos livros de alguns filósofos, isso não é suficiente para que sejam consideradas leis escritas"].

27. *Il contratto sociale nella filosofia politica moderna*, organizado por G. Duso, Bolonha, 1987; W. Kersting, "La dottrina del duplice contratto nel diritto naturale tedesco", in *Filosofia politica*, 8 (1994), pp. 409-37. Para as origens no pensamento da Reforma: H. R. Schmidt, "Bundestheologie, Gesellschaft- und Herrschaftsvertrag", in *Gemeinde, Reformation und Widerstand. Festschrift für Peter Blickle zum 60. Geburtstag*, Tübingen, 1998, pp. 309-25.

28. P. Piovani, *Giusnaturalismo ed etica moderna*, Bari, 1961, pp. 95-123 (cap. VI: "La 'corruzione' dell'ordine naturalistico").

como estado de exceção, referente apenas aos *arcana imperii*, de certo modo justificada pela necessidade de manter o poder em relação a um mundo ético, que é reconhecido na sua objetividade cósmica, mas um Estado e uma norma positiva que incorpora a ética na sua razão: esta parece ser a conclusão do caminho pela filosofia política do século XVII, mas tal conclusão também leva consigo a formação de uma nova "sabedoria", em que o bem moral não deve mais coincidir com o justo, mas sim o justo com o útil e o útil público com o interesse econômico[29].

3. Ciência e onisciência do Estado

Para compreender o nascimento do novo foro, é necessário mencionar um processo que englobaria da razão à sabedoria de Estado e que antecede o início daquele período histórico chamado de idade da razão, ou seja, a época do iluminismo. É um processo que, para os nossos fins, pode ser resumido da seguinte forma: as leis de Deus coincidem com as leis da natureza, e o único intérprete político desse processo é o Estado; sendo assim, entram na esfera da política e do direito público positivo territórios anteriormente excluídos por ela, como a formação moral e o disciplinamento do súdito. Certamente não tenho a intenção de falar desse processo em si, desde as primeiras afirmações sobre a racionalidade, incorporada na natureza da filosofia escolástica, até a construção dos primeiros grandes sistemas filosóficos e os estudos científicos de Galileu a Newton, mas apenas aludir ao fato de que, nos últimos tempos, o significado político desse processo de geometrização e mecanização do universo aprofundou-se em grande medida[30]. Privar as Igrejas da

---

29. H. Dreitzel, "Die 'Staatsräson' und die Krise des politischen Aristotelismus: zur Entwicklung der politischen Philosophie in Deutschland im 17. Jahrhundert", in *Aristotelismo e ragion di Stato*, cit., pp. 129-56.

30. W. Röd, *Geometrischer Geist und Naturrecht. Methodengeschichtliche Untersuchungen zur Staatsphilosophie im 17. und 18. Jahrhundert*, Munique, 1970; B. J. Shapiro, *Probability and Certainty in Seventeenth Century England. A Study*

mediação entre o transcendente e a ordem histórica não implica, evidentemente, a expulsão das próprias Igrejas da esfera pública ou a anulação do conteúdo religioso: trata-se mais de uma assimilação do religioso dentro da nova ordem sacro-jurídica do universo e, nesse sentido, deve-se entender o tema da secularização[31]. A afirmação da legalidade passa a interligar-se estreitamente com a afirmação da inteligibilidade, ou seja, da possibilidade de definir regras de comportamento como reflexo de uma ordem superior.

Para explicar-me de modo mais sucinto, remeto ao pensamento daquele que foi o maior expoente do sincretismo ecumênico do século XVII, Gottfried Wilhelm Leibniz. Na sua *Nova methodus discendae docendaeque iurisprudentiae*, de 1667, após ter ressaltado as afinidades entre a teologia e o direito e o estreito vínculo entre ambos, ele define a jurisprudência da seguinte forma: "A jurisprudência é a ciência das ações, uma vez que estas são definidas como justas ou injustas. Sendo assim, justo ou injusto é o que é publicamente útil ou danoso. Publicamente significa, primeiro, diante do mundo, ou seja, diante de Deus, seu reitor, depois diante do gênero humano e, por fim, diante do Estado: segundo essa subordinação, em caso de conflito, a vontade ou a utilidade – se assim for lícito dizer – de Deus é preferida à utilidade do gênero humano, esta à utilidade do Estado e esta última, à utilidade pessoal. Eis a origem da jurisprudência divina, humana e civil"[32]. O incômodo quanto

---

of the Relationship between Natural Science, Religion, History, Law, Literature, Princeton, 1983; D. Nicholls, *God and Government in an "Age of Reason"*, Londres – Nova York, 1995.

31. A. Funkenstein, *Teologia e immaginazione scientifica dal Medioevo al Seicento*, trad. it., Turim, 1996.

32. G. W. Leibniz, *Philosophische Schriften*, I, Berlim, 1930, pp. 300-1: "Jurisprudentia est scientia actionum quatenus justae vel injustae dicuntur. Justum autem atque injustum est, quicquid publice utile vel damnosum est. Publice, id est primum Mundo, seu Rectori eius Deo, deinde Generi Humano, denique Reipublicae: hac subordinatione, ut in casu pugnantiae, voluntas, seu utilitas Dei, si ita loqui licet, praeferatur utilitati Generis Humani, et haec utilitati Reipublicae, et haec propriae. Hinc Jurisprudentia Divina, Humana, Civilis..."

ao uso do termo "utilidade" em referência a Deus talvez seja o indício mais revelador do sentido de um discurso que, mesmo mantendo formalmente a harmonia da antiga ordem cósmica, na verdade desloca o centro de gravidade para dois vocábulos-chave, os de público e útil: é um ordenamento descendente, que, porém, tem o objetivo de sacralizar a *scientia iuris*, inserindo nela o ordenamento moral e o direito natural. O corolário mais importante é que, a partir do momento da sua inserção inicial no Estado, o súdito sente-se obrigado não apenas a respeitar as leis e as sentenças que constituem tradicionalmente a lei civil, mas também os comandos da autoridade ou *Policey-Ordnungen*, que regulam as ações da vida cotidiana e que se ocupam em realizar, com ordens ou proibições, as qualidades morais do indivíduo, ou seja, em transferir ou impor-lhe a sabedoria do Estado[33].

Esse processo de inclusão da ética no direito encontra a sua máxima expressão na obra de Samuel Pufendorf, com a definição dos *entia moralia* como objeto do estudo do jurista, com a afirmação da coincidência entre a ordem natural e aquela jurídica e, portanto, da possibilidade de demonstrar as leis morais bem como as físicas ou matemáticas, e com a teorização do comando e da proibição como fundamento de todo julgamento das ações humanas[34]. O tradutor e comen-

---

33. Ibidem, p. 304: "Quare et omnes obligationes publicorum judiciorum, sive ad poenam corporalem sive pecuniariam tendant, pertinent ad pactorum fontem; promisit enim quilibet subditus Reipublicae se decreta eius universalia, ut Leges, vel singularia, ut sententias, rata habiturum. Decrevit autem Lex ut qui hoc faciat, illud persolvat. Ex ipso igitur Pacto promissae fidelitatis tenetur. Ita patet ad hunc locum reduci die *Policey-Ordnungen*, Ordinationes nempe Politicas, quibus vita, conversatio, sumptus vestium, conviviorum, omnesque denique subditorum actiones formantur: nec minus Criminalia, quae circa majora, pacem nempe publicam, securitatem civium honoremque Dei et magistratus occupantur. Ex eodem Pactorum fonte est Jus publicum, et ipse denique processus tam civilis quam criminalis. Cuius finis est executio, quae est realisatio qualitatum moralium, seu, ut qui habet potestatem vel necessitatem moralem, habeat et naturalem."

34. F. Todescan, "Intellettualismo e volontarismo nel pensiero di S. Pufendorf", in *Samuel Pufendorf filosofo del diritto e della politica*, organizado por V. Fiorillo, Nápoles, 1996, pp. 269-73. Sobre o quadro geral desse percurso no

tador de Pufendorf, Jean Barbeyrac, estabelece como meta a organização de um sistema dos costumes tão orgânico e claro como as leis da matemática e da geometria. Em Spinoza, isso se traduz na *Ethica more geometrico demonstrata*, enquanto no empirismo inglês leva aos tratados de John Locke e depois aos de David Hume sobre a aplicação dos métodos experimentais nos problemas da moral como problemas atinentes aos interesses privados e ao bem-estar coletivo[35]. Leva também à célebre comparação ilustrada por Montesquieu, no primeiro capítulo de *O espírito das leis*, entre as leis da gravitação e as leis morais, até mais tarde as aplicações da física newtoniana no mundo moral e no pensamento de Genovesi[36]. Como conclusão desse percurso, poderíamos eleger a obra de Joseph Butler, bispo anglicano de Bristol, segundo o qual a distinção entre moral e direito e entre pecado e crime

---

século XVII, ver F. Todescan, "Dalla 'persona ficta' alla 'persona moralis'. Individualismo e matematismo nella teoria della persona giuridica del sec. XVII", in *Quaderni Fiorentini*, n. 11-2 (1982-1983), pp. 59-93.

35. D. Hume, *An Enquiry Concerning the Principle of Morals*, ed. crítica sob responsabilidade de T. L. Beauchamps, Oxford 1998, p. 19 (cap. 3): "(History, experience, reason sufficiently instruct us in this natural progress of human sentiments, and in the gradual enlargement of our regards to justice, in proportion as we become acquainted with the extensive utility of that virtue. If we examine the particular laws, by which justice is directed, and property determined; we shall still be presented with the same conclusion. The good of mankinds is the only object of all these laws and regulations...)" [A história, a experiência, a razão nos mostram esse progresso natural dos sentimentos humanos e o gradativo aumento de nossa consideração à justiça, à medida que tomamos consciência da extensa utilidade dessa virtude. Se examinarmos as leis específicas pelas quais a justiça se orienta e a propriedade se determina, mais uma vez nos veremos diante da mesma conclusão. O bem da humanidade é o único objeto de todas essas leis e regras..."] Para a relação em Locke, entre direito natural e moral, ver W. Euchner, *La filosofia politica di Locke*, Roma – Bari 1995 (título original mais exato: *Naturrecht und Politik bei John Locke*, Frankfurt a. M., 1969).

36. A. Genovesi, *Della diceosina, o sia della filosofia del giusto e dell'onesto*, Nápoles, 1777, em que grande parte do livro I (editado já em 1766) é dedicada à comparação entre as leis físicas e as leis morais; M. T. Marcialis, "Legge di natura e calcolo della ragione nell'ultimo Genovesi", in *Materiali per uma storia della cultura giuridica*, 24 (1994), pp. 315-39.

é necessária para a lei civil, mas a norma moral deve ser objeto dos cuidados do governo humano (e não apenas do "moral government" de Deus sobre o mundo), uma vez que se demonstrou histórica e estatisticamente que a sua inobservância leva os homens a cometer atos ilegais e crimes[37]. Mas estes são percursos demasiadamente conhecidos e amplos para que nos detenhamos por mais tempo a respeito.

Caberá a Cristiano Tomásio, nos primeiros anos do século XVIII, dar o último passo, proclamando que, em sentido restrito e próprio, apenas à lei positiva diz respeito a definição de "lei" enquanto ligada ao conceito de "comando". Já ao direito natural (que compreende toda a filosofia moral, ética e política) é confiado o papel do "conselho": com a conseqüência muito prática de subordinar não apenas as Igrejas (colocando-se, assim, um fim ao Estado confessional, surgido com a Reforma), mas também a ciência do direito ao poder do príncipe[38]. O direito penal se torna o ponto de for-

---

37. J. Butler, *The Analogy of Religion, Natural and Revealed, to the Constitution and Course of Nature* (na edição Londres, 1788, cap. II, pp. 74-6); cf. D. Nicholls, *God and Government in an "Age of Reason"*, cit., p. 67.

38. C. Thomasius, *Fundamenta juris naturae et gentium ex sensu communi deducta in quibus ubique secernuntur principia honesti, justi ac decori*, Halae et Lipsiae, 1718 (4.ª ed., reimpr. Aalen, 1963), p. 139 (liber I, cap. IV, nn. 79-80): "Ergo Doctoris et Principis personae non facile cadunt in unam personam. Doctoris enim character est dare consilium, Principis, imperare. Ex quo etiam sequitur, quod Doctor debeat esse sub imperio Principis; Principes vero adhibere Doctores sapientae in consilium. Sapientes enim, etiam in civitate, debent esse uniti. Jam quia ad Doctorem non pertinet potestas imperandi, necesse est, ut sit sub imperio Principis." Talvez a discussão sobre a figura de Thomasius seja o indício mais interessante para compreender a dialética entre a alma liberal do iluminismo e o seu empenho político em favor do absolutismo. Cf. N. Hammerstein, *Jus und Historie. Ein Beitrag zur Geschichte des historischen Denkens an deutschen Universitäten im späten 17. und 18. Jahrhundert*, Göttingen, 1972, pp. 72-84; H. Dreitzel, "Christliche Aufklärung durch fürstlichen Absolutismus. Thomasius und die Destruktion des frühneuzeitlichen Konfessionsstaates", in *Christian Thomasius (1655-1728). Neue Forschungen im Kontext der Frühaufklärung*, organizado por F. Vollhardt, Tübingen, 1997, pp. 17-50. Para as relações com o pietismo, ver B. Hoffmann, *Radikalpietismus um 1700. Der Streit um das Recht auf eine neue Gesellschaft*, Frankfurt a. M. – Nova York, 1996, pp. 174-82.

ça desse novo sistema, e Tomásio se torna o fundador desse novo direito penal, seja combatendo as deformações dos sistemas existentes (contra a perseguição dos hereges e das bruxas), seja colocando no centro da reflexão o problema da punição: a força da lei depende do temor que ela consegue incutir com as penas, e as penas previstas pelo direito positivo são muito mais palpáveis e visíveis do que aquelas ameaçadas pelas Igrejas no plano moral[39]. A escola jurídico-filosófica da Universidade de Halle, para onde Tomásio, de formação jusnaturalista, transfere-se após a sua fundação em 1694, torna-se o exemplo concreto dessa doutrina a serviço do príncipe como reformador do direito penal[40]. O grande tratado de Christian Wolff, discípulo de Tomásio e matemático de formação, além de representar a última grande dissertação sistemática "methodo scientifica" do direito natural e, ao mesmo tempo, a primeira obra de teoria geral do direito, dedicada a Frederico, o Grande, da Prússia e claramente em função das primeiras tentativas de codificação, revela-se, como dissemos na conclusão do capítulo anterior, o divisor de águas entre os dois caminhos[41].

Em síntese, elabora-se no século XVII o processo de assimilação entre as leis naturais e as morais, que amadurecerá por completo no século seguinte, e proclamam-se o Estado e o direito positivo como os únicos instrumentos possíveis para tornar visível essa "utilidade" de Deus. A esse respeito, é interessante evidenciar algumas circunstâncias num processo bastante conhecido. Antes de tudo, o desenvolvimento das ciências do Estado e da sociedade, desde as primeiras doutrinas cameralistas até o iluminismo maduro, como bus-

---

39. C. Thomasius, *Fundamenta juris naturae*, cit., p. 158 (liber I, cap. V, n. 57): "Poenae vero juris positivi magis palpabiles sunt et visibiles inde magis aptae sunt ad metum incutiendum stultis. Et praemia quoque juris positivi eodem modo magis in sensus incurrunt."
40. F. Battaglia, *Cristiano Tomasio, filosofo e giurista*, Roma, 1936 (reimpr. Bolonha, 1982); M. A. Cattaneo, *Diritto e pena nel pensiero di Christian Thomasius*, Milão, 1976.
41. Ver supra, p. 388.

ca de leis internas e paralelas àquelas naturais para o conhecimento estatístico e a manipulação dos fenômenos demográficos e econômicos[42], acaba por envolver todo o mundo moral; na jurisprudência, essas ciências suplantam, pouco a pouco, a teologia. O direito natural torna-se "o direito natural dos filósofos", que é bem diferente do "direito natural dos jurisconsultos". Segundo Giambattista Vico, os legisladores e soberanos não podem deixar de levá-lo em consideração ao formularem e aplicarem o direito voluntário-positivo (que só pode ser histórico, certo e garantido pela força), mas devem saber que o direito natural dista do direito humano como o céu da terra[43]. Mesmo a ciência jurídica do antigo direito romano, com um processo de certo modo paralelo ao que ocorre com o direito natural, cede seu lugar a uma nova utilização, o *usus modernum pandectarum*: o direito romano perde as características jurídicas orgânicas (à medida que se verifica a impossibilidade de sua recepção enquanto ordenamento no novo direito) e torna-se, de um lado, "teoria" e "história" do direito e, de outro, uma mina de princípios e casos que fornece materiais aos próprios juristas positivos no caminho em direção à racionalização da ação legislativa e aos primeiros experimentos de codificação[44]. O direito não é

---

42. Os estudos a respeito se multiplicaram após a obra pioneira de P. Schiera, *Il cameralismo e l'assolutismo tedesco*, Milão, 1969. Um último exemplo para a parábola conclusiva desse processo: M. Scattola, *La nascita delle scienze dello Stato: August Ludwig Schlözer (1735-1809)*, Milão, 1994.

43. G. B. Vico, "De universi iuris uno principio et fine uno", in *Opere giuridiche. Il diritto universale*, organizado por P. Cristofolini, Florença, 1974, cap. CXXXVI, pp. 162-4: "Sed quia respublicae, etiam regiae, etiam liberae, in iure civili seorsim sibi concedendo pro sua cuiusque reipublicae forma, nempe ex ordine naturali, non ad vera naturae proprius accederent; idcirco deliberati animi de transferendo rei dominio in dominis signum firmius quam verba et nutus esse voluerunt."

44. P. Koschaker, *L'Europa e il diritto romano*, trad. it. Florença, 1962 (orig. Munique, 1958³), sobretudo as pp. 424-32; G. Dilcher, "Gesetzgebungswissenschaft und Naturrecht", in *Juristenzeitung* (1969), n. 1, pp. 1-7; R. Orestano, *Introduzione al diritto romano*, Bolonha, 1987, p. 40; P. G. Stein, *Römisches Recht und Europa. Die Geschichte einer Rechtskultur*, Frankfurt a. M., 1996, pp. 166-81; M. Ducos, *Roma e il diritto*, cit., pp. 135-8.

A NORMA: A MORAL DO DIREITO 451

mais apenas um instrumento de comando e de império, pois a lei e a doutrina da lei tornam-se instrumentos de educação: a lenta passagem, que já havia transformado a política, da *praeceptio* à *instructio*, do exercício do poder como puro comando ao disciplinamento social, dando ao Estado a função nova de "formar" o homem moderno, também atinge em cheio a esfera do direito. Com efeito, ao direito é confiada a missão geral de encaminhar todas as ações humanas mediante aquela que foi então definida por Mersenne, com fórmula nova e fascinante, "la manutention de l'esprit"[45]: não apenas a norma como instrumento de punição ou de restabelecimento de uma ordem perturbada, mas como prevenção e, mais ainda, como instrumento de construção do consenso público em torno do poder soberano.

A estranha mistura entre moral, política e direito, entre o indivíduo e o Estado como pessoa coletiva, que se formará em Jean-Jacques Rousseau (de um lado, com o *Emílio*, de outro, com *O contrato social*), pode ser definida como "uma espécie de nova teocracia, em certo sentido laicizada", e encontra o seu *humus* na teoria da virtude como expressão não mais de uma teologia ou de uma filosofia moral, mas da consciência coletiva, erigida a religião cívica: talvez o ápice daquela absorção da moral na política e no direito positivo, que se colocou no centro do interesse neste capítulo[46]. Sua teoria sobre a bondade inata do homem, sobre a existência no coração humano de um princípio inato de justiça e de virtude, com o definitivo repúdio da doutrina agostiniana sobre o pecado original e do pessimismo hobbesiano[47], permite a

---

45. R. Ajello, *Formalismo medievale e moderno*, Nápoles, 1990, p. 23; D. Klippel, "Die Philosophie der Gesetzgebung. Naturrecht und Rechtsphilosophie als Gesetzgebungswissenschaft im 18. und 19. Jahrhundert", in *Gesetz und Gesetzgebung*, cit., pp. 225-47.
46. A. Sabetti, "Jean-Jacques Rousseau: morale come politica o politica come morale?", in *Individualismo, assolutismo, democrazia*, organizado por V. Dini e D. Taranto, Nápoles, 1992, pp. 13-26.
47. J. Cohen, "The Natural Goodness of Humanity", in *Reclaiming the History of Ethic. Essays for John Rawls*, organizado por A. Reath et alii, Cambridge, U. P., 1997, pp. 102-39.

Rousseau realizar aquela última passagem: da ciência abstrata do homem à proposta – que será a alma do jacobinismo – de modificar a concreta situação histórica da humanidade; o homem, bom por natureza e corrompido pelas instituições, pode ser salvo mediante novas instituições. Do mesmo modo como a ciência partia em direção à grande aventura da intervenção na natureza mediante a aplicação tecnológica, projetava-se a passagem da ética como ciência abstrata à política e ao direito como moral aplicada à sociedade, ao novo Estado como instrumento capaz de modificar o homem[48]. Sem querer construir genealogias abstratas, penso que é interessante observar a história dos dois séculos posteriores não apenas com base na dialética entre liberalismo e democracia, mas também, partindo desse princípio rousseauniano sobre a nova fé, na possibilidade de modificar a natureza humana (segundo o princípio secularizado da seita), que envolveu despotismos, democracias e totalitarismos, com base na ideologia do Estado-nação, na classe e na ciência. A partir dessa perspectiva, a nova religião da liberdade, com a sua aceitação do homem na sua fragilidade concreta e a sua ânsia garantista, contém os genes hereditários da visão cristã do pecado muito mais do que as rivalidades entre Igreja e Estado de direito permitiram perceber.

4. Pecado e delito

Após essas alusões panorâmicas, tentaremos agora concentrar nossa atenção no problema específico do foro, da relação entre pecado e delito no julgamento das ações huma-

---

48. Lembremos a frase da célebre carta a Mirabeau: "Je voudrais que le despote pût être dieu. En un mot, je ne vois point du milieu supportable entre la plus austère démocratie et le Hobbisme le plus parfait" ["Eu gostaria que o déspota pudesse ser deus. Numa palavra, não vejo ambiente suportável entre a mais austera democracia e o hobbesianismo mais perfeito"] (J.-J. Rousseau, citação em G. M. Chiodi, *Legge naturale e legge positiva nella filosofia politica di Tommaso Hobbes*, Milão, 1970, p. 180).

A NORMA: A MORAL DO DIREITO 453

nas. As mudanças ocorridas no plano geral, político e religioso, ao longo do século XVI, levaram a grandes alterações na teoria do direito penal. Embora restem os antigos conceitos e repitam-se as definições clássicas dos grandes jurisconsultos sobre a diferença entre crime e pecado, a essência do discurso parece totalmente diferente: toda lei, mesmo aquela civil, conforme afirma Tibério Deciano, pode ser considerada divina, uma vez que "per ora Principum promulgata" e, portanto, ela é a causa formal do delito[49]; sobretudo a lei da consciência parece distinguir-se e distanciar-se da esfera jurídica como um fato privado, enquanto a característica do crime é cada vez mais a de ser um fato público, punido pela lei escrita[50]. A partir da reflexão de Grócio, de que se falou no capítulo anterior, sobre a impunibilidade dos pecados que não provocam um dano concreto à sociedade ou a terceiros e, portanto, a partir da distinção muito mais nítida em relação ao passado, que deriva da reflexão de Grócio entre a esfera da moral e a esfera do direito; por fim, a partir da conseqüente e necessária proporção da pena não em relação à gravidade da culpa, mas ao dano realmente provocado aos outros, desenvolvem-se, ao longo do século XVII, diversas e divergentes indicações de percurso.

Com o intuito de elaborar um esquema, creio que se possam distinguir duas tendências principais, diversamente interligadas entre si. A primeira tende a transformar o crime ou o delito, ou ainda toda falta contra a sociedade e o Estado, em pecado: em outras palavras, trata-se de uma tendência a envolver no conceito de pecado toda ação não permitida, transformando em culpa moral toda e qualquer infração à lei positiva; a segunda, por sua vez, tende a laicizar o conceito

---

49. T. Decianus, *Tractatus criminalis*, 2 vol., Venetiis, 1614, I, p. 27 (livro II, cap. 2): "Formalem igitur causam delictorum esse dico legem ipsam, quae cum quid prohibet sub poena, delictum format, cum ante legem, et si esset forte actus illicitus, non tamen formam habebat delicti..."
50. Ibidem, p. 50 (livro II, cap. 14): "Duae enim sunt leges, altera publica, altera privata; publica est lex scripta, privata est lex conscientiae, et qui lege privata ducitur, nulla ratio exigit, ut a lege publica costringatur..."

de crime, considerando-o como "infração", como simples violação da lei positiva, liberando-o, de certo modo, do seu componente sagrado e preparando, assim, o desenvolvimento da secularização e do garantismo penal. Seria interessante uma análise do pensamento jurídico-político a partir desse ponto de vista, mas como não dispomos dela, devemos nos limitar a alguns traços, remetendo, no mais, aos estudos de história do direito penal moderno[51]. A meu ver, é oportuno antecipar que não creio ser possível interpretar a história do direito penal moderno como luta árdua do novo garantismo contra as obscuras atrocidades resultantes da Idade Média, nem entrever o direito penal moderno, baseado na suspeita e na repressão, como diretamente derivado da assimilação do modelo do processo inquisitorial eclesiástico pelo Estado moderno[52]: certamente o processo inquisitorial canônico serviu, na passagem da Idade Média à Idade Moderna, como modelo para o desenvolvimento do processo penal estatal, para superar o sistema acusatório de tipo romano, conforme se fez notar anteriormente. Todavia, por trás desse fato, é necessário considerar a profunda mudança que ocorre no nível da concentração do poder no Estado moderno e com o desenvolvimento das novas ideologias. Conforme observado, mesmo a lógica científica dos séculos XVI e XVII contribuiu para reforçar o sistema autoritário e repressivo em âmbito penal[53]. Desse modo, tampouco parece possível identificar

---

51. Para o quadro geral (com indicações bastante amplas, mesmo em relação à literatura anterior): I. Mereu, *Storia del diritto penale*, cit.; A. Laingui, *La responsabilité pénale dans l'ancien droit (XVI*ᵉ*-XVIII*ᵉ *siècle)*, Paris, 1970; A. Marongiu, "La scienza del diritto penale nei secoli XVI-XVII", in *La formazione storica del diritto moderno in Europa*, 3 vol., Florença, 1977, I, pp. 407-29; L. Ferrajoli, *Diritto e ragione. Teoria del garantismo penale*, Bari, 1989; *Die Entstehung des öffentlichen Strafrecht*, organizado por D. Willoweit, Colônia – Viena, 1999. Uma antologia útil, com textos na língua original e tradução alemã ao lado, é a obra *Texte zur Strafrechtstheorie der Neuzeit*, organizado por Th. Vormbaum, 2 vol., Baden-Baden, 1993.
52. I. Mereu, *Storia dell'intoleranza in Europa*, Milão, 1988; F. Cordero, *Criminalia. Nascita dei sistemi penali*, Bari, 1985.
53. P. Marchetti, *Testis contra se. L'imputato come fonte di prova nel processo penale dell'età moderna*, Milão, 1994, p. 37.

a repressão com o modelo católico e o progressismo liberal com as novas Igrejas e confissões surgidas com a Reforma. Os movimentos religiosos mais radicais, para não falar das seitas, não podem deixar de ver o pecado na desobediência às leis nem temer o garantismo como um grave perigo para a redução social-religiosa, conforme aludimos em capítulo anterior: naturalmente, é muito importante, sob esse aspecto, o empenho das minorias religiosas enquanto tais, interessadas, por sua própria situação de minoria, em romper o "conformismo" das Igrejas nacionais. Somente a necessidade da convivência de crenças religiosas diferentes – e, portanto, de sistemas éticos diferentes – e o fortalecimento das estruturas estatais levarão a uma solução, embora eu creia que isso se dê no sentido de uma absorção do princípio do caráter sagrado (e, portanto, do pecado) na infração. Mas, além disso, é necessário compreender a transformação e a ampliação do *crimen laesae maiestatis* nos séculos da Idade Moderna: do mesmo modo como a sua importância no período anterior de formação do Estado moderno foi estudada na pesquisa de Mario Sbriccoli, que já se tornou um clássico, seria necessário estudar sua metamorfose em função do novo direito público moderno: o crime contra a autoridade soberana não se limita mais ao núcleo detentor do poder, ao novo príncipe, mas é pouco a pouco ampliado para abranger todas aquelas ações que ameaçam a segurança e a prosperidade da sociedade e atacam suas ideologias fundamentais, como a propriedade. As novas ideologias substituem os antigos dogmas, e as novas heresias, em função das quais são elaborados os novos conceitos de culpa e de pena, são não apenas as ações, mas também toda perturbação que possa comprometer os equilíbrios sociais. À primeira vista, parece que ao redor do dogma fundamental da soberania se forma um sistema dogmático, que tende a expandir-se progressivamente à medida que se expande a participação dos cidadãos na vida do Estado – o monopólio da força, a propriedade, a burocracia – e encontra a sua mais ampla formulação com a ideologia democrática da Revolução Francesa e nos seus resultados ao longo do século XIX; em relação a esse sistema dogmático, são definidas e condenadas as heresias correspondentes.

O texto considerado como fundamental para a fundação legalista da pena é aquele contido no capítulo 27 do *Leviatã*, de Thomas Hobbes, e diretamente coerente com os seus princípios sobre o nascimento do Estado e sobre a soberania da lei positiva[54]:

> Um crime é um pecado que consiste em cometer (com fatos ou palavras) o que a lei proíbe, ou em omitir o que ela ordenou. Desse modo, todo crime é um pecado, mas nem todo pecado é um crime. Ter a intenção de roubar ou de matar é um pecado, ainda que não se revele nas palavras e nos fatos, pois Deus, que vê os pensamentos do homem, pode encarregar-se deles, mas enquanto não surgir alguma coisa que tenha sido dita ou feita, cuja intenção possa ser argüida por um juiz, não recebe o nome de crime... Por essa relação do pecado com a lei e do crime com a lei civil, pode-se inferir, em primeiro lugar, que onde não há lei, também não há pecado. No entanto, pelo fato de a lei natural ser eterna, a violação dos pactos, a ingratidão, a arrogância e todos os pactos contrários a qualquer virtude moral nunca podem deixar de constituir pecado. Em segundo lugar, conclui-se que, quando não há lei civil, também não há crimes, pois, uma vez que não resta outra lei além daquela da natureza, não há lugar para a acusação, já que todo homem é juiz de si mesmo, é acusado apenas pela própria consciência e é absolvido pela retidão da sua intenção. Por conseguinte, quando a sua intenção é boa, aquilo que comete é um pecado, mas não um crime. Em terceiro lugar, infere-se que, quando não há poder soberano, também não há crimes, pois onde não existe tal poder não há por que existir uma proteção da lei e, portanto, todo homem pode proteger-se com o próprio poder.

Essas passagens foram interpretadas até os nossos dias como um pilar sobre o qual se funda a nova concepção da lei

---

54. Trad. it. Florença, 1976, pp. 286-7. [Trad. bras. *Leviatã*, São Paulo, Martins Fontes, 2003.] Conceitos análogos são retomados em *A Dialogue between a Philosopher and a Student of the Common Laws of England* (cap. VII).

positiva enquanto realização concreta da lei natural, concepção essa que prepara e anuncia a separação iluminista entre direito e moral: na verdade, essa distinção já é difundida na segunda metade do século XVII, nos ambientes mais variados, inclusive naqueles católico-romanos, conforme vimos também no próprio cardeal De Luca, que se exprime em termos bastante semelhantes. A divaricação entre direito e moral é fruto não apenas do iluminismo – como espero ter demonstrado –, mas também da obra dos moralistas e dos teólogos que haviam insistido na não-coincidência do pecado com a infração. Certamente, em Hobbes essa distinção assume uma lucidez extraordinariamente definitiva, mas creio também que uma análise conduzida somente no plano da história do pensamento filosófico[55] não possa ressaltar de maneira suficiente um aspecto complementar e contraposto dessa sua tese: nem todo pecado é um crime, mas todo crime é um pecado (e é por isso que penso que ainda não se pode usar simplesmente o vocábulo "infração" para traduzir a palavra "crime" em Hobbes); aliás, o verdadeiro pecado é a desobediência à lei positiva, uma vez que implica o desprezo para com o legislador, conforme ele escreve no início do capítulo anteriormente citado: "Um pecado não é apenas a transgressão de uma lei, mas também qualquer desprezo para com o legislador, pois tal desprezo é uma infração de todas as suas leis de uma só vez."[56] Penso

---

55. G. M. Chiodi, *Legge naturale e legge positiva*, cit. (sobretudo as pp. 102-5).
56. T. Hobbes, *Leviatano*, cit., p. 285; *Leviathan*, organizado por R. Tuck, Cambridge, 1991, p. 201: "A Sinne, is not onely a Transgression of a Law, but also any Contempt of the Legislator. For such Contempt, is a breach of all his Lawes at once. And therefore may consist, not onely in the Commission of a Fact, or in Speaking of Words by the Laws forbidden, or in the Omission of what the Law commandeth, but also in the Intention, or purpose to transgresse" ["Um pecado não é apenas uma transgressão de uma lei, mas também qualquer desprezo para com o legislador, pois tal desprezo é uma infração de todas as suas leis de uma só vez. Portanto, consiste não apenas na realização de um ato ou na pronúncia de palavras proibidas pelas leis, ou ainda na omissão dos mandamentos da lei, mas também na intenção ou no propósito de transgredir"].

que isso também se mostre claramente a partir da leitura de outras obras hobbesianas, às quais não poderemos nos ater. O termo "pecado", em sentido lato, compreende para ele todos os atos, palavras e pensamentos contra a reta razão; em sentido restrito, em relação às leis, é pecado apenas o que é censurável: pecar significa cometer ou omitir alguma coisa contra as leis e a "razão" da cidade ("the reason of the city"), e esse pecado pode ser cometido apenas no pensamento, desprezando-se as leis[57]. Coerentemente com essa concepção, o poder de perdoar os pecados não pode ser concedido a qualquer pastor porque isso significaria a destruição da cidade: o poder de julgar o que é pecado ou não diz respeito apenas ao príncipe e aos seus magistrados como intérpretes da lei[58].

Essa criminalização do pecado ou sacralização do crime parece dar um grande passo adiante no pensamento sistemático de Espinosa: o pecado como culpa não existe no esta-

---

57. T. Hobbes, *Philosophical Rudiments*, cit., pp. 195-7: "Sin, in its largest signification, comprehends every deed, word, and thought against right reason... But when we speak of the laws, the word sin is taken in a more strict sense, and signifies not every thing done against right reason, but only which is blameable; and therefore it is called *malum culpae*, the evil of fault... So as a fault, that is to say, a sin, is that which a man does, omits, says, or wills, against the reason of the city, that is, contrary to the laws" ["Em seu sentido lato, o pecado compreende todos os atos, palavras e pensamentos contra a reta razão... Mas quando falamos de leis, a palavra 'pecado' é tomada num sentido mais restrito e significa não aquilo que foi feito contra a reta razão, mas apenas o que é censurável; por conseguinte, é chamado de *malum culpae*, o mal da culpa... Tal como a culpa, o pecado é o que o homem comete, omite, diz ou deseja contra a razão da cidade, ou seja, aquilo que é contrário às leis"].

58. Ibidem, pp. 284-5: "Furthermore, if each pastor had an authority granted him to remit and retain sins in this manner, all awe of princes and civil magistrates, together with all kind of civil government would be utterly destroyed... the judging whether it be a sin or not, belongs to interpreter of the law, that is, the sovereign judge" ["Além disso, se todo pastor tiver uma autoridade que lhe permita perdoar ou não os pecadores dessa maneira, todo o temor aos príncipes e magistrados, além de toda espécie de governo civil, seriam totalmente destruídos... julgar o que constitui pecado ou não cabe ao intérprete da lei, ou seja, ao juiz soberano"].

do natural, mas é possível apenas na sociedade humana civilizada, na *civitas*: no estado natural, escreve ele na sua *Ethica*, não pode existir o pecado porque cada um é árbitro das próprias ações e juiz de si mesmo; apenas após a cessão dos poderes à *civitas* é que existe o pecado, pois é ela quem decide o que é o bem e o que é o mal[59]. Desse modo, a moral e o direito coincidem por completo, e as noções de bem e mal, de justo e injusto, de pecado e mérito não são intrínsecas à alma, mas provêm de fora, das autoridades da cidade[60]. Sendo assim, Espinosa, de certo modo, remete o tema ao seu *Tractatus theologico-politicus*, pois somente uma autoridade teológico-política pode definir as normas de comportamento e tem o poder de julgar o bem e o mal: as *Summae Aucthoritates*, que podem adquirir uma forma diferente nos diversos regimes (monárquico, aristocrático ou democrático), possuem como identidade comum esse poder derivado do pacto social originário e, portanto, são as únicas a poder decidir sobre o bem e o mal e, por conseguinte, também sobre a re-

---

59. B. Espinosa, *Ethica more geometrico demonstrata*, pars IV propositio 37 (*Opera-Werke*, ed. Darmstadt, 1974, II, pp. 436-9): "Superest, ut explicem, quid justum, quid injustum, quid peccatum, et quid denique meritum sit... Existit unusquisque summo naturae jure, et consequenter summo naturae jure unusquisque ea agit, quae ex suae naturae necessitate sequuntur; atque adeo summo naturae jure unusquisque judicat, quid sit bonum, quid malum sit, suaeque utilitati ex suo ingenio consulit... Hac igitur lege Societas firmari poterit, si modo ipsa sibi vindicet jus, quod unusquisque habet, sese vindicandi, et de bono, et malo judicandi... Haec autem Societas, legibus et potestate sese conservandi firmata, Civitas appellatur, et qui ipsius jure defenduntur, Cives; ex quibus facile intelligimus, nihil in statu naturali dari, quod ex omnium consensu bonum, aut malum sit ; quandoquidem unusquisque, qui in statu est naturali, suae tantummodo utilitati consulit, ex suo ingenio... atque adeo in statu naturali peccatum concipi nequit. At quidem in statu Civili, ubi et communi consensu decernitur, quid bonum, quidve malum sit, et unusquisque Civitati obtemperare tenetur."
60. Ibidem, p. 440: "Est itaque peccatum nihil aliud, quam inobedientia, quae propterea solo Civitatis jure punitur, et contra obedientia Civi meritum dicitur, quia eo ipso dignus judicatur, qui Civitatis commodis gaudeat... Ex quibus apparret, justum et injustum, peccatum et meritum notiones esse extrinsecas, non autem attributa, quae Mentis naturam explicent."

ligião⁶¹. Sendo assim, há quase uma inversão em relação à eclesiologia dos reformadores: o controle do poder político sobre a Igreja deriva da necessidade do Estado de julgar sobre o bem e o mal, e não da oportunidade de cuidar de uma "polícia eclesiástica" externa. Nas páginas do último *Tractatus politicus*, que permaneceu inacabado, há um crescendo sobre esse tema, que parece quase constituir um testamento político em favor de um Estado que se tornou pátria e religião ao mesmo tempo: o direito natural cessa de ter valor diante das leis do Estado; o termo contraposto àquele de pecado não é o de bem ou de honesto, mas o de *obsequium*, de observância religiosa das leis da cidade⁶².

Por conseguinte, com a conclusão desse percurso, que na verdade se prolonga até os dias atuais por caminhos diferentes, temos a impressão de nos encontrar diante de uma metamorfose, em que o novo direito penal, mediante o processo de culpabilização do réu e a assimilação das técnicas da casuística, torna-se, de certo modo, auto-referente e se insere num sistema de trocas mitológicas: embora apele formalmente para uma realidade secularizada e objetiva para

---

61. B. Espinosa, *Tractatus theologico-politicus...*, cap. XVI, ed. cit., p. 199: "Hinc sequitur Summae Potestati, cui soli jura imperii conservare, et tutari tam jure divino, quam naturali incumbit, jus summum competere de religione statuendi, quicquid judicat, et omnes ad ejusdem decreta, et mandat, ex fide ipsi data, quam Deus omnino servari jubet, obtemperare teneri." [Trad. bras. *Tratado teológico-político*, São Paulo, Martins Fontes, 2003.]

62. B. Espinosa, "Tractatus politicus", in *Opera*, vol. III, Heidelberg, 1934, cap. II, pp. 282-5: "Peccatum itaque non nisi in Imperio concipi potest, ubi scilicet quid bonum, et quid malum sit, ex communi totius imperii jure decernitur, et ubi nemo jure quicquam agit, nisi quod ex communi decretu, vel consensu agit. Id enim peccatum est, quod jure fieri nequit, sive quod jure prohibetur; obsequium autem est constans voluntas, id exequendi, quo jure bonum est, et ex communi decreto fieri debet... Ut itaque peccatum, et obsequium stricte sumptum, sic etiam justitia, et injustitia non nisi in imperio possunt concipi... atque adeo sequitur nulla ratione posse concipi, quod unicuique civi ex Civitatis instituto liceat ex suo ingenio vivere, et consequenter hoc Jus Naturale, quod scilicet unusquisque sui judex est, in statu civili necessario cessat. Dico expresse *ex Civitatis instituto*: nam Jus Naturae unuscuiusque (si recte rem perpendamus) in statu civili non cessat. Homo namque tam in statu naturali, quam civili ex legibus suae naturae agit, suaeque utilitati consulit."

justificar a repressão dos atos nocivos à sociedade, na verdade, ele impõe sua moral, implícita em relação ao poder soberano, à suas ideologias, às suas instituições e aos seus ritos[63].

5. Direitos subjetivos e constituições

Na história do pensamento jurídico-filosófico, tende-se normalmente a definir um processo coerente de secularização das normas, desenvolvido no século XVII com a separação entre direito e moral, processo esse que mais tarde se conclui com as doutrinas dos iluministas franceses e italianos e com o desenvolvimento inglês do juspositivismo utilitarista, de John Locke e David Hume até Jeremy Bentham e John Austin[64]. A separação entre a legitimação interna e aquela externa é vista como a base do moderno garantismo penal e, nos pontos em que ela não aparece (ou seja, onde a justificação ético-política se sobrepõe àquela jurídica ou vice-versa), procede-se em direção a sistemas opressores e autoritários (subordinando-se o direito à moral ou vice-versa)[65]. Ainda que se aceite esse sistema geral, creio que se deva pensar num caminho mais complexo: uma vez orientado o sistema para o monismo da norma positiva, ou seja, uma vez que se encaminha o processo pelo qual se expulsa a moral do ordenamento jurídico (mas também uma vez que se encaminha o processo de identificação do direito e da moral

---

63. P. Legendre, *Leçons VII. Le désir politique de Dieu. Étude sur le montage de l'État et du droit*, Paris, 1988, pp. 349-59.

64. Além das obras anteriormente citadas, ver: M. A. Cattaneo, *Il positivismo giuridico inglese. Hobbes, Bentham, Austin*, Milão, 1962; P. Costa, *Il progetto giuridico. Ricerche sulla giurisprudenza del liberalismo clássico, I: Da Hobbes a Bentham*, Milão, 1974; *Grund- und Freiheitsrechte von der ständischen zur spätbürgerlichen Gesellschaft*, organizado por G. Birtsch, Göttingen, 1987; G. Birtsch, M. Trauth e I. Meenken, *Grundfreiheiten, Menschenrechte 1500-1850: eine internationale Bibliographie*, 5 vol., Stuttgart, 1991-1992. Haakanonssen, *Natural Law and Moral Philosophy from Grotius to the Scottish Enlightenment*, Cambridge, 1996.

65. L. Ferrajoli, *Diritto e ragione*, cit., pp. 199-216.

na norma estatal), vemo-nos diante da necessidade de encontrar, dentro do próprio ordenamento estatal, aquelas garantias relativas ao indivíduo, que antes eram, de certo modo, tuteladas pela presença dos ordenamentos jurídicos concorrentes. No pensamento jurídico iluminista, não encontramos, conforme escrito, dois elementos fundamentais e distintos entre si: "Um comportamento racionalista em relação ao direito natural e outro voluntarista em relação ao direito positivo."⁶⁶ Na verdade, esses dois aspectos se fundem no contexto concreto do Estado, embora a difusão do pensamento iluminista em toda a Europa e a convicção da possibilidade de colocar em prática os valores absolutos da razão em direitos subjetivos em cada ordenamento concreto confira a esse pensamento um caráter decididamente universal: a elaboração dos direitos do homem, o constitucionalismo e o primado da legislação são os grandes frutos dessa estação, porém, dentro do reforço do Estado. A nova ciência da legislação, que se difunde por toda parte como instrumento dos intelectuais iluministas para a reforma da sociedade, elabora a transformação definitiva do direito natural em princípios universais de moral e permite, portanto, sua possível assimilação dentro do direito positivo, reduzindo a religião a um papel auxiliar⁶⁷. Isso não quer dizer que haja uma diminuição

---

66. M. A. Cattaneo, *Illuminismo e legislazione*, Milão, 1966, p. 13.
67. Por exemplo, a *Scienza della legislazione*, de Gaetano Filangieri (3 vol., Nápoles, 1780-1783), I, p. 84: "Chamo de *bondade absoluta* das leis a sua harmonia com os princípios universais da moral, comuns a todas as nações, a todos os governos e adaptáveis a todos os climas. O direito da natureza contém os princípios imutáveis daquilo que é justo e eqüitativo em todos os casos." E ainda, na p. 263: "Atualmente, na Europa, professa-se uma religião divina, uma religião que não altera, mas que aperfeiçoa a moral, que não destrói, mas garante a sociedade e a ordem pública; às ameaças das leis contra os delitos, essa religião acrescenta as ameaças de um juiz justo, contra o qual nem as trevas, nem as paredes domésticas conseguem se opor; uma religião que freia e dirige todas as paixões; que defende com zelo não apenas as ações, mas também os desejos e os pensamentos; que une o cidadão ao cidadão, o súdito ao soberano... eu vos digo, uma religião dessa índole não deve incomodar muito o legislador."

A NORMA: A MORAL DO DIREITO 463

do significado de modernização, implícito no processo de positivização das normas, nem da importância do desenvolvimento do garantismo penal, mas simplesmente exalta o fato de que o peso dos valores ou dos poderes da sociedade e do Estado na administração da justiça, ou seja, a justificação ético-política interna ao mundo do direito (seja na sua versão estadista, seja naquela liberal-utilitarista anglo-saxônica), não foi menos influente do que a justificação externa, e que a exclusão da esfera da moral da esfera do direito não levou automaticamente a um processo de libertação do indivíduo da opressão penal. Em termos históricos, penso que se possa afirmar que muitas batalhas travadas pelos garantistas iluministas do século XVIII e por seus sucessores (por isso seria necessário esclarecer cuidadosamente as várias manifestações do pensamento jurídico iluminista) foram conduzidas não apenas contra as contradições e as confusões derivadas do pluralismo dos sistemas de origem medieval, mas também contra a concentração ou fusão do poder com o direito, que se verificava abertamente no Estado moderno e que, graças a grande parte dos seus esforços, vivenciaram um novo dualismo entre o ordenamento positivo (em que moral e direito se unem num monopólio da norma) e a consciência do indivíduo.

No centro desse processo, tanto do ponto de vista cronológico (1748) quanto do ponto de vista mais global de centro de gravidade da reflexão européia, encontramos *De l'Esprit des lois*, de Montesquieu. Como se sabe, ele teoriza o direito natural como "espírito" das leis que se encarnam nos vários países e nos vários povos, propondo, no plano racional, a conciliação das contradições que haviam fragmentado a consciência européia a partir de Pascal. O que nos interessa aqui é ressaltar (diante de uma antologia que reduz todo o pensamento de Montesquieu à paternidade do princípio da divisão dos poderes dentro do Estado como matriz do moderno liberalismo) que, ao contrário disso, ele se situa na bifurcação de dois percursos diferentes: de um lado, o caminho que tende a resolver todos os problemas dentro do Estado, de outro, aquele que vê o caminho da modernidade e o fundamento da liberdade, sobretudo, numa dialética entre o Estado e a sociedade, entre as leis positivas e as normas éticas. A passagem em que esse argumento parece mais claro não pertence à obra-prima de Montesquieu, mas a uma nota que ele escreve sobre a civilização no Japão: em todos os povos existe um universo normativo muito mais amplo do que as leis positivas, e quanto menos a religião de um país é repressora, mais as leis civis devem ser severas e cruéis[68]. Num sistema desse tipo, como no Japão, todas as violações das normas tornam-se um *crimen laesae maiestatis*, um insulto ao príncipe; em contrapartida, onde as normas impostas pela moral religiosa são fortes e respeitadas, as leis penais podem ser mais brandas[69]. Esse conceito se reflete tanto nos livros da obra-prima de Montesquieu, que dizem respeito diretamente ao direito penal (VI e XII), quanto naqueles que se referem à relação entre a lei civil e a religião (XXIV-XXV). Nos primeiros, a estrutura da justiça dos países moderados (monárquicos ou republicanos, nas suas diversas organizações) é diferenciada daquela dos países despóticos pelo sistema das garantias e por um menor uso da força, mas sobretudo porque "il s'appliquera plus à donner des moeurs qu'à infliger des supplices"[70] ["esse sistema será aplicado mais para conferir hábitos do que para infligir suplícios"].

---

68. Montesquieu (Charles-Louis de Secondat), *De l'Esprit des lois*, organizado por R. Derathé, 2 vol., Paris, 1973, II, pp. 529-30 (n. 20) : "Je remarque aussi que, moins une religion est réprimante, plus il faut que les lois civiles soient sévères, car la religion des Shintos n'ayant presque point de dogme ni enfer, il a fallu que les lois y suppléassent. Aussi n'y a-t-il point des pays où les lois soient si sévères qu'au Japon, ni si ponctuellement exécutées" ["Observo também que, quanto menos uma religião é repressora, mais torna-se necessário que as leis civis sejam severas, pois a religião dos xintoístas, uma vez que praticamente não dispõe de dogma nem de inferno, precisou de leis que os substituíssem. Desse modo, não há país em que as leis sejam tão severas como no Japão, nem tão pontualmente executadas"]. [Trad. bras. *O espírito das leis*, São Paulo, Martins Fontes, 2.ª ed., 1996.]
69. *De l'Esprit*, cit., II, p. 166 (livro XXIV, cap. 14).
70. Ibidem, I, p. 91 (livro VI, cap. 9).

Trata-se não apenas de uma referência à virtude cívica, mas de um argumento ligado à diferenciação dos crimes (em diversas categorias: contra a religião, contra os costumes, contra a tranqüilidade pública, contra a segurança dos cidadãos), que permita limitar ao mínimo o espaço sagrado na política e a necessária repressão das leis positivas. O cristianismo, enquanto religião "qui a sa racine dans le ciel" ["que tem sua raiz no céu"][71], não obstante suas dilacerações internas (o protestantismo é mais adequado às repúblicas, e o catolicismo, às monarquias), é a religião mais oposta ao despotismo que pode existir, pois permite reduzir ao mínimo a repressão implícita em toda lei positiva: quanto menos a religião for repressora, mais as leis civis deverão reprimir[72]. Os ataques que levarão à inserção da obra no Índice dos livros proibidos e à condenação por parte da Sorbonne serão fruto de um fogo cruzado de jansenistas e defensores dos privilégios do clero, mas esta parece ser a última proposta do cristianismo iluminado. Neste trabalho, não podemos examinar profundamente os argumentos e exemplos apresentados por Montesquieu, mas espero que nossa exposição seja suficiente para confirmar o bívio que se abre na metade do século XVIII entre as diversas vias do constitucionalismo moderno: reformar o Estado mediante os homens ou os homens mediante o Estado.

Isso pode nos levar a ver de modo diferente até mesmo todo o arco histórico: não a afirmação do garantismo no século XVIII, que culminou na grande epopéia da Revolução Francesa, época seguida de uma fase de regressão no século XIX (em direção a um novo monopólio estatal das fontes

---

71. Ibidem, II, p. 131 (livro XXIV, cap. 1). Nesse ponto, tem início a sua interessante polêmica contra o cepticismo e o ateísmo de Pierre Bayle.

72. Ibidem, II, p. 141 (livro XXIV, cap. 14): "Comme la religion et les lois civiles doivent tendre principalement à rendre les hommes bons citoyens, on voit que lorsqu'une des deux s'écartera de ce but, l'autre y doit tendre davantage: moins la religion sera réprimante, plus les lois civiles doivent réprimer" ["Como a religião e as leis civis devem tender principalmente a fazer dos homens bons cidadãos, vemos que, quando uma das duas se afasta desse objetivo, a outra deve apresentar uma tendência mais forte: quanto menos a religião for repressora, mais as leis civis devem reprimir"].

do direito, uma nova confusão entre direito e moral e o substancialismo jurídico), mas, de certo modo, um arco único. A ele e aos iluministas defensores da unidade ético-jurídica do ordenamento (responsáveis por elaborar, na utopia da razão, sistemas integrados de moral e de direito, que culminarão na religião cívica de Rousseau e na teologia jacobina[73]), unem-se aqueles que, mesmo nas novas situações, tentam defender uma consistência dos valores individuais ou direitos naturais do indivíduo – não entendendo o direito natural enquanto tal, enquanto ordenamento concorrente ou como razão abstrata, mas como direitos subjetivos dentro do sistema positivo. Num plano mais geral, isso se exprime no impulso em direção às declarações dos direitos e às cartas constitucionais: não podemos nos ater à relação entre a tradição cristã e o novo constitucionalismo, relação essa que talvez represente o fenômeno mais fascinante e grandioso de toda a história moderna e que tem seu epicentro na passagem entre a declaração americana de independência, de 1776, ainda imbuída de princípios teológicos e políticos, extraídos da tradição medieval, e a declaração francesa de agosto de 1789, que incorpora esses princípios em seu interior.

Falou-se de um processo de "fundamentalização" dos direitos humanos, dos direitos de liberdade do indivíduo na Inglaterra (onde não se caminha na direção de uma constituição escrita, mas se absolutizam os princípios contidos nos grandes documentos de liberdade, a partir da *Magna Charta* ao *Bill of Rights*), paralelo ao processo de constitucionalização que, por sua vez, visa a englobar esses princípios no interior de uma lei fundamental escrita[74]. A hipótese historio-

---

73. H. Rommen, *L'eterno ritorno del diritto naturale*, trad. it. Roma, 1965, pp. 107-8.
74. G. Stourzh, *Wege zur Grundrechtsdemokratie. Studien zur Begriffs- und Institutionengeschichte des liberalen Verfassungsstaates*, Viena – Colônia, 1989, sobretudo o ensaio "Vom aristotelischen zum liberalen Verfassungsbegriff. Staatsformenlehre und Fundamentalgesetze in England und Nordamerika im 17. und 18. Jahrhundert"; id., "Die Begründung der Menschenrechte im englischen und amerikanischen Verfassungsdenken des 17. und 18. Jahrhun-

gráfica mais interessante parece aquela que tende a perceber as linhas do movimento constitucionalista num longo arco histórico, da metade do século XVIII até a metade do século XIX, dentro da construção da nova organização do poder[75]. Certamente, a Revolução Francesa representa a passagem-chave desse percurso, na medida em que incorpora os princípios teológico-políticos, surgidos no pensamento e na práxis política durante a gestação do Estado moderno, na declaração dos direitos do homem como "lei escrita", em que se exprime o pacto social, dando vida à nação como pessoa coletiva e novo corpo místico, diante da qual o indivíduo parece isolado, desprovido do contexto de relações que sustentavam a sociedade dos corpos[76]. Além das contradições e dos rompimentos que se darão na passagem da hegemonia relativa à ideologia da igualdade para aquela da liberdade e da propriedade até as contra-revoluções termidorianas e

---

derts", in *Menschenrechte und Menschenwürde. Historische Voraussetzungen-säkulare Gestalt-christliches Verständnis*, organizado por A.-W. Böckenförde e R. Spaemann, Stuttgart, 1987, pp. 78-90. Cf. H. Ch. Kraus, "Verfassungsbegriff und Verfassungsdiskussion im England der zweiten Hälfte des 18. Jahrhunderts", in *Zeitschrift für historische Forschung*, 22 (1995), pp. 495-521. Ver também *La costituzione statunitense e il suo significato odierno*, organizado por T. Bonazzi, Bolonha, 1988. Informações mais gerais sobre a discussão atual encontram-se em G. Marramao, "Stato, soggetti e diritti fondamentali", in *Crisi e metamorfosi della sovranità*, organizado por M. Basciu, Milão, 1996, pp. 235-53. Lembremos a célebre tese com que W. Ullmann concluiu seu volume *The Individual and Society in Middle Ages*, Baltimore, 1966, p. 151: "To this extent, then, the United States is the rightful heir of the European Middle Ages" ["Nesse sentido, pois, os Estados Unidos são o legítimo herdeiro da Idade Média européia"] (trad. it. *Individuo e società nel medioevo*, Bari, 1974).

75. P. Schiera, "Konstitutionalismus, Verfassung und Geschichte des europäischen politischen Denkens", in *Denken und Umsetzung des Konstitutionalismus in Deutschland und anderen europäischen Ländern in der ersten Hälfte des 19. Jahrhunderts*, organizado por M. Kirsch e P. Schiera, Berlim, 1999, pp. 7-20. Para informações mais gerais, ver os ensaios reunidos por R. Schulze, *Europäische Rechts- und Verfassungsgeschichte. Ergebnisse und Perspektiven der Forschung*, sobretudo D. Willoweit, *Probleme und Aufgaben einer europäischen Verfassungsgeschichte*, pp. 142-52.

76. M. Gauchet, *La révolution des droits de l'Homme*, Paris, 1989.

napoleônicas, a proposta da soberania da "Nação", de ruptura e de continuidade ao mesmo tempo, vence em todos os momentos históricos: "Triunfo e morte do direito natural na Revolução" é o título de uma sugestiva pesquisa, que contrapõe os princípios universalistas de 89 à constituição do ano III (1795), que, por sua vez, romperia com o direito natural e sancionaria a concepção oposta de deveres e direitos de inspiração burguesa e positivista de uma França nacionalista, imperialista e escravista[77]. Na verdade, provavelmente a "revolução do direito natural" não fracassou porque nunca aconteceu: os princípios do homem e do cidadão permaneceram princípios teológicos secularizados, uma expressão do "espírito", mas o corpo concreto e físico era o da Nação, e a máquina era a do Estado, segundo a interpretação de Hannah Arendt[78].

Considero oportuno fazer essas alusões não para discutir o tema da continuidade ou descontinuidade entre o antigo regime e a revolução – tema sobre o qual as intuições de Tocqueville ainda parecem insuperadas –, mas para poder compreender melhor como o problema da justiça é incorporado na França revolucionária. Sem demorar-me ulteriormente, lembro apenas a epígrafe colocada pelo abade Sieyès, já em março de 1790, no início do seu projeto para a organização da justiça e da polícia (deve-se observar a união entre os dois termos) na França: "Quelques idées ne sont point un plan. En fait de Constitution, il faut de l'ensemble. Comment la machine publique ira-t-elle, si elle n'a pas toutes ses pièces, ou si elles sont mal accordées?" ["Certas idéias não constituem um plano. No que concerne à Constituição, é necessário que haja um conjunto. Como pode funcionar a máquina pública se ela não dispõe de todas as peças ou se elas não estão encaixadas corretamente?"]. Uma vez superado o momento fundador e formador do pacto social, todo

---

77. F. Gauthier, *Triomphe et mort du droit naturel en Révolution 1789-1795-1802*, Paris, 1992.

78. H. Arendt, *Le origini del totalitarismo*, Milão, 1967.

o direito, seja em sua expressão legislativa, seja na jurisdição, no "dizer a justiça" aplicando a lei ao caso concreto, é direito do Estado[79]. Não creio que seja possível sustentar que o sentido mais profundo do pensamento jurídico da Revolução tenha sido o de ter substituído "a lei pelo poder, a lei impessoal pelo poder pessoal", nem que se possa falar apenas de "degenerações de fato", motivadas pelo clima revolucionário[80]: certamente não se está negando o passo dado em direção à certeza do direito, mas o problema é que, desde o início, a personalidade da Nação exprime na assembléia o caráter coletivo-pessoal do soberano. Já a ordenança civil de Luís XIV, de 1667, havia imposto aos juízes limites extremamente restritos na aplicação da lei, e todos os esforços da monarquia no século posterior foram destinados – embora continuamente frustrados pela resistência dos particularismos locais e dos privilégios – a limitar a autonomia dos juízes, uniformizando as jurisdições e a posição dos súditos a respeito do foro. Também nesse sentido, foi a Revolução que continuou a obra do antigo regime e que fez triunfar a certeza do direito junto com o absolutismo de Estado: nos tempos de ignorância e de barbárie, os juízes eram "ministros de eqüidade" entre os homens e assim permaneceram ainda nos casos em que não havia leis escritas: quando estas passam a existir, a função jurisdicional é estritamente sub-

---

79. E.-J. Sieyès, *Apperçu d'une nouvelle organisation de la justice et de la police en France*, reimpresso em *Oeuvres*, Paris, 1989. Para o estudo do pensamento de Sieyès sobre a relação entre constituição e leis do Estado, entre poder constituinte e poderes constituídos, ver *Opere e testimonianze politiche*, t. I, *Scritti editi*, 2 vol., Milão, 1993, introd. de P. Pasquino.

80. M. A. Cattaneo, "Separazione dei poteri e certezza del diritto nella Rivoluzione francese", in *Diritto e Stato nella filosofia della Rivoluzione francese*, Milão, 1992, p. 56: "Desse modo, as degenerações permanecem degenerações... o pensamento jurídico da Constituinte (bem expresso por Duport, Le Chapelier e Robespierre), sua doutrina da lei e da função do juiz, constituem um ensinamento perene, um baluarte em defesa da certeza do direito contra a práxis e a ideologia dos totalitarismos, uma advertência contra o arbítrio judiciário, presente em muitas democracias imperfeitas ou degeneradas."

metida à lei, e eles são obrigados apenas a aplicá-la[81]. A justiça é feita em nome do povo, mas os juízes-funcionários (após uma breve tentativa fracassada de eleição popular), de Napoleão em diante, são nomeados e controlados pelo Estado e devem apenas constatar os fatos e aplicar mecanicamente, em cada caso, as normas previstas[82].

6. Às origens do garantismo penal

No plano particular do foro, esse processo secular de constitucionalização se concretiza no desenvolvimento de normas de garantia e de tutela não apenas em relação à arbitrariedade do juiz e, portanto, não apenas em referência à lei escrita, à sua clareza, à sua taxatividade e à sua igualdade, mas também ao tentar impor limites ao poder da própria lei. Desse processo não são excluídas as Igrejas que, mesmo

---

81. J.-E.-M. Portalis, *Discours, rapports et travaux inédits sur le Code civil*, Paris, 1844 (reimpr. Caen, 1992), p. 108: "Il y avait des juges avant qu'il y eût des lois. Ces juges, dans ces temps d'ignorance et de grossièreté, étaient des ministres d'équité entre les hommes; ils le sont encore quand ils ne sont point dirigés par les lois écrites. Il ne peuvent donc, sous prétexte de l'obscurité et du silence de ces lois, suspendre arbitrairement leur ministère. Les juges sont, à certains égards, associés à l'esprit de la legislation; mais ils ne peuvent partager le pouvoir législatif. Ils ne peuvent donc, dans leurs jugements, se permettre aucune disposition réglementaire" ["Antes de existirem leis, havia juízes. Estes, no tempo da ignorância e da barbárie, eram ministros da eqüidade entre os homens; ainda o são quando não são dirigidos pelas leis escritas. Desse modo, não podem, sob pretexto da obscuridade e do silêncio dessas leis, suspender arbitrariamente seu ministério. Em certos aspectos, os juízes são associados ao espírito da legislação; mas não podem partilhar do poder legislativo. Não podem, portanto, em seu julgamento, permitir-se qualquer disposição regulamentar"].

82. P. Ourliac, "La puissance de juger: le poids de l'histoire", in *Droits. Revue française de théorie juridique*, 9 (1989), pp. 21-32; ibidem (número monográfico de *La fonction de juger*), pp. 33-44: M. Verpeaux, *La notion révolutionnaire de jurisdiction*. Para uma visão de conjunto, ver os ensaios contidos na coletânea organizada por R. Romanelli, *Magistratura e potere nella storia europea*, Bolonha, 1997.

isoladas territorialmente, em posição de defesa no velho continente, e muitas vezes aliadas ao poder político, com sua própria existência e com a concorrência que mantêm entre si e em relação ao Estado, na manifestação constante do dualismo cristão, concordam em impedir a afirmação de um novo monopólio normativo jurídico-moral. Substancialmente, o fio condutor, que, nos séculos da Idade Moderna, parece distinguir o desenvolvimento das liberdades no Ocidente, não consistiria tanto em expulsar a moral da esfera do direito, e sim na dialética que continua, não obstante tudo, entre as diversas ordens de normas, nem todas inseridas no direito positivo.

Os primeiros desenvolvimentos nessa linha, que também se distancia de Grócio, podem ser vistos no jusnaturalismo contratualista, que, de certo modo, historiciza a idéia do contrato social inicial: não um contrato definitivo de cessão dos direitos naturais, mas um contrato que continua na história, numa dialética contínua entre o ordenamento positivo e a razão ou consciência do indivíduo. Grócio, conforme vimos, ao falar justamente do pecado e das penas, ainda tenta uma última síntese, baseada na idéia de uma coincidência entre a *christiana disciplina* e o bem da sociedade[83]. Não apenas os indivíduos, mas também os povos, enquanto corpo coletivo, podem pecar, e é o contrato de sociedade que liga historicamente o Estado, como corpo coletivo, à punição prevista pelo direito natural: por conseguinte, isso permanece sempre uma instância jurídica superior não para os indivíduos, mas para os povos, cuja ascensão ou cujo fim são determinados como prêmio ou punição[84]. Embora rejeite a

---

83. H. Grotius, *De iure belli ac pacis*, cit., p. 524 (livro II, cap. 20, "De iure poenis"): "Nihil enim est in disciplina christiana (ipsam hic per se considero, non quatenus ei insincerum aliquid admisceretur) quod humanae societati noceat, imo nihil quod non prodit. Res ipsa loquitur, et extranei coguntur agnoscere."

84. Ibidem, pp. 551-2 (livro II, cap. 21, "De poenarum communicatione"): "Quod de liberis malo afficiendis ob parentum delicta diximus, idem aptari potest et ad populum vere subditum: (nam qui subditus non est, ex sua culpa, id est ex negligentia puniri potest, ut diximus) si quaeratur an is popu-

escolha (oposta) de Hobbes (ou seja, a absorção do indivíduo no Estado), Samuel Pufendorf distingue-se nitidamente de Grócio no seguinte ponto: se os Estados são os únicos sujeitos coletivos de direito, e o direito natural passa a se identificar com o direito interestatal, apenas o vínculo do indivíduo com os direitos naturais é possível, ou seja, a ligação com os direitos aos quais ele não pode renunciar com o contrato originário, mas que devem encontrar sua tutela dentro do ordenamento positivo. Mesmo a esse respeito, especialmente em razão da enorme quantidade de estudos que acompanharam o terceiro centenário da sua morte[85], não pretendo discutir o tema da concepção pufendorfiana sobre a relação entre o direito natural e o direito positivo. Embora eu concorde com a avaliação da importância de Pufendorf para a secularização do direito penal[86], gostaria apenas de observar que a primeira impressão que se tem com a leitura do *De iure naturae et gentium* é de uma transposição para o plano do direito natural de toda a intensa atividade realizada durante o século pela casuística e pela teologia moral: o próprio projeto da obra, mas, sobretudo, os conceitos básicos sobre os *entia moralia* e a pessoa foram extraídos de tratados de teologia moral. O princípio da *socialitas* é o que permite a Pufendorf laicizar o discurso teológico e incorporar a lei moral no direito positivo mediante a passagem filosófico-jusnaturalista: ele separa do direito positivo o aspecto teológi-

---

lus malo possit affici ob regis, aut rectorum facinora. Non iam quaerimus si ipsius populi consensus accesserit, aut factum aliud quod per se sit poena dignum, sed agimus de eo contractu qui ex natura oritur eius corporis cuius caput est rex, membra caeteri."

85. *Samuel Pufendorf filosofo del diritto e della politica,* cit.; *Samuel Pufendorf und seine Wirkungen bis auf die heutige Zeit,* organizado por G. Schliebe, Baden-Baden, 1996. Continua fundamental, mesmo para a reflexão atual, a obra de H. Welzel, *Die Naturrechtslehre Samuel Pufendorfs,* Berlim, 1958, recentemente traduzida para o italiano com introdução de V. Fiorillo: *La dottrina giusnaturalistica di Samuel Pufendorf. Un contributo alla storia delle idee dei secoli XVII e XVIII,* Nápoles, 1993.

86. M. A. Cattaneo, "S. Pufendorf e Paul Johann Anselm Feuerbach: contratto sociale, secolarizzazione penale e prevenzione generale", in *S. Pufendorf filosofo del diritto e della politica,* cit., pp. 3-28.

co-pietista, mas insere no direito positivo a instância moral, filtrada através da filosofia do direito natural, sob o aspecto de *iurisprudentia universalis*. Permanece sempre recorrente o termo "pecado", porém para indicar uma ação contra o princípio da socialidade e do pacto social, pecado esse que está implícito em toda violação da lei positiva, mesmo que esta não coincida com aquela natural[87]. Enquanto, no estado natural, o direito natural e a teologia moral coincidem ou quase coincidem, na realidade histórica, a ligação entre delito e pecado é apenas indireta e mediada pela autoridade soberana no foro externo. Passa-se, assim, a constituir – retomando da ética o conceito de imputação – a base do direito penal moderno, não como vingança, mas como reparação proporcional ao dano provocado à sociedade e, portanto, como débito, cujo saldo deve ser exigido pela autoridade soberana proporcionalmente ao dano provocado e à utilidade pública[88].

7. As duas faces do novo direito penal

A partir do pensamento de Pufendorf e, de certo modo, como conclusão do esforço do século XVII, duas linhas pa-

---

87. S. Pufendorf, *De iure naturae et gentium libri octo...*, Francoforti et Lipsiae, 1759, 2 vol. (reimpr. Frankfurt a. M., 1967), vol. I, p. 224 (livro II, cap. 3, § 24): "Equidem id certum est, violatores legum civilium propter intercedens istud pactum mediate in ipsam quoque naturae legem peccare... Adeoque leges civiles positivae praecepta iuris naturalis hypotetica non sunt, sed ex praecepto hypotetico vim obligandi in foro divino mutuantur."

88. Ibidem, II, pp. 310-72 (livro VIII, cap. 3: "De potestate Summi Imperii in vitam ac bona civium ex causa delicti"), sobretudo a p. 356, § 24: "E his igitur manifeste arbitror constare, non dari in foro civili iustitiam aliquam vindicativam, quae certis delictis certam poenae mensuram, per naturam definitam, utique infligi iubeat: sed veram poenarum mensuram esse utilitatem Reipublicae, et prout fines poenarum commodissime videntur proventuri, ita eas per prudentiam summi imperii intendi vel remitti; ita tamen ut insignis circa eandem latitudo occurrat." Cf. V. Fiorillo, "'Salus populi suprema lex esto': il potere punitivo, come 'officium regis', nel giusnaturalismo di S. P.", in *S. Pufendorf filosofo del diritto e della politica*, cit., pp. 139-69; id., "Verbrechen und Sünde in der Naturrechtslehre S. Pufendorfs", in *S. Pufendorf und seine Wirkungen*, cit., pp. 99-116.

recem se desenvolver durante o século seguinte: de um lado, a linha que tende a distinguir nitidamente (sobretudo segundo o pensamento do seu discípulo, Cristiano Tomásio, conforme mencionado anteriormente) a obrigação realmente jurídica, marcada pela coerção (pelo uso da força em caso de infração: *Zwangspflicht*), da obrigação puramente moral, que concerne apenas ao foro interno da consciência; de outro, a inserção, no mesmo direito positivo, de um conjunto dogmático de valores ético-racionais, que formam a estrutura dos novos códigos, que, por sua vez, representam o maior resultado da afirmação do positivismo jurídico radical. A meu ver, essas linhas, além de entrelaçadas, constituem entre si novas combinações: de um lado, o desenvolvimento das reformas garantistas para defender os direitos individuais, de outro, a culpabilização da infração e, portanto, um esforço nunca visto de repressão para fazer coincidir o desvio da norma positiva com o "mal" absoluto. Não perceber contemporaneamente esses dois aspectos explica o andamento um pouco esquizofrênico da historiografia sobre a renovação do direito penal no século XVIII: de um lado, o século dos Montesquieu, dos Muratori[89] e dos Beccaria, do final da perseguição das heresias e da bruxaria, das reformas iluminadas e da tolerância, do desenvolvimento da concepção objetiva da infração e da doutrina proporcionalista da pena; de outro, o século da máxima expansão da pena de morte (não nos esqueçamos de que a expressão desse processo de racio-

---

89. Na verdade, o pequeno tratado de Lodovico Antonio Muratori, *Dei difetti della giurisprudenza* (Módena e Veneza, 1742), embora contenha propostas de racionalização para a "pobre jurisprudência", é muito tradicionalista. Basta pensar no início do capítulo I (p. 5), muito interessante do nosso ponto de vista. Sem considerar os príncipes e os magistrados, são três os tipos de literatos que possuem jurisdição sobre os homens: os teólogos morais, que possuem jurisdição sobre a *alma do homem* ("por isso, em seu tribunal, recorrem, ou são chamadas as nossas almas, para conhecer o que é pecado ou não; e quando houver pecado, se grave ou leve..."), os médicos, que possuem jurisdição sobre o *corpo do homem*, e os legistas, que possuem jurisdição sobre as *coisas dos homens*.

nalização é também o nascimento da guilhotina) e da deportação para trabalhos forçados ou a morte civil, o surgimento da prisão.

Quanto ao primeiro aspecto, o discurso pode ser muito breve: certamente é importante e constitui uma das grandes epopéias do Ocidente, mas também é o mais conhecido e estudado, além de não se referir diretamente ao problema que se quer enfocar aqui. Das obras de grandes pensadores iluministas e colaboradores de príncipes iluminados na projeção de uma sociedade baseada na razão e nas reformas penais, nascem as grandes indicações sobre a soberania da lei, sobre a defesa dos direitos subjetivos e, sobretudo, sobre as garantias necessárias no processo penal e sobre a oportunidade de racionalizar as penas numa relação que fosse a mais objetiva possível com a gravidade do delito e o dano provocado à sociedade, repudiando a barbárie da pena como vingança[90]. Mas este é apenas um lado da realidade: os resultados da mais recente historiografia, que vê nos primeiros códigos e projetos de códigos penais da Europa absolutista do século XVIII a gênese do código penal moderno, também demonstraram os aspectos repressivos ou autoritários dessas intervenções[91]. Com efeito, as raízes do novo direito penal não se fixam no projeto francês revolucionário de 1791, mas se inserem no terreno do século anterior, no surgimento da consciência da igualdade dos direitos subjetivos dos indivíduos e em confiar ao Estado a missão de garantir o bem comum, com o monopólio da legalidade, do controle dos direitos e das obrigações de cada um. Isso ocorre desde as primeiras consolidações do século XVII até o projeto de Samuel Cocceio, na Prússia, no qual surge a vontade determi-

---

90. F. Venturi, *Utopia e riforma nell'illuminismo*, Turim, 1970, cap. IV, "Il diritto di punire", pp. 119-43; G. Tarello, *Storia della cultura giuridica moderna*, cit., cap. VIII, "L'illuminismo e il diritto penale", pp. 383-483.

91. Y. Cartuyvels, *D'où vient le code pénal? Une approche généalogique des premiers codes pénaux absolutistes au XVIII siècle*, Montreal – Ottawa, 1996. Ver também os volumes da coleção dirigida por L. Berlinguer, *La "Leopoldina", criminalità e giustizia criminale nelle riforme del Settecento europeo*, Milão, 1986 ss.

nada de fundar um sistema orgânico e onicompreensivo e de reduzir o direito natural e o direito romano a uma pura premissa racional, para a construção de um direito que reside no tríplice poder do Estado, legislativo, judiciário e deliberativo[92]. O contemporâneo código da Baviera (1749-1751), a grande Instrução de Catarina da Rússia (1767, na qual surge, mais do que em qualquer outro texto, o código-catequismo por vocação pedagógica como projeto iluminista sob a influência de Diderot) e o código penal toscano, de 1786 (a chamada lei "leopoldina"), são as principais etapas de um percurso que atravessa toda a Europa. Desse modo, o "verdadeiro crime" passa a ser objetivado com base em definições racionais e científicas que, enquanto tais, devem ser reconhecidas por todos os povos civis; em relação a essas definições, devem ser deduzidas pelo legislador as punições funcionais, não cruéis, mas inflexíveis, relativas ao sistema político e à ordem social. A doutrina e a práxis penalística da primeira metade do século XIX, sobretudo com a contribuição do utilitarismo, só levarão a cabo esse percurso passando de um discurso prevalentemente fundado na relação direitos-deveres do cidadão a um discurso destinado à maximização da relação custos-benefícios para a sociedade: de todo modo, a "ontologização" do direito penal como expressão do poder público de punir é uma construção histórica datada, que responde a um determinado projeto político[93].

---

92. S. Coccejus, *Projekt des Corporis Juris Fridericiani, das ist Seiner Königl. Majestät in Preussen in der Vernunft und Landes Verfassungen gegründeten Land-Rechts worim das Römische Recht in eine natürliche Ordnung und richtiges Systema nach denen dreyen Obiectis Juris gebrach...*, 2 vol., Hallae, 1749 e 1751.

93. Y. Cartuyvels, *D'où vient le code pénal*, cit., pp. 383-5 (conclusões); é oportuno retomar algumas outras frases dessas conclusões, como projeção na atualidade: "À la crise d'une morale transcendante et d'une vision cosmique de la nature sous l'Ancien Régime succède aujourd'hui la crise du signifiant-maître mis en place par les Lumières comme substitut fondateur: l'autorité de la raison scientifique et de son idéal de maîtrise, associés au modèle du légalisme étatique codificateur, ne semble pas résister à l'éclatement contemporain du sens et des références, à la multiplicité éclatée et pas toujours coordonnée des pratiques... c'est le modèle formaliste et encore largement mé-

Como ponto de partida para ilustrar o segundo aspecto do problema, podemos tomar como exemplo uma frase do *Contrato social*, de Rousseau. Sabe-se que ele não trata nessa obra de problemas institucionais porque esta devia constituir apenas o prólogo de um estudo maior sobre as instituições políticas, no entanto, a certa altura, ele menciona que as leis penais constituem menos uma espécie particular de leis do que a sanção de todas as outras[94]. Por conseguinte, a centralidade das normas penais no novo ordenamento positivo, que constrói o sistema das codificações, está no fato de aquele poder de coerção, que é a alma do direito positivo, exprimir-se no direito penal em seu mais alto grau: o poder de vida e de morte que o indivíduo entrega ao soberano com o pacto social faz com que, em caso de ruptura do pacto, o homem não seja mais "uma pessoa moral", um membro do Estado, mas um inimigo público que, enquanto tal, pode ser suprimido. Sendo assim, o problema é apenas o de controlar

---

taphysique de la loi qui est mis en cause, comme si sa normativité substantielle ne parvenait plus à incarner le registre légitime d'un sens valide pour les sujets" ["À crise de uma moral transcendente e de uma visão cósmica da natureza sob o Antigo Regime sucede hoje a crise do significante principal, instalado pelo século das Luzes como substituto fundador: a autoridade da razão científica e de seu ideal de dominação, associados ao modelo do legalismo estatal codificador, parece não resistir à explosão contemporânea do sentido e das referências, à multiplicidade rompida e nem sempre coordenada das práticas... é o modelo formalista e ainda amplamente metafísico da lei que é questionado, como se sua normatividade substancial não conseguisse mais encarnar o registro legítimo do sentido válido para os sujeitos"].

94. J.-J. Rousseau, *Du contrat social*, Paris, 1975, p. 271 (livro II, cap. 12): "On peut considérer une troisième relation entre l'homme et la loi, savoir, celle de la désobbeissance à la peine; et celle-ci donne lieu à l'établissement des lois criminelles, qui, dans le fond, sont moins une espèce particulière de lois que la sanction de toutes les autres" ["Pode-se considerar uma terceira relação entre o homem e a lei, a saber, aquela da desobediência à pena; e esta dá lugar ao estabelecimento de leis criminais, que, no fundo, são menos uma espécie particular de leis do que a sanção de todas as outras"]. [Trad. bras. *O contrato social*, São Paulo, Martins Fontes, 3.ª ed., 1996.] De todo modo, nas suas *Considérations sur le gouvernement de Pologne* (cap. X), Rousseau propõe a promulgação de três códigos: um político, um civil e um penal (*Oeuvres complètes*, t. III, Paris, 1964, p. 1000).

a criminalidade e de preveni-la, pois a freqüência dos suplícios não é uma manifestação de força, mas uma demonstração de fraqueza e de preguiça do governo[95]. O próprio Cesare Beccaria, em sua famosa obra *Dei delitti e delle pene*, não nega a pena de morte se o culpado constituir uma ameaça para a segurança da nação ou quando a sua sobrevivência puder favorecer a rebelião ou a anarquia[96]. Penso que é possível afirmar que as garantias e a moderação das penas se estenderam na medida em que o Estado e, mais tarde, o Estado-nação, se consolidava no monopólio da força e na sua capacidade administrativa. Desse modo, era mais fácil dosar a repressão com a prevenção e o disciplinamento: nos períodos de crise aguda, coerentemente, resta apenas a guilhotina

---

95. Ibidem, p. 257 (livro II, cap. 5): "Les procédures, le jugement, sont les preuves et la déclaration qu'il a rompu le traité social, et par conséquent, qu'il n'est plus membre de l'État... car un tel ennemi n'est pas une personne morale, c'est un homme: et c'est alors que le droit de la guerre est de tuer le vaincu..." ["Os processos e o julgamento são as provas e a declaração de que (o indivíduo) rompeu o contrato social e, conseqüentemente, de que ele não é mais membro do Estado... pois tal inimigo não é uma pessoa moral, é um homem: e, nesse caso, o direito da guerra é matar o vencido..."]. A anterior e redescoberta *Lettre sur la vertu, l'individu et la société* demonstra a continuidade e a coerência do pensamento de Rousseau na exaltação do caráter sagrado da *police universelle*, que deve dominar os comportamentos humanos: "Ce devoir sacré que la raison m'oblige à réconnaître n'est point proprement un devoir de particuliers à particuliers, mais il est général et commun comme le droit qui me l'impose... la liberté civile dont j'ai joui, tous les biens que j'ai acquis, tous les plaisirs que j'ai goutés, je les dois à cette police universelle qui dirige les soins publics à l'avantage de tous les hommes, qui prévoyait mes besoins avant ma naissance, et qui fera respecter mes cendres après ma mort" ["Esse dever sagrado que a razão me obriga a reconhecer não é exatamente um dever de particulares a particulares, mas é geral e comum como o direito que o impõe a mim... a liberdade civil de que gozei, todos os bens que adquiri, todos os prazeres de que desfrutei, eu os devo a essa polícia universal, que se encarrega das preocupações públicas em favor de todos os homens, que previa minhas necessidades antes de eu nascer e que fará respeitar minhas cinzas após minha morte"] (com apresentação de J. Starobinski e Ch. Wirz, in *Micro Mega*, 4, 1999, pp. 22-4).

96. C. Beccaria, *Dei delitti e delle pene*, organizado por F. Venturi, Turim, 1991⁹, cap. 28, pp. 62-70. [Trad. bras. *Dos delitos e das penas*, São Paulo, Martins Fontes, 2.ª ed., 1996.]

ou o recurso ao sistema concentracionário como a própria história da Revolução Francesa demonstrou em abundância.

É fácil para o leitor perceber a consonância do que vem sendo escrito sobre o direito penal e sobre a relação entre pecado e delito com as conhecidas teses de Michel Foucault: não há dúvida de que o século XVIII inventou as liberdades e as garantias, mas impôs como seu fundamento e sua condição a adesão a uma sociedade disciplinada, que inseriu a moral dentro do Estado e do direito; a invenção da prisão moderna, com a sujeição do corpo, a manipulação e a vigilância, representa a extremidade de uma evolução que se manifesta nas escolas, nos hospitais, nos abrigos para mendigos e no exército; a condenação à morte permanece onipresente, mas apenas como medida extrema, quando fracassam todos os instrumentos da disciplina e das punições para subjugar os corpos e as almas ao corpo político do Estado, e torna-se, por sua vez, espetáculo público e instrumento de disciplina[97]. A aplicação da pena ou a punição generalizada concentra-se menos no ato delituoso do que na exploração das circunstâncias e das intenções, segundo os esquemas da casuística, que na prática penal será substituída pelo saber psicológico; ao processo penal de tipo inquisitório, une-se a técnica disciplinar[98]. Mesmo a partir desse ponto de vista, não parece haver uma cisão entre o período do absolutismo iluminado e a restauração: a proposta de *Panoplion*, apresentada por Jeremy Bentham, como ponto final da elaboração das teorias utilitaristas na Inglaterra da primeira metade do século XIX, um cárcere como universo social-concentracionário para garantir a sujeição das classes subalternas sob a vigilância do poder, expressão da nova hegemonia bur-

---

97. Naturalmente, estamos nos referindo sobretudo a M. Foucault, *Surveiller et punir. Naissance de la prison*, Paris, 1975.

98. Ibidem, p. 102: "On perçoit, comme une place laissée encore vide, le lieu où, dans la pratique pénale, le savoir psychologique viendra relever la jurisprudence casuistique" ["Na prática penal, o local em que o saber psicológico irá substituir a jurisprudência casuística pode ser visto como um lugar ainda desocupado"].

guesa, representa a anexação definitiva da ética à esfera do direito positivo. A ética cristã (exceto os aspectos ascéticos que, para Bentham, não podem ter nenhum papel social, mas permanecem circunscritos à esfera privada) é vista, sobretudo, como ensinamento de obediência e é reduzida a um papel pré-penal, *longa manus* do Estado na prevenção das ações transgressoras, e o clero é um instrumento do Estado para combater os vícios dos quais nascem os delitos[99].

8. Direito e moral na era das constituições e dos códigos

Tentando concluir o que dissemos nos dois últimos capítulos, creio que é possível afirmar que o percurso que termina com a primeira metade do século XIX vê o triunfo definitivo do direito positivo, das constituições como sistema de garantias internas ao Estado e da codificação: ainda estão distantes os grandes debates que se iniciarão no final do século sobre a relação entre direito positivo e constituição, e ainda não se mostram no horizonte os grandes perigos que se tornarão evidentes com a Primeira Guerra Mundial e os desvios totalitários, mas o sistema do Estado de direito, com as suas constituições e os seus códigos, do modo como funcionou até os dias atuais, já está delineado e, a esse respeito, nossa incursão tem seu fim. Os anos que se iniciam com a Restauração são caracterizados por uma discussão universalmente difundida sobre o problema da ética e da relação entre moral e direito. A questão colocada por Kant sobre a possibilidade da existência de um terceiro "foro" entre aquele da consciência individual e o do Estado, de encontrar um

---

99. P. Costa, *Il progetto giuridico*, cit., p. 345: segundo Bentham, os membros do clero "are a body of inspectors and teachers of morals, who form, so to speak, the advanced guard of the law" ["são um corpo de inspetores e professores de moralidade, que formam, por assim dizer, o auxiliar de vigilância da lei"] e combatem "with the vices out of which crimes spring" ["os vícios que originam os crimes"], colaborando com o poder "by maintaining good conduct and subordination" ["mantendo a boa conduta e a subordinação"].

corpo coletivo para o imperativo categórico kantiano, domina todo o panorama intelectual europeu. A crise da teologia política jacobina, da convicção, ou seja, da possibilidade de remodelar os homens por meio das instituições, deixa um vazio que necessita ser preenchido. Se quisermos ter uma idéia desse debate, talvez não haja uma leitura mais instrutiva do que as dezenas de páginas dedicadas por Benjamin Constant à relação entre política, religião e moral, no início do século XIX: as religiões positivas foram um instrumento do poder, mas também constituíram a fonte do sentimento moral, a alternativa ao domínio brutal dos interesses; querer privilegiar uma religião ou, ainda pior, constituir uma religião cívica como profissão de fé é a base da tirania; deixar a liberdade de religião e separar totalmente esta última da política é o único caminho para fundar um sentimento moral necessário à sociedade, que ultrapasse os interesses a serem tutelados e o apoio à repressão penal[100]. Pode-se dizer que

---

100. B. Constant, *Principes de politique*, cap. XVII, e "De la religion considérée dans sa source, ses formes et ses développements", in *Oeuvres*, Paris, 1957, pp. 1215-31 e 1397-1429; p. 1225: "Je dis tout ceci dans l'hypothèse ordinaire, que la religion est surtout précieuse, comme fortifiant les lois pénales, mais ce n'est pas mon opinion. Je place la religion plus haut; je ne la considère point comme le supplément de la potence et de la roue. Il y a une morale commune fondée sur le calcul, sur l'intérêt, sur la sûreté, et qui peut se passer de la religion... mais malheur au peuple qui n'a que cette morale commune! C'est pour créer une morale plus élevée que la religion me semble désirable: je l'invoque, non pour réprimer les crimes grossiers, mais pour ennoblir toutes les vertues" ["Digo tudo isso levando em conta a hipótese usual de que a religião é, sobretudo, preciosa e age como se fortalecesse as leis penais, mas esta não é minha opinião. Coloco a religião em posição mais elevada; não a considero como o suplemento da forca nem da roda. Há uma moral comum, baseada no cálculo, no interesse, na segurança, e que pode prescindir da religião... mas pobre do povo que possui apenas essa moral comum! É para criar uma moral mais elevada que a religião me parece desejável: eu a invoco, não para reprimir crimes grosseiros, mas para enobrecer todas as virtudes"]. São importantes para a crítica ao papel da moral nas religiões positivas, mas também para a aguda afirmação da historicidade da moral a elas ligada (e, portanto, não refletem apenas uma ordem eterna de verdade e preceitos imutáveis, um direito natural) algumas páginas escritas em 1803-1804: B. Constant, *Deux chapitres inédits de l'Esprit des religions*, organizado por P. Thompson, Neuchâtel – Genebra, 1970; p. 62: "La religion donne à la morale plus de douceur, de

toda a reflexão filosófico-política da primeira parte do século preocupou-se muito sobre como substituir na vida coletiva aquela exigência de moralidade e de juízo à qual, durante tantos séculos, as Igrejas haviam dado uma resposta, ainda que frágil e deformada, e diante da qual, naquele momento, elas pareciam impotentes; discute-se a possibilidade de substituir essa função com a fundação de uma moral baseada numa nova teologia política ou na ciência.

A resposta dada pelos Estados europeus, do *Code civil* napoleônico em diante, é unívoca e se estende durante todo o século XIX até a geração que nos precedeu. Ela pode muito bem ser expressa nas palavras do seu inspirador, Jean-Etienne-Marie Portalis: o "código" é o novo breviário da sabedoria humana, fonte dos costumes; a verdadeira moral do povo passa, então, a consistir nas leis civis que já traduziram, com o desenvolvimento do progresso, a razão natural em todos os casos da vida humana[101]. No código realiza-se a aliança

---

délicatesse et de sympathie: mais en même temps elle lui ôte beaucoup de sa fixité. Elle la rend nécessairement arbitraire et variable, puisque la soumet, non pas aux principes immuables qui naissent des relations des hommes entre eux, mais à l'idée qu'ils se font d'un être inconnu" ["A religião dá mais moderação, mais delicadeza e simpatia à moral: mas, ao mesmo tempo, ela lhe tira muito de sua rigidez. Ela a torna necessariamente arbitrária e variável, uma vez que a submete não aos princípios imutáveis que nascem das relações dos homens entre si, mas à idéia que eles fazem de um ser desconhecido"].

101. J.-E.-M. Portalis, *Discours, rapports et travaux inédits sur le Code civil*, cit., p. 4: "De bonnes lois civiles sont le plus grand bien que les hommes puissent donner et recevoir; elles sont la source des moeurs, le *palladium* de la prospérité, et la garantie de toute paix publique et particulière: si elles ne fondent pas le gouvernement, elles le maintiennent; elles modèrent la puissance et contribuent à la faire respecter, comme si elle était la justice même. Elles atteignent chaque individu, elles se mêlent aux principales actions de la vie, elles le suivent partout; elles sont souvent l'unique morale du peuple, et toujours elles font partie de sa liberté..." ["Boas leis civis são o maior bem que os homens podem dar e receber; elas são a fonte dos costumes, o paládio da prosperidade e a garantia de toda a paz pública e particular: se não fundam o governo, elas o mantêm; moderam o poder e contribuem para que ele seja respeitado, como se este fosse a própria justiça. Atingem cada indivíduo, mesclando-se às principais ações da vida e seguindo-o por toda parte; muitas vezes, são a única moral do povo e sempre fazem parte de sua liberdade..."].

A NORMA: A MORAL DO DIREITO

e a fusão entre a moral e a ordem civil em todas as circunstâncias da vida do homem, desde o nascimento até a morte, e os juízes, na estreita obediência às leis, são os celebradores do novo rito do progresso[102].
Todavia, antes de fazer alusões nessa direção, é oportuno esclarecer um possível equívoco. Está longe dessas minhas reflexões qualquer nostalgia com relação ao declínio do pluralismo dos ordenamentos jurídicos: a passagem do pluralismo dos ordenamentos, típico do mundo medieval, para o moderno dualismo entre consciência e direito positivo não implica a visão nostálgica de um possível retorno ao pluralismo das fontes do direito. Certamente, a crise atual do Estado coloca, conforme mencionaremos nas observações conclusivas, o problema de uma multiplicidade de fontes do direito positivo, mas o predomínio da lei positiva escrita e o seu monopólio por parte do Estado foram fatores essenciais do processo de modernização, que podem ser superados

---

102. Ibidem, p. XLIII (a partir da introdução de Frédéric Portalis, que parafraseia os vários artigos do próprio código): "Consacrant l'étroite alliance de l'ordre moral et de l'ordre civil, la loi prescrit aux époux la fidélité; aux enfants, la piété filiale; aux donataires, aux héritiers et aux légataires, la reconnaissance; aux usufruitiers, le bon et équitable usage de la chose d'autrui; aux mandataires, la vigilance et l'exactitude; à tous, dans leurs conventions, l'honnêteté, la sincérité, la bonne fois, l'équité, le respect pour l'ordre public et les bonnes moeurs; en abandonnant aux lumières et à la conscience des magistrats l'appréciation des présomptions qui ne sont point établies par la loi, et la décision des faits litigieux, à l'affirmation des parties, sous la fois du serment, elle joint au rappel à l'ordre moral, le rappel à l'ordre religieux" ["Ao consagrar a estreita aliança da ordem moral e da ordem civil, a lei prescreve aos cônjuges a fidelidade; às crianças, o amor filial; aos donatários, aos herdeiros e aos legatários, o reconhecimento; aos usufrutuários, o uso devido e eqüitativo do bem alheio; aos mandatários, a vigilância e o rigor; a todos, nas suas convenções, a honestidade, a sinceridade, a boa-fé, a eqüidade, o respeito pela ordem pública e as boas maneiras; ao deixar por conta da inteligência e da consciência dos magistrados a apreciação das suposições que não são estabelecidas por ela, e por conta da afirmação das partes a decisão dos casos litigiosos, sob a fé do sermão, a lei une ao apelo à ordem moral aquele à ordem religiosa"].
Para uma ampla viagem "através da paisagem codificadora", ou seja, através do "direito aprisionado pelo código", ver P. Garoni, *Saggi sulla storia della codificazioni*, Milão, 1998.

apenas com o progresso. O que nos interessa não é o problema da pluralidade das fontes do direito, mas o da possibilidade ou não de garantir a sobrevivência da civilização jurídica ocidental sem a presença de normas morais ou, em todo caso, metajurídicas, de um foro ou tribunal das ações humanas que não coincida com aquele da justiça oficial. A expressão "absolutismo jurídico", usada por Paolo Grossi[103] com muita propriedade para definir a situação produzida com as codificações no século passado, é realmente útil para combater o lugar-comum que vê no Estado de direito e nos códigos apenas a natureza das "magníficas e progressivas sortes", de conquistas de liberdade e de direito, para combater a retórica dos positivistas ou neo-iluministas, que consideram ter resolvido definitivamente os problemas do Estado de direito com as reformas, as constituições e os códigos. Com efeito, a crença beócia na bondade de um direito como monopólio do Estado, como ordenamento completo e auto-suficiente, que pode conter apenas lacunas a serem preenchidas tecnicamente, ainda parece difundida e, portanto, essa denúncia se mostra muito oportuna; o diagnóstico sobre a fundação jusnaturalista do moderno juspositivismo e sobre a expropriação de todo o direito por parte do legislador parece muito perspicaz. No entanto, essas denúncias e esses diagnósticos compreendem, a meu ver, apenas o discurso intrajurídico: ao que me parece, a passagem do pluralismo dos ordenamentos, típico da Idade Média, ao moderno dualismo entre consciência e direito positivo exclui qualquer nostalgia por um retorno a um pluralismo das fontes de direito, mas coloca com urgência o problema da existência de planos diferentes de normas. Certamente, teremos no futuro (um futuro que já começou) um "direito sem Estado", na medida em que o Estado moderno, do modo como o conhecemos nos últimos séculos, já perdeu grande parte da sua soberania e também da sua capacidade coativa no atual processo de globalização e de desenvolvimento tecnológico: mas o

---

103. P. Grossi, *Assolutismo giuridico e diritto privato*, Milão, 1998.

problema que temos à frente não é o da recuperação de um mundo que desapareceu, mas sim o da relação entre o direito, na sua inevitável ligação com o poder (seja qual for a forma que ele estiver tomando no momento), e a norma moral, entre o *forum fori* e um *forum poli*, não circunscrito unicamente ao território interior da consciência, para usar a expressão tão difundida na própria reflexão medieval.

Não pretendemos retomar a história do desenvolvimento da relação entre ciência e direito no século XIX, a propósito da fundação metajurídica do próprio direito: basta-me dizer, simplificando, que todo o esforço concentra-se na busca de um novo fundamento que possa, de certo modo, substituir a utopia jacobina sobre a possibilidade de plasmar o homem. Para mencionar esse percurso, é oportuno retroceder o discurso em algumas décadas, realizando uma nova conexão com o iluminismo e o empirismo inglês – sempre desconfiado em relação às utopias continentais – e partindo de Adam Smith e da sua *Teoria dos sentimentos morais*. Deixando de lado o núcleo da sua proposta, que é bastante conhecido, sobre o direito natural como núcleo inspirador da legislação[104], detenho-me na última parte dessa sua obra, em que ele faz uma análise dos autores que trataram das "regras práticas da moralidade" e, sobretudo, nas obras dos casuístas das Igrejas cristãs. O fato de que grande parte dos volumes está coberta de pó não o impede de perceber a importância e a função dessas obras para o direito. Os casuístas esforçam-se para formular regras precisas e exatas para dirigir, em qualquer circunstância, o nosso comportamento: enquanto os juristas ocupam-se com as obrigações a serem exigidas com a força, "os casuístas" – escreve Smith – "não examinam tanto o que se pode exigir apropriadamente com a força, mas o que a pessoa devedora de uma obrigação deve considerar que é obrigada a cumprir pelo sagrado e escrupuloso respeito às regras gerais de justiça e pelo sagrado temor de ser injusta

---

104. K. Haakanonssen, *The Science of the Legislator: the Natural Jurisprudence of David Hume and Adam Smith*, Cambridge, 1989.

com o próximo ou de violar a integridade do próprio caráter. O objetivo da jurisprudência é prescrever regras para as decisões dos juízes e dos árbitros. O objetivo da casuística é prescrever regras para a conduta de um homem bom"[105]. Sendo assim, para Smith, os objetivos da casuística e da jurisprudência são diversos, embora muitas vezes tenham sido confundidos: nesse sentido, para ele, a confissão auricular, introduzida em tempos de barbárie e ignorância, foi muito importante para orientar os homens e dar-lhes consolo, ainda que isso tenha tido como contrapartida um perigoso aumento do poder do clero[106]. Diante do tribunal do confessor, as infrações morais recaem, sobretudo, nas regras da justiça, da castidade e da veracidade: por conseguinte, a moral é necessária, principalmente, para que os homens possam ter

---

105. A. Smith, *Teoria dei sentimenti morali*, organizado por A. Zanini, Roma, 1991, pp. 453-4 (parte VII, seção 4), continua: "Para a observância de todas as regras da jurisprudência, por mais perfeitas que possamos supor que sejam, mereceríamos apenas estar livres de punições externas. Em contrapartida, para a observância das regras da casuística, pressupondo-se que sejam como deveriam ser, teríamos direito a elogios consideráveis pela rigorosa e escrupulosa sensibilidade do nosso comportamento."

106. Lembremos uma avaliação curiosa, contida na obra mais célebre de A. Smith, *An Inquiry into the Nature and Causes of the Wealth of Nations*, Oxford, 1976, II, pp. 789-90 (V. i. g.), a respeito da missão do clero de educar e formar o povo: "In the Church of Rome, the industry and zeal of inferior clergy is kept more alive by the powerful motive of self interest, than perhaps in any established protestant church. The parochial clergy derive, many of them, a very considerable part of their subsistence from the voluntary oblations of the people; a source of revenue which confession gives them many opportunities of improving. The mendicant orders derive their whole subsistence from such oblations... They are obliged, therefore, to use every art which can animate the devotion of the common peolple" ["Na Igreja romana, a habilidade e o zelo do clero de ordem inferior são mantidos vivos pelo potente motivo do interesse pessoal, talvez mais do que em qualquer Igreja de Estado protestante. Muitos membros do clero paroquial derivam uma parte bastante considerável da sua subsistência das oblações voluntárias do povo; trata-se de uma fonte de renda, proporcionada pela confissão, e que lhes dá muitas oportunidades de melhoria. As ordens mendicantes derivam toda a sua subsistência de tais oblações... Portanto, são obrigados a usar de toda arte para estimular a devoção das pessoas comuns"].

entre si uma relação de confiança (o "trust" como fundamento da sociedade), para que os pactos possam ser mantidos na política e na vida econômica e social. O que os livros de casuística, "tão inúteis quanto enfadonhos", não conseguem mais obter deve ser substituído, segundo Smith, pela análise dos sentimentos. As leis positivas podem ser sempre consideradas como uma tentativa, mais ou menos imperfeita, de realizar um sistema de jurisprudência natural, mas são sempre deformadas pelos interesses do governo ou dos grupos sociais: desse modo, o desenvolvimento da ciência dos sentimentos morais, como uma espécie de direito natural interiorizado, uma nova casuística desvinculada do controle das Igrejas, é o esforço que a humanidade deve realizar para também elevar a legislação positiva para além dos meros interesses. Esse estímulo para uma fundação social da ética permanece operante na Inglaterra do século XIX. Basta pensarmos na tradição, não apenas utilitarista, mas também intuicionista, na busca científica de um "senso comum", tradição essa que vai de Jeremy Bentham a Henry Sidwick, como busca do elemento de união entre a política e o direito, indispensável para a relação de confiança em que se baseia o pacto social[107]. O esforço é o de conciliar a tradição utilitarista inglesa com a ética kantiana: "Age segundo o princípio de que a maior das tuas ações pode se tornar uma lei universal."

A conclusão desse percurso entre a oposição utópica kantiana e o utilitarismo inglês confronta-se com muitos outros caminhos do pensamento continental. Toda a obra de Johann Gottlieb Fichte parece estar vinculada à proposta kantiana: como construir, mesmo no reconhecimento da soberania do Estado, o respeito pela natureza racional e imortal do homem. O direito positivo deve ser um "direito natural realizado", mas um direito transformado exclusivamente em direito estatal não pode compreender o homem na sua totalidade, e sim apenas aquela parte que faz dele um "cida-

---

107. H. Sidwick, *The Methods of Ethics*, Londres, 1874, atualmente em trad. it., organizada por M. Mori, *I metodi dell'etica*, Milão, 1995.

dão" e se caracteriza inevitavelmente pela coerção (*Zwangsgesetz*)[108]. Sendo assim, a fundação da ética está na ciência e na formação (*Bildung*); seu esforço, particularmente nos *Grundlage des Naturrechts nach Prinzipien der Wissenschaftslehre* [fundamentos do direito natural, segundo princípios da doutrina científica] (1797) e no *System der Sittenlehre nach Prinzipien der Wissenschaftslehre* [sistema da doutrina dos costumes, segundo princípios da doutrina científica] (1798), será o de fundar esse duplo "círculo concêntrico" de normas, em parte sobreposto, mas não coincidente. Deve-se fazê-lo não de modo genérico, mas tentando caracterizar, com base no esquema de antigos tratados de moral, normas universais para cada estado de pessoa ou papel social. Esse é o ponto de partida de todo aquele movimento que se afirma com a fundação da Universidade de Berlim, em 1810, e que terá muita importância até os nossos dias: a visão da ciência e da universidade, na sua autonomia, como uma espécie de nova divisão dos poderes dentro do Estado, capaz de garantir não apenas a esfera jurídica, mas também a esfera interior do pensamento e os comportamentos sociais[109].

Poucos anos mais tarde, mas num quadro completamente diferente, após o fracasso da ilusão napoleônica, surge a proposta de Georg Wilhelm Friedrich Hegel, que refere essa dialética ao interior do Estado, definido como Estado ético. Não considero que isso signifique, como vulgarmente se pensa (que me perdoem os inúmeros especialistas no pensamento de Hegel), um Estado portador de uma visão ética e, portanto, de certo modo precursor do Estado totalitário, mas o Estado em que não se tem uma cisão entre normas éticas e normas jurídicas. À primeira vista, parece ser a mesma coisa, mas, na verdade, é totalmente diferente: não é necessário que o Estado seja portador de uma ética própria, mas

---

108. C. De Pascale, *Etica e diritto. La filosofia pratica di Fichte e le sue ascendenze kantiane*, Bolonha, 1995.
109. P. Schiera, *Il laboratorio borghese. Scienza e politica nella Germania dell'Ottocento*, Bolonha, 1987.

exige-se uma coincidência de fundo entre as normas éticas como consciência difundida e as normas jurídicas do Estado. Nessa perspectiva, confia-se à religião a função de elo entre essas duas esferas normativas. Lembremos apenas, entre inúmeras citações possíveis, a passagem central, na *Enciclopedia*, sobre as relações do Estado com a religião: "A conseqüência imediata daquilo que precede é que a eticidade é o Estado reconduzido à sua interioridade substancial; o Estado é o desenvolvimento e a realização dessa eticidade; mas a substancialidade da eticidade em si e do Estado é a religião... A eticidade é o espírito divino que incide na autoconsciência, na sua presença real, naquela de um povo e dos seus indivíduos: tal autoconsciência, voltando a si da sua realidade empírica e levando sua verdade à consciência, tem em sua fé e em sua consciência apenas o que possui na certeza de si mesma, na sua realidade espiritual. Ambas as coisas são inseparáveis: não pode haver duas consciências diferentes, uma religiosa e uma ética, que seja diversa da primeira pelo conteúdo. No entanto, segundo a forma, ou seja, pelo pensamento e pelo saber – a religião e a eticidade pertencem à inteligência e são um pensamento e um saber –, cabe ao conteúdo religioso, como verdade pura e que é em si e por si, e, portanto, suma verdade, sancionar a eticidade, que se encontra na realidade empírica; assim, a religião é para a autoconsciência a base da eticidade e do Estado. Pode-se dizer que o erro monstruoso da nossa época consiste nesse desejo de considerar essas coisas inseparáveis como se fossem separáveis entre si, ou melhor, como se fossem indiferentes entre si"[110].

---

110. G. W. F. Hegel, *Enciclopedia delle scienze filosofiche* (§ 552), trad. it. Bari, 1973, pp. 494-5. Após uma densa polêmica com a Igreja católica e uma vibrante defesa da Igreja protestante, o discurso conclui-se da seguinte maneira (pp. 499-502): "As leis, nessa antítese contra o que a religião declarou santo, surgem como algo feito pelo homem; ainda que fossem sancionadas e introduzidas externamente, elas não poderiam opor uma resistência duradoura à contradição e aos assaltos do espírito religioso contra elas. Sendo assim, tais leis, ainda que seu conteúdo fosse verdadeiro, naufragam na consciência, cujo espírito difere daquele das leis e não as sanciona. Só pode ser consi-

Desse modo, a concepção de Estado ético se sobrepõe àquela do Estado de direito, mas numa tensão dialética: não se tem uma patologia apenas na medida em que a ética como expressão da capacidade ideológica da sociedade, como moral encarnada no costume (*Sitte*), consegue viver e influir dinamicamente no direito; tem-se uma patologia ("o erro monstruoso do nosso tempo") quando falta essa capacidade ideológica e a norma positiva se encontra na situação – devido à prevaricação do Estado ou ao enfraquecimento da própria capacidade ética da sociedade – de ocupar todo o espaço normativo disponível, adquirindo, de fato, o monopólio da norma[111]. Disso deriva a grande diferença entre as modernas democracias liberais, que, de fato, possuem e conservam até hoje essa capacidade ideológica, e os regimes totalitários: mas nos deteremos nesse ponto sem seguir a história posterior das infidelidades hegelianas, a começar pelo próprio Hegel, com a encarnação de Deus, da religião e da ética no Estado-nação, na classe e no partido[112]. Com o Hegel tardio, certa-

---

derado como uma loucura dos tempos recentes mudar um sistema de costume corrompido, a constituição de um Estado e a legislação sem mudar a religião; fazer uma Revolução, sem ter feito uma Reforma... E não passa de um remedeio querer separar os direitos e as leis da religião, diante da impossibilidade de descer nas profundezas do espírito religioso e elevá-lo à sua verdade. Essas garantias são estacas podres em relação à consciência dos indivíduos, que devem manejar as leis em que entram as próprias garantias. Querer ligar e submeter a consciência religiosa à legislação mundana, que a primeira considera como profana, é a maior e mais profunda das contradições que se podem conceber... A eticidade do Estado e sua espiritualidade religiosa garantem-se, assim, reciprocamente e com solidez"; *Enzyklopädie der philosophischen Wissenschaften im Grundrisse (1827)*, Hamburgo, 1989, pp. 395-400 (aqui o parágrafo é o de número 563, conforme a 2.ª edição, com muitas variantes, mas com a mesma conclusão: "Die Sittlichkeit des Staates und die Geistigkeit des Staates sind sich so die gegenseitigen festen Garantien"). O quadro geral da filosofia hegeliana do direito (que certamente não discuti) parece não contradizer essas observações. Cf. E. Cafagna, *La libertà nel mondo. Etica e scienza dello Stato nei "Lineamenti di filosofia del diritto" di Hegel*, Bolonha, 1998.
111. P. Schaber, *Recht als Sittlichkeit. Eine Untersuchung zu den Grundbegriffen der Hegelschen Rechtsphilosophie*, Würzburg, 1989, sobretudo a p. 91.
112. Naturalmente, a primeira dessas infidelidades pode ser considerada como pertencente ao próprio Hegel, numa época mais tardia, depois de

mente o percurso do dualismo judaico-cristão pode ser considerado como definitivamente concluído.

9. A moral cristã

No pensamento católico, o problema da relação entre a esfera do direito e a da moral parece ter vivido na primeira metade do século XIX seus últimos momentos, com Alessandro Manzoni e Antonio Rosmini. O primeiro, com as *Osservazioni sulla morale cattolica*, mas eu diria, sobretudo, com um romance histórico como *I promessi sposi*, exprime a última grande apologética e a representação épica da moral como encarnação social da Igreja cristã[113]. Às acusações de Charles de Sismondi, destinadas a ter tanta importância na discussão sobre a identidade nacional dos italianos, de que a fraque-

---

sua convocação em Berlim, em 1817, e da sua total adesão à ideologia do Estado prussiano e à sua *Staatskirche* [Igreja do Estado]. Ver F. Rosenzweig, *Hegel e lo Stato*, trad. it. Bolonha, 1976, pp. 361-6 e 471-3 (orig. Munique, 1920).

113. A. Manzoni, *Osservazioni sulla morale cattolica*, organizado por U. Colombo, Cinisello Balsamo, 1986; remeto a essa edição devido às especificações necessárias sobre uma obra complexa, surgida para responder às acusações movidas contra a Igreja católica por Sismondi (em sua *Storia delle repubbliche italiane* – ver a introdução de P. Schiera à edição de Turim, 1996), mas desenvolvida, num segundo momento, contra Bentham e o utilitarismo inglês. Segundo meu ponto de vista, limito-me a dizer que Manzoni afirma ter compreendido as críticas dos iluministas, pois "a religião católica na França era então sustentada pela força" (p. 59, cap. 3), mas, na sua época, "seria a religião necessária para os poderosos, os eruditos e os ricos? Estes vêem a religião como necessária ao povo, para que ele se contente com o estado atual, mas o povo, por sua vez, gostaria de vê-la nos primeiros, para fazer com que se aproximassem da justiça... No entanto, o que se queria era uma religião que recomendasse a moderação a uns e a paciência aos outros, e sobretudo uma religião que pudesse persuadir os intelectos mais toscos e os mais refinados, a religião cristã. Ela se torna necessária na proporção do progresso da inteligência. Digo necessária à sociedade, não porque eu creia que ela deva ser um meio: nenhuma idéia me parece mais errônea do que essa; mas para mostrar a sabedoria da religião, proporcional a todos os estágios da sociedade, que é feita para a religião" (parte II, cap. 5, pp. 349-50).

za política e civil do povo italiano tinha a sua raiz na moral católica, ou seja, na imoralidade derivada da possibilidade para o delinqüente de ser absolvido dos pecados, mesmo quando a justiça humana confirmava a sua culpa, ele responde que justamente essa possibilidade de se distanciar da justiça humana e do utilitarismo brutal é a fonte do verdadeiro humanismo cristão, que, por sua vez, deve distanciar-se do poder em todas as suas formas[114]. Do nosso ponto de vista, creio que o segundo, Rosmini, seja mais importante na sua eclesiologia do que nas suas obras teoréticas, na sua proposta para a reforma da Igreja e na sua aceitação da revolução como ocasião histórica concreta para a construção de uma Igreja não mais a serviço do poder, mas, com base no modelo americano, como expressão da sociedade e da ética dessa sociedade: nos tempos atuais, segundo ele, somente o povo pode restituir à Igreja a sua liberdade e torná-la novamente capaz de desenvolver a sua função mesmo contra a aliança entre o trono e o altar[115]. Mas as coisas, como se sabe, caminharam em sentido totalmente contrário no século passado, não obstante as tensões que caracterizaram a relação Estado-Igreja, particularmente na Itália: no Estado da dinas-

---

114. As idéias de Sismondi sobre o caráter deletério da confissão católica e sobre suas conseqüências nefastas para os costumes dos italianos estavam profundamente radicadas no ambiente suíço de tradição reformada. Seu amigo Karl Viktor von Bonstetten também afirma nos seus diários quão antiiluminista e nociva ao progresso é a práxis católica da absolvição dos condenados à morte por homicídio: "Wie vieles der unaufgeklärte Geist der katholischen Religion zur Unsittlichkeit beiträgt. Die Geistlichen geben den Mördern in Italien die Absolution und zerstören den grossen Nutzen, den der angenommene Glauben haben kann" ["O espírito não esclarecido da religião católica contribui enormemente para a imoralidade. Os párocos concedem a absolvição aos homicidas na Itália e estragam o grande benefício que a fé aceita pode proporcionar"] (citado por A. Platthaus em *Frankfurter Allgemeine Zeitung*, 2 de dezembro de 1997). Cf. S. Howald, *"Aufbruch nach Europa." Karl Viktor von Bonstetten 1745-1832. Leben und Werk*, Basiléia – Frankfurt a. M., 1997.

115. P. Prodi, "Potere politico e nomina dei vescovi: la 'quarta piaga della Chiesa'", in Il *"Gran disegno" di Rosmini. Origine, fortuna e profezia delle "Cinque piaghe della Santa Chiesa"*, organizado por M. Marcocchi e F. De Giorgi, Milão, 1999, pp. 109-23.

tia dos Sabóias, a freqüência no confessionário ainda constitui uma condição para a obtenção dos graus governativos e acadêmicos, e, após a unificação, o "vínculo" eclesiástico impede o desenvolvimento de uma nova moral e pode ser rompido apenas saindo-se da Igreja[116]. Embora em termos defensivos, afirma-se que o problema do poder é central tanto na Igreja como na vida política, e que um dos grandes méritos da Igreja é o de facilitar o governo do Estado: o confessor não pode violar o segredo da confissão, mas deve obrigar os penitentes à denúncia da violação das leis civis[117]. Nem o discurso muda na segunda metade do século XIX: na hegemonia da doutrina de Alfonso Maria de' Liguori, o confessor se afirma como um juiz, moderado e inofensivo, que não deve sugerir caminhos de perfeição, mas apenas a obediência aos mandamentos e aos preceitos[118]. Essa é a ambigüidade que caracteriza grande parte da vida dos cristãos na era das codificações e da formação dos Estados nacionais, transversalmente às divisões mais propriamente políticas – que praticamente constituíram o único objeto de pesquisa da historiografia –, entre transmontanos intransigentes e conciliaristas,

---

116. F. Ruffini, *Relazioni tra Stato e Chiesa. Lineamenti storici e sistematici*, organizado por F. Margiotta Broglio, Bolonha, 1974 (sobretudo a p. 278). Obviamente, para o desenvolvimento integral em nível de Estado-Igreja (que aqui não foi discutido), é fundamental a contribuição de A. C. Jemolo, *Stato e Chiesa negli scrittori politici italiani del seicento e del settecento*, Turim, 1912 (2.ª ed., Nápoles, 1972, organizada e com um amplo ensaio crítico e bibliográfico de F. Margiotta Broglio).

117. Lembremos o *incipit* do jesuíta Joaquim Ventura, no seu *Saggio sul potere pubblico o esposizione delle leggi naturali dell'ordine sociale...*, Gênova, 1859, p. V: "No fundo, toda questão referente à sociedade não passa de uma questão sobre a origem e as atribuições do Poder que a governa. A questão da família se resume à questão da autoridade doméstica; a da Igreja se reduz à questão da autoridade religiosa; a do Estado se concentra na questão da autoridade política..." Para o exemplo da confissão, ver Angelo A. Scotti, *Teoremi di politica cristiana ne' quali in generale la religione cristiana, ed in particolare taluni punti dogmatici, morali e disciplinari della Chiesa cattolica sono difesi dalla calunnia di essere nocevoli alla società*, Imola, 1856, p. 256.

118. E. Betta, "Il discorso della confessione nel secondo Ottocento: alcune osservazioni", in *Scienza e politica*, 18 (1998), pp. 59-78.

entre fiéis à Igreja romana e fiéis ao Estado: para todos, o problema central torna-se o da fidelidade e do vínculo no plano do direito positivo, mesmo nos contrastes mais ásperos entre as diversas posições ou obediências. Com a condenação de Rosmini e da modernidade, contida no *Sillabo*, com o concílio Vaticano I e, em seguida, com a campanha antimodernista, o espaço é deixado totalmente livre para um retorno estéril a um direito natural anistórico, desenvolvido com base num neotomismo completamente distanciado do contexto político e jurídico do pluralismo medieval, destinado a um papel passivo ou, em todo caso, marginal com respeito ao crescimento do Estado constitucional de direito. Tal fato se observa desde o abade Giovanni Romagnosi, para o qual "o bom direito positivo não é nem pode ser outra coisa senão o próprio direito natural, adotado e sancionado pela autoridade humana", e a religião "como motor político de unidade moral... deve, portanto, subsidiar a política, e a política deve proteger a religião"[119], até as teorizações neo-escolásticas do padre Luigi Taparelli d'Azeglio, transmitidas, manipuladas e glosadas em inúmeros tratados e manuais de moral cristã e submetidas às necessidades do direito canônico positivo, que, em 1917, conclui sua arrancada em relação aos ordenamentos estatais, transformando-se também em código e definindo a Igreja como "societas *juridice* perfecta", efeito e causa, ao mesmo tempo, da força da instituição e da centralização romana[120]. O livro V

---

119. G. Romagnosi, *Assunto primo della scienza del diritto naturale*, Parma, 1827, pp. 136 e 179: a religião "verdadeiramente social" que se estabeleceu num país deve ser defendida contra os descrentes, que devem ser obrigados ao silêncio (p. 181).
120. R. Metz, "La codification du droit de l'Église catholique au début du XXe siècle, à la fois résultat et expression du pouvoir pontifical et de la centralisation romaine", in *Diritto e potere nella storia europea*, Florença, 1982, I, pp. 1069-92 ; G. Feliciani, "Diritto e potere nella codificazione del diritto canonico", in *Diritto e potere nella storia europea*, cit., II, pp. 1093-105; O. Bellini, "Influenze del diritto canonico sul diritto pubblico europeo", in *Diritto canonico e comparazione*, organizado por R. Bertolino et alii, Turim, 1992, pp. 35-88, sobretudo as pp. 77 e ss. Sobre as discussões que se seguiram à promulgação do

desse código contém um sistema completo de direito penal, cuja modernidade era exaltada com satisfação pelos canonistas, devido ao garantismo formal. Queriam demonstrar que não se tratava de uma simples disciplina eclesiástica, mas de um verdadeiro direito, tão digno quanto aquele estatal: uma situação bastante paradoxal, sendo que, nesse ínterim, a Igreja perdeu quase toda a sua força coativa. No entanto, em tal obra o problema do foro interno, da consciência parece totalmente secundário diante do foro externo[121]. O que é mais significativo para o percurso da relação entre moral e direito é que, na prática da vida cristã, desapareceu todo limite claro entre a culpa como pecado, como ofensa a Deus, e a culpa como transgressão de uma norma positiva e eclesiástica.

Uma esterilidade paralela e diferente pode ser encontrada nos manuais de teologia moral da Igreja católica (em que não há mais nenhum limite entre direito e moral) e nas Igrejas evangélicas do século XIX, fechadas na lógica da *Staatschristentum* [cristandade estatal] prussiana ou, de todo modo, instrumentalizadas no seu empenho prático a serviço da moral pública[122]. "Hoje, na Europa, a moral é uma moral de armento", mantida pela religião e que se exprime nas instituições políticas e sociais, denunciava Friedrich Nietzsche; a genealogia da moral torna-se nele o ponto cul-

---

Codex de 1917, ver R. Astorri, *Le leggi della Chiesa tra codificazione latina e diritti particolari*, Pádua, 1992; id., "Il concilio di Trento nel pensiero dei canonisti tra Otto e Novecento", in *Il concilio di Trento e il moderno*, cit., pp. 543-75.

121. R. Metz, "Il diritto penale nel codice di diritto canonico del 1917", in *Concilium*, XI (1975), ed. it., pp. 1112-24: M. Vismara Missiroli e L. Musselli, *Il processo di codificazione del diritto penale canonico*, com introdução de G. Feliciani, Pádua, 1983.

122. Para explicar-me, cito apenas o título de um dos manuais de teologia moral mais difundidos em língua alemã neste século: H. Jone, *Katholische Moraltheologie unter besonderer Berücksichtigung des Codex Iuris Canonici sowie des deutschen, österreichischen und schweizerischen Rechtes*, Paderborn, 1935 (1961[18]). Para se ter um panorama da produção católica e evangélica de tratados de teologia moral, ver J. Rohls, *Geschichte der Ethik*, Tübingen, 1999², pp. 415-551.

minante da justificação do poder e o conduz às suas denúncias mais extremas contra a religião judaico-cristã e contra as Igrejas: "Nós, homens modernos, somos os herdeiros de uma vivisseção milenar da consciência e de uma tortura animalesca, dirigida contra nós mesmos."[123] Para encontrar um pensamento vivo sobre esses temas, é necessário, pelo menos a partir da segunda metade do século passado, sair do ensinamento das Igrejas oficiais e percorrer outros caminhos – muito mais adequados do que o nosso – para seguir a dispersão da consciência contemporânea na crise das instituições tradicionais – nos textos dos literatos ou dos poetas, de Fédor Dostoiévski ao Franz Kafka de *O processo*, ou nas reflexões dos filósofos sobre a ética, de Sören Kierkegaard ao Martin Heidegger da *Carta sobre o "humanismo"*, sobre a possibilidade ou a impossibilidade da elaboração de uma ética no mundo atual[124]. No entanto, não temos nenhuma competência nesse âmbito, e nem é essa a nossa tarefa.

10. Pecado e delito na era das codificações

Espero que essas alusões ao problema mais geral da relação entre moral e direito não tenham dispersado a necessidade de inserir esses discursos dentro da vida concreta do foro, diante do qual o homem é chamado a responder por

---

123. F. Nietzsche, "Al di là del bene e del male. Genealogia della morale", in *Opere*, VI/2, organizado por G. Colli e M. Montinari, Milão, 1968, pp. 101, 295 e passim.
124. M. Heidegger, *Lettera sull'umanesimo*, organizado por F. Volpi, Milão, 1995, p. 88: "O desejo de uma ética se faz tanto mais urgente quanto mais a desorientação do homem aumenta desmedidamente. Ao vínculo da ética é necessário dedicar todo cuidado, num tempo em que o homem da técnica, à mercê da massificação, ainda pode ser levado a uma estabilidade segura mediante um recolhimento e um ordenamento dos seus projetos e das suas ações, em seu conjunto, que correspondam à técnica. Quem poderia ignorar esse estado de necessidade?". Para um quadro geral, ver C. A. Viano, *L'etica*, Milão, 1975.

suas ações. Infelizmente, não temos condições de fornecer aqui uma exposição do problema penal no século XIX, nem mesmo de modo panorâmico e sintético, mas penso que não seja errado caracterizar esse período como aquele em que, mais do que qualquer outro, tende-se a estender, no pensamento e na práxis, o conceito de delito até compreender o máximo possível das ações que foram consideradas perigosas para a ordem estabelecida e para a segurança do Estado, ou que, de certo modo, são julgadas como anômalas em relação à moral convencional da sociedade. Na primeira direção, no plano mais diretamente político, limito-me a indicar um exemplo como ponto de partida. Na Bolonha jacobina, logo após a ocupação francesa e a instauração da república, a nova "Junta criminal" promulga, em 25 de junho de 1796, um decreto em que, paralelamente a afirmações solenes sobre a prevenção, o garantismo e o valor redentor da pena – de grande cunho iluminista –, declara-se a máxima inflexibilidade para com os "monstros" que ousam atentar contra a Pátria (estes devem ser "exterminados"), e afirma-se que, na nova ordem, a delação não é mais um ato infamante, como podia ser considerada no antigo regime, mas uma virtude cívica; infame é quem não colabora com o poder: "Deve-se considerar como infame e punir como cúmplice quem não denuncia às autoridades legalmente constituídas todos aqueles que ousem tramar contra a Pátria."[125] Desse modo, ini-

---

125. Considero importante mencionar integralmente, devido à sua exemplaridade, a primeira parte desse documento: "Cidadãos, prevenir os delitos, mais do que puni-los, é o objeto dos nossos votos. Gostamos de nos iludir, acreditando que chegou a hora em que cada um reconhece que a felicidade privada depende intrinsecamente da felicidade da Pátria, e que esta não pode se conservar sem o respeito e a submissão à Lei, que é a única, verdadeira, legítima e absoluta Soberana de todos os Povos que vivem em Liberdade. Quando o arbítrio tem papel de Lei, os delinqüentes são mais desculpáveis; mas quando a Lei é ditada pela vontade comum dos Cidadãos, é imperdoável qualquer delito, que deve ser irremediavelmente punido. Abandonamo-nos com prazer à esperança consoladora de que raras vezes nos acontecerá de ter de punir delitos, que são filhos de um crime consumado, e menos ainda aque-

ciou-se um percurso que conduz não apenas aos totalitarismos modernos (àqueles comunistas, bem como àqueles fascistas e nazistas), mas também a todos os possíveis desvios, às investigações e inquisições, no sentido macarthista, nos Estados democráticos e de direito, até os nossos dias.

Na segunda direção, começando pelo primeiro estudo sistemático de Paul Johann Anselm Feuerbach e com base na tradição dos séculos XVII e XVIII, a doutrina constrói a nova teoria da pena como dirigida menos à punição individual do réu do que à prevenção geral, a teoria do direito penal como instrumento de defesa e de segurança de todo o ordenamento do Estado contra as possíveis e futuras ofensas por parte do delinqüente[126]. Para englobar no direito penal comportamentos morais anômalos, o caminho é igualmente evidente. A era vitoriana não se limita à Inglaterra e à segunda metade do século XIX, mas, de certo modo, representa o epicentro de um fenômeno que se estende muito mais amplamente no tempo e no espaço. Isso se reflete tanto na

---

las simples perversões, que filhas são da fraqueza e da miséria humana; no entanto, mais do que tudo isso, desejamos nunca ter de vibrar o raio da Justiça sobre a cabeça de algum pérfido perturbador da tranqüilidade pública, que ousasse iludir-se, querendo imergir a Pátria nos horrores da anarquia, ou trair seu mais precioso interesse, que é a Liberdade civil. Juramos ser inexoráveis contra tais monstros e exterminá-los ao seu nascimento. Todo bom Cidadão deve sentir-se glorioso por denunciá-los à Pátria, que não os deixará impunes nem um só instante. Mas é preciso vencer um preconceito quase universal. Julga-se infame um Delator; e, certamente, não são raras as vezes em que nos Governos dos Déspotas a delação merece ser considerada como infame. No entanto, num Governo livre, em que a segurança de cada um depende da salvação da Pátria, deve-se considerar como infame e punir como cúmplice quem não denuncia às autoridades legalmente constituídas todos aqueles que ousem tramar contra a Pátria..." (in *I Giacobini a Bologna*, organizado por F. Cristofori e A. Emiliani, Bolonha, 1966, pp. 31-2).

126. M. A. Cattaneo, *Samuel Pufendorf e Paul Johann Anselm Feuerbach: contratto sociale, secolarizzazione penale e prevenzione generale, in Samuel Pufendorf filosofo del diritto*, cit., pp. 3-28. Antologia de textos e referências bibliográficas sobre P. J. A. Feuerbach e sobre os penalistas alemães posteriores a ele em *Texte zur Strafrechtstheorie der Neuzeit*, cit., II.

própria teoria do direito penal quanto na expansão global da esfera das ações consideradas delituosas (no direito substancial) e no desenvolvimento do procedimento processual. As novas orientações levam a ressaltar o aspecto delituoso do pecado como infração à ordem social e à ideologia burguesa dominante: de modo inverso em relação à época anterior, tende-se a considerar cada vício ou pecado como delito, seja nos catequismos que, desde o final do século XVIII, se difundem juntamente com a escrita nas populações subalternas, seja por parte da legislação. Pensemos na questão central da defesa do direito de propriedade, mas também no que ocorreu na legislação penal a propósito das ofensas ao pudor: a introdução no código penal de 1803 do conceito de "moralidade pública" e de "escândalo público" transforma definitivamente em crime uma série de faltas que antes tinham o estatuto diferente do pecado[127]. Não se trata apenas de ultraje ao pudor público, mas de normas que em todos os códigos do século XIX tendem a tutelar uma ordem social, que se amplia no direito de família, no controle da esfera sexual em relação ao adultério, à situação dos filhos ilegítimos, à prostituição etc. Na terceira direção, aprofunda-se a análise da ação considerada delituosa com a distinção entre delitos culposos e dolosos, transpondo os ensinamentos dos juristas (e – acrescento – também dos moralistas e dos casuístas) da Idade Moderna para o novo ordenamento dos códigos[128]. O esforço de distinguir o dolo da culpa e de dar a essa distinção um caráter científico torna-se o furor da criminalística na tentativa de reduzir ao mínimo, se não de anular, a dimensão subjetiva da infração e a arbitrariedade do juiz: a intenção e a vontade livre, vistas ainda no século XVIII como condições indispensáveis para a punição, passam a ser circunscritas na dimensão das atenuantes ou, por

---

127. E. Saurer, *La secolarizzazione dei peccati*, in *Donne sante – Sante donne; Esperienza religiosa e storia di genere*, Turim, 1996, pp. 255-84.
128. A. Marongiu, "La scienza del diritto penale nei secoli XVI-XVIII", in *La formazione storica del diritto moderno in Europa*, I, Florença, 1977, pp. 407-29.

sua vez, metabolizadas na linguagem científica da psiquiatria[129]. Com efeito, os aparatos do poder confiam à moderna psiquiatria a missão de transformar a definição do pecado na certeza do diagnóstico científico, de fundar a objetividade da sentença de condenação e de definir a marginalidade e a anomalia dos indivíduos e dos grupos sociais.

Não se pretende negar com isso a contribuição oferecida pela separação entre direito e moral, entre legitimação interna (jurídico-positiva) e legitimação externa (ético-política) ao garantismo penal[130], mas simplesmente afirmar que tal separação produziu, sem qualquer pausa entre os séculos XVIII e XIX, efeitos em duas direções opostas: de um lado, na direção da secularização e, portanto, da proteção dos direitos subjetivos do acusado, mas, de outro, na direção da transfusão da própria moral para o interior do direito positivo, transfusão essa que nenhum formalismo jurídico e nenhuma defesa interna da norma positiva conseguiram conter.

Colocando um fim a essas alusões, lembremos apenas – e assim retornamos ao que deveria ser a base do nosso discurso – as reflexões sobre a relação entre pecado e delito do penalista Francesco Carrara, uma das vozes mais importantes do garantismo do século XIX, preocupado em ressaltar os limites da ação do Estado ao se pronunciar contra os direitos

---

129. R. Speziale-Bagliacca, *Colpa. Considerazioni su rimorso, vendetta e responsabilità*, Roma, 1997. Talvez não seja sem significado o fato de a primeira monografia de Carl Schmitt ser dedicada ao problema da objetivação da culpa no direito penal. C. Schmitt, *Über Schuld und Schuldarten. Eine terminologische Untersuchung*, Breslau, 1910.

130. Tese defendida com vigor por L. Ferrajoli, *Diritto e ragione. Teoria del garantismo penale*, cit., sobretudo as pp. 199-216, em que se fala da separação entre direito e moral e do formalismo jurídico como uma conquista do iluminismo do século XVIII, seguida de uma regressão, de uma nova confusão "pós-iluminista" entre direito e moral. Para situar o pensamento de Ferrajoli dentro da tradição juspositivista, ver o prefácio de N. Bobbio à obra aqui citada, em que se diz (p. XIII) que "a contraposição entre a concepção técnica e a concepção ética do Estado e de todas as instituições políticas percorre toda a obra, da primeira à última página". Talvez seja justamente isso que não concordo em compartilhar.

dos indivíduos: "Do mesmo modo como, em certa época, o júri criminal se afastou da sua verdadeira índole sob os governos teocráticos, devido à confusão entre *pecado* e *delito*, também acabou se degenerando, sob outros governos, devido à confusão entre *vício* e *delito*. Talvez o progresso civil tenha purificado as modernas leis penais desde o primeiro e tão fatal erro, e os delitos, ditos contra a religião, que numa determinada época ceifaram tantas vítimas, hoje são reduzidos aos justos limites sob o critério da lesão de um direito humano. Sob a influência desse mesmo critério, as leis criminais deveriam se purificar a partir do segundo erro; no entanto, nesse campo, ainda não se alcançou a depuração completa"[131]. Segundo Carrara, o direito penal deve ser destinado apenas à defesa da sociedade no que concerne a atos politicamente danosos, mas não pode ser instrumentalizado "para aperfeiçoamento interno": essa tarefa diz respeito à moral, e a "pravidade moral" de uma ação deve ser absolutamente distinta da sua "pravidade política". Com essa dúvida, que ainda supõe duas ordens de normas interligadas entre si, porém distintas, abandonamos nossa rápida incursão nos séculos. O monismo teocrático da criminalização do pecado deixou lugar na sociedade burguesa para uma tentação oposta de considerar como crime qualquer desvio dos comportamentos sociais codificados, mas, de certo modo, sempre houve dentro dos países ocidentais de tradição cristã a aspiração a um intervalo entre o foro interno do homem e o foro externo. O que acontece quando falta esse intervalo?

---

131. F. Carrara, *Programma del corso di diritto criminale. Del delitto, della pena*, Bolonha, 1993 (reimpr. da 5.ª ed. de 1870), p. 64. Mais tarde, Carrara reivindica explicitamente à criminologia dos séculos XVI e XVII o mérito de ter fundado as bases do desenvolvimento do direito penal moderno, "ao qual se confrontam dolorosamente os regressos da despótica França... tive uma ambição totalmente oposta; ou seja, aquela de reencontrar nos antigos o germe de todas as teorias criminais que a vaidade moderna queria fazer passar como produtos da Revolução Francesa. A França não contribuiu nem com uma pedra para a construção do júri penal" (cf. I. Mereu, *Storia del diritto penale nel '500*, cit., p. 52). Sobre o católico-liberal Carrara, ver M. A. Cattaneo, *Francesco Carrara e la filosofia del diritto penale*, Turim, 1988.

Capítulo IX
Reflexões atuais: a norma com uma dimensão

1. Apenas uma história

Aquilo que foi desenvolvido na pesquisa, com base nas hipóteses ilustradas nas premissas, pode ser resumido na seguinte tese: nossa justiça, a justiça das liberdades e das garantias, pôde desenvolver-se no Ocidente devido à coexistência histórica de ordenamentos diversos, ou seja, devido à concorrência de diversas ordens de normas, de uma pluralidade de foros, diante dos quais o homem era chamado a responder pelas próprias ações. Isso não nega, ao contrário, pressupõe, que cada um desses ordenamentos tentou vencer ou absorver os outros, em sentido teocrático ou secular: mas sempre houve na nossa cultura, diferentemente do que ocorreu nas outras civilizações na face da terra, um anticorpo com resistência suficiente para deter os processos de degeneração e restabelecer um equilíbrio. Tentei compreender esse anticorpo na tradição grega e semítica, do modo como ela se desenvolveu no terreno da cristandade ocidental, no plano da relação entre a esfera do sagrado e a do poder: a grande passagem que encontramos nessa grande aventura da civilização ocidental, nesse percurso de longa duração, foi aquela entre a Idade Média e a Moderna, entre o pluralismo dos ordenamentos jurídicos e o dualismo entre a consciência e o direito positivo, entre as normas morais e as normas jurídicas. Não creio que, a esta altura, o historiador possa subtrair-se, certamente superando os limites do ofício, a algumas reflexões sobre o sentido de suas investigações na compreensão da realidade atual, da qual, aliás, partimos. A impressão é de que, nessa virada de século ou de milênio, o que está faltando é justamente esse pluralismo dos ordenamentos e dos foros: pela primeira vez nos encontramos, no Ocidente, diante da norma "com uma dimensão" e, portanto, com um único foro, aquele do direito positivo, da norma escrita, sem a presença de todas as outras sedes de juízo, que regeram, até a nossa época, a quase totalidade da nossa vida cotidiana. Diante dos milhões de páginas de tratados de filosofia do direito ou de teoria da ética, penso poder afirmar que o tipo de conhecimento (e, portanto, a nossa posição diante da realidade) *também* depende da análise histórica. Reconhecendo a importância da reflexão teórica sobre a *idéia* da justiça, estou muito convencido de que é necessário pesquisar a história dos homens e das instituições: obviamente, esta também é uma história das idéias, mas não condiciona todo o desenvolvimento da realidade à evolução dos sistemas de pensamento, como muitas vezes parecem pensar nossos colegas filósofos. Essa reflexão não pretende exprimir desprezo em relação ao pensamento sistêmico, mas sim ser uma simples profissão de fé no ofício artesanal do historiador. Não existe somente *uma* história da justiça, mas muitas: tive a presunção de indagar a respeito de alguns aspectos de *uma* história, mas estou convencido de que existem muitos que ainda devem ser explorados e confrontados.

2. Os elementos conceituais: norma moral e norma jurídica

Para evitar equívocos, é necessário especificar alguns conceitos que utilizamos, apenas para dar conta, de modo esquemático (e não para fornecer novas contribuições) do material usado. O discurso de partida sobre a norma foi para mim aquele natural da ontogênese, ou seja, a ligação do indivíduo ao esquema da espécie: no homem, isso se exprime mediante as escolhas de comportamento que não devem ser colocadas em oposição à liberdade de decisão, mas devem exprimir-se com o instrumento da linguagem, da comunicação e, portanto, mediante a norma, para permitir a continuação e a sobrevivência da sociedade. Na vida concreta, as instituições enquanto estruturas produzem essas normas, nas quais são representados interesses e valores de grupos e de pessoas não como indivíduos (estes não existem), mas enquanto *personae*, uma vez que usam "vestes sociais". Desse modo, não há uma diferença substancial entre os vários tipos de normas: "O código lingüístico, compreendido em sua totalidade, também tem sua parcela de código civil e penal. O comportamento moral se codifica lingüisticamente no direito." Por conseguinte, em relação à norma moral genérica, a norma jurídica caracteriza-se pela formalização e pela coação como vínculo imposto por um poder público externo. Estas são algumas das reflexões contidas na obra de meu irmão Giorgio, que era biólogo e teve seu último estudo editado antes de seu prematuro falecimento. Remeto a tal obra, pois creio que o interesse por ela ultrapasse as lembranças familiares[1].

O *Éthos* representa a sedimentação na história desse processo normativo: é o termo alemão *Sitte*, talvez um pouco menos a nossa tradução "costume" e menos ainda "hábito", para os significados limitativos que esses termos assumiram justamente no pensamento e na práxis jurídica positiva. A ética como reflexão racional sobre a norma representa, obviamente, algo diferente e predominante, um pensamento que se desenvolveu apenas quando, dentro do universo normativo, formou-se o conceito de norma jurídica enquanto ligada à formulação e a um poder de império, portanto,

---

1. G. Prodi, *Alla radice del comportamento morale*, Gênova, 1987, sobretudo as pp. 111-2, 167-8 e 216-7. Reflexões análogas, contidas em outros ensaios de Giorgio Prodi, também servem de ponto de partida para um ensaio de F. Migliorino, "Processi di comunicazione e forme di controllo sociale nell'età del diritto comune", in *Studi storici*, 37 (1996), pp. 445-64, ao qual remeto pela sua conexão com os problemas de semiótica jurídica.

em relação de alteridade com o que continua sendo a norma moral do *éthos*, sem essa explícita formulação na consciência coletiva. Mesmo a norma moral deve possuir, para ser norma, segundo a definição de George Bataille, sua própria sanção, ainda que de violência interior, e não exterior[2]. É o conceito explorado por Hans Kelsen nos mesmos anos e ao qual se aludiu no prefácio a este volume: "No entanto, mesmo a moral é um ordenamento normativo que prescreve sanções; com efeito, quando prescreve um certo comportamento, prescreve que se deve reagir de determinado modo ao comportamento oposto, contrário à moral. O comportamento contrário à moral deve ser desaprovado pelos membros de uma sociedade. A tal comportamento, esses membros devem reagir com atos de desaprovação, como a censura, as manifestações de desprezo e similares. A moral se diferencia do direito pelo fato de que a reação prescrita por ela, ou seja, suas sanções, não tem o caráter de atos coercitivos como as sanções prescritas pelo direito. Em outras palavras, não podem ser aplicadas, como as sanções do direito, servindo-se de uma coerção física caso encontrem resistência."[3] Não se pode dizer que a moral se refere simplesmente à consciência individual, como certas vezes se escreve, enquanto a ética se refere aos comportamentos coletivos, pois o papel social na norma moral é fundamental, embora seja ao sentimento da consciência que ela se vincule: a diferença com a ética ocorre num plano totalmente diferente e consiste apenas no grau de reflexão e de representação a que a ética se propõe como sistema de conhecimento da moral.

---

2. G. Bataille, *Teoria della religione*, Bolonha, 1978 (orig. Paris, 1973), p. 87: "O direito define relações obrigatórias de cada coisa (ou de cada indivíduo-coisa) com os outros e os garante com a sanção da força pública. No entanto, nesse caso, não se entende o direito como a face da moral que garante as mesmas relações por meio da sanção de uma violência interior do indivíduo. O direito e a moral têm igualmente seu lugar no império, naquilo que eles definem como uma necessidade *universal* da relação de cada coisa com as outras. Mas o poder da moral permanece alheio ao sistema fundado na violência exterior."

3. H. Kelsen, *Teoria generale delle norme*, cit., p. 47.

A norma jurídica ou lei, em sentido lato, afirma-se como realidade histórica que não coincide com o comando externo, com o mero *iussum*, mas que tem nele a sua conotação específica: forma-se na história, de um lado, em dialética com o poder e as instituições (não necessariamente com o Estado, que apenas em época moderna assumiu seu monopólio[4]) e, de outro, com a ética ou o direito natural em sentido lato (daquele clássico ao jusnaturalismo, àquele "contido e implícito" no positivismo e no historicismo), como tensão e referência ao absoluto e ao mistério, segundo a visão lírica de Giuseppe Capograssi[5] ou, anteriormente, na visão de Rudolf von Jhering, da ética como sentimento do direito (*Rechtsgefühl*), como fundamento da "luta pelo direito", que é a essência da história[6]. Por certo não discutiremos aqui o grande tema da relação entre o direito e a moral, embora ele obviamente permaneça como pano de fundo. Não creio que a proposta de Georg Jellinek de fundar o direito num "mínimo ético", uma espécie de "mínimo denominador comum", que a sociedade deve reconhecer e impor a todos, constitua uma solução para o problema: a realidade demonstra o quanto, na verdade, se caminha no sentido oposto, ou seja, na formalização de normas moralmente indiferentes[7]. Seguindo Capo-

---

4. S. Romano, *L'ordinamento giuridico*, Florença, 1977 (1.ª ed., 1918). Contra N. Bobbio, *La teoria della norma giuridica*, atualmente no volume *Teoria generale del diritto*, Turim, 1993. O panorama mais interessante da questão encontra-se no verbete "Privato e pubblico (diritto intermedio)", de P. Cappellini, in *Enciclopedia del diritto*, XXXV, Milão, 1986, pp. 660-87.
5. G. Capograssi, "L'esperienza giuridica nella storia", in *Opere*, Milão, 1959, III, pp. 267-96; id., *Il problema della scienza del diritto*, Milão, 1962, com introdução de P. Piovani.
6. R. von Jhering, *Lo scopo del diritto*, organizado por M. G. Losano, Turim, 1972 (1.ª ed., 1877); *La lotta per il diritto e altri saggi*, organizado por M. G. Losano, Milão, 1989 (texto de uma conferência proferida em Viena, em 1872: *Der Kampf um Recht*, reimpr. Darmstadt, 1963).
7. Na esteira de Jellinek, em relação à nova proposta de um novo direito natural como "ethisches Minimum", ver H. Welzel, *Diritto naturale e giustizia materiale*, Milão, 1965 (orig. alemão: *Naturrecht und materiale Gerechtigkeit*, Göttingen, 1951, com muitas edições posteriores).

grassi, embora com uma ênfase mais dramática nas tensões entre esses elementos dos quais nasce o direito, observamos com uma certa distância a nova proposta recorrente do direito natural clássico ou do jusnaturalismo, como solução para os problemas atuais. Do mesmo modo, olhamos com desconfiança a intensa atividade da teoria positivista e neopositivista para a demonstração da auto-referencialidade do direito. A veneração do pensamento de Kelsen e a sua importância para a concepção constitucional do Estado de direito não nos impedem de ver a fragilidade e a precariedade de um ordenamento que, quanto mais formalizado, mais é discutido. Ao contrário, elas nos ajudam a chegar a essa conclusão. Conforme nos ensinaram os totalitarismos e ainda nos ensina a mais avançada democracia, a tecnicidade do direito sempre apresenta pontos de ruptura em relação às tensões com os poderes emergentes, de um lado, e com o *éthos*, de outro. Além disso, as articulações elásticas, fornecidas pelas constituições, nem sempre conseguem sustentar essas tensões.

Sendo assim, na nossa exploração histórica, movemo-nos, a princípio, paralelamente à exploração filosófica atual, convencidos de que não há solução para o dilema entre a separação de direito e moral (como via moderna ao direito e como desenvolvimento técnico e formal do discurso jurídico) e a constatação da intrínseca carga humana e, portanto, também moral, que o próprio direito implica[8]. A essa altura, ne-

---

8. I. Mancini, *L'ethos dell'Occidente. Neoclassicismo etico, profezia cristiana, pensiero critico moderno*, Gênova, 1990, sobretudo a p. 153: "Ou se reduz o direito à vontade de grau inferior, de natureza econômica ou de instrumentalidade política... ou ele passa a ser considerado como expressão global de civilização, com os mesmos conteúdos da vida moral... é muito difícil fazer um corte nítido: deste lado, o direito, daquele, a moral... O êxito da evolução técnica neutra é, portanto, apenas aparente; aqueles que dizem respeito à vida e à morte, aos bens e à liberdade não são fatos técnicos, mas altamente existenciais e morais. E o direito sempre os teve nas mãos. Em suma, a solução técnica relança o problema da relação com a moral, e aqui se apresenta como quase inextricável a outra ponta da alternativa, ou seja, o *non liquet* da distinção-separação."

nhuma recuperação parece possível para o antigo direito natural nem para o jusnaturalismo (não obstante o seu contínuo ressurgimento como problema[9]), seja no sentido de uma recuperação da metafísica aristotélica ou tomista, seja no sentido do imperativo categórico neokantiano, ou na perspectiva neomarxista-humanista, apresentada por Ernst Bloch[10].

Do mesmo modo, parece exaurido o grande esforço oposto do neopositivismo e do formalismo jurídico, na esteira do último Kelsen, forçado "a abandonar ou a atenuar alguns dogmas tradicionais, como aquele da onipotência do legislador, da unidade, completeza e coerência do ordenamento jurídico, da validade puramente formal das normas, da imperatividade e da coatividade do direito"[11], segundo as declarações

---

9. H. Rommen, *L'eterno ritorno del diritto naturale*, trad. it. Roma, 1965 (orig. Munique, 1947, 2.ª ed.); A. Passerin D'Entrèves, *La dottrina del diritto naturale*, Milão, 1980 (2.ª ed. it. contemporânea à 12.ª ed. inglesa). A mais recente análise, sob forma de antologia, das teorias de raiz aristotélico-tomista encontra-se em *Natural Law*, organizada por J. Finnis et alii, 2 vol., Aldershot – Hong Kong, 1991.

10. E. Bloch, *Naturrecht und menschliche Würde*, Frankfurt a. M., 1961. Em tradução italiana, num plano mais geral, ver *Ateismo nel cristianesimo. Per la religione dell'Esodo e del Regno*, Milão, 1971.

11. Da introdução ao congresso internacional de Filosofia jurídica e social, Bolonha, 16 de junho de 1995. Para os inúmeros textos de Norberto Bobbio e a sua polêmica contra o jusnaturalismo, remeto simplesmente à última coletânea, intitulada *Teoria generale del diritto*, cit. A respeito dessa discussão, cito uma nota de Riccardo Orestano sobre a necessidade de rejeitar a alternativa entre "um positivismo rígido e um jusnaturalismo, ainda que laico e totalizador", em favor da experiência histórica: "Um primado da moral sobre o direito, nos moldes em que Bobbio praticou ao longo do seu ensino, é algo muito belo para que eu possa negar sua legitimidade. Mas o problema não é teórico e não diz respeito às grandes consciências morais. É um problema prático e diz respeito a todos. A História, seja aquela pequena do cotidiano, seja aquela considerada como grande, não é feita por heróis. E ao homem, essa mistura de misérias iluminada por grandezas, talvez possa-se propor o exemplo da virtude heróica contra o direito injusto (nos casos, aliás, em que o primado destinado à moral é a barreira rompida diante da torrente de opiniões), mas não se pode racionalmente impor o modelo esquizóide que divide a sua mente entre obediência jurídica ao direito e elisão moral do direito. Muito melhor é conduzir os valores e a luta para dentro do direito ou admitir o que sempre

do seu intérprete italiano, Norberto Bobbio. Mas essas vias contrárias tiveram em comum (nas polêmicas que caracterizaram as décadas que se seguiram à Segunda Guerra Mundial) a pesquisa para sustentar – contra um *ius quia iussum*, que, com os totalitarismos, demonstrou um lado ainda mais cruel do que no passado – o *ius quia iustum* dos antigos, de modo novo e diferente do tradicional, com uma ancoragem externa ou interna do direito como valor ao direito como fato, da norma jurídica à *idéia* de justiça. Nesse sentido, o centro da discussão dos últimos cinqüenta anos é bem representado por *A Theory of Justice*, de John Rawls, sobre a justiça como "eqüidade", com todas as suas reformulações e reelaborações por parte do próprio autor e dos seus discípulos[12]. As polêmicas em torno dessa obra parecem ter rea-

---

houve na história: que os valores encontram-se dentro do direito, na unidade do conhecimento jurídico, na unidade da experiência. Sendo assim, deixemos que o direito seja julgado pelo direito, sem cisões artificiosas, sem ilusões, dissimulações, digressões, sem sindicatos externos, que nada acrescentam à força de sindicar" (*Introduzione alla storia del diritto romano*, Bolonha, 1987, pp. 276-7). Na realidade, justamente na experiência histórica, a dialética entre moral (ou "tábua dos valores" de uma sociedade, ibidem, pp. 426-8) e direito (certamente não o primado da moral sobre o direito) pode encontrar a sua síntese, às vezes conformista, outras, de tensão.
12. Ver supra, premissa, n. 1. Por último, o volume *Political Liberalism*, Nova York, 1993 (H. Breuer, na *Berliner Tageszeitung*, de 3 de abril de 1999, por ocasião da tradução alemã, falou de uma inútil segunda versão da primeira obra). Ver em trad. it. também a coletânea de ensaios *La giustizia come equità. Saggi 1951-1969*, organizada por G. P. Ferranti, Nápoles, 1995. Na polêmica com L. A. Hart, Rawls assim defende a prioridade do princípio de eqüidade em relação ao princípio de liberdade: "A união social não se baseia mais numa concepção do bem, fornecida por uma fé religiosa comum ou por uma doutrina filosófica, mas numa concepção da justiça, publicamente partilhada, que seja apropriada à concepção dos cidadãos como pessoas livres e iguais num Estado democrático... O ponto essencial aqui é que a concepção dos cidadãos, enquanto pessoas livres e iguais, não é necessária numa sociedade bem organizada como ideal pessoal, associacionista, ou moral. Trata-se mais de uma concepção política, afirmada com o fim de estabelecer uma concepção pública eficaz da justiça..." (L. A. Hart e J. Rawls, *Le libertà fondamentali*, organizado por P. P. Marrone, Turim, 1994, pp. 47 e 108). A síntese mais penetrante (do ponto de vista da relação entre direito e consciência, entre responsabilidade

REFLEXÕES ATUAIS: A NORMA COM UMA DIMENSÃO   511

vivado a antiga controvérsia entre o realismo metafísico e o moderno subjetivismo com as teorias de Jürgen Habermas, inspiradas no republicanismo kantiano[13]. O problema é que, em torno dessa idéia fixa da justiça, o quadro histórico desses cinqüenta anos mudou completamente a partir do Estado nacional, ao qual o modelo de Rawls se referia.

3. Do pluralismo dos ordenamentos ao dualismo moderno

A via histórica e o ceticismo fundamental sobre a possibilidade de se chegar a demonstrações teóricas desse tipo levaram-me por um percurso diferente. Não trato do problema histórico-filosófico da justificação racional da norma[14], nem daquele histórico-teológico da justificação do homem pelo pecado, sobre o qual recentemente teólogos católicos e protestantes encontraram uma formulação comum, colocando um fim a uma controvérsia secular. Desconfiando das de-

---

jurídica e responsabilidade moral) encontra-se na coletânea de ensaios de A. Kaufmann, *Über Gerechtigkeit. Dreissig Kapitel praxisorientierter Rechtsphilosophie*, Colônia – Berlim – Munique, 1993. Um amplo panorama encontra-se em F. D'Agostino, *Filosofia del Diritto*, Turim, 1993. Análise sobre a discussão e antologias de textos em *Giustizia e liberalismo politico*, organizado por S. Veca, Milão, 1996; *L'idea di giustizia da Platone a Rawls*, organizado por S. Maffettone e S. Veca, Bari – Roma, 1997.

13. Em tradução italiana: J. Habermas, *Teoria della morale*, Roma – Bari, 1994; *Fatti e norme. Contributi a una teoria discorsiva del diritto e della democrazia*, Milão, 1996; *Teoria dell'agire comunicativo*, 2 vol., Bolonha, 1997 (*I: Razionalità nell'azione e razionalizzazione sociale*). A distinção de Habermas entre as *normas* (válidas para todos) e os *valores* (válidos para o indivíduo) parece não acrescentar nada à antiga discussão entre moral e direito.

14. Permaneço, portanto, como leitor neutro na polêmica entre Sergio Cotta e Umberto Scarpelli, interessante para o confronto entre a abordagem metafísica e aquela analítica. Ver S. Cotta, *Giustificazione e obbligatorietà delle norme*, Milão, 1981; id., *Il diritto dell'esistenza. Linee di ontofenomenologia giuridica*, Milão, 19912; U. Scarpelli, "Gli orizzonti della giustificazione", in *Etica e diritto. Le vie della giustificazione razionale*, organizado por L. Gianformaggio e E. Lecaldano, Bari, 1986, pp. 3-41.

monstrações metafísicas, mas também das certezas neopositivistas, eu gostaria apenas de lembrar a visão, perturbadora e fascinante, do Deus cristão como "Deus negativo" em relação à norma, ou seja, de um Deus que não é mais o garante das leis que governam o mundo, como um Deus que (tendo-se deixado crucificar na pessoa de Cristo) não encarna o fundamento metafísico do real, mas, ao contrário, é aquele que, para liberar da idolatria os valores e os princípios, chega a suprimir a si mesmo[15]. Estamos simplesmente convencidos de que apenas da dialética entre dois planos separados de normas é que pôde nascer a nossa sociedade liberal e de que isso aconteceu porque o dualismo cristão no Ocidente também pôde se concretizar num dualismo institucional, capaz de dar à norma moral sua consistência autônoma em relação à norma jurídica. O problema não é o fato de a validade das normas de direito positivo depender de sua conformidade com um ordenamento moral absoluto. Este seria um falso problema, para o qual Kelsen nos advertiu, ressaltando a existência de uma pluralidade de sistemas morais diferentes um do outro[16]. Trata-se, pois, de compreender como o nosso específico ordenamento ocidental, liberal e democrático cresceu em simbiose e em dialética com um ordenamento moral específico, que se desenvolveu no Ocidente. É nessa tensão contínua que crescemos, não de modo abstrato como numa discussão teórica sobre os valores éticos, mas pela invenção institucional da Igreja por parte do cristianismo ocidental: a Igreja ou as Igrejas foram produtoras de normas morais ou, pelo menos, permitiram que estas se desenvolvessem na sociedade sem coincidir completamente com as normas positivas como expressão do poder. As inúmeras versões que foram dadas dessa necessária separação entre ética e direito e, por outro lado, as também inúmeras versões a respeito da impossibilidade dessa separação

---

15. A. Emo, *Il Dio negativo. Scritti teoretici 1925-1981*, pref. de M. Cacciari, Pádua, 1989; M. M. Olivetti, *Analogia del soggetto*, Bari – Roma, 1992.
16. H. Kelsen, *La dottrina pura del diritto*, cit., p. 84.

("non liquet") são igualmente válidas. No entanto, no nosso código genético de homens ocidentais, não existe apenas uma dialética genérica entre direito e moral; para a sobrevivência da nossa civilização ocidental, é necessária uma dialética entre as instituições portadoras de normas morais (ou que, em todo caso, permitem à consciência individual objetivar-se em comportamentos sociais) e as instituições que geram o direito como poder de coerção. A alternativa está apenas nos fundamentalismos, na fusão entre o sagrado e o poder que paira como ameaça no nosso mundo em todas as culturas, dentro e fora das religiões reveladas.

Todavia, essa análise histórica colide com uma história das idéias e das doutrinas jurídicas, que tende a ver na secularização da Idade Moderna o ponto de ruptura. Desse modo, antes de discutirmos os problemas de hoje, é oportuno retomar como última alusão a posição sobre o tema da secularização, embora não possamos tratar diretamente aqui desse imenso problema historiográfico: se interpretarmos a secularização como repúdio do cristianismo, o percurso foi interrompido há alguns séculos com o avanço do moderno e hoje não pode mais ser proposto novamente. Essa é uma posição comum, por partes opostas, de católicos como Augusto Del Noce e de neo-iluministas ainda numerosos: para os primeiros, o ateísmo e os totalitarismos contemporâneos não passam da conclusão e do amadurecimento de um processo preciso de secularização, contraposto a uma Reforma católica, geradora de valores racionais e modernos[17]; para os segundos, o nosso mundo liberal-democrático tem suas origens apenas na rebelião da razão iluminada do século XVIII contra a obscuridade do dogma cristão[18]. As reflexões mais recentes parecem ter permitido que se superassem por completo essas vetustas visões, inserindo entre os fatores da modernidade o teísmo judaico-cristão no seu desenvolvimento

---

17. A. Del Noce, *Riforma cattolica e filosofia moderna*, Bolonha, 1965; *L'età della secolarizzazione*, Milão, 1970; *Il problema dell'ateismo*, Bolonha, 1990⁴.

18. Como último exemplo, ver L. Pellicani, *Modernizzazione e secolarizzazione*, Milão, 1997.

ocidental[19]. No plano específico do direito, já indiquei no prefácio a referência fundamental à obra de Harold J. Berman, *Diritto e rivoluzione*: apenas a tensão iniciada por parte do papado gregoriano e da luta pelas investiduras permitiu a abertura ao moderno e o nascimento do direito ocidental como estrutura dinâmica da nossa civilização. Por outro lado, já parece ser aceita a idéia de que, na Idade Moderna, o dualismo e a dialética não deixam de existir, mesmo que o terreno de encontro e de embate se desloque da concorrência entre os ordenamentos à relação entre a esfera da ética e a esfera do direito positivo.

O percurso que se tentou cumprir com essa pesquisa dirigiu-se em grande parte a retomar o mais complexo tecido histórico, na convicção de que, junto com os elementos de ruptura entre a ética e o direito, também tenham existido na Idade Moderna elementos fundamentais de continuidade e de osmose[20]. Aparentemente, é possível dizer que, de modo cada vez mais enfraquecido, mas sem jamais se apagar, essa simbiose-alteridade entre o cristianismo ocidental e a sociedade continuou até os nossos dias e que apenas hoje é realmente discutida. A representação é aquela dada por Gabriel Le Bras em *La chiesa e il villaggio*[21], um dos grandes "livretos"

---

19. Dentre as dezenas de obras citáveis, valem apenas algumas indicações de leitura, que se mostraram pessoalmente importantes: L. Dumont, *Essais sur l'individualisme. Une perspective anthropologique sur l'idéologie moderne*, Paris, 1983; M. Gauchet, *Il disincantamento del mondo: una storia politica della religione*, Turim, 1992 (orig. Paris, 1985); C. Taylor, *Radici dell'io: la costruzione dell'identità moderna*, Milão, 1993 (orig. Cambridge, Mass., 1989); S. Toulmin, *Cosmopolis*, Milão, 1991 (orig. Nova York, 1990). Uma síntese escolástica encontra-se em P. Prodi, *Introduzione allo studio della storia moderna*, Bolonha, 1999.
20. Para o problema do pensamento jurídico em particular, ver L. Mengoni e C. Castronovo, "Profili della secolarizzazione nel diritto privato", in *Cristianesimo, secolarizzazione e diritto moderno*, cit.
21. Turim, 1979 (orig. Paris, 1976). Do mesmo G. Le Bras, além dos inúmeros ensaios citados ou que deveriam ter sido citados em cada capítulo, remetemos ao volume de síntese, surgido como introdução à coleção projetada e dirigida por ele: *Histoire des institutions et du droit de l'Église en Occident*, trad. it. *La Chiesa del diritto. Introduzione allo studio delle istituzioni ecclesiastiche*, Bolonha, 1976.

deste século: se um ser de outro planeta visse a Europa e todo o mundo ocidental de um satélite, seria capaz de distingui-lo, em relação ao resto do globo, pela presença de um local físico, que determina sua identidade (ultrapassando as controvérsias confessionais, que não podem ser vistas do satélite) e a reunião da sociedade com todas as suas ramificações não apenas em torno dos edifícios do poder, mas também em torno da igreja (seja de aldeia ou paróquia de cidade), com os seus vivos e os seus mortos, não apenas como local destinado ao sagrado e ao culto, mas como um dos dois pólos da vida social. Nesse caso se formaram, de um modo ou de outro (inclusive por rejeição), as consciências coletivas até a última geração, com uma moral que resolvia quase todos os problemas da vida cotidiana, deixando para a justiça oficial a necessidade de intervir somente no "estado de exceção", quando, por uma razão ou por outra, o funcionamento entrava em crise. Conforme escrevia Muratori em relação à sua época, muitas vezes o direito constituiu, de fato, quase apenas a jurisdição sobre os "bens" e, portanto, interessava apenas a uma minoria da sociedade. Esta não pode ser uma visão idílica nem pastoral, pois sabemos da severidade dessa sociedade. No entanto, foi o que permitiu criar o sistema das nossas liberdades. Atualmente, tudo isso está desaparecendo com as megalópoles de dezenas de milhões de habitantes e com o desenvolvimento das grandes periferias metropolitanas. Na geração que hoje está crescendo, esse fator genético parece ter desaparecido tanto na vida social como nos conhecimentos culturais transmitidos, conforme testemunha a ignorância das últimas gerações a respeito da Bíblia e dos catecismos. As duas fontes da moral e da religião certamente se interligaram na nossa história, ultrapassando o quesito filosófico formulado por Henri Bergson, que contestava com razão a possibilidade de resolver a obrigação em termos puramente racionais[22]. Mas e agora? Será que as Igrejas perderam a capacidade de criar normas morais e de cons-

---

22. H. Bergson, *Les deux sources de la morale et de la religion*, Paris, 1934.

tituir uma sede alternativa de juízo? É possível pensar em leis morais de que as Igrejas sejam intérpretes num mundo globalizado e heterogêneo como o nosso?[23] Existem outras possíveis sedes institucionais em que essa capacidade possa se recriar? Não cabe ao historiador responder a essas perguntas, mas é importante notar que elas contêm um forte valor jurídico-político que não pode ser ignorado, mesmo no que diz respeito à compreensão do mundo contemporâneo.

4. Norma moral e Igrejas: o diagnóstico de Dietrich Bonhoeffer

Mais do que em análises sociológicas sobre o atual processo de descristianização (na maioria dos casos, propostas por confirmações, dolorosas para os fiéis, mas inúteis para todos, da nossa experiência cotidiana), o ponto de partida para uma reflexão sobre essas questões pode ser encontrado na comparação de um teólogo evangélico como Dietrich Bonhoeffer com o poder do Terceiro Reich: isso nos permite ligar a realidade atual com a história de um longo período. Ele via uma crise comum a todas as Igrejas territoriais após a Reforma na incapacidade de produzir ética como proposta de moral alternativa ao poder: a impossibilidade de pensar num Deus "tapa-buracos" – a última versão do Deus que governa o universo construído pela teologia e pela ciência do século XVII – obriga as Igrejas a reconsiderar radicalmente sua relação com o mundo. O caso extremo das suas reflexões em 1942-1943 arrisca-se a ser ainda mais atual e dramático nos dias atuais. Deixando de lado o problema da sua formação intelectual e da sua teologia, referimo-nos à sua *Ética*[24], em cuja redação complexa ele trabalhava no

---

23. Dentre as muitas indicações possíveis de leitura, ver P. Michel, *Politique et religion. La grande mutation*, Paris, 1994.
24. D. Bonhoeffer, *Etica*, Brescia, 1995 (vol. VI das *Opere*, com ótimas introduções e comentários críticos). Cf. Ch. Strohm, *Theologische Ethik im Kampf gegen den Nationalsozialismus. Der Weg Dietrich Bonhoeffers mit den Juristen*

momento de sua prisão, em 5 de abril de 1943, seguida pela reclusão em campo de concentração e pela morte. Enquanto toda a interpretação generalizada do seu pensamento é de um caminho da Igreja para o mundo, do religioso para o não-religioso, na realidade, pode-se perceber no fundo um caminho oposto. Diante "deste" mundo, o de Hitler, que tudo subverte, Bonhoeffer parte em busca da Igreja para se perguntar se de algum modo dela pode surgir uma resposta no momento em que o poder se manifesta sem véus na sua crueldade, e as consciências individuais, salvo poucas exceções, são subvertidas pela corrupção ou pela propaganda. Assim, surge seu texto *Sobre a possibilidade de a Igreja dirigir a palavra ao mundo*, escrito por volta do final de 1942. A Igreja não pode dar ao mundo soluções cristãs para os problemas mundanos, pois o Evangelho move-se em sentido inteiramente oposto, e todas as vezes que na história a Igreja combateu o "mal" do mundo, nasceram catástrofes (das cruzadas ao proibicionismo americano, desejado principalmente pelos metodistas rigorosos); contudo, se os ordenamentos desse mundo transgridem os mandamentos de Deus, a Igreja pode e deve opor-se. A Igreja não pode mais, como durante os séculos anteriores, ser a guardiã moral da sociedade, mas também não pode se calar na emergência, no estado de exceção: não pode haver uma dupla moral, uma interna para a comunidade cristã e outra para o mundo. No entanto, a essa altura, inserem-se as diferentes visões de Bonhoeffer sobre a Igreja evangélica e a Igreja católica, que são particularmente importantes do nosso ponto de vista. Ele contesta que se possa, como faz a Igreja católica, "falar ao mundo com base em algum conhecimento racional ou de direito natural comum com o mundo e, portanto, abstraindo temporariamente do Evangelho. Diferentemente da Igreja católica, a

---

Hans Von Dohnanyi und Gerhard Leibholz in den Widerstand, Munique, 1989, cap. VIII, pp. 326-46. Ver também, para a análise das raízes eclesiológicas, G. Turbanti, "Riflessioni sull'etica di D. B. 'Über die Möglichkeit des Wortes der Kirche an die Welt'", in *Anima e paura. Studi in onore di M. Ranchetti*, organizado por B. Bocchi Camaiani e A. Scatigno, Macerata, 1998, pp. 117-35.

Igreja da Reforma *não* pode realizar tal feito"[25]. A lei de Deus (o Decálogo, tanto na primeira quanto na segunda parte) e o Evangelho (o sermão da montanha) valem para todos: "Seria, portanto, até errado insistir mais na pregação ao mundo sobre a luta pelo direito e na pregação à comunidade sobre a renúncia ao direito. Tanto *uma* quanto *outra* valem para o mundo e para a comunidade. A afirmação de que não se pode governar com o sermão da montanha é fruto de um equívoco de tal sermão. Mesmo o governo de um Estado pode honrar Deus lutando e renunciando, e é apenas disso que se ocupa a Igreja. Nunca é tarefa sua pregar ao Estado o instinto natural da autoconservação, mas sim apenas a obediência ao direito de Deus. São duas coisas diferentes. *O anúncio da Igreja ao mundo pode ser apenas e sempre Jesus Cristo na lei e no Evangelho. A segunda tábua não deve ser separada da primeira.*"[26] Nos tempos de crise, de dissonância entre a lei moral e a vida, aumenta a necessidade de ética, mas o "especialista de ética não pode ser o crítico e o juiz competente de toda ação humana; uma ética não pode ser um alambique para destilar o homem ético ou cristão, e o especialista de ética não pode ser a encarnação e o tipo ideal de uma vida radicalmente moral"[27]. E aqui entra o problema da Igreja e dos mandatos que Cristo lhe confiara: a moral só pode ser expressão da comunidade-Igreja enquanto tal, única autorizada por Cristo a falar de uma ética cristã coincidente com o mandamento de Deus – positivo, e não como negação – nos mandatos divinos próprios da Igreja, que se referem às formas fundamentais da sociedade, da própria Igreja, ou seja, que se referem às instituições do matrimônio e da família, do trabalho e da autoridade. Segundo Bonhoeffer, esses são os pontos fracos da Igreja evangélica e da católica: "A Igreja evangélica perdeu a ética concreta no momento em que o pastor não se viu mais colocado constantemente dian-

---

25. D. Bonhoeffer, *Etica*, cit., p. 315.
26. Ibidem, p. 317.
27. Ibidem, p. 326.

te das questões e das responsabilidades do confessionário. Lamentando-se erroneamente da liberdade cristã, ele se subtraiu ao anúncio concreto do mandamento de Deus. Sendo assim, apenas se reconhecer o mistério divino da confissão a Igreja evangélica reencontrará uma ética concreta, como aquela que possuía no tempo da Reforma."[28] Na Igreja católica, ao contrário, o sacerdote é preparado para a missão de confessor com o estudo dos casos de moral, mas corre-se o risco de uma "legalização e pedagogização" da palavra divina, e esse risco poderá ser superado com a redescoberta do mistério da pregação cristã. É a Igreja como "assembléia reunida em torno da palavra de Deus, como homens eleitos e que vivem em tal palavra, formando também uma entidade comunitária, um corpo independente e, portanto, distinto dos ordenamentos mundanos... a *entidade comunitária, que nasce em torno dessa palavra, não exerce o domínio sobre o mundo, mas está totalmente a serviço do mandamento divino*". O reconhecimento da Igreja como realidade comunitária é o elemento central para uma possível reforma das Igrejas cristãs: "O catolicismo corre o risco de conceber a Igreja essencialmente como um fim em si mesma, à custa do mandato divino do anúncio da palavra. Vice-versa, a Reforma corre o risco de levar em conta apenas o mandato divino do anúncio da palavra à custa do âmbito específico da Igreja e de ignorar quase por completo o fato de que esta também é um fim em si mesma, fato esse que consiste precisamente no seu ser para o mundo." A resposta não dada aos cristãos que se recusam a prestar o juramento de fidelidade a Hitler e o serviço militar é uma manifestação dramática dessa fraqueza[29].

---

28. Ibidem, p. 349.
29. Ibidem, pp. 357-61. A denúncia de Bonhoeffer continua em uma outra, detalhada e muito interessante: "Basta pensarmos e recordarmos a pobreza e a insegurança litúrgica do nosso culto evangélico atual, a fragilidade do ordenamento e do direito eclesiástico, a ausência quase total de uma autêntica disciplina eclesiástica, a incapacidade de vastos setores evangélicos de compreender a importância de certas práticas e formas de disciplina – como os

5. Direito canônico: pecado e delito

Em relação ao andamento veloz do conjunto do trabalho, detivemo-nos muito nessas passagens de Bonhoeffer, pois, se de um lado representam o diagnóstico historicamente mais exato do empobrecimento da jurisdição espiritual das Igrejas territoriais dos últimos séculos e, portanto, podem conferir mais consistência ao que foi dito nos capítulos anteriores, de outro lado, também representam a última grande proposta de recuperação das Igrejas cristãs à sua vocação ética como instituições distintas daquelas seculares no corpo da civilização ocidental. A reflexão mais elevada que o pensamento das Igrejas evangélicas exprime nos nossos dias é justamente aquela relativa à relação entre a liberdade do cristão e a lei positiva do Estado na recuperação da primeira tensão luterana contra a mistura dos dois reinos ou regimentos ("eine Vermischung der beiden Regimente und Reiche"), que se realizou sob o domínio do Estado moderno[30].

Na realidade, o problema comum a todas as Igrejas cristãs, cuja solução parece preliminar a uma recuperação da possibilidade de gerar normas morais sobre o fundamento da liberdade evangélica e do dualismo cristão, é sair do processo de confessionalização territorial. As dificuldades que as Igrejas encontram são, de fato, diversas: de um lado, nas Igrejas evangélicas, a simbiose muito estreita com o Estado; de outro, na Igreja católica, a manutenção de uma estrutura con-

---

exercícios espirituais, a ascese, a meditação, a contemplação –, a falta de clareza sobre o 'Estado eclesiástico' e as tarefas a ele inerentes, enfim, a espantosa perplexidade ou presunção de inúmeros cristãos evangélicos diante daqueles cristãos que se recusam a prestar o serviço militar etc., para logo percebermos onde se encontra a carência da Igreja evangélica. O interesse exclusivo pelo mandato divino da pregação e, portanto, o interesse pela missão da Igreja em relação ao mundo levou a ignorar a íntima conexão de tal missão com o âmbito eclesiástico específico." Ver P. Prodi, *Il sacramento del potere*, cit., pp. 502-3.

30. M. Heckel, "Der Einfluss des christliche Freiheitsverständnis in seiner Bedeutung für die staatliche Rechtsordunung in theologischer Sicht", in *Essener Gespräche zum Thema Staat und Kirche*, n. 30, Münster, 1996, pp. 82-135. A expressão citada encontra-se na p. 101.

sistente e autônoma, porém sob a condição de uma juridicização deformadora (*Verrechtlichung*), tanto no sentido dos acordos com o Estado por meio das concordatas e do sistema das nunciaturas quanto com a transformação da própria disciplina interna em direito positivo. A dificuldade que sobretudo a Igreja católica realmente encontra ao se propor como instituição geradora de normas morais e no processo geral de secularização e descristianização (mas aqui o discurso pode ser o do ovo e da galinha) consiste, portanto, em sobrestimar o aspecto jurídico-político de vínculo em relação à proclamação da mensagem evangélica e à separação do mundo. Obviamente, não entraremos aqui no discurso mais geral da doutrina social cristã e, de certo modo, da perspectiva política de encarnação e de acordo com o poder. Talvez seja necessário especificar que, a partir desse ponto de vista, não há nenhuma equivalência entre o radicalismo cristão e o progressismo: muitas vezes, as posturas progressistas se mostraram tão corruptoras quanto a defesa dos privilégios eclesiásticos dos conservadores. Possivelmente, um distanciamento dos aspectos político-jurídicos e uma reafirmação do problema do pecado, do arrependimento e da graça como juízo e terreno próprio da Igreja teriam sido um caminho não alternativo, mas complementarmente necessário para a "atualização" do Vaticano II. Todavia, não nos cabe aqui entrar nessas questões[31]. O que ocorreu nesses últimos cinquenta anos nos coloca numa situação totalmente mudada, e não no sentido desejado por Bonhoeffer: a Igreja evangélica certamente não seguiu o caminho da recuperação do tribunal da consciência como problema comunitário; mas a Igreja católica também perdeu o controle social sobre o foro da consciência com a decadência quase incessante do sacramento da penitência-confissão, pelo menos na sua fórmula tridentina.

---

31. Uma leitura interessante para entrar na atmosfera daqueles anos sobre esses temas é a obra de L. Monden S. J., *Sin, Liberty and Law*, Londres, 1966; o próprio Pio XII declarava: "O maior pecado do nosso tempo é ter perdido a noção de pecado."

A queda vertiginosa da prática da confissão, ocorrida após os anos 60 (na verdade, paralelamente ao crescimento dos pacientes e com a multiplicação dos analistas das várias escolas), não foi superada, não obstante a atenção dispensada ao problema da hierarquia a partir da constituição *Ordo poenitentiae*, de Paulo VI, até as deliberações dos sínodos episcopais e as comissões internacionais de teólogos, chamados para consulta diante da crise evidente, e até as atuais referências de fim de século. O novo Código de direito canônico, de 1983, limita-se a confirmar a necessidade da confissão individual dos pecados (cân. 961), mas não discute o problema da jurisdição, dos pecados reservados e da relação entre o sacramento e o direito penal da Igreja. Certamente, o problema não pode ser resolvido com a simples reforma da prática ritual ou com prescrições canônicas, pois implica a solução dos problemas teológicos seculares e subjacentes, relativos ao pecado, ao foro da consciência e àquele divino, à administração da graça por parte da Igreja-instituição. Tais problemas não foram discutidos nem no concílio Vaticano II, nem nas décadas posteriores[32].

Certamente superou-se a visão da Igreja, que prevaleceu nos últimos séculos e culminou – conforme já mencionamos – no Código de direito canônico de 1917, como sociedade jurídica "perfeita", com um direito unitário que se distingue em privado e público, imitando o Estado e, portanto, dispondo de um foro interno para decidir os problemas pessoais dos indivíduos (as causas ocultas), e um foro externo para dirimir as relações disciplinares e as controvérsias públicas[33]. No en-

---

32. Uma análise clara e profunda do problema encontra-se em M. N. Ebertz, "Deinstitutionalisierungsprozesse im Katholizismus: die Erosion der 'Gnadenanstalt'", in *Vaticanum II und Modernisierung. Historische, theologische und soziologische Perspektiven*, organizado por F. X. Kaufmann e A. Zingerle, Paderborn, 1996, pp. 375-99.

33. Certamente, a síntese mais rígida dessa posição tradicional deve ser vista num artigo do padre Wilhelm Bertrams S. J., "De natura iuridica fori interni Ecclesiae", in *Periodica de re morali, canonica et liturgica*, 40 (1951), pp. 307-40, do qual citamos aqui o *incipit* e algumas passagens significativas pela

tanto, não se delineou um caminho para recuperar o foro da consciência como juízo divino sobre o "pecado", distinto do tribunal humano sobre o "delito" dos homens e, por conseguinte, como local ou fonte de que provém o juízo moral, como que separado daquele jurídico. Isso vale, sobretudo, para as relações sociais, numa referência contínua às cláusulas concordatárias ou pactuais, mas o direito eclesiástico em sentido restrito também predomina nas relações infra-eclesiásticas. Quando na hierarquia ou no mundo católico estoura um escândalo que perturba as consciências (dos costumes sexuais às usuras, às burlas bancárias), muito dificilmente se coloca na discussão pública resultante o problema do pecado, mas apenas aquele da observância da norma positiva civil ou eclesiástica, com a exclusão de todo "exame de consciência" em sentido específico, fazendo prevalecer o princípio do vínculo. Na prática pastoral, ao contrário, parece que toda a tradição da Igreja sobre o "foro" da penitência como juízo é propositalmente removida para poder atrair os fiéis à confissão, afastando qualquer temor indesejável[34]. A

---

sua linguagem específica: "Fori interni Ecclesiae est – uti in sequentibus exponimus – ordinare relationes iuridicas privatas fidelium... Hinc, negotia iuridica (ordinata in bonum supernaturale fidelium) quae spheram iuridicam privatam non excedunt, spectant ad forum internum; negotia iuridica, quae spheram privatam excedunt et spheram iuridicam publicam tangunt aut simpliciter versantur circa relationes iuridicas publicas, spectant ad forum externum... Forum internum Ecclesiae igitur est institutum canonicum iuris publici pro causis iuridicis fidelium iuris privati... Distinctio inter forum externum et forum internum non est concipienda ad modum distinctionis inter duos ordines iuridicos ab invicem independentes. Unus tantum habetur ordo iuridicus Ecclesiae... Actus potestatis iurisdictionis fori internii habet efficaciam iuridicam..."

34. É interessante a citação que conclui um relatório apresentado num congresso na Universidade Católica de Milão, em abril de 1997: "Era característico da penitência ocidental ser considerada uma analogia de uma ação judiciária e penal: a penitência era conhecida como o tribunal da penitência; o confessor era visto como juiz, e as obras penitenciais, como pena e expiação. Com a reforma de Paulo VI, essa analogia desaparece porque a imagem da ação judiciária passa a ser substituída pela imagem da cura: o confessor é visto como um médico que deve fazer um diagnóstico e indicar uma terapia... Creio que o abandono do caráter penal, ocorrido com a reforma de Paulo VI, seja uma mudança de grande relevância na história da penitência ocidental" (E. Mazza, "Il

necessidade da recuperação do tribunal da consciência como "justiça de Deus" e do mandato recebido pela Igreja a esse respeito torna-se uma dificuldade cada vez mais central da crise que o sacramento da confissão enfrenta no mundo católico. Pesquisas de sociólogos sobre os discursos fúnebres e sobre todas as expressões que circundam as cerimônias relativas ao último adeus cristão demonstram que, junto com o canto do *Dies irae*, desapareceu quase por completo a presença de referências ao juízo divino sobre o pecado, tanto em relação ao juízo universal do final dos tempos quanto ao juízo particular de cada alma por ocasião da morte[35].

Isso significa que atualmente o problema é o de saber se todas as Igrejas são capazes de recuperar, na civilização ocidental, sua função histórica de pólo institucional alternativo como "foro", como local e autoridade de juízo sobre as ações dos homens: as convergências atuais entre católicos e protestantes quanto ao tema da justificação mediante a fé e as obras (tema sobre o qual se alimentaram principalmente os ódios teológicos há alguns séculos) podem ser um preâmbulo à retomada do diálogo intereclesiástico sobre o tema do pecado na sua realidade concreta[36] e da sua relação com a esfera do direito, mas não se vê no horizonte nenhum estudo a respeito desse discurso teológico. O debate sobre o "direito penal canônico", ou seja, sobre o significado atual das censuras eclesiásticas, iniciado por ocasião da promulgação do

---

rito della riconciliazione dei penitenti, tra espiazione penale e reintegrazione sociale", in *Colpa e pena? La teologia di fronte alla questione criminale*, organizado por A. Acerbi e L. Eusebi, Milão, 1998, pp. 97-126). Para uma visão aprofundada e uma ampla informação sobre o período pós-conciliar, ver J. Ramos Regidor, *Il sacramento della penitenza. Riflessione teologica, biblico-pastorale alla luce del Vaticano II*, Turim, 19794. P. Arendt, *Busssakrament und Einzelbeichte. Die tridentinischen Lehraussagen über das Sündenbekenntnis und ihre Verbindlichkeit für die Reform des Busssakramentes*, Freiburg i. B. – Basiléia – Viena, 1981.

35. Pesquisas em andamento junto à Faculdade de Sociologia da Universidade de Trento, coordenadas pelo professor Pier Giorgio Rauzi.

36. Devido à centralidade do discurso sobre o pecado no cristianismo, também poder ser estimulante o colóquio de 1944 entre George Bataille e Jean Danielou: G. Bataille et alii, *Dibattito sul peccato*, trad. it. Milão, 1980.

novo Código de direito canônico de 1983 (em que até as sanções penais são atenuadas e o garantismo é acentuado), parece ter piorado os termos do problema, limitando toda a atenção à "infração", com uma imitação do direito penal estatal que aparentemente não tem nenhum significado no plano da realidade e no plano jurídico, como se a excomunhão pudesse ainda hoje ser uma pena análoga às penas seculares[37]. Conforme me disse, numa conversa particular,

---

37. Relembremos os cânones 1311 e 1321: "Nativum et proprium Ecclesiae ius est christifidelibus delinquentes poenalibus sancionibus coercere...; Nemo punitur, nisi externa legis vel praecepti violatio, ab eo commissa, sit graviter imputabilis ex dolo vel culpa..." Uma visão histórico-crítica do problema encontra-se em L. Gerosa, *La scomunica è uma pena? Saggio per uma fondazione teologica del diritto penale canonico*, Friburgo, Suíça, 1984 (nova ed. alemã, ampliada e atualizada: *Exkommunikation und freier Glaubensgehorsam. Theologische Erwägungen zur Grundlegung und Anwendbarkeit der kanonischen Sanktionen*, Paderborn, 1995); id., "Busssakrament", in *Ecclesia ex Sacramentis. Theologische Erwägungen zum Sakramentenrecht*, Paderborn, 1992, pp. 53-70; W. Rees, *Die Strafgewalt der Kirche. Das geltende kirchliche Strafrecht dargestellt auf der Grundlage seiner Entwicklungsgeschichte*, Berlim, 1993 (essa obra contém a mais ampla bibliografia, com mais de 50 páginas sobre o direito penal na Igreja). Em defesa da tradicional divisão e cooperação entre foro externo e foro interno na Igreja: R. Coppola, *La non esigibilità nel diritto penale canonico. Dottrine generali e tecniche interpretative*, Bari, 1992, sobretudo as pp. 100-3: "Existe uma *tendência à separação* entre os dois foros, e o direito penal *geralmente* se limita ao foro externo. Em outras palavras, não se pretendeu romper, de maneira drástica, o sistema de relações entre delito e pecado, rejeitando qualquer mudança revolucionária no plano teológico e pastoral." Naturalmente, não entraremos aqui nem no mais amplo debate (em que tal argumento se insere) sobre o caráter jurídico/teológico do direito canônico, sobre sua necessidade de espiritualização ou teologização. Remeteremos apenas a algumas das últimas análises: W. Aymans, "Die wissenschaftliche Methode der Kanonistik", in *Fides et ius. Festschrift für Georg May*, organizado por W. Aymans et alii, Regensburg, 1991, pp. 59-74 (que se conclui com a salomônica definição: "Die Kanonistik ist eine theologische Disziplin, die gemäss den Bedingungen ihrer theologischen Erkenntnisse mit juristischer Methode arbeitet" ["A doutrina do direito canônico é uma disciplina teológica, que, conforme as condições de seus conhecimentos teológicos, trabalha com métodos jurídicos"]); E.-W. Böckenförde, "Neuere Tendenzen im katholischen Kirchenrecht. Divergenz zwischen normativem Geltungsanspruch und faktischer Geltung", in *Theologia Practica*, 27 (1992), pp. 110-30; A. Cattaneo, "Kanonistik im Spannungsfeld von Theologie und Rechtswissenschaft", in *Archiv für katholisches Kirchen-*

Jean Gaudemet, talvez tudo tenha surgido num certo dia do século IV, quando um adúltero foi levado ao episcopado e, tendo o imperador dado valor público aos decretos da *audientia episcopalis*, o pobre cristão não tenha conseguido entender se foi processado perante o tribunal de Deus, da Igreja ou dos homens. Assim começou a história da criminalização do pecado, que tentamos seguir nos seus desenvolvimentos e nas suas crises, particularmente entre a Idade Média e a Moderna, com a instituição dos pecados reservados e a afirmação de uma jurisdição eclesiástica extra-sacramental. Hoje, esse assunto está realmente encerrado, e não se delega mais, ou quase nunca, o poder civil à autoridade eclesiástica[38], mas as conseqüências permanecem no interior das Igrejas.

6. Uma ética sem Igreja?

De modo mais geral, no âmbito de todas as Igrejas, vê-se um predomínio dos aspectos jurídico-disciplinares sobre todos os outros. Além disso, mesmo na esfera dos comportamentos concretos, o complexo emaranhado que se dá no nível do direito eclesiástico territorial (temas das propriedades e dos bens eclesiásticos e também uniões nos serviços públicos, como escola, saúde etc., inclusive os consultores católicos e evangélicos para as questões sobre aborto no último acordo entre Estado e Igreja na Alemanha) faz com que o pobre cristão não entenda mais a diferença entre direito

---

recht, 163 (1993), pp. 52-64. Nesta última obra são lembrados os numerosos ensaios anteriores sobre o tema teologia/direito de E. Corecco, do qual mais tarde se publicou outra contribuição: "Il valore della norma disciplinare in rapporto alla salvezza nella tradizione occidentale", in *Incontri tra i canoni d'Oriente e d'Occidente*, organizado por R. Coppola, Bari, 1994, pp. 275-92.

38. Obviamente não podemos entrar nos fatos cotidianos da atualidade, no entanto, o problema dramático dos consultores designados pela República Federal Alemã às Igrejas parece ser a expressão mais forte dessas incongruências, resultantes de uma colaboração concordatária secular. Não se deve esquecer que sua freqüência obrigatória era necessária para a concessão do aborto legal.

positivo, seja ele eclesiástico ou secular, entre crime como infração da lei humana e pecado como infração da lei divina. Um conhecido docente de teologia moral junto à Universidade de Bonn, recentemente falecido (Werner Schöllgen, 1893-1985), para explicar a diferença entre o mundo medieval e o nosso, apresentava o seguinte exemplo no início de seus cursos: outrora, um condenado à morte por homicídio, ao acertar suas contas com a justiça humana, podia ser considerado santo pelo povo que assistia à sua execução e apresentar-se como arrependido e redento ao juízo de Deus, enquanto hoje a execução da pena representa apenas uma vergonha em forma de espetáculo e é destinada a permanecer como tal para sempre.

Essas alusões não devem nos levar a pensar numa tomada de posição parcial, mas baseiam-se sempre e somente na visão histórica de um longo período: que sirva de prova o fato de que talvez o maior sintoma desse processo não deva ser visto apenas nas posturas das hierarquias eclesiásticas, mas também na atmosfera oposta e paralela (embora mais complexa), que caracteriza grande parte do cristianismo "engajado", tanto nas Igrejas evangélicas quanto na Igreja católica, desde a teologia da libertação até o mundo confuso (embora repleto de generosidade e de energia) do voluntariado social: um misto de empenho mundano e religioso, em que a jurisdição espiritual e aquela temporal (mesmo nas novas versões do Estado social) tendem a confundir-se, e o sentido do pecado e do juízo de Deus muitas vezes perdeu todo e qualquer papel. As novas propostas para reconstituir uma moral parecem baseadas num espiritualismo que não considera o problema da norma e do juízo, como aquele de Emmanuel Lévinas, que funda a ética "no caráter do outro", na compreensão intersubjetiva, mas ignora a importância do "papel", da *pessoa* e, na minha opinião, não percebe a inexistência de indivíduos "nus"[39]. Diante desses atalhos, talvez

---

39. E. Lévinas, *Ethique et infini*, Paris, 1982; cf. B. Borsato, *L'alterità come etica. Una lettura di Emmanuel Lévinas*, Bolonha, 1995. Uma tentativa semelhante parece ser aquela mais recente da "ética da responsabilidade" ou da

seja oportuno reler René Girard: mesmo sem cair num pessimismo radical e muito menos numa visão gnóstica de um mundo demoníaco, é preciso se conscientizar de que a violência não é uma característica exclusiva dos regimes totalitários (nos quais a vítima do sacrifício ou o bode expiatório é escolhido pelo alto escalão do poder e das ideologias), mas é parte integrante de toda sociedade, pois não existe uma "sociedade inocente". O sistema penal, com o monopólio e a racionalização da vingança e a punição do transgressor por parte de um poder neutro e superior, apresentou um grande progresso em relação ao mito primordial do sacrifício e permitiu que se garantisse a paz social, mas não resolveu o problema da violência que só pode ser superado numa visão dualista, julgada por Girard como própria do cristianismo em que Deus, fazendo-se ele mesmo de vítima, refutou o princípio da violência sagrada[40].

A idéia do famoso teólogo rebelde, Hans Küng, de redigir uma espécie de carta moral paralela às proclamações dos direitos do homem, uma espécie de decálogo sintetizado e abreviado, que possa ser aceito ecumenicamente por todas as religiões (não matar, não fazer mal ao próximo etc.), parece um paradoxo (exceto quanto às tomadas de posição individuais do ponto de vista dogmático e moral) bastante semelhante, no plano substancial, às inúmeras declarações do magistério público pontifício, nas sedes internacionais das últimas décadas, em defesa dos direitos do homem[41]. O caminho percorrido após a declaração dos direitos do homem,

---

"modéstia", fundada no reconhecimento dos limites subjetivos: H. Jonas, Il principio responsabilità, Turim, 1990 (orig. Das Prinzip Verantwortung, Frankfurt a. M., 1985); S. König, Zur Begründung der Menschenrechte. Hobbes-Locke-Kant, Freiburg i. B. – Munique, 1994. Para uma visão de conjunto: J. Russ, L'etica contemporanea, Bolonha, 1997 (orig. Paris, 1994).

40. R. Girard, La violenza e il sacro, Milão, 1980 (sobretudo as pp. 26-45). Para um quadro geral do pensamento de Girard sobre o direito, ver L. Alfieri, "Dal conflitto dei doppi alla trascendenza giudiziaria. Il problema politico e giuridico in René Girard", in Miti e simboli della politica. L'immaginario e il potere, organizado por G. M. Chiodi, Turim, 1992, pp. 21-58.

41. H. Küng, Progetto per un'etica mondiale, trad. it. Milão, 1991.

realizada pela assembléia das Nações Unidas em 1948, é conhecido de todos, tanto nos resultados positivos de grande pedagogia planetária quanto na impotência real. Certamente é positivo que haja uma declaração universal paralela dos deveres por parte das religiões tão homogeneizadas: mas isso não resolve o problema de um plano diferente e metajurídico de normas, e se traduz num fortalecimento, talvez desejável, talvez não, de um poder coercitivo e policialesco em nível planetário. O mesmo "pensamento fraco" parece caracterizar até a fascinante reflexão sobre o direito (o direito "brando"[42]) e a ética, reavaliada nos últimos anos como ponto de referência necessário, como abertura a um mundo normativo não-jurídico indispensável nas relações humanas, com ênfase no relativismo e na compreensão recíproca com base na defesa das liberdades individuais e de uma *pietas* humana[43]. Contra essa exaltação do relativismo, penso que também seja oportuna a referência de Bertrand de Jouvenel: uma das mais estranhas ilusões dos intelectuais do nosso tempo é de que o relativismo moral assegura a tolerância; no homem de poder, ao contrário, o ceticismo em torno do valor absoluto e universal dos princípios não enfraquece em nada a sua vontade de impô-los[44].

Dentro das religiões, a alternativa a esse pan-pedagogismo muitas vezes é a do fundamentalismo, tanto na sua expressão islâmica quanto nas numerosas expressões sectárias do cristianismo. No mundo islâmico, a inexistência da Igreja institucional levou à coincidência da lei divina com a humana, à shari'a como lei sagrada e humana, como con-

---

42. G. Zagrebelski, *Il diritto mite*, Turim, 1992.
43. *Dimensione etica nella società contemporanea*, Turim, 1990 (com ensaios de I. Berlin, A. K. Sen, V. Mathieu, G. Vattimo, G. Seca); *I diritti nascosti. Approccio antropologico e prospettiva sociologica*, organizado por A. Giasanti e G. Maggioni, Milão, 1995; R. Dworkin e S. Maffettone, *I fondamenti del liberalismo*, Bari – Roma, 1996 (com autocrítica do próprio Dworkin em relação às suas posições anteriores sobre a essência do liberalismo como neutralidade entre as diversas teorias do bem).
44. B. de Jouvenel, *La sovranità*, organizado por E. Sciacca, Milão, 1971, pp. 366-7 (orig. Paris, 1955).

fronto contínuo entre as sagradas e imutáveis leis divinas e a práxis concreta do Estado[45]. Na multiplicação das seitas, que se difundem nas antigas e novas versões em todas as confissões religiosas, reaparece a mesma exigência: identificar a cidade do homem com a cidade de Deus, a lei do homem com a lei de Deus, a jurisdição religiosa com a civil, em pequenos ou grandes recintos perfeitos. Estou convencido de que esse processo conduz a um mundo pós-cristão. Historicamente, o cristianismo não existe sem a *instituição* Igreja, que, por natureza, é o oposto da seita: não se identifica com a jurisdição terrena, não pode constituir uma alternativa a ela e não tem como objetivo a realização do reino de Deus no mundo, mas vive e age no mundo à espera do juízo. Isso não nos impede de pensar na superação daqueles princípios de territorialidade e de união com o poder que caracterizaram a Igreja desde a queda do império romano – do qual ela herdou as dioceses como circunscrição da administração – até os dias atuais: no pensamento mais perspicaz e mais responsável do catolicismo, prevê-se um futuro de Igrejas não mais ligadas ao território, com forte recuperação da dimensão comunitária, em que se deve exprimir nos novos tempos o mandato eclesiástico como *signum contradictionis*[46]. Da parte laica, tem-se como hipótese o crescimento das religiões como novas nações culturais, sem Deus e sem território, num mundo globalizado, na nova dimensão imperial do planeta[47]. Fora

---

45. J. Schacht, *Introduzione al diritto musulmano*, trad. it. Turim, 1995; B. Johansen, "Staat, Recht und Religion im sunnitischen Islam. Können Muslime einen religionsneutralen Staat akzeptieren?", in *Essener Gespräche zum Thema Staat und Kirche*, 20 (Münster, 1986), pp. 12-54; D. J. Stewart, B. Johansen e A. Singer, *Law and Society in Islam*, Princeton, 1996.
46. J. Ratzinger, *Il sale della terra. Cristianesimo e Chiesa cattolica nella svolta del millennio. Un colloquio con P. Seewald*, Cinisello Balsamo, 1997, p. 17: "Talvez devamos abandonar as idéias de Igreja nacional ou de massa. É provável que diante de nós haja uma época diferente da história da Igreja, uma época nova, em que o cristianismo encontrar-se-á na situação de uma semente de mostarda, em grupos de pequenas dimensões, aparentemente sem influência, mas que vivem intensamente contra o mal e levam o bem ao mundo..."
47. J. M. Guéhenno, *La fine della democrazia*, Milão, 1994.

das grandes religiões monoteístas, renova-se e afirma-se a ética confuciana da identificação da ordem moral com a ordem cósmica: a partir desse ponto de vista, o Ocidente surge, porém, como um fenômeno histórico externo, como um planeta visto de um satélite, em que Pascal, Voltaire e Nietzsche – para citar alguns nomes aleatoriamente –, com sua noção de liberdade, de responsabilidade pessoal e de culpabilidade, possuem a mesma natureza e a mesma fisionomia espiritual, a mesma matriz cultural[48].

7. A norma com uma dimensão

De todo modo, o que nos interessa nesta pesquisa é, sobretudo, a repercussão desses fenômenos no terreno político e jurídico: o nascimento da *norma com uma dimensão*. Não creio que seja necessário ressaltar que o nosso olhar se refere à vida dos Estados de direito normais, do mundo das democracias liberais: não porque se considere que os totalitarismos representam um passado já desaparecido, mas, ao contrário, porque eles são patologias presentes no nosso corpo político, embora ainda não se manifestem de modo agudo e visível como crise das estruturas constitucionais e jurídicas. Não importa se a norma positiva é sacralizada ou totalmente secularizada: o resultado é que se está perdendo aquele pluralismo dos planos normativos, das sedes de juízo e dos *foros*, que constitui, conforme dissemos, o nosso código genético como homens ocidentais. O desaparecimento da diferença entre pecado e infração interessa a todos e incide na vida de todos. E assim voltamos às questões que nos colocamos no início: a onipresença e a penetração do direito positivo em cada aspecto da vida cotidiana, com a conseqüência do suicídio do direito, segundo a tese de Jacques Ellul ou, de todo modo, o enrijecimento de cada aspecto da

---

48. F. Jullien, *Fonder la morale. Dialogue de Mencius avec um philosophe des Lumières*, Paris, 1995.

vida cotidiana numa regulamentação legislativa e judiciária, que se estende dia após dia nos territórios tradicionalmente pertencentes apenas à moral e ao juízo sobre o pecado. Uma justiça que nos vigia e nos pune nos costumes sexuais (com um misto de sexomania e de sexofobia que chega a regular por lei e a julgar em tribunal as manifestações de afeto), que incumbe com os novos proibicionismos, que enrijece cada vez mais as relações familiares, as atividades econômicas e de trabalho, a saúde e a escola (onde os juízes tornam-se cada vez mais, dia após dia, os controladores dos nossos afetos, das prescrições médicas e dos métodos educativos) e nos acompanha cotidianamente desde o nascimento até a morte. Ao mesmo tempo, afirma-se a estranha tendência a um "arrependimento histórico" absurdo, como se fosse possível levar ao foro penal as culpas históricas de toda uma sociedade ou civilização, ou como se fosse possível, em sentido contrário, transformar a "História" em tribunal penal.

A título de exemplo, para explicitar o que pretendo dizer sem perder-me nos fatos cotidianos, pensemos nas numerosas causas, já introduzidas nos Estados Unidos, em defesa dos filhos que sofrem de deficiência física ou mental contra os pais que os colocaram no mundo sem as devidas precauções: trata-se apenas de um caso extremo – até agora – do mundo em que já vivemos. A própria sobrevivência do *welfare state* é ameaçada pelo custo humano e financeiro que essa rigidez impõe, não obstante e contra todo esforço de liberalismo, realizado meramente no terreno econômico. Na Europa, tende-se a multiplicar os controles e as garantias, com uma contradição manifesta entre o estímulo à experimentação criativa e a rigidez cada vez menor das responsabilidades: os idosos reclusos numa casa de repouso, por exemplo, poderiam ter mais liberdade e viver melhor seus últimos dias, mas, em caso de acidente, intervém o próprio procurador da República, e o diretor responsável é obrigado a interromper qualquer experimento. Nos Estados Unidos, o problema é predominantemente descarregado no sistema de seguro (uma operação cirúrgica pode comportar uma despesa dez vezes superior ao seu custo efetivo, devido à cobertura que todo médico, cirurgião ou hospital deve manter anualmente em vista das futuras causas): mas, de um modo ou de outro, os custos são intoleráveis para a sociedade, sejam quais forem as medidas tomadas para limitá-los além de toda polêmica sobre o *welfare state*. A própria legislação sobre a chamada *privacy*, que, em teoria, deveria ter o objetivo de defender-nos de alguns desses efeitos perversos, na realidade, unida ao desenvolvimento da informação telemática, age apenas como efeito multiplicador dessa paralisia. A complicação cada vez maior dos mecanismos da vida social e as novas dificuldades impostas pelas novas tecnologias, pelas manipulações genéticas, pelos problemas ecológicos da defesa do ambiente natural e pela necessidade de defender os recursos do planeta para as gerações futuras ampliam cada vez mais a *necessidade* de um sistema de normas positivas onipresentes, sem lacunas possíveis, para cada ação que realizamos no nosso cotidiano. Todavia, ao mesmo tempo, cavam um abismo dramático ao retomarem uma consciência esvaziada de sua sede de juízo responsável. O aborto e a eutanásia, somados às manipulações genéticas e à defesa do meio ambiente, são as manifestações mais visíveis da incapacidade da norma com uma dimensão de resolver o problema da justiça. Escreveu-se que, diante da responsabilidade para com as novas gerações, "colocar a justiça como único objetivo do Estado na nossa condição histórica e cultural comporta, querendo ou não, uma opção para uma visão individualista e incondicionalmente liberal do mundo"[49]. Penso que se possa e se deva ir além, pois, nessa situação, se nos limitarmos à justiça como ordenamento positivo, a própria civilização liberal é que sucumbirá.

---

49. G. Stratenwerth, "Quanto è importante la giustizia?", in *Materiali per una storia della cultura giuridica*, 25 (1995), p. 413 (orig. na *Festschrift für Arthur Kaufmann*, Heidelberg, 1993, pp. 353-62). A. Kaufmann abriu caminho para uma reflexão sobre as responsabilidades éticas do direito na era pós-moderna com muitos dos seus ensaios e, por último, com a obra *Rechtsphilosophie in der Nach-Neuzeit*, Heidelberg, 1992².

No plano penal, isso se traduz para a sociedade em um aumento, exponencial nos últimos anos, dos casos dos delitos e, portanto, do número de crimes cometidos, das causas ligadas a infrações e da população carcerária (o número de detentos nas grandes penitenciárias chega a ser o de vários milhões de pessoas apenas nos Estados Unidos, com grande vantagem somente para as estatísticas relativas ao desemprego entre os jovens). Não existe uma "emergência da criminalidade", mas a tragédia de uma criminalidade que já rompeu o tradicional monopólio estatal da violência, monopólio esse que se revela impotente tanto diante dos novos desenvolvimentos da globalização do planeta quanto diante da falta do universo normativo moral, necessário para a administração da vida cotidiana. As chamadas *authorities*, que são instituídas freneticamente sempre que a democracia se revela impotente na solução dos problemas, para regular os setores da vida social mais expostos a risco, são paliativos que pioram a situação, agravando a longo prazo a fraqueza da norma e favorecendo o arbítrio de autoridades burocráticas não controladas democraticamente. Mesmo as estruturas nascidas do desejo de favorecer a participação dos cidadãos na administração da coisa pública e as formas de controle social (como o *ombudsman* ou o tribunal do doente*) estão se transformando, com o passar de poucos anos, num engessamento ulterior da vida social e numa crise da responsabilidade individual. A defesa de minorias particulares ou de faixas da sociedade consideradas fracas, confiada a normas jurídicas particulares e aos tribunais, contribui, para além de toda boa intenção, para imobilizar a sociedade, do mesmo modo como o "political correct", colocado no plano do direito positivo, transforma-se numa censura perigosa.

    O problema da prevenção do crime e do controle penal, do aumento da população carcerária ou sob vigilância espe-

---

* *Tribunale per i diritti del malato* (TDM): associação de voluntariado apartidária e sem fins lucrativos que se propõe a zelar pelo cidadão em âmbito sanitário e socioassistencial. [N. da T.]

cial está se tornando o primeiro problema político nas grandes democracias, e a sua importância é destinada a crescer no futuro: os remédios ou paliativos, propostos de modo desordenadamente contraditório, dia após dia, de país em país (desde a pena de morte até a despenalização das infrações menores e as estruturas telemáticas para seguir nos seus deslocamentos as pessoas que a prisão não consegue mais conter), vão contra os princípios mais sagrados da civilização jurídica ocidental. Quando se lê a respeito de execuções capitais ocorridas nos Estados Unidos após 18 a 20 anos do cometimento do crime, um país que indubitavelmente está na vanguarda do sistema garantista, não se pode deixar de pensar no protesto do nosso sábio Gaetano Filangeri, pois as condenações à morte muitas vezes eram proteladas em alguns dias por ocasião de solenidades religiosas e civis: a espera pela morte é a pior das torturas[50]. Junto com a condenação à pena capital inclusive de jovens menores de idade, infringem-se princípios até hoje fundamentais na nossa civilização jurídica, como a inimputabilidade do menor. Parece que já estamos vivendo num outro mundo, separado da tradição que caracterizou o último milênio. Com o advento da norma com uma dimensão, ficou faltando o intervalo que, com todas as suas contradições, produziu a nossa sociedade e lhe deu o sopro da vida: o intervalo normativo (dentro/fora) entre o mundo interno, mas coletivo (não privado), da norma moral e o mundo externo do direito positivo, que caracterizou a nossa vida e possibilitou o crescimento liberal e democrático durante todos esses séculos, e que é o único que pode permitir a sobrevivência da nossa identidade coletiva como homens ocidentais.

---

50. G. Filangieri, *La scienza della legislazione*, cit., III, pp. 393-5: "A vingança é uma paixão, e as leis não a conhecem. Elas punem sem ódio e sem rancor. Se pudessem inspirar o mesmo horror pelo delito e dar a mesma segurança à sociedade, poupando o delinqüente, de bom grado o abandonariam aos seus remorsos em vez de condená-lo à infelicidade ou à morte... Mas condenar um homem à morte, anunciar-lhe a sentença e deixá-lo durante muito tempo nessa expectativa horrível é um tormento que apenas quem teve a desgraça de experimentá-lo poderia exprimir seu excesso."

Deixando de lado essas observações sobre a realidade atual, com suas escuras sombras e suas incertezas, e voltando ao início, penso que se possa dizer com segurança que, partindo de Jerusalém e de Atenas, o pluralismo das ordens jurídicas medievais e, posteriormente, o surgimento do conflito entre a consciência e a lei positiva constituíram, com suas simbioses e suas tensões, um fator fundamental para a modernização do direito, para a construção de uma regulamentação do direito, para a construção de uma regulamentação dialética da conduta humana, que precedeu a ordem moderna, estabelecendo a própria premissa da sua existência. É nessa dialética que se pode compreender o nascimento do sistema das constituições e dos códigos, e é nessa dialética, e certamente não na expansão sem limites do direito positivo, que o homem ocidental pode enfrentar a atual crise do direito. Para exprimir esse conceito, creio que não haja nada melhor do que aproximar-se da narração feita pelo rabino Jacob Taubes sobre seu encontro com Carl Schmitt, então com quase noventa anos. Após ter dito que, com o tempo, havia compreendido que o jurista possui um modo completamente diferente de ver o mundo ("Ele é chamado a legitimá-lo tal como é. Trata-se de um traço ínsito em toda a formação e em toda a concepção do ofício do jurista"), ele considerava, porém, que mesmo o jurista devia entender que não há outro caminho além do dualismo para salvar o próprio direito: "Vocês entendem o que eu queria de Schmitt? Queria mostrar-lhe que a divisão entre poder terreno e poder espiritual é *absolutamente necessária* e que, sem essa delimitação, o Ocidente exalará seu último suspiro. Era isso que eu queria que ele entendesse, contra o seu conceito totalitário."[51] Ao final desta pesquisa, eu gostaria apenas de acrescentar a essa magnífica definição um pequeno corolário: para que essa divisão exista, é necessário que, de certo modo, enquanto velhos ou enquanto novos, os *dois* poderes existam assim como existiram na nossa experiência de homens ocidentais.

---

51. J. Taubes, *La teologia politica di S. Paolo*, Milão, 1997 (orig. Munique, 1993), p. 186.

Índice onomástico

Abelardo, Pedro, 52-6, 71, 73, 77
Acúrsio,124
Addy, J., 283
Adriano VI (Adriaan Florisz Boeyens), 309
Agamben, G., 16, 19
Agostinho, Santo, 26-7, 39-40, 72, 77, 114
Aimerico, 64
Ajello, R., 451
Aland, K., 273
Alberigo, G., 314
Albertario, E., 27
Alberto de Gandino, 143-4
Alberto Pio da Carpi (Albertum Pium), 247
Alciato, A., 171, 215
Alexandre III (Rolando Bandinelli), 109
Alexandre VI (Rodrigo Bórgia), 214
Alfieri, L., 528
Alonso Rodríguez, B., 90
Alpa, G., 377, 437
Althusius, J., 437-8
Ambrosetti, G., 375
Ambrosino, A., 343
Ambrósio, 26
Amerbach, B., 386

Amesius, W., 384
Anciaux, P., 56
Angelozzi, G., 367
Angiolini, H., 207
Anselmo de Laon, 73
Anselmo de Lucca, 62, 65, 71
Antonino de Florença, 202
Arendt, H., 468
Arendt, P., 524
Aristóteles, 17, 19, 170, 369, 391
Armogathe, J.-R., 215
Arnaldi, G., 37
Ascheri, M., 184
Assman, J., 18
Astorri, R., 495
Aubailly, J. Cl., 103
Aubert, J.-M. 366
Austin, J., 461
Avril, J., 68
Aymans, W., 525
Azeglio, L. Taparelli d', 494
Azor, J., 368
Azpicuelta, M. (doutor Navarro), 217

Bachofen, J. J., 24
Bacon, Roger (Doctor Mirabilis), 127
Balduin, F., 384
Baldus, 386, 399

Barbeyrac, J., 447
Barone-Adesi, G., 35
Baronio, C., 346
Barrientos García, J., 405
Bartlett, R., 45
Bartolo de Sassoferrato, 125
Bascapé, C., 323
Bastit, M., 152
Bataille, G., 506, 524
Battaglia, F., 449
Battista, A. M., 391-2
Baumgarten, A. G., 425
Bayle, P., 356, 465
Bayo, G., 317
Beccaria, C., 474, 478
Becket, Thomas, 132
Beda, São, 42
Beia, Ludovico de, 333
Bellabarba, M., 142
Bellarmino, R., 350-1, 379
Bellini, O., 494
Bellini, P., 22, 56, 62, 69
Bellomo, M., 95, 131
Bentham, J., 461, 479, 487, 491
Benveniste, E., 7, 16, 18
Beonio-Brocchieri Fumagalli, M., 193
Bergamo, M., 360
Bergson, H., 515
Beringer, F., 108
Beriou, N., 91
Berlin, I., 529
Berman, H. J., 11, 58, 117, 167, 514
Bernardo de Pavia, 79, 109
Bernardino de Siena, 182
Bernardo de Claraval, 55, 60, 97
Bernhard, J., 30, 308
Bertrams, W., 522
Bertrand, D., 412
Betta, E., 493

Bezler, F., 47
Bianchini, M., 405
Biel, G., 201-2
Biget, J. L., 85
Biondi, B., 28, 35
Birtsch, G., 461
Black, A., 174
Blickle, P., 255
Bloch, E., 509
Blomme, R., 56
Boaventura, São, 95, 70
Bobbio, N., 500, 507, 509
Böckenförde, E.-W., 292, 525
Bodin, J., 168, 184, 390
Boehmer, J. H., 264-5
Boer, W. de, 326, 330-1
Bohatec, J., 286
Bojarski, W., 153
Bondolfi, A., 402
Bonhoeffer, D., 516-21
Bonifácio VIII (Benedetto Caetani), 59, 109, 149, 151
Bonstetten, K. V. von, 492
Boockmann, H., 112
Borrelli, G. F., 392
Borromeo, C., 314, 318-23, 327-32
Borsato, B., 527
Bossy, J., 80, 228, 279, 308
Botero, J., 344
Bouwsma, W. J., 231, 408
Boyle, L. E., 88-9, 91
Bozio, F., 349
Bozio, T., 347-9
Brady Jr., T. A., 255
Brambilla, E., 323, 334
Bretel, P., 103
Brett, A., 378
Breuer, H., 510
Brieskorn, N., 93
Briggs, R., 413

ÍNDICE ONOMÁSTICO 539

Brown, M. L., 402
Brown, P., 33
Bucero, M., 257, 278, 284
Buddeus, J. F., 384
Buisson, L., 21, 24
Bullinger, H., 276
Buoncompagni, Hugo, ver
   Gregório XIII
Burcardo von Worms, 50-1
Burgio, S., 401
Burigana, R., 253
Burnett, A. N., 284
Bussi, L., 130
Butler, J., 448

Caetani, Benedetto, ver
   Bonifácio VIII
Cafagna, E., 490
Caffarra, C., 368
Caiazza, P., 318, 321
Calasso, F., 94, 130, 133
Calvino, J., 257, 277, 284-6, 385, 388
Cambi, M., 187
Campanella, T., 187, 344-5, 372
Campenhausen, H. von, 29
Cancrini, A., 17
Cano, M., 370-1
Cantelar Rodríguez, F., 90
Cantimori, D., 240
Capitani, O., 61, 80, 205
Capograssi, G., 507-8
Cappellini, P., 507
Caramuel y Lobkowitz, J., 406
Carbone, L., 376
Cariou, P., 409, 413
Carletti, Ângelo, 90, 213, 217, 261
Carlos V de Habsburgo, imperador do Sacro Império Romano, 185, 223, 372

Carlos V de Valois (o Sábio), rei da França, 163
Caron, P. G., 136, 153
Caroni, P., 483
Carpzov, B., 270
Carrara, F., 500-1
Carroll, J., 186
Cartuyvels, Y., 475-6
Carvajal, G., 329
Casagrande, C., 89-90, 205
Cassandro, G., 131
Castro, A. de, 217, 222-6
Castronovo, C., 514
Catarina II de Anhalt-Zerbst (a Grande), imperatriz da Rússia, 476
Cattaneo, A., 525
Cattaneo, M. A., 449, 461-2, 469, 472, 498, 501
Cavanna, A., 94, 130
Certeau, M. de, 361
Charron, P., 390-1
Chemnitz, M., 276
Chenu, M.-D., 71
Chevailler, L., 302
Chiffoleau, J., 97, 182
Chiodi, G. M., 380, 457
Chiovaro, F., 418
Chodorov, S., 64
Ciafardone, R., 428
Cícero, 24, 146, 170
Cipriano, 26
Clavero, B., 189, 362
Clemente VIII (Hipólito Aldobrandini), 305, 328, 342, 346
Cocceio, S., 476
Cohen, E., 145
Cohen, J., 451
Colli, G., 146
Collins, S. L., 167

Colombano, São, 48
Congar, Y.-M., 70, 151
Conring, H., 259
Constant, B., 481-2
Constantino, Flávio Valério (o Grande), imperador romano, 195
Contarini, G., 309
Coppola, R., 526
Cordero, F., 454
Corecco, E., 526
Cortese, E., 118, 136-7
Costa, P., 68, 461, 480
Cotta, S., 154, 511
Courtine, J.-F., 380
Crifò, G., 35
Croce, B., 291
Crowe, M. B., 377
Cucchi, M. A., 304

D'Agostino, F., 511
Daillé, J., 278
Dall'Olio, G., 337
Daneau, Lamberto (Danaeus), 387
Daniel, W., 217, 224
Danielou, J., 524
Dante Alighieri, 94, 126, 155
De Bay, Michel (Baius), 359
De Bonis, H.,329
De Fernex, N., 207
De Luca, G. B., 129, 136, 414-7, 457
De Pascale, C., 488
De Rosa, G., 418
Deciano, T., 453
Deckers, D., 218
Del Noce, A., 513
Del Re, N., 106, 302
Delumeau, J., 80, 180, 229-30, 418, 420

Denzer, H., 420
Denzinger, H., 88
Descartes, R., 434, 439
Di Bella, M. P., 312
Di Simplicio, O., 315, 317
Diana, A., 401
Dickerhof, H., 53
Diderot, D., 476
Dilcher, G., 450
Dini, V., 392, 411
Dino da Mugello, 149
Dolcini, C., 162, 378
Döllinger, I. von, 366
Domat, J., 440-1
Dostoiévski, F. F., 36, 496
Dovere, E., 34
Dreitzel, H., 251, 444, 448
Driedo, J., 217, 221, 226
Du Moulin, Ch., 386
Duaren, F., 169
Ducos, M., 25, 450
Duggan, L. G., 87, 233
Dumont, L., 167, 514
Duns Scot, G., 371
Duport, A. J.-F., 469
Durand, G., 90, 92, 140, 196
Dusini, 295
Duval, A., 248, 308, 311
Dworkin, R., 529

Ebertz, M. N., 522
Eck, J., 310
Egídio Romano, 112
Elisabete Carlota da Baviera (princesa palatina), 439
Ellul, J., 2, 18, 531
Elton, G. R., 260, 288
Emo, A., 512
Epicurus, 390
Erasmo de Roterdam, 171, 241, 244-9

ÍNDICE ONOMÁSTICO 541

Erastus, Th., 258
Erickson, J. H., 36
Ermini, G., 130, 132, 134
Esch, A., 179
Escoto Eriugena, J., 120-1
Espinosa, B., 459-60
Espósito, R., 15
Euchner, W., 447
Eugênio III (Bernardo Paganelli), 60
Eugênio IV (Gabriel Condulmer), 88, 177, 339
Evans, G. R., 296

Fantappiè, C., 63
Farr, W., 194
Fassò, G., 377
Favino, L., 211
Feenstra, R., 264
Feliciani, G., 494
Felipe II de Habsburgo, rei da Espanha, 320, 372, 381
Ferrajoli, L., 432, 454, 461, 500
Feuerbach, P. J. A., 498
Fichte, J. G., 487
Fieschi Sinibaldo, *ver* Inocêncio IV
Figgis, J. N., 172
Figueira, R. C., 103
Filangieri, G., 420, 535
Fiorillo, V., 472
Fischer, E. H., 82
Fornasari, G., 57
Foscarari, E., 140
Foucault, M., 186, 227, 404, 479
Fournier, P., 61
Fowler-Magerl, L., 138
Fragoso, B., 345
Fraher, R. M., 98, 143
Frajese, V., 350

Francisco de Vitoria, 217-9, 226, 395
Francisco I de Valois-Angoulême, rei da França, 295
Fransen, G., 64, 68, 79, 92, 108, 307
Frantzen, A. J., 47
Frederico I de Hohensatufen (Barbarruiva), rei da Alemanha e imperador do Sacro Império Romano, 99
Frederico II de Hohenstaufen, rei da Alemanha e imperador do Sacro Império Romano, 100, 112
Frederico II de Hohenzollern (o Grande), rei da Prússia, 427, 449
Fries, B., 7, 27, 107-8
Fuhrmann, H., 49, 61
Funkenstein, A., 445

Gaio, 24
Galilei, G., 444
Gallagher, L., 402
Galvano de Bolonha, 148
García de Erzilia Arteaga, F., 146, 148-9
García y García, A., 90
Garin, E., 168
Gauchet, M., 467, 514
Gaudemet, J., 24-8, 31, 46, 61, 76, 191, 526
Gauthier, F., 468
Gelásio I, 37
Genovesi, A., 447
Gerosa, L., 525
Gerson, J., 173, 195-6, 199-200, 202, 219, 221-3, 225, 248, 263, 373, 381

Ghisalberti, A., 193
Giannini, M., 343
Giberti, G. M., 312
Gierke, O. von, 438
Gilles, H., 174, 176
Ginzburg, C., 243
Girard, R., 528
Giustiniani, P., 204, 300
Göller, E., 106
Gonthier, N., 143
Gorla, G., 434
Goyard-Fabre, S., 168
Graciano, 27, 61, 63-9, 76-7, 82, 94, 97-9, 118-23, 155, 172, 247, 263, 323, 330
Gregório de Rimini, 193, 396
Gregório I Magno, 38-41, 60
Gregório VII (Hildebrando de Soana), 57-62
Gregório IX (Hugolino, conde de Segni), 77, 86, 92, 100
Gregório X (Tebaldo Visconti), 106
Gregório XIII (Hugo Buoncompagni), 304
Gregório XIV (Nicolau Sfondrati), 343
Gregory, T., 388
Grisar, J., 104
Grócio, H., 258-9, 380, 393-7, 428, 433, 436-8, 453, 471
Groethuysen, B., 356
Grossi, P., 90, 113, 123, 125, 131, 484
Gründel, J., 366
Guéhenno, J. M., 530
Guilherme de Occam, 152, 155-62
Guido da Baisio,137
Gury, J. P., 419

Guyon, G., 24
Gy, P.-M., 81, 89, 96

Haakanonssen, K., 396, 461, 485
Habermas, J., 511
Haggenmacher, P., 393
Hammerstein, N., 264, 421, 448
Hart, L. A., 510
Hartmann, W., 41, 49
Heckel, J., 249, 251, 263, 280
Heckel, M., 520
Hegel, G. W. F., 426-7, 488-91
Heggelbacher, O., 29
Heidegger, M., 496
Helmholz, R., 101, 264
Henner, C., 95
Henrique de Gand, 217
Henrique de Susa (cardeal ostiense), 85, 126, 137
Henrique II Plantageneta, duque da Normandia, rei da Inglaterra, 132
Henrique IV de Bourbon, rei de Navarra e da França, 342, 346
Henrique VIII Tudor, rei da Inglaterra, 279, 282
Heresbach, C., 244
Herrup, C. B., 283
Hersperger, P., 179
Hespanha, A. M., 189, 345
Hezius, Th., 246
Hincmar de Reims, 145
Hitler, A., 517, 519
Hobbes, Th., 260, 380, 410, 435, 441-31, 456-8, 472
Hoffmann, B., 448
Holmes, P. J., 402
Honório III, 86
Hooker, R., 260, 264, 370
Horowitz, M. C., 392

ÍNDICE ONOMÁSTICO 543

Howald, S., 492
Hugh de Morville, 132
Hugo de San Vittore, 73-4
Humboldt, W. von, 427
Hume, D., 447, 461
Hunnius, U., 290
Hus, J., 194-5

Inácio de Loyola, 245
Ingram, M., 283
Inocêncio III (Lotário, conde de Segni), 60, 79, 81, 83, 86, 100, 109, 125
Inocêncio IV (Sinibaldo Fieschi), 59, 65, 86, 100, 109, 111
Inocêncio XII (Antônio Pignatelli), 339
Isidoro de Sevilha, 41, 66, 203
Isnardi Parente, M., 390
Ivo de Chartres, 122-4

Jaeger, H., 23, 26
Jansênio, C., 411
Jean de Jandun, 371
Jean de Pouilly, 87
Jedin, H., 239, 294, 314
Jellinek, G., 507
Jemolo, A. C., 335, 493
Jerônimo, São, 99
Jerônimo de Praga, 195
Jerouschek, G., 141
Jhering, R. von, 507
Joana D'Arc, 183
João Batista de Sancto Blasio, 148
João Crisóstomo, São, 34
João Damasceno, 209
João de Andréa, 149
João de Capistrano, 207-11
João de Erfurt, 93
João de Freiburg, 90

João XXII (Jacques Duèse), 88
Johansen, B., 530
Jonas, H., 528
Jone, H., 495
Jonsene, A. R., 398
Jouvenel, B. de, 529
Jullien, F., 531
Jungmann, J. A., 73
Justiniano I, imperador bizantino, 34, 119

Kafka, F., 496
Kaminski, H., 195
Kant, I., 383, 421-7, 480
Kantorowicz, E., 115, 143, 188
Karpp, H., 22
Kaufmann, A., 511, 533
Kelley, D. R., 8
Kelly, H. A., 98
Kelsen, H., 10, 506-10, 512
Kerff, F., 49
Kersting, W., 443
Kervégan, F., 120
Kierkegaard, S. A., 496
Kirsch, P. A., 81
Kisch, G., 169-72, 248, 254, 386
Kittsteiner, H. D., 280, 383-4, 419
Klär, K. J., 30
Klein, L., 273
Klementowski, M. L., 142
Klinkenberg, H. M., 116
Klippel, D., 451
Koenigsberger, H. G., 294
Kolakowsky, L., 407
Kölmel, W., 170
Kolmer, L., 69, 95
König, S., 528
Koschaker, P., 450
Kottje, R., 46, 50
Kraus, H. Ch., 467

Kuehneweg, U., 25
Küng, H., 528
Kuttner, S., 64, 76-8, 97

Ladner, G., 59
Lagarde, G. de, 162
La Grée, J., 393
Laingui, A., 143, 454
Lancellotti, G. P., 149, 304
Landau, P., 61, 95, 116, 150, 156, 265
Lattanzio, Firmiano, 26
Lauro, A., 415
Laymann, P., 398
Le Bras, G., 61, 64-5, 125, 181, 318, 514
Le Chapelier, J. R.-J., 469
Le Goff, J., 76
Lea, H. C., 229
Leão X (João de Médici), 295
Leclercq, J., 70
Lefebvre, Ch., 69, 302
Legendre, P., 9, 51, 67-69, 119, 137, 246, 357-8, 429-30, 461
Leibniz, G. W., 445
Lenman, B., 232
Leonardi, C., 154
Lévinas, E., 527
Lévy, J.-Ph., 46
Liguori, A. M. de, 407, 417-9, 493
Link, C., 432
Lippens, H., 87
Lipsio, J., 346
Locke, J., 447, 461
Löffelberger, M., 162
Logan, F. D., 102, 106
Lombardi, G., 24
Longière, J., 93
Longo, P. G., 323
Losano, M. G., 10

Lottin, O., 118
Lúcio III (Ubaldo Allucingoli), 99
Luís de Granada, 327
Luís XIV de Bourbon (o rei Sol), rei da França e de Navarra, 411, 469
Lupoi, M., 43
Lutero, M., 90, 203, 216-7, 220, 223-4, 249-50, 254, 261-3, 266-7, 274, 280, 295, 308, 354
Lutz, H., 342

Maccarrone, M., 59, 86, 155
Maceratini, R., 31, 36, 95
Maffei, D., 64, 94, 109
Maffettone, S., 529
Mager, I., 259
Mahoney, J., 366
Maire, C., 411
Maisonneuve, H., 100
Maitland, F. W., 132
Mancini, I., 154, 508
Mannori, L., 192
Manzoni, A., 491
Maquiavel, N., 169, 171, 215, 436
Marchetti, P., 454
Marcialis, M. T., 447
Margiotta Broglio, F., 335, 492
Margolin, J. C., 389
Maritain, J., 16
Maron, G., 300
Marongiu, A., 454, 499
Marramao, G., 467
Marshall, P., 279
Martino IV (Simon de Brie), 106
Masílio de Pádua, 152, 160-3, 349
Massarelli, A., 302
Mastellone, S., 347-8

ÍNDICE ONOMÁSTICO 545

Mathieu, V., 529
Maurer, W., 262
Mauro, L., 53
Mayali, L., 129
Mazza, E., 523
Mazzacane, A., 131, 415
Mazzocchi, E., 405
Mazzolini, S., 213, 217
Meenken, I., 461
Melâncton, F., 253, 263, 267, 274-5, 383
Melloni, A., 66
Mengering, A., 384
Mengoni, L., 514
Mentzer, R. A., 287
Mereu, I., 223, 454, 501
Mersenne, M., 434, 451
Merzbacher, F., 127
Metz, R., 311, 495
Michaud-Quantin, P., 88, 213
Michel, P., 516
Micza, G., 136
Miele, M., 321
Miethke, J., 152, 160
Migliorato, G., 258
Migliorino, F., 133, 183, 505
Mikat, P., 29
Minnucci, G., 141
Mirabeau, H.-G. Riqueti de, 452
Mochi-Onory, S., 115
Moeller, B., 112
Mohnhaupt, H., 120
Molina, L. de, 375, 395
Momigliano, A., 33
Monacelli, F., 316
Monden, L., 521
Montaigne, M. de, 389-2, 409
Montesano, M., 182
Montesquieu, Ch. de Secondat de La Brède e de, 414, 447, 463-5, 474

More, Th., 187
Morerod, Ch., 216
Morone, G., 295
Mörsdorf, K., 103, 108
Mostaza Rodriguez, A., 363
Münch, P., 271
Munier, Ch., 32, 63, 103
Munocio, M., 223
Muratori, L. A., 474, 515
Musselli, L., 495
Muster, M., 284, 287
Muzzarelli, M. G., 47, 80
Myers, W. D., 233, 273, 308, 331

Napoleão Bonaparte, 439, 470
Napoli, M. T., 286
Nederman, C. J., 173
Neri, F., 347
Neveu, B., 406
Newton, I., 444
Niccoli, O., 312
Niccolò dei Tedeschi (Panormitano), 125
Nicholls, D., 445, 448
Nietzsche, F., 496, 531
Nörr, K. W., 210, 267
Nubola, C., 315
Nuzzo, E., 391

Oakley, F.,193, 434
Oakley, T. P., 49
Oberman, H. A., 193, 201
O'Gorman, E., 227
Olivetti, M. M., 512
Oresme, N., 207
Orestano, R., 168, 450
Ormaneto, N., 326
Ourliac, P., 174-6, 470
Ozment, S., 233

Pacaut, M., 302
Padoa Schioppa, A., 131, 165

Padovani, A., 120
Paleotti, G., 314, 319, 328
Paolini, L., 95
Paradisi, B., 131
Parisoli, L., 156
Parker, G., 232
Parotto, G., 215, 372
Pascal, B., 400, 408-11, 463, 531
Pascoe, L. B., 196
Pasquinelli, O., 329
Pasquino, P., 469
Passerin d'Entrèves, A., 377, 509
Pastine, D., 406
Paulo de Tarso, 28, 32, 53, 122, 221, 324
Paulo III (Alessandro Farnese), 178, 245
Paulo IV (Gian Pedro Carafa), 337
Paulo VI (João Batista Montini), 522-3
Pedro Damião, 62-3
Pedro Leopoldo de Habsburgo Lorena, grão-duque da Toscana, 333
Pedro Lombardo, 39, 74-5 94
Pellicani, L., 513
Pennington, K., 160
Perlingeri, P., 418
Pertile, A., 42
Petersen, P., 391
Petit, C., 40-1, 189
Pettazzoni, R., 30
Piano Mortari, V., 183
Piccolomini, Enea Silvio, *ver* Pio II
Piergiovanni, V., 100
Pierre d'Ally, 196
Pincherle, A., 261
Pio II (Enea Silvio Piccolomini), 171-3, 179, 252

Pio IV (João Ângelo Médici), 303-5, 339-40
Pio V (Antônio Miguel Ghislieri), 178, 300, 329, 337-9, 343
Pio VI (João Ângelo Braschi), 175
Piovani, P., 377, 443, 507
Piper, A. M. S., 427
Pirillo, N., 421
Pissavino, P., 406
Pivano, S., 139
Platão, 17
Platthaus, A., 492
Polizzotto, L., 256
Pollock, F., 132
Poncet, O., 303
Poni, C., 347
Poppi, A., 208
Portalis, F., 483
Portalis, J.-E.-M., 470, 482
Portemer, J., 145
Poschmann, B., 30
Prodi, G., 505
Prodi, P., 3, 46, 80, 89, 97, 114, 133, 140, 188, 238, 244, 252, 298-9, 315, 323, 327, 329, 332, 337, 431, 492, 505, 514, 520
Prosdocimi, L., 130
Prosdocimo de Comitibus, 148
Prosperi, A., 308, 325, 336
Ptolomeu de Lucca, 112
Pufendorf, S., 428, 446, 471-3

Quaglioni, D., 124, 143, 168, 172, 184, 211, 390, 392
Querini, P., 204, 300

Raban Maur, 44
Rahner, K., 29

ÍNDICE ONOMÁSTICO 547

Raimundo Penaforte, 92
Ramos Regidor, J., 524
Randi, E., 157, 193
Ratzinger, J., 530
Rauzi, P. G., 524
Rawls, J., 1, 510-1
Rees, W., 101, 525
Reinhard, W., 116, 235
Reiter, E. H., 105
Remigio de Girolami, 60
Reulos, M., 261, 263, 271
Reusch, F. H., 366
Richelieu, A.-J. du Plessis, duque de, 411
Roberti, M., 27
Roberto de Courson, 108
Robespierre, M.-F.-I., 469
Röd, W., 444
Rohls, J., 421, 495
Romagnosi, G., 494
Romano, S., 507
Romeo, G., 313
Rommen, H., 466, 509
Rosa, M., 334
Rosenzweig, F., 21, 491
Rosmini, A., 491-2
Rossi, P., 20
Rota, A., 129
Roth, E., 274
Rousseau, J.-J., 432, 451-2, 466, 477
Rublack, H.-C., 273
Ruffini, F., 493
Rusconi, R., 87, 205
Russ, J., 528
Russo, F., 50, 78

Sabetti, A., 451
Sainte-Beuve, J. de, 413
Sanchez, Th., 329
Sandys, E., 353
Santarelli, U., 207
Saraceni, G., 363
Sarpi, P., 352-3
Saurer, E., 499
Savelli, R., 386, 417
Savonarola, J., 214, 256
Sbriccoli, M., 100, 135, 142, 455
Scarpelli, U., 511
Scattola, M., 450
Schaber, P., 490
Schacht, J., 530
Schäfer, R., 264, 290
Schiera, P., 189, 450, 488, 491
Schilling, H., 236, 288
Schmidt, H. R., 443
Schmitt, C., 436, 500, 536
Schmitz, H. J., 47-8, 331
Schmoeckel, M., 387
Schmugge, L., 179
Schnabel-Schüle, H., 289
Schneider, J., 196
Schnepf, R., 395, 397
Schöllgen, W., 527
Schönmetzer, A., 88
Schrage, E. J. H.,136
Schulz, F., 25
Schulze, R., 131, 467
Schumpeter, J. A., 206
Schwerhoff, G., 185
Scotti, A. A., 493
Sebastianus a Sancto Joachim, 399
Seca, G., 529
Segl, P., 95
Seidel Menchi, S., 241
Selden, J., 435
Sen, A. K., 529
Sêneca, 24, 409
Serrano, A., 189
Servasanto da Faenza, 90
Servet, M., 286

Shapiro, B. J., 444
Shoemaker, R. B., 283
Sichelschmidt, K., 267, 269
Sidwick, H., 487
Sieyès, E.-J., 469
Silvestro Mazzolini de Prierio (Prierias Sylvester), 213, 217
Simoncelli, P., 338
Singer, A., 530
Sismondi, J.-Ch.-L. Simonde de, 492
Sisto IV (Francesco della Rovere), 87, 177, 338
Sisto V (Felice Peretti), 302, 305
Smith, A., 485-7
Sócrates, 17
Sófocles, 17
Sohm, R., 63
Solari, G., 427
Somerville, R., 65
Soto, D. de, 372-3, 375
Spalding, J. C., 250
Speziale-Bagliacca, R., 500
Staats, R., 28
Stackmann, K., 112
Starobinski, J., 478
Stäudlin, C. F., 426
Stein, P. G., 450
Stein, W. von, 170
Stelsenberger, J., 384
Stewart, D. J., 530
Stickler, A. M., 59, 63, 71
Stolleis, M., 236, 390, 436
Stourzh, G., 466
Stratenwerth, G., 533
Strauss, G., 254, 290
Strauss, L., 15-6
Strazzari, G., 327, 332
Strohm, Ch., 386-7, 516
Stumpo, E., 413
Stürner, W., 112, 181

Suárez, F., 177, 329, 358, 376, 378-81, 396
Sweeney, J. R., 69

Tácito, 409
Tamburini, F., 178-9, 338, 341
Tancredi, 140
Tanucci, B., 418
Taranto, D., 392, 409, 411
Tarello, G., 433, 475
Taubes, J., 536
Taveneaux, R., 407
Taylor, C., 514
Tentler, T. N., 228, 233
Teodósio, Flávio (o Grande, imperador romano), 34
Tertuliano, 26, 32-3
Theiner, J., 366
Thireau, J.-L., 386
Thomas, K., 355, 435
Thomas, Y., 120
Thomassin, L., 265, 305, 322
Tierney, B., 156, 160, 172-4, 227
Tocqueville, A. de, 427, 431
Todescan, F., 393, 446
Todeschini, G., 206
Tolstoi, L. N., 36
Tomás de Aquino, São, 91, 94-5, 112, 151-5, 157-8, 170, 202, 212, 369, 371, 375
Tomás de Vio (o cardeal Cajetano), 98, 215, 225, 371
Tomásio, C., 264, 284, 384, 421, 428, 448-9, 474
Torrini, M., 406
Toulmin, S., 396, 514
Trauth, M., 461
Trexler, R., 6, 102
Troeltsch, E., 244, 382-3
Troianos, S. N., 34
Trusen, W., 79, 84, 91, 93, 95, 99

Tuck, R., 377, 434
Tudor, casa, 264, 282
Turbanti, G., 517
Turchini, A., 327
Turrini, M., 211, 217, 222, 365, 370, 374, 399, 409
Turtureto, Vincenzo, 399

Ullmann, W., 100, 172, 467
Ulpiano, Domício 124, 171, 435

Valadier, P., 407
Valero, J., 364
Valla, L., 170, 248
Vallejo, J., 40, 189
Van Caenegem, R. C., 128
Van Dam, H.-J., 258
Van Dülmen, R., 184
Van Hove, A., 146
Vattimo, G., 529
Vázquez, G., 380-1, 395
Vecchio, S., 89, 205
Ventura, J., 493
Ventura, M., 132
Venturi, F., 475
Vereecke, L., 196, 367, 380, 418
Verpeaux, M., 470
Viano, C. A., 496
Vico, G. B., 450
Villey, M., 120, 154, 156, 377, 397, 424, 437, 442
Viscardi, G. M., 418
Vismara, G., 31
Vismara Missiroli, M., 495

Vodola, E. F., 100
Vogel, C., 30
Voltaire, F.-M. Arouet, 531

Wahrmund, L., 140
Walzer, M., 244
Wasserschleben, F. W. H., 47, 331
Weber, M., 20, 114, 385
Weigand, R., 25, 66, 118-9
Weinstein, D., 256
Welzel, H., 396, 472, 507
Wiggenhauser, B., 179
Williams, W. H., 244
Willoweit, D., 467
Wirz, Ch., 478
Witte Jr., J., 264
Wolff, C., 427-8
Wolter, U., 116, 127, 130, 145, 264
Woolf, S. J., 405
Wyclif, J., 194-5
Wyduckel, D., 166

Zagorin, P., 243, 402, 418
Zagrebelsky, G., 23, 529
Zannettini, J., 148
Zarri, G., 191, 213
Zasius, Ulrich, 171
Zimmermann, G., 442
Zoli, S., 388
Zorzi, A., 142, 192
Zuccotti, F., 36
Zwingli, U., 257, 276

IMPRESSÃO E ACABAMENTO:
YANGRAF Fone/Fax: 6198.1788